Eckard Lefèvre
Horaz

Eckard Lefèvre

HORAZ

Dichter im augusteischen Rom

Verlag C. H. Beck München

Die Deutsche Bibliothek – CIP-Einheitsaufnahme

Lefèvre, Eckard:
Horaz : Dichter im augusteischen Rom / Eckard Lefèvre. –
München : Beck, 1993
ISBN 3 406 37336 4

ISBN 3 406 37336 4

Satz: Fotosatz Otto Gutfreund GmbH, Darmstadt
Druck: Ebner, Ulm
Gedruckt auf säurefreiem, aus chlorfrei gebleichtem
Zellstoff hergestelltem Papier
Printed in Germany

uxori bene consulenti

Inhalt

Erster Teil

Zweiter Teil (65–30 v. Chr.)

Dritter Teil (30–23 v. Chr.)
Höhe der Meisterschaft: Die ersten drei Oden-Bücher

Vierter Teil (23–20 v. Chr.)

Fünfter Teil (20–13 v. Chr.)

Sechster Teil (13–8 v. Chr.)

Einleitung

Johann Gottfried Herder forderte in der dritten Sammlung seiner Schrift *Über die neuere deutsche Literatur* von 1766/67 die lebendige Erklärung seines geliebten Horaz: «Ich wollte gern einen Kommentar über Horaz lesen und mit ganzer Seele durchstudieren, wo er nicht als ein klassischer Autor behandelt, sein Gedanke langweilig und ungefähr bestimmt, sein Ausdruck abgetrennt vom Gedanken zergliedert und verdolmetschet, wo er mit den Regeln neuerer Aristarche verglichen wird, die man doch aus ihm abgezogen, die oft eigensinnig genug sind und nie seine Schönheit erschöpfen oder sichtbar machen. Einen Kommentar wollte ich wünschen, wo man ihn als einen lebenden Dichter betrachtete, der über diesen Vorfall zu diesem Zwecke so schrieb und schreiben mußte, wo er als ein Höfling erschiene, der voll feiner und galanter Scherze, Gedanken und Anspielungen ist, die gleichsam ihre Welt haben müssen, in der sie leben, aus der sie ihre Reize nehmen, ohne die sie tot sind. Das hieße Horaz erwecken, seine Gedichte in seine Person verwandeln und mündlich von ihm lernen; das hieße, den Ausdruck aus dem Gedanken, den Gedanken aus der vorliegenden Sache erklären – und alle drei beleben!»
In den über 200 Jahren, die seither vergangen sind, hat die philologische Forschung dieser Forderung auf vielfache Weise entsprochen und Horaz mit besonderer Sorgfalt erklärt. Ein Wort des bedeutenden Gräzisten Werner Jaeger von 1929 spiegelt die Nähe zu Horaz wider, wenn er sagt, mit Senecas philosophischen Betrachtungen könne «auch der heutige Ästhet seinen Tag beschließen»; mit Horaz und Petron könnten «wir uns zwanglos unterhalten, als säßen wir mit ihnen bei Tisch in demselben Zimmer». Sie stellten Stufen fortschreitender geistiger Verfeinerung dar, deren Vorhandensein in der Antike uns daran erinnere, «daß auch unsere moderne seelische Struktur, unsere Persönlichkeitskultur im Altertum ihre Wurzel» habe.

Die vorliegende Darstellung möchte Horaz konsequent «als einen lebenden Dichter betrachten», ihn «erwecken» und «seine Gedichte in seine Person verwandeln». Sie zeichnet daher einerseits die Biographie des Dichters nach, der, aus bescheidenen Verhältnissen stammend, schon mit dreiundzwanzig Jahren ein hohes militärisches Amt erhielt und damit zu unerwarteten Ehren aufgestiegen war; aufgrund seiner Freundschaft mit Augustus, Maecenas und den Großen der Zeit genoß er während des ganzen Lebens größtes Ansehen. Andererseits wird der Versuch unternommen, die Entstehung jeder Werkeinheit aus den einzelnen Lebenssituationen heraus zu erklären. Wenngleich Horaz Italien nur zum Studium und zu militärischer Mission verließ, war sein Leben bewegt. Die Kämpfe, die während des Aufstiegs notwendig waren, setzten sich später fort, insofern er sich nur mit Anstrengung den Freiraum für seine Person schaffen konnte, den er beanspruchen zu müssen glaubte: Sowohl an den Dichter als auch an den Freund der Mächtigen wurden immer wieder Forderungen gestellt, denen er sich nur mühsam entziehen konnte. Da er als einer der aufrichtigsten Charaktere, die aus dem Altertum bekannt sind, der zwischen Republik und Prinzipat im Umbruch begriffenen römischen Gesellschaft kritisch gegenüberstand, hatte er, obwohl nach Vergils Tod der unbestritten erste Dichter Roms, nie wirkliche Popularität erreicht. Der unbedingte moralische Ernst seiner Dichtung und deren nicht minder anspruchsvolle, ja esoterische Ästhetik bewirkten eine Distanz, die sich auch nicht wesentlich verringert hätte, wenn er den Zeitgenossen verbindlicher entgegengetreten wäre. Der vielfach heitere Ton der Gedichte, die zum Lebensgenuß auffordern, täuscht darüber hinweg, daß Horaz nicht ein unbeschwerter Freund des Weins und der Liebe, sondern ein aufmerksamer Beobachter seiner Zeit war, der sich in tiefer Resignation über den moralischen Verfall und den unbefriedigenden Literaturbetrieb in das private Leben zurückzog und die höchste Erfüllung im Kreis der Freunde suchte. Wie vielen seiner Zeitgenossen, die die jahrzehntelangen Schrecken der Bürgerkriege miterlebt hatten, mußte ihm die mit dem Jahr 31 einsetzende Pax Augusta zunächst als entscheidende Wende erscheinen, bis sich endlich die Einsicht durchsetzte, daß die alte Republik weder politisch noch moralisch zu restaurieren war. Seiner Dankbarkeit für die Leistung des Prinzeps tat das keinen Eintrag. Auch wenn Augustus das Rad politisch hätte zurückdrehen wollen, wie er es moralisch erstrebte, hätte er kaum Aussicht auf Erfolg gehabt. Ob Horaz das schon so klar sehen konnte wie später Tacitus, ist schwer zu sagen.

Da Horaz – wie in Rom nur noch Lucilius vor ihm – in ungewöhnlichem Maß zur Selbstreflexion und Selbstdarstellung neigte, ist der Versuch gerechtfertigt, sein Leben und Werk als Einheit zu begreifen und ihren wechselseitigen Wirkungen nachzuspüren. Horaz war freilich weit davon entfernt, spontane Bekenntnislyrik zu verfassen, er, den Karl Wilhelm Ramler (1725–1798) in einem Brief an Johann Wilhelm Ludwig Gleim (1719–1803) am 2. Oktober 1745 zu Recht einen ‹abgezirkelten Dichter› nannte, der seine Gedichte mit hohem Kunstverstand ausformte und durchfeilte. Aber er reagierte mit den einzelnen Werken in wacher Klarheit auf die wechselnden Aspekte seiner Umgebung und die einander ablösenden Phasen seines Lebens. Dabei begegnen mannigfaltige Themen, die hier so weit in den Blick genommen werden, wie sie für das Individuum Horaz von Bedeutung sind: Wandel der Politik, Verfall und Restauration der Moral, Weltanschauung der Mächtigen, Beziehungen zu

Augustus und Maecenas, Kampf um Anerkennung, Bedeutung der Kunst, Beurteilung griechischer und römischer Literatur, Rezitationswesen, Förderung junger Dichter, philosophische Begründung der Lebensweise, Freundschaft und Liebe, Alter und Resignation, Tod und Nachruhm.

Aus dem Dargelegten folgt, daß Horaz selbst so viel wie möglich zu Wort kommt. Da die Sprache der Oden und Epoden gewählt und selbst die der ‹niedereren› Satiren und Episteln gehoben und ausgefeilt ist, werden diese Werke in Übersetzungen aus dem 18. Jahrhundert vorgestellt, die schon ihres Alters wegen über anbiedernden gegenwartsnahen Eindeutschungen stehen und in ihrer Schlichtheit doch wieder erstaunlich modern sind. Die Episteln und Satiren werden in der Übersetzung des Dichters Christoph Martin Wieland (1733–1813) von 1782 bzw. 1786, die Oden in der des Dompredigers zu Brandenburg und späteren Oberpredigers und Inspektors zu Züllichau Christian Friedrich Karl Herzlieb (1760–1794) von 1787–1791 und die Epoden und das Carmen Saeculare in der des Ansbacher Landgerichts-Assessors und Dichters Johann Peter Uz (1720–1796) von 1773 zitiert. Der Umstand, daß diese Übersetzungen zuweilen ungenau sind und naturgemäß nicht den neuesten Stand der Horaz-Forschung spiegeln, wurde angesichts ihrer unvergleichlichen Lesbarkeit in Kauf genommen. Die modernen Übersetzungen, die in der Regel von Philologen stammen und sich bemühen, das Original so getreu wie möglich wiederzugeben, sind bei einem so schwierigen Dichter wie Horaz eher geeignet, von ihm weg- als zu ihm hinzuführen – selbst die des Dichters Rudolf Alexander Schröder (1878–1962). Der Fachmann bedarf der hier verwendeten Übersetzungen ohnehin nicht; sie werden nur in den petit gesetzten Einrückungen gebraucht, nicht aber im fortlaufenden Text. Wer eine wörtliche Wiedergabe wünscht, wähle die zweisprachige Tusculum-Ausgabe. Von Wieland werden überdies die vorzüglichen Erklärungen zu zitieren sein; der bedeutende Philologe Eduard Fraenkel nannte ihn «a real poet and a scholar of admirable tact and common sense» (89). Der Dichter Herrmann Bahr rechnete Horaz und Wieland zu den Menschen, «die leicht immer jung bleiben können, weil sie schon alt zur Welt kamen.»

Mögen die nachfolgenden Ausführungen Horaz neue Freunde gewinnen und Herders Urteil in dem dreißigsten der *Briefe zu Beförderung der Humanität* verständlich machen: «Viele Oden des Horaz, noch mehr aber seine Sermonen und sogenannte Satyren sind *feine Bearbeitungen der Menschheit*; sie haben alle, wenigstens mittelbar, zum Zweck, einen Umriß in das rohe Gebilde des Lebens zu bringen, die Ideen und Sitten jener Person, dieser Stände nach dem Richtmaß des Wahren und Guten, des Anständigen und Schönen zu ordnen.»

Am Ende der Einleitung stehe eine Leseempfehlung aus dem 18. Jahrhundert. So schrieb Ramler am 26. Februar 1748 an Gleim, der damals als Domsekretär und Kanonikus in Halberstadt lebte: «Ein Geheimnis muß ich Ihnen noch entdecken. Ich weiß, Sie müssen oft Wein trinken und sich von einem Hochwürdigen Domkapitul das große Glas reichen lassen; wenn Sie nun zu Hause kommen, so lesen Sie doch einmal den Horaz. Ich habe es itzo eben erfahren, daß er auf ein Glas Wein recht unvergleichlich schmeckt und sich vortrefflich erklären und sehr wohl erreichen läßt. Fast scheinet es wahr zu sein, daß er mit Hülfe des Falerns und Formians geschrieben hat. Sagen Sie mirs, wenn ich mich hierin irre; Sie werden öftere Versuche anstellen können.» Falerner und Formianer waren bekannte Weine aus Kampanien bzw. Latium. Am 16. März 1748 antwortete Gleim: «Ich habe das Experiment, so Sie mit Ihrem Horaz gemacht, schon oft mit meinem Anakreon wiederholt. Ich habe dann gefunden, daß mich das Wasser zu verschiedenen falschen Übersetzungen verführt hat; ich werde nun fortfahren, sie durch Hülfe des Weins zu verbessern.»

Erster Teil

1 Zweitausend Jahre Horaz

Seine *Briefe über das Lesen des Horaz, an einen jungen Freund* leitete Herder mit folgenden Worten ein: «Horaz hat das Glück gehabt, von Menschen aller Art, die sich sonst um Dichter wenig bekümmern, von Welt-Erfahrungs-Geschäftsmännern, und zwar bis zum höchsten Alter hinan, unvergeßlich geliebt zu werden. Greise, die keinen Römer lasen, lasen ihn und hatten Stellen aus ihm im Munde. Jünglingen raubt er gewöhnlich das Herz; gebildete Frauen waren ihm hold, und wen eine der Seinigen gleiche Muse mit günstigem Blick ansah, zu dem kehrte er immer freundlicher wieder. [...] Fast zweitausend Jahre hindurch hat er allen gebildeten Nationen der Welt gesungen, sie ergötzt und die feinsten Seelen geleitet!» Etwas vorsichtiger in der Zeitangabe, aber ebenso enthusiastisch urteilte Herders Weimarer Nachbar Wieland, der Horaz «die Zierde der augusteischen Zeit» und den «Liebling aller guten Köpfe seit 1800 Jahren» nannte. Mit Recht haben Herder und Wieland von einer fast zwei Jahrtausende währenden Rezeption gesprochen. Wenn Horaz in dem Schlußgedicht seines dritten Oden-Buchs in Anspruch nahm, er werde nicht ganz sterben, sondern sein besserer Teil werde weiterleben, solange der Pontifex mit der Vestalischen Jungfrau auf das Kapitol steige, hat er recht behalten, wenn auch der Pontifex nicht mehr den Tempel vom Mons Capitolinus, sondern die Kirche vom Mons Vaticanus beherrscht.

Es ist angemessen, sich Horaz von der Geschichte seiner Nachwirkung in zwei Jahrtausenden her zu nähern. Jede Zeit versteht einen Dichter vergangener Epochen trotz allem Bemühen um Objektivität und philologische Treue aus ihrer eigenen geistigen Situation heraus, und diese ist wiederum von den Bestrebungen und Erfahrungen der vorhergehenden Generationen, ja Jahrhunderte geprägt. So mag ein Überblick über die Horaz-Rezeption von der Antike bis zur Gegenwart am Anfang der Besinnung auf sein Werk stehen.

Antike

Von den beiden großen augusteischen Dichtern Vergil und Horaz hat nach ihrem Tod nicht jedes Werk gleichermaßen Nachfolge gefunden. Weder Vergils *Bucolica* noch seine *Georgica* erreichten die Popularität der *Aeneis*, die bis in die Spätantike hinein den Maßstab für epische Dichtung gesetzt hatte. Bei Horaz waren es weder die Oden noch die Epoden, die einen nennenswerten Einfluß ausübten: Allein seine Satiren inspirierten bedeutende Dichter. Wenn man die genannten Gattungen nach ihrer stilistischen Höhe und ihrem Ansehen einschätzt, ergibt sich der auffallende Umstand, daß nur die Extreme, die höchste Gattung, das Epos, und die niederste, die Satire, weiterlebten. Wie war das möglich? Die Dichtung des ersten nachchristlichen Jahrhunderts gab den politischen und gesellschaftlichen Umständen gemäß vorwiegend einem ‹negativen›, von Zweifel, Resignation und verstecktem Angriff bestimmten Weltbild Ausdruck: Hierfür eigneten sich weder die Darstellung des Hirtenlebens (trotz einzelnen beachtlichen Versuchen) noch die der Welt des Bauern noch endlich die lyrische Form der Oden und Epoden. Hingegen konnten die Satiren, die von kritischer Haltung, und das Epos, das von politischer Thematik geprägt waren, auch einem ganz anderen Gehalt als in der augusteischen Zeit zum Gefäß dienen. Es ist kein Zufall, daß Satire und Epos Gattungen sind, die es in Rom schon vor Vergil und Horaz gegeben hat, während die Form der *Bucolica*, *Georgica* und Oden erst von ihren Dichtern geschaffen wurde. Satire und Epos sind in dem dargelegten Sinn ‹offene› Gattungen.

Horaz' Oden und Epoden waren von einem so ausgeprägten Charakter, daß man sich nicht ernsthaft an ihnen versuchte. Zwar klagte der Dichter über zahlreiche Nachahmer, über das ‹Sklavenvieh› (*o imitatores, servum pecus*, Epist. 1,19,19), aber das waren Neider, auf deren Nachfolge man gut verzichten konnte. Überhaupt spielte die Lyrik in der römischen Literatur nach Horaz keine große Rolle mehr. In dem literaturgeschichtlichen Überblick der *Institutio oratoria* stellte der Redelehrer Quintilian am Ende des ersten Jahrhunderts n. Chr. fest, daß von den Lyrikern Horaz als einziger wert sei, gelesen zu werden; er erhebe sich zuweilen im Ton, sei voll von Lieblichkeit und Grazie, abwechslungsreich in den Stilfiguren und in glücklicher Weise kühn bei der Wortwahl (*et insurgit aliquando et plenus est iucunditatis et gratiae et varius figuris et verbis felicissime audax*, 10,1,96). Es versteht sich, daß man den Wettstreit nicht wagte. Selbst zwei der größten Dichter dieser Zeit beriefen sich nur in äußerlicher Weise auf Horaz, indem sie seine lyrischen Versmaße aufnahmen und sie eigenwillig ummodelten: Seneca in den Chorliedern der Tragödien, Statius in den *Silvae*. Freilich flossen dabei auch horazische Motive mit ein. Anders stand es mit der Satiren-Dichtung. Sie wurde als traditionell empfunden, wenn auch Horaz den Archegeten Lucilius in seiner Bedeutung verdrängt hatte. Weder Persius in der neronischen Zeit noch Juvenal im ersten Drittel des zweiten Jahrhunderts sind ohne Horaz' klassische Ausformung der Satire zu denken. Sie blieb auch für diese bedeutenden und eigenständigen Nachfolger durchgängig Anregung und Bezugspunkt.

Juvenal berichtet 7,22 von einer Horaz-Büste in einer Schule – wohl ein Hinweis darauf, daß man den ‹Klassiker› Schülern nahezubringen versuchte. Das also war Horaz zuteilgeworden, obwohl er sich selbst darüber lustig gemacht hatte, seine Gedichte könnten eines Tags in Winkelschulen (*vilibus in ludis*, Sat. 1,10,75) und Vorstadtgassen (*extremis in vicis*, Epist. 1,20,18) von Schulmeistern behandelt werden. Parallel mit der Verwendung im Unterricht ging die Erklärung durch die Grammatiker. Schon der berühmte Valerius Probus aus Berytos (Beirut) schuf in der zweiten Hälfte des ersten Jahrhunderts durch Kollationieren, Interpungieren, kritisches und exegetisches Kommentieren eine wichtige Ausgabe – eine entsagungsvolle Tätigkeit, die auch Terenz, Lukrez und Vergil zugutekam. Probus stellte den Editionen Biographien voran. Man darf vermuten, daß sie von Sueton, dem Sekretär des Kaisers Hadrian, in dem Abschnitt *De poetis* seines Sammelwerks *De viris illustribus* benutzt wurden, aus dem – in überarbeiteter Form – einige Horaz-Handschriften auch die Vita dieses Dichters überliefern. Sie stellt eine überaus wertvolle, wenn auch keineswegs homogene Quelle dar. Die Arbeit der Grammatiker spiegeln zwei teilweise erhaltene Kommentare aus dem zweiten oder dritten Jahrhundert wider. Der vielleicht aus Afrika stammende Pomponius Porphyrio nahm ebenso ältere Scholien (Erklärungen) auf wie der vor ihm schreibende Helenius Acro, dessen Kommentar verloren ist, von dem aber einiges in die pseudo-acronische Scholienmasse gelangt ist, die ihrerseits Erläuterungen aus Porphyrio übernommen hat. Acros Kommentar dürfte den Porphyrios übertroffen haben, doch ist diesem in der überlieferten Form bei weitem der Vorzug zu geben. Beide Sammlungen bieten grammatische, rhetorische, quellenkritische und poetologische Erklärungen, vielfach elementarer Art. In der Spätantike ist Horaz Augustinus und Hieronymus wohlbekannt. 527 war der Konsul Mavortius für eine Emendation des Horaz-Texts verantwortlich. Danach wird die Kenntnis des Dichters spärlicher, wenn sie auch nie ganz erlosch und sich Spuren bei Maximian, Venantius Fortunatus, Columban oder Isidor von Sevilla finden.

Mittelalter

Erst in der Karolingischen Renaissance, als man die geistigen Zeugnisse der Antike systematisch zu sammeln begann, wird die Beschäftigung mit Horaz wieder intensiver. Bei Alkuin oder Paulus Diaconus finden sich deutliche Spuren. Am Hof Karls des Großen gaben sich die Mitglieder der ‹Akademie› Namen aus der Vorzeit. Während Karl David hieß, erhielt Alkuin, der bedeutendste unter ihnen, den Beinamen Flaccus, wohl wegen der moralischen Tendenz seiner Werke. Trotz der Renaissance der Antike ist nur in wenigen Klöstern ein ganzer Horaz-Text, wie die erhaltenen mittelalterlichen Bibliothekskataloge lehren. Vollständig ist er in Lorsch und Nevers nachweisbar, während ihn die berühmten Bibliotheken in Konstanz, St. Gallen und Reichenau im 9. Jahrhundert nicht besessen zu haben scheinen. Im 10. Jahrhundert verfügt Reims über alle Werke des Dichters. Überhaupt nimmt seit dieser Zeit die Häufigkeit von Horaz-Handschriften zu. Die ältesten erhaltenen stammen aus dem 9. und 10. Jahrhundert. Sie liegen heute in den Bibliotheken von Bern, Paris, Mailand, Rom, London und bilden die Grundlage für die Erstellung des Texts der modernen wissenschaftlichen Ausgaben. Bis in das 12. Jahrhundert hinein ist ein Ansteigen des Interesses an Horaz zu beobachten, was in der wachsenden Begeisterung für die Antike begründet ist. Seine Werke sind nunmehr in fast allen großen Bibliotheken vorhanden. Es ist durch das Aufkommen der strengen Scholastik zu erklären, daß Horaz – wie die ganze heidnische Antike – im 12. Jahrhundert in der allgemeinen Wertschätzung wieder zu sinken beginnt. Der Geist von Cluny setzte rigoros Weltenfreude und Heidentum gleich. So schrieb der seit 1126 im Regensburger Schottenkloster lebende Honorius Augustodunensis in seiner homiletischen Schrift *Speculum Ecclesiae*: «Wer den jämmerlichen Possen weltlicher Erklärung der Dinge nachstrebt, möge Platon lesen, wen das Spotten ergötzt, lerne im Aristoteles, wer den Krieg liebt, hat seinen Vergil, wer der Begierde frönt, den Ovid, wer an Streit Gefallen hat, den Lucan und Statius, und wer dem Leichtsinn nachgibt, hat den Horaz und Terenz. Deren Namen werden nicht über meine Lippen kommen» (Newald 208). Hier war wohl am ehesten an die Oden gedacht. Denn die Satiren und Episteln erfreuten sich durch das ganze Mittelalter hindurch großer Beliebtheit. Sie verschafften Horaz den Beinamen ‹satiricus› oder ‹ethicus›. So sprach Dante im vierten Canto des Inferno der *Divina Commedia* von «Orazio satiro» oder in *De volgari eloquentia* aufgrund der Ars Poetica von «magister noster Horatius» (2,4,4). Während Petrarca auch Oden kannte, waren Dante und Boccaccio nur die Satiren und Episteln bekannt. Sie bildeten neben Terenz und Vergil einen wichtigen Bestandteil der mittelalterlichen Schullektüre. Hierbei wurden keineswegs immer ganze Gedichte gelesen, was auch sprachlich Schwierigkeiten bereitet hätte, sondern vielfach nur einprägsame Sentenzen, an denen gerade Horaz so reich ist. Sie wurden in den beliebten Florilegien zusammengefaßt. In ihnen tauchen Horaz-Verse wörtlich oder leicht abgewandelt oder gar in neuen Kombinationen auf. So konnten die Schüler sich folgende Sentenz über die Kürze des Lebens und den einen Tod, der alle erwartet, einprägen: «Vitae summa brevis, omnes mors una manet»; die erste Hälfte entstammt Carm. 1,4,15, die zweite Carm. 1,28,15, wobei man, schlichter Auffassungsgabe Rechnung tragend, die bei Horaz metaphorisch für den Tod stehende Nacht (*nox*) durch «mors» ersetzte (Quint 27). An oberster Stelle stand das belehrende Element, das man bei Horaz fand und für die eigene Zeit fruchtbar machte. Dieses galt auch, wie Quint gezeigt hat, für die mittelalterlichen Autoren Johannes von Salisbury, Sextus Amarcius, Metellus von Tegernsee, Matthäus von Vendôme oder Galfridus von Vinsauf, so unterschiedlich ihre Werke waren. Nur der aus Toul stammende Verfasser der *Ecbasis Captivi*, eines Tierepos aus dem 11. Jahrhundert, liebte es, mit Horaz-Zitaten seine Bildung zu demonstrieren und seine Zuhörer zu erheitern.

Renaissance und Barock

War die Horaz-Rezeption im Mittelalter an die unterschiedliche Antike-Begeisterung der einzelnen Jahrhunderte gebunden, erlebte sie in der Zeit des Humanismus und der Renaissance eine ungeahnte Blüte. An Horaz schulten sich die lyrischen Dichter um die Wette, ob sich ihr poetisches Ingenium in einem rauschenden Strom oder nur in einem Rinnsal ergoß: Ein moderner Horaz zu sein war ein breit erstrebtes Ziel. Die wichtigste Voraussetzung dieses Phänomens war die 1470 in Italien erschienene Editio Princeps, der zahlreiche andere gedruckte Ausgaben folgten, die Horaz weithin verbreiteten. Die bedeutendste war die mit einem Kommentar versehene von Dionysius Lambinus (Denis Lambin, 1520–1572), Lyon 1561, mit der sich erst wieder die 1711 in Cambridge erschienene Ausgabe von Richard Bentley (1662–1742) messen konnte. So war der Weg dafür bereitet, daß im 16. Jahrhundert kaum ein Doktorschmaus, eine Hochzeit, Kindtaufe oder andere Feier der gebildeten Stände ohne ein lateinisches Gedicht begangen wurde. Horaz bot für alle Gelegenheiten Muster. Nach dem Vorbild des Geleit-Gedichts für Vergil (Carm. 1,3) verabschiedete man den Freund auf die Reise, nach dem Vorbild der Einladung an Maecenas (Carm. 3,8) bat man den Gönner zu Gast (Stammler 130). Die zahlreichen Liebes-Gedichte waren am leichtesten zu adaptieren. Wenn auch vielfach Witz und Bildung brillierten, war die Methode der Kontrafaktur, die man auch als ‹parodia› bezeichnete, im Prinzip durchaus ernsthaft gemeint. Das zeigt ihre Anwendung in christlicher Dichtung. Der berühmte französische Humanist Henricus Stephanus II (Henri Estienne / Étienne, 1531–1598), dem nach R. Pfeiffer Latein ‹Muttersprache› war, gab 1575 «eine Anleitung zur Verfertigung solcher Kontrafakturen. ‹Christliche Oden›, ‹Kirchliche Oden›, ‹Heilige Elegien› betitelt er seine Bücher. Den entzückenden Versöhnungsdialog zwischen Horaz und Lydia (*carm.* III 9) dichtet Melchior Laubanus um zum Zwiegespräch zwischen Jesus und dem Sünder, das Staatsschiff (*carm.* I 14) wird auf Christus gedeutet von Matthias Bergius, das Propemptikon für Vergil (*carm.* I 3) erhält das Ziel auf *Maria stella maris*, und ebenso wird die jungfräuliche Diana in dem kleinen Weihespruch (*carm.* III 22) in die jungfräuliche Maria umgewandelt» (Stammler 158–159). Diese

Kontrafakturen hatten eine längere Tradition. Schon der Mönch Metellus von Tegernsee hatte im 12. Jahrhundert in den ersten 22 Oden seiner *Quirinalia* (Schicksale des Heiligen Quirin) horazische Metren und Wendungen in großem Umfang adaptiert. Noch die Jesuiten Matthias Casimir Sarbievius (Maciej Kazimierz Sarbiewski), der ‹polnische Horaz› (1595–1640), und Jacob Balde (1603–1668) sowie der Benediktiner Simon Rettenbacher (1634–1706) orientierten sich in ihren christlichen Gedichten an Horaz. Als Beispiel seien die beiden ersten und die fünf letzten Verse von Baldes zum 1. Mai 1641 gedichteter Ode an Maria *Ad Virginem Matrem* mit der Übersetzung Wehrlis zitiert (Lyr. 4,40):

O quam te memorem, Dea,
vitae prasidium et dulce decus meae.
(1–2)
Sic o saepe veni, Diva, decentium
mater blanda cupidinum,
et longas reseca Pieridum moras.
Tecum vivere amem libens
et, si fata vocant, non metuam mori.
(18–22)
O, wie rühm ich dich, Göttliche,
meines Lebens Geleit, liebliche Zierde du.

O so komm denn du oft, Göttin, der rühmlichen
Sehnsucht freundliche Mutter du,
laß die Musen mir nicht allzu lang ferne sein!
Gerne leb ich mit dir dahin –
ruft das Schicksal, so wird mir vor dem Tod nicht bang.

V. 1 nimmt Aeneas' Anrede an die als eine Jägerin verkleidete Venus auf (*o quam te memorem, virgo?*, Aen. 1,327). Wer Ohren hatte zu hören, hörte, daß das passende (!) Wort *virgo* durch «Dea» ersetzt war. Mit Vers 2 ging es horazisch zu. In Carm. 1,1 wurde Maecenas *o et praesidium et dulce decus meum* apostrophiert, ebenfalls im asklepiadeischen Versmaß und im zweiten Vers. (Das *o* am Anfang mußte vermieden werden, da es Balde schon im ersten Vers verwendet hatte.) V. 19 ging auf Carm. 1,19 zurück, in dem Horaz Venus anrief *mater saeva Cupidinum*, was er in 4,1, 4–5 später aufnahm, wobei die Cupidines noch ein Adjektiv erhielten: *dulcium / mater saeva Cupidinum*. Aus Venus wurde Maria, aus Grausamkeit Lieblichkeit, aus Liebesbegierde Verlangen nach der Gottesmutter, aus dessen Süße Schicklichkeit. Das waren Feinheiten, wozu noch die kam, daß Horaz die Angesprochene fortschickte (*abi*, 4,1,7), Balde aber herbeirief («veni»). Nichts zeigt deutlicher, daß nicht Spracharmut auf Horaz zurückgriff, die der Leser nicht bemerken, sondern artistische Könnerschaft, die der Leser würdigen sollte. Sein Vergnügen hatte der Kenner schließlich, wenn er hinter V. 20 Horaz' Mahnung an

Leuconoë *spem longam reseces* (1,11,7), hinter V. 21 Lydias Bekenntnis an ihren Geliebten *tecum vivere amem, tecum obeam lubens* (3,9,24) und hinter V. 22 dessen Versicherung *non metuam mori* (3,9,11) hörte. «Das kann echtes pathetisches Messen am Urbild sein [...]; oft ist es auch nur der verschmitzte Test auf die Bildung des Lesers [...], Lustgewinn des gelehrten Selbstgefühls, immer aber auch die Freude an Spannung, Durchblick, Verkleidung und schwindligem Tausch der Identität. All dies gewinnt aber den vollen Sinn und den prickelndsten Reiz erst im Gegenspiel zum christlichen Thema dieser Kunst. Sie wünscht ja, im Gegensatz zu einem direkten, sozusagen naiven Humanismus, nicht die Antike schlechthin zu erneuern, sondern sie zu überwinden» (Wehrli 112).

Jacob Balde gehört schon dem Barockzeitalter an. Ein Jahr vor seiner Geburt starb Paulus Melissus (Schede), der 1539–1602 lebte. Bei ihm und Georg Fabricius (1516–1571) erreichte die Horaz-Rezeption der neulateinischen Lyrik der Renaissance ihren Höhepunkt im deutschsprachigen Raum, während Conrad Celtis (1459–1508) noch als Wegbereiter im Zeitalter des Humanismus anzusprechen ist. Melissus' ‹horazische› Lyrik, die in der Mitte steht, kann zweierlei lehren: Wenn er Horaz ganz eng folgt, hatte er das Ziel, sich mit seinem Vorbild zu identifizieren, dieses aber auch zu überbieten (Schäfer[1] 102). Auf der anderen Seite stand er in der Tradition des romanischen Lyrik-Ideals, besonders des Petrarkismus, und wurde mit der freien Nachfolge der römischen Dichter «zum Wegbereiter der an die gleichen Kunstprinzipien anschließenden deutschsprachigen Lyrik des Barockzeitalters, ihr Vorläufer auch durch einige deutsche Gedichte» (Schäfer[2] 114). Was für Melissus gilt, hat Herder in dem 35. der *Briefe zu Beförderung der Humanität* verallgemeinert: «In allen Ländern schlossen sich die Geister des Gesanges dem Venusinischen Schwan an und drückten zuerst in der geliehenen lateinischen Sprache Gesinnungen aus, die sie in ihrer Landessprache noch nicht auszudrükken vermochten. Wie niedrig ist's, was Balde u. a. Deutsch sangen; wie edler, wo sie das von Horaz geheiligte Werkzeug der Sprache anwenden konnten! [...] Jeder edlere Dichter vergaß gleichsam den Lauf der Dinge um ihn her; über die Vorurteile seines Landes, seiner Sekte, seines Ordens hinausgesetzt, mußte er gleichsam mit dem römischen Dichter auch römisch denken.» Diese Feststellung galt den Oden. Aber auch die Satiren regten zur Nachdichtung an, wie etwa Ariostos *Satire* (1517–1525) zeigen. Besonderer Beliebtheit erfreute sich die Ars Poetica. Im 16. Jahrhundert entstanden in Italien zahlreiche Poetiken, bei denen man die eigenen Theorien in der Form eines Kommentars zu dem horazischen Vorbild niederlegte, so etwa von A. J. Parrhasius (Parrasio) 1531, L. Dolce 1535 oder P. Gauricus (Gaurico) 1541. Noch in der berühmten 1561 erschienenen Poetik J. C. Scaligers (1484–1558) waren als Adressaten die neulateinischen Dichter gemeint, doch ist es andererseits klar, daß die humanistischen Stilgesetze auch die zeitgleiche italienische Literatur beeinflußten: Horaz hat auf die vielfältigste Weise die neuzeitlichen Dichter zum Sprechen gebracht.

Auf dem Weg zur Klassik

Das 18. Jahrhundert brachte der Horaz-Rezeption in Deutschland eine großartige Blütezeit. Herder fuhr an der zitierten Stelle fort: «Was späterhin in unserer Sprache eben auch durch die horazische Form geweckt und in ihr vorgetragen sei, darf ich Ihnen aus Klopstock, Götz, Uz, Ramler u. a. nicht anführen. Horaz ist Sänger der Humanität gleichsam vorzugsweise, die Form seiner Gedanken ist das erwählte Lieblingsmaß der lyrischen Muse worden.» Damit sind zwei wichtige Stränge bezeichnet, Klopstock auf der einen, Götz, Uz und Ramler auf der anderen Seite, zu der noch Hagedorn und Gleim zu rechnen sind. Sie waren Zeitgenossen, die zwischen 1708 und 1725 geboren wurden und sich in unterschiedlicher Weise auf Horaz besannen. Friedrich von Hagedorn (1708–1754), Johann Wilhelm Ludwig Gleim (1719–1803), Johann Peter Uz (1720–1796), Johann Nikolaus Götz (1721–1781) und Karl Wilhelm Ramler (1725–1798) gehören zu den Anakreontikern, einer Gruppe von Dichtern, die im Stil der kaiserzeitlichen Sammlung der *Anacreontea* (die auf den Lyriker Anakreon im sechsten vorchristlichen Jahrhundert zurückging) von Wein, Liebe und Lebensfreude sangen. 1746 hatten Gleim, Uz und Götz ihre Übersetzung *Die Oden Anakreons in reimlosen Versen* herausgebracht. Da viele Motive der griechischen Lieder auch bei Horaz zu finden sind, wandten sich diese Dichter dem Römer zu. Während der Rückgriff auf Horaz in der Humanistenzeit und im Barock oft genug über den Weg des Verstands und der Gelehrsamkeit erfolgte, begegnete man ihm nunmehr mit Liebe und Geschmack. Hier soll der älteste dieser Dichter, Hagedorn, mit dem Anfang seines Gedichts *Horaz* zu Wort kommen:

> Horaz, mein Freund, mein Lehrer, mein Begleiter,
> wir gehn aufs Land. Die Tage sind schon heiter;
> so wie anjetzt die Furcht der blinden Nacht
> ein heller Mond uns minder nächtlich macht,
> es herrscht das Licht, und alle Lüfte geben
> der frohen Welt das eigentliche Leben.

Man versuchte ‹das eigentliche Leben› mit Horaz zu leben. Aber man dichtete nicht nur im Stil dieses Dichters, man übersetzte ihn auch. Die Ergebnisse dieser Tätigkeit sind, wie in der Einleitung dargelegt, zu einem wesentlichen Teil noch heute gültig. Man rief Horaz selbst zum Zeugen dafür an, daß man um eine adäquate Wiedergabe seiner Dichtung rang, wie die zweite Strophe des Gedichts *Horaz* von Uz zeigt, der seine Übersetzung zusammen mit Ansbacher Freunden, dem Generalsuperintendenten Johann Zacharias Leonhard Junkheim (1729–1790) und dem Hofkammerrat Georg Ludwig Hirsch (1731–1815), schuf:

Sieh auf drei Freunde nieder,
o Flaccus! Denn sie flehn.
Sie glühn, die Muse deiner Lieder
in ihrem Reiz zu sehn,
den Scholiasten plump verschmähn.

Anders als die meisten seiner Zeitgenossen war Friedrich Gottlieb Klopstock (1724–1803) von der Form und Metrik der horazischen Ode fasziniert. Er versuchte sie schon früh nachzuahmen. Interessant ist seine wahrscheinlich älteste Ode *Der Lehrling der Griechen* von 1747, in der er sich – in horazischen Bildern und Metren – zu den Griechen bekannte, da er sich anschickte, mit dem *Messias* Homer herauszufordern (1–12):

Wen des Genius Blick, als er geboren ward,
    mit einweihendem Lächeln sah,
wen, als Knaben, ihr einst Smintheus Anakreons
    fabelhafte Gespielinnen,
dichtrische Tauben umflogt und sein mäonisch Ohr
    vor dem Lärme der Scholien
sanft zugirrtet und ihm, daß er das Altertum
    ihrer faltigen Stirn nicht säh,
eure Fittige lieht und ihn umschattetet,
    den ruft, stolz auf den Lorbeerkranz,
welcher vom Fluche des Volks welkt, der Eroberer
    in das eiserne Feld umsonst.

Das Versmaß ist horazisch, insofern jeweils ein Asklepiadeus mit einem Glykoneus wechselt, doch darin variiert, daß die Reihenfolge umgekehrt ist. Die ersten fünf Verse verschmelzen zwei berühmte Bilder des Römers. V. 3–5 nimmt Carm. 3,4,9–11 auf (S. 220–221):

Mich deckten, da ich ein Knabe noch war,
von Schlaf und Spielen ermüdet, befabelte Tauben
mit grünenden Sprößlingen zu.

Was Herzlieb mit ‹befabelte› Tauben wiedergibt, sind Horaz' *fabulosae palumbes* und Klopstocks ‹fabelhafte› Gespielinnen, die ‹dichtrischen› Tauben. Freilich hat Klopstock Horaz' Dichterweihe auf Anakreon übertragen, dem er Apollons Beinamen Smintheus zulegte. Der Anfang der Ode und zugleich der Schluß des zitierten Passus gehen auf Carm. 4,3,1–9 zurück (S. 301):

Auf wen du einst, Melpomene, als er geboren ward,
mit freundlichem Blicke herabsahst,
den verherrlicht der mühvolle Isthmische Kampf nicht,
den führt kein rasches Roß

auf achaischem Wagen als Sieger einher;
keine Kriegestat zeigt ihn
als Feldherrn mit delischem Laube geschmückt
dem Kapitol, weil er

den Stolz drohender Könige brach.

Wer bei der Geburt von der Muse bzw. dem Genius angeblickt worden ist, der wird Dichter, nicht Kriegsheld: Dieser Gedanke liegt beiden Gedichten zugrunde. Aber Klopstock bezeichnet sein Ohr als mäonisch = homerisch, nicht horazisch! Daß der Lorbeerkranz vom Volk geschieden ist, geht wiederum auf Horaz (Carm. 1,1 und 3,1) zurück. Die Polemik gegen die Gelehrtenzunft verbindet Klopstock mit Uz (S. 21) und Herder (S. 9). Es ist nicht notwendig, genauer zu zeigen, in welchem Maß Horaz den ‹Lehrling der Griechen› zum Sprechen gebracht hat.
Mit der Nachbildung horazischer Strophen hat Klopstock bis zu Hölderlin und Platen gewirkt. Darüber hinaus hat er als aufmerksamer Horaz-Leser in einem weiteren Punkt großen Einfluß ausgeübt. Wie der junge Goethe und Hölderlin nach ihm glaubte er der berühmten Pindar-Ode 4,2 (S. 277–279) entnehmen zu können, daß der griechische Sänger in freien Rhythmen gedichtet habe (1–12):

Wer Pindar nachzueifern strebt,
Jullus, den tragen Daedalus' wächserne Schwingen,
der wird dem kristallnen Meere
Namen geben.

Wie vom Gebirge der Strom stürzt,
den Regengüsse über sein Bett anschwellten,
so brauset, so stürmet des unerreichbaren Pindars
vollströmender Gesang.

Er verdient den Lorbeer Apollos,
wenn er neue Worte durch kühne Dithyramben
fortwälzt und in regellosen
Rhythmen dahinrauscht.

Was hier über Pindars – wohl schon von Horaz mißverstandene – Dithyramben gesagt wurde, meinte man auf seine ganze Dichtung, deren Rhythmen man nicht durchschaute, anwenden zu können. Auch entnahm man dieser Ode die Genie-Metaphorik sowie die Legitimation für die Schaffung neuer Wörter (J. Schmidt[1] 180–183). Klopstock selbst berief sich wohl schon 1747 in der Ode *Auf meine Freunde* auf Horaz (1–8, Text nach K. A. Schleiden):

Wie Hebe kühn, und jugendlich ungestüm,
wie mit dem goldnen Köcher Latonens Sohn,
unsterblich, sing' ich meine Freunde,
feiernd in mächtigen Dithyramben.

Willst du zu Strophen werden, o Lied, oder
ununterwürfig Pindars Gesängen gleich,
gleich Zeus' erhabnen trunknen Sohne,
frei aus der schaffenden Seele taumeln?

Dieses Lied wurde ein ‹horazisches› Strophen-Lied, das von Reminiszenzen an den römischen Dichter strotzt. 1754 folgte mit dem Gedicht *Die Genesung* der erste Versuch in freien Rhythmen. Wie Klopstock bezog sich noch Goethe bei seiner Pindar-Rezeption auf Horaz, wenn er am 10. Juli 1772 an Herder schrieb: «Ich wohne jetzt in Pindar [...]. Wenn er die Pfeile ein übern andern nach dem Wolkenziel schießt, steh ich freilich noch da und gaffe; doch fühl ich indes, was Horaz aussprechen konnte, was Quintilian rühmt.» Der letzte sagte in der *Institutio Oratoria* 10,1,61, Horaz habe Pindar (in Carm. 4,2) zu Recht für unnachahmbar gehalten.

Klassik

Die letzten Betrachtungen haben schon zum Zeitalter der Klassik übergeleitet. Hier sind in ganz besonderem Maß drei Dichter und Kritiker zu nennen: Gotthold Ephraim Lessing (1729–1781), Christoph Martin Wieland (1733–1813) und Johann Gottfried Herder (1744–1803).

1754 ergriff Lessing zweimal vehement für Horaz Partei. Zunächst veröffentlichte er die Invektive *Ein Vade mecum für den Hrn. Sam. Gotth. Lange, Pastor in Laublingen*. Mit diesem war er wegen dessen 1752 veröffentlichter Horaz-Übersetzung in eine Auseinandersetzung geraten, an der der Hallesche Professor Gottlob Samuel Nicolai, ein Bruder des Berliner Friedrich Nicolai, nicht unschuldig war. Der streitsüchtige Ton zeigt, was einem Geist wie Lessing Horaz wert war. Hier ein Beispiel. In der Ode 2,4 sagte der 40jährige Horaz von sich selbst: *cuius octavum trepidavit aetas / claudere lustrum*, ‹dessen Leben eilte, das achte Lustrum zu schließen› (23–24). Lange hatte *trepidare* mit ‹zittern› übersetzt, wozu Lessing bemerkte: «Ich hatte gesagt, es müsse deswegen hier eilen heißen, weil man in dem vierzigsten Jahre schwerlich schon zittere. Hierauf aber antworten Sie ganz eifrig: Was? Ist das so etwas Seltsames, daß ein Trinker wie Horaz, der auch nicht keusch lebte, im vierzigsten Jahre zittert? – Mit Ihrer Erlaubnis, Herr Pastor, das ist nicht Ihr Ernst. Oben lachte ich schon über Sie, daß Sie, sich zu entschuldigen, den Horaz zu einem Dichter machen, welcher sich weder um das Sylbenmaß noch um die Wortfügung bekümmert. Was soll ich nun hier tun, hier, wo Sie ihn, sich zu retten, gar zu einem Trunkenbolde und Hurer machen, welcher in seinem vierzigsten Jahre die Sünden seiner Jugend büßen muß? Wann Sie von dem guten Manne so schlecht denken, so ist es kein Wunder, daß er Sie mit seinem Geiste verlassen hat. Daß dieses wirklich müsse geschehen sein, zeigen Sie gleich einige Zeilen darauf, indem Sie auf eine recht kindische Art fragen: was denn das *eilen* hier sagen könne? Ob Horaz schneller 40 Jahr alt geworden, als es von Rechts wegen hätte sein sollen? Ob sein achtes Lustrum weniger Wochen gehabt als das siebende? Wahrhafte Fragen eines Mannes, bei dem die gesunde Vernunft Abschied nehmen will!»

Lange hatte seiner Übersetzung auch Suetons Lebensbeschreibung beigegeben, in der Horaz Unmaß in der Liebe zugeschrieben wird. Ihr Erscheinen nahm Lessing zum Anlaß, in den *Rettungen des Horaz* desselben Jahrs für seinen geliebten Dichter einzutreten, den er zu den ‹großen Geistern› rechnete. «Horaz ist einer von diesen. Und wie sollte er es nicht sein? Er, der philosophische Dichter, der Witz und Vernunft in ein mehr als schwesterliches Band brachte und mit der Feinheit eines Hofmanns den ernstlichsten Lehren der Weisheit das geschmeidige Wesen freundschaftlicher Erinnerungen zu geben wußte und sie entzückenden Harmonien anvertraute, um ihnen den Eingang in das Herz desto unfehlbarer zu machen.» Diesen Dichter nahm Lessing gegen die Vorwürfe der Wollust, Feigheit und Religionslosigkeit in Schutz. Den zweiten Punkt explizierte er an der noch zu betrachtenden richtigen Auslegung der Ode 2,7 (S. 43–45), den dritten an der der Ode 1,34. Den weitaus größten Teil nahm die Behandlung des heiklen ersten Punkts ein, den Sueton erwähnte. Eine Kostprobe möge das erläutern: «Nach dem Bericht dieses Geschichtsschreibers war August mit dem Dichter so vertraulich, daß er ihn oft im Scherze *purissimum penem* und *homuncionem lepidissimum* nannte. Der verschämte Herr Pastor Lange gibt das erste Beiwort durch einen *artigen Bruder Lüderlich*, oder vielmehr nach seiner Rechtschreibung *Liederlich*. Ich will hoffen, daß man keine getreuere Übersetzung von mir verlangen wird. Genug für mich, daß *purissimus*, oder wenn man die Lesart ein wenig antiquer haben will, *putissimus*, der *Allerreinste* heißt und daß der, welcher *ad res venereas intemperantior* ist, unmöglich der Allerreinste sein kann. Eines von beiden muß also nur wahr sein; entweder das *dicitur* des Pöbels oder das ausdrückliche Urteil des Augusts. Mit welchem will man es halten? Die Wahl kann nicht schwerfallen; sondern jeder Unparteiischer wird mir vielmehr zugestehen, daß Sueton schwerlich etwas so Abgeschmacktes, so Unrömisches und mit seinen anderweitigen Nachrichten so Streitendes könne geschrieben haben und daß man vielmehr vollkommen berechtiget sei, die angeführte Stelle für untergeschoben zu halten.» Sueton gab

durch die Formulierung (*traditur, dicitur*) zu erkennen, daß es sich um Klatsch handelt. Klatsch kann erdichtet sein, braucht es aber nicht.
Wieland hat sich sein ganzes Leben hindurch mit Horaz beschäftigt. Den bedeutendsten Niederschlag erfuhr die Auseinandersetzung mit ihm in der Übersetzung und Erklärung der Episteln, die 1782, und der Satiren, die 1786 erschienen. Die Übersetzungen dürfen als kongenial bezeichnet werden und sind bis heute im deutschen Sprachraum nicht übertroffen. Wieland hat nicht wörtlich übertragen, sondern sich bemüht, dem inneren Stil des Dichters nachzuspüren (er sprach von der ‹Homerität› Homers oder der ‹Ariostheit› Ariosts), den es in der deutschen Sprache wiederzugeben gelte, ohne ihr Gewalt anzutun. Dieser Forderung entsprang die besondere Art, die Vorlage zu verkürzen oder breit zu paraphrasieren, um das an Johann Heinrich Voß' Homer-Übersetzung gerügte gewaltsame Umspringen mit der deutschen Sprache durch das allzu starke Homerisieren zu vermeiden. Dementsprechend erschien ihm der Hexameter, den Voß seiner Meinung nach zu selbstherrlich gehandhabt hatte, nicht geeignet. Er wählte stattdessen fünf- oder sechsfüßige Jamben. Was Wieland an Horaz anzog, war auf der einen Seite der Weltmann, der auf leichtem Fuß mit den Großen der damaligen Welt umging, auf der anderen der Weise, der sich der großen Welt immer wieder zu entziehen suchte. Diese beiden – kaum zu vereinbarenden – Pole kamen schon in den Einleitungen zu den ersten Briefen zum Ausdruck. So heißt es zu 1,1: «Etwas, was die Briefe an Mäcen ganz besonders auszeichnet, ist eine gewisse leichte Farbe von Persiflage, welches (nach allem, was wir von ihm wissen) der Ton war, der in dem Hause dieses reichen und üppigen Günstlings Augusts herrschte und der auch unserm Dichter so natürlich war, daß er oft bei den ernsthaftesten Gegenständen, gleichsam unvermerkt, davon überrascht wird. Immer hören wir den feinen Weltmann, der mit dem Witz, als einer Art von Waffen, wovon er vollkommen Meister ist, so frei und sicher spielt, als ob er alle Augenblicke verwunden wollte, aber immer nur spielt, nie verwundet und eben dadurch, daß er andere nie seine ganze Stärke fühlen läßt, dem Schicksal der meisten witzigen Köpfe, bewundert und gehaßt zu werden, glücklich zu entgehen weiß.» Wieland wurde nicht müde, auf Horaz' ‹Urbanität› hinzuweisen. Demgegenüber stellte er aber die zunehmende Distanz zu Maecenas' Welt scharf heraus, wie etwa in der Einleitung zu dem siebten Brief. «Je weiter er im Leben fortrückte, je nötiger wurde ihm die Freiheit, mit sich selbst und für sich selbst zu leben; und um so viel mehr kosteten ihn die Aufopferungen, die ihm in jüngern Jahren leichter gewesen waren [...]. Jetzt [...], da seine zärtliche Gesundheit ihm die Landluft und eine regelmäßigere Diät immer unentbehrlicher machte; da ihm sein Leben, je schneller es ihm gleichsam unter den Händen entschlüpfte, desto kostbarer wurde; jetzt, da sein Blut

abgekühlt war und das Leere, das die Zerstreuungen und Ergötzungen der großen Welt in seiner Seele zurückließen, es ihm zum unentbehrlichen Bedürfnis machte, auf seine eigne Weise (und das war eine Weise, die von der Lebensart im Hause Mäcens sehr stark abstach) glücklich zu sein: Jetzt fühlte er das Mühselige und Drückende jener Aufopferungen zu stark, um es länger zu ertragen. Die Blumen, womit man seine Ketten umwunden hatte, waren verwelkt, und nun fühlte er, daß es eiserne Ketten waren, die seine nach Freiheit dürstende Seele unwillig von sich schüttelte.» Der von Wieland bei Horaz aufgezeigte Zwiespalt war ein solcher in seiner eigenen Existenz (Monecke 174).

Auch Herder begleitete lebenslang die Beschäftigung mit Horaz. Unter seinen Behandlungen finden sich zwei längere: *Über einige Horazische Rettungen und Erläuterungen,* im zweiten *der Kritischen Wälder* (1769), und *Briefe über das Lesen des Horaz, an einen jungen Freund,* im neunten Stück der *Adrastea* (1803). Während sich Herder in der ersten Schrift mit der Horaz-Philologie auseinandersetzte, gibt die zweite gewissermaßen eine systematische Anleitung. Ausgehend von Quintilians zu Anfang dieses Kapitels zitierten Worten, urteilte auch Herder: «Anmut und Grazie waren seine Muse.» Von diesen zu schreiben sei aber schwer. Der Jüngling solle daher Horaz selbst ‹studieren› und ‹lieben›. Im zweiten Brief begegnet der ebenso berühmte wie zutreffende Rat: «In jeder horazischen Ode also suche dir, mein Freund, die geistige Situation auf, die der Dichter darstellen und beleben wollte; suche in ihr seinen Standpunkt, seine Laufbahn, sein Ziel; dann siehe, wie er seinen Lauf nahm, wie schwer oder leicht er ihn vollendet. Bei Horaz wirst du eine Menge Annehmlichkeiten finden, die sich oft an Ein Wort, an eine Wortsetzung oder Wendung anschließen und gleichsam in sie verbergen; hätte der Dichter sie ausgemalt, so wäre der feine Zug zur Grimasse worden und jede Grazie verpinselt. Vielleicht hat kein Dichter mehr wie er durch seine Ausleger und Kommentatoren gelitten [...]. Indem sie ihm nachspürten, woher er seine Ideen wohl genommen? worauf er gezielt haben möchte? und ihn dabei bald in die Politik, bald in Gelehrsamkeit begruben, war Anlage, Haltung, Kolorit zerstört; verzerrt war die Grazie zu einer widrigen Maske. Flieh, Jüngling, diese Schönheitsmäkler, die *arbitros elegantiarum*; mit eignem freien Blick und Sinn halte jede Situation mit ihrer Darstellung zusammen, als ob sie die einzige in der Welt wäre. Ein Cabinet der erlesensten Geistesgemälde, kleiner und großer, wirst du in diesem Dichter erbeuten.» Herder schloß den Brief: «Wer ein Gemälde ansiehet, ohne zu fragen: ‹Was stellets vor? Woher ging der Künstler aus? Wohin wollt' er? Wie ordnete und band er Gestalten, Lichter, Farben? Welches ist der Sinn, der Eindruck des Ganzen?›, der betrachtet es unverständig; so auch wer die lyrischen Gemälde verstandlos ansieht, dagegen ästhetisch an den Spänen ihres

Holzes schnitzelt und kauet. *Odi profanum vulgus et arceo*; hasse auch du es, Jüngling.»

Trotz Wielands und Herders beherztem Eintreten für Horaz wandte sich der Geschmack der Zeit immer mehr den ‹ursprünglichen› griechischen Autoren zu. So erschien Horaz August Wilhelm von Schlegel (1767–1845) in der auf Berliner Vorlesungen zurückgehenden *Geschichte der klassischen Literatur* (1802/1803) als «Stifter der künstlich nachgeahmten, von Musik nicht mehr begleiteten Lyrik». Er werde «noch viel zu sehr für Original gehalten, da man doch das Gegenteil» wisse. Das Anpassen an griechiche Vorbilder sei «überhaupt ein übles Handwerk», so daß Schlegel «Zweifel an Horazens künstlerischer Infallibilität» hatte. Vielleicht müsse die ganze Einführung der Lyrik ins Lateinische «als ein halbmißlungener Versuch» angesehen werden. Wenn Schlegel auch von «Lyrik im Treibhause», der «ausgearbeiteten, aber kalten Eleganz» und dem «Absichtsvollen» der horazischen Oden sprach, stellte er doch fest: «Am meisten Wärme eignen Gefühls bei der Anpreisung eines still gemäßigten Lebens, bei Äußerungen des römischen Patriotismus und Anmahnungen zur Herstellung strenger Sitten (3.–4. Buch).» Kurz und bündig urteilte Johann Wolfgang von Goethe (1749–1832) über Horaz (1806 an Riemer): «Sein poetisches Talent anerkannt nur in Absicht auf technische und Sprachvollkommenheit, d. h. Nachbildung der griechischen Metra und der poetischen Sprache, nebst einer furchtbaren Realität, ohne alle eigentliche Poesie, besonders in den Oden.» Auch der Versuch, mit der Konjektur ‹fruchtbar› eine positive Aussage zu gewinnen, darf als gescheitert gelten (Lefèvre[3] 35). Freilich kannte Goethe Horaz gut, besonders die Ars Poetica (S. 330). Sat. 1,4,137–140 stand auf dem Titelblatt der *Venetianischen Epigramme*; Sat. 2,1,30–34 wurde den *Zahmen Xenien* vorangestellt (S. 86). Vielzitiert ist das Wort aus dem siebten Buch von *Dichtung und Wahrheit* über Horaz und die Anakreontiker: «Das Anakreontische Gegängel ließ [...] unzählige mittelmäßige Köpfe im Breiten herumschwanken. Die Präzision des Horaz nötigte die Deutschen, doch nur langsam, sich ihm gleichzustellen.» Eine aufmerksame Goethe-Lektüre kann manche Beziehungen zu Horaz aufspüren; so hat man «fast die gesamte Gedankenbewegung» der *Harzreise im Winter* mit der Maecenas-Ode 1,1 in Parallele gesetzt (J. Schmidt[1] 303). Doch täuscht das alles nicht darüber hinweg, daß die Zeit den Griechen gehörte.

Ein Urteil wie das Friedrich Nietzsches (1844–1900) in dem Abschnitt ‹Was ich den Alten verdanke› der *Götzen-Dämmerung* von 1888 wurde seltener: «Bis heute habe ich an keinem Dichter dasselbe artistische Entzücken gehabt, das mir von Anfang an eine horazische Ode gab. In gewissen Sprachen ist das, was hier erreicht ist, nicht einmal zu *wollen*. Dies Mosaik von Worten, wo jedes Wort als Klang, als Ort, als Begriff, nach rechts und links und über das Ganze hin seine Kraft ausströmt, dies Minimum in Umfang und Zahl der Zeichen, dies damit erzielte Maximum in der Energie der Zeichen – das alles ist römisch, und wenn man mir glauben will, *vornehm par excellence.*« Es mußte ihn um so mehr treffen – wenn es ihn noch traf –, daß man ihm ausgerechnet Horaz zur Mäßigung vorhielt. Thomas Mann (1875–1955) schrieb in seinem Essay über Strindberg von 1949, er sei überzeugt, daß dessen «Tragik ein gut Teil bewußter Groteske, freiwilliger Komik beigemischt war. Das unterscheidet ihn in meinen Augen *vorteilhaft* von Nietzsche, der auch wahrhaftig, auch grotesk, aber nie komisch war. Auf seinen ‹Nietzsche Cäsar› gezeichneten letzten Brief antwortete Strindberg übertrumpfend mit der Unterschrift ‹Deus optimus maximus›, aber nicht ohne zuvor Horaz zitiert zu haben:

> Rectius vives, Licini, neque altum
> semper urgendo neque, dum procellas
> cautus horrescis, nimium premendo
> litus iniquum.»

Den Aufruf zum Maßhalten (Carm. 2,10,1–4) übersetzte Herzlieb so:

> Glücklicher lebst du, Licin, wenn du nicht
> immer das hohe Meer befährest, nicht immer,
> dem Sturm erbebend, ans treulose Ufer
> scheu dich hindrängst.

Es ist vielleicht nicht von ungefähr, daß man in dieser Zeit auch schon schnoddriger mit Horaz umging. So nahm Friedrich Engels (1820–1895) in einem Brief an Karl Marx (1818 – 1883) am 21. Dezember 1866, in dem er sich ironisch über Napoleon III. äußerte, auch auf Horaz Bezug (den Zitaten aus Carm. 3,3 werden hier Übersetzungen beigegeben): «[...] so ist Herr Bonaparte diesmal in dem komischen Fall, sich auf die *Bourgeoisie* gegenüber den *Bauern* stützen zu müssen. Der Gang der Geschichte ist aber auch ganz unverschämt rücksichtslos gegenüber diesem Edlen, und es ist ihm zu verzeihen, wenn er an Gott und der Welt irre wird. Ich hoffe, er macht es wie ich und liest seinen Horatium zur Auffrischung: *justum ac tenacem propositi virum* [den Mann, der gerecht ist und an seinem Vorsatz festhält] usw. Der alte Horaz erinnert mich stellenweise an Heine, der sehr viel von ihm gelernt hat, auch au fond ein ebenso kommuner Hund politice war. Man denke sich den Biedermann, der den *vultus instantis tyranni* [die Miene des drohenden Gewaltherrschers] herausfordert und dem Augustus in den Hintern kriecht. Sonst ist der alte Schweinigel doch auch sehr liebenswürdig.»

20. Jahrhundert

Das 20. Jahrhundert brachte wie das ausgehende 19. der Horaz-Philologie eine unvergleichliche Blütezeit; die Dichter liebten es aber nicht, ihr Werk wie in früheren Epochen in Auseinandersetzung mit vergangener Literatur zu formen. So trat auch Horaz zurück, doch wurde er nicht vergessen. Für Hugo von Hofmannsthal (1874–1929) war er ein kühler Autor, wenn in *Der Tor und der Tod* die Erscheinung des toten Jugendfreunds zu Claudio (der sein Leben verfehlt hat) spricht:

> Lebst du noch immer, Ewigspielender?
> Liest immer noch Horaz und freuest dich
> am spöttisch-klugen, nie bewegten Sinn?

Rudolf Alexander Schröder (1878–1962) übersetzte den ganzen Horaz und gab zu jedem Gedicht eine knappe, oft treffende Einführung. Er verstand den Dichter. Mißverstanden wurde er von Hans Magnus Enzensberger (geb. 1929), der in dem Essay *Poesie und Politik* von 1962 behauptete, mit Vergil und Horaz beginne die «Geschichte der Poesie als politischer Affirmation in allem Ernst». Hingegen hatte Bertolt Brecht (1898–1956), abgesehen von seinem Schulaufsatz über Horaz (S. 158), ein besseres Bild von diesem Dichter. In der vorletzten Szene des *Leben des Galilei* (1938/1955) sagt der alternde Galilei zu seiner Tochter Virginia: «Ich fühle mich nicht wohl genug. Lies mir etwas Horaz.» Vorher, als er entschlossen war, nicht zu widerrufen, zitiert er in der achten Szene im Gespräch mit dem Kleinen Mönch Horaz als einen Autor, der sich auch nicht hätte dreinreden lassen – ausgerechnet unter Berufung auf die Priap-Satire 1,8 (S. 102):

> Da, sieh hinaus! Siehst du dort den kleinen Priap an der Quelle neben dem Lorbeer? Der Gott der Gärten, der Vögel und der Diebe, der bäurische obszöne Zweitausendjährige! [...] kennen Sie die achte Satire des Horaz? Ich lese ihn eben wieder in diesen Tagen, er verleiht einiges Gleichgewicht. Er läßt eben diesen Priap sprechen, eine kleine Statue, die in den Esquilinischen Gärten aufgestellt war. Folgendermaßen beginnt es:
>
> > Ein Feigenklotz, ein wenig nützes Holz
> > war ich, als einst der Zimmermann, unschlüssig,
> > ob einen Priap machen oder einen Schemel,
> > sich für den Gott entschied ...
>
> Meinen Sie, Horaz hätte sich etwa den Schemel verbieten und einen Tisch in das Gedicht setzen lassen?»

Von 1953 stammt Brechts Gedicht *Beim Lesen des Horaz*:

Selbst die Sintflut
dauerte nicht ewig.
Einmal verrannen
die schwarzen Gewässer.
Freilich, wie Wenige
dauerten länger!

«Merkwürdig, wie von der dritten Verszeile an ein daktylischer Aufschwung einsetzt, der zum klassischen Hexameter hinstrebt, aber vom Lyriker gedrosselt wird. Die Versform als Zitat. Antike in der Gegenwart. Abermals ein Gedicht über Wandlung, Vergessen und Dauer. Die moderne Variation über den Satz des Lyrikers Horaz: Exegi monumentum aere perennius. Ein Gedicht des späten Brecht über die Dauer von Dichtung» (Mayer 93). Vorbild war wohl Carm. 1,2 (S. 165–166).
Vor 1966 schrieb der DDR-Lyriker Heiner Müller (geb. 1929) zwei Horaz-Gedichte. In *Leben des Horaz* ist viel Leben enthalten:

Der Arrivierte mit dem Haß auf sein Startloch.
Unter Brutus ist er Demokrat
Tod dem Tyrannen und mir auch ein
Landgut
Pazifist bei Philippi, der skandiert den Boden
Dann lernt er seine Lektion (er auch), wechselt
Die Laufbahn *schwamm drüber Augustus*. Das
Landgut
Schenkt Mäcen ihm für einen Platz in den Oden
Acht Spiegel im Schlafzimmer und kein Wort mehr von Brutus
Er macht seinen Weg in die Chrestomathien
Aere perennius Liebling der Philologen.

Das Gedicht *Apologie Horaz* ist ein ungewöhnliches Kompliment. Es stehe am Ende dieses Überblicks:

Rom die Hure mit den sieben Brüsten.
Lob der Mäßigkeit, Mutter der Weltreiche
Aufgefressen von den wachsenden Kindern
Mit vollkommenen Versen, sonst wozu, braucht
Luxus. Satt singt Horaz, den Lorbeer
Würzt das Fleisch, kappadozisches Wildbret!
(Und die Baumblüte in den Albanerbergen)
Dreiundzwanzig Dolchstöße, der zweite tödlich
In ein fallsüchtiges Fleisch, was sind sie
Gegen den Furz des Priap in der achten Satire.

Parodie

Es versteht sich, daß ein Autor wie Horaz der Parodie nicht entgehen konnte. Aus der Vielzahl solcher ‹Huldigungen› seien drei am Beispiel der unten S. 207 wiedergegebenen Ode 1,11 an Leuconoë (die ängstlich bei Astrologen nach der Zukunft forscht) vorgeführt: von Felix Stillfried (Adolf Brandt, 1851–1910) im mecklenburgischen Milieu von 1896, von Christian Morgenstern (1871–1914) im Berliner Milieu von 1897 und von Eduard Stemplinger (1870–1964) im bayerischen Milieu von 1905:

Gaude Rath

Quäl Di doch nich ümmertau!
Lat den Kukuk doch in Rauh!
Raup em doch nich jeden Dag:
Segg, wo lang' ick lewen mag?

Beter makt't, wer Allens nimmt
jüst so, as von Gott dat kümmt,
ob em bläuhn noch vele Johr,
ob mit dit sin letzt is dor.

Drüm so wes' vernünftig, Dürt!
Nutz de Tid, de Di noch hürt;
sorg' nich, wes' vergnäugt un froh!
Kort is't Lewen so wie so.

Bi uns' Spreken is 'ne Stunn',
ehr wi't uns verseihn, verswunn'n:
Nimm, wat hüt Di kamen mag,
bu nich up den annern Dag!

*

Laß das Fragen doch sein! Sorg dich doch nicht über den Tag hinaus!
Martha! Geh nicht mehr hin, bitte, zu der dummen Zigeunerin!
Nimm dein Los, wie es fällt! Lieber Gott, ob dies Jahr das letzte ist,
das beisammen uns sieht, oder ob wir alt wie Methusalem
werden: Sieh's doch nur ein: Das, lieber Schatz, steht nicht in unsrer Macht.
Amüsier dich, und laß Wein und Konfekt schmecken dir wie bisher!
Seufzen macht mich nervös. Nun aber Schluß! All das ist Zeitverlust!
Küssen Sie mich, *m'amie*! Heute ist heut! *Après nous le déluge*!

*

Die ganz Zeit laßt dir Karten schlagn,
a jeds Zigeunerwei tuast fragn,
    wia s ausschaugt mit deim Lebn.
Die Neugier hilft di nix, mei Bua,
d Welt geht halt ihrn Gang schö zua,
    und du, du muaßt di gebn.

Sei gscheit! Um d Zukunft krumm di nöt.
Und schaug nur, mit dem dumma Gred
vergeht die schönste Zeit.
He, Ursch, a frische Maß bringst her!
Bua, trink! Drent gibts koa Weinderl mehr
die ganze Ewigkeit.

So mag der vorstehende Überblick zeigen, daß Herders Einleitungssatz zu den *Briefen über das Lesen des Horaz* zutrifft: «Welche Heere von Dichtern haben ihn übersetzt, nachgeahmt, mit ihm gewetteifert, ihm nachgeeifert. [...] Fast zweitausend Jahre hindurch hat er allen gebildeten Nationen der Welt gesungen, sie ergötzt und die feinsten Seelen geleitet!»

2 Die literarische Situation vor Horaz

Die Zeit des Prinzeps Augustus, der von 63 v. Chr. bis 14. n. Chr. lebte und seit 31 v. Chr. Alleinherrscher war, gilt mit den Werken der Dichter Vergil, Horaz, Properz, Tibull, Ovid sowie des Historikers Livius als Höhepunkt der römischen Literatur. Obwohl die beiden zuerst genannten Autoren schon in dem Jahrzehnt vor der entscheidenden Schlacht von Aktium, in der Oktavian den Rivalen Antonius besiegte und damit die lange Leidenszeit der Bürgerkriege beendete, mit Dichtungen hervortraten, können sie der augusteischen Literatur zugeordnet werden. Vergils *Bucolica* und *Georgica* sind von Anfang an durch die Hoffnung auf einen Erfolg Oktavians – der im Jahr 27 den Ehrentitel Augustus erhielt – geprägt, und auch Horaz war diesem und seinem Vertrauten Maecenas schon in den dreißiger Jahren verbunden. Vereinfacht gesagt, brachten die *Aeneis* und die Oden die Erfüllung dessen, was in den *Bucolica*, *Georgica* und Epoden noch Hoffnung gewesen war. Insofern haben beide Dichter ein einheitliches Werk geschaffen, das insgesamt der augusteischen Literatur zugerechnet werden darf.

Horaz begann um das Jahr 40 zu dichten. In dieser Zeit war die römische Literatur von den verschiedensten Richtungen bestimmt. Die verworrene Situation nach Caesars Ermordung förderte so wenig gemeinsame Tendenzen der Literatur wie das politische Chaos seit der Wende vom zweiten zum ersten Jahrhundert. Die Reformen der Gracchen hatten die römische Republik in eine Krise gestürzt, die aufgrund immer neuer Bewegungen erst mit der Errichtung des Prinzipats durch Oktavian/Augustus ein Ende nehmen sollte. Mommsen hat die Epoche von 133–31 das Zeitalter der Revolution genannt. Wenn es aus heutiger Sicht auch angemessener ist, von einem Zeitalter der Reformen zu sprechen, so war doch der Zeitraum äußeren Umsturzes und innerer Unsicherheit zutreffend bezeichnet.

Die Literatur reagierte mit sicherem Gespür. Bis dahin war das Epos die repräsentative Gattung gewesen. Die *Annales* des Süditalikers Ennius (239–169), die die römische Geschichte von den Anfängen bis auf seine Zeit darstellten, wurden als ihr Höhepunkt angesehen. Der bekannte Vers, daß der römische Staat auf Sitten und Männern alter Art beruhe (*moribus antiquis res stat Romana virisque*), ist bezeichnend für den Geist dieses altrömischen Epos. In der traditionellen Auffassung von römischer Größe und Disziplin war Ennius ein Verwandter Catos (234–149), der ihn nach Nepos' Zeugnis 204 von Sardinien nach Rom gebracht, ihn also offenbar ‹entdeckt› hatte. Als der römische Staat in die Krise geriet, war es folgerecht mit einer Dichtung in Ennius' Geist und Stil vorbei. Galt dieser bisher als unerreichtes Vorbild, wurde er nun zur Zielscheibe der Kritik und selbst des Spotts. Es war vor allem die junge Dichtergeneration der Neoteriker, der ‹Neuen›, die zu ihm auf Distanz gingen, weil sie sich von altrömischem Denken abwandten. Wer dennoch an Ennius' Art festhielt, wurde mit Hohn bedacht, wie der berühmte Redner Hortensius (114–50), dessen *Annales* Catull (87/84–54), der bedeutendste Vertreter der Neoteriker, im 95. Gedicht verspottete. Man nahm sich jetzt die griechische Dichtung der Alexanderzeit mit ihren esoterischen Kunstprinzipien zum Vorbild. Statt der offiziellen Themen dominierte der private Bereich. Freundschaft, Liebe und Kunst bildeten die bevorzugten Gegenstände neoterischen Dichtens: Die Literatur zog sich aus der Öffentlichkeit in private Zirkel zurück. An die Stelle schnellen und unbekümmerten Dichtens großer Werke traten das Feilen an dem richtigen Versbau und das Feilschen um den rechten Ausdruck. In dieser Hinsicht verdankte Horaz den Neoterikern viel. Wenn Catull im 95. Gedicht nach W. Kroll die «Versfabrik des Hortensius» verspottete, nahm er Horaz' bekannte Kritik an Lucilius' rapider Produktion vorweg. Horaz wurde dennoch kein Neoteriker, obwohl ihre Dichtung bis in seine Zeit hinein lebendig war.

Lukrez (98/97–55/54) blieb ein Einzelgänger. Das von epikureischer Philosophie geprägte Lehrgedicht *De rerum natura* ist nicht Ausdruck eines allgemeingültigen Denkens, sondern gegen die Zeit geschrieben. Mommsen sagte treffend, das «Grauen und der Widerwille gegen die entsetzliche Welt überhaupt, in der und für die der Dichter schrieb, haben dies Gedicht eingegeben». Für Lukrez war die Entwicklung der menschlichen Vernunft Gegenstand der Bewunderung und zugleich des Zweifels. Der letzte überwog, und nicht zu Unrecht hat F. Marx sein Werk das «Grablied des altgewordenen römischen Freistaates» genannt. Obwohl die innere Unrast des Menschen in der Rede der Natur im dritten Buch großartig erfaßt ist und gerade diese Passage tiefen Eindruck auf Horaz gemacht hat, ließ er sich doch nicht von Lukrez in dessen Bahnen lenken.

Cicero (106–43) hielt dagegen zeitlebens an dem alten Bild der Republik fest. Immer wieder war er für sie eingetreten, hatte er Rückschläge hinnehmen müssen, stand er erneut für sie auf. Am Ende seines Lebens überwogen jedoch Pessimismus und Zweifel. Er schätzte Caesars Alleinherrschaft als tödliche Bedrohung der Republik ein. In der im Jahr 46 abgefaßten Schrift *Brutus* beklagte er den Tod seines großen Rivalen Hortensius, pries ihn aber zugleich glücklich, daß er rechtzeitig gestorben sei: Jetzt sei er zu betrauern, hätte er aber länger gelebt, hätte er Anlaß gehabt, den Staat zu betrauern; denn er habe gelebt, solange es in Rom möglich gewesen sei, anständig und glücklich zu leben, *vixitque tam diu quam licuit in civitate bene beateque vivere* (4). Das sind offene Worte in einer gefährlichen Zeit. Für Cicero stellte Rom nicht mehr eine geordnete Republik, eine *bene constituta civitas*, dar (7). Als er dieses Bekenntnis schrieb, war Horaz 19 Jahre alt – in einem Alter, in dem ihn die Krise des Staats besonders tief treffen mußte. Wie Cicero dachten viele, und gewiß auch der junge Horaz. Es war nicht die Zeit, einen jungen Mann zum Dichten zu begeistern. Zwar hatte Cicero Gedichte verfaßt, aber das lag bezeichnenderweise lange zurück. In ennianischem Stil hatte er voll Zuversicht und Stolz seine Taten in den Epen *De consulatu suo* und *De temporibus suis* verherrlicht. Wie hätten diese vergangenen Elogien für Horaz Anlaß sein können, es dem großen Mann nachzutun?

Sallust (86–35) dagegen, der kritische Beurteiler der untergegangenen Republik, hatte es gar nicht erst mit der Dichtung versucht. Eine Generation jünger als Cicero, setzte er von vornherein politisch auf Caesar und erhielt ihm auch nach dessen Ermordung ein ehrendes Angedenken. Sallust hatte im *Bellum Iugurthinum* ein düsteres Bild der römischen Außen- und Innenpolitik gezeichnet und wenig erfreuliche Ausblicke auf Sulla gegeben. Im *Bellum Catilinae* knüpfte er an diesen an, insofern er ihn als Vorläufer des Hasardeurs Catilina auffaßte. Das letzte Werk, die *Historiae*, die die römische Geschichte von 78 an darstellten, bedeuteten auch keine Aufhellung, ja die Fragmente des Proömiums lassen eine Verdüsterung erkennen. Sallust war der ‹moralische› Geschichtsschreiber Roms schlechthin. Das mußte auf den späteren Dichter der Satiren ohne Frage anziehend wirken. Aber schwerer als Horaz' leichte Geistigkeit wirkte der grübelnde Ernst des Historikers, der über die Betätigungen in der Gegenwart schrieb: ‹Von diesen scheinen mir Verwaltungsposten und Amtsgewalten, ja jede öffentliche Tätigkeit in dieser Zeit überhaupt nicht erstrebenswert, da mannhaftem Streben nicht mehr Ehre zuteil wird und diejenigen, welche sie durch Betrug erlangt haben, unbehelligt und in um so größerem Ansehen leben. Denn Vaterland oder Eltern mit Gewalt zu lenken, auch wenn man dazu in der Lage ist und ihre Vergehen zu korrigieren vermag, ist doch schlimm, zumal alle Veränderungen Mord, Verbannung und andere Widerwärtigkeiten verheißen. Sich aber vergeblich zu bemühen und durch Anstrengungen nur Haß einzuhandeln, ist grenzenloser Schwachsinn, es sei denn, jemanden komme die ehrlose und verderbliche Lust an, seine Würde und Freiheit der Macht einer kleinen Gruppe aufzuopfern› (Iug. 3). Als Sallust diese schlimme Ansicht äußerte, schrieb Horaz die ersten Satiren. Sie wird auch ihm aus dem Herzen gesagt worden sein, seinem Temperament aber wenig entsprochen haben. Horaz war nicht zum Historiker, sondern zum Dichter geboren.

In diese Zeit fallen auch die Anfänge des zweiten großen augusteischen Dichters, Vergils (70–19), dessen *Bucolica* ab 42 entstanden. Es sind diese eine Dichtung ganz eigenen Zuschnitts, die in Rom keinerlei Vorbild hatte. Vergil legte den sangeskundigen Hirten den Schmerz um die Vertreibung aus der Heimat, die seine Familie selbst erlitten hatte, in den Mund. Ihre Klage spiegelt die Landenteignungen unter den Triumvirn Mark Anton, Lepidus und Oktavian eindrucksvoll wider. Insofern ist diese Dichtung ganz aus der Zeit heraus geboren. Womit Vergil auf das allgemeine Elend reagierte, war auf der einen Seite zwar eine Hoffnung, nämlich der Glaube an eine Besserung der Verhältnisse durch Oktavian, auf der anderen Seite aber eine Flucht: Es war die Flucht in die Darstellung unerfüllbarer Liebe und der Tröstung durch die Kunst. In dieser Hinsicht bedeuteten die *Bucolica* einen erheblichen Schritt von den politischen und gesellschaftlichen Verhältnissen fort zu einem imaginären Reich geistiger und künstlerischer Harmonie hin – letztlich ein Ausdruck mehr der Sehnsucht als der Erfüllung. In der Wertschätzung der Kunst traf sich Horaz mit Vergil, natürlich auch in dem Leiden an den Zuständen nach Caesars Tod. Eine besonders enge Berührung stellen Vergils vierte Ekloge und Horaz' sechzehnte Epode dar, die von der Sehnsucht nach der Rückkehr des Goldenen Zeitalters bestimmt sind. Abgesehen davon, daß Horaz nicht Vergils originelle bukolische Dichtung nachahmen mochte, lagen seinem Naturell die realistischen Gattungen der Satiren und Epoden mehr als die eher idealistische Hirtendichtung Vergils. Beide großen Dichter suchten einen Neuanfang, jeder auf seine Weise.

Schließlich ist die in dieser Zeit im Entstehen begriffene Elegie zu nennen, als deren Archeget in Rom wohl zu Recht Cornelius Gallus (69–26) gilt, obwohl seine Werke verloren gingen. 1978 wurden einige Verse entdeckt. Doch war seine Haltung schon immer dadurch bekannt, daß Vergil auf sie in der zehnten Ekloge anspielte, indem er Gallus eine Klage mit den für ihn bezeichnenden Motiven in den Mund legte. Dieser hatte im Stil der späteren Elegiker Properz und Tibull seine entsagungsvolle Liebe zu Lycoris besungen und sich in willenloser Abhängigkeit von ihr dargestellt. Es ist schwer zu sagen, in welchem Maß Gallus, der sich auch im tätigen Leben bewährte und später Statthalter der im Jahr 30 neu geschaffenen Provinz Ägypten wurde, in der Liebesdichtung eine Haltung zur Darstellung gebracht hat, die seinem eigenen Empfinden entsprach. Doch schwankt sein Charakterbild in der Geschichte, und es mochte auch ihn eine gewisse Haltlosigkeit ausgezeichnet haben. In Ägypten soll er in ganz unrömischer Weise überheblich geworden sein; 26 wurde er aufgrund politischer Intrigen zum Selbstmord getrieben – ein Lebensschicksal, das man vielleicht auch aus der unsicheren Zeit heraus verstehen kann. Seine Liebesdichtung gehört in der Hauptsache wohl noch in die vierziger Jahre. Wie auf Vergil dürfte Gallus auch auf Horaz Eindruck gemacht haben. Aber dieser hatte ein ganz anderes Temperament, das sich nicht in erduldendem Schmachten verlieren mochte. Die Liebesgedichte unter den Epoden berühren sich nur äußerlich mit der Elegie. Erst jüngst wurde die elfte Epode als «poetische Entscheidung» gewürdigt: Mit ihr erteile «der junge Horaz, der sich auf der Suche nach der ihm gemäßen poetischen Aussageform auf der literarischen Szene seiner Zeit umschaut, der Elegie des Gallus und dem durch sie repräsentierten Selbst- und Weltverständnis seine Absage» (Christes[2] 354).

Man muß wohl zusammenfassend sagen, daß Horaz an der Wende von den vierziger zu den dreißiger Jahren den in Rom herrschenden literarischen Genera eine Absage erteilte. Auf der einen Seite strebte er gewiß nach Originalität und eigenen Wegen, auf der anderen aber mußte er erst die ihm gemäße Ausdrucksform finden. Auch er war auf der Suche, wie die uneinheitliche Sammlung der Epoden zeigt, denen er sich – zugleich mit den Satiren – zuwandte.

Zweiter Teil (65–30 v. Chr.)

3 Herkunft: Von Venusia nach Rom

Schule und Erziehung

Quintus Horatius Flaccus wurde am 8. Dezember 65 in Venusia, dem heutigen Venosa, das in dem Grenzgebiet von Lukanien und Apulien liegt (Sat. 2,1,34), geboren. Seit dem Ende des dritten Samnitischen Kriegs 291 war Venusia eine römische Kolonie mit stark militärischem Charakter, den noch Horaz bezeugt: Sein Vater habe ihn nicht in den Elementarunterricht des Schulmeisters Flavius geschickt, wohin die ‹großspurigen› Söhne der ‹großspurigen› Zenturionen gingen (*magni / quo pueri magnis e centurionibus orti*, Sat. 1,6,72–73). Der Vater war Freigelassener, *libertinus*, also ehemaliger Sklave. So hatte Horaz wohl schon in der Kindheit den Makel der geringen Abkunft zu spüren bekommen, der ihm noch in den ersten Jahren seiner Zugehörigkeit zu den höchsten Kreisen Roms anhaften sollte. Über die Herkunft des Vaters ist nichts bekannt. Den Namen Horatius erhielt er bei seiner Freilassung entweder nach dem seines Patrons, der dann ein Nachfahre der berühmten Gens Horatia gewesen ist, oder nach der römischen Tribus Horatia, der Venusia zugeteilt war. In dem letzten Fall wäre er ein Sklave der Stadtverwaltung gewesen (Wili 11). Er konnte Sohn eines Sklaven oder aber ein Kriegsgefangener und damit ein versklavter Freier sein. Da Horaz ungewöhnlich gut in der griechischen Literatur bewandert ist und selbst berichtet, daß er zunächst griechische Verse gedichtet habe (Sat. 1,10, 31–32), hat nach dem bedeutenden Horaz-Forscher Baxter im 18. Jahrhundert in neuerer Zeit Hommel angenommen, Horaz' Vater sei Grieche gewesen, der unter Sullas Kriegsgefangenen mit dem Ende des ersten Mithridatischen Kriegs im Jahr 83 nach Italien gekommen sei (18). Aber es genügt, daß Horaz aus einem Gebiet stammt, in dem das Griechische als Umgangssprache verbreitet war. Venusias Gründung wurde auf den homerischen Helden Diomedes zurückgeführt, und im Blick auf die Nachbarstadt Canusium sagt Horaz, daß ihr Bewohner zweisprachig, *bilinguis*, sei (Sat. 1,10,30). Schließlich hat man vermutet, der Vater sei jüdischer Herkunft gewesen. In der Tat gab es im ersten vorchristlichen Jahrhundert zahlreiche Juden in Venusia. Für die Annahme spricht keinerlei Zeugnis. Im Gegenteil (will man nicht die Psychologie bemühen): Horaz verspottet später die Juden in witziger

Weise (Sat. 1,4,142–143; 1,9,69–70) – freilich hat er auch seine eigene Person immer wieder selbstironisch gesehen.

Über die Mutter hat Horaz nie gesprochen; sie mag früh gestorben sein. Einmal wird, wenn der Text richtig überliefert ist, eine Amme Pullia erwähnt (Carm. 3,4,10). War die Mutter aus altem venusinischem Geschlecht, wie man aus Horaz' Aussage schließen könnte (Sat. 2,1,35), in ihm pulse das Blut der alten Venusiner (Hommel 28)? Doch war die Ehe zwischen Bürgern und Freigelassenen vor Augustus' Ehegesetzen nur mit besonderem Dispens gestattet.

Konnte der Vater freigeboren sein, war es der Sohn gewiß; er war *ingenuus* (Sat. 1,6,8), der Vater also vor seiner Geburt freigelassen. Entsprechend wurde ihm die Erziehung eines Freigeborenen wie den Söhnen eines Senators oder Ritters zuteil. Denn der Vater, der ihn nicht in die Elementarschule in Venusia schicken wollte, verließ seinetwegen die Heimat, als er ihn (Sat. 1,6,76–89)

> nach Rom zu führen herzhaft sich entschloß,
> um dort so gut mich zu erziehen als
> ein Ritter oder Ratsherr seine Söhne
> erziehen lassen kann; so daß, wer mich
> in dieser großen Stadt, so wohl gekleidet,
> mit Sklaven hinter mir, daherziehn sah,
> nichts anders dachte, als das alles werde
> aus altem Ahnengut auf mich verwendet.
> Er selbst war neben allen meinen Lehrern
> mein zuverlässigster getreuster Führer;
> kurz, seiner Aufsicht hab' ich es zu danken,
> daß mich die Scham, der Tugend erste Blüte,
> von allen Jugendlastern, ja sogar
> von bösem Schein und Vorwurf rein erhielt.
> Er ließ sich den Gedanken nicht erschrecken,
> wie übel man's ihm nehmen werde, wenn
> am End' aus dieser stattlichen Erziehung doch
> nichts als ein Zollbedienter, wie er selbst,
> herausgekommen wäre. Auch in diesem Falle
> hätt' ich mich nicht beklagt; nun bin ich desto mehr
> Erkenntlichkeit und Lob ihm schuldig. Nein,
> solang ich meine Sinnen habe, soll
> ein solcher Vater niemals mich gereuen.

Das ist ein einzigartiges Denkmal, das Horaz seinem Vater gesetzt hat. In ihm nennt er auch dessen Beruf: *coactor* (86), den Wieland ungenau wiedergegeben hat. Der Vater war Coactor argentarius, der bei Versteigerungen als Mittelsmann zwischen Verkäufer und Käufer jenem das Geld gegen einen anteiligen Lohn vorstreckte und dieses dann von dem Käufer eintrieb. Seine Tätigkeit war der eines kleinen Bankiers ähnlich.

In Rom war einer der Lehrer L. Orbilius Pupillus, ein Ritter aus Beneventum, der Horaz und seinen Mitschülern unter Stockschlägen die *Odusia* von Livius Andronicus einbläute, weshalb der Dichter ihn den ‹schlagreichen›, *plagosum*, nannte (Epist. 2,1,70). Später lehnte Horaz die archaische römische Dichtung ab: Offenbar hatte Orbilius nicht die richtige Methode gehabt, sie ihm nahezubringen. Dankbar erwähnt Horaz hingegen, daß er in Rom das Glück hatte, belehrt zu werden, wieviel Achills Zorn den Griechen geschadet habe (Epist. 2,2,41–42):

> Romae nutriri mihi contigit atque doceri,
> iratus Grais quantum nocuisset Achilles.

Damit war – einige Jahre später – das Studium der *Ilias* gemeint. Horaz las nunmehr Homer im Original. Aber es wird doch wichtig gewesen sein, daß Orbilius ihn unterwies, auf welche Weise Livius Andronicus Homers *Odyssee* in ein lateinisches Gewand gekleidet hatte, sollte er doch selbst einst einen wesentlichen Teil seiner dichterischen Bemühungen darin sehen, griechische und römische Dichtung zu verschmelzen. Die Lektüre der *Ilias* mochte zugleich eine Einführung in philosophisch-moralisches Denken und damit Teil eines Erziehungsprogramms gewesen sein. Die ethische Auslegung dieses Gedichts bezeugt Horaz später in dem Brief 1,2 an seinen jüngeren Freund Lollius Maximus; sie sei den Lehren der berühmten Philosophen Chrysipp, des Stoikers, und Krantor, des Akademikers, überlegen, wie es gleich zu Anfang heißt. Während Lollius sich in Rom in der Rhetorik übe,

> hab' ich in meinem stillen Winkel zu Praeneste
> den Dichter des Trojan'schen Krieges wieder
> gelesen, der, was schön ist oder schlecht,
> was nützlich oder nicht, uns faßlicher
> und besser lehrt als Krantor und Chrysipp.

Homer lehrt also das *pulchrum*, *turpe*, *utile* und das Gegenteil des letzten. Gewiß hat Horaz auch Unterweisungen in der für jeden gebildeten Römer unerläßlichen Kunst der Rede genossen. Aber er erinnerte später nicht daran. Sie wird ihm nicht wichtig gewesen sein.

Neben der Ausbildung durch Grammatiker und Rhetoriklehrer darf der ganz persönliche Einsatz von Horaz' Vater bei der Erziehung des Sohns nicht vergessen werden. Dieser hat dessen in der Satire 1,4 dankbar gedacht (103–130):

> Entwischt zuweilen mir im Scherz vielleicht
> ein allzu freies Wort, so wird es mir
> doch wohl zu übersehen sein. Mein Vater, der
> ein guter Mann war, hatt' es im Gebrauch,
> von Jugend an durch andrer Leute Beispiel

vor Lastern mich zu warnen. Wollt' er mich
ermahnen, nüchtern, sparsam und mit dem
zufrieden, was er selber mir erworben,
zu leben: ‹Siehst du›, sprach er, ‹wie's dem Sohne
des Albius erging? Wie elend Barus sich
behelfen muß? Zum warnungsvollen Beispiel
für junge Leute, ihrer Eltern Gut
nicht zu verprassen!› Daß ich nicht mein Herz
an eine Dirne hinge, ‹werde›, sprach er, ‹mir
ja kein Scetan!› Und von den Ehefrauen
mich abzuschrecken, da es an erlaubten Mitteln
nicht fehle, den Naturtrieb zu vergnügen,
‹du hörest›, sagt' er, ‹wie man vom Trebon,
der jüngst ertappt ward, spricht! Tiefsinnige
Beweise, dies zu fliehn und jenes zu
erwählen, werden dir die Philosophen geben:
Mir gnügt's an dem, was unsre Alten immer
für Pflicht des Vaters hielten, wenn, solange
du Aufsicht nötig hast, ich deinen Ruf und deine
Gesundheit unverletzt erhalten kann.
Wird dein Gemüt und Körper mit den Jahren
mehr Festigkeit gewonnen haben,
dann wirst du ohne Kork zu schwimmen wissen.›
Mit solchen Reden bildete mein Vater mich
vom Knaben an. Gebot er was, so hieß es:
‹Mach's so wie der, du kannst nichts Klügers tun!›
und stellte einen von den Auserlesnen mir
zum Muster vor. War etwas zu verbieten,
‹wie›, sprach er, ‹könnte noch die Frage sein,
ob's schändlich sei und schädlich, dies zu tun,
da der und der in solchen bösen Ruf
dadurch gekommen ist?› Wie eine Nachbars-Leiche
gelüst'ge Kranke plötzlich ängstigt und
aus Todesfurcht sich selber schonen lehrt:
So schreckt oft fremde Schande zarte Seelen
vom Laster ab. – Dem hab' ich es zu danken,
daß ich unangesteckt von solchen blieb,
die ins Verderben stürzen.

Das ist ein Muster altrömischer Erziehung, die der *pater optimus* dem Sohn zuteilwerden ließ. Man achtete streng darauf, wie sich andere benahmen, um entweder ihrem Beispiel zu folgen oder es abzulehnen. Entsprechende Exempla lehrte der Vater den Sohn; wenn er ihn abschrecken wollte, wies er auf Laster hin, was Horaz als *vitia notare* bezeichnet. *notare* ist der Fachausdruck für den Censor, der der Inhaber des angesehensten Amts im Staat war und den Lebenswandel der einzelnen Bürger zu überwachen hatte. Seine Rüge hieß Nota censoria. Solche zensorische Tätigkeit im Bereich der Familie übte der Vater aus. In den Satiren zeigte sich Horaz später als gelehriger Sohn, indem er seine Argumentation auf Schritt und Tritt durch den Hinweis auf das (meist negative) Beispiel anderer untermauerte.

Die Berufung auf Exempla spielte überhaupt im römischen Denken eine große Rolle. Bereits während der Ausbildung lernte der junge Römer die Beispiele kennen, die die herausragenden Gestalten der römischen Geschichte bildeten, um sie künftig nicht nur an die nächste Generation weiterzugeben, sondern sie auch, wie es besonders Cicero gelehrt hatte, in politischen und juristischen Zusammenhängen zur Stärkung des Beweisgangs zu verwenden. Ein Handbuch des unter Tiberius schreibenden Valerius Maximus mit historischen Exempla für die rhetorische Argumentation ist erhalten. Es hat den bezeichnenden Titel *Facta et dicta memorabilia*.

Studium in Athen

Etwa im Jahr 45 setzte der knapp Zwanzigjährige seine Studien in Athen fort, der Stadt, die noch immer der geistige Mittelpunkt der damaligen Welt war. Die klassischen Philosophenschulen zogen seit dem ersten Jahrhundert die jungen Römer an. Cicero, Varro und M. Iunius Brutus, der spätere Caesarmörder, hatten die Schule Platons, die Akademie, bevorzugt. Mit Horaz weilten auch Ciceros zwanzigjähriger Sohn Marcus und Valerius Messalla Corvinus, der später den Elegiker Tibull fördern sollte, in Athen. Horaz wandte sich ebenfalls der Akademie zu, wie er an der schon betrachteten Stelle in der Epistel 2,2 im Anschluß an das *Ilias*-Studium berichtet (43–45):

> adiecere bonae paulo plus artis Athenae,
> scilicet ut vellem curvo dinoscere rectum
> atque inter silvas Academi quaerere verum.

> Den kleinen Anfang bildete
> die Stadt Minervens aus; ich lernte dort
> das Krumme vom Geraden unterscheiden
> und in den Lauben der Akademie
> die Wahrheit suchen.

Es sind also Ethik und Erkenntnistheorie, die Horaz an dem altehrwürdigen Ort in Bann schlugen. Trotz der Sullanischen Verwüstung im Jahr 86 (die Platanen wurden zum Bau von Belagerungsmaschinen verwendet) war in den schattigen Parkanlagen vor dem Dipylon der Geist Platons lebendig geblieben. Aber Horaz wird sich in dieser glücklichen Zeit auch dem Studium der griechischen Dichtung und Poetik gewidmet haben,

deren Zeugnisse in Rom vor der Gründung der öffentlichen Bibliotheken durch Asinius Pollio und Augustus nicht so leicht zugänglich waren wie in der Stadt, die die Sprache der alten Dichter sprach. «Hier war es», schrieb Wieland in den Erläuterungen zu dieser Stelle, «wo er sich, gleichsam auf sein ganzes Leben, mit dem feinen Attischen Salz versah, dessen angenehm-scharfer flüchtiger Geist seinen Schriften einen so eignen und [...] so unübersetzbaren Reiz gibt.»
Doch dann wurde Horaz plötzlich in die Wogen des auch Griechenland erfassenden Bürgerkriegs nach Caesars Tod im Jahr 44 gerissen; seine Schilderung fährt fort (46–48):

> dura sed emovere loco me tempora grato
> civilisque rudem belli tulit aestus in arma,
> Caesaris Augusti non responsura lacertis.
>
> Aber harte Zeiten drängten
> mich von dem angenehmen Ort zu früh
> hinweg: Die Flut des Bürgerkrieges riß
> den rohen Neuling mit sich fort in Waffen,
> die Caesar Augusts stärkern Armen nicht
> gewachsen waren.

Im August 44 war Brutus nach Athen gekommen, um von dort den Widerstand gegen Antonius zu organisieren. Plutarch berichtet in seiner Brutus-Biographie, daß dieser Vorlesungen des Akademikers Theomnestos und des Peripatetikers Kratippos hörte und mit ihnen so angeregt philosophierte, daß er müßig und beschäftigungslos erschien. Dabei habe er die jungen Römer, die sich zu Studien in Athen aufhielten, gewonnen und an sich gefesselt. Unter ihnen ist auch Horaz gewesen; «wer», bemerkte Wieland wenig später, «den Charakter des Brutus aus Cicero und Plutarch kennt und das, was unser Dichter in seiner Jugend sein mußte, aus allem, was uns seine Werke von ihm sagen, zu divinieren weiß, wird sehr natürlich finden, daß der junge Horaz einen der edelsten und liebenswürdigsten aller Helden, die jemals der Menschheit Ehre gemacht haben, nur zu sehen und zu hören brauchte, um sich ihm mit der Schwärmerei eines feurigen Jünglings zu ergeben; und daß dieser hinwider in dem jungen Menschen alles fand, was ihn seiner Liebe würdig machte.»

Legions-Führer bei Philippi

Jedenfalls geriet Horaz in Brutus' Gefolge, zog mit ihm nach Kleinasien, wo er den in Satire 1,7 geschilderten Streit zwischen dem Brutus-Anhänger Publius Rupilius Rex und dem reichen Kaufmann Persius aus Klazomenai erlebte, und stieg schließlich zum Tribunus militum während der Schlacht von Philippi in Thessalien auf. Es war die Entscheidung in zwei Treffen des Jahrs 42 zwischen den Caesarerben Oktavian und Antonius und den Caesarmördern Brutus und Cassius, die beide nach der Niederlage durch Selbstmord endeten. Für Horaz, den Sohn eines Freigelassenen, bedeutete die Stellung eines Tribunus militum einen ganz ungewöhnlichen Aufstieg. Denn sie wurde in der Regel nur an Angehörige des Ritterstands vergeben; von diesem waren aber Söhne Freigelassener im allgemeinen ausgeschlossen. Man muß wohl annehmen, daß Brutus in Horaz' Fall eine Ausnahme machte und ihn in den Ritterstand erhob (Taylor 165); auf diesen könnte ein Passus in der Satire 2,7 hindeuten (53). Die sechs Tribuni militum einer Legion erfüllten gewöhnlich administrative Aufgaben und unterstanden dem Feldherrn. Nur in wenigen Fällen befehligten sie die Legion. Ein solcher war offenbar bei Philippi gegeben, da Horaz nach eigenem Zeugnis eine römische Legion ‹gehorchte› (Sat. 1,6,48). Er stand auf der Seite der Verlierer und mußte fliehen – ein unrühmliches Ende der so verheißungsvoll begonnenen Laufbahn. Bald nach der Amnestie, die Oktavian im Jahr 30 erließ und die dem Freund Pompejus Varus die Rückkehr nach Italien ermöglichte, dichtete Horaz die Begrüßungs-Ode 2,7, in deren ersten vier Strophen er sich der gemeinsamen glücklichen und unglücklichen Kriegserlebnisse erinnerte:

O du, vom heeregebietenden Brutus
mit mir so oft in den Todesstreit geführt,
wer hat dich als Bürger des Vaterlands Göttern
und Italiens Himmel wiedergegeben?

Pompejus, meiner Freunde erster!
Mit dem ich oftmals beim Weinkelch
den zögernden Tag beflügelte,
umkränzt das Haar und mein Haupt mit Syriens Tamala-Öl gesalbt.

Mit dir empfand ich auch den Kampf bei Philippi
und jene schnelle Flucht, wo ich, nicht schön, den Schild
ließ, wo gebeugt der Heldenmut wurde
und gestreckt mit dem Kinn auf den schmachvollen Boden der
drohende Streiter.

Da bebt' ich, aber der schnelle Merkur
trug mich, in Wolken gehüllt, fort durch die Feinde;
dich warf der Strudel des Meers auf tobenden Wogen
neuen Schlachten entgegen.

Daß Horaz auf der Flucht den Schild einfach weggeworfen habe, hat jahrhundertelang die Gemüter erhitzt. Der Schüler Bertolt Brecht hatte die Wendung in seiner Polemik, daß nur ‹Hohlköpfe› den Tod für das Vaterland preisen könnten, etwas mißverstanden: «Tritt der Knochenmann aber an sie selbst heran, dann nehmen sie den Schild auf den Rücken und entwetzen wie des Imperators feister Hofnarr bei Philippi» (Witzmann 37). Lessing hatte dagegen in den *Rettungen des Horaz* den Dichter vehement verteidigt – selbst gegen die Entschuldigung, daß das Geständnis der Flucht eine ‹feine Schmeichelei› gegenüber der überlegenen Macht Oktavians sei. Er fuhr dann leicht ironisch fort: «Es kömmt darauf an, ob ich es besser treffen werde. Ich erinnerte mich zur rechten Zeit, bei dem Dio Cassius gelesen zu haben (B. 47), daß die Sieger nach der verlornen Schlacht bei Philippis die Flüchtigen zwar scharf verfolgten; daß sie aber keinen einzigen weder töteten noch gefangennahmen, sondern sie bloß soviel als möglich zerstreueten, damit sie sich auf keine Art widersetzen könnten. Was konnte mir also natürlicher einfallen als der Gedanke, daß Horaz, wenn er wirklich sein Schild weggeworfen hätte, es ganz und gar ohne Ursach müsse weggeworfen haben. Konnte er denn nicht etwa gemächlich genug fliehen? Er brauchte ja so geschwind eben nicht zu sein, da weder Tod noch Gefangenschaft hinter ihm her waren. Mit dieser vorgefaßten Meinung las ich die gleich darauf folgenden Zeilen:

> Sed me per hostes Mercurius celer
> denso paventem sustulit aëre.
>
> [Aber mich, der ich Furcht hatte, trug der schnelle Merkur in dichtem Dunst fort.]

Man darf, glaube ich, der Scharfsinnigste eben nicht sein, in diesen Worten den Dichter zu entdecken, der nichts weniger als ein Geschichtschreiber sein will. Auch darf man der Belesenste nicht sein, um zu wissen, daß Horaz hier den Homer nachgeahmt hat, bei dem es eben nichts Seltnes ist, daß ein Gott mitten in der Feldschlacht einen umringten Helden mit einer dicken Wolke umgibt und ihn auf diese Art seinen Feinden entrückt. Wie aber, wenn auch die vorhergehenden Zeilen von dieser Art wären? Wie, wenn man auch in jenen Spuren einer Nachahmung fände, die den Dichter mehr zu sagen verführt hätte, als er der strengen Wahrheit gemäß hätte sagen sollen? Würde nicht daraus folgen, daß man von dem weggeworfenen Schilde nicht mehr und nicht weniger glauben müsse als von der Wolke, in die ihn Merkur soll gehüllt haben?» Als brillanter Kenner der antiken Literatur wußte Lessing, daß Herodot und Strabo überlieferten, Alkaios, der frühgriechische Dichter, den Horaz in den Oden so oft nachgestaltete, habe in einem Treffen der Lesbier gegen die Athener seine Waffen im Stich gelassen, die die letzten später in einem Athena-Tempel aufhängten. Er schloß richtig, daß Pompejus Varus den weggeworfenen Schild «für nichts als für einen poetischen Zug» ansehen sollte, für «einen Zug, der seinem Freunde eine Gleichheit mit demjenigen Griechen geben sollte, mit welchem er so viel Ähnliches als möglich zu haben wünschte.» Inzwischen weiß man, daß auch Archilochos und vielleicht Anakreon das Motiv vom weggeworfenen Schild verwendet haben, so daß Horaz offenbar einen Topos aus der griechischen Lyrik zur Umschreibung seiner Flucht aufgenommen hat – eine glänzende Bestätigung für den Horaz-Ausleger Lessing.

Vor dem Nichts

In der Beschreibung seiner damaligen Lebenssituation fuhr Horaz in der Epistel 2,2 fort (49–52):

> unde simul primum me dimisere Philippi,
> decisis humilem pinnis inopemque paterni
> et laris et fundi paupertas inpulit audax
> ut versus facerem.
>
> Als nun bald darauf
> Philippi mir den Abschied wieder gab
> und ich, ganz kleinlaut, mit beschnittnem Fittich
> am Boden streichend, heimkam und mein kleines Erbgut
> verwirkt sah, trieb die Dürftigkeit, die alles
> zu wagen fähig ist, mich – Verse
> zu machen, an.

Horaz kehrte nach Rom heim, mittellos. Er hatte das Stadthaus des Vaters (und vielleicht auch diesen selbst) sowie das Landhaus in der Heimat verloren; es war den Enteignungen zum Opfer gefallen, die die Triumvirn durchführten, um ihre Veteranen zu versorgen. Horaz traf somit dasselbe Schicksal wie etwa gleichzeitig die Familie Vergils in Oberitalien. Dem stolzen Adler, der bei Philippi die ‹falsche› Partei ergriffen hatte, waren die Flügel gestutzt. Da führte ihn die *paupertas* zur Dichtung! «Die Göttin Fames», der Hunger, bemerkte Wieland zu dieser Stelle, «wäre also die wahre und einzige Muse, welcher wir die Werke eines Dichters zu danken hätten, der die Zierde der augusteischen Zeit und der Liebling aller guten Köpfe seit 1800 Jahren gewesen ist?» Hat Horaz nach Philippi seinen Lebensunterhalt mit Dichten verdient? Dürfen wir ernsthaft eine ‹Ready Cash Theory› (Verkauf von Einzelgedichten an private Interessenten) und eine ‹Patronage Theory› (Bestreben, durch Veröffentlichungen einen Mäzen zu gewinnen) diskutieren (Rudd [1])?

Es ist zu unterscheiden: Horaz stand nach 42 durch den Verlust der väterlichen Besitzungen vor dem materiellen und durch die jähe Beendigung des Philosophiestudiums in Athen vor dem seelischen Nichts. Er wurde Scriba quaestorius, Staatsschreiber im Schatzamt (Aerarium). Die Scribae quaestorii waren die höchste Klasse der den jährlich wechselnden Magistraten zur Verfügung stehenden ‹Beamten›, die mit großer Akten-

und Rechtskenntnis im Aerarium für die Kassenführung und die Verwaltung der Rechnungsbücher sowie für das Staatsarchiv zuständig waren. Horaz hatte damit ein hohes Amt inne, das häufig von Rittern erstrebt wurde. Der Sitz war im Podium des Saturn-Tempels auf dem Forum. Wie lange er diese Tätigkeit ausübte, ist nicht bekannt; er dürfte sich von ihr weitgehend zurückgezogen haben, nachdem ihn Maecenas tatkräftig unterstützte. Doch schildert er noch in der etwa 31 entstandenen Satire 2,6, wie er eine Einladung seines Kollegiums erhielt, das über eine Angelegenheit beraten wollte, die alle Mitglieder betraf (36–37). Das Amt wird damals nur noch eine Sinekure gewesen sein, wenn der berühmte Dichter nicht gar als Ehrenmitglied geladen war.
Zugleich stand Horaz vor dem seelischen Nichts. Den Wahnsinn der vom Bürgerkrieg geprägten Zeit hatte er am eigenen Leib zu spüren bekommen. Er führte ihn zur Angriffsdichtung der Jamben und Satiren. Die beiden politischen Epoden 7 und 16 gehören zu den ältesten der Sammlung, und die wohl älteste Satire, 1,2, rechnet mit der Moral der Mitmenschen ab. Diese Angriffsdichtung im Stil der Vorbilder Archilochos und Lucilius erforderte Kühnheit: Deshalb ist *audax* von *paupertas* nicht zu trennen (K./H.).

4 Anerkennung: Der Maecenas-Kreis

Gönner und Günstling

Horaz wird spätestens im Jahr 40 mit seiner Dichtung begonnen haben. Jedenfalls wurden die beiden berühmtesten Dichter der Zeit, die um fünf Jahre älteren Vergil und Varius, so früh auf ihn aufmerksam, daß sie ihn dem einflußreichen Förderer junger Talente, Gajus Cilnius Maecenas (um 70–8), im Jahr 38 empfahlen. Das war angesichts des Umstands, daß Horaz aus niederen Verhältnissen stammte, ganz ungewöhnlich. Aber der junge Dichter war stolz genug, diesen Vorgang nicht als ein Geschenk des Zufalls anzusehen. Noch vor dem Jahr 35 erinnerte er sich in der an Maecenas gerichteten Satire 1,6 des Vorstellungsgesprächs (54–62):

> Lange hatte schon zuvor
> dir mein Virgil, hernach auch Varius
> von mir gesprochen. Als ich endlich selbst
> zum ersten Male vorkam, ließ Verlegenheit
> und unberedte Scham mich kaum zu Atem kommen;
> ich sprach nicht viel und abgebrochen, log
> mir keinen edeln Vater, trabte nicht
> auf einem selbsterzogenen Tarentiner
> um meine Güter, sondern sagte kurz

und ehrlich, was ich wäre. Du, nach deinem Brauch,
erwiderst wenig; ich entferne mich,
und nach dem neunten Monat lässest du
mich wieder rufen und bedeutest mich,
forthin als deiner guten Freunde einen
mich anzusehn.

Es fällt auf, daß Horaz erst nach neun Monaten in den Kreis der ‹Freunde› aufgenommen wurde. Gewiß ist neun eine ‹runde› Zahl (Lejay), gewiß war Maecenas im Winter 38/37 von Oktavian mit einer diplomatischen Mission nach Athen zu Antonius betraut worden und somit längere Zeit von Rom abwesend: Trotzdem wird sich Maecenas seine für Horaz – und auch für ihn selbst – so folgenreiche Entscheidung nicht leicht gemacht haben (K./H.), zumal er, wie Horaz wenige Verse vorher betont, seine Freundschaft behutsam nur an Würdige verschenkte. Er sei ein Mann, heißt es in der Satire 1,9, der sich erobern lasse, doch eben deshalb den ersten Zugang nicht leicht mache (55–56).
Auf diese Weise trat Horaz mit einem Schlag aus der Anonymität eines Verwaltungsbeamten und Gelegenheitsdichters in das helle Rampenlicht eines der glänzendsten Häuser Roms. Maecenas entstammte von väterlicher wie von mütterlicher Seite führenden Familien der alten etruskischen Stadt Arretium (Arezzo); die Familie des Vaters war seit mehreren Generationen in Rom ansässig und hatte die Ritterschaft erworben. Wie Horaz nahm Maecenas an der Schlacht von Philippi teil – freilich auf der anderen Seite, der des Caesar-Erben Oktavian. Diesen unterstützte er in der Folgezeit auf die verschiedenste Weise, ohne doch Ämter oder militärische Aufgaben zu übernehmen. Er selbst trat als künstelnder Dichter hervor. Mommsen nannte ihn in der ‹Römischen Geschichte› «den unleidlichsten aller herzvertrockneten und worteverkräuselnden Hofpoeten». Das war vielleicht übertrieben. Aber schon Seneca hatte kaum weniger hart geurteilt: ‹Begabt war dieser Mann, fähig, ein großes Beispiel römischer Beredsamkeit zu geben, wenn ihn nicht seine hohe Stellung entnervt, ja entmannt hätte› (Epist. 19,9). ‹Wie Maecenas lebte, ist zu bekannt, als daß hier erzählt werden müßte, wie er ging, wie gewählt er sich verhielt, wie er gesehen zu werden wünschte, wie wenig er seine Fehler verbergen wollte. Ist nicht seine Rede ebenso lässig wie seine Kleidung? Sind nicht seine Worte ebenso in die Augen fallend wie die Lebensweise, die Begleitung, die Frau und das Haus?› (Epist. 114,4).
Horaz hat es bewußt vermieden, zu hoch zu steigen; vorerst aber war er froh, in Maecenas' Haus gekommen zu sein. In ihm wurden mit Varius, Vergil, Horaz und später Properz alle bedeutenden Dichter der Zeit außer Tibull und Ovid gefördert, die sich dem Mäzen Valerius Messalla anschlossen. Aber auch Plotius Tucca, Quintilius Varus, Aristius Fuscus,

Valgius Rufus, Domitius Marsus und Aemilius Macer gehörten zum Maecenas-Kreis (Kienast 256).
Wenn Horaz in der Satire 1,6 sagt, er sei Maecenas' Amicus geworden, darf das nicht darüber wegtäuschen, daß damit nicht ein Freundschaftsverhältnis begründet wurde, sondern ein eindeutiges Abhängigkeitsverhältnis (Lefèvre[1] 1994). Horaz wurde, wie es in demselben Gedicht heißt, Convictor in Maecenas' Haus, sein Begleiter und Gesellschafter. Die Anhänger der Großen hießen Amici, die bei der morgendlichen Aufwartung (Salutatio) erschienen und empfangen wurden. Doch handelte es sich dabei nicht um ein rechtliches Verhältnis wie zumeist bei den Klienten, sondern um zwanglose Verbindungen der großen Männer mit ihren Anhängern. Die mehr der Bildung und der Unterhaltung dienenden Begleiter hießen Convictores, die wiederum nicht mit den Clientes zu verwechseln sind. Eine ‹Cohors studiosa› dieser Art schildert Horaz in der Epistel 1,3. Der Patronus der Cohors wurde Rex oder Pater genannt (Epist. 1,7,37). Horaz' Verhältnis zu Maecenas ist also zunächst nicht als Freundschaft im modernen Sinn zu bezeichnen. Welche Aufgaben er als Convictor bei Maecenas bekam, sagt er in Sat. 2,6,40–46 selbst (wobei er auf zwei bekannte Gladiatoren der Zeit anspielt):

> Es sind nun bald acht Jahre, seit Mäcen
> den Seinigen mich beizuzählen anfing;
> das heißt, auf Reisen mich in seinen Wagen
> zu nehmen oder Kleinigkeiten mir
> vertraulich mitzuteilen, als: ‹Was ist
> die Stunde?› – ‹Sollte wohl der Thrakier Gallina
> dem Syrier gewachsen sein?› – ‹Die Morgen sind
> schon frostig; wer mit keinem guten Überrock
> verwahrt ist, kann sich leicht verkälten› – und
> dergleichen Dinge, die man unbedenklich
> dem ritzenvollsten Ohre anvertraut.

Natürlich spielt Horaz seine Rolle bewußt herunter, um nach außen möglichst harmlos zu erscheinen. Aber es wird zutreffen, daß er in die Vorbereitung politischer Entscheidungen nicht eingeweiht wurde.

Freundes-Kreis

Als Oktavian im Frühjahr 37 Maecenas erneut mit einer diplomatischen Mission zu Antonius betraute, gehörte Horaz der ihn begleitenden Cohors studiosa an. Dieses Mal ging die Reise nach Brundisium (Brindisi), an der in Maecenas' Gefolge außer Horaz Varius, Vergil, der Kritiker Plotius Tucca (der später zusammen mit Varius Vergils *Aeneis* herausgeben sollte) und der Rhetor Heliodor teilnahmen. Horaz hat diese Reise von

Rom nach Brindisi in seinem ‹Iter Brundisinum›, der Satire 1,5, humorvoll geschildert. Kaum wird man annehmen können, er habe die Öffentlichkeit über die offizielle Mission unterrichten wollen, da sie nur nebenbei erwähnt wird. Vielmehr beabsichtigte er wohl, Maecenas selbst und seinem Kreis eine Freude zu bereiten, die die Hintergründe gut kannten und nur an die abenteuerlichen Umstände der Reise erinnert zu werden brauchten. Das Gedicht ist sicher eines der frühesten Zeugnisse aus dem Maecenas-Kreis, das für eben diesen verfaßt worden ist. Wieland hat es verständnisvoll eingeleitet: «Maecenas, der es bloß seiner Neigung zu schönen Geistern zu danken hat, daß sein Name bereits achtzehn Jahrhundert lang ein Ehrentitel ist, liebte bei solchen Gelegenheiten die besten Köpfe um sich zu haben; und wir finden daher, daß außer unserm Dichter und dem Heliodorus, einem gelehrten Griechen, noch seine Freunde Virgil, Plotius und Varius von der Gesellschaft waren. Vielleicht war es ein Einfall von Maecenas selbst, daß Horaz das Andenken und die kleinen Abenteuer dieser Reise durch ein scherzhaftes Tagebuch lebendig erhalten sollte; oder, wenn diese Idee unserm Dichter auch erst nachher und ohne Veranlassung eines andern kam, so beweist doch der Ton des ganzen Stückes, daß es nicht sowohl für das Publikum als zur Belustigung der auserlesenen und in ihrer Art einzigen Reisegesellschaft, welche sich damals zusammengefunden hatte, geschrieben worden sei.» Hier der Anfang (1–12):

Ich reiste aus der Hauptstadt in Gesellschaft
Heliodors, des Rhetors, dem in seiner Kunst
kein Grieche leicht den Vorzug nehmen wird.
Aricia war das erste Nachtquartier –
ganz leidlich; Forum Appii das zweite,
ein Nest mit Schiffertroß und Beutelschneidern
von Wirten vollgepfropft. Wir krochen also
zwei Tage (wie ihr seht) an einem Wege,
den rasche Wanderer in einem machen,
ein Vorteil, den die Straße Appia
für Träge hat. Hier sah ich mich gezwungen,
des schlimmen Wassers wegen meinem Magen
die Zufuhr abzuschneiden, während meine Reise-
Gesellschaft, die sich's tapfer schmecken ließ,
die Weile lang mir machte. Schon begann die Nacht
den Erdkreis zu beschatten und mit Sternen
den Himmel zu bestreun, als unsre Diener mit
den Schiffern, beide nicht im feinsten Tone,
sich hören ließen.

In Anxur (Terracina) stoßen die politisch führenden Männer zu der Gruppe, Maecenas und Coccejus Nerva für Oktavians, Fontejus Capito für Antonius' Seite (27–33):

Hier war es, wo Maecenas und Coccejus
zusammenkommen sollten, beide wichtiger
Geschäfte halben abgeordnet, beide
gewohnt, entzweite Freunde zu vergleichen.
Hier war mein erstes, meinen bösen Augen
durch ein bekanntes Sälbchen Linderung
zu schaffen. Unterdessen traf Maecenas und
Coccejus ein, und Capito Fontejus,
ein Mann, so abgeschliffen wie ein Bild,
woran der Nagel selbst nichts mehr zu glätten findet,
und dem Antonius, so wie kein andrer, hold.

Wie in der Satire 2,6 hebt Horaz seine eigene Bedeutungslosigkeit hervor und spielt den politisch Ahnungslosen (Ehlers 76); doch läßt er auf der anderen Seite deutlich spüren, daß er in den literarischen Zirkel voll integriert ist, wenn er auf seine Dichterfreunde zu sprechen kommt (39–44):

postera lux oritur multo gratissima; namque
Plotius et Varius Sinuessae Vergiliusque
occurrunt, animae, qualis neque candidiores
terra tulit neque quis me sit devinctior alter.
o qui conplexus et gaudia quanta fuerunt.
nil ego contulerim iucundo sanus amico.

Der nächste Morgen brachte
uns große Freude: denn zu Sinuessa
stieß Plotius, Virgil und Varius
zu uns, die reinsten Seelen, welche je
die Erde trug und denen niemand mehr
verpflichtet ist als ich. Was für Umarmungen
das waren! Welche Herzenslust! Solange
mein Herz gesund bleibt, geht nichts in der Welt
mir über einen angenehmen Freund.

Bei dieser Schilderung wird Horaz das Herz warm; sie zeigt eindringlich, daß es der dichterische Freundes-Kreis gewesen ist, in dem der Ruhelose seine eigentliche Heimat gefunden hatte.

Literarischer Zirkel

Horaz war glücklich, daß in der neuen Umgebung sein Werk gefördert wurde. Maecenas' Interesse an diesem stand von Anfang an außer jedem Zweifel. Wie hat man sich den literarischen Betrieb in dessen Haus vorzustellen? Horaz sagt in der Satire 1,4, daß er seine gesellschaftskritischen Dichtungen in der Öffentlichkeit vorzutragen Scheu habe, da die meisten Hörer den Tadel und Spott verdienten und daher an seinem Werk keine Freude hätten (23–25); er rezitiere nicht vor beliebigen Leuten, sondern vor Freunden – und auch das nur gezwungen (73–74). Außerdem pflege er, wie es in der 10. Satire heißt, einen anspruchsvollen Stil, so daß er auf die Bewunderung der Menge verzichten und sich mit wenigen Anhängern begnügen müsse (72–74). Wer diese sind, führt er wenig später aus (81–90):

> O möge, was ich schreibe, nur ein Plotius
> und Varius, Maecenas und Virgil
> und Valgius, Octav und mein geliebter Fuscus
> und beide Visci beifallswürdig finden!
> Noch kann ich, ohne mir zuviel zu schmeicheln,
> dich, Pollio, und dich mit deinem Bruder,
> Messalla, nennen; und euch, Servius
> und Bibulus, und bied'rer Furnus, dich,
> nebst manchen andern Männern von Geschmack
> und meinen Freunden, deren stillen Beifall
> ich meinen Kleinigkeiten wünschen möchte;
> und schmerzen sollte michs, wenn mich hierin
> die Hoffnung täuschte.

Das ist eine hochinteressante Liste. Sie nennt zunächst die schon bekannten Dichter Plotius Tucca, Varius Rufus, Vergil, Valgius Rufus, Aristius Fuscus, dazu einen Octavius, die Brüder Viscus, die zugleich Kritiker waren, Servius Sulpicius, Calpurnius Bibulus und den Redner Gajus Furnius. Darüber hinaus werden Maecenas, Messalla und Asinius Pollio zitiert, die zwar alle auch literarisch tätig waren, hier aber wohl als Förderer der Dichter angesprochen sind. Beachtung verdient in diesem Zusammenhang Pollios Name; er gründete im Jahr 39 die erste öffentliche Bibliothek Roms, die im Atrium Libertatis, dem Amtssitz der Zensoren oberhalb des Caesar-Forums, untergebracht wurde. Zudem berichtet der ältere Seneca, Pollio habe als erster zu öffentlichen Rezitationen eigener Werke eingeladen. Doch wird Horaz höchstens zu privaten Rezitationen in Pollios Haus gebeten worden sein oder diesen unter den Zuhörern in Maecenas' Haus gehabt haben. Der übliche Ort, an dem es literarische Darbietungen gab, war ohnehin das Gastmahl, bei dem der Hausherr oder seine Gäste eigene Werke vortrugen oder vortragen ließen. So spottete der Satiriker Persius in der Zeit Neros, daß die Romulus-Nachkommen, von Speisen gesättigt, während des Trinkens neugierig seien, was die göttliche Dichtung zu bieten habe (1,30–31). Auch der Epigrammatiker Martial und der jüngere Plinius bezeugen diese – für die Gäste zuweilen lästige – Sitte. Doch Horaz selbst berichtet schon von der Ausartung, daß jung und alt, beim Mahl bekränzt, Gedichte ersönnen und (ihren Sklaven) diktierten (Epist. 2,1,109–110)! Das wird 20 Jahre später sein. Aber auch in der Zeit des ersten Satiren-

Buchs erfreute man sich literarischer Unterhaltung. Horaz schildert in der bereits betrachteten Reisebeschreibung nach Brundisium, wie der Gesellschaft bei einem Gastmahl in der Nähe von Caudium ein improvisiertes Spiel im Stil der beliebten altrömischen Atellanen-Posse geboten wurde. Es ist ein nicht nur witziger, sondern auch geistreicher Dialog, an dem man sich ergötzt, so daß Horaz seinen Bericht zufrieden schließen kann, sie hätten diese Mahlzeit recht lange ausgedehnt (70).

War hier das Lachen ganz auf Horaz' Seite, wird es ihm zuweilen auch vergangen sein, wenn er auf den Gelagen selbst seine neuesten Gedichte vorzutragen hatte. Gewiß, Maecenas' Haus war für den jungen Dichter ein Forum, wie er es sich nicht wirkungsvoller wünschen konnte. Aber es war auch ein Ort, zu dem viele hindrängten und über den die mannigfachsten Vorstellungen herumgeisterten. Horaz gibt davon in der Satire 1,9 ein ebenso schönes wie komisches Zeugnis. Bei einem Spaziergang auf der Heiligen Straße Roms, der Via Sacra, begegnet ihm ein Irgendwer (*quidam*), ein Dichterling, der Zugang zum Maecenas-Kreis sucht und den Dichter aufdringlich in ein lästiges Gespräch zu ziehen bemüht ist. Er preist seine Künste so an (22–25):

‹Ich müßte nur›
(fing jener wieder an), ‹mich selbst nicht kennen, oder
ich bin dein Mann so gut als Varius und Viscus.
Denn wer macht schneller Verse und in größrer Menge
als ich? Wer tanzt mit mehr Geschmeidigkeit?
Und eine Lunge hab' ich dir zum Singen,
die ein Hermogenes beneiden möchte!›

Daß weder die dichterischen noch die gesellschaftlichen Qualitäten nach Horaz' Geschmack sind, war jedem Leser der Satire klar: Er lehnte schnelle dichterische Produktion ab (Sat. 1,4,13) und schätzte wohl auch nicht allzusehr Tanzen (Sat. 2,6,72) und Singen in Gesellschaft (Sat. 1,3,1–3). Auf jeden Fall befand sich der Taktlose im Irrtum darüber, was ein Amicus für Horaz bedeutete. Denn daß Varius und der hier gemeinte Viscus echte Amici waren, auf die Horaz Wert legte (Sat. 1,10,89/91), wurde schon dargelegt. Die Diskrepanz zwischen dem veräußerlichten Bild, das man sich vom Maecenas-Kreis machte, und jenem wahren Geist, den Horaz verkörpert, wird aus dem weiteren Dialog deutlich (43–48):

‹Wie steht Mäcen mit dir?› beginnt er wieder.
‹Er ist nun just kein Mann für einen jeden,
ein sehr gesunder Kopf; noch niemand wußte
ein großes Glück so gut wie er zu tragen.›
‹Du solltest einen tücht'gen Nebenmann

zur zweiten Rolle bei ihm haben, wenn
du meine Wenigkeit empfehlen wolltest.
Mich soll das Wetter, wenn du nicht in kurzem
die andern alle ausgestochen hättest!›

«Endlich kommt der Schwätzer», bemerkte Wieland, «nach allerlei Umschweifen, wodurch er die wahre Absicht seiner Zudringlichkeit zu verbergen gesucht hatte, auf den Punkt, wo es ihn drückte. Er glaubte nämlich, ein Mensch wie er brauche nur einen Kanal, eine gute Empfehlung, um bei dem großen Gönner aller Talente, Maecenas, sein Glück ebensogut zu machen als andere. Hätte doch Horaz das seinige ebenfalls der Empfehlung eines Virgils und Varius zu danken [Sat. 1,6,55]? Mußte es ihm nicht schmeicheln, nun selbst der Mann zu sein, der wieder andere empfehlen konnte?» Doch in Horaz' Einschätzung des Maecenas-Kreises hatte sich der Zudringliche gründlich getäuscht. Der Dichter erwidert (48–53; Wieland las in V. 50 *umquam*):

‹non isto vivimus illic,
quo tu rere modo; domus hac nec purior ulla est
nec magis his aliena malis; nil mi officit, inquam,
ditior hic aut est quia doctior; est locus uni
cuique suus.› ‹magnum narras, vix credibile.› ‹atqui
sic habet.›

‹Da irrst du dich; wir leben nicht auf solchem Fuß
in diesem Hause; keines in der Stadt
ist reiner von dergleichen Unrat. Nie gereicht
es mir zum Nachteil, daß ein andrer reicher oder
gelehrter ist als ich; ein jeder steht
auf seinem eignen Platze.› ‹Was du sagst!
Es ist kaum glaublich!› ‹Und doch ist es so.›

Hier spricht Horaz mit echter Empfindung. Seine Freunde sind ganz anderer Art als die des Quidam. Dieser dekouvriert sich denn auch schnell, wie man treffend gesagt hat (Latacz 17), als ‹Karrierist› (53–60):

‹Du machst mich desto ungeduldiger,
recht nah an ihn zu kommen.› ‹O! Du darfst
nur wollen; ein Talent wie deines wird
unfehlbar ihn erobern, und er ist ein Mann,
der sich erobern läßt, doch just deswegen
hälts mit dem ersten Zutritt etwas schwer.›
‹Was das betrifft, da soll's an mir nicht fehlen;
ich weiß die Schliche; will den Pförtner und
die Kammerdiener schon auf meine Seite kriegen;
nicht, wenn ich abgewiesen werde, gleich
den Mut verlieren; die gelegnen Zeiten
belauren; will in allen Straßen ihm

entgegenkommen, ihn nach Haus begleiten!
Den Sterblichen wird ohne große Mühe
nichts in der Welt zu Teil.›

Neid und Verleumdung

Die Satire 1,9 zeigt, in welchem Maß Horaz in der Öffentlichkeit beargwöhnt wurde. Gewiß versuchte man, über ihn Zugang zu Maecenas zu gewinnen, ebenso gewiß wurde ihm aber die Zugehörigkeit zu dessen Kreis geneidet. Horaz bezeugt das selbst in der an Maecenas gerichteten Satire 1,6, in der er als besonderen Grund seine Herkunft aus niederen Verhältnissen angibt: Man mißgönne es ihm, daß er einst eine Legion angeführt habe und nunmehr Convictor bei Maecenas sei (45–48). Es ist der Neid (*invidere*, 50), auf den Horaz allenthalben trifft und der ihm zu schaffen macht. In der um das Jahr 31 gedichteten Satire 2,6 läßt ihn der Neid, der ihm wegen seiner Verbindung mit Maecenas entgegengebracht wird, sich aus Rom fortsehnen. Dort heißt es über die *invidia* in den ersten Jahren (47–49):

Indessen zog's in dieser ganzen Zeit
mit jedem Tag' und jeder Stunde mir
mehr Mißgunst zu. Sprach einer etwa: ‹Flaccus
saß heut im Schauplatz ihm zur Seite, spielte
im Campus Ball mit ihm› – ‹Nun! Der hat Glück!›
rief (naserümpfend) gleich der ganze Chor.

Auch in der einige Jahre später entstandenen Ode 2,20, in der Horaz eine Vision seines Dichterruhms nach dem Tod gibt, ist von Neid (*invidia*, 4) die Rede: Über ihn könne er sich endlich erheben, wenn er nicht länger auf der Erde verweile.

Der Stachel, dem Neid ausgesetzt zu sein, saß tief in Horaz' Fleisch. Er dürfte der Anlaß für eines der Gedichte gewesen sein, in dem er sich am tiefsten ausgesprochen hat, für die Satire 1,3, die immer wieder verkannt worden ist. Sie handelt von dem für Horaz wichtigen Thema, wie Freunde miteinander umzugehen haben. Trotzdem hat man gemeint, sie erhebe sich nicht über das Niveau eines sehr geschickten handwerklichen Versuchs und sei in der Hauptsache nur eine elegante Variation von Themen, die aus den Handbüchern der hellenistischen Moralphilosophie stammten (Fraenkel 88). Etwas freundlicher hatte Heinze geurteilt, der erste Teil (bis V. 75) habe «mehr vom Leben, der zweite mehr von der Schule an sich», aber das ‹Leben› war auch für ihn nicht Horaz' Leben. Genauer hatten die Dichter hingehört. So glaubte R. A. Schröder Horaz' Fähigkeit zu vernehmen, «Freundschaft zu empfinden, Menschen gern zu haben und gelten zu lassen»; sie spreche sich bis über die Mitte des

Gedichts in einer Reihe von Vorschriften aus, «bei deren jeder wir spüren, sie sei nicht aus einem Rezeptbuch, sondern aus dem eigenen Leben gewonnen». Daß der erste Teil der Satire, der mit der Ermahnung schließt, es sei richtig, wenn man Verzeihung erwarte, Verzeihung zu gewähren, *aequum est / peccatis veniam poscentem reddere rursus* (74–75), im allgemeinen Horaz' Empfinden entsprach, sollte nicht bestritten werden. Es ist aber darüber hinaus zu erwägen, ob er nicht einen speziellen Grund gehabt habe, so eindringlich darüber zu klagen, daß ‹Freunde› sich oft nicht wie Freunde benähmen, sondern sich hämisch und intolerant aufführten. Wer Horaz kennt, wird an dieser Frage nicht vorbeikommen. Wieland hatte sie sich gestellt: «Es ist nicht zu zweifeln, daß unser Dichter irgend eine unmittelbare Veranlassung gehabt habe, gerade diese Materie zum Gegenstande eines eigenen Diskurses zu machen. Indessen ist in dem Gedichte selbst nichts davon zu entdecken; man müßte denn nur aus den wenigen an Maecenas gerichteten Versen (v. 63–66) schließen wollen, daß eigene Erfahrungen von der Tadelsucht seiner Nebenbuhler oder Mißgünstigen ihm Gelegenheit gegeben, den Stachel seines Witzes gegen diese vermutlich damals sehr gemeine Unart seiner Mitbürger zu richten.» In der Tat bringt Horaz in den genannten Versen sich selbst und sein Verhältnis zu Maecenas – scheinbar nebenbei – zur Sprache. Nimmt man die vorhergehende Partie hinzu, fällt es schwer, nicht zu sehen, daß der Dichter Klage über die Art führt, wie ihm im Maecenas-Kreis begegnet werde (58–69; Wieland las in V. 60 *versetur*):

> Ist einer, der in einer Lage lebt,
> wo Mißgunst und Verleumdung auf ihn lauern,
> stets wohl auf seiner Hut, damit er nie
> der Bosheit eine nackte Seite zeige
> (und tut damit nichts mehr als jedem klugen,
> nicht unvorsicht'gen Manne ziemt), uns heißt
> er falsch und ränkevoll. Ein andrer, der
> in seiner Bonhomie (was mir, Maecenas, gern
> mit dir begegnet), falls er etwa dich
> bei einem Buche oder in Gedanken antrifft,
> ganz unbekümmert, daß er dir vielleicht
> beschwerlich fallen könnte, mit dem ersten,
> was in den Mund ihm kömmt, dich unterbricht:
> Dem, sagt man, fehlt's sogar an Menschensinn.
> So rasch sind wir, zu unserm eignen Schaden
> ein wenig billiges Gesetz zu geben!
> Denn wer von uns wird fehlerlos geboren?
> Der ist der Beste, den die kleinsten drücken.

Löst man die vorsichtigen Formulierungen auf, heißt die Passage im Klartext: Wenn ich mich dir, Maecenas, in meiner Arglosigkeit nähere und dich in deinem Otium (nicht etwa bei wichtigen Geschäften) anrede, spricht man mir gleich den *sensus communis*, taktvolle Rücksichtnahme (K./H), ab. Das bedeutet: Man gönnte dem Dichter nicht den unbeschwerten Zugang zu dem großen Maecenas. Der Grund wird vorher deutlich genannt: Er lebe an einem Ort, wo scharfer Neid und Verleumdungen Macht ausübten (*ubi acris / invidia atque vigent ubi crimina*, 60–61). Wieder ist es die schon mehrfach beobachtete *invidia*, die Horaz im Zusammenhang mit Maecenas entgegenschlägt. Daß derjenige, der sich in Gesellschaft vorsichtig bewegt, eine Seite in Horaz' eigenem Wesen verkörpert, zeigt sich darin, daß nahezu alle zuvor genannten Beispiele auf den Dichter selbst bezogen werden können. Herausgegriffen seien zwei von ihnen, die nacheinander charakterisiert werden (51–54):

> Ist der Mann [...]
> ein Polterer und nimmt sich mehr heraus,
> als Höflichkeit und guter Ton erlauben?
> Heiß' es Geradheit, Stärke, Biedersinn!
> Ist er zu rasch, zu hitzig? Zähle ihn
> den Feuergeistern zu. Dies, denk ich, ists,
> was Freunde knüpft und fest zusammenhält.

Der zweite neigt zu leicht zum Zorn (*caldior est*); er soll als temperamentvoll (*acris*) gelten: Horaz hat sich selbst nachdrücklich als jähzornig, doch leicht zu besänftigen geschildert (Epist. 1,20,25). Der erste spricht freier, als es sich gehört, er ist *plus aequo liber*; ihn möge man für einen Aufrichtigen (*simplex*) halten (K./H.). Sowohl die von den Gegnern vorgeworfene Eigenschaft als auch die von Horaz entgegengehaltene Wertung treffen des Dichters eigene Seiten. Daß er sich als *simplex*, ja als *simplicior* sieht, ist gerade dargelegt worden; und daß er sich allzu frei im Leben und in der Dichtung äußere (*liberius si / dixero quid* [...]), bekennt er offen in der folgenden Satire 1,4 und bittet dafür um Verständnis (103–105). Wenn man die Gedankenwelt jenes Gedichts weiter berücksichtigt, wird die Stoßrichtung der Verteidigung in 1,3 noch deutlicher. Horaz gibt zu, freimütig zu sein, bestreitet aber nachdrücklich, es bereite ihm Freude, zu verletzen (*laedere*, 78). Daß er sich getroffen fühlt, steht außer Zweifel (1,4,79–85):

> Wo nimmst du das?
> Hat etwa deren einer dir's vertraut,
> mit denen ich gelebt? Den Mann, der hinterm Rücken
> des Freundes Ruhm benagt, ihm gegen fremden Tadel
> das Wort nicht redet, der ein loser Vogel
> zu heißen und, sobald sein Mund sich öffnet,
> ein berstend Lachen zu erregen stolz ist,
> von Dingen, die er selbst erdichtet, sich

zum Augenzeugen macht und das Vertraute nicht
verschweigen kann, den nenn' ich schwarz, vor dem,
vor dem, ihr Römer, seid auf eurer Hut!

Hier platzt Horaz der Kragen, hier läuft ihm die Galle über. Die Ennius-Parodie im letzten Vers (*hunc tu, Romane, caveto*), die an Vergils *tu regere imperio populos, Romane, memento* (Aen. 6,851) denken läßt (K./H.), dient keinem scherzhaften Effekt, sondern ist Ausdruck großer Leidenschaft. Horaz fühlt sich von einem Amicus (81) verleumdet, und zwar in Abwesenheit. Da er seine Dichtungen nur vor Amici vorträgt (73), was heißen muß: im Maecenas-Kreis, dringen aus diesem Verleumdungen heraus, sind solche auch in ihm an der Tagesordnung. Nach dem, was Horaz in der Satire 1,9 über den ‹Karrieristen› schreibt, wäre das Gegenteil auch gar zu unwahrscheinlich. Unter Amici sind also nicht immer echte Freunde (wie in den Satiren 1,5 und 1,10) zu verstehen, sondern auch bloße Angehörige des Maecenas-Kreises (wie in den Satiren 1,3 und 1,4). Aber der höfliche Dichter mußte sich um Zurückhaltung bemühen. Maecenas wird über diese Entwicklungen nicht weniger betrübt gewesen sein als er.

Förderer und Forderer

Es war somit nicht nur Freude, die Horaz im Maecenas-Kreis erlebte. Aber von den ernsthaften Beeinträchtigungen durch Neid und Verleumdung abgesehen, mußten dem Dichter, der das Otium so liebte, zuweilen auch die äußeren Belästigungen die Kehrseite des wachsenden Ruhms zeigen. In der Satire 2,6 werden sie in Zusammenhang mit Maecenas dargestellt: Horaz könne nicht mehr als Privatmann durch die Straßen Roms schlendern, sondern werde immer wieder von Neugierigen angesprochen, ob er genauer zu beurteilen vermöge, was ein Politiker auf den Rostra, der Rednerbühne des Forums, gemeint habe (50–58):

Läuft, von den Rostris aus, ein frostiges
Gerücht in Rom herum, gleich fragt der erste,
der auf der Straße mir entgegenkommt:
‹Mein Bester! Denn ein Mann, der mit den Göttern
so gut steht, muß es wohl am besten wissen:
Was hört man von den Dakiern?› ‹Kein Wort!›
‹Daß du das Spotten doch nicht lassen kannst!›
‹Mich sollen alle Götter plagen, wenn
ich etwas weiß!› ‹Nun wohl! So kannst du uns
doch sagen, ob die Güter, welche Caesar
den Veteranen zugesagt hat, in
Italien oder in Sizilien an-
gewiesen werden sollen?› Schwör ich dann,

ich wisse nichts, so werd' ich als ein mächtiger
Politikus und Meister in der Kunst
zu schweigen ausgeschrien.

An dieser Stelle der selbstbiographischen Satire kommt Horaz auf das Sabinum zu sprechen, das Gut in den Sabinerbergen, das ihm Maecenas etwa 33/32 schenkte. Es lag 20 km nordöstlich von Tibur (Tivoli) im kühlen Tal der Digentia (Licenza). Horaz hat es in der Epistel 1,16 einem Freund beschrieben (5–16):

Stell' eine Kette dir von Bergen vor,
durch ein gekrümmtes schattenvolles Tal
gebrochen, so, daß von der Morgensonne
die rechte Seite, von der Abendsonne
die link' erwärmt und leicht umdünstet wird.
Zum mindsten würde dir die milde Luft gefallen.
Und säh'st du dann noch überdies die Hecken,
von denen alles voll ist, statt der Schlehen,
die du erwartetest, mit dunkelroten
Kornellen und mit Pflaumen reich beladen
und allenthalben Eichen beider Art
mit vieler Frucht dem Vieh, mit vielem Schatten
dem Gutsbesitzer dienen, traun, es dünkte dir
Tarent, herbeigerückt, vor deinen Augen grünen
zu sehn. Auch fehlt es nicht an einer Quelle,
die ihren Namen einem Bach zu geben
zu klein nicht ist, dabei so kalt und rein,
daß kälter nicht noch reiner sich der Hebrus
um Thrakien schlingt, auch trefflich, Kopf und Magen
zu stärken. Kurz, mein Aufenthalt in dieser
verborgnen, mir so lieben und (wie du
vielleicht nun selbst gestehst) so anmutsvollen
Einöde ists, was in den fieberreichen
Septembertagen mich gesund erhält.

In diesen süßen und lieblichen Schlupfwinkel, *latebrae dulces et amoenae* (15), zog Horaz sich also gern zurück. Das Gut hatte einen Verwalter, *vilicus*, dessen Sehnsucht nach Rom der Dichter in der Epistel 1,14 zu begegnen versucht. Auf Horaz' Boden lebten fünf Pächter, die ihre Erträge in dem nahegelegenen Varia (Vicovaro) verkauften (2–3), während das Haus selbst und das dazugehörige Acker- und Weideland von acht Sklaven (Sat. 2,7,118) dem Dichter, der hierher vor allem im Sommer kam, in Ordnung gehalten wurden.

Um auf die in der Satire 2,6 geschilderten Plagen zurückzukommen: Horaz sagt deutlich, wenn nicht zu deutlich, daß durch Belästigungen seine Tage in Rom ‹verloren› seien und er sich deshalb immer wieder nach dem Sabinum sehne. Dabei gibt er eine schöne Schilderung der Entspannung, die er dort im Gegensatz zu der Hektik der Stadt finde. Es ist die Verwirklichung der Vita beata in Genügsamkeit und Geistigkeit (59–76):

perditur haec inter misero lux non sine votis:
o rus, quando ego te adspiciam quandoque licebit
nunc veterum libris, nunc somno et inertibus horis
ducere sollicitae iucunda oblivia vitae?
o quando faba Pythagorae cognata simulque
uncta satis pingui ponentur holuscula lardo?
o noctes cenaeque deum, quibus ipse meique
ante Larem proprium vescor vernasque procacis
pasco libatis dapibus. prout cuique libido est,
siccat inaequalis calices conviva solutus
legibus insanis, seu quis capit acria fortis
pocula seu modicis uvescit laetius. ergo
sermo oritur, non de villis domibusve alienis,
nec male necne Lepos saltet; sed, quod magis ad nos
pertinet et nescire malum est, agitamus, utrumne
divitiis homines an sint virtute beati,
quidve ad amicitias, usus rectumne, trahat nos
et quae sit natura boni summumque quid eius.

Indessen geht
auf diese Art ein Tag mir Armen nach
dem andern in Verlust, nicht ohne oft
aus vollem Herzen auszurufen: O!
Mein liebes Feld! Wann sehen wir uns wieder?
Wann wirds so gut mir werden, bald aus Schriften
der Alten, bald in stillem Müßiggang
und ungestörtem Schlaf, ein liebliches Vergessen
der Stadt und ihres Lebens einzuschlürfen!
Wann werd' ich wieder selbstgepflanzten Kohl mit Speck
und dem Pythagoras verwandte Bohnen
auf meinem Tische sehn! O wahre Göttermahle!
O frohe Nächte, wo ich mit den Meinen
es mir am eignen Herde schmecken lasse
und mit denselben Speisen, die ich vorgekostet,
mein mut'ges junges Hausgesinde füttre.
Vom Unsinn eurer Trinkgesetze frei
leert jeder meiner Gäste nach Gefallen
ungleiche Becher, größer oder kleiner,
so wie der Stärkre mehr vertragen kann,
der Schwächre lieber langsam sich befeuchtet.
Nun spinnet unvermerkt ein trauliches Gespräch
sich an, nicht über andrer Leute Wirtschaft, nicht
ob Lepos übel tanze oder gut?
Wir unterhalten uns von Dingen, die

uns näher angehn, welche nicht zu wissen
ein Übel ist: Ob Reichtum oder Tugend
den Menschen glücklich mache? Vorteil oder
Rechtschaffenheit das Band der Freundschaft knüpfe?
Was wahres Gut und was das höchste sei?

Es bedeutet das Paradox dieser Satire, daß es Maecenas ist, mit dem Horaz die Unannehmlichkeiten Roms verbindet, derselbe Maecenas, dem Horaz das Gut verdankt, auf dem ihm die Annehmlichkeiten der Vita beata (*beati*, 74) zuteilwerden. Den Schluß der Satire bildet die berühmte Erzählung von der Stadt- und der Landmaus (80–117), die noch zu betrachten sein wird (S. 126–130). «Kein Leser konnte zweifeln, daß er mit der Landmaus sich selbst meinte, dann aber bedurfte es keines Scharfsinns, um zu erraten, wer die Stadtmaus war. Der große Maecenas als Maus? Man kann sich vorstellen, wie darauf ein Schmunzeln durch die Runde der Freunde ging. Schade, daß wir nicht wissen, was für ein Gesicht Maecenas zog» (Seeck[2] 546). Vielleicht verzog Maecenas das Gesicht. Horaz hatte im ersten Teil der Satire unter den Unannehmlichkeiten in Rom nicht die Abende erwähnt, die er bei dem Gönner verbrachte. Kießling und Heinze meinten, Horaz habe das «mit gutem Bedacht» getan (II, 309). Aber hier gab er Maecenas doch durch die Blume zu verstehen, daß die Gastmähler in der Stadt mit Furcht (*pavidi*, 113) und Zittern (*trepidare*, 114) verbunden seien – einer Haltung, die der Vita beata entgegengesetzt ist.
Eine letzte unerwünschte Konsequenz aus Horaz' Zugehörigkeit zum Maecenas-Kreis verdient an dieser Stelle Erwähnung: der Zwang, nicht nur vortragen, sondern auch publizieren zu müssen. Nicht anders ist die unten S. 82 zu besprechende Epode 14 zu verstehen, in der Maecenas Horaz drängt, endlich das Jamben-Buch zu vollenden. Dabei ging es keineswegs nur um das Ausfeilen schon fertiger, sondern vor allem um das Schaffen neuer Gedichte, damit eine einheitliche Sammlung zustandekomme. Daß die politische Thematik besonderes Gewicht hatte, darf vermutet werden.
Der so behutsam argumentierende Heinze hatte zu der Ende der dreißiger Jahre entstandenen Satire 2,6, auf die Epistel 1,7 vordeutend, bemerkt: «Die Freundschaft des Maecenas, der Stolz und die Freude des Horaz, bedeutete doch für ihn kein ganz reines Glück. [...] Wir wissen nicht, ob schon damals auch die dauernde unmittelbare Abhängigkeit von dem Gönner, die er zehn Jahre später auf die Gefahr eines gänzlichen Bruches abzuschütteln sich entschloß, auf ihm zu lasten begann». Manches spricht dafür.

5 Politik und Gesellschaft: Die Epoden

Herkunft und Eigenart

Als Vergil und Varius im Jahr 38 Horaz Maecenas vorstellten, war er bereits durch Dichtungen aufgefallen. Die zweite Satire gilt als die älteste und könnte durchaus vorgelegen haben: Ob sie aber geeignet war, Maecenas' Interesse für den jungen Dichter zu wecken, mag bezweifelt werden. Lieber wird man annehmen, daß Horaz durch politische Gedichte auf sich aufmerksam gemacht hatte. Hierfür kamen dann am ehesten die beiden Epoden 7 und 16 in Frage. Es war oben S. 45 deutlich geworden, daß Horaz nach der Rückkehr von dem unglücklichen militärischen Abenteuer in Griechenland durch die *paupertas audax* zum Dichten getrieben wurde. Treffend hat Klingner über die 16. Epode gesagt, sie sei von «jenem Horaz geschrieben, der nach Philippi, nach jähem Aufstieg und jähem Sturz, die Grundlage seines äußeren Daseins und das Vertrauen auf Rom verloren hatte, von einem Manne, der in der Wirklichkeit aus den politischen Lebenszusammenhängen geglitten war» ([2]331).

Horaz war auf das Neue seiner Epoden-Dichtung noch nach 20 Jahren ungewöhnlich stolz: Er habe, wie es in der Epistel 19 heißt, als erster die Jamben des aus Paros stammenden Archilochos in Latium bekannt gemacht (21–25). Das war dem damaligen Kunstverständnis entsprechend höchste Originalität (im Gegensatz zu dem Epigonentum derer, die nur Horaz' kühne Schöpfungen nachahmten):

libera per vacuum posui vestigia princeps,
non aliena meo pressi pede. qui sibi fidet,
dux reget examen. Parios ego primus iambos
ostendi Latio, numeros animosque secutus
Archilochi, non res et agentia verba Lycamben.

Ich habe meinen Weg
durch einen Strich des Helikons, wo kein
Lateiner mir voranging, selbst gebahnt,
nicht meinen Fuß in andrer Tritt gesetzt.
Wer sichs nur zutraut, führt den ganzen Schwarm.
Ich bin der erste, der die Jamben des
Archilochos nach Latium gebracht;
ich habe seine Versart, seinen Geist,
nicht Wort' und Sachen, eigen mir gemacht.

Man kann auch heute Archilochos, der in der Mitte des siebten Jahrhunderts lebte (die Sonnenfinsternis von 648 ist das einzige datierbare Ereignis seines Lebens), nicht besser charakterisieren, als es Wieland vor 200

Jahren tat: Archilochos werde von Plutarch «zum Erfinder mehrerer Versarten und auch besonders derjenigen angegeben, welche man Epoden nannte und worin Horaz seine ersten lyrischen Versuche machte. Er lebte ungefähr zwischen der 15ten und 30ten Olympiade und war wegen seines Talents für die lyrische Poesie ebenso berühmt als verschreit wegen des bösen Gebrauchs, den er öfters von seinem Witze machte, dessen Pfeile so spitzig oder vielmehr so giftig waren, daß er diejenigen, die er zum Ziel derselben nahm, bis zur Verzweiflung trieb. Wenigstens war dies das Schicksal eines gewissen Lykambes, um dessen Tochter Kleobule er sich beworben hatte. Der Vater hatte sie ihm anfangs zugestanden, hernach aber seine Gedanken geändert und das Mädchen einem andern gegeben. Archilochos rächte sich dieser Beleidigung wegen an der ganzen Familie durch so grausame Jamben, daß Lykambes, Kleobule und ihre zwei Schwestern die Schande, die er ihnen dadurch zugezogen, nicht überleben wollten und sich alle vier erhängten – wenn die wahrhaften Griechen die Sache nicht übertrieben haben.»

Horaz folgte Archilochos, aber er rechnete weder mit einer Frau, um die er warb, noch mit deren Vater ab. Überhaupt übernahm er nicht Archilochos' Gegenstände (*res*), wohl aber dessen Versmaß (*numeri*) und Denken (*animi*). Genauer gesagt: Horaz fühlte sich in der Geisteshaltung Archilochos so verwandt, daß er seine Inhalte in dessen Form ausdrückte. Damit stand er, wie er an der zitierten Stelle sagte, mit der kühnen Sappho und mit Alkaios auf einer Stufe, die ebenfalls von Archilochos nicht den Inhalt, sondern die Taktformen übernommen hätten (26–31). Horaz nannte seine Gedichte Jamben (*iambi*), die Grammatiker Epoden (*epodoe*), was bedeutet, daß je zwei Verse von verschiedener Länge oder in verschiedenem Versmaß eine metrische Einheit bilden. Nur in dem letzten der 17 Gedichte verwendet Horaz ein einziges Versmaß: den jambischen Trimeter (‹stichische› Anordnung).

Horaz wird Archilochos, der vor ihm in Rom keinen Einfluß ausgeübt hatte, während des Studiums in Athen kennengelernt haben. Als er nach Rom heimkehrte, mußte er sich des Pariers doppelt erinnern, denn dieser war wie er Krieger und Dichter zugleich. Ein berühmtes Epigramm lautet in der Übersetzung von Rüdiger:

> Ares' Gefolgsmann bin ich, des Herrschers; ich habe Erfahrung
> auch in der lieblichen Kunst, welche die Musen verleihn.

Nimmt man hinzu, daß nach Lesky Archilochos im Widerspruch «zu der ihn umgebenden Welt stand» (136), ist es verständlich, daß Horaz ihn sich zum Vorbild nahm. Am Ende der Epode 6 wird als zweiter Gewährsmann der Jambiker Hipponax von Ephesos genannt (14), der ein Jahrhundert später als Archilochos gelebt hat.

Wider den Bürgerkrieg

Was Horaz in der vom Bürgerkrieg zerrütteten Heimat, in die er aus dem strahlenden Athen heimgekehrt war, empfand, belegt die Epode 7:

> Wohin, wohin rennt ihr Unmenschen? Warum zückt ihr
> von neuem eure Schwerter?
> Ist noch zu wenig römisches Blut
> auf Feldern und Meeren vergossen worden?
> Nicht damit der Römer des neidischen Karthago
> stolze Schlösser verbrennen
> oder der unbezwungene Britannier
> in Ketten die Heilige Straße herabgehen sollte,
> sondern damit, nach dem Wunsche der Parther,
> diese Stadt durch ihre eigene Hand umkäme.
> So tun weder Wölfe noch Löwen,
> die nur wüten wider Tiere andrer Art.
> Reißt blinde Wut euch hin? Oder höhere Gewalt?
> Oder die Schuld eines Verbrechens? Antwortet!
> Sie schweigen. Eine Totenblässe überzieht ihre Angesichter,
> und wie vom Donner ist ihre Seele betäubt.
> So ist's! Ein strenges Verhängnis
> und das Verbrechen eines Brudermords verfolgt die Römer,
> seitdem das Blut des unschuldigen Remus zur Erde geflossen,
> für die Enkel ein Fluch.

Das Gedicht ist eine Anklage. Um sie voll zu verstehen, sind V. 13–14 genauer zu betrachten: *furorne caecus an rapit vis acrior / an culpa? culpa* bedeutet Schuld, und für den *furor caecus* ist der Mensch allemal verantwortlich. Aber was heißt *vis acrior*? Wohl weder «fati ipsius, fatalis necessitas» (Orelli/Baiter) noch «höhere Gewalt» (Uz), sondern eher der «allzu hitzige, gewalttätige Sinn» (K./H.), aber nicht als unverschuldete ‹Naturanlage›, wie die letzten Erklärer verstehen, sondern als Schuld, wie es die Stellung zwischen *furor* und *culpa* beweist. Auch die in V. 17 genannten *fata* sprechen den Menschen nicht von seiner Verantwortung frei, wie ein Blick in die *Aeneis* Vergils oder in Livius' Geschichtswerk lehrt. Horaz gebraucht eine kühne Sprache, wenn er aus der Tat des verehrten Stadtgründers, der im Zorn seinen Bruder erschlagen hatte, einen Erbfluch ableitet, der von da an auf Rom liege. ‹Seitdem› (*ut*): Das ist ein starker Vorwurf, zugespitzt, als ginge es um ein Dauerverhängnis, wo es doch nur heißen kann, daß der Fluch der damaligen Tat sich jetzt auswirke. Schon Cicero hatte in *De officiis* 3,41 den Mord verurteilt, bei dem *pietas* und *humanitas* um eines Vorteils willen mißachtet seien, aber er war weit entfernt davon, einen Erbfluch zu konstruieren. Das war eine unerhörte Deutung des jungen Dichters, ein Aufruf, der aufrütteln wollte. Aber wen konnte Horaz aufrütteln? Schrieb er sich nur seinen Schmerz von der Seele? Genügt es, ein Beispiel für Lyrik als Selbstbefreiung zu konstatieren? Ehe eine Antwort bei der Betrachtung der verwandten Epode 16 zu geben versucht wird, sei noch darauf hingewiesen, daß der Ernst der Epode 7 Gleim zu einem nicht minder ernsthaften Zeitgedicht angeregt hat. Der Titel sagt alles (Strophen 1–2, 8–9):

An die Deutschen,
welche im Jahre 1768 wiederum Krieg zwischen Preußen und
Oesterreich verlangten

Schon wieder schärft ihr eure Schwerter,
ihr, meine Brüder? Euer Mut,
des schlimmsten ärgsten Namens werter –
was soll ich's hehlen? –, eure Wut

hat noch nicht ihren Durst gelöschet!
Wie mancher ward von euch verführt,
der noch an seiner Wunde wäschet
und sie so bald nicht heilen wird!

In euer eignes Eingeweide
habt ihr gewütet! Hohngelacht
hat unser Feind in seiner Freude
der Deutschen, ach! der deutschen Macht!

Mit Blindheit waren wir geschlagen,
wir sahen uns're Schande nicht,
die Schande, ha, ein Joch zu tragen,
das Einigkeit so leicht zerbricht!

Epode 16 beginnt (1–17):

Schon geht ein zweites Menschenalter unter bürgerlichen Kriegen dahin,
und Rom fällt durch seine eigenen Kräfte;
Rom, das weder die angrenzenden Marser
oder des drohenden Porsenna etruskisches Heer zugrunde zu richten vermochten
noch die Macht des eifersüchtigen Capua noch der grimmige Spartacus
und der unruhige Geist des treulosen Allobrogiers,
das weder des wilden Germaniens blauäugige Söhne
noch der von unsern Vätern verfluchte Hannibal bezwungen haben,
das werden wir zugrunde richten, wir verruchtes und mit Fluch beladenes Geschlecht;
und die Stätte, wo es stund, wird den wilden Tieren wieder heimfallen.
Ach! Ein Barbar wird als Überwinder über der Asche stehen
und als Reiter mit tönendem Hufe auf Rom schlagen,
und die vor Wind und Sonne verschlossenen Gebeine des Quirinus,
abscheulicher Anblick! wird er übermütig zerstreuen.
Vielleicht fragt ihr insgesamt, oder doch der klügere Teil,
welches Mittel uns von so großen Drangsalen befreien könne?
Der beste Rat ist dieser: [...]

Es folgt der Rat, so wie einst die kleinasiatischen Phokaier, die 534 vor den Persern nach Korsika flohen, auszuwandern und im weiten Ozean die Inseln der Seligen, *arva beata*, aufzusuchen (63–66):

> Iuppiter illa piae secrevit litora genti,
> ut inquinavit aere tempus aureum,
> aere, dehinc ferro duravit saecula, quorum
> piis secunda vate me datur fuga.

> Jupiter hat diese Gestade für ein frommes Volk abgesondert,
> als er das goldene Weltalter durch Erz verunedelte,
> mit Erz, hernach mit Eisen die Zeiten härtete, denen
> Fromme glücklich entfliehen können, wenn sie meinem Ausspruch folgen wollen.

Auch in dieser Epode spricht Horaz seine Zuhörer an. Damit folgt er der Gepflogenheit der frühgriechischen Lyriker, die sich mit ihren Gedichten an bestimmte Gruppen Gleichgesinnter (Hetairien) oder an die Teilnehmer von Symposien wandten. Fraenkel hat den Ansprache-Charakter der Epode ausführlich untersucht und festgestellt, daß Horaz weder die Volksversammlung noch den Senat habe anreden können und daher der Versuch, Archilochos' politische Poesie nachzugestalten, mißlungen sei (50). Es ist aber zu berücksichtigen, daß Horaz seine Gedichte großenteils im Kreis der Freunde oder in den Häusern angesehener Männer vortrug. Gerade in die Zeit nach Philippi paßt ein solches furioses Auftreten ausgezeichnet, und nur durch diese Art der ‹Publikation› konnte ein junger Dichter auf sich aufmerksam machen. Vergil hatte Horaz schon vor 38 gekannt (Sat. 1,6,55). Vielleicht hatte er ihn im Haus seines Gönners Pollio, vor dem Horaz auch rezitierte (Sat. 1,10,85), oder aber im Kreis der Freunde gehört. Jedenfalls konnte es ein so geschmackvoller Dichter wie Horaz als angemessen empfinden, Archilochos' politische Ansprache in Roms literarischen Zirkeln wieder aufleben zu lassen. Das war kühn, *audax* (Epist. 2,2,51), aber der Jugend angemessen. Daß der Stolz, eine in Rom unbekannte griechische Dichtungsform einzuführen, einen nicht unerheblichen Anteil daran hatte, versteht sich von selbst. Zudem war Horaz weit davon entfernt, eine bloße Nachahmung zu bieten. Im Gegenteil: Vielleicht hatte schon Archilochos aufgerufen, die Heimat zu verlassen – die Fragmente sind unklar –, was im Bereich des Möglichen lag, und die Phokaier waren wirklich ausgewandert. Horaz übertrug aber die Flucht auf die bildliche Ebene, wie das Fahrtziel zu den Inseln der Seligen sinnfällig macht. Die pseudo-acronischen Scholien berichten, Horaz sei durch ein Erlebnis des berüchtigten Sertorius (123–72) angeregt worden, der in Spanien von Matrosen gehört habe, daß diese Inseln im Ozean lägen, worauf er den Wunsch gehabt habe, zu ihnen auszuwandern. Da Sallust in dem ersten Buch seiner zu dieser Zeit

entstehenden *Historiae* davon erzählte, kann Horaz die Anregung daher bekommen haben. Daß er sie aber aufgriff, hatte wohl einen anderen Grund. Sein Freund Vergil prophezeite in der vierten Ekloge, in Rom werde aufgrund der Geburt eines begnadeten Knaben einst das Goldene Zeitalter wiederkehren. Was bei Vergil eine glückliche Aussicht auf die Zukunft ist, wird bei Horaz durch den mahnenden Aufruf ergänzt, mit der Vergangenheit rigoros zu brechen. Es ist wahrscheinlich, daß das vieldiskutierte Problem der Priorität der beiden berühmten Gedichte in diesem Sinn zu lösen und bereits hier der ‹realistische› Horaz von dem ‹idealistischen› Vergil abzuheben ist. Das bedeutet, daß die 16. Epode nach dem Jahr 40, auf das die vierte Ekloge weist, entstanden wäre. Daß sie in die Zeit von Aktium gehört, wie man nach älteren Versuchen in neuerer Zeit wiederum angenommen hat, ist schon aufgrund der politischen Situation unwahrscheinlich. Sie wird mit Epode 7 zu den Gedichten gezählt haben, durch die Maecenas auf den jungen Dichter aufmerksam (gemacht) wurde und die vor 38 anzusetzen sind.
Daß die Epode 16 in übertragenem Sinn zu verstehen ist, zeigt auch der Schluß. Horaz verkündet seinen Aufruf als Dichter (*vate me*), nicht als Führer (*duce me*): Er hat nicht nur eine künstlerische, sondern vor allem eine moralische Botschaft zu vermitteln. Horaz spricht zu der *inpia aetas* (9) und appelliert an den besseren Teil (*melior pars*, 15 und 37), der über *virtus* verfügt (39), was körperlich (Gegensatz *mollis*, 37) und moralisch gemeint ist (Gegensatz *exspes*, 37), also an die, die noch Hoffnung haben und besserungsfähig sind. Horaz wendet sich an die *pii* (66), denen er einen Ausweg aus dem Eisernen Zeitalter zeigen will – welch hoher, welch höchster Anspruch am Anfang seiner Laufbahn! Es ist die Zeit, in der bei Vergil und Horaz an die Stelle des dem Griechischen entlehnten ‹Poeta› der der religiösen Sphäre entstammende ‹Vates› tritt: das Gedicht als moralische Anstalt, der Dichter als Priester, *Musarum sacerdos* (Carm. 3,1,3).

Dem Sieg entgegen

In die Zeit der Entscheidungs-Schlacht zwischen Oktavian und dem mit der ägyptischen Königin Kleopatra verbündeten Marcus Antonius, die seit mehr als einem Jahrzehnt um das Erbe des großen Caesar und damit um die Macht in Rom kämpften, gehören die beiden Epoden 1 und 9. Die Schlacht fand vor der Küste des griechischen Festlands bei Aktium in Akarnanien am 2. September 31 statt. Caesar Oktavian gewann, wobei Marcus Agrippa, sein späterer Schwiegersohn, die Flotte in entscheidender Weise befehligte. Antonius und Kleopatra konnten entkommen. Es ist umstritten, ob Maecenas und mit ihm Horaz an der Schlacht teilgenommen haben. Bezüglich des ersten werden die antiken Quellen, bezüglich des zweiten die beiden Gedichte von den bedeutendsten Gelehrten in der einen wie in der anderen Richtung ausgelegt. Mit größtem Nachdruck haben sich Fraenkel gegen (71–75), mit guten Gründen Nisbet und Hubbard – um nur diese zu nennen – für eine Anwesenheit des Dichters bei der Schlacht ausgesprochen (II, 99–100).

Die erste Epode läßt für die Lösung des Problems keine Argumente erkennen. Sie geht – wohl in der Situation des Frühjahrs 31 – davon aus, daß Maecenas an der Entscheidungs-Schlacht teilnehmen werde und Horaz ihn begleiten wolle. Wenn man mit einigem Recht bemerkt hat, das Gedicht hätte an der Spitze der Sammlung nicht veröffentlicht werden können, wenn Maecenas doch nicht in den Kampf gezogen wäre, sagt das über Horaz' Aufenthaltsort natürlich nichts aus (1–11,23–34):

> Auf liburnischen Schiffen ziehest du, Freund, den hohen
> Türmen der feindlichen entgegen,
> bereit, jede Gefahr des Caesars
> zu deiner eigenen zu machen, Mäcen!
> Was sollen wir tun, denen das Leben, wenn du lebst,
> angenehm, ohne dich eine Last ist?
> Sollen wir, wie uns befohlen worden, in einer Ruhe fortleben,
> die uns nicht süß ist als nur mit dir?
> Oder sollen wir diese Arbeit des Krieges mittragen,
> mit dem Mute eines Mannes, der kein Weichling ist?
> Ja! wir wollen sie mittragen!
>
> Gern will ich diesen und jeden andern Krieg
> aushalten, dir zu Liebe,
> nicht daß mir mehrere Stiere
> die arbeitenden Pflüge ziehen
> oder daß meine Herde vor dem Aufgang des brennenden Gestirns
> kalabrische Triften gegen lukanische vertausche
> noch daß mein Landhaus, von Marmor glänzend,
> bis an die kirkäischen Mauern des hochliegenden Tusculum reiche.
> Überflüssig reich hat mich deine Güte gemacht,
> und ich möchte nicht Schätze erwerben,
> um sie wie ein geiziger Chremes in die Erde zu verscharren
> oder wie ein liederlicher Erbe durchzubringen.

Bei der Würdigung der Epode ist zu berücksichtigen, daß sie ein Proömium-Gedicht ist. Wie das erste Satiren-Buch ist die Sammlung der Epoden Maecenas gewidmet. Epode 1 ist daher nicht nur ein Ausdruck der Freundschaft (*amice*, 2), sondern vor allem des Danks an den Förderer (*satis superque me benignitas tua / ditavit*, 31–32). Horaz hielt es für angemessen, dafür eine politische Thematik zu wählen. Diese hatte ihn zur Epoden-Dichtung geführt (7 und 16), mit ihr wollte er sich verabschieden (1 und 9). Hätte er in den Spott-Gedichten das Wesentliche der Archilochos-Nachfolge gesehen, hätte er ein entsprechendes Gedicht an die Spitze des Buchs gestellt. Aber politisch ist nur der Hintergrund, nicht die Aussage der Epode. Man hat die Bedeutung Caesar Oktavians in ihr überbetont. Entscheidend ist die Entwicklung, daß an die Stelle der düsteren Betroffenheit von 40/38 nunmehr Zuversicht getreten ist. Horaz war nicht der Panegyriker der oktavianisch/augusteischen Restauration, und so stellte er an den Anfang der neuen Sammlung ein Gedicht, das nur indirekt auf jene Bezug nahm. Es ist «ein Hohes Lied bewährter oder sich bewähren wollender Freundschaft, nichts anderes. Von ängstlicher Sorge um das politische und militärische Geschehen zeigt das Gedicht bestenfalls Anklänge am Rande. Mag auch das Staatswesen dem Horaz damals schon ein Gegenstand seiner *cura* gewesen sein, in epod. 1 hat er diesem Gedanken unmittelbar nicht Ausdruck verliehen. Es ist ein allgemein gültiges Lied von der Freundschaft, das über Zeit, Raum und politischem Geschehen steht; nur der Eingeweihte weiß, daß Aktium drohend im Hintergrund steht» (Hanslik[1] 337). Auch das war ein Programm.

Entsprechend dem Charakter eines Freundschafts-Gedichts sind die ‹jambischen› Züge des archilochischen Stils ganz zurückgetreten. Nur noch der Vergleich mit dem aus der Komödie bekannten Chremes und das Aufscheinen des Verschwenders ganz am Ende sind Anklänge an das Genos des Jambus: Horaz war auf dem Weg zur Ode.

Das gilt auch für die zweite Aktium-Epode, die als neuntes Gedicht in der Mitte der Sammlung steht. Horaz fragt Maecenas (1–6):

> Wann werde ich, durch Caesars Sieg erfreut, den zu festlichen Mahlzeiten
> aufgesparten Caecuberwein
> mit dir, glücklicher Mäcen, in deiner hohen Burg
> zu Jupiters Wohlgefallen trinken,
> indes die Leier erschallt und Flöten mit einstimmen,
> jene in dorischer, diese in phrygischer Weise.

Man möchte eher der Feststellung von Nisbet und Hubbard zustimmen – «when Horace says ‹when shall I drink at Maecenas's house?›, there is some suggestion that he is far from Rome» (II, 100) – als Fraenkels vager Annahme: «the two friends are drinking together, somewhere – it does not matter where – perhaps in Horace's house» (74). Der Schluß des Gedichts wendet sich Bacchus als dem ‹Löser› und Befreier zu (33–38):

> Bring räumigere Becher her, Knabe,
> und Chier- oder Lesbierwein,
> oder miß uns Caecuber dar,
> der den geschwächten Magen stärke!
> Sorge und Furcht um den Caesar
> will ich durch holden Lyaeus vertreiben.

In V. 35 ist von Seekrankheit, *nausea*, die Rede. Fraenkel hielt es für unmöglich, daß Horaz erst so spät angedeutet hätte, die Szene sei bei Aktium zu denken. Aber der Anfang sagt deutlich, daß der übliche Rahmen horazischer Gedichte, nämlich Rom, dieses Mal nicht vorliege. Gewiß, *nausea* kann einfach Übelkeit heißen, aber im Zusammenhang mit der Seeschlacht von Aktium wäre es allzu gekünstelt, von der wörtlichen Bedeutung abzugehen. Eine Lösung des Problems dürfte der Mittelteil 11–22 nahelegen (der auf Kleopatras Eunuchen und das Mükkennetz ihrer Sänfte anspielt):

Nachwelt! Wirst du es glauben? Der Römer,
einem Weibe verkauft,
trägt in ihrem Dienste Kriegsgeräte und Waffen und mag
von runzligen Verschnittenen Befehle annehmen?
Und unter römischen Adlern erblickt
die Sonne ein schändliches Conopium?
Aber hierher wandten zweitausend Gallier ihre schäumenden Pferde
und jauchzten dem Caesar zu;
und die feindlichen Schiffe liegen nun im Hafen versteckt,
bereit, rückwärts zu segeln.
Auf, großer Triumph! Du zögerst mit dem goldnen Wagen
und mit den Opferrindern, die noch kein Joch getragen!

Diese Verse legen die Vermutung nahe, daß die Schlacht noch nicht begonnen hatte; denn die Schanzarbeit des römischen Soldaten, der Antonius und Kleopatra dient, wird im Präsens erzählt. Auch von dem ‹Lotterbett der Aegypterin› (K./H.) ist passender gesprochen, wenn sie sich im Lager unter römischen Standarten aufhält, als wenn sie sich irgendwo zu Schiff auf der Flucht befindet. Die Schlacht wird ja nirgends erwähnt, wohl aber der vorher erfolgte Übertritt des Galaterkönigs Amyntas auf Caesars Seite. Dieser scheint für Horaz der entscheidende Punkt zu sein: Er bedeutet erstens, daß der Feind so demoralisiert ist, daß seine Schiffe bereits vor der Schlacht (vom Land) nach links gewendet (also nach Ägypten zu) im Hafen postiert und damit von vornherein fluchtbereit sind, und zweitens, daß Oktavian schon vorher als Sieger feststeht, so daß der Triumph keinen Anlaß hat, noch länger zu zögern. Die Situation ist also weder nach der Schlacht (K./H.) zu denken noch nach dem Abbruch des Kampfs vor der endgültigen Kapitulation (Wurzel) noch endlich in Rom auf den ersten Bericht hin, den Maecenas erhalten hat und der die Lage ungeklärt läßt (Fraenkel), sondern vor der Schlacht im Lager Oktavians. Man braucht weder anzunehmen, Maecenas und Horaz befänden sich auf einem Schiff, noch, die Epode sei «am Abend des schicksalsvollen 2. September» entstanden, wie Heinze meinte. Darin hatte er freilich Recht, daß Horaz und Maecenas «im Freundeskreis beim Wein» sitzen. Gelegenheit dazu gab es genug. Oktavian hatte die Truppen von Kerkyra aus auf das Festland übergesetzt und von dort auf dem Landweg nach Süden geführt. Daß man im Feldlager auch dem Wein zusprach, hat Horaz in der zweiten Strophe der Ode 2,7 selbst bezeugt, in der er auf das Feiern mit Pompejus Varus in den Kriegslagern unter Brutus in Kleinasien anspielt (N./H. II, 106). Horaz hat offenbar der allgemeinen Siegeszuversicht Ausdruck gegeben, indem er das Gedicht von der Frage, wann sie endlich in Rom in Maecenas' Palast feiern könnten, nachdem Caesar Sieger sein werde, über die von vornherein feststehende Unterlegenheit der Feinde zu dem mit Sicherheit zu erwartenden Triumph übergehen und das am Anfang ersehnte Symposion bereits beginnen ließ (indem er größere Becher als bisher bringen hieß), wenn man freilich auch *curam metumque Caesaris* noch nicht endgültig überwunden hatte (37).

Denkt man an die Einleitungs-Epode zurück, stellt man fest, daß Horaz dem Thema Aktium ein Freundschafts- und ein Trinklied gewidmet hat, in denen die Politik zwar unüberhörbar durchschien, aber doch auf den zweiten Platz verwiesen wurde. Wiederum sind die jambischen Züge stark zurückgedrängt und auf Kleopatra und ihre Begleitung beschränkt. Auch dieses Gedicht lehrt, daß Horaz aus der Epoden-Form herauswuchs und auf dem Weg zur Oden-Dichtung war.

Sprecher einer Gruppe

Nicht nur in der Darstellung politischer Thematik, sondern auch in der Aufnahme persönlicher Invektive (Schmähung) folgt Horaz Archilochos. Hierher gehören die Gedichte 2, 3, 4, 5, 6, 8, 10, 12, 17, die freilich den Angriff in unterschiedlicher Gewichtung vortragen. Ja, man hat gemeint, daß Horaz in mehreren Fällen nicht so sehr eine bestimmte Person, sondern eher einen Typ im Auge gehabt habe – etwa in der Epode 4, die einen Tribunus militum verspottet:

> So groß von Natur die Feindschaft zwischen Wölfen und Lämmern ist,
> so groß ist mein Haß gegen dich,
> du, dem iberische Stricke die Lenden
> und harte Ketten die Füße gezeichnet haben.
> Geh immer stolz einher, stolz auf dein Geld!
> Das Glück ändert die Abkunft nicht.
> Siehst du nicht, wenn du die Heilige Straße
> mit einer Toga von zweimal drei Ellen ausmissest,
> wie ein edel freier Unwille die Gesichter
> der Vorbeigehenden verändert?
> ‹Wie? Dieser Mensch, der von den triumviralischen Geißeln
> bis zur Ermüdung des Ausrufers zerfleischet worden,
> baut jetzt tausend Morgen falernisches Feld,
> nutzt mit raschen Pferden den Appischen Weg ab

und sitzt, als ein vornehmer Ritter,
dem Otho zum Trotz, auf den ersten Plätzen!
Wozu werden so viele
schwer bewaffnete Schiffe
wider Räuber und Sklavengesindel ausgeschickt,
wenn dieser, dieser ein Befehlshaber ist?›

Porphyrio und einige Handschriften versuchten den Angesprochenen zu identifizieren, indem sie Menas, den Freigelassenen und Flottenführer von Sextus Pompejus, oder einen Vedius Rufus nannten. Damit können wir nicht viel anfangen, aber das Prinzip war richtig. Wenn Horaz das Gedicht – das wegen des Hinweises auf die schweren Kriegsschiffe wohl in die Vorbereitungszeit des Sizilischen Feldzugs 37/36 gehört – im Kreis der Freunde vortrug, wußte jeder, an wen er dachte: Nur so wurde die Pointe voll verständlich. Es war aber klar, daß mit ihm zugleich der Typ des sich in abstoßender Weise aufführenden Emporkömmlings gemeint ist. Dementsprechend hebt Horaz den Unwillen der Allgemeinheit hervor: Seine Empörung ist auch die der Vorübergehenden. Es ist keine Privatfehde – wenn es auch witzig ist, daß ein Tribunus militum den anderen verhöhnt! Wie in den Satiren interessiert der Einzelfall vor allem dann, wenn er ein typisches Verhalten widerspiegelt. Im Gegensatz zu den lockerer gebauten Satiren fällt die strengere Form auf: 10 Versen Schilderung stehen 10 Verse direkte Rede gegenüber, wobei erst der letzte Vers die Pointe des Ganzen enthält. Die Epode glich einem Florettstich – der traf.

Ein anderes Beispiel ist die Epode 6, in der Horaz einen angreifenden ‹Köter› warnt:

Warum fällst du unschuldige Fremde an, Hund,
der du wider Wölfe ohne Mut bist?
Warum wendest du nicht lieber, wenn du Herz hast, deine leeren Drohungen hieher
und gehst auf mich los, der ich wiederbeißen kann?
Denn wie ein molossischer Hund oder ein lakedaimonischer mit gelben Haaren,
die Lust und Stärke der Hirten,
verfolge ich mit hochgestrecktem Ohre, durch tiefen Schnee,
jedes wilde Tier, das mir aufstößt.
Du hast kaum mit fürchterlicher Stimme den Wald erfüllt,
so beriechst du die vorgeworfene Speise.
Hüte, hüte dich! Denn gegen Boshafte voll Grimm
erhebe ich die streitbaren Hörner,
gleich jenem vom treulosen Lykambes verschmähten Eidam
oder dem unversöhnlichen Feinde des Bupalos.
Soll ich etwa, wenn jemand mit giftigem Zahne mich anfällt,
wie ein Kind, ohne mich zu rächen, weinen?

Wieder nennt ein Teil der Handschriften den Angeredeten: Cassius Severus, während ein anderer Teil von einem *maledicus poeta*, einem schmähsüchtigen Dichter, spricht. In moderner Zeit dachte man an Furius Bibaculus und andere. Man hat viel Mühe auf den Nachweis verwendet, daß Horaz keine bestimmte Person meinte. Das dürfte kaum zutreffen: Bei der Rezitation wußte man wohl, um wen es sich handelte. Vor allem wußte der Angesprochene, daß es ihm galt – sonst wäre die Stoßrichtung des Gedichts ins Leere gegangen. Aber wie bei dem Tribunus militum wird es nicht ein persönlicher Gegner des Dichters gewesen sein. Im Gegenteil: Das Bild von der Herde und den Hunden bedeutet aufgelöst, daß Horaz sich durch die Angriffe des Angeredeten auf seine ‹Gruppe› selbst angesprochen und zur Verteidigung aufgerufen fühlte. Es ginge wohl zu weit, Horaz als Sprecher der Gesellschaft allgemein anzusehen; mindestens ist aber sein Freundes-Kreis oder der Maecenas-Kreis gemeint, die zum Teil identisch waren oder doch wurden. E. A. Schmidt hat das ‹Programm› dagegen weiter gefaßt: Horaz meine «Bosheit, gegen wen auch immer gerichtet», und sei «Schützer der Schwachen» ([2]405–406). Auf jeden Fall wendet er sich gegen ‹Boshafte voll Grimm›, *in malos asperrimus* (11). Auf sie hat er es abgesehen; insofern zeigt sich erneut, daß die Welt der Epoden nicht allzu weit von der der Satiren entfernt ist. Doch ist die Form geschliffener, der Angriff treffender. Nicht umsonst stellt sich Horaz am Ende in die Tradition der alten Jambiker Archilochos, der durch seine Verse den wortbrüchigen Vater seiner Geliebten, Lykambes, und Hipponax, der auf dieselbe Weise den Bildhauer Bupalos in den Tod getrieben haben soll. Es hätte genügt, daß Horaz sich auf die Dichter berufen hätte; daß er zudem die Opfer nannte, macht deutlich, daß auch er eine bestimmte Person im Auge hatte.

Während Horaz in den Epoden 4 und 6 keine Namen nannte, ist das in der Epode 10 sehr wohl der Fall, in der dem ‹stinkenden› Mevius gewünscht wird, daß ihm seine Schiffsreise übel ausgehen möge (wofür vier verschiedene Winde bemüht werden):

> Im Zeichen unheilvollen Vogelflugs läuft das losgemachte Schiff aus,
> das den stinkenden Mevius trägt.
> Vergiß nicht, Auster, es an seinen beiden Seiten
> mit schrecklichen Wellen zu bestürmen.
> Es zerstreue der schwarze Eurus auf dem empörten Meer die Taue
> und zerbrochenen Ruder.
> Aquilo erhebe sich so gewaltig, als wenn er auf hohen Bergen
> die bebenden Eichen zerbricht!
> Kein günstiges Gestirn erscheine in der schwarzen Nacht,
> da der traurige Orion untergeht;
> und die See sei ihm nicht minder ungestüm
> als dem Heer der sieghaften Griechen,

da Pallas ihren Zorn von dem verbrannten Ilion
    auf das unheilige Schiff des Ajax kehrte!
O welcher Schweiß erwartet deine Schiffleute,
    welche erdfarbige Blässe erwartet dich,
welch unmännliches Geheul
    und Flehen zum tauben Jupiter,
wann, brüllend unter der Wut des nassen Notus, das Jonische Meer
    den Boden deines Schiffes zerrissen hat!
Wirst du dann, am krummen Ufer hingestreckt,
    die Seevögel laben, für sie eine fette Beute,
so soll ein geiler Bock
    und ein Lamm den Ungewittern geopfert werden.

Da Horaz einen Namen nennt, liegt es nahe, daß er auf eine individuelle Person zielte. Nun überliefert ein Teil der Handschriften, daß es sich um einen Dichter handele, und Porphyrio überdies, daß es der von Vergil in der dritten Ekloge abschätzig zitierte Dichter Mevius sei (90). Ob dieser oder ein anderer Dichter in Frage kommt: Man empfand es als unbefriedigend, daß seine Verfehlung – und bestünde sie nur in schlechten Versen – in dem Gedicht nicht genannt sei. Nicht zu Unrecht unterschied daher Fraenkel, daß der horazische Freundes-Kreis sehr wohl das Gedicht auf (den Dichter) Mevius beziehen konnte, daß es aber dem Leser der publizierten Form auch ohne diesen Bezug aus sich heraus verständlich sein müsse (27). Es verdient deshalb Beachtung, daß E. A. Schmidt der Epode eine neue Deutung gegeben hat (^{2}406–412): Mevius' Verfehlung sei deutlich genannt; sie liege im sexuellen Bereich. Darauf wiesen der Gestank (2), der Jäger Orion, der in vielen Sagenvariationen für die Vergewaltigung einer Jungfrau bestraft worden sei (10), der ‹Kleine› Ajax, der Kassandra schändete (11–14), Jupiter (statt Neptun) als Schützer der Keuschheit (18) und der geile Bock, *libidinosus caper*, am Schluß (23). Horaz trete in Epode 10 für jenen Bereich ein, «der durch Ehe, Keuschheit, Zucht, Beherrschung bezeichnet ist, und ahndet frevlerische *libido*«. Man wird nicht annehmen mögen, daß Horaz sich ganz allgemein äußert, sondern eher, daß er Mevius gezielt im Auge hat und sein Vergehen auch allgemein verurteilt. Dabei kann dieser unbeschadet der Verfehlung durchaus Dichter (sogar der von Vergil genannte) gewesen sein. Wenn Horaz nicht persönlich betroffen war, sondern Vergil oder ein anderer Freund, spräche er wieder wie in Epode 6 als Verteidiger seiner Gruppe. Sollte die von Reitzenstein 1899 entdeckte erste Straßburger Epode, die er Archilochos zuwies, Horaz' Vorbild gewesen sein, wie zumeist angenommen wird, hätte er die Verwünschung eines ehemaligen Freunds, der dem Dichter Unrecht getan hatte, indem er einen Eid mit Füßen trat, übernommen. Da Archilochos' Gedicht – oder Hipponax', dem eine beträchtliche Zahl von Gelehrten, darunter der Herausgeber West, das Fragment zuschreibt – wahrscheinlich «einem ehemals geliebten, eidbrüchigen und treulosen Freund gilt» (Schetter 255), käme man in die Nähe der von E. A. Schmidt für die römische Epode erschlossenen Sphäre. Wenn Horaz nicht an einen eigenen, sondern den Freund eines seiner Freunde (etwa Vergils) dachte, zeigte sich erneut, daß er danach strebte, mit seiner Epoden-Dichtung im Stil der frühgriechischen Jambiker als Sprecher seines Freundes-Kreises aufzutreten. Wiederum hat er, der sexuelle Ausschweifung auch in dem lockeren Stil der Satiren aufs Korn nimmt (1,2), in der strengeren Epoden-Form ein pointiert ausgefeiltes Gedicht verfaßt, in dem das Ajax-Exemplum genau in der Mitte (11–14) steht (soweit hat Fraenkel recht) und jeweils 10 Verse das Schicksal des Schiffs (1–10) und der Schiffer (15–24) schildern, wobei Anfang und Ende Mevius im Auge haben.

Selbstironie

Es ist bisher auf die Erkenntnis Wert gelegt worden, daß Horaz in den Epoden aus einer Gruppe heraus für eine Gruppe eintritt. Auf der anderen Seite spricht er ebenso häufig für die eigene Person, wobei seiner Art gemäß hin und wieder ein kräftiger Schuß Selbstironie miteinfließt. Auch muß Invektive nicht immer Verteidigung sein. Horazische Gedichte lassen sich nicht klassifizieren. Ihre Absicht kann durchaus mehrschichtig sein. Das dürfte etwa auf die zweite Epode zutreffen, deren berühmter Anfang zum geflügelten Wort geworden ist:

Beatus ille qui procul negotiis,
    ut prisca gens mortalium,
paterna rura bobus exercet suis
    solutus omni faenore.

Glücklich, wer ferne von Geschäften,
    wie das erste Geschlecht der Sterblichen,
die väterlichen Felder mit eignen Rindern pflügt
    und frei von allem Wucher ist.

Es handelt sich um einen 66 Verse langen Preis des unschuldig-schönen Landlebens. Doch dann ist die Überraschung um so größer, wenn sich in den letzten vier Versen herausstellt, daß der Sprecher nicht ein Moralist oder Ästhet, sondern der skrupellose Wucherer Alfius ist:

So sprach Alfius, der Wucherer,
    und wollte schon ein Landmann werden:
Am fünfzehnten trieb er alle seine Gelder ein,
    mit dem ersten sucht er sie wieder auszuleihen.

Die Pointe war insofern vollkommen, als sie weder bei dem mündlichen Vortrag noch in der schriftlichen Fassung (die keine Anführungszeichen für direkte Rede kannte) vorherzusehen war. Nur der literarisch Gebildete bemerkte, daß ein Lobpreis im jambischen Versmaß ein Widerspruch in sich war (Heinze). Alfius ist weder erfunden noch ein Pseudonym, sondern, wie Columella berichtet, eine historische Persönlichkeit (was uns warnen sollte, den zeitlichen Bezug horazischer Gedichte zugunsten einer ausschließlich überzeitlichen Bedeutung zu ignorieren). Doch erschöpft sich in seiner Verspottung nicht der Sinn der Epode. Die Interpreten haben seit langem festgestellt, daß die Rede zahlreiche Anspielungen auf Vergils *Bucolica* und insbesondere auf das ‹Lob des Landlebens› im zweiten Buch der *Georgica* (458–540) hat, aber nicht recht gewußt, was sie aus dieser ‹Parodie› schließen sollten, wenn sie sie nicht gar leugneten. L. Müller hatte die Ansicht vertreten, Horaz habe am Beispiel des Wucherers zeigen wollen, daß Vergils Absicht, die Römer auf den Ackerbau zurückzuverweisen, höchstens zu einer Schwärmerei für das Landleben, nicht aber zu einer echten Wandlung führen werde. Das hätte er im Rahmen eines fröhlichen Symposions tun können, scherzend, wohlwissend, wie vergeblich der Dichter Streben ist. Aber erträglich wurde eine solche Aussage nur, wenn er sich selbst miteinbezog: Sein unablässiges Preisen des Lebens auf dem Land war bekannt; auch sein Ruf, wann er denn sein Gut wiedersehen werde, *o rus, quando ego te adspiciam?* (Sat. 2,6,60), klang an (Fraenkel 60) oder wurde vorweggenommen. Horaz liebte es, sich selbst mit Ironie zu begegnen. So ließ er sich von seinem Sklaven Davus in der Satire 2,7 vorhalten, er lobe in Rom das Landleben, auf dem Land aber hebe er wankelmütig Rom in den Himmel: *Romae rus optas; absentem rusticus urbem / tollis ad astra levis* (28–29). In diesem Sinn wird in der Alfius-Rede nur das Angenehme, nicht das Mühevolle der ländlichen Lebensweise hervorgehoben. Was auch immer Horaz mit den Anklängen an Vergil (dessen *Georgica* er wohl aus Lesungen kannte) aussagen wollte: Für die Nachwelt wurde das Gedicht als Darstellung der Schwärmerei des Städters für das Landleben wichtig. Seit Lachmann hat man immer wieder darauf hingewiesen, daß Horaz die Anregung zu dieser Epode von Archilochos empfangen habe. Wenn das aus vier fragmentarisch überlieferten Zeilen wirklich zu folgern ist, beträfe es wiederum nur die Form, nicht den Inhalt. Sie war geschliffen wie die anderer Epoden.

Die Epode hat zahlreiche Dichter des 16. – 18. Jahrhunderts beeindruckt, von denen hier Klopstock genannt sei, der 1770 nach dem horazischen Vorbild das Gedicht *Der Kamin* schrieb. In ihm singt Behager (ein Spießer mit sprechendem Namen) 76 Verse lang das Loblied der freien Natur, erst des frühlingshaften Mai, dann des winterlichen Dezember (1–12):

Wenn der Morgen in dem Mai mit der Blüten
erstem Geruch erwacht,
so begrüßet ihn entzückt vom betauten
Zweige des Waldes Lied,
so empfindet, wer in Hütten an dem Walde
wohnet, wie schön du bist,
Natur! Jugendlich hellt sich des Greises
Blick und dankt! Lauter freut
sich der Jüngling; er verläßt mit des Rehes
leichterem Sprung den Busch
und ersteigt bald den erhöhteren Hügel,
stehet und schaut umher.

Auch die Naturfreuden des Winters werden geschildert, so das Laufen mit ‹Stahlen› (Schlittschuhen), und das zu lange Verweilen bei dem abendlichen Mahl verspottet. Dann aber zeigt sich, daß die Rede von Behager am gemütlichen Kamin bei Feuer und ‹Rak› (Arak) gehalten wird (77–86):

Da der Weichling Behager so gesprochen,
gürtet er fester noch
sein Rauchwerk! Und die Flamme des Kamins
schwinget noch lärmender
in dem neuen Gehölze sich empor!
Dichter und höher steigt
aus der vollen unermeßlichen Schale
duftend von weißem Rak
der Punschdampf! An des Schwatzenden Stahlen
naget indes der Rost.

Klopstock folgte vielleicht auch darin Horaz nach, daß das satirische Element in Behagers Rede, wie Schleiden in seiner Edition sagte, den Ausdruck von Klopstocks ‹Empfindungen› nicht ausschloß. – Zwölf Jahre zuvor wäre Gleim die Liebe zu dieser Epode beinahe schlecht bekommen; jedenfalls schrieb er am 22. Dezember 1758 an Uz unter Bezug auf die Verse 31–32: «Ein andermal will ich Ihnen erzählen, was mir neulich auf der Jagd beim Grafen von Stolberg begegnet. Ich saß beim Grafen von Dohna und erklärte demselben die Stelle im Horaz: *aut trudit hinc et hinc multa cane / apros in obstantes plagas*. Plötzlich kam ein abscheulicher wilder Keiler gerade auf mich los, und es hätte mir beinahe das Leben gekostet. Mehrere ganz besondere Umstände würden die wahre Geschichte einer Fabel ähnlich machen.»
Selbstironie spricht auf jeden Fall aus der dritten Epode, in der Horaz ein Knoblauchgericht verwünscht, das ihm äußerst übel bekommen ist. Auch wenn das übertriebene Pathos komisch wirken sollte, komisch ist eine Invektive gegen ein Gericht noch nicht an sich. Man hat gemeint,

Maecenas habe Vergil und Horaz das Schnittermahl vorgesetzt, weil sie sich stets für schlichte Hausmannskost ausgesprochen hätten. Deshalb zahle Horaz es am Schluß dem Gönner heim, wenn er ihn warne, ein solches Gericht vor dem Zusammensein mit seiner Freundin zu sich zu nehmen (L. Müller). In der Tat gewinnt bei dieser Interpretation das Gedicht an Pointiertheit; auch wird so verständlich, warum Horaz Maecenas als Scherzbold, *iocose*, anredet. Ob Vergil, an den im vorhergehenden Gedicht zu denken war, auch mit einbezogen ist – L. Müller wies auf Ekloge 2,10–11 –, muß dahingestellt bleiben: Gewiß ging der Scherz auf Horaz' Kosten. Hier soll nicht einmal darauf beharrt werden, daß Maecenas der Urheber war: Es genügt, wenn Horaz sich selbst ironisierte, indem er berichtete, wie schlecht ihm seine Vorliebe zum Schlichten bekommen sei. Wiederum ist wie bei der zweiten Epode an die Satire 2,7 zu denken, in der Davus Horaz als weiteren Punkt seiner inkonsequenten Haltung (S. 137–138) das Schwanken zwischen Hausmannskost und luxuriösem Convivium vorhält (29–45). Hier wie dort liegt die Selbstironie auf der Hand. Schließlich sei nicht übersehen, daß wie bei der vorhergehenden Epode die Pointe, auf die das Gedicht zuläuft, von den letzten vier Versen gebildet wird.

Liebeszauber

Daß in der Epode 4 ein Tribunus militum von dem Tribunus militum Horaz, dem man diesen Rang neidete (Sat. 1,6,48), verspottet wird, wurde schon dargelegt. Selbstironie ist auch hier im Spiel. So ist weiter zu fragen, wie die beiden Epoden 8 und 12 zu beurteilen sind, in denen Horaz zwei Frauen in übelster Weise schmäht, deren eine vom Alter entstellt, deren andere von Geilheit gezeichnet sei. Die Ausmalung des Häßlichen hatte nicht nur Heinze auf rein künstlerische Gründe zurückgeführt: «Die αἰσχρολογία, namentlich auch in sexuellen Dingen, gehört seit Archilochos so ständig zum Inventar der jambischen Poesie – Catull hatte noch vor kurzem diese Tradition wieder virtuos gehandhabt –, daß Horaz einfach der *lex carminis* zu gehorchen meinte, wenn er hier und ep. 12 alle *verecundia* beiseite setzte.» Auch Fraenkel, der beide Gedichte «repulsive» fand, meinte, daß die Obszönität der Sprache und des Gegenstands «was probably intended to carry on characteristic traits of a certain type of early Greek *iambi*« (58). Während er den Erlebnisgehalt der Epoden im Vergleich zum literarischen Impetus gering einschätzte, hat Heinze in Epode 8 den schnöden «Abbruch eines Verhältnisses, das dem Dichter leid geworden» sei, gesehen und in Epode 12 einen Monolog, «den der Dichter nach Empfang von Geschenken, die ein Briefchen begleiten, in Zorn und Verachtung» spreche. Damit ist zu Recht betont, daß Horaz sich beide Male selbst ins Spiel bringt. Das ist nicht zu unterschätzen, da der Typus des Schmähgedichts nicht das starke Hervortreten des Dichters verlangt. Dieser spricht deutlich genug nicht nur über die beiden Frauen, sondern auch über sich selbst, über sein ‹Versagen› ihnen gegenüber und ihr inniges Bemühen, ihn kampfbereit zu machen. An Drastik lassen die Aussagen nichts zu wünschen übrig. Man werfe Horaz nicht ‹niedere› Haltung gegenüber Frauen vor, sondern sehe, daß auch er, der Verhältnisse mit beiden gehabt zu haben vorgibt oder zugibt, in die Niederungen hinabsteigt. Welche Selbstironie! Wiederum ist wie bei den Epoden 2 und 3 an die Welt der Satire, der man mehr Realitätsgehalt zuzubilligen pflegt, zu erinnern. In 2,7 läßt sich Horaz von Davus im Anschluß an die beiden schon genannten Punkte vorwerfen, er nehme mannigfache Erniedrigungen in Kauf, weil er seine Begier nicht wie der Sklave offen bei Dirnen, sondern heimlich bei verheirateten Frauen befriedige (46–74). Auch jene Partie bringt manche eindeutige Formulierung, so daß Wieland anmerkte, er habe in seiner Übersetzung kein Bedenken getragen, «an einigen Orten die Pflicht der Treue dem, was ein heutiger Schriftsteller unseren feinern Begriffen von Wohlanständigkeit schuldig ist, aufzuopfern.» Freilich sind die beiden jambischen Gedichte – der Gattung entsprechend – noch pointierter und treffender. Wie die Frauen erscheint Horaz selbst in jambischer Verfremdung. Die Sprache ist ungewöhnlich und ausgefeilt. Beide Gedichte gliedern sich deutlich in zwei gleich lange Teile. Das erste hat eine epigrammatische Schlußpointe (Graßmann 70), das zweite einen sentimentalen Schluß «von grotesker Komik» (K./H.). Sie eigneten sich vorzüglich zum Vortrag bei einem Symposion – L. Müller sprach von dem «Cirkel von Zechgenossen, der S. I,3,90–94 geschildert ist» –, wo man trotz aller fortgeschrittenen Stimmung merkte, daß Horaz nicht «gegen die verbreitete Unsitte, für Geld selbst eine *vetula* in Kauf zu nehmen», kämpft (so Graßmann 87–88), sondern in dem jambischen Zerrspiegel freudig überrascht ein Abbild des Dichters, der nicht um jeden Preis ein Moralist war, und wohl auch der Frauen, die er ansprach, erkannte. Die Situation des Gelages wird in 12,23 genannt.

Zum Abschluß der hier betrachteten Invektiven sei ein kurzer Blick auf die beiden Zauber-Epoden 5 und 17 geworfen, deren Inhalt uns heute fern gerückt ist und denen die Forschung im ganzen distanziert gegenübersteht. Ausgerechnet sie sind mit 102 und 81 Versen die längsten Gedichte der Sammlung. Sollten gerade sie die schwächsten sein? Es geht in ihnen um die ‹Hexe› Canidia, von der Porphyrio zu berichten wußte, sie sei in Wahrheit die aus Neapel stammende Salbenkrämerin Gratidia gewesen. Man hat oft dagegen eingewandt, Herkunft und Gewerbe seien aus Epode 5 erschlossen, als ob größere Vagheit der Aussage dem Gedicht größere Allgemeingültigkeit verliehe! Natürlich kommt es auf den Namen nicht an; aber nur, wenn man wußte, um wen es sich handelte, gewannen die beiden Epoden und die Satire 1,8, in der Canidia ebenfalls begegnet, an Leben. Da wir das nicht mehr wissen, sind die Gedichte für manchen Horazfreund abgestorben. In Epode 5 wird geschildert, wie Canidia ihren alten ungetreuen Liebhaber Varus dadurch wiederzugewinnen sucht, daß sie einen Liebestrank aus Kräutern sowie aus dem Mark und der Leber eines Knaben (der, in die Erde bis zum Kopf eingegraben, Hungers sterben soll) vorbereitet; Epode 17 gibt davon Kunde, daß Horaz erklärt, Canidias Zaubermacht anzuerkennen und seine früheren Schmähungen zurückzunehmen, Canidia aber entgegnet, ihren Schadenzauber weiterhin gegen den Dichter ausüben zu wollen. Was soll man davon halten? Soll man einen rein literarischen Hintergrund bei der Erfindung dieser Gedichte voraussetzen? Soll man mit Fraenkel annehmen, Horaz habe das Gefühl gehabt, er brauche für die aggressiven Jamben, die er nach Archilochos' Art schreiben wollte, ein neues Opfer (63)? Dürfen wir, wie L. Müller meinte, schon deshalb nicht an ein Verhältnis des Dichters mit Canidia denken, weil diese alt war? Wie ernst darf eine solche Angabe genommen werden? Bekennt nicht Horaz, durch Canidias Schadenzauber selbst alt geworden zu sein (17,19–23)?

> Genug und allzusehr hast du mich schon gestraft,
> du Geliebte der Bootsleute und Krämer!
> Die Jugend ist entflohen, und die Farbe der Schamhaftigkeit
> hat meine Gebeine verlassen, die eine gelbe Haut bekleidet.
> Mein Haar ist weiß geworden durch deine Salben.

Wer soll glauben, daß Horaz plötzlich alt und schrumpelig geworden sei? Luck hat zu Recht vermutet, er fühle «sich in Wirklichkeit sehr wohl, ist rund und gesund und genießt seine Muße mit großem Behagen» (31). Wird nicht einfach die Person, die in einem negativen Kontext erscheint, mit allen denkbaren negativen Merkmalen gesehen? Erklären sich auf diese Weise nicht auch die Bilder der beiden verwünschten Frauen der Epoden 8 und 12? Wird hier nicht innere Unzuträglichkeit auf äußere Unzulänglichkeit projiziert? Wenn Horaz sich in Epode 17 als alten Mann stilisiert, warum sollte er sich in Epode 5 nicht auch hinter dem betagten Liebhaber verbergen, den Canidia als einen verbuhlten Alten bezeichnet, der mit Nardenöl gesalbt sei, *senem* [...] *adulterum* [...] *nardo perunctum* (57–59)? Der Alte heißt Varus (73), was ein metrisches Äquivalent für Flaccus sein könnte (Luck 29), wie Horaz sich auch in den Epoden nennt (15,12). Man braucht gar nicht daran zu erinnern, daß er in Epode 13,5 von dem herandrängenden Alter (*senectus*) spricht. Es genügt, daß er Canidia alt erscheint, weil er nicht ‹will›, so wie ihm in den Epoden 8 und 12 die Frauen alt erscheinen, die er nicht mehr begehrt. Man kann daran denken, daß Horaz sich ebenso gern wie Varus (59) mit Nardenöl salbte (Epode 13,8–9), von der Zeit der Oden ganz zu schweigen (2,11,16). Wenn Horaz in Epode 17 gegenwärtig ist, dürfte er auch in Epode 5 enthalten sein. «Wie muß er diese Frau gehaßt haben! Ein bloßes Schattenbild, eine blutlose literarische Fiktion vereinigt nicht soviel lebendiges Gefühl auf sich, wird nicht in immer neuen Haßkampagnen angegriffen. Wo viel Haß ist, war vielleicht einst viel Liebe» (Luck 32). Beide Epoden sind kühn komponiert; sie leben von direkten Reden, mit denen sie unvermittelt einsetzen – Heinze sprach bei Epode 5 von einer ‹packenden Wirkung› – und auch schließen. Während sich in Epode 5 der Erzähler zweimal einschaltet, besteht Epode 17 nur aus Reden. Sie ist ein Spiel, ein Mimus (Heinze). Der Form nach sind beide Gedichte Invektiven. Insofern fügen sie sich gut in die Sammlung. Aber Epode 17 läßt noch eine Besonderheit erkennen. In 5 hatte Canidia es unternommen, Horaz durch Zauber zur Liebe zurückzuführen. Die Wirkung ist in 17 überwältigend. Horaz bekennt sich geschlagen (30–36):

> Was willst du weiter? O Meer und Erde! Ich brenne,
> und so heftig brannte nicht, mit des Nessus schwarzem
> Blute bestrichen, Herkules, brennt nicht die in Siziliens glühendem
> Aetna tobende Flamme. Du, eine Werkstätte kolchischer Zaubermittel,
> arbeitest immer auf mich los, bis ich, zu Asche verbrannt,
> ein Spiel frecher Winde werde?
> Was wird das Ende, oder was soll meine Buße sein?

Horaz gesteht, daß er liebt, *ardeo* (30). Ist also die Liebe zu Canidia zurückgekehrt? Natürlich nicht. Er bietet nur an, sie nicht mehr zu schmähen, sondern mit seiner Leier zu verherrlichen (40–41):

> Du, ein Muster der Keuschheit und Frömmigkeit,
> sollst als ein goldenes Gestirn unter den Sternen herum wandeln.

Das ist nicht mehr die Sprache der Invektive, sondern die der Oden. Horaz entwächst der Welt der Epoden, der er hier den Abschied gibt. Der Bereich der Liebe weist auf das neue Genos voraus, das dieses Thema nicht mehr in einem invektivischen Zerrspiegel bringen wird.

Auf dem Weg zur Ode

Der zweite Teil des Epoden-Buchs enthält vier Gedichte, die mit dem Geist des frühgriechischen Jambus nichts mehr zu tun haben. 11, 14 und 15 sind Liebeslieder, 13 ist ein Trinklied. Da Horaz selbst als Thematik seiner Oden die Bereiche der Liebe und des Symposions bezeichnet hat (Carm. 1,6), ergibt sich somit schon vom Inhalt her, daß die vier Gedichte auf die neue Dichtungsart vorausweisen. Dieses zeigt sich auch in einem Wechsel der Vorbilder: In der Motivik sind die Liebeslieder dem hellenistischen Epigramm, das Trinklied Alkaios verpflichtet, also jenen

Vorbildern, die für die Oden die größte Rolle spielen. Wenn man die Epoden 11 und 15 als Elegien angesprochen hat, weist das nur auf die gemeinsamen Quellen, nicht auf eine Abhängigkeit hin. Horaz hat seine neue Haltung in dem ersten – an einen uns unbekannten Freund gerichteten – Liebeslied programmatisch dargestellt (1–6, 23–28):

O Pettius, es ist nicht mehr wie sonst meine Lust,
Verse zu machen, nun, da ich unter der Tyrannei der Liebe seufze,
der Liebe, die ein Vergnügen daran findet, vor allen andern mich
gegen schöne Knaben und Mädchen zu entflammen.
Dies ist nun der dritte Winter, der, seit meine rasende Liebe
zur Inachia aufgehört hat, den Wäldern ihren Schmuck abstreift.

Nun hält mich Lyciscus, der stolz darauf ist, es jedem Mädchen
an Weichlichkeit zuvorzutun, in seinen Banden,
woraus weder der freimütige Rat meiner Freunde
noch ihr schärfster Tadel mich losmachen kann,
bloß eine neue Liebe zu einem schneeweißen Mädchen
oder wohlgebildeten Knaben, der sein langes Haar in einen Knoten schlägt.

Hier ist in keiner Weise eine Liebe oder auch nur Leidenschaft gespiegelt. Bis vor drei Jahren war Horaz in Inachia verliebt, jetzt ist er es in Lyciscus; davon kann ihn nur eine neue Liebe zu einem Mädchen oder einem Knaben erlösen. Das sieht nicht nach Leben, sondern nach System aus. Horaz will sich nicht als Schwerenöter, der von einer Liebe zu der nächsten taumelt, vorstellen. Das Bekenntnis, keine Verse machen zu können, hat zu einem neuen Gedicht, einem Liebeslied, geführt. Liebeslieder kann Horaz also dichten – nicht aber Jamben: Diese sind mit den *versiculi* in Vers 2 gemeint, vielleicht auch die Satiren, wie Kießling und Heinze bemerken. Insofern ist die Epode übertragen zu verstehen: Horaz kommt mit seiner Jamben-Dichtung nicht weiter, weil er an Liebes-Dichtung denkt. Inachia und Lyciscus sind nicht ‹reale› Geliebte, sondern stehen für die Liebe und Liebes-Dichtung allgemein. An ihre Stelle können wieder nur Mädchen oder Knaben treten – es wird systematisch und anonym argumentiert. Das Versmaß deutet raffiniert an, daß die erotische die jambische Dichtung ablöst. In der Epode folgt jeweils auf einen jambischen Trimeter ein Vers, der aus einem Hemiepes (dem letzten Teil des elegischen Distichons) und einem jambischen Dimeter besteht:

Petti, nihil me sicut antea iuvat
scribere versiculos amore percussum gravi.

Das elegische Maß ist damit in die jambischen Verse «gleichsam eingesprengt» (Heinze). Die Invektive wird der ‹Liebe› weichen.
Daß Horaz aufgrund seiner neuen Haltung Mühe hat, das Jamben-Buch

zu vollenden, hat er Maecenas in Epode 14 mitgeteilt, die unter der Hand zu einem Liebeslied geworden ist:

Warum Vergessenheit meiner weichlich trägen Seele
sich so sehr bemächtiget habe,
als hätte ich Becher, die lethäischen Schlaf bringen,
mit dürstender Kehle ausgeleeret,
dies dein ewiges Fragen tötet mich, gütiger Mäcen!
Denn ein Gott, ein Gott verbietet mir,
die angefangenen Jamben, dies längst versprochene Gedicht,
zu vollenden.
Nicht anders soll für den samischen Bathyll
der tejische Anakreon gebrannt haben,
der so oft zur tönenden Leier seine verliebten Klagen sang
in ungekünsteltem Silbenmaße.
Auch dich verzehrt eine heftige Glut; und da selbst das belagerte Ilion von keiner reizendern Schönen
in Flammen gesetzt worden,
so freue dich deines Glückes! Mich martert die Liebe zu einer Freigelassenen,
zur Phryne, die nicht einmal mit Einem Liebhaber sich begnüget.

Die Aussage des Gedichts ist einfach. Ein Gott verbietet Horaz, weiterhin Jamben zu dichten. «Gemeint ist natürlich Cupido» (K./H.). Cupido/Amor verlangt Liebes-Gedichte. Wiederum gibt Horaz zu verstehen, daß er das alte Genos überwunden hat und ein neues anstrebt. Mit dem Anakreon-Vergleich hat man sich unnötig schwer getan. «Horaz spricht als Jambendichter. Das ist eine Gattung, die zum Ausdruck der Liebe nicht taugt und darum schweigen muß, wenn der Dichter der Liebe verfallen ist. Anakreon dagegen dichtet Liebeslieder, also Lieder, die die Liebe nicht hemmt, sondern überhaupt erst eingibt. Aber die Heftigkeit der Liebe hindert ihn, sie so auszufeilen, wie es Horazens Kunstverständnis verlangt» (Christes[2] 347). Mehr will Horaz nicht sagen. Die Epode ist im übrigen ein seltenes Zeugnis dafür, in welchem Maß Horaz von Maecenas zur Veröffentlichung gedrängt wurde. Dieser erhoffte sich freilich eher politische Gedichte als Liebeslyrik. Horaz gab ihm – wohl beim Vortrag in einem offiziellen Kreis – die Vorwarnung, daß er den Erwartungen des Gönners nicht entsprechen werde. Die Verbeugung vor Maecenas' eigener Liebe nahm aber der Ankündigung jede Schärfe.
Zum Abschluß sei die Epode 13 betrachtet, «a perfect poem», denn «it contains a great deal of what we like best in Horace's odes and seems, indeed, to be one of them» (Fraenkel 65–66). Welch ein Paradox: Eine ‹Ode› als vollendete Epode!

Horrida tempestas caelum contraxit et imbres
nivesque deducunt Iovem; nunc mare, nunc silvae

Threicio Aquilone sonant. rapiamus, amici,
occasionem de die, dumque virent genua
et decet, obducta solvatur fronte senectus.
tu vina Torquato move consule pressa meo.
cetera mitte loqui: deus haec fortasse benigna
reducet in sedem vice. nunc et Achaemenio
perfundi nardo iuvat et fide Cyllenaea
levare diris pectora sollicitudinibus,
nobilis ut grandi cecinit Centaurus alumno:
‹invicte, mortalis dea nate puer Thetide,
te manet Assaraci tellus, quam frigida parvi
findunt Scamandri flumina lubricus et Simois,
unde tibi reditum certo subtemine Parcae
rupere, nec mater domum caerula te revehet.
illic omne malum vino cantuque levato,
deformis aegrimoniae dulcibus adloquiis.›

Die schauervolle Witterung hat den Himmel verhüllt, und Jupiter
ist herabgestürzt mit Regen und Schnee. Nun tönet das Meer, tönen die Wälder
vom thrakischen Nordwinde. Laßt uns die Gelegenheit haschen, Freunde,
ohne zu zaudern, und da unsere Knie noch feste sind
und es sich für uns noch schickt, die Stirne von den Runzeln des Alters entwölken!
Du, gib den Wein her, der, unter dem Konsul Torquatus gekeltert, so alt ist als ich!
Von andern Dingen rede mir nichts! Vielleicht wird durch fröhlichen
Wechsel die Gottheit alles wieder gut machen. Nun wollen wir uns mit achaimenischer
Narde salben und durch das kyllenische Saitenspiel
die ängstlich bekümmerte Brust erleichtern,
wie dort der berühmte Kentaur seinem großen Schüler vorsang:
‹Unüberwindlicher! Sterblicher Sohn der Göttin Thetis!
Dich erwartet das Land des Assaracus, welches die kalten Ströme des kleinen
Skamanders und der schnelle Simois durchschneiden;
von wannen dir der Parzen kurzgesponnener Faden die Rückkunft
versagt hat und deine meerfarbige Mutter dich nicht zurückführen wird.
Dort erleichtere dir alle Plagen durch Wein und Gesang,
die süßeste Linderung des entstellenden Kummers!›

Die Epode ist das Muster eines sympotischen (d. h. beim Symposion vorgetragenen) Lieds. Horaz richtet an den Freundes-Kreis, «den wir uns etwa beim Mahl versammelt zu denken haben, seine Mahnung, die Gelegenheit, die der Tag bietet, rasch zu ergreifen» (K./H.). Insofern folgt er der frühgriechischen Tradition der Ansprache beim Symposion, wie sie vor allem aus Alkaios bekannt ist. Das Gedicht wird schon beim ersten Vortrag auf begeisterte Zustimmung gestoßen sein und den Kennern klar gemacht haben, daß ein Alkaios in römischem Gewand heranwuchs. Das fragmentarisch erhaltene Lied des frühgriechischen Dichters, das zu der Soracte-Ode 1,9 zitiert zu werden pflegt (S. 147), stellt eine vollendete Parallele dar: Draußen stürmt es, und der Dichter fordert im Haus Wärme und Wein. Horaz beruft sich auf den Rat des weisen Kentauren Chiron an Achill, dem nur ein kurzes Leben beschieden war: Er möge vor Troja die Mühen mit Wein und Gesang besänftigen. Achill singt bei Homer vom Ruhm der Männer. Wir dürfen aufgrund der Mahnrede sowie des Hinweises auf die Kürze des Lebens bei der Aufforderung des Dichters in dem ersten Teil verstehen: Wein und Kunst mögen über die Vergänglichkeit des Daseins hinwegtrösten. Hier hören wir Horaz' innerste Stimme, wie sie später in einigen der schönsten Oden vernehmlich sein wird.

Rückblick

Die Epoden stellen in der Entwicklung des horazischen Dichtens eine wichtige Stufe dar. Bei der Rückbesinnung auf die griechischen Jambiker Archilochos und Hipponax lernte Horaz eine Form der lyrischen Äußerung kennen, die sich an ein Gegenüber (an einen Kreis der Freunde oder die Teilnehmer eines Symposions) wandte und einzuwirken – zu raten oder aufzurütteln – versuchte. Dieser Ansprache-Charakter kam Horaz' Intentionen sehr entgegen, da er seine Lyrik ebenfalls in den Kreisen der Freunde oder des Förderers Maecenas vorzutragen pflegte. Auch in den Oden und Briefen sollten die persönliche Apostrophe und der ratende Charakter erhalten bleiben.

Der Bestimmung zum Vortrag entsprechend sind die Epoden straff gebaut, mehrfach mit einer Schlußpointe schließend. Die Sprache ist brillant. Die öfter gebrauchten direkten Reden nähern einige von ihnen, besonders die Canidia-Epoden, dem Mimus, einem volkstümlichen Rollenspiel, an. Man könnte sie sich von verschiedenen Personen rezitiert denken. Nichts wäre unangemessener, als aus der Archilochos-Nachfolge auf einen blutleeren literarischen Charakter der Epoden zu schließen. Auch die Invektiven haben mit dem Menschen Horaz zu tun: Entweder spricht er als Vertreter seines Kreises, seiner ‹Gruppe›, oder aber er begibt sich in eigener Person mit dem ihn auszeichnenden Hang zur Selbstironie auf die Ebene des jambischen Zerrspiegels.

Horaz begann offenbar mit politischen und gesellschaftlichen Themen. Doch hatte er Schwierigkeiten, mit Invektiven ein ganzes Buch zu füllen, wie er Maecenas gegenüber selbst zugab (13). Zieht man von den 17 Gedichten die beiden Aktium-Epoden (1/9), die vier erotisch-sympotischen Epoden (11/13–15) und den Epilog, der zur Liebes-Dichtung überleitet (17), ab – alle sieben Gedichte gehören nach überwiegender Meinung der Forschung in die Zeit des Abschlusses –, verbleiben 10

Invektiven, die ein schmales, aber wirkungsvolles Buch ergeben hätten. Diese Gedichte sind wahrscheinlich alle früh zu datieren. Es ist nicht auszuschließen, daß sich Horaz um 35, als er das erste Satiren-Buch herausgab, mit dem Gedanken trug, die 10 Invektiven zu einem Buch zusammenzufassen. Aber er konnte sich nicht dazu entschließen. Die Sammlung mußte Maecenas gewidmet werden. Welches Gedicht hätte den Anfang bilden sollen? Doch wohl nicht die Knoblauch-Epode (3), die als einzige den Gönner ansprach? Ein würdigeres Thema behandelten die politischen Gedichte 7 und 16. Aber Maecenas, der mit Oktavian auf eine neue Zeit zulebte, konnte nicht mit dem Verfallsthema behelligt werden. So ließ Horaz die Invektiven offenbar liegen. Auch mit der Satiren-Dichtung kam er nach 35 nicht recht weiter (S. 132). Dann bot endlich die Wende von Aktium im Jahr 31 einen geeigneten Stoff, der Maecenas gefallen mußte: Epoden 1 und 9. Inzwischen war Horaz auf neuen Wegen. In der Nachfolge des frühgriechischen Dichters Alkaios und der hellenistischen Epigrammatik wandte er sich erotisch-sympotischer Thematik zu. Vier Proben (11,13–15), Vorläufer der Oden, fügte er nebst einem Epilog (17) den 10 Invektiven bei. So entstand das Epoden-Buch, dessen uneinheitlicher Charakter zutage liegt. Ein geschickter Aufbau sollte ihn verdecken – und doch dem Kenner offenbaren. Die beiden Aktium-Gedichte wurden an die Spitze (1) und in die Mitte gestellt (9). Themengleiche Epoden wurden auf die beiden Buchhälften verteilt (Carrubba 52): 7/16 (Politik), 5/17 (Canidia), 8/12 (Frauen-Tadel). Außer dem Proömium enthielt die erste Hälfte nur Invektiven (2–8). In der zweiten wurde dagegen die erotisch-sympotische Thematik in die Invektiven (10/12/16) steigernd eingesprengt (11/13–15); der Epilog gab vollends einen ‹Widerruf›: von der Invektive zur ‹Liebe›. Hierbei sprach der Dichter, wie in augusteischen Gedicht-Büchern üblich, von sich selbst, dem Charakter der Sammlung entsprechend aber in jambisch verzerrter Form. Von den beiden politischen Invektiven wurde die ‹positivere› (16) der zweiten Hälfte zugewiesen. So konnte der Kenner bemerken, daß Horaz auf dem Weg zu neuen Formen war: sowohl zur erotisch-sympotischen als auch zur politisch-aufbauenden Thematik der Oden.

6 Selbstfindung: Das erste Satiren-Buch

Herkunft und Eigenart

Wandelte Horaz mit den Epoden auf den Spuren der frühgriechischen Lyriker Archilochos und Hipponax, blieb er mit der gleichzeitig in Angriff genommenen Satiren-Dichtung in der römischen Tradition. Er war ein Dichter, der sich in ganz ungewöhnlicher Weise getrieben fühlte, über seine Gepflogenheiten als Künstler und Mensch Rechenschaft, ja Bekenntnis abzulegen. Hierfür war keine Gattung so geeignet wie die Satire in der Form, die ihr der große Lucilius gegeben hatte. Horaz sagt selbst, daß er ihm in dieser Hinsicht gefolgt ist – ihm, der ‹besser› als sein Freund Trebatius, an den folgende Verse gerichtet sind, und er selbst sei (2,1,28–34):

me pedibus delectat claudere verba
Lucili ritu, nostrum melioris utroque.
ille velut fidis arcana sodalibus olim
credebat libris neque, si male cesserat, usquam
decurrens alio neque, si bene; quo fit ut omnis
votiva pateat veluti descripta tabella
vita senis.

Mir machts nun Freude, was ich denk', in Verse
zu bringen, wie Lucil vor mir getan,
der besser als wir beide war. Der Mann
sah seine Schreibetafel an als seinen liebsten
getreusten Freund; ihr wurde sein Geheimstes
vertraut; es mocht ihm wohl, es mocht ihm übel
ergangen sein, so lief er keinem andern
als seinem Buche zu; auch kömmt daher,
daß es, wie ein Votivgemälde, uns
des guten Alten ganzes Leben darstellt.

Das ist das persönliche Bekenntnis als Programm der Satiren-Dichtung. Trotz aller Stilisierung, die auch dieses ‹niedere› Genos kennt, dürfen wir Horaz über weite Strecken beim Wort nehmen. Goethe stellte die Verse 30–34 als Motto über seine *Zahmen Xenien*.

In der Tat ist die Satire – neben dem Epigramm und der Elegie – die ‹persönlichste› Gattung der römischen Literatur. Sie ist «in großem Umfang Medium persönlicher Selbstdarstellung und Weltsicht» (Ehlers 83). Damit weicht sie entschieden von der Satire der Neuzeit ab. Es ist aber wenig fruchtbar, eine Antithese antike / moderne Satire zu konstruieren, da es eine einheitliche Form der römischen Satire nicht gegeben hat. Trotz allem gelehrten Scharfsinn ist man hinsichtlich der Herkunft des Worts ‹Satura› kaum weiter als zu der Feststellung gelangt, daß es ursprünglich ‹Melange›, ‹Gemengsel› bedeutet und daß zuerst Ennius am Beginn des zweiten Jahrhunderts lose Einzelgedichte verschiedenen Inhalts zu einer Sammlung zusammengefaßt hat, der er den Titel *Satura* oder *Saturae* gab. Satura konnte eine Sammlung, ein Einzelgedicht, seit Horaz auch die ganze Gattung bezeichnen (Petersmann 15–16). Somit ist die Satire von Haus aus nicht ‹satirisch›. Erst Lucilius entwickelte in der Mitte des zweiten Jahrhunderts die Formen der Satire, die vielfach für seine Nachfolger Varro, Horaz, Persius und Juvenal bestimmend

wurden. Der Begriff ‹satirisch› ist also sekundär mit der Satire verbunden worden.
Was ‹Satire› und ‹satirisch› bedeuten, ist nicht leicht zu definieren. Wenn man sich daran erinnert, daß Horaz nach den schlimmen Erfahrungen von Philippi und der Folgezeit sich den kritischen Formen der Epode und der Satire zuwandte, kommt einem Tucholskys Definition in dem Streiflicht von 1919 *Was darf die Satire?* in den Sinn. Ihm war die Satire zugleich eine negative und eine positive Sache: «Satire scheint eine durchaus negative Sache. Sie sagt: ‹Nein!› Eine Satire, die zur Zeichnung einer Kriegsanleihe auffordert, ist keine. Die Satire beißt, lacht, pfeift und trommelt die große, bunte Landsknechtstrommel gegen alles, was stockt und träge ist. – Satire ist eine durchaus positive Sache. Nirgends verrät sich der Charakterlose schneller als hier, nirgends zeigt sich fixer, was ein gewissenloser Hanswurst ist, einer, der heute den angreift und morgen den. – Der Satiriker ist ein gekränkter Idealist: er will die Welt gut haben, sie ist schlecht, und nun rennt er gegen das Schlechte an. – Die Satire eines charaktervollen Künstlers, der um des Guten willen kämpft, verdient also nicht diese bürgerliche Nichtachtung und das empörte Fauchen, mit dem hierzulande diese Kunst abgetan wird.»
Auch Horaz wollte die Welt nach Philippi gut haben, auch er rannte gegen das Schlechte an. Und auch er stieß auf Kritik, wie in dem Kapitel über den Maecenas-Kreis deutlich wurde. Zumindest die Frühform der horazischen Satire kann man kaum besser charakterisieren. Man mag zu dieser Definition noch ältere stellen wie die von Gottsched in seinem *Versuch einer Critischen Dichtkunst*, für den die Satire ein moralisches Strafgedicht ist «über einreißende Laster, darin entweder das Lächerliche derselben entdecket oder das abscheuliche Wesen der Bosheit mit lebhaften Farben abgeschildert» werde, oder die von Schiller in seiner Abhandlung *Über naive und sentimentalische Dichtung*, für den der Dichter satirisch ist, wenn er «den Widerspruch der Wirklichkeit mit dem Ideale» zu seinem Gegenstand macht. Beide Bestimmungen treffen weitgehend auf die frühe horazische Moral-Satire zu, die letzte klingt zudem wie eine Vorläuferin der tucholskyschen Charakteristik. Auf der anderen Seite hat jüngst Seeck eine treffliche Definition gegeben: Die Satire sei ein «literarischer Diskreditierungsversuch, bei dem Indignation und/oder Spott und Art und Form der Darstellung als suggestive Mittel eingesetzt werden, um die unbewußte Zustimmung des Lesers zu erreichen» ([1]20). Hier ist der wichtige Versuch unternommen, auch den Aspekt der «Zustimmung des Publikums über seine ahnungslose Mitwirkung» miteinzubeziehen. Trotzdem ist zu beachten, daß Wilamowitz-Moellendorffs bekanntes Aperçu, es gebe keine lateinische Satire, sondern nur Lucilius, Horaz, Persius und Juvenal, nicht ganz von der Hand zu weisen ist. Selbst eine so umsichtige Bestimmung der horazischen Satire wie die von Heldmann als

«kritische Erneuerung des Geistes der Humanität, mit dem die Neue Komödie und mit ihr Terenz die Unvollkommenheit der Welt betrachtet hatte» (138), trifft nur auf einen, wenn auch wesentlichen, Teil der Satiren zu. Man wird in der zweiten oder achten Satire des ersten oder den Eß-Satiren des zweiten Buchs Humanität nur im Sinn des Menschlich-Allzumenschlichen entdecken.

Horaz' Satiren sind in ihrer Thematik vielfältig. Darin folgt er dem römischen Archegeten Lucilius nach, der die verschiedensten Stoffe in den 30 Büchern seiner Satiren behandelt hatte – vom menschlichen Verhalten wie Freundschaft, Geiz, Verschwendung über Tafelluxus bis hin zu literarischen Fragen, die sogar die Probleme der Orthographie einschlossen. So bedurfte es nicht erst einer Öffnung der Gattung durch Horaz, sondern dieser konnte sich berechtigt fühlen, es der Vielfalt seines Vorbilds nachzutun.

Moral-Satiren

Horaz steht noch in einer anderen Tradition, wie seine Programm-Satire 1,1 deutlich macht. In ihr geht es um die Frage der rechten Lebensführung, die die Griechen Eudaimonia, die Römer Vita beata nannten. Da aber die Satire zumeist formal negativ argumentiert, wird nicht eine direkte Bestimmung der Vita beata gegeben, sondern in aller Eindringlichkeit das Gegenbild gezeichnet, die Unzufriedenheit mit dem Schicksal, wofür die griechische Popularphilosophie den Terminus Mempsimoiria hatte. Horaz beginnt (1–22):

> Woher, Maecenas, mag es kommen, daß
> mit seinem selbsterwählten oder vom Geschick
> ihm zugeworfnen Lose niemand sich begnügt
> und jeden, der auf einem andern Pfade
> das Glück verfolgt, für neidenswürdig hält?
> ‹Wie glücklich ist der Kaufmann!›, ruft ein alter
> von vieler ausgestandner Not und Arbeit
> gebrochner Krieger aus; der Handelsmann
> hingegen, dessen Schiff in Stürmen treibt,
> preist den Soldatenstand: ‹Was ists denn auch?
> Man trifft zusammen, und in einem Stündchen ists
> entschieden, Siegeswonne oder rascher Tod!›
> Der Advokat, wenn sein Klient beim Ruf
> des frühen Hahns ihn aus dem Schlafe pocht,
> lobt sich des Landmanns Leben, während dieser,
> wenn ein Termin zu ungelegner Zeit
> aus seiner Wirtschaft in die Stadt ihn zieht,
> die Städter für die einz'gen Glücklichen
> auf Erden ausruft. Dies durch alle Klassen

und Stände fortzuführen, würde selbst
den Schwätzer Fabius ermüden. Also,
um dich nicht aufzuhalten, höre gleich,
wo ich hinaus will. Wenn ein Gott nun käm'
und spräche: ‹Gut, ich will euch geben,
was ihr begehrt; du, Krieger, sollst ein Kaufmann,
du, Rechtsgelehrter, sollst ein Bauer sein!
Fort, tauschet eure Rollen! Nun? Was zaudert ihr?›,
so würde keiner wollen. Und sie konnten doch
so glücklich werden! Wäre solches Volk nicht wert,
daß Zeus mit beiden aufgebausten Backen
sie grimmig ansäh' und sich rund erklärte,
er wolle nicht so zahm mehr sein, die Ohren
zu albernen Gebeten herzuleihen?

An dieser Stelle unterbricht sich Horaz, darauf hinweisend, daß er scherzhaft gesprochen habe. Gewiß, damit ist Jupiters Rolle gemeint. Aber der aufmerksame Hörer oder Leser konnte auch bemerken, daß die Wünsche der Unzufriedenen an sich töricht sind; denn der Kaufherr und der Soldat leben beide gefährlich, der Rechtskundige und der Klient stehen beide früh auf. Ernsthaft wären die Wünsche formuliert, wenn etwa der gefährlich lebende Kaufherr den seine Tätigkeit zu Hause ausübenden Advokaten beneidete. Doch Horaz verteidigt den scherzhaften Ton aus didaktischen Gründen (23–27):

praeterea, ne sic ut qui iocularia ridens
percurram – quamquam ridentem dicere verum
quid vetat? ut pueris olim dant crustula blandi
doctores, elementa velint ut discere prima –
sed tamen amoto quaeramus seria ludo.

Doch, um nicht nach der Possenspieler Weise
mein ganzes Stück in diesem Ton zu geben
(wiewohl, wer wehret uns, die Wahrheit lachend
zu sagen? So wie milde Pädagogen
die kleinen Zöglinge durch Honigplätzchen
zum Abc verführen), laß uns jetzt
von einer ernsten Sache ernsthaft sprechen!

Mit der vielzitierten Wendung *ridentem dicere verum*, lachend die Wahrheit sagen, erinnert Horaz an den Begriff des Spoudaiogeloion der Diatriben, der popularphilosophischen Vorträge, wie sie die kynischen Philosophen Bion von Borysthenes, Teles und Menipp von Gadara im dritten Jahrhundert entwickelt hatten. Sie waren Horaz vertraut, und in der Epistel 2,2 berief er sich auf den Archegeten Bion (60). Die meisten Motive waren freilich längst gängige Münze geworden. Wenn sich auch das Thema der Unzufriedenheit mit dem Leben für Teles nachweisen

läßt, darf man nicht schließen, Horaz gebe hier eine griechische Quelle direkt wieder. Denn er stellte sich mit dem Vergleich ausdrücklich in eine römische Tradition, indem er eine bekannte Formulierung von Lukrez aufnahm, der seine künstlerische Darstellung der spröden epikureischen Lehre, die die Leser genießen sollten, mit dem Verfahren der Ärzte verglich, den Rand des Wermutbechers mit Honig zu bestreichen, damit die Knaben den bitteren Geschmack der Medizin nicht bemerkten (1,936–947). Daß es sich nicht um ein beliebiges Zitat aus dem von Horaz hochgeschätzten Lukrez handelt, wird sich am Ende des Gedichts zeigen.
Maecenas mochte mit Recht eine Antwort auf die am Eingang gestellte Frage nach der Unzufriedenheit der Menschen erwarten. Aber er wurde darin wie unzählige Leser nach ihm getäuscht. Denn es folgt eine nicht enden wollende Darlegung der Avaritia, des ungehemmten Strebens der Menschen nach immer mehr Besitz, ohne diesen genießen zu können (28–107). Erst danach kommt Horaz auf den Anfang der Satire zurück. Er hatte begonnen (1–3):

> qui fit, Maecenas, ut nemo, quam sibi sortem
> seu ratio dederit seu fors obiecerit, illa
> contentus vivat, laudet diversa sequentis?

Und er knüpft an (108–109):

> illuc, unde abii, redeo, qui nemo, ut avarus,
> se probet ac potius laudet diversa sequentis.
>
> Ich kehre nun dahin zurück, woher
> ich ausging: nämlich, daß, dem Geiz'gen gleich,
> niemand mit seinem Los zufrieden ist,
> nur jene lobt, die einen andern Weg
> im Leben gehn.

Der aufmerksame Leser hat bemerkt, daß Horaz die Frage wörtlich aufgenommen, dabei aber einen Begriff eingeschoben hat: *ut avarus* ist der Mensch unzufrieden, ‹als Habsüchtiger›, und das heißt: weil er habsüchtig ist. Der sonst so feinsinnige Wieland hat (wie viele Philologen) verkannt, daß *ut* kausal zu verstehen ist. In der Tat hat man erst spät gesehen, daß der Mittelteil nur scheinbar eine Digression ist und die zu Anfang gestellte Frage bereits beantwortet hat (Herter[1] 37): Es ist die Habsucht, die den Menschen dazu führt, sich immer mit dem anderen zu vergleichen und zu glauben, jener gelange leichter zu Reichtum. Die letzte Folgerung, die Horaz daraus zieht, schließt mit einem schönen Gleichnis (117–119):

> inde fit, ut raro, qui se vixisse beatum
> dicat et exacto contentus tempore vita
> cedat uti conviva satur, reperire queamus.

Daher also, daß der Mann
so selten ist, der wohl gelebt zu haben
versichert und, vergnügt mit seinem Anteil,
vom Leben wie ein Gast von einem Mahle,
gesättigt weggeht.

Hier fällt ein wichtiger Begriff: *beatum*. Es geht um die Vita beata, um die Kunst, ein erfülltes Leben zu führen. An dieser entscheidenden Stelle hat Horaz erneut auf Lukrez zurückgegriffen und von ihm Gedanken und Bild aufgenommen. Dieser läßt im dritten Buch die Natur selbst dem Menschen die Unerfülltheit seines Lebens vorhalten. Die Verse 931–943 lauten in der Übersetzung von Goethes Freund Karl Ludwig von Knebel:

Endlich noch, wenn die Natur die Stimm' urplötzlich erhübe,
strafend einen von uns in diesem Tone: Was ist dir,
Sterblicher, daß du so sehr in bänglichem Trauern dich abhärmst?
Warum klagst du und weinest den Tod? War anders das Leben,
das du bishero geführt, ein angenehmes Geschenk dir?
Sind nicht alle die Freuden wie durch ein zerlechztes Gefäß dir
hingeflossen und ohne Genuß dir die Tage zerronnen?
Warum stehst du nicht auf, wie ein satter Gast von der Mahlzeit,
nimmst mit willigem Herzen, o Tor, die sichere Ruh' an?
Ist dir hingegen alles versiegt, was sonst du genossen,
ist dir das Leben verhaßt: Was willst du noch mehreres zutun,
das nur wieder verdirbt und dir ungenossen zugrundgeht;
machst nicht lieber der Qual und dem ganzen Leben ein Ende?

Unerfüllt muß der von Lukrez Angesprochene aus dem Leben gehen, unerfüllt ist auch der Habsüchtige bei Horaz. Beide sind mit ihrem Leben unzufrieden, sie sind nicht gesättigt, sondern hohl. Horaz hat ganz bewußt beide Themen, Unzufriedenheit mit dem Leben und Habsucht, zunächst locker aneinandergereiht, so daß die Philologen zu Unrecht glaubten, er sei entweder zwei verschiedenen Quellen gefolgt oder habe den Rahmen später um den schon vorliegenden Kern gedichtet. Tatsächlich aber hat er beide Argumentationsreihen am Ende überlegen zusammengebunden und mit dem lukrezischen Bild gekrönt. Dem Vorgänger fühlte er sich in der Methode und im Denken verpflichtet. Wie Lukrez Schulphilosophie künstlerisch darbot, bot Horaz Popularphilosophie anspruchsvoll dar. Diese Stelle zeigt, daß beide Philosophien in den entscheidenden Punkten zusammenstimmen.

Näherte sich Horaz somit ernsthaft der Schulphilosophie, wollte er doch um keinen Preis als ein Schulmeister erscheinen. Seine Satiren nannte er Sermones, Gespräche. So hat Wieland zu dem Einleitungs-Gedicht ganz zu Recht bemerkt: «Der Gang seiner Gedanken ist auch hier, wie beinahe

in allen seinen Werken, einem Spaziergang ähnlich, wo man sein Vergnügen daran findet, kleine Umwege zu nehmen; wo man sich von jedem Gegenstande, der unsre Aufmerksamkeit erregt, aufhalten läßt und am Ende entweder da, wo man hin wollte, angelangt oder wieder dahin zurückgekommen ist, wo man ausgegangen war.»
Bei der Frage nach der Absicht der Satire hat man sich einseitig auf die Darstellung der Avaritia gestützt. Diese ist, wie Heinze sagte, nach des Dichters Überzeugung das Grundübel der Zeit: Er werde nicht müde, sie an anderen zu bekämpfen; kein Vorwurf sei daher geeigneter für das Einleitungs-Gedicht gewesen als diese Verkehrtheit. Auch Fraenkel sprach von den politischen Folgen der Avaritia, die Horaz erkannt habe. Zwar sei es nicht möglich gewesen, diese in der niederen Gattung der Satire wie später in den Oden darzustellen, aber Maecenas habe die weiterreichenden Folgerungen, die sich aus der Schilderung der Avaritia ergeben hätten, verstanden (96–97). Gewiß mochten Maecenas und vielleicht auch Oktavian Horaz so deuten; und sie hatten damit in einem wesentlichen Punkt auch recht. Aber Horaz argumentierte in der Einleitungs-Satire viel diffiziler. Er gab einen Beitrag zur Bestimmung der Vita beata. Beatus ist in seiner Sicht der, der mit dem zufrieden ist, was er ist bzw. was er hat. Ironisch gebraucht Jupiter den Begriff in V. 19, ernsthaft Horaz in V. 117: Unzufriedenheit mit dem Leben schließt Eudaimonie aus. Und die Habsüchtigen des großen Mittelteils sind nicht mit ihrem Besitz zufrieden. Hinsichtlich des ersten Punkts hat schon Wieland betont, daß es sich hier um den ‹ganzen› Horaz handelt: «Es ist der Geist seiner Philosophie, der Mittelpunkt aller seiner moralischen Begriffe und Gesinnungen, der feste Grund seines eigenen Lebens und das einzige, was unter allen Umständen und in allen Lagen, unter den Ungewißheiten der menschlichen Dinge, den Zweifeln der Vernunft und den Unbeständigkeiten des Glückes für ihn immer wahr und unveränderlich blieb. Es ist das goldene *laetus sorte tua vives sapienter*, das er seinem Arist zuruft» (Epist. 1,10,44, in Wielands Übersetzung: «Du, mein Aristius, bist weise gnug, / mit deinem Los vergnügt zu sein.»). Wieland fuhr dann fort, indem er aus dem Brief 1,11 die Verse 22–25 anführt und den Archegeten der Kyrenaiker, Aristippos von Kyrene (S. 253), zitiert, es sei die «freundschaftliche Ermahnung an den ehrlichen Bullatius, der die Krankheiten seines Gemütes durch Luftveränderung und Reisen zu heilen hoffte:

> Nimm du jede frohe Stunde,
> die Gott dir schenkt, mit Dank an und verliere nie
> das Gegenwärt'ge durch Entwürfe für
> ein künftiges Vergnügen, sondern richte so
> dich ein, daß, wo du immer lebst, du gern
> gelebt zu haben sagen könnest.

Kurz, es ist der große Grundsatz der Philosophie des Sokratischen Aristipps: Das, was wir suchen, ist immer in unsrer Gewalt, es ist hier oder nirgends. Horaz war so überzeugt von dieser Wahrheit und von der ganzen praktischen Lebenstheorie, wovon sie das Prinzipium ist, daß er weder philosophieren noch satirisieren konnte, ohne davon auszugehen oder dahin zurückzukommen.»

Was den zweiten Punkt, Unzufriedenheit mit dem Besitz, betrifft, handelt es sich bei seiner Behandlung auch schon um den ‹ganzen› Horaz, wie noch mehrfach deutlich werden wird. Hier sei nur darauf verwiesen, daß Horaz in einem seiner persönlichsten Gebete sich wünscht, das zu genießen, was zur Verfügung stehe, *frui paratis* (Carm. 1,31,17), und in der ersten Römer-Ode den preist, der das ersehnt, was genug sei, *desiderantem quod satis est* (Carm. 3,1,25). Horaz' Denken ist von Maß und Mitte bestimmt; und auch das hat er in einer klassisch gewordenen Formulierung in dieser Satire ausgedrückt (106–107):

> est modus in rebus, sunt certi denique fines,
> quos ultra citraque nequit consistere rectum.
> Halt Maß in allem, denn in allem gibt's
> ein Mittel, dessen Linie das Rechte
> bezeichnet; dies- und jenseits wird gefehlt.

Erinnert man sich des geflügelten Worts von der *aurea mediocritas* (Carm. 2,10,5), wird vollends deutlich, daß Horaz in das Einleitungs-Gedicht des ersten von ihm veröffentlichten Buchs das Wesentliche seiner Weltanschauung gelegt hat, wie sie das ganze spätere Werk bestimmt.

Lehrt die Betrachtung der ersten Satire, daß Horaz weit davon entfernt war, hellenistisches Handbuchwissen in Verse zu bringen, daß er sich vielmehr methodisch und inhaltlich Lukrez verpflichtet wußte, so zeigt die zweite Satire den für die Gattung verbindlichen Anschluß an die Welt des großen Vorgängers Lucilius. Dieser hatte in der dritten Satire des 29. Buchs einem jungen Mann, der in die gefährliche Liebe zu einer (verheirateten?) Frau verstrickt war, den Rat gegeben, sich einer anderen Gruppe von Frauen, die weniger verlangen und mehr bieten, zuzuwenden. Während aus Horaz der Schluß naheliegt, daß die ‹großzügigen› Libertinen (Freigelassenen) gemeint seien (Christes[1] 96), können diese ebenso wie die Dirnen angesprochen sein (Krenkel), wenn nicht überhaupt nur die letzten oder gar Knaben als Alternative gedacht sind. Das alles ist umstritten (Lefèvre[2] 338–339). Jedenfalls hat sich Horaz in der ersten auf sein Grundsatz-Gedicht folgenden Satire ausdrücklich auf Lucilius bezogen, wenn er bei dem Problem der außerehelichen Liebe zwischen den abgelehnten Extremen der verheirateten Frau und der Dirne die Libertine als den goldenen Mittelweg empfiehlt. Welch ein Thema nach der vorhergehenden Erörterung! Es zeigt auf das schönste Horaz' Eigenart, nie zu lange in extremen Höhen zu wandeln. Denn schon das Ende von 1,1, das hier bis zu dem Tod des erfüllt aus dem Leben Scheidenden in V. 119 betrachtet wurde, kündigt den Umschlag in zwei burlesken Versen an, indem Horaz – mit einem boshaften Seitenhieb auf die Stoiker und den von ihm öfter attackierten Plotius Crispinus – ausruft: ‹Genug! Damit du nicht glaubst, ich hätte die Schreine (mit den unveröffentlichten Schriften) des triefäugigen Crispinus geplündert, kein Wort mehr.› So folgt nach der ernsthaften Darstellung des Maßes und der Mitte in 1,1 in 1,2 die sanfte Parodie dieses Gedankens. Denn um eine solche handelt es sich in doppelter Weise. Die Konzeption, die Frauen, wie die römischen Bürger, in ‹Klassen› – Matrone, Libertine, Dirne – einzuteilen und die zweite als die wahre ‹Mitte› zu definieren, ist weder der Liebe (die doch an Personen, nicht Kategorien gebunden ist) noch der Lebensphilosophie (die auch an Extremen bei der Liebe zu Libertinen Anstoß nimmt) angemessen. So verliert Horaz bei dem Preis seines Medium die typische Libertine durchaus aus den Augen, weshalb Herter zu bedenken gab, ob er nicht überhaupt «das anspruchslose Mädchen schlechthin zwischen Matrone u. teurer Geliebten» meine (^{2}1182). Jedenfalls war es verfehlt, in dieser Satire, die zum Mißvergnügen Wielands die Grenzen pointierter Obszönität überschreitet, eine Diatribe gegen den Ehebruch oder über die philosophische Mitte zu sehen. Vielmehr stellt sie ein überaus geistvolles Stück Literatur dar, in dem sowohl die Kyniker als auch Cato verspottet, Kallimachos und Philodem von Gadara wörtlich zitiert, Lucilius weitergeführt und Horaz' eigene *aurea mediocritas* parodiert werden. Nur in dem allgemeinen Gedanken, auch in der Liebe Maß zu halten, schimmert sein eigenes Denken durch (Lefèvre^{2} 336–346). Die Rezitation dieser Satire im Kreis der Freunde muß geradezu einen Sturm der Begeisterung hervorgerufen haben. In ihr erkannten sie den Dichter der Epoden, der sich auch mit Selbstironie begegnen konnte.

Von der dritten Satire war schon in dem Kapitel über den Maecenas-Kreis die Rede. Mit ihr rückt das für Horaz so wichtige Thema der Freundschaft in den Mittelpunkt der satirischen Betrachtung. Das Gedicht hat einen überaus witzigen Rahmen (Hering 14): In den ersten 18 1/2 Versen wird der Unterhaltungskünstler Tigellius freundlich ironisiert (1–19), in den letzten 18 1/2 Versen der stoische Lehrsatz drastisch verspottet, nur der Weise sei der wahre König (124–142). In dem ersten Hauptteil entwickelt Horaz seine Forderung, man solle Fehler von Freunden verzeihen (19–75), und differenziert in dem zweiten, es gebe verzeihliche und unverzeihliche Fehler (76–124). Es wurde bereits ausführlich dargelegt, daß der erste Hauptteil Horaz' Situation im Maecenas-Kreis zutiefst berührte und trotz aller Verschlüsselung den von ungerechtfertigter Kritik getroffenen Dichter erkennen ließ (S. 54–57). Jedenfalls ist bei den meisten der geschilderten Typen klar, daß Horaz «an die Gesellschaft denkt, der er selbst angehört» (K./H. II, 54–55). Der zweite Hauptteil wendet sich gegen die These der Stoiker, daß alle Verfehlungen grundsätzlich gleich zu bewerten seien, *paria esse* [...] *peccata* (96). Es ist folgerichtig, daß Horaz diesen Satz bekämpft, da er im ersten Hauptteil für die relative Bewertung der Fehler eintrat. Da er Epikureer ist, widerlegt er die stoische Theorie mit Argumenten ‹seiner› Philosophie. Er legt dar, daß es auf das richtige Maß ankomme: Einen Sklaven wegen Naschens zu töten sei Tollheit, größerer Wahnsinn noch, einem Freund ein kleines Vergehen nicht zu verzeihen (76–86):

> *denique*, *quatenus* excidi penitus vitium *irae*,
> cetera item nequeunt *stultis* haerentia, cur non
> ponderibus modulisque suis *ratio* utitur ac res
> ut quaeque est, ita suppliciis delicta coercet?
> siquis eum servum, patinam qui tollere iussus
> semesos piscis tepidumque ligurrierit ius,
> in cruce suffigat, Labeone *insanior* inter
> sanos dicatur. quanto hoc *furiosius* atque
> maius peccatum est: paulum deliquit amicus,
> quod nisi concedas, habeare insuavis: acerbus
> odisti et fugis.

> Wofern uns aber nebst den übrigen
> Gebrechen unsres albernen Geschlechts
> der Zorn nicht gänzlich ausgeschnitten werden kann:
> Warum bedienet die Vernunft dabei
> sich ihres Maßes, ihrer Waage nicht
> und ahndet jegliches Vergehen nur,
> soviel die Sache wert ist und nicht mehr?
> Wenn jemand seinen Knecht, der aus der Schüssel,
> die abzutragen ihm befohlen war,
> die halbgegeßnen Fische samt der lauen Brühe
> verschlungen hätte, gleich dafür ans Kreuz zu schlagen
> befähle, würde, wer bei Sinnen ist,
> ihn nicht wahnsinniger als Labeo nennen?
> Und doch, wieviel wahnsinniger, einen Freund,
> weil ers in einer Kleinigkeit versah,
> die nur ein Mensch, mit dem gar nicht zu leben ist,
> ihm nicht verzeihen konnte, gleich dafür
> zu hassen und zu fliehen.

Die ersten beiden Wörter (*denique*, *quatenus*) sind typisch für den Stil des Epikureers Lukrez, ebenso der Gedankengang (3,310–313). Der Stoiker möchte die Affekte gänzlich eliminieren; Epikur wußte, daß das nicht realistisch ist. Lukrez und Horaz nennen den Zorn, Ira, an erster Stelle, denn er galt den Stoikern als schlimmstes Pathos. Die Nicht-Stoiker als Toren, Stulti, zu bezeichnen war ebenso eine Lieblingsbeschäftigung der Stoiker wie die Betonung der Vernunft, Ratio. Die Toren galten ihnen als ‹ungesund›, Insani; und voller Furor sein traf nicht minder auf sie zu. Dem Genos der Satire gemäß bemüht sich Horaz nicht um eine Schuldiskussion, sondern schlägt den Stoikern ihre eigene Terminologie um die Ohren und gibt sie der Lächerlichkeit preis. Dann kommt es noch schlimmer, wenn es heißt, ihre These widerlegten in der Wirklichkeit der gesunde Menschenverstand und das tägliche Leben, ja die Nützlichkeit selbst, die Mutter des Rechts (96–98):

> quis paria esse fere placuit peccata, laborant,
> cum ventum ad verum est: sensus moresque repugnant
> atque ipsa utilitas, iusti prope mater et aequi.
>
> Die Herren, die an Gleichheit aller Sünden
> Belieben tragen, finden, wenn's um Wahrheit gilt,
> viel Schwierigkeit: Gefühl und Sitten stehn entgegen;
> ja selbst das Nützliche, das als die Mutter
> von Recht und Billigkeit gewissermaßen
> betrachtet werden kann.

Nach Epikur muß sich jeder Rechtssatz immer von neuem durch den Nutzen bewähren; da das stoische Paradoxon dem widerspricht, ist es also nicht Recht (K./H.)! Horaz führt das im folgenden mit manchen Anklängen an Lukrez aus. Das Recht war für die Stoiker absolut, nach Epikur aber relativ, da der Nutzen als das übergeordnete Prinzip galt: Das Recht sei nicht als Idee entstanden, sondern weil man das Unrecht vermeiden wollte (*metu iniusti*, 111). Das war eine Provokation, aber wirkungsvoll. Horaz demonstriert: Es gibt keine absoluten Maßstäbe, folglich kann der Stoiker nicht pauschal über alle Vergehen urteilen. Den rigorosen Moralisten wird der Boden unter den Füßen weggezogen.

Auf die ‹Logik› folgt der Spott in einem satirischen Furioso. Im Anschluß an den weiteren Satz der Stoiker, nur der in ihrem Sinn Weise sei (der wahre) König, heißt es in den letzten zehn Versen der Satire (133–142):

> O gewiß! Nur schade, daß
> die Gassenjungen nichts von deinem Rechte
> zu wissen scheinen, wenn sie, ohne Scheu,
> auf offner Straße dich beim Barte zupfen
> und, wie du auch dich sträubst und um dich bellst,
> dich so zusammendrücken, daß du bersten möchtest
> und, ihrer los zu werden, deine Majestät
> den Knotenstock zuletzt erheben muß.
> Doch laß uns enden. Du, Herr König, ohne Hof
> und von dem Plaudermatz Crispin allein
> begleitet, geh und laß im nächsten Bade dich
> um einen Quadrans scheuern: Ich will unterdessen,
> sooft ich was aus Torheit fehle, wie bisher,

auf meiner Freunde Nachsicht rechnen, wie
auch sie hinwieder auf die meine zählen können,
und hoffe besser mich als ein gemeiner Mann
dabei zu stehn wie du bei deinem Königreiche.

Ausgangspunkt war der Satz, nur der (stoische) Weise sei König, *solus* [...] *rex* (133). Diese beiden Wörter können aber auch heißen: Der (stoische) Weise stehe als König allein. Deshalb verspotten den König ohne Gefolge die Gassenjungen. Da platzt dieser vor Zorn und macht sich als Stoiker des schlimmsten aller Affekte schuldig! Dann ‹bellt› er wie ein Hund die Gassenbuben an: Der Stoiker ist so selbstgenügsam wie ein Kyniker, und da *kyon* = Hund ist, bellt er als (stoischer) Kyniker. Er geht in seiner Einsamkeit in das billigste öffentliche Bad, begleitet nicht von Freunden, sondern von dem dummen stoischen Winkelphilosophen Crispinus: Dieser wird ihm folgen (*sectabitur*), ist also das einzige Mitglied seiner ‹Sekte›. In den letzten dreieinhalb Versen, deren Übersetzung schon gegeben wurde, stellt sich Horaz ‹bescheiden› dem ‹König› gegenüber (139–142):

[...] et mihi dulces
ignoscent, siquid peccaro *stultus*, *amici*
inque vicem illorum patiar delicta libenter
*privatus*que magis vivam te *rege beatus*.

Der stoische Sapiens, der den Nicht-Stoiker als Stultus verachtet und keine Fehler verzeiht, hat keine Freunde; Horaz, der als Epikureer Stultus ist und Fehler verzeiht, hat Freunde. Der Stoiker ist Rex, der Epikureer ist Privatus – und Beatus! Er hat die Eudaimonie erreicht.

So schließt diese Satire mit einem derart ingeniösen Witz, daß zu fragen ist, wer im Maecenas-Kreis Horaz an Geist gleichgekommen sei. Und doch wollte der Dichter nicht nur geistreich erscheinen. Ihm ging es um mehr: So wie der erste Hauptteil des Gedichts mit falschen ‹Freunden› und Verleumdern abrechnet, dürfte das auch im zweiten Hauptteil der Fall gewesen sein. Was wie eine scherzhafte Auseinandersetzung zwischen stoischer und epikureischer Philosophie erschien, war offenbar aus dem Leben genommen: Vom stoisch-moralistischen Standpunkt aus konnten Angriffe gegen Horaz nur in Bagatellen geführt und doch auf seine ganze Existenz im Maecenas- und im Freundes-Kreis gezielt werden, sei es daß die freizügige Thematik einiger Satiren und Epoden oder nicht mehr erkennbare Episoden aus dem Leben zum Vorwand dienten. Horaz kam darauf in der vierten Satire zurück (S. 107). Vielleicht ist es kein Zufall, daß die ersten drei Satiren jeweils mit einer Verspottung der rigorosen Stoiker schließen.

Ernstes und heiteres Erleben

Nach den einleitenden Moral-Satiren bringt die vierte eine Wesensbestimmung der Gattung im Anschluß an Lucilius, dessen Dichtung in der zehnten weiter beschrieben wird. Dazwischen hat Horaz fünf Satiren gestellt, die in unterschiedlicher Weise eigenes Erleben widerspiegeln. Dieses ist wie fast immer der Ausgangspunkt für mehr oder weniger gewichtige Betrachtungen. Da sie schon in anderen Zusammenhängen zur Sprache gekommen sind, können Hinweise genügen.

«Dieser kurze compte rendu einer um wichtigster Ursachen willen unternommenen Reise ist insofern unschätzbar, weil er uns einen, wenn auch nur kurzen Blick in die Gepflogenheiten des täglichen Daseins jener alten Tage tun läßt. [...] Die stimmungsvolle Nachtszene des Anfangs würde uns vielleicht die Erwartung nahelegen, auch weiter etwas ausführlicherer Mitteilung gewürdigt zu werden. Aber grade daraufhin ist das nur wenig über hundert Verse zählende Stück nicht entworfen, sondern auf eine möglichst knappe und körnige Fassung, die dann doch nirgend zum bloßen Referat wird.» So charakterisierte R. A. Schröder zu Recht die fünfte Satire, deren Anlaß und Inhalt schon besprochen wurden (S. 48–50). Sie bietet das Thema Freundschaft, das die dritte Satire theoretisch behandelte, praktisch dar, indem echte Freunde in ihren Stärken und Schwächen vorgeführt werden. «Hinter allem steht das eigene Erleben, die erfahrene Wirklichkeit, die dargestellt und gedeutet wird für jene Wirklichkeit, die jeder einzelne zu bewältigen hat» (Classen[1] 250). Aufgrund des leicht scherzhaften und das Epos parodierenden Tons hat man die Erzählung als Vorläufer des neuzeitlichen Schelmen-Romans bezeichnet (Sallmann 205). Andererseits ist die sprachliche Ausgestaltung sorgfältig: Auf die Kritik an Lucilius' Kunst in der vorhergehenden Satire folgt hier im Blick auf dessen ‹Iter Siculum› eine Reiseschilderung nach den Maßstäben, die Horaz für angemessen hält (Classen[2] 359–360).

Ernst ist das Thema der sechsten Satire, die die zweite Buch-Hälfte eröffnet. Wie die erste (*qui fit, Maecenas*) ist sie Maecenas gewidmet (*non quia, Maecenas*). Legt jene Satire eine allgemeine Weltanschauung dar (die auch die des Dichters ist), tritt Horaz in der sechsten als Person stark hervor. Wieland hat sie als einen ‹beträchtlichen Beitrag zu seiner Biographie› gewertet. «Wenige Schriftsteller haben in ihren Werken soviel von sich selbst gesprochen als Horaz; und es ist vielleicht nichts schwerer, als mit Anstand, auf eine weder langweilige noch anstößige Art, ohne gezierte Bescheidenheit und ohne lächerliche Anmaßung, mit Offenheit, ohne ins Geschwätzige, mit gehöriger Selbstschätzung, ohne ins Ruhmredige zu fallen, sich selbst zum Thema seiner Rede zu machen.» In der Tat gibt sich Horaz in dieser Satire äußerst selbstbewußt. Er hat sich gegen die Invidia zu verteidigen, «die sein, des Libertinensohns, vertrautes Verhältnis zu Maecenas erregt hat» (Heinze). Dessen großes Denken hebt Horaz am Beginn dankbar hervor (1–2, 5–8):

> Wiewohl von allen Lydiern, die einst
> Etruriens Felder bauten, keiner, o Mäcen,
> sich edlern Blutes rühmen mag als du,
> [. . .] siehst du doch
> auf Leute niedrer Abkunft, mich zum Beispiel,
> den Sohn von einem Freigelassenen,
> mit aufgeworfner Nase nicht herab,
> wie viele andre tun, indem daran
> dir wenig liegt, wer jemands Vater sei,
> wofern er nur kein Knecht an Stand und Herz
> geboren ist.

Horaz begründet selbst, warum ihm der Neid entgegenschlage: weil er einst zum Legions-Kommandanten und nunmehr zu Maecenas' Convictor aufgestiegen sei (45–54; im letzten Vers las Wieland *tibi me*, indem er «dem Bentley und der gesunden Vernunft» folgte):

> nunc ad me redeo libertino patre natum,
> quem rodunt omnes libertino patre natum,
> nunc, quia sim tibi, Maecenas, convictor, at olim,
> quod mihi pareret legio Romana tribuno.
> dissimile hoc illi est, quia non, ut forsit honorem
> iure mihi invideat quivis, ita te quoque amicum,
> praesertim cautum dignos adsumere, prava
> ambitione procul. felicem dicere non hoc
> me possim, casu quod te sortitus amicum;
> nulla etenim mihi te fors obtulit.

> Ich komme nun
> auf meine Wenigkeit zurück, den Sohn
> von einem Freigelaßnen, den man auch
> den Sohn des Freigelaßnen tüchtig fühlen läßt,
> jetzt, weil ich deiner Tischgenossen einer bin,
> Maecenas, ehmals, weil mir eine Legion
> gehorchte. Gleichwohl ist das ein' und andere
> nicht einerlei. Die Ehrenstelle könnte
> vielleicht von jedem mir beneidet werden:
> Allein mit deiner Freundschaft, welche du
> behutsam nur an Würdige verschenkest
> und welche nicht durch Ränk' und lose Künste
> erschlichen werden kann, ists wohl ein anders.
> Ich kann mich deiner Freundschaft wegen just
> nicht *glücklich* nennen, gleich als hätt' ich sie

aus einem Glückstopf ausgezogen: Denn
kein Ungefähr hat mich in deinen Weg
geworfen.

Horaz spricht keineswegs unterwürfig. Nicht sei es unverdientes Glück, daß er Maecenas begegnete. Denn dieser hatte seinen Wert erkannt. Gemäß den folgenden (S. 46–47 schon betrachteten) Versen sagten ihm Vergil und Varius, ‹was er sei› (*quid essem*, 55); und als Maecenas ihn persönlich vorlud, sagte Horaz selbst, ‹was er war› (*quod eram*, 60). Selbstbewußt nennt er dieses ‹was› seine *vita* und sein *pectus purum* (62–64):

magnum hoc ego duco,
quod placui tibi, qui turpi secernis honestum
non patre praeclaro, sed vita et pectore puro.

Ich acht' es für nichts Kleines,
dir, einem echten Menschenkenner, wohlgefallen
zu haben, wie ich bin; zwar unberühmt
von Herkunft, aber rein an Herz und Sitten.

Daß er so geworden sei, ist für Horaz das Verdienst der Erziehung durch den Vater; könnte er sich jetzt Eltern wählen, er wählte doch dieselben, nicht vornehmere (93–97). Wenn Horaz somit Maecenas weit über seine engstirnige Umgebung heraushebt, läßt er doch keinen Zweifel, daß dessen Lebensweise nicht die seine ist. Er möchte nicht ein Politiker sein und wie ein solcher leben. Ein großes Gefolge um sich zu haben wäre ihm eine Last; er zieht es vor, nur mit einem Maultier nach Tarent zu reisen, das Reiter und Sack wund scheuern (105–106). Es ist wohl kein Zufall, daß diese Passage in der Satire steht, die auf das vorausgegangene ‹Iter Brundisinum› folgt, in dem Maecenas geradezu einen Troß von Begleitern hat. Sein Leben, sagt Horaz, sei bequemer (*commodius*, 110). Es ist das des Epikureers, der sich in den privaten Bereich zurückzieht (111–131):

Ich brauche kein Gefolge, geh' allein,
wohin michs lüstet; frage, was der Kohl
und was das Mehl gilt; schlendre abends um
den großen Schauplatz aller Beutelschneider,
den Circus, oder auf dem Markt und stehe
bei einem Schreier still, der Amulette
verkauft und wahrsagt; kehre dann nach Hause
zu einer Schüssel Erbsen, Lauch und Plinsen;
drei Sklaven richten meine ganze Mahlzeit aus;
ein Cyathus, zwei Becher und beim Spülnapf
ein schlecht Lavor mit seinem Becken, lauter
kampanisch Töpferzeug, auf einem Tische
von weißem Steine, macht die ganze Tafel-
Gerätschaft aus. Dann geh ich schlafen, ohne

die Sorge, daß ich mit dem frühsten wieder
aufstehen müsse [...].
Ich bleibe ruhig bis um neune liegen;
drauf mach' ich fliegende Besuche, oder
ich lese oder schreibe, was im Stillen mich
belustigt oder bessert, salbe mich sodann
(doch nicht mit solchem Öl, als seinen Lampen
der schmutz'ge Natta stiehlt), dann nach dem Campus, bis
die schwüle Sonne mich, vom Ballspiel müde,
ins Bad zu gehn erinnert. Diesem folgt
ein leichtes Mittagsmahl, soviel ich brauche,
den Rest des Tages, der geschäftlos mir
zu Haus entschlüpft, bis abends auszudauern.
So lebt, wer frei vom Joch der armen Ehrsucht ist;
so hoff' auch ich vergnüglicher zu leben,
als wenn mein Ahn, mein Vater und mein Oheim
das Staatsschatzmeister-Amt verwaltet hätten.

Von welchem Dichter der Antike hätten wir eine so charaktervolle Schilderung des Alltagslebens, wie er es sich wünschte? Freilich übertreibt Horaz dem Gesetz der Gattung gemäß den mangelnden Ehrgeiz, im öffentlichen Leben eine Rolle zu spielen; aber mit der Forderung Epikurs, im ‹Verborgenen› zu leben, war es ihm ernst. Er setzte sich von der Menge und zugleich von Maecenas ab. Denn sein Lob des frugalen Mahls war auf dem Hintergrund des jedermann bekannten Umstands zu hören, daß er regelmäßig an Maecenas' rauschenden Gastmählern teilzunehmen hatte. Der aufmerksame Leser bemerkte, daß Horaz am Anfang des Gedichts Maecenas' bedeutende Ahnen herausgestellt hatte – sie befehligten Legionen, was Horaz auch getan hat! –, es am Ende aber angenehmer (*suavius*, 130) fand, daß seine eigenen Ahnen keine großen, für den Nachkommen verpflichtenden Ämter hatten (Lefèvre[1] 1996): Er sprach von gleich zu gleich. Diese so private Satire offenbart in paradoxer Weise den Stolz des Dichters darauf, daß die große Welt ihn anerkannt hatte, und zugleich seine Distanz ihr gegenüber.
Das Idyllische der sechsten Satire hat Friedrich von Hagedorn besonders angesprochen und veranlaßt, einige ihrer Motive in sein Gedicht *Horaz* zu übernehmen:

Du bist vergnügt, und war dein Vater gleich
nicht aus dem Rat, nicht angesehn, nicht reich,
[...]
so lässest du dich nie den Vorwurf quälen,
und würdest dir nur ihn zum Vater wählen.
Als seinem Sohn ist vieles dir vergönnt.
Nun bringet dich ein Maultier nach Tarent.
Den Mantelsack schnürst du ihm auf den Rücken,

so wund ihn auch sein Herr und Bündel drücken.
Der Aufzug ist für Edle viel zu schlecht,
doch deinem Stand' und deinem Sinn gerecht.
Dir ist der Staat, auf deinen kleinen Reisen,
gleichgültiger als Seneca, dem Weisen.

Am Schluß spielt Hagedorn mit Vergnügen seinen Epikureer Horaz gegen den Stoiker Seneca aus, der im 87. Brief an Lucilius von einer Reise berichtet, die er in einem von (mehreren!) Maultieren gezogenen Wagen unternahm.

Die beiden Satiren 7 und 8 berichten von Ereignissen, die auf den ersten Blick nur wenig mit Horaz' persönlichem Bereich zu tun haben. 1,7 schildert den Streit zwischen dem Italiker P. Rupilius Rex aus Praeneste und dem reichen Geschäftsmann Persius aus dem kleinasiatischen Klazomenai, den Brutus als Richter etwa 43–42 zu schlichten hatte. Man darf annehmen, daß Horaz hier eine «Erinnerung aus seinem ‹Feldzug›» unter Brutus im Freundes-Kreis erzählt (Heinze). Hierbei tritt er – wie schon in der fünften Satire – in Wettstreit mit Lucilius, der im zweiten Buch den Prozeß zwischen dem Stoiker Q. Mucius Scaevola Augur und dem Gräkomanen T. Albucius darstellte, in dem Scaevola die Anklage wegen Veruntreuung während seiner Statthalterschaft in der Provinz Asien mit einer glänzenden und witzigen Rede zurückweisen konnte. Während bei Lucilius der Römer von altem Schrot und Korn über den Griechenfreund siegte, behält bei Horaz der *Graecus* Persius mit seinem griechischen Witz die Oberhand über die italische Derbheit des Pränestiners. Das war natürlich eine bewußte Pointe des ‹griechischen› Horaz gegenüber dem ‹römischen› Lucilius. Oft zitiert ist die treffende Bezeichnung des griechischen Witzes als ‹Salz› (*salsum*) im Gegensatz zu dem italischen ‹Essig› (*acetum*) des Unterlegenen.

Auch der achten Satire mag persönliches Erleben zugrundeliegen. Maecenas hatte den Armenfriedhof vor der Porta Esquilina in einen prächtigen Park, die Horti Maecenatis, umwandeln lassen. Nicht zu Unrecht hat Heinze angenommen, daß dort nach römischem Brauch Priap-Statuen aufgestellt waren, hinsichtlich deren die Poeten seines Kreises gewetteifert hätten «im Ersinnen frivol zierlicher Bei- und Aufschriften, welche die Sitte der Zeit diesen Bildern beigab». Einen solchen Priap habe Horaz eine lustige Geschichte über die bekannte Hexe Canidia (die schon bei der Betrachtung der Epoden begegnete) berichten lassen. Eine besondere Pointe gewann die anspielungsreiche Erzählung natürlich, wenn sie Horaz im Freundes-Kreis vortrug. Auf die trefflichen Nachwirkungen dieser Satire bei Bertolt Brecht und Heiner Müller wurde auf S. 29–30 hingewiesen.

Daß hinter der neunten Satire persönliches Erleben liegt, insofern den Hintergrund der lustigen Begegnung mit dem ‹Schwätzer› die Zugehörigkeit zum Maecenas-Kreis bildet, ist schon auf S. 52–54 deutlich geworden. Die ungewöhnliche Lebhaftigkeit und Pointiertheit des Dialogs haben dieses Gedicht für viele zur Lieblings-Satire werden lassen und ihr vielfach noch immer einen Platz im Latein-Unterricht der Gymnasien gesichert. So ist es nicht verwunderlich, daß Hagedorn sie in seiner Verserzählung *Der Schwätzer* nachgedichtet hat. Gemäß der Absicht dieser im 18. Jahrhundert beliebten Gattung, daß der gebildete Leser die formale und inhaltliche Abwandlung ihm wohlbekannter Motive genießen sollte (wobei zur Auffrischung des Gedächtnisses in Anmerkungen das Vorbild oft direkt zitiert wurde), bietet die Metamorphose der Via Sacra Roms in die Mariengasse Hamburgs ein besonderes Lesevergnügen für den Horaz-Freund. Doch zunächst der Anfang des Originals (1–11):

> Jüngst, da ich, wie mein Brauch ist, auf der heil'gen Straße
> spazierenging und irgendeine Kleinigkeit
> im Kopf herumtrieb, ganz darin vertieft,
> begegnet mir ein Quidam, den ich bloß
> von Namen kenne, nimmt mich bei der Hand
> und spricht: ‹Wie gehts, mein Bester?› ‹Leidlich gut,
> so wie es geht; zu dienen.› – Da ich ihn
> zur Seite schlendern sehe, frag' ich ihn: ‹Willst du
> noch weiter was von mir?› – ‹Du wirst (erwidert er)
> mich kennenlernen, ich bin ein
> Gelehrter.› – ‹Desto höher steigt dein Wert
> bei mir›, ist meine Antwort. – Unruhvoll
> versuch' ich von ihm loszukommen; laufe
> behender, bleibe wieder stehen, flüstre
> dem Diener was ins Ohr, indes der Angstschweiß mir
> bis auf die Fersen rinnt.

In den paarweisen Reimen Hagedorns entspricht dem folgender Eingang:

> Jüngst, da ich mich, wie sonst, den Grillen überlasse,
> gerat ich ungefähr in die Mariengasse.
> Ein Fremder, den ich nur dem Namen nach gekannt,
> läuft plötzlich auf mich zu, ergreift mich bei der Hand
> und spricht: ‹Wie gehts? Mon Cher!› ‹Noch ziemlich, wie Sie sehen;
> von Ihnen hoff' ich auch erwünschtes Wohlergehen.›
> Er folgt mir Schritt vor Schritt und klebt mir lächelnd an.
> ‹Ist etwas›, frag ich ihn, ‹womit ich dienen kann?›
> Er danket und versetzt: ‹Sie werden mich schon kennen
> und Ihre Freundschaft mir als einem Dichter gönnen.›
> ‹Mein Herr, Sie sollen mir um desto werter sein.›
> Ich eil, ich stehe still, von ihm mich zu befrein,
> und raun' ich weiß nicht was dem Diener in die Ohren;
> doch hier ist alle Müh und alle Kunst verloren.
> Mir bricht der Angstschweiß aus.

Wie Horaz' Dichterling Zutritt zum Maecenas-Kreis erschleichen will, hat es Hagedorns Gesprächspartner auf den einflußreichen Hamburger Dichter und Senator Barthold Hinrich Brockes (1680–1747) abgesehen. Wielands Übersetzung der horazischen Verse 43–53 wurde oben S. 52–53 zitiert. Bei Hagedorn liest sich das so:

‹Wie finden Sie den Brocks, Hammoniens Mäcen?›
‹Ich find' und ehr' in ihm den Weisen unsrer Zeiten;
allein er wird, daher, kein Freund von allen Leuten.
Er wählet, die er liebt, ist sinnreich ohne Tand,
leutselig ohne Falsch, noch edler als sein Stand,
und ihn vergnügen nur die Würden, die er schmücket,
wenn er sein Vaterland und das Verdienst beglücket.›
‹Empfehlen Sie ihm den!› (Hier zeigt der Tor auf sich.)
‹Ihr Mitgehülf', Ihr Rat, Ihr Hinterhalt werd' ich.
Ich sterbe, falls Sie mir die zweite Rolle geben,
wenn wir nicht jeden dort bald aus dem Sattel heben.›
‹Sie irren ungemein in Ihrer Klügelei.
Vor andern ist sein Haus von solchen Ränken frei.
Der Liebling des Merkur, den Fleiß und Glück erhöhet,
der Doktor, der sogar den Lykophron verstehet,
verdrängen keinen nicht, der einem Brocks gefällt,
der jeden, nach Verdienst, den Freunden zugesellt.›
‹Das ist was Seltsames. Sie scherzen.› ‹Was ich sage,
bestätiget gewiß die Wahrheit alle Tage.›

Auch diese Art der Horaz-Adaptation gehörte zu Hagedorns Bestreben, daß man über der gelehrten Herstellung einer neuen Lesart nicht den geistigen Gehalt der Texte der Alten vergessen solle. Denn er wollte nicht Horaz vom Tiber an die Alster retten, sondern zu ihm hinführen.

Verhältnis zu Lucilius

Der Überblick hat gezeigt, daß sich Horaz in die Nachfolge des von ihm als Archegeten der Gattung angesehenen Lucilius gestellt und insbesondere in den Satiren 2, 5 und 7 mit ihm in die Schranken getreten ist. Erfolgte die Auseinandersetzung in diesen Fällen, ohne daß Horaz den Namen des Vorgängers nannte, bekennt er sich in den Satiren 4 und 10 ausdrücklich zu ihm. Gerade die Behandlung literarhistorischer und literarkritischer Fragen ist ein Erbteil der lucilischen Dichtung.

Die Satire 1,4 stellt am Beginn einen Zusammenhang zwischen der griechischen Alten Komödie, die im wesentlichen in das fünfte Jahrhundert gehört (ihre bekanntesten Vertreter waren Aristophanes, Kratinos und Eupolis), und der römischen Satire her (1–8):

Kratinos, Eupolis und Aristophanes
nebst allen andern Dichtern von der Alten
Komödie nahmen sich die Freiheit, jeden,
den böse Sitten oder Übeltaten
der Ahndung würdig machten, auf die Bühne
zu stellen; und kein Taugenichts, kein Dieb,
kein Ehebrecher und kein Mörder war
vor ihrem Strafamt sicher. Dies Verdienst
hat sich bei uns Lucilius gemacht,
als der, die Versart ausgenommen, sich genau
an jene Muster hielt; ein Mann von Witz
und feiner Nase, nur ein harter Verseschmied.

Worauf es Horaz ankommt, ist der Freimut, mit dem jene Dichter Übeltäter an den Pranger stellten: *multa cum libertate notabant* (5). In der Tat zeichnete sich die Alte Komödie durch ungewöhnliche Angriffe sowohl auf angesehene Politiker wegen öffentlicher als auch auf angesehene Bürger wegen privater Verfehlungen aus. Im folgenden erwartet der Leser den Schritt von Lucilius zu Horaz. Aber statt des Verbindenden wird zunächst das Trennende herausgestellt; die nicht feilende Schnellproduktion des Vorgängers kann wohl für einen Crispinus Vorbild sein, nicht aber für Horaz (9–21):

Der Fehler lag bloß darin, daß er oft
in einer Stund' und (falls es eine Wette
gegolten hätt') auf einem Beine stehend
zweihundert Verse wegdiktierte und
auf diese Fertigkeit, als etwas Großes, viel
zugut sich tat. Kein Wunder, wenn's ihm dann
so trübe floß und seinen Versen immer
was abzuwischen ist! Der gute Mann
war etwas schwatzhaft und zu arbeitsscheu
zum Schreiben; *gut* zu schreiben, mein' ich;
denn daß er *viel* schreibt, streit' ich ihm nicht ab.
Crispinus fodert mich heraus:
‹Nimm›, sagt er, ‹wenn du willst, ein Buch Papier,
ich auch; man geb' uns Ort und Stunde auf
und Wächter, und es wird sich zeigen, wer
am meisten von uns beiden schreiben kann.›
Dank sei den guten Göttern, daß sie mich
so arm und klein an Geist gemacht, um selten
und wenig nur zu reden. Du, Crispin,
magst, wenn dir wohl dabei ist, immerhin
den Blasebälgen gleichen, die den Wind,
wovon sie schwellen, von sich keuchen, bis
das spröde Eisen in der Glut erweicht.

Dieser Passus zeigt wiederum zwei formale Charakteristika von Horaz' Satiren: 1. Er möchte nicht schulmeisterlich wirken. Deshalb sagt er nicht, er stehe zwar mit dem freimütigen Angriff in Lucilius' Tradition, doch unterscheide sich die Form seiner Satire von der des Vorgängers; sondern ausgehend von der Feststellung, Lucilius habe den freimütigen Angriff gepflegt, sagt er, zwar unterscheide sich die Form seiner eigenen Satire von der des Vorgängers, doch stehe er hinsichtlich des freimütigen Angriffs in dessen Tradition: Statt des Erwarteten bringt Horaz das Unerwartete. Diese Technik wird elegant angewendet, wie Wieland – auch für den weiteren Verlauf der Argumentation – richtig gesehen hat: «Es gehört unter die unserm Dichter eigenen feinen Wendungen, daß er immer wie von ungefähr auf das, warum es ihm vornehmlich zu tun ist, zu geraten scheint. Ich überlasse dem Leser das Vergnügen, den Gang seiner Gedanken in diesem Stücke (das, meinem Gefühle nach, unter seine schönsten gehört) selbst zu verfolgen und zu bemerken, mit welcher Leichtigkeit, Feinheit und Gewandtheit er von einem Gegenstande zum andern, von den Dichtern der Alten griechischen Komödie zum Lucilius, von diesem auf die geschwinden Poeten und auf die Mittel, sich mit wenig Kosten einen Namen zu machen, von diesen auf die Ursachen, warum er seine Schriften nicht öffentlich vorlese, und hievon unvermerkt auf die apologetische Erklärung übergeht, welche die eigentliche Absicht des gegenwärtigen Stückes war.» 2. Eindrücklich hat Horaz das Mittel der Selbstironie angewendet: Er danke es seinem schwachen und kleinen Geist, daß er nur selten und wenig dichte. Hier ist die Selbstironie nicht wie so oft Abwehr, sondern Waffe. Vor allem aber sind die zitierten Verse inhaltlich bedeutsam, indem Horaz durch die Kritik an Lucilius und der Stegreif-Dichtung seiner Zeit den Leser, wie Wieland sagte, «auf den großen Unterschied zwischen seinen mit dem größten Fleiße polierten Versen und der Sudelarbeit dieser Herren, die ihre poetische Diarrhöe für Leichtigkeit halten, aufmerksam macht.» Das ist richtig beobachtet. Denn natürlich hörte der Kundige aus den Versen heraus, daß Horaz mit dem Bekenntnis des *raro et perpauca loqui* (18) dem alexandrinischen Stilideal, nicht viel und formlos, sondern wenig und formvollendet zu dichten, folgt. In Rom waren es zuerst die Neoteriker, deren bekanntester Vertreter Catull ist, zwei Generationen vor Horaz gewesen, die den Maßstab der Formvollendung an ihre Dichtung anlegten. In dieser Hinsicht war ihnen Horaz – wenn auch in gemäßigter Weise – verpflichtet, der demzufolge die Formlosigkeit der lucilischen Verse ablehnen mußte. So verglich er die geniale Schnellproduktion des Vorgängers mit einem reißenden Strom, der viel Schlamm mit sich führt (*cum flueret lutulentus*, 11). Während diese Metapher der kallimacheischen Dichtungskritik entlehnt ist, gehen die Vorwürfe, daß Lucilius ‹schwatzhaft› (*garrulus*) und ‹arbeitsscheu› (*piger scribendi ferre laborem*, 12) gewesen sei, auf das

Konto der drastischen Sprache der römischen Satire. Im übrigen ist die Charakterisierung der lucilischen Arbeitsweise ein wichtiges frühes Zeugnis dafür, daß auch Dichtung diktiert werden konnte. Daran übt Horaz nicht an sich Kritik, nur unterstellt er, daß Lucilius nach dem Diktat das Produkt nicht weiter durchgefeilt habe.

Nach dem unmißverständlich formulierten Anspruch auf die Form der Dichtung mußte es überraschend wirken, wenn Horaz wenig später fortfuhr (40–44):

> Vor allen Dingen nehm' ich aus dem Häufchen,
> dem ich den Dichternamen zugestehen möchte,
> mich selber aus. Dazu gehört schon mehr,
> als einen runden Vers zu drehen wissen;
> und wer, wie ich, in einer Sprache, die
> so nah an die gemeine angrenzt, schreibt,
> ist darum lange noch kein Dichter.

Daß Horaz seine Satire als der täglichen Sprache nahestehend beschreibt (*sermoni propiora*, 42), ist aber nur scheinbar ein Widerspruch zu dem Vorhergehenden. Denn trotz Feilen und Ausformen ist sie eine Gattung, die die Höhe der Oden nicht erreicht und nicht erreichen soll. In ihr wird die Alltagswelt in einer – freilich stilisierten – Alltagssprache dargestellt und kommentiert. Was locker gefügt erscheint, entspringt in Wahrheit höchstem Kunstverstand.

In einem Punkt weiß sich Horaz aber mit Lucilius einig: Satire greift an. Und insofern das *multa cum libertate notare* das Hauptthema des Gedichts ist, argumentiert dieses, auf das Ganze gesehen, nicht gegen, sondern mit Lucilius. Indem Horaz sich in dieser Hinsicht in dessen Nachfolge stellt, charakterisiert er in einem weiteren Punkt seine Satire. «Man stutzte», vermutete Wieland zu Recht, «über die Freiheit, die er sich nach dem Beispiel seines Vorgängers in seiner ersten und zweiten Satire genommen hatte, lebende Personen mit ihrem eigenen Namen zu nennen; und man fürchtete sich, wie leicht zu erachten ist, desto mehr vor einem solchen Sittenrichter, je mehr Witz und Salz man schon in seinen ersten Proben fand und je weniger das Lächerliche von seiner Laune Schonung erwarten zu dürfen schien.» Es sind im wesentlichen vier Argumente, mit denen sich Horaz verteidigt. 1. Öffentliche Schmähdichtung ist verpönt, er aber schreibt prosaische Invektive (K./H.) (39–63); 2. er klagt nur gerecht, nicht ungerecht an (64–70); 3. er rezitiert in kleinem Kreis, nicht öffentlich (71–78); 4. er klagt keine Freunde an (78–103). Der letzte Punkt ist bereits ausführlich zur Sprache gekommen (S. 54–57). Er lehrt, daß Horaz nicht nur allgemein auf Widerstand stieß, sondern auch bei sogenannten Freunden. Wenn er am Schluß der Satire die berühmte Schilderung der Erziehung durch den Vater anfügt

(S. 39–40), ist der leitende Gesichtspunkt, daß er die Kritik an anderen schon früh gelernt habe, um sich selbst kritisieren zu können (103–129). Es seien noch einmal die Verse 103–106 angeführt:

liberius si
dixero quid, si forte iocosius, hoc mihi iuris
cum venia dabis: insuevit pater optimus hoc me,
ut fugerem exemplis vitiorum quaeque *notando*.

Entwischt zuweilen mir im Scherz vielleicht
ein allzufreies Wort, so wird es mir
doch wohl zu übersehen sein. Mein Vater, der
ein guter Mann war, hatt' es im Gebrauch,
von Jugend an durch andrer Leute Beispiel
vor Lastern mich zu warnen.

Das *liberius notare* nimmt das *multa cum libertate notare* des Anfangs auf: Darin weiß sich Horaz Lucilius und der Alten Komödie verpflichtet. Diese Stelle ist ein einzigartiges Dokument aus der Antike dafür, daß ein Autor den Charakter seines Werks aus dem persönlichen Wesen heraus erklärt. Horaz legt nicht nur über sich als Mensch, sondern auch als Dichter immer wieder Zeugnis ab.

Die zehnte Satire führt die Auseinandersetzung mit Lucilius fort. Die Richtung der Argumentation ist aber in diesem Fall eine doppelte: Es geht um den Vorgänger in der Vergangenheit und dessen Verehrer in der Gegenwart, wie Wieland richtig gesehen hat: «Dieser alte Dichter hatte noch so viele und warme Liebhaber, daß Horaz durch die Freimütigkeit, womit er seine Meinung von ihm gesagt hatte, einem großen Teil des Publikums mißfällig worden war. Ein gewisser Hermogenes Tigellius [...] scheint sich an die Spitze einer Kabale von kleinen Dichtern, Grammatikern, Witzlingen und anmaßlichen Virtuosen (welche schlecht genug sein mußten, um seine Klienten zu sein) gestellt und durch das Geschrei, so er gegen unsern Dichter und seine damals noch neuen Versuche erhob, zu dem gegenwärtigen Stücke die nächste Veranlassung gegeben zu haben.» Daß man nicht nur auf Horaz' Praxis in den verschiedenen Satiren, sondern auch auf die in der vierten dargelegte Theorie öffentlich reagierte, ist wiederum ein Beweis dafür, daß er seine Gedichte durch Rezitationen – wenn auch im Kreis der ‹Freunde› – bekanntmachte. Er bezieht sich am Anfang ausdrücklich auf 1,4 (1–19):

Nun ja, Lucilius' Verse, sagt' ich, gingen
ein wenig holpericht und ungelenk:
Wer unter seinen Gönnern hat so wenig Ohr,
mir das zu leugnen? Doch wird auf demselben Blatte
die Laune und das scharfe Salz gerühmt,
womit er seine Zeitgenossen rieb.

Gleichwohl, indem ich dies ihm zugestehe,
will ich darum nicht alles übrige
mit einbegriffen haben; denn sonst müßt' ich auch
die Mimen des Laberius für schöne
Gedichte gelten lassen. Nein, des Hörers Mund
durch Lachen zu verzerren, machts nicht aus (wiewohl
auch dazu Kunst gehört): Man muß auch kurz
sich auszudrücken wissen, so, daß der Gedanke
sich schnell und leicht entfalte, nicht in Worten sich
verwickle, die das Ohr mit leerem Schall ermüden.
Der Vortrag muß dem ernsten Ton nicht selten
den muntern unversehens unterschieben,
muß bald des Redners, bald des Dichters Rolle spielen,
auch wohl des feinen Manns, der seiner Kräfte
zu schonen weiß und sie mit Fleiß verkleinert.
Ein Scherz, ein lachend Wort entscheidet oft
die größten Sachen treffender und besser
als Ernst und Schärfe. Hierin lag die Stärke
der alten Komiker Athens, dies ists,
worin sie nachzuahmen sind,
sie, welche freilich weder euer schöner
Hermogenes noch jener Affe kennt,
der nichts gelernt hat, als den Calvus und
Catullus nachzuleiern.

Offenbar hatten die Kritiker nicht bemerkt, daß die Form der horazischen Satire weit über der der lucilischen stand; sie hielten sie für das Werk eines «Spaßmachers, dessen unaufdringlich geübte, so schwere Kunst sie, getäuscht durch die berechnete Lockerheit und Lässigkeit des Sermonenstils, nicht zu würdigen verstanden» (Heinze). Deshalb gibt Horaz in den Versen 7–15 gewissermaßen eine Poetik seiner Satiren. Wer nur die Neoteriker Catull und Calvus – ohne eigenen Kunstverstand – nachzubeten weiß, könne freilich nicht wahrnehmen, daß die Form der horazischen Satire die Kunst der Alten Komödie erreicht. Während diese in 1,4 hinsichtlich der Freimütigkeit des Tons für Lucilius und Horaz Vorbild war, ist sie es hier hinsichtlich der Form für Horaz, nicht aber für Lucilius. Horaz polemisiert an dieser Stelle nicht so sehr gegen den letzten als vielmehr gegen die eigenen Kritiker, «die offenbar über seine poetische Behandlung des geloîon die Achseln zuckten, ohne doch das wichtigste Erfordernis, um über diese Dinge urteilen zu können, die Kenntnis der *exemplaria Graeca*, zu besitzen» (K./H.). Wenn man mit Fraenkel den ganzen Passus 7–15 mit der Alten Komödie in Verbindung bringt (129–130), scheint Horaz zwei Modelle zu unterscheiden: das der Alten Komödie, das er frei aufnimmt, und das der Alexandriner/Neoteriker, dem Nachbeter zu eng folgen (17–19). Heinze bezweifelte wohl zu

Recht, daß diese mit den Lucilius-Anhängern identisch seien. Es ist andererseits nicht auszuschließen, daß Anhänger Varros Lucilius gegen Horaz ausspielten. Wichtig ist, daß man Horaz offenbar vorwarf, zwar Lucilius zu kritisieren, aber ebenso ‹formlos› zu dichten. Daher legte er eine kurze Poetik vor, in der er sich zur Kürze (*brevitas*), zur Ausgewogenheit zwischen Kritik (*sermo tristis*) und Scherz (*sermo iocosus*), Rhetorik (*rhetor*) und Poesie (*poeta*), zur Umgänglichkeit (*urbanus*) – «which is as much as to say you must not behave like a boor or a doctrinaire» (Fraenkel 129) – und schließlich zum Witz (*ridiculum*) bekannte. Man meint, eine Explizierung des *ridentem dicere verum* (S. 89) zu lesen.
Wie man sieht, ist die Kritik an Lucilius in der zehnten Satire gemäßigt; ja Horaz würdigt ihn unter einem ausgesprochen modernen literaturwissenschaftlichen Gesichtspunkt, indem er fragt, ob die Formlosigkeit seiner Dichtung auf persönliche Anlage (*illius natura*) oder auf die Umstände (*rerum natura*) zurückginge: Wenn Lucilius auch ausgefeilter als die älteren Dichter schrieb (67–71),

> er würde dennoch, falls das Schicksal ihn
> für unsre Zeiten aufgesparet hätte,
> sich selbst viel abgewischt, was hinter dem
> Vollendeten sich nachschleppt, weggeschnitten
> und über'm Bilden seiner Verse oft
> im Kopfe sich gekratzt, sich oft die Nägel
> zerbissen haben.

Lebte Lucilius zu Horaz' Zeit, dichtete er ihren Prinzipien gemäß. Deswegen ist eine sklavische Nachahmung seiner Dichtung verfehlt, sind die Nachbeter Anachronisten. Horaz kämpft schon hier wie später im zweiten Epistel-Buch gegen die Ewig-Gestrigen. Aber auch ein ‹Nachleiern› der Neoteriker ist überholt. Die wahre Kunst, gibt Horaz zu verstehen, liegt in der Mitte: Er selbst ist der ‹moderne› Lucilius. Und das vermögen seine Freunde (81–90), die schon S. 51 vorgestellt wurden, zu würdigen.

Rückblick

1,10 ist eine echte Sphragis, ein ‹Siegel›, wie seit der alexandrinischen Zeit das Schluß-Gedicht einer Sammlung bezeichnet wurde, in dem der Dichter von sich und seinem Werk spricht. Selbstbewußt erhebt sich Horaz über die Kritiker zu den Mächtigen im Staat wie Maecenas, Asinius Pollio und Valerius Messalla sowie zu den Großen der Dichtung wie Varius Rufus und Vergil. Das Buch hat zwei Hälften: 1–5 und 6–10. Wie 10 ist auch 5 eine Sphragis. Ist die Auseinandersetzung mit Lucilius in 10 theoretischer, ist sie in 5 praktischer Art, insofern dessen ‹Iter

Siculum› in ‹moderner› Form nachgestaltet wird. Werden in 10 die Freunde aus dichtungskritischem, werden sie in 5 aus persönlichem Blickwinkel betrachtet. In beiden Gedichten steht Horaz den Großen der Zeit nahe. Auch die beiden Eingangs-Satiren entsprechen einander – schon durch die gleichlautende Widmung an Maecenas, den Förderer (1: *qui fit, Maecenas*; 6: *non quia, Maecenas*). Stellt Horaz in 1 seine Weltanschauung, stellt er in 6 seine Person vor. Selbstbewußt ist er in beiden Gedichten. 2 und 3 sind wie 1 Diatriben, deren Charakter in 4 erklärt wird; 7 – 9 sind dramatische Erzählungen und somit eine Einheit. Auch die einzelnen Satiren haben einen bewußten Aufbau und eine sorgfältige Anordnung der Gedanken. Die scheinbar unklassische Gattung hat eine klassische Form. Für sie gilt das Prinzip der geordneten Unordnung. Obwohl Horaz seine Argumentation zielbewußt verfolgt, hat er keine philosophischen Traktate geschrieben, sondern durchweg den Charakter lockerer, scheinbar zufälliger Gespräche gewahrt. Zuweilen verdeckt er durch Abschweifungen, Antithesen und Anekdoten den Gedankengang so sehr, daß Hörer und Leser zunächst nicht wissen, wie sie die einzelnen Aussagen einzuschätzen haben, und erst nach mancherlei Umwegen und bei angemessenem Nachdenken das Ganze begreifen. Horaz liegt alles Schulmäßige fern; seine Rede gängelt nicht, sondern geleitet. Der Gang seiner Gedanken gleicht, wie Wieland zu 1 sagte, einem ‹Spaziergang›.

7 Selbstkritik: Das zweite Satiren-Buch

Im Jahr 35 war das erste Satiren-Buch mit 10 Gedichten erschienen. Fünf Jahre später folgte das zweite, das nurmehr acht Gedichte enthielt – eine für die klassische Zeit ungewöhnliche Zahl. Sie standen in der allgemeinen Wertschätzung stets hinter denen des ersten Buchs zurück. Zwar war man sich mit Heinze darin einig, daß das sechste Gedicht die ‹Krone der horazischen Satirendichtung› sei; insgesamt hielt man das Buch aber eher für eine Variation des ersten als für eine originelle Weiterbildung des Genos. Besonders ungünstig war ihm Fraenkel gesonnen, der meinte, die meisten Satiren verrieten oft die Anstrengung des Verfassers, die – besonders in der dritten – trotz allem Glanz der Ausgestaltung wie ein ununterbrochener Gewaltmarsch anmute. Aber Horaz sei Horaz, der erkannt habe, daß der natürliche Strom seiner Sermones zu fließen aufhörte, und es deshalb aufgegeben habe, derartige Gedichte zu schreiben (144–145). Ist also Horaz im zweiten Satiren-Buch nicht mehr Horaz?

Das alte Lied

Ein gewichtiger Grund, warum Horaz nicht zügig im Stil des ersten Buchs fortfuhr, mag darin gelegen haben, daß er mit ihm auf mehr oder weniger scharfe Kritik gestoßen war. Schon in den Satiren 1,4 und 1,10 war er auf diese eingegangen, doch scheint sie nach der Veröffentlichung des ganzen Buchs noch zugenommen zu haben: Jetzt konnte man das Ärgernis im Buchhandel erwerben. Jedenfalls stellt das Eingangs-Gedicht abermals eine Verteidigung des Angriffscharakters der Satire dar. Allein der Umstand, daß Horaz' Gesprächspartner der berühmte Jurist C. Trebatius Testa ist, der zu den Bekannten von Cicero, Caesar, Oktavian und Maecenas gehörte, legt die Vermutung nahe, daß die Angriffe nicht nur auf der literarischen, sondern auch auf der juristischen Ebene geführt wurden. Am Eingang entwickelt sich folgende humorvoll verbrämte Konsultation (1–9):

‹Es gibt Personen, denen ich zu scharf
im Tadeln und die Rechte der Satire
weit über das Gesetz zu dehnen scheine:
Hingegen andre finden alles, was ich noch
geschrieben, nervenlos und meinen, solcher Verse
wie diese könne man in einem Tag
ein ganzes Tausend spinnen. Rate mir,
Trebaz, was soll ich machen?› ‹Ruhig sein.›
‹Gar keine Verse machen, meinst du?› ‹Allerdings.›
‹Ich will gehangen sein, wofern das nicht
das beste wär'; allein, ich kann nicht schlafen.›
‹Wem fester Schlaf gebricht, dem fügen wir
zu wissen, daß er, wohl mit Öl gesalbt,
die Tiber dreimal durchzuschwimmen und die Kehle
vor Schlafengehn mit altem Weine reichlich
zu waschen habe!›

Daß Horaz zu scharf (*nimis acer*) dichte, erinnert an die Verteidigung in 1,4; daß er nervenlos (*sine nervis*), also zu schwächlich dichte, an die Verteidigung in 1,10. Es hat sich nichts geändert. Horaz nennt zwei ganz verschiedene Anwürfe, die sich so, wie sie formuliert sind, in ihrer Ausschließlichkeit ad absurdum führen. (Das vermittelnde ‹noch›, das Wieland am Ende seines vierten Verses zugesetzt hat, entspricht nicht dem Original.) Wie ist die Absurdität der Behauptungen zu erklären? Sie dürfte nur eine scheinbare sein, da die Angriffe auf unterschiedlichen Ebenen liegen: Daß Horaz zu scharf dichte, ist real, daß er zu schwächlich dichte, ästhetisch gemeint. Der zweite Vorwurf, der Horaz' Kritik an Lucilius' Schnellproduktion gegenüber 1,4,9–10 ironisch auf das Fünffache, gegenüber 1,10,60–61 auf das Zweieinhalbfache steigert, zeigt, daß man noch immer nicht das Ausgefeilte seiner Dichtung erkannt hatte oder erkennen wollte (S. 109). Der erste Vorwurf ist doppeldeutig formuliert, und es ist nicht unwahrscheinlich, daß das auf die Gegner selbst zurückging. Es heißt, Horaz überschreite das ‹Gesetz› (*ultra legem*), was vordergründig als das Gesetz der Gattung, hintergründig als das Gesetz des Anstands, wenn nicht gar als das Gesetz in juristischem Sinn zu verstehen ist. Indem Horaz den letzten Punkt anschneidet, möchte er sich absichern. Vorerst aber argumentiert er mit der ihm eigenen Urbanität, eine Reihe juristischer Termini parodierend. Er bittet: ‹Rate mir› (*praescribe*, eigentlich: wende ein); Trebatius antwortet: ‹Ruhig sein› (*quiescas*, eigentlich: keine gerichtlichen Schritte tun), d. h. Horaz soll gar nicht dichten. Dieser fragt nach, und Trebatius sagt, er gebe eine (juristische) Auskunft (*aio*). Horaz entgegnet, die Antwort absichtlich mißverstehend, er könne nicht (ein)schlafen, und Trebatius repliziert, auf den Scherz eingehend, in juristischen Imperativen: Die, die nicht schlafen können, sollten dreimal den Tiber durchschwimmen (*transnanto*) und tüchtig zechen (*inriguum corpus habento*). Horaz treibt sowohl mit Trebatius' Profession als auch mit dessen Schwimmleidenschaft sein Spiel. Sie kennen wir aus einem Brief Ciceros an ihn vom Dezember 54, der auszugsweise in der Übersetzung H. Kastens wiedergegeben sei, weil er den scherzenden Ton erkennen läßt, in dem die Angehörigen der römischen Oberschicht miteinander verkehrten. Trebatius begleitete Caesar im Winter 54/53 auf dem Feldzug in Gallien. «Ich habe deinen Brief erhalten und ersehe aus ihm, daß unser Caesar in dir einen gewiegten Juristen sieht. Du hast allen Grund, dich zu freuen, daß du in diese Regionen vorgedrungen bist, wo man sieht, daß du etwas los hast. Wenn du auch mit nach Britannien gegangen wärest, wäre auf der ganzen großen Insel gewiß niemand so rechtskundig gewesen wie du. Immerhin – lachen wir ruhig einmal; du selbst lädst mich ja dazu ein –, ein klein wenig bin ich neidisch auf dich, daß der Mann dich von sich aus herangeholt hat, an den alle andern nicht herankommen können, nicht etwa, weil er hochmütig wäre, sondern wegen seiner starken Beanspruchung. Aber über deine persönlichen Verhältnisse hast du mir in deinem Briefe nichts geschrieben, und sie liegen mir weiß Gott doch nicht weniger am Herzen als meine eigenen. Ich bin ernstlich besorgt, daß du im Winterquartier kaltgestellt bist; darum, meine ich, solltest du dir einen anständigen Ofen verschaffen – auch Mucius und Manilius [zwei angesehene alte Juristen!] ‹sind dafür› –, zumal du mit Kriegsmänteln nicht eben reichlich versehen bist. Freilich ist euch dort, wie ich höre, ziemlich heiß; auf diese Nachricht hin habe ich wirklich Angst um dich gehabt. Aber du bist ja bei militärischen Vorgängen wesentlich vorsichtiger als bei deinen Prozessen; weder hast du als passionierter Schwimmer auf dem Ozean [nach Britannien!] schwimmen noch dir die Wagenkämpfer ansehen

wollen» – Cicero bricht gleich darauf ab: «Aber nun Scherz beiseite!» (*sed iam satis iocati sumus*). Wer diesen Brief (*Ad familiares* 7,10) gelesen hat, wird den Ton der Horaz-Satire nicht überraschend finden.
Aus der Misere des in doppelter Hinsicht kritisierten Satiren-Dichters weist Trebatius im folgenden einen heiklen Ausweg, indem er Caesar Oktavians Taten als Sujet für Horaz' Dichtung empfiehlt (10–20):

‹Oder, wenn dich ja
die Schreibesucht so übel plagt, so wag' es,
die Taten des unüberwundnen Caesars
zu singen, eine Mühe, die gewiß
sich wohl belohnen würde.› ‹Gar zu gern,
o Hochachtbarer, folgt' ich diesem Rate,
nur sind die Kräfte nicht dem Willen gleich.
Denn Heere, die von Speeren starren, oder
den Gallier, mit abgebrochnem Pfeil
im Busen in die Erde beißend, oder
den Parther, der vom Pferde sterbend sinkt,
zu schildern, ist nicht eines jeden Sache.›
‹So konntest du, zum mindsten, wie der weise
Lucilius dem Scipiaden tat,
in ihm den Großen und Gerechten singen.›
‹Ich will es bei Gelegenheit an mir
nicht fehlen lassen. Denn der Augenblick
muß wohl gewählt sein, wo Horazens Verse
den Weg zu Caesars Ohren offen finden sollen,
der, wenn er ungeschickt gestreichelt wird,
mit einem tüchtgen Schlage fühlen läßt,
wie sicher er von allen Seiten ist.›

Das ist witzig und ironisch formuliert. Aber es ist doch unüberhörbar, daß Horaz ein Preisgedicht auf den Herrscher ablehnt. Er will ihn weder als Feldherrn noch, wie Wieland übersetzt, als Gerechten und Großen (*iustum et fortem*) rühmen (was immerhin der gefeierte Vorgänger Lucilius hinsichtlich des jüngeren Scipio Africanus tat), weder innenpolitisch noch außenpolitisch. Damit wird dieser Teil der Satire zu dem in der augusteischen Dichtung weit verbreiteten Typ des apologetischen Gedichts, in dem Herrscherlob meist aus Unvermögen zurückgewiesen wird. Horaz hatte das ungeliebte Thema selbst angeschnitten und damit der verbreiteten Erwartung, die sich an ihn richtete, Ausdruck gegeben. Da er aber die Anregung nicht Oktavian, sondern einem dritten in den Mund legte, konnte er sie sozusagen unbeschwert ablehnen, ja sich, dem Ton des Anfangsteils entsprechend, den Scherz erlauben, Oktavian als jemanden hinzustellen, der sich unzeitiges Lob verbitte und auf ungebetenes ‹Streicheln› hin wie ein Pferd ausschlage, das sich nach allen Seiten sichere. Horaz verfolgte mit dem Oktavian-Thema aber noch ein zweites Ziel. An die Adresse der eingangs zitierten Kritiker gab er zu verstehen, daß er es sich mit dem Herrscherlob leicht machen könne (wie einige von ihnen?): Das nämlich wäre von jeglicher Kritik ausgenommen! Daß Horaz das sagen wollte, geht aus Trebatius' sich anschließenden Worten hervor (21–23):

Um wieviel klüger wär' es, als in leid'gen Versen
‹den Lecker Pantolab, den Prasser Nomentan›
zu geißeln, wo für seine eigne Haut
gleich jedem bang wird und, wiewohl der Hieb
ihn selbst verschonte, doch den Geißler haßt.

Der zweite Vers ist ein Zitat von Satire 1,8,11; offenbar hat Horaz schon damals mit seinem Angriff auf den *scurra* (Lebemann oder Spaßvogel) Pantolabus und den Verschwender Nomentanus Anstoß erregt; beide, die «zur guten Gesellschaft» gehörten, hat er zu deren Lebzeiten verspottet (K./H. II, 139). Daher ist die immer wieder vertretene Ansicht falsch, Horaz habe in seinen Satiren entweder nur verstorbene oder aber unbedeutende Personen angegriffen. An dieser Stelle kommt ein weiterer wichtiger Aspekt hinzu: Hinter den Bloßstellungen anderer fürchtet ein jeder auch an der eigenen Person Kritik. Das heißt, es ist damit zu rechnen, daß einzelne Namen entweder als Typ für eine ganze Gruppe fungieren oder gar Pseudonyme für bestimmte Individuen sind, wie es etwa für Canidia bezeugt ist (S. 78). Jedenfalls scheint Horaz mit seinen Angriffen überwiegend ins Schwarze getroffen und die entsprechende Empörung hervorgerufen zu haben. Man wußte in den meisten Fällen wohl, wer gemeint war.

Propagiert Horaz also ungehemmte Angriffsdichtung? Teilte er, der Sohn eines Freigelassenen, nach eigenem Zeugnis rundum Schläge aus? Ist es daher nicht natürlich, daß er auf massive Kritik traf? Nach einem Bekenntnis zu Lucilius versucht Horaz, die Art seiner Dichtung aus dem eigenen durch die Abstammung geprägten Charakter heraus zu erklären. Der Passus 34–46 ist schwierig und meist verkannt worden (Wielands Übersetzung von V. 36/37 wurde korrigiert). Horaz folge Lucilius,

ob Lukaner, ob Apulier,
ist ungewiß, denn zwischen beiden pflügt
der Venusiner, der nach einer alten Sage
aus Rom hieher verpflanzet ward, damit
das Land, da ausgetrieben die Samniter, nicht
zum Einfall gegen Rom nun offen stünde,
falls die Lukaner oder Apulier die Stadt
mit Krieg bedrohen würden. – Aber dieser Griffel
soll, ungereizt, ich schwör' es, keinem lebenden

Geschöpfe furchtbar werden! Soll mich bloß
gleich einem Degen in der Scheide schützen.
Wofür sollt' ich ihn ziehen, da ich nichts
von Räubern zu besorgen habe? Laß, o Vater
und König Jupiter, die ungebrauchte Klinge
vom Rost zerfressen werden, wenn ich, der den Frieden
so herzlich liebt, nur selbst unangefochten
zu bleiben hoffen kann! Doch, wer mich neckt
(ich rufe nicht vergebens, euch zu wahren!),
der wirds beweinen, wenn er, wider Willen
berühmt, auf allen Gassen sich besingen hört.

Wenn man annimmt, der Anfang solle «die polemische Ader des Dichters aus seiner Abstammung von kriegerischen apulischen oder lukanischen Vorfahren erklären» (K./H.), gerät man mit der eindeutigen Aussage des Schlusses, Horaz verteidige sich nur, in Widerspruch. Offenbar definiert der Dichter seine Anlage in doppelter Weise: Einerseits wurden seine Vorfahren nach Venusia geschickt, um das Land gegen die Lukaner und Apulier zu verteidigen; andererseits haben sich jene mit den früheren angriffslustigen Feinden im Lauf der Zeit derart vermischt, daß Horaz sogar zweifeln kann, ob er Lukaner oder Apulier sei. Der Dichter will also darlegen, daß er aufgrund seiner Abstammung der geborene Verteidiger sei, aber auch den Angriff gelernt habe. Doch wie verhält sich dazu die Aussage: «Aber dieser Griffel / soll, ungereizt, ich schwör' es, keinem lebenden / Geschöpfe furchtbar werden»? Kießling und Heinze haben zu dieser Stelle bemerkt, Horaz denke natürlich nicht an die witzigen Anspielungen auf notorische Schwächen oder Laster stadtbekannter Personen, die er in den Satiren einzustreuen liebe – diese Leute könnten ihn unmöglich alle persönlich gereizt haben –, sondern an eine gefährlich verwundende Polemik wie etwa in 1,10 gegen Hermogenes und Demetrius. Das ist im allgemeinen zutreffend, doch wird man noch weiter differenzieren müssen. Bei der Betrachtung einer Reihe von Epoden (S. 70–74) und Satiren (S. 52–53) wurde offenbar, daß Horaz sich in ihnen als Verteidiger seiner ‹Gruppe› und Freunde verstand, der also auch bei Affären literarisch eingreift, die ihn nicht persönlich, sondern seinen, mehr oder weniger weit definierten, Kreis betreffen. In diesem Sinn ist auch der schärfste Angriff – von freundlichem Spott wird hier abgesehen – nur ‹Verteidigung›. Horaz fühlt sich den Seinen eng verbunden, erwartet aber auf der anderen Seite absolute Loyalität und ist entsprechend durch gegenteiliges Verhalten – wie in der Satire 1,4 (S. 56–57) – zutiefst verletzt. Unmittelbar auf diese Partie folgen drei Namen, die des Anklägers Cervius, der ‹Hexe› Canidia und des Geschworenen Turius (47–49). Eigentlich müßte man schließen, daß alle drei Horaz Unrecht getan haben – von Canidia weiß man es (S. 78–80) –, aber ebenso nahe liegt die

Annahme, daß die beiden Männer Bekannten oder Freunden des Dichters übel mitgespielt hatten. Wie es scheint, weiß sich Horaz auch hierin Lucilius verpflichtet, den er später nennt (62–70):

> Als einst Lucil Gedichte dieser Art
> zuerst zu schreiben sich vermaß und jedem
> die schmucke Maske abzuziehn, worin
> er wohlgemut einherging, seinen Schalk
> verbergend, hielt sich Laelius oder jener,
> der vom besiegten Afrika den Namen trug,
> durch seinen Witz gefährdet? Oder ließen sie
> sichs schmerzen, den Metellus angestochen,
> den Lupus gar mit schmacherfüllten Versen
> bis an die Scheitel zugedeckt zu sehen?
> Und gleichwohl griff er ohne Scheu und Ausnahm
> Patrizier und Bürger zunftweis an
> und stand durchaus mit niemand als der Tugend
> und ihren Freunden wohl.

Lucilius war den Großen der Zeit, hier dem jüngeren Scipio Africanus und Laelius, verbunden, und er legte sich mit den Großen der Zeit an, hier Q. Caecilius Metellus, dem Konsul von 143, Zensor von 131, und L. Cornelius Lentulus Lupus, dem Konsul von 156, Zensor von 147. Dieser stand Metellus nahe, der wiederum ein Gegner Scipios war. Gewiß kann Lucilius beide aus freien Stücken angegriffen haben, aber es liegt doch «in der Natur der Sache, daß Lucilius mit Scipio die meisten Freundschaften und Feindschaften teilte» (Christes[1] 61), sich also wie später Horaz zu seiner ‹Gruppe› hingezogen fühlte. Wie dem auch sei, der letzte Vers des zitierten Passus, Lucilius sei einzig der Tugend und ihren Freunden gewogen (*uni aequos virtuti atque eius amicis*), spielt auf eine bekannte Aussage des alten Dichters an; die drei Verse 1350–1352 aus dem *virtus*-Fragment folgen in der Fassung Krenkels. *virtus* bedeute,

> hostem esse atque inimicum hominum morumque malorum,
> contra defensorem hominum morumque bonorum,
> hos magni facere, his bene velle, his vivere amicum.

> Feind und Gegner zu sein von Menschen und Sitten, die schlecht sind,
> dagegen Verteidiger zu sein von Menschen und Sitten, die gut sind;
> diese zu achten, diesen wohlzuwollen, diesen zeitlebens Freundschaft zu wahren.

Daß Horaz Lucilius' Nähe zu Scipio und Laelius betont, mußte natürlich jeder auf seine eigene Nähe zu den Großen der Zeit beziehen, woraus sich schon früher Neid ergeben hatte. In der Tat wird auch das ausgesprochen (74–77); es ist immer dasselbe Lied – auch «in this latest of Horace's satires» (Fraenkel 147):

quidquid sum ego, quamvis
infra Lucili censum ingeniumque, tamen me
cum magnis vixisse invita fatebitur usque
invidia.

Wie wenig oder viel ich sein mag, ganz gewiß
an Geist wie an Geburt weit unter dem
Lucil – so wird doch, daß auch ich mit Großen
gelebt, die Mißgunst selbst gestehen müssen.

Die Stelle lehrt, «daß auch Versuche gemacht worden sind, ihn aus diesem Verhältnis zu verdrängen, und läßt vermuten, daß seine Satiren dabei als Handhabe dienen sollten» (K./H.). Auf diesem Hintergrund gewinnt das eingangs diskutierte Thema, Horaz könne einfach Caesar Oktavian bedichten und sich damit der öffentlichen Kritik entziehen, wieder an Bedeutung. Wenn man aber glaubt, Horaz argumentiere am Anfang sehr selbstsicher, weil sehr locker, wird man am Ende dessen belehrt, daß die Problematik doch gefährlich war. Denn Trebatius warnt ihn, sich in Unkenntnis der Gesetze (*inscitia legum*) durch Verfassen von Schmähgedichten (*mala carmina*) – das war seit altersher durch das Zwölftafelgesetz verboten – Unannehmlichkeiten zuzuziehen (80–83). Das zeigt, wie brisant der Vorwurf *ultra / legem tendere opus* V. 1–2 war. Horaz antwortet zunächst schalkhaft, die Schadengesänge, *mala carmina*, in ästhetischem Sinn auffassend: ‹Ja! Wenn sie schlecht sind; aber wenn sie gut sind und der Verfasser sogar von Caesar Oktavian gelobt wird?› (*esto, siquis mala; sed bona siquis / iudice condiderit laudatus Caesare?* 83–84). Mit dieser protektionistischen Aussage wird nicht jeder zufrieden gewesen sein, da das, womit sich Horaz verteidigt, gerade die Ursache der Mißgunst war! Darum schiebt er noch ein weiteres – sein stärkstes – Argument nach: Wenn einer, ‹selbst unbescholten› (*integer ipse*), jemanden anbellt, der Schande verdient – ‹dann›, ist Trebatius' letztes Wort, ‹wirst du freigesprochen› (84–86). Horaz unterstreicht am Ende noch einmal den hohen moralischen Anspruch seiner Dichtung, ihre Berechtigung und die eigene Integrität: Wie bei dem ersten Satiren-Buch hatte er auch bei dem zweiten mit Neid und Mißgunst zu kämpfen – vielleicht nicht ganz ohne Verschulden.

Leben, um zu essen

Das wichtigste Thema, das Horaz im zweiten Satiren-Buch neu anschlägt, ist das des Essens. Dieses wird unter den verschiedensten Gesichtspunkten in den Satiren 2, 4 und 8 betrachtet. In der zweiten wird den beiden Extremen der Völlerei und der Knauserei das einfache Essen entgegengesetzt, während in der vierten und achten das Essen als Wissenschaft und Kunst behandelt wird. Es versteht sich, daß Horaz mit beiden Aspekten Zeitkritik betrieb; denn die Personen, die er vorführte, verdankten ihr Dasein keineswegs dichterischer Erfindung. Jedenfalls trifft das auf das Geschehen der achten Satire zu, an dem Maecenas und der Komödiendichter Fundanius, Horaz' Freund, teilnehmen. Daraus darf man schließen, daß auch die nichtidentifizierbaren Personen mindestens zeittypisches Verhalten verkörpern.

Die Satire 2,4 beginnt wie ein platonischer Dialog; Horaz trifft auf Catius, der gerade begeistert den Lehrvortrag eines großen Meisters gehört hat (1–11):

‹Ei, sieh da, Catius! Woher? Wohin?›
‹Ich habe keine Zeit; ich bin in Eile,
die Regeln einer neuen Weisheit auf-
zuzeichnen, der Pythagoras und Sokrates
und der gelehrte Platon weichen muß.›
‹Ich fühle mein Vergehen, so zur Unzeit dich
zu unterbrechen; wirst die Güte haben,
mir's zu verzeihn! Doch, wär' auch etwas dir
entwischt, ein Mann wie du, der an Genie
und Kunst gleich wundernswürdig ist, wird bald
auf eine oder andre Art es wieder
zu finden wissen.› ‹Eben dieses wars,
worauf ich sann; wie ichs nämlich mache,
um nichts von diesen Dingen zu verlieren,
die, schon an sich subtil, es noch weit mehr
durch seinen Vortrag wurden.› ‹Nenne doch
den großen Mann mir! Ists ein Römer oder
ein Fremder?› ‹Das System, so gut ich's faßte,
dir mitzuteilen trag ich kein Bedenken; nur
des Meisters Name muß verschwiegen bleiben.›

Man erwartet nun die Behandlung eines philosophischen Problems. Doch was kommt?

Vergiß nicht, in der Wahl der Eier stets
die länglichen, als feiner von Geschmack
und nährender, den runden vorzuziehen.

Die Verfremdung konnte nicht größer sein. Es folgt keine Wissenschaft. Oder doch: Es folgt eine Wissenschaft der Küche, es folgt, mit Wieland zu sprechen, ‹Küchen-Philosophie›. Dieser Umbruch kam besonders zur Geltung, wenn die Satire rezitiert wurde – die Überraschung war dann vollkommen. Wieland meinte ohnehin, das ganze Stück sei «zur Belustigung des Maecenas und seiner vertrautern Tischgesellschaft» geschrieben, die im übrigen genau gewußt hätten, auf welchen ungenannten Meister Horaz anspiele. Catius' minutiöse Beschreibung der einzelnen Gänge und Speisen beruht auf einer ‹Gastmahlskunst› (*ars cenarum*, 35) und einer ‹Geschmackslehre› (*ratio saporum*, 36), er selbst ist ein ‹Gelehrter› (*doctus*, 88). V. 44 spricht er davon, daß der ‹Weise› (*sapiens*) das Schulterstück der trächtigen Häsin suchen wird! Was Horaz mit dieser Art von Wissenschaft bezweckt, läßt der Schluß vermuten, wenn er dem Redner – doch wohl ironisch – dankt (88–95):

> Gelehrter Catius, bei unsrer Freundschaft und
> den Göttern sei gebeten, unverzüglich
> zu deinem großen Meister mich zu führen.
> Denn, wie getreu dir dein Gedächtnis war,
> so hat man doch so etwas lieber aus
> der ersten Hand; nicht zu gedenken, was
> des Lehrers Angesicht, Gebärden, Mienen
> zur Sache tun. Du, der dies Glück genoß,
> machst wenig draus: Allein mir ist gar viel
> daran gelegen, selbst, wie weit der Weg auch sei,
> die ersten Quellen aufzusuchen und
> die wahre Lebenskunst daraus zu schöpfen.

Sosehr Horaz Catius lobt, unterstellt er dennoch, daß er nicht so gut wie der Meister selbst referiert habe. Er ist nur *interpres* (91). Zwar ist er keineswegs dumm, doch er weiß zu viel, kann das aber nicht recht ordnen und kommt so atemlos vom Hundertsten ins Tausendste; «one cannot help feeling that Catius is led by somewhat accidental associations» (Classen[3] 339). Andererseits ist es eine echt horazische Satire, denn auch der Dichter liebt die Assoziations-Technik. Und so ist keineswegs ein Durcheinander entstanden, sondern, wie Wieland sagte, eine «Art von methodischer Unordnung». Horaz möchte jedoch den Hörern bzw. Lesern nicht suggerieren, das ‹Original› sei sinnvoller. Was ihm, der am liebsten Oliven, Malven und Zichorien (Carm. 1,31,15–16) sowie Kohl mit Speck und Bohnen (Sat. 2,6,63–64) aß, im tiefsten zuwider sein mußte, war, daß man aus der Essensbereitung eine Wissenschaft machte. Insofern konnte er auch nicht den Meister selbst billigen. Er hielt es nur für wirkungsvoller, einen naiven Adepten vorzuführen als ihn selbst. Daher ist der Schluß ironisch. Zwei kleine Bosheiten in den letzten anderthalb Versen unterstreichen das pointiert. Horaz ist daran gelegen, *fontis ut adire remotos / atque haurire queam vitae praecepta beatae*. Das ist ein Zitat aus dem von ihm hochgeschätzten Lukrez, der über seine Erschließung der Lehre Epikurs in lateinischer Sprache sagte, es mache ihm Freude, zu unberührten Quellen vorzudringen und aus ihnen zu schöpfen, *iuvat integros accedere fontis / atque haurire* (1,927–928 = 4,2–3). Die Quelle Epikur ist für Lukrez der Weg zur Glückseligkeit, zur Vita beata. Und Horaz gibt vor, für ihn sei der unbekannte Gastrosoph der Weg zur Vita beata, dem belasteten Begriff, mit dem die Satire schließt. Das heißt aufgelöst: ‹Ich möchte wahrlich den kennenlernen, bei dem der Weg zur Vita beata über den Magen führt›! Für Horaz repräsentiert der – besser – nicht genannte Meister den verbreiteten Typ der Zeit, dem gut leben gut essen bedeutet, der also lebt, um zu essen.

Wie die vierte beschreibt die achte Satire – beide Gedichte beschließen je eine Buchhälfte – eine Person, die lebt, um zu essen: den reichen Protz Nasidienus, einen Vorläufer des berühmten Trimalchio aus dem Roman Petrons, der Mitglieder der gehobenen Gesellschaft zu einem exquisiten Mahl eingeladen hat, unter ihnen Maecenas mit zwei Begleitern, die als ungeladene Gäste kurzerhand mitgekommen sind. Wie der Meister aus 2,4 wird Nasidienus – gleich im ersten Vers – als *beatus* bezeichnet: Für ihn besteht die Glückseligkeit im Essen. Ging es in 2,4 um die Wissenschaft der Essensbereitung, geht es hier um eine andere Unart: Nasidienus preist jede Einzelheit den Gästen umständlich an. Diese seine penetrante Art ist es, die den Gästen auf die Nerven geht und für die sie durch Flucht ‹Rache› nehmen. Über die letzten Leckerbissen heißt es, sie seien köstliche Dinge, wenn nur der Hausherr nicht jeweils ihren ‹Grund› und ihre ‹Natur› genannt hätte, *si non causas narraret earum et / naturas dominus* (92–93). Das war eine Anspielung auf Epikur, und so liegt der Schluß nahe, daß Nasidienus – wie der Meister in 2,4 – Pseudo-Epikureer ist oder als solcher erscheinen soll, eine Haltung, die der echte Epikureer Horaz natürlich ablehnen muß. Daß es tatsächlich um Nasidienus' unerträgliches Anpreisen geht – auch wenn er ehrlich bemüht ist (Seeck[2] 539) –, zeigt die Komposition der Satire. Seine Rede 43–53 steht genau in der Mitte; 42 1/2 Verse gehen voraus, 42 Verse folgen. Die Gäste werden darauf aufmerksam gemacht, daß sie das Feinste vom Feinen bekommen: Öl aus Venafrum, Makrelen aus Spanien, Wein aus Chios, Essig aus Lemnos – da geschieht der Eklat: Ein lose befestigter Baldachin fällt auf die Pracht und begräbt alles unter sich. Eine Pause ist unvermeidlich. Was soll's? «Zweck der Dichtung ist das mit verständnisvollstem Humor entworfene Charakterbild der zahlreichen Menschenklasse, welche, in den Besitz großen Reichtums gelangt, ohne geistige Interessen, nur auf gutes Essen und Trinken bedacht, sich ängstlich bemühen, in allem Äußerlichen den Ton der guten Gesellschaft, in welche sie sich einzudrängen suchen, zu kopieren und doch jeden Augenblick gegen die Gesetze desselben verstoßen» (Heinze). Dürfen wir uns damit beruhigen? Geht es nur um solche uninteressanten Menschen? Wieso drängen sie sich in die gute Gesellschaft? Wenn diese so schmaust und praßt: Ist das für Horaz nicht auch von Übel? Sollen wir nicht eher, wie R. A. Schröder, «Unbehagen, den Maecen in solcher Gesellschaft zu sehen», empfinden? Maecenas benahm sich sogar daneben, weil er zwei ungeladene Gäste mitbrachte; und gerade sie sind es, die den ganzen Abend blödeln, mit Heinze zu sprechen, «ohne geistige Interessen» sind.

«Vermutlich hatte sich auch Maecenas an den Albernheiten beteiligt, ohne besonders geistreich zu werden. Horaz hielt es für besser, das mit Schweigen zu übergehen. Maecenas wird ihm dankbar gewesen sein» (Seeck[2] 543)! Wie dem auch sei: Horaz hatte Maecenas mithineingezogen. Gewiß vertrug man im alten Rom eine gehörige Menge Spott – der Bericht über das Mahl wurde von dem Komödien-Dichter Fundanius vorgetragen und vielleicht wie ein kleiner Mimus dargestellt –, aber etwas blieb haften: Horaz' Reserve gegenüber üppigen Mählern und gezwungenen Scherzen – Dingen, die Maecenas offenbar gefielen. Wenngleich das Gedicht ein witziger Epilog auf den Maecenas-Kreis am Ende der beiden Satiren-Bücher ist, auch im Witz liegt ein Körnchen Wahrheit: Horaz' Unbehagen an solchen Betätigungen der Mitglieder der gehobenen Stände, die lebten, um zu essen – und zu denen sich zuweilen auch Männer gesellten, die aßen, um zu leben. Die scheinbar harmlosen Eß-Satiren kritisieren die Gesellschaft nicht minder als die Moral-Satiren des ersten Buchs.

Essen, um zu leben

Daß Horaz mit der Kritik an den extravaganten Gastmählern der Zeitgenossen keineswegs nur auf liebenswürdige Grillen zielte, lehren die beiden ‹Gegen-Satiren› 2 und 6, in denen ein Zusammenhang zwischen Bescheidenheit im Essen und sittlich angemessener Lebensweise hergestellt wird. Hatte er in 2,8 das zweifelhafte Verhalten der mäzenatischen Tischgesellschaft durch den Bericht eines Komödien-Dichters, bei dem man mit Übertreibungen sozusagen von Berufs wegen rechnen mußte, nur indirekt beleuchten lassen, hat er auch dem Protagonisten der zweiten Satire eine Maske aufgesetzt, die dem Angriff vordergründige Spitzen nahm: Der Bauer Ofellus soll als harmloser Biedermann erscheinen (1–7):

quae virtus et quanta, boni, sit vivere parvo
– nec meus hic sermo est, sed quae praecepit Ofellus
rusticus, abnormis sapiens crassaque Minerva –,
discite non inter lances mensasque nitentis,
cum stupet insanis acies fulgoribus et cum
adclinis falsis animus meliora recusat,
verum hic inpransi mecum disquirite.

Wie schön und wohlgetan es sei, ihr Lieben,
von wenigem zu leben, höret, wenn ihr wollt
– nicht von mir selbst, der Biedermann Ofellus,
ein unstudierter bäur'scher Philosoph,
der sich bei gutem Mutterwitz
sehr wohl befand, soll unser Lehrer sein –,

nicht zwischen euern schimmerreichen Tischen,
nicht, wenn vom Silberglanz der prächt'gen Schüsseln
die Augen blinkern und, vom Falschen angezogen,
die Seele sich dem Besseren versagt:
Wir wollen hier die Sache noch vor Tafel
ins Reine bringen.

Wer Horaz kannte, bemerkte, daß er große Sympathien mit dem ‹Lehrer› hatte. Ofellus nennt das *vivere parvo* im ersten Vers seine Devise. In einer der berühmtesten Oden, *Otium divos* (2,16), wird es wenig später heißen: *vivitur parvo bene* (13). Wenn in demselben Vers von *virtus* die Rede ist, durfte man schließen, daß ein wichtiges Stück horazischer Lebensweise behandelt würde. Man wird also nicht der verbreiteten Annahme zustimmen, daß die Satire, abgesehen von der Mitteilung, Horaz habe Ofellus von früh auf gekannt (112–113), nichts Persönliches enthalte. V. 3 ist mit zwei Paradoxa besonders interessant. Ofellus ist ein schulfremder Philosoph und von feiner Derbheit (hier ist Wielands Übersetzung etwas ungenau). Er gehört keiner Schule an – wie es Horaz von sich selbst Epist. 1,1,14 sagt; gemeint ist, er folge nicht sklavisch einer Schule. Denn Ofellus wie Horaz sind klare Epikureer in einem weiteren Sinn. Minerva ist die Göttin des feinen Handwerks (Spinnens!) und der Geistigkeit; *crassus* = fett geht auf Kallimachos' *pachys* zurück, womit er ‹derbe› Dichtung bezeichnete. Ofellus ist also von derber Feinheit oder feiner Derbheit, was bedeutet, daß er nicht überfeinert ist, sondern einen gesunden Menschenverstand hat; daß *rusticus* in diesem Zusammenhang ein Ehrentitel ist, versteht sich von selbst; und doch hörte man in ihm «a basic stupidity and dullness» (Bond 118)! Ofellus handelt zunächst die Prachtmähler ab (8–52), wobei er sich als bauernschlauer Epikureer erweist. Seine Hauptthese ist, daß das Jagen nach exquisiten Speisen auf falschen Vorstellungen vom wahren Genuß beruhe: In der epikureischen Philosophie spielten die leeren = falschen Vorstellungen eine wichtige Rolle. Eine solche ist es, wenn man glaubt, sagt Ofellus, die höchste Lust (das höchste Gut der Epikureer) liege nicht in einem selbst, sondern im teuren Bratenduft, *non in caro nidore voluptas / summa, sed in te ipso* (19–20)! Könnte Horaz selbst witziger, ‹satirischer› sprechen?
Nach der Beschreibung der Lebensweise des Knauserigen (53–62) und einer Betrachtung der Haltung des Sapiens (63–69) wird im zweiten Teil der Satire die einfache Lebensweise, *tenuis victus*, vorgestellt (70–136). Daß Horaz nicht mehr von Eßgewohnheit, sondern *victus* = Kost/Lebensweise spricht, macht vollends deutlich, daß es jetzt um Grundsätzlicheres als um Essen geht. Mit V. 111 schließt Horaz den ‹theoretischen› Teil und stellt sodann Ofellus' Lebensschicksal vor. Die letzten

Verse des ‹theoretischen› Teils zeigen noch einmal, daß Horaz selbst hinter Ofellus' Philosophie steht, denn eine für seine Lebensanschauung charakteristischere Aussage läßt sich nicht denken (107–111):

> uterne
> ad casus dubios fidet sibi certius? hic qui
> pluribus adsuerit mentem corpusque superbum,
> an qui contentus parvo metuensque futuri
> in pace, ut sapiens, aptarit idonea bello?

> Wer kann aufs ungewisse hin sich selber mehr
> vertrauen: wer an tausend überflüß'ge Dinge
> sich angewöhnt hat oder wer mit wenigem
> zufrieden und, der Zukunft eingedenk,
> im Frieden wie ein kluger Mann sich auf
> den Krieg gefaßt macht?

Für den Leser, der noch nicht gemerkt hat, daß Ofellus sein Geistesverwandter ist, teilt Horaz mit, daß er ihn als Kind gekannt habe: Ofellus verlor seinen Besitz und muß nun als Pächter das eigene Gut verwalten. Trotzdem lebte er früher nicht üppiger als heute. Eindrucksvoll sind die Schlußworte an seine Söhne (126–136):

> Wüte doch Fortuna
> und blase neuen Lärmen durch die Welt,
> wie wenig kann sie hier noch nehmen! Um wieviel
> sind wir, ihr Jungen, magrer worden, ich und ihr,
> seitdem der neue Gutsbesitzer einzog?
> Wahrhaftig, die Natur hat weder ihn noch mich
> noch einen andern Sterblichen zum Herrn
> von ihrem eignen Grund gemacht. Er trieb
> uns aus, und ihn wird üble Wirtschaft,
> vielleicht Unwissenheit des schlauen Rechtes
> und endlich ganz gewiß ein Erbe, der
> ihn überlebt, vertreiben. Dieses Gut
> heißt jetzt Umbrens, hieß neulich noch Ofells,
> ist keinem eigen, wird zum Nießbrauch nur
> bald mir, bald einem andern überlassen.
> Drum, Kinder, lebt getrost und setzet stets
> dem Unglück eine starke Brust entgegen!

Daß die Dinge dem Menschen nur zur Nutzung, nicht zum Eigentum gegeben werden, lehrten schon Bion und Lucilius, später wiederholte es Horaz (Epist. 2,2,157–179). Daß das auf das Leben zutreffe, sagte Lukrez (3,971). So steht Ofellus allen Autoren nahe, denen auch Horaz nahesteht. Beider täglich Brot sind Kohl und Speck (2,2,117; 2,6,64)! Wieland dürfte wieder einmal das Richtige getroffen haben: «Daß übrigens unser Dichter in der Denkart des wackern Ofellus die Gesinnungen seiner eigenen bessern Seele (wenn ich so sagen darf) ausgedruckt habe, wird niemand leicht bezweifeln, der aus seinen Schriften mit ihm vertraut worden ist; und die einzige Epode *Beatus ille qui procul negotiis* und das so herzliche *o noctes cenaeque deum!* in der sechsten Satire dieses zweiten Buches wäre hinlänglich, uns davon zu überzeugen. Indessen erlaubten ihm seine Verhältnisse mit einigen Großen in Rom und vielleicht auch die Gewohnheit, die uns unvermerkt tausend Dinge, wovon die Natur nichts weiß, zu Bedürfnissen macht, zumal in seinen jüngern Jahren, nicht, sich von den goldnen Ketten des römischen Stadtlebens ganz frei zu machen; und, da er nie weiser oder besser scheinen wollte, als er sich zu sein bewußt war: so legte er (auch aus *diesem* Grunde) nicht nur seine Moral über diesen Artikel einem Manne in den Mund, der gar nicht wußte, was *Bacchanalia vivere* war, sondern milderte auch, wie es einem *homini urbano* und Commensalen des Mäcens geziemte, die Austerität seines bäurischen Philosophen hier und da mit diesem feinen Anstrich von scherzhafter Laune, welche gleichsam der Firnis ist, womit die leichte Hand der Grazie alle seine Werke überzogen hat.» Hier ist richtig gesehen, daß es nicht nur um Horaz' allgemeine Weltanschauung geht, sondern wiederum auch um die Kritik an Verhaltensweisen der römischen Gesellschaft, an die der Dichter mit ‹goldnen Ketten› gebunden war – die lebte, um zu essen, während er doch zu denen gehörte, die aßen, um zu leben.

Ofellus ist von seinem Landgut, jedenfalls als Eigner, vertrieben. Darin gleicht er den Hirten in Vergils *Bucolica*. Dessen und wohl auch Horaz' Familie war dasselbe Schicksal in der Realität zuteil geworden. Doch wie unterschiedlich reagieren die Geschöpfe beider Dichter! Während Ofellus gefaßt ist, jammern und klagen Vergils Hirten um den Verlust. Beruht das auf einem Zufall? Da Flintoff in Ofellus' Schlußrede sogar metrische Eigenheiten aus Vergils *Bucolica* festgestellt hat, dürfte eine bewußte Anspielung vorliegen. Es war schon bei der Betrachtung der zweiten (S. 75) und der sechzehnten Epode (S. 66) vermutet worden, daß Horaz auf Vergil Bezug nahm. Sollte hier abermals der Unterschied zwischen dem ‹Idealisten› Vergil und dem ‹Realisten› Horaz zu beobachten sein? Auch gute Freunde können unterschiedliche Lebensanschauungen haben.

Die Satire 2,6, die «Krone der horazischen Satirendichtung» (Heinze), ist schon mehrfach begegnet und wird hier kürzer betrachtet. Nach R. A. Schröder sind seit jeher bewundert worden die «Leichtigkeit und Heiterkeit der Haltung, die vollendete Kunst, mit der der Ton der Satire in den des Idylls und von da in den der Fabel übergeht». Horaz gibt in ihr seiner Freude über das Geschenk des Sabiner-Guts beredten Ausdruck. Dem turbulenten Treiben in Rom, das weitgehend den ersten Teil der Satire beherrscht (1–59), wird im zweiten die Ruhe des Landlebens entgegengesetzt (60–117). Während Rom Horaz nicht zur Besinnung kommen läßt, ist das Sabinum der Platz der zur Vita beata führenden Ruhe. Nur hier ist das ernsthafte Gespräch über die Dinge, die den Menschen wesentlich angehen, möglich (S. 59–60); die Stadt ist der Ort des belanglosen Geschwätzes. Das letzte wird – in satirischer Brechung – gerade auch im Hinblick auf Horaz' Zusammensein mit Maecenas gezeigt (S. 57–58), so daß diese Satire die zwei Seiten des Verhältnisses zu dem hohen Gönner spiegelt: Maecenas fesselt den Dichter an Rom, aber er schafft ihm auch die Möglichkeit, sich ihm zu entziehen. Eines der berühmtesten Stücke der horazischen Dichtung, ja eines der «most-admired pieces of Roman poetry» (Fraenkel 143), ist die an das Ende gestellte Fabel von der Land- und der Stadtmaus (79–117):

Die Feldmaus
erhielt in ihrer armen Höhle einst
von ihrer alten guten Freundin,
der Stadtmaus, unverhofft die Ehre ihres
Besuches. Wie genau nun jene sonst
zu leben pflegte und wie sparsam sie
den sau'r errungnen Vorrat sonst zu Rate hielt,
so wurde doch für einen Gast das Herz
ihr weiter; kurz, sie schonet diesmal weder
der immer aufgesparten Erbse noch
des langen Haberkornes, trägt ein Stückchen
halb abgenagten Specks und eine dürre
Zibeb' im Munde noch herbei und läßt,
mit einem Worte, sich's recht angelegen sein,
durch der Gerichte Mannigfaltigkeit
den ekeln Gaum des Städters zu verführen,
der vornehm dasaß und mit stolzem Zahn
eins nach dem andern kaum berührte, während
der gute Hauswirt selbst, auf heurig Stroh
gestreckt, mit Spelt und Trespe sich behalf
und alles Beßre seinem Gaste ließ.
Zuletzt begann die Stadtmaus: ‹Freund, wo nimmst
du die Geduld her, in dem rauhen Berge da
dein Leben hinzubringen? Hättest du nicht Lust,
den Aufenthalt bei Menschen in der Stadt
dem Walde vorzuziehen? Weißt du was?
Komm du mit mir; und weil nun einmal bei
den Erdekindern mit dem Leben alles
vorbei ist und dem Tode weder Klein
noch Groß entrinnen kann: so sei du weise
und laß, solange du es haben kannst,
dir wohl geschehn, mein Schatz! Bedenke nur,
wie kurz das Leben ist!› Die Landmaus wird
gerührt durch diese Rede, springt behende

aus ihrem Loch hervor, und beide treten
den Weg zur Hauptstadt an, des Sinnes, unter
der Mauer sich bei Nacht hineinzuschleichen.
Es war schon Mitternacht, als unsre Wandrer
in eines reichen Hauses Speisesaal
sich einquartierten, wo, auf Lagerstellen
von Elfenbeine, Purpurdecken glühten
und eines großen Gastmahls Überbleibsel
ringsum in Körben aufgeschichtet standen.
Sobald der Städter hier den bäur'schen Gast
auf Purpur hingelagert, läuft er rüstig,
gleich einem aufgeschürzten Wirte, hin und her
und trägt ein niedliches Gerichte nach
dem andern auf, vergißt jedoch sich selber nicht
dabei, indem er alles, was er bringt,
naschhaften Dienern gleich, zuvor beleckt.
Die Feldmaus, ganz entzückt von ihrem neuen Glück,
dehnt fein gemächlich auf dem weichen Sitze
sich aus und läßt sich alles trefflich schmecken,
als plötzlich ein gewaltiges Geknarr
der Flügeltüren unsre beiden Schlemmer
von ihren Polstern wirft. Sie rennen zitternd
im ganzen Saal herum, und ihre Furcht
wird Todesangst, indem durchs hohe Haus
der großen Hunde Bellen widerhallt.
‹Ich danke für dies Leben›, sprach mit schwacher Stimme
der Bau'r zu seinem Freunde; ‹fahre wohl!
Ich lobe mir mein kleines Loch im Walde!
Da hab' ich nichts zu fürchten wenigstens
und kann, wiewohl's nur magre Bissen gibt,
mich doch in Ruh an meinen Wicken laben.›

Der aufmerksame Leser wird bemerkt haben, daß Horaz' ganz persönliche Weltanschauung, man möchte sagen, Motiv für Motiv in der Fabel enthalten ist. Natürlich hatte diese schon zuvor eine bis auf Äsop zurückgehende Tradition, doch sind die erhaltenen Versionen in der ihm zugeschriebenen Sammlung und bei Babrios nach Horaz niedergeschrieben. Sie verraten keinerlei persönliche Züge ihrer Autoren. Ganz anders Horaz. Wie Ofellus in der Satire 2,2 ist die Landmaus sparsam hinsichtlich der eigenen Person, aber großzügig gegenüber Gästen. Wie jener ist sie überhaupt mit ihrer Lebensweise zufrieden. Diese Verwandtschaft führt zu der weiteren Beobachtung, daß das direkte Ofellus-Porträt (hinter dem Horaz durchscheint) in der Parallel-Satire an derselben Stelle steht wie die Fabel in 2,6: nämlich wirkungsvoll am Schluß. Übrigens: Speck essen Horaz, Ofellus und die Landmaus am liebsten, dazu Kohl (Horaz, Ofellus) oder Beeren (Landmaus). Wenn Kießling und Heinze meinten, die Mäuse seien ‹Doppelgänger zweier menschlicher Typen›, so ist das richtig; nur muß man ergänzen, daß sie auch Doppelgänger von Horaz und Maecenas sind. Seecks schöne Folgerung wurde schon zitiert (S. 60): «Kein Leser konnte zweifeln, daß er mit der Landmaus sich selbst meinte, dann aber bedurfte es keines Scharfsinns, um zu erraten, wer die Stadtmaus war. Der große Maecenas als Maus?» Es ist interessant, daß die Stadtmaus der Landmaus bei ihrer Aufforderung, mit in die Stadt zu kommen, rät, sie möge als *beatus* in angenehmen Umständen leben (96). Wie der ungenannte Meister in 2,4 und Nasidienus in 2,8 ist die Stadtmaus die Vertreterin einer falschen Vita beata (Rudd² 250), eines veräußerlichten Epikureismus, ist dagegen die Landmaus die wahre Epikureerin! Auffälligerweise gab Horaz auch in dieser Satire, die das Sabinum pries, zu verstehen, daß Maecenas' Lebensweise nicht die seine war. Zweimal spielen in dem Gedicht Tag und Nacht eine Rolle. Das negative Bild Roms ist mit dem Tag, das positive des Sabinum mit der Nacht verbunden; in der Fabel ist das positive Bild des Landlebens mit dem Tag, das negative des Stadtlebens mit der Nacht verbunden, so daß sich der Schluß ergibt, daß in Rom der Tag (durch verpflichtende Aufgaben) und die Nacht (durch verpflichtende Gastmähler) negativ erscheinen.

Die Fassung der Fabel bei La Fontaine, der auch Horaz kannte, aber in einer vielfältigen Tradition stand (West² 80), zeigt gut, wie bei dem französischen Klassiker wieder jeder persönliche Zug, den Horaz eingeführt hatte, verlorenging. Durch die zeitliche Vertauschung der beiden Orte wird deutlich, daß den Hofmann mehr der Überdruß am Hofleben als die Liebe zum Landleben interessierte:

Le Rat de ville et le Rat des champs

Autrefois le Rat de ville
invita le Rat des champs,
d'une façon fort civile,
a des reliefs d'Ortolans.

Sur un Tapis de Turquie
le couvert se trouva mis.
Je laisse à penser la vie
que firent ses deux amis.

Le régal fut fort honnête,
rien ne manquait au festin;
mais quelqu'un troubla la fête
pendant qu'ils étaient en train.

A la porte de la salle
ils entendirent du bruit:
Le Rat de ville détale;
son camarade le suit.

Le bruit cesse, on se retire:
Rats en campagne aussitôt;
et le citadin de dire:
‹Achevons tout notre rôt.›

‹C'est assez›, dit le rustique;
‹demain vous viendrez chez moi:
Ce n'est pas que je me pique
de tous vos festins de Roi;

mais rien ne vient m' interrompre:
Je mange tout à loisir.
Adieu donc; fi du plaisir
que la crainte peut corrompre.›

Wie sehr sich die deutschen Dichter des 18. Jahrhunderts dagegen bemühten, in Auseinandersetzung mit antiken Autoren, vor allem Horaz, ihre persönliche Lebensauffassung in Poesie auszudrücken, zeigt Hagedorns lange Verserzählung *Die Glückseligkeit* in gereimten Alexandrinern, an deren Ende eine Adaptation der horazischen Fabel steht. Sie krönt die Argumentation, in der sich Hagedorns Liebe zur Natur und zum einfachen Leben ausspricht. Über den Weisen heißt es:

Gesundheit, innre Ruh und äußre Sicherheit
und heiterer Verstand, das ists, was ihn erfreut.
Die Weisheit wählet oft, um diesen nachzugehen,
den niedern Aufenthalt und nicht umwölkte Höhen.

Die Fabel nimmt dann diese Gestalt an:

Zur Feldmaus kam einmal die Stadtmaus in den Wald,
in ihren dürftigen, gehöhlten Aufenthalt.
Hier lebte sie genau, um Vorrat aufzusparen;
allein, weil Wirt und Gast längst gute Freunde waren
und sie bei schmaler Kost doch Gästen reichlich gab,
so ging auch dieses Mal nichts der Bewirtung ab.
Das lange Haberkorn, als ihrer Ernte Gaben,
die Kichern, die sie sonst als einen Schatz vergraben,
halb abgenagtes Speck, gedörrter Beeren gnug,
die sie mit eignem Mund ihm jetzt zur Tafel trug,
das bringt sie, um zu sehn, ob nichts sein Maul verführte,
das jeden Bissen nur mit stolzem Zahn berührte;
da unser Hausherr hier auf frischen Spalzen saß,
ihm gern das Beste ließ, selbst Tresp' und Rocken fraß.

‹Wie›, hebt der Städter an, ‹kannst du auf diesen Höhen,
in diesem öden Wald dich so zufrieden sehen?
Stehn statt der Wildnis dir nicht Städt' und Menschen an?
Zeuch immer mit mir, Freund, wenn ich dir raten kann!
Was ist uns allen mehr als Sterblichkeit verliehen?

Von dem, was irdisch ist, wird nichts dem Tod' entfliehen:
Sogar ein Löwe stirbt. Es sterben Groß und Klein!
Wir aber schmausen noch. O laß uns fröhlich sein!
Leb' immer eingedenk, wie Jahr' und Zeit verfließen.
Freund! Lebe so wie ich, des Lebens zu genießen.›

Die Feldmaus, die den Rat sich sehr gefallen läßt,
schickt sich zum Reisen an und hüpfet aus dem Nest.
Sie eilen beide fort, die Stadt bald zu erreichen
und durch die Mauer sich bei Nacht hineinzuschleichen,
der Himmel schwärzte schon die stille Mitternacht;
da kommen diese zwei in einen Sitz der Pracht,
in eines Reichen Haus, wo scharlachrote Decken
des Lagers Elfenbein mit stolzem Glanz verstecken
und zum gewünschten Fraß vom gestrigen Bankett
der aufgehäufte Rest in vollen Körben steht.
Der Städter, der den Gast auf Purpur hingesetzet
und alles sucht und wählt, was Tellerlecker ätzet,
läuft emsig wie ein Wirt, der sich die Mühe kürzt
und, hurtiger zu sein, sich luftig aufgeschürzt.
Er will sich aufwartsam, ja Dienern gleich erweisen
und bringet und kredenzt die aufgetragnen Speisen.
Die neue Lebensart erfreut die fremde Maus,
wie vornehm ist ihr Sitz! Wie köstlich ist der Schmaus!
Doch ein Geräusch entsteht, die Tür wird aufgerissen,
so daß sich Wirt und Gast urplötzlich trollen müssen.

Sie liefen voller Angst das Zimmer auf und ab:
Allein was beiden noch ein tödlich Schrecken gab,
war dieses, daß zugleich die großen Hund' erwachten
und durch das ganze Haus ein stark Gebelle machten.
Die Feldmaus zittert zwar, erholt sich doch und spricht:
‹Ich scheide. Fahre wohl! Dies Leben dient mir nicht.
Die Höhl und jener Wald soll mich, bei schlechten Wicken,
in freier Sicherheit mehr als die Pracht beglücken.›

Mit Liebe betrachteten die Dichter des 18. Jahrhunderts Horaz als einen der Ihren.

Literarische Kritik

Es war oben bei der Betrachtung von 2,1 der Vorwurf, Horaz überschreite mit seinen Satiren die Grenzen der Gattung, in der Hauptsache als Reaktion der vom Inhalt Betroffenen verstanden worden. Es könnte aber auch eine literarische Kritik dahinter stecken. Welche wären in diesem Fall die ‹Grammatiker›? Horaz stand stets mit den Anhängern Varros, der selbst ein bedeutender Grammatiker war, auf Kriegsfuß. Ihre archaistische Ästhetik befand sich zu seinem modernen Künstlertum in schroffem Gegensatz. Da M. Terentius Varro (116–27) die Gattung der Satire dadurch wiederzubeleben versuchte, daß er sie vielfach im mythologischen Bereich ansiedelte, wurde jedem heftigen Angriff die Spitze genommen; realistische Inhalte mochten leicht als zu scharf wie zugleich auch als zu schwächlich im Vergleich zu der kräftigen mythologischen Szenerie gewertet werden. Vielleicht ist 2,5 eine Antwort auf solche Kritik: Odysseus sucht in der Unterwelt den Seher Teiresias auf, um sich von ihm in das Laster der Erbschleicherei einführen zu lassen und so seine beklagenswerten finanziellen Verhältnisse zu sanieren. Dieses Motiv geht wohl, wie man vermutet hat, auf Menippos von Gadara zurück (Boll 144); und insofern Varro die bunte Menippeische Satire (die Prosa und Dichtung, in Rom auch Griechisch und Latein mischte) gepflegt hat, gäbe Horaz hier ein Gegenstück zu dieser Gattung – freilich in einer ausgefeilten Weise, die nicht in der Theorie, wohl aber in der Praxis eine Kritik an Varro bedeutete (Weinreich 413), in den Kategorien von 2,1 zu sprechen: eine Verteidigung gegen Angriffe in dem Sinn: ‹Wenn ihr gemäßigte Argumentation propagiert, dann bitte in gehobener Ausführung.› 2,1 und 2,5 hingen somit nicht nur durch das Schema der Konsultation, sondern auch durch die Frage nach der ‹richtigen› Form der Satire zusammen. Jedenfalls wird man vorsichtig sein, Fraenkels Meinung zuzustimmen, anders als Horaz' schönste Satiren sei 2,5 kein Spiegel seines Bios, noch wolle sie irgendeinen Bereich des menschlichen Lebens schildern (145). Die Erbschleicherei beklagt Horaz auch Epist. 1,1,77–79 als Übel der Zeit, und die Auseinandersetzung mit den Varronianern (Varros Menippeische Satiren waren nach Cicero, Acad. 1,2,8 ein älteres Werk), gegen die er besonders im zweiten Epistel-Buch zu Feld zieht, zeigt ihn mitten in seinem literarischen Tageskampf. Auch in den Gedichten, in denen man auf den ersten Blick Horaz als Person nicht vermutet, ist er ganz gegenwärtig.

Wie es scheint, bedeutete die Satire 2,3 ebenfalls eine Auseinandersetzung mit Varro bzw. den Varronianern: Weinreich hat sie aufgrund der thematischen Übereinstimmung als eine «bewußte und beabsichtigte Concurrenzsatire» zu Varros *Eumenides* bezeichnet (414). Beide Gedichte behandeln das stoische Dogma, daß alle Menschen außer dem Weisen Unvernünftige und als solche Verrückte seien. Während Varro, nach den Fragmenten zu urteilen, dieses Thema in einem Philosophenkränzchen und vielleicht mit Ortswechsel abhandelte, hat Horaz den Rahmen eng gezogen, indem er einen Dialog zwischen dem stoischen Tugendschwätzer Damasippus und sich vorführt und somit die bunte Szenerie Varros auf eine Schule und einen Ort begrenzt. «La Ménippée de Varron paraît plus complexe, plus chargée d'incidents, plus savante que la satire d'Horace. Horace se tient volontairement dans les limites de l'observation morale. Il ramène au développement d'une même idée tous les détails de

cette longue satire. Il est plus simple, il a plus d'unité, il est plus profond que son devancier.» Besser als durch diese Charakteristik Lejays (382) ist der Unterschied zwischen dem ‹archaischen› Varro und dem ‹klassischen› Horaz nicht zu beschreiben: Varro und seine Nachtreter konnten für Horaz nicht Vorbild sein. Deutlicher ist das nicht zu demonstrieren.
Aber die Satire wäre nicht von Horaz, wenn sie, mit 326 Versen die längste, nur einen Literatenstreit wiedergäbe und die eigene Person ganz außer acht ließe. Offenbar spricht sich Horaz sowohl als Dichter wie auch als Mensch fundamental in dem Gedicht aus. Das lehrt gleich der Anfang. Horaz ist während der Unruhe des Saturnalienfests mit gelehrten Büchern auf sein Gut gefahren, um in Ruhe dichten zu können – und schafft wie schon seit längerem wieder nichts. Das läßt er sich von Damasippus vorhalten (1–6, 9–12; in seinem dritten Vers hat Wieland Penelope hinzugefügt):

‹Du schreibst so selten, daß du viermal kaum
im ganzen Jahr Papier und Feder foderst,
nur bloß beschäftigt (wie Penelope),
was du gewebt hast, wieder aufzutrennen,
und auf dich selber zürnend, daß die Neigung
zum Wein und Schlaf nichts, was der Rede wert ist,
dich schreiben läßt. Was soll das endlich werden?
Wofür dann wärst du am Saturnus-Feste
hieher geflohen? So benutze doch
den Augenblick von Nüchternheit und mache
was der Erwartung Würdigs, die du selbst
in uns erregtest. Frisch ans Werk! Es will nicht gehn?
Du hattest doch die Miene, große Dinge
zu Tag zu fördern, wie dein stilles Meierhöfchen
ins laue Dach dich aufgenommen hätte.
Wozu Menandern Plato'n zum Begleiter
zu geben? Eupolis, Archilochos
und solche große Reis'gefährten mit
zu schleppen?

Der Dichter bestätigt Damasippus, daß er ihn gut kenne: *sed unde / tam bene me nosti?* (17–18). Daher hatte Wieland richtig erschlossen, daß Horaz längere Zeit nichts publiziert habe und «die Malignität des Publikums bei Aufsuchung der Ursachen der langen Unfruchtbarkeit seiner Muse nicht sehr geneigt war, eines Mannes zu schonen, der sich gleich in seinen ersten Werken zum Sitten-Zensor aufgeworfen hatte und dessen Witz und fröhliche Laune der Tadelsucht so viele unbedeckte Stellen darbot.» Vielleicht waren die Varronianer unter den Tadlern, die triumphierten, Horaz falle nichts mehr ein? Dann war die Satire mit ihrer Modernisierung Varros eine treffende Antwort! Sind auch die Ewig-

Gestrigen aus der Satire 1,10, die sich auf Lucilius berufen, Varronianer, die Horaz vorwerfen, er kritisiere ‹formlose› (zumal, wie die Menippeische Satire, mit griechischen Wörtern durchsetzte) Dichtung, ohne doch formvollendeter zu dichten (S. 110)? Dann waren nach der theoretischen Entgegnung in 1,10 die Satiren 2,3 und 2,5 praktische Beweise. Vielleicht erwartete aber auch Maecenas weitere Gedichte? Man denkt an sein permanentes Insistieren, wie es in der zu dieser Zeit entstandenen Epode 14 zum Ausdruck kommt (S. 82). Wie dem auch sei: Horaz antwortet den Kritikern seines Müßiggangs (*desidia*, 15) raffiniert. Er läßt Damasippus behaupten, alle Menschen (außer dem Weisen) seien verrückt/wahnsinnig, was diese natürlich bestreiten. Nun ist nach verbreiteter Auffassung, wie sie in diesem Gedicht V. 322 begegnet, auch der Dichter ‹wahnsinnig›, so daß Horaz' geistreiche Antwort lautet: ‹Ihr wollt, daß ich das bin (nämlich dichte), was ihr zu sein leugnet!› Man traue dem Venusiner nur nicht zu wenig Witz zu!

Ist somit der Anfang der Satire aus einer bestimmten Situation heraus gesprochen, hat man schon immer gesehen, daß der Laster-Katalog, mit dem Damasippus seinen stoischen Lehrmeister Stertinius V. 77–295 zitiert, nicht grundsätzlich von Horaz' Denken verschieden ist; «wir wissen ja», stellte Heinze fest, «daß er selbst alle diese *vitia* als solche anerkannte und bekämpfte; nicht weniges von dem, was hier Stertinius in den Mund gelegt wird, hätte der Dichter auch in eigenem Namen sagen können. Auch ist es durchaus nicht seine Absicht, die weitschweifige Geschwätzigkeit, die ihm an der Schriftstellerei seiner stoischen Zeitgenossen so zuwider war, zu karikieren: ganz im Gegenteil sind z.B. die eingelegten kleinen Lebensbilder des *pauper Opimius* (146–157), des biederen Oppidius (168–185), des *nepos Nomentanus* (226–238) oder der noch knapper charakterisierten beiden Typen des Aberglaubens (291–294), aber auch der fingierte Dialog mit Agamemnon (187–213) oder der Exkurs über den Wahnsinn des Orestes (132–141) mit allem Aufgebot horazischer Kunst, mit größter Treffsicherheit in Sache und Wort durchgeführt; die belebenden Mittel eindringlicher Predigt sind virtuos angewandt; die gefährliche Klippe der Eintönigkeit wird durch reichen Wechsel des Vortrags vermieden.» Wie das? Horaz ein Freund der Stoiker? «Man gewinnt den Eindruck», fuhr Heinze fort, «daß der Dichter hier, vielleicht in ausdrücklichem Gegensatz zu einer dem gleichen Gegenstand gewidmeten Diatribe des Stertinius, zeigen wollte, wie derartiges zu behandeln sei, um künstlerischen Ansprüchen zu genügen: er durfte seinen Lesern zutrauen, daß sie den Vergleich ziehen, und zu seinen Gunsten ziehen würden.» Wer war ihm Stertinius? Zielte er nicht eher auf Varro, der in den *Eumenides* von demselben stoischen Lehrsatz ausgegangen war?

Ob sich Horaz auf Stertinius oder Varro bezog: Lohnte der gewaltige

Aufwand? Die eigentliche Pointe gewann der ganze Diskurs erst dadurch, daß Horaz seine eigenen Gedanken einem Narren, wie Wieland sagte, in den Mund legte, der seinerseits die Rede eines Narren wiedergab. Das aber bedeutet, daß Horaz sich selbst ironisierte. Man bedenke, daß der Dialog an den Saturnalien spielte, jenem Fest, an dem im alten Rom die Sklaven die Herren, die Niederen die Großen offiziell verspotten durften. Wenn Heinze weiter meinte, eine Karikatur liege in den «grotesken Übertreibungen des einzelnen», darf man einwenden, daß Horaz in seinen früheren Satiren nicht weniger grotesk übertrieben hatte. Man wird festzustellen haben, daß Horaz mit der Stertinius-Rede sein erstes Satiren-Buch in genialer Weise parodiert hat.
Doch damit nicht genug. Stertinius gliedert seine Suada zu Anfang; er wolle darlegen, daß alle wahnsinnig seien (*insanire*), die an Ehrsucht (*ambitio*), Geldgier (*argenti amor*), Vergnügungssucht (*luxuria*) und Aberglauben (*superstitio*) litten (77–81). An diese Gliederung hält er sich unter Vertauschung der ersten beiden Punkte: *avaritia* (82–157), *ambitio* (158–223), *luxuria* (224–280) und *superstitio* (281–295). Es sei noch erwähnt, daß Lejay den dritten Punkt in ‹folie du luxe› (224–246) und ‹folie de l'amour› (247–280) unterteilte. Es ist interessant zu sehen, daß diese Punkte am Schluß der Satire ein weiteres Mal Revue passieren. Horaz fragt Damasippus, woran er denn kranke, und dieser antwortet, auf einen bekannten Gladiator von kleinem Wuchs und zackigem Auftreten anspielend (307–311):

> Höre an! Fürs erste bau'st du,
> das heißt, du ahmst die Langen nach,
> du, von der Sohle bis zum Wirbel kaum
> drei Spangen hoch, und lachst doch, wenn der kleine Turbo
> mit stolzerm Blick und weiterm Schritt, als ihm
> nach seinem Maß geziemen will, zum Kampfe
> einhergestiegen kommt. Um was bist du
> wohl minder lächerlich?

Horaz hatte stets die Bausucht der wohlhabenden Schicht angeprangert. Nun hat er von Maecenas ein stattliches Gut geschenkt bekommen, dessen Herrenhaus er nach seinen Wünschen umbaut oder gar vergrößert. Die Horaz-Freunde haben ihren Dichter verteidigt. Wieland hielt es für natürlich, daß Horaz den Meierhof zu seiner Bequemlichkeit veränderte: «Er baute also, weil er mußte; und nun war großer Lärm unter seinen Mißgünstigen zu Rom». Aber mußte Horaz bauen? Auch Kießling und Heinze, die sogar einen Neubau in Rechnung stellen, meinten, Damasippus verkenne, wie in allen Stücken, Horaz «gründlich, wenn er in diesem ‹Bauen› ein Wetteifern mit der damals lebhaften Bautätigkeit der Großen Roms» sehe. Damasippus argumentiert aber sehr treffend, wenn er den kleinwüchsigen Horaz (der sich Epist. 1,20,24 selbst so bezeichnet: *corporis exigui*) ‹zwei Fuß hoch› nennt und die Langen (*longi*, ironisch statt: Großen, *magni*) nachahmen läßt. Der Knirps, zumal Junggeselle: Braucht er wirklich so viel Platz? Wieland nannte Damasippus den «Repräsentanten aller seiner Neider und Tadler zu Rom und in seiner Sabinischen Nachbarschaft»: Sollte er nicht eher der Repräsentant seiner inneren Stimme sein, sozusagen sein Daimonion? Macht sich Horaz nicht prinzipiell der *avaritia* schuldig, des ersten Punkts des Stertinius-Diskurses? Damasippus fährt fort (312–313):

Wie? Schickt sich denn
gleich alles, was Maecenas tun kann, auch
für dich, der ihm so ungleich ist, und soll
sich so ein kleiner Wicht nur träumen lassen,
mit einem solchen Mann es aufzunehmen?

Es folgt die Fabel von der Froschmutter, die durch Aufblasen die Größe eines Kalbs erreichen will; das Fazit lautet (320):

Dies ist ungefähr
dein Ebenbild.

Ist hiermit nicht Stertinius' zweiter Punkt, die *ambitio*, angesprochen? Horaz predigte immer Bescheidenheit, aber er freute sich doch, zu Maecenas zu gehören: ‹Das ist süß wie Honig›, (*hoc* [...] *melli est*, Sat. 2,6,32); er war stolz darauf, mit den Großen gelebt zu haben (*cum magnis vixisse*, Sat. 2,1,76) – um nur Äußerungen aus diesem Buch zu nennen. Mußte er sich nicht zuweilen wie ein *ambitiosus* vorkommen? Der Schluß ist dialogisch gestaltet. Damasippus beginnt (321–326):

‹Nun, deine Verse noch
dazu gerechnet (Öl ins Feuer gegossen!),
sprich, machte je ein Mensch, der bei gesundem
Verstand ist, Verse? Nichts von deiner tollen Hitze
zu sagen: –› ‹Jetzt hör' auf!› ‹Und daß du über dein
Vermögen Aufwand machst: –› ‹Herr Damasipp, greif' er
an *seine* Nase!› ‹Und auf alle hübschen Mädchen
und Jungen rasend bist: –› ‹O! Schone, größter
der Narren, schon', ich bitte dich, des kleinern!›

Daß Horaz zu großen Aufwand treibe und zu sehr für Mädchen schwärme, fällt gewiß unter die *luxuria*, den dritten Punkt der Stertinius-Rede. Und die *rabies*, der Jähzorn, den Horaz selbst von sich bezeugt (Epist. 1,20,25), ist nicht weit von der Liebesleidenschaft entfernt. Auch das Dichten mag zur *luxuria* gezählt werden, sei es, weil es in der Welt der Satire ‹Luxus› ist (Seneca nannte Epist. 88,18 immerhin die Maler, Erzgießer und Bildhauer Gehilfen des Luxus, *luxuriae ministros*), sei es, weil im *luxuria*-Teil zweimal *ludere* begegnet (248, 252) und Horaz das Dichten in 1,4 als *ludere* im *otium* bezeichnet (138–139). Nachdem die Argumentation so weit sehr glatt und einsichtig gelaufen ist, darf man fragen, wo der vierte Punkt, die *superstitio*, geblieben ist. Wird sie von Horaz übergangen? Oder soll der aufmerksame Leser selbst seine Schlüsse ziehen? Gewiß spielte die Deisidaimonia auch in der stoischen Philosophie eine Rolle; größere Bedeutung hatte sie aber bei den Epikureern. Die Menschen von der Furcht vor den Göttern (*timor deorum*, 295) zu befreien war für den Epikureer Lukrez das größte Anliegen: Sollte der Epikureer Horaz sich zu sehr um die Götter kümmern? Das Verhalten des Freigelassenen, der als Beispiel in der *superstitio*-Partie geschildert wird, gehört zu den «Ausartungen der Frömmigkeit» (K./H.): Er bittet die Götter bei jeder Gelegenheit, ihn dem Tod zu entreißen (*me surpite morti*, 283). Will Horaz nicht auch bei seinen Göttern erreichen, daß sie ihn unsterblich machen – dadurch, daß sie seine Dichtung fördern, wie es ausdrücklich in der Ode 1,1 heißen wird? Seine Götter, das sind Oktavian und Maecenas, die er in der zu dieser Zeit entstandenen Satire 2,6 *deos* nennen läßt (52). Das war ein äußerst heikler Punkt, den Horaz ausklammerte, auf den er aber doch, sozusagen ex silentio, anspielte. Er brach das Gedicht ab, ehe es zu brenzlig wurde. Welch Spielen mit dem Feuer!

Lejay hat darauf aufmerksam gemacht, daß Horaz mit den vier Punkten der Stertinius-Rede nicht auf die üblichen vier Kardinal-Leidenschaften der Stoiker angespielt habe, und die Variation mit poetischen Gründen erklärt (377). Soll man nicht eher annehmen, daß Horaz solche Punkte auswählte, die auf sein eigenes Werk paßten? Und wenn er mit Varro in die Schranken getreten ist: Darf man nicht vermuten, daß er solche Punkte auswählte, die auch jener behandelt hatte? Mit Varros *Eumenides* hatte er nicht nur den der Satire zugrundeliegenden stoischen Grundsatz gemeinsam, sondern auch die einzelnen Punkte des Stertinius-Monologs. Nach Woytek wurden in den *Eumenides* die «Habgier» (*avaritia*!), der «Ehrgeiz» (*ambitio*!), die «Genußsucht und Völlerei» (*luxuria*?) und «vor allem aber der Aberglaube» (*superstitio*!) angeprangert (336). Der dritte Punkt dürfte bei beiden Autoren ähnlich gewesen sein, da im horazischen *luxuria*-Teil genug vom Schlemmen die Rede ist. Das heißt: Was bei Varro locker und wohl mit lehrhafter Tendenz vorgetragen wurde, feilte Horaz sorgsam aus und gab ihm einen doppelten Boden, indem er nicht nur Varro nicht ernstnahm, sondern nicht einmal sich selbst. Er ließ Stertinius munter die eigene Thematik des ersten Buchs parodieren und Damasippus am Schluß aussprechen, daß er selbst den von ihm angeprangerten Lastern bis zu einem gewissen Grad verfalle. Der Sohn eines Freigelassenen bewegte sich mit Souveränität im Reich des Geistes. Zu ihr gehörte die Selbstironie, die sich auch in den gleichzeitig entstehenden Epoden zeigt (S. 74–77).

Selbstironie

Von starker Selbstironie ist auch die Parallel-Satire 2,7 geprägt, der wiederum die Saturnalien-Situation zugrundeliegt: Davus, der eigene Sklave, hält Horaz eine Kapuzinerpredigt. R. A. Schröder meinte zu Recht, daß auch «diese komisch-ernsthafte Posse in jeder Einzelheit – vor allem auch in den Übertreibungen – die Hand des reifen Meisters» verrate. Wie in 2,3 gründet sich die witzige Argumentation auf einen paradox formulierten Satz der Stoiker, daß nämlich allein der Weise frei und jeder Tor Sklave sei; so kann auch der Sklave frei sein, wenn er weise ist, und der Freie Sklave, wenn er Tor ist. Toren sind aber alle, die sich inkonstant verhalten, indem sie einmal nach dem Rechten und ein andermal nach dem Falschen streben. Die Unbeständigkeit wird schlimmer gewertet als das konsequente Fehlen. Diese Weisheit hat Davus von dem Türhüter des aus dem ersten Buch wohlbekannten stoischen Sittenpredigers Crispinus gehört und wendet sie nun mehr oder weniger passend auf den Herrn an, nachdem ihn dieser provozierend gefragt hat (21–35):

‹Nun, Galgenstrick, wirst du dich bald erklären,
wem dies Gewäsche gilt?› ‹Wem sonst als dir?›
‹Wieso, Halunk?› ‹Du lobst die Sitten und
das Glück des guten alten Volks von ehmals,
und doch, wenn dich ein Gott auf einmal in
dies große Glück versetzen wollte, würdest du
dich sehr dafür bedanken: zum Beweis, daß du
nicht fühlst, daß jenes besser sei, was du
für besser ausrufst, oder weil es dir
an Stärke fehlt, dem Bessern treu zu bleiben;
kurz, weil du schon zu tief im Sumpfe steckst,
um dich herauszuziehn. Zu Rom, da ist
das ewige Gewimmer: ‹Wär' ich doch
auf meinem Gut!› Kaum bist du da, so tönts
schon wieder anders, und die Stadt wird himmelhoch
erhoben. Trifft sichs, daß du nirgends
geladen bist, da geht dir in der Welt
nichts über eine Schüssel Kohl: ‹Man bleibt
so hübsch gesund dabei und schläft so sanft!›
Wer dich so reden hörte, müßte denken,
du gingst zu einem Schmaus wie ins Gefängnis,
so freust du dich, so preisest du dich selig,
daß du heut nirgends zechen müssest! Aber laß
nur den Maecenas dich noch abends kurz vor Nacht
zur Tafel bitten, welch ein Aufruhr gleich
im Hause!›

Niemand – am wenigsten Horaz selbst – dürfte bezweifeln, daß Davus gleich dreimal ins Schwarze trifft. 1. Horaz lobe die gute alte Zeit, aber er möchte, wenn er es könnte, doch nicht in ihr leben. 2. Wenn er in Rom sei, lobe er das Land, wenn er auf dem Land sei, Rom. 3. Er lobe das einfache Essen, aber wenn Maecenas ihn zum Mahl lade, stürze er Hals über Kopf zu ihm (diesen letzten Punkt hat Wieland etwas umständlich und ungenau übersetzt). Den zweiten Vorwurf gibt Horaz Epist. 1,8,12 selbst zu, den dritten muß er anerkennen, da er regelmäßig bei Maecenas' Gastmählern verkehrt; und damit steht auch schon der erste als treffend fest. Aufgrund dieses Verhaltens erweist sich Horaz als Tor (*stultus*), ja als törichter (*stultior*, 42) denn der Sklave. In der Partie 46–74 tritt noch ein vierter Vorwurf hinzu, bei dem er als Sklave (*servus*) erscheint: Während Davus, der Sklave, sein Liebesbedürfnis in erlaubter Weise bei einem unverheirateten Mädchen stillt, unterstellt er seinem Herrn, er ziehe in unerlaubter Weise die verheiratete Frau vor, wobei es die bekannten Erniedrigungen gebe. Da das Horaz' sonstiger Auffassung, wie sie etwa in Satire 1,2 zum Ausdruck kommt (S. 93–94), widerspricht, ist er auch in dem vierten Punkt inkonsequent. Das stoische Paradoxon ist strikt auf Horaz angewendet worden: Er ist *conservus* (80) seines Sklaven, unfrei wie eine Marionette (82).

Wie in der Satire 2,3 parodiert sich Horaz selbst. Er ist weit davon entfernt, ein Moralpriester zu sein. Aber er ironisiert nicht nur sein Verhalten, sondern auch sein Werk. Der Bezug auf 1,2 wurde soeben festgestellt. Die Argumentation bei dem ersten Vorwurf, Horaz wolle nicht in der alten Zeit leben, auch wenn ihm ein Gott das gestattete, erinnert an den von ihm in der Programm-Satire des ersten Buchs erhobenen Generalvorwurf an die Menschen, sie seien mit ihrem Los unzufrieden, tauschten es aber nicht, wenn Jupiter es ihnen gestattete (S. 89). Als Prototyp der Inkonsequenz erschien schon Tigellius in 1,3 (S. 94). Damit sind die drei Moral-Satiren aufs Korn genommen. Ebenso wird die Satiren-Technik parodiert, wenn Horaz den Sklaven – wie sonst die fiktiven Interlokutoren ihn – zweimal fragt, worauf er hinauswolle (22 und 116). Besonders übermütig ist die Art, in welcher mehrfachen Brechung Horaz die ‹Wahrheit› an sich herantreten läßt. Wieland hat das schön gezeigt: «Wahrheit bleibt zwar immer Wahrheit, durch was für Media sie auch gehen mag: Aber von einem Sklaven an der halboffnen Türe des Hörsaals eines Crispins aufgeschnappt und einem andern Sklaven mitgeteilt, der sie an den Saturnalien halbbetrunken wieder von sich gibt, macht sie doch einen ganz andern Effekt, als wenn sie unmittelbar aus den ehrwürdigen Lippen eines Sokrates oder Epiktetus käme. Die Brechungen, die sie im Durchgange durch so viele Narrenschädel erleidet, sind einen Harlekinsrock und eine Schellenkappe wert.»

So nimmt sich der trotz allem innerlich freie Horaz wie in 2,3 selbst auf den Arm. Es ist ein in der Antike nahezu einmaliger Vorgang, daß ein Dichter in diesem Maß sein Wesen und Werk ironisiert. Zu Recht hat Heinze gesagt, wie sicher müsse Horaz seiner selbst gewesen sein, «daß er sich den Spaß erlauben konnte, ein solches mit dem groben Griffel des stoischen Eiferers gezeichnetes Zerrbild seiner Persönlichkeit den Lesern vorzuführen!» War es nicht vielleicht sogar ein Bild? Gewann sich Horaz nicht gerade damit die Herzen der Nachwelt?

Rückblick

Es dürfte deutlich geworden sein, daß das zweite Satiren-Buch Horaz in voller Meisterschaft zeigt, aufgrund deren er es vermocht hat, im Vergleich mit dem wirkungsvollen ersten Buch noch eine Steigerung zu erzielen. Was R. A. Schröder über die dritte Satire gesagt hat, trifft auf alle acht zu: Das Ganze schwimme «in der Luft einer Heiterkeit und eines Behagens, das an Übermut streift. Wir spüren das Aufatmen des Mannes, den soeben sein Fuß auf die Höhe seines Lebens getragen.» Stand im ersten Buch auf der literarischen Ebene die Auseinandersetzung mit Lucilius im Vordergrund, gilt Horaz' Interesse nunmehr Varro und den Varronianern seiner Zeit. Als weitere Thematik tritt die des überfeinerten und überladenen Essens hinzu. Aber Horaz ist kein alexandrinischer Dichter und kein Ovid, dem es Freude machte, auch die entlegensten Themen in gefällige Verse zu bringen. Vielmehr verfolgt seine Kritik eine doppelte Stoßrichtung: gegenüber der römischen Oberschicht und sicher auch gegenüber dem nicht weniger luxuriösen Maecenas. Damit wird die Auseinandersetzung mit dessen Kreis aus dem ersten Buch fortgesetzt. Besondere Sympathie erwirbt sich Horaz jedoch dadurch, daß er sich keineswegs aus dem Kreis der zu Kritisierenden ausnimmt. Die Satiren 3 und 7 führen bei der Gelegenheit der Saturnalien in indirekter Brechung, aber doch in aller Offenheit verschiedene seiner Schwächen vor. Es fällt auf, daß die Selbstkritik jeweils auf die ‹positive› Darlegung der eigenen Lebensweise in den Satiren 2 und 6 folgt. Im Fall von 6 und 7 hat das Wieland richtig gesehen: «Besorgte Horaz, sich in dem vorhergehenden Stücke in einem allzu vorteilhaften Lichte gezeigt zu haben?» Das trifft auch auf 2 und 3 zu, wenn der großartige Eindruck von Horaz' Alter ego Ofellus satirisch vom Tisch gewischt wird. Fraenkel hat auf Sellars Beobachtung hingewiesen (61), es sei für Horaz charakteristisch, daß er, wenn er im tiefsten Ernst spreche, sich selbst wieder zur Ordnung rufe und in die Stimmungslage zurückgleite, die er gewöhnlich der Gesellschaft gegenüber einnehme. Was sonst innerhalb eines Gedichts zu beobachten ist, gilt hier für die Stellung jeweils zweier Satiren. So folgt etwa auch auf die pathetischste Epode (16) der satirische Abgesang auf Canidia und den Dichter (17)! Überhaupt steht die Selbstironie der epodischen Zerrspiegel der der Satiren 3 und 7 nicht nach. Schließlich zeigt sich die Meisterschaft des zweiten Buchs darin, daß der Aufbau, wie schon Boll erkannte, ganz einfach ist. Es entsprechen einander die Satiren 1/5, 2/6, 3/7, 4/8. Mit dieser Klarheit im Formalen sowie der ‹positiven› Darlegung der eigenen Lebensweise in Teilen der Satiren 2 und 6 ist Horaz auf dem Weg zur Oden-Dichtung.

Dritter Teil (30–23 v. Chr.)
Höhe der Meisterschaft: Die ersten drei Oden-Bücher

8 Herkunft und Eigenart

Bei seinem Überblick über die griechische Dichtung, die er als erster in Rom aufgenommen habe, nennt Horaz in der Epistel 1,19 Archilochos für die Epoden und Alkaios für die Oden; dieser, in Rom noch unbekannt, sei es, den er als lateinischer Lyriker bekannt gemacht habe, *hunc ego, non alio dictum prius ore, Latinus / volgavi fidicen* (32–33). Am Ende der ersten Oden-Sammlung heißt es, man werde von ihm sagen, er habe als erster das ‹aiolische› Lied italischen Weisen angepaßt: *princeps Aeolium carmen ad Italos deduxisse modos* (3,30,13–14). Alkaios stammte aus Mytilene auf dem aiolischen Lesbos; seine Lebenszeit umspannte die Jahrzehnte vor und nach 600. Als Angehöriger der Adelsschicht war er in deren Kämpfe verwickelt und scharfer Gegner der nach der Alleinherrschaft strebenden ‹Tyrannen› wie Myrsilos und zeitweilig Pittakos; wohl zweimal war er verbannt. Seine Kampflieder trug er auf den Symposien der Schwurgenossenschaften, der Hetairien, vor. Durch sie wurde er berühmt. Daneben enthielten die zehn Bücher Lyrik, die die Alexandriner herausgaben, Götterhymnen, Liebesgedichte und Trinklieder. Alkaios' Zeitgenossin war die in Eresos geborene und wie er in Mytilene lebende Sappho, die aufgrund der politischen Wirren ebenfalls eine Zeitlang – auf Sizilien – im Exil leben mußte. Sie war verheiratet und hatte eine Tochter; wie manche vornehme Dame versammelte sie junge Mädchen zu einem Zirkel in ihrem Haus mit durchaus erzieherischer und bildender Absicht. Es gibt kein Anzeichen dafür, daß sie den späteren Klatsch verdiente. Die neun Bücher der Alexandriner enthielten Kultlieder, Abschiedsgedichte, Hochzeitslieder (Epithalamien) und monologische Gedichte, in denen Sappho in ungewöhnlicher Weise ihre Person und Situation reflektierte.

Horaz wird die beiden aus Lesbos stammenden Dichter während seines Studiums in Athen tiefer kennengelernt haben. Daß er Alkaios in ungleich größerem Maß zum Vorbild nahm als Sappho, dürfte daraus zu erklären sein, daß er sich ihm in den wirren Jahren, die dem kurzen athenischen Aufenthalt mit Kampf und Umhergetriebensein, mit Bürgerkrieg und Unsicherheit folgten, besonders verbunden fühlte. Von den 88 Oden der ersten Sammlung stehen 33 in der Alkaiischen, 22 in der Sapphischen Strophe – was für Horaz nicht nur im äußeren Sinn bedeutsam sein mochte, während wir heute den Unterschied nicht mehr recht wahrzunehmen vermögen. Ein Gedicht, das er auf seine Leier schrieb, nennt die Themen, die für Alkaios und eben auch für ihn selbst wichtig waren (1,32):

> Poscimus, si quid vacui sub umbra
> lusimus tecum, quod et hunc in annum
> vivat et pluris, age dic Latinum,
> barbite, carmen,
>
> Lesbio primum modulate civi,
> qui ferox bello tamen inter arma,
> sive iactatam religarat udo
> litore navim,
>
> Liberum et Musas Veneremque et illi
> semper haerentem puerum canebat
> et Lycum nigris oculis nigroque
> crine decorum.
>
> o decus Phoebi et dapibus supremi
> grata testudo Iovis, o laborum
> dulce lenimen mihi cumque salve
> rite vocanti.
>
> Ich rufe dich an, hab' ich je im Schatten
> sorgenfrei mit dir ein Lied versucht, das jetzt
> und nach Jahren noch lebt, so beginne, meine Leier,
> römischen Gesang!
>
> Dich rührte zuerst der lesbische Sänger,
> der, ein furchtbarer Krieger, doch unter dem Waffentumulte
> und wenn das umhergejagte Schiff am nassen Strande
> festgebunden lag,
>
> den Bacchus sang und die Musen und die Venus
> und den Knaben, der ihr zur Seite geht,
> und den Lykus mit schönen schwarzen Augen
> und schwarzem Haar!
>
> O Schmuck des Phoebus, Freude des hohen Zeus
> beim Göttermahle, holde Laute, Trösterin
> im Leide, sei mir willkommen,
> sooft ich dir flehe!

Der Anfang der dritten Strophe nennt drei urhorazische Themen: Wein, Kunst und Liebe. In ihnen treffen sich der frühgriechische und der römische Lyriker. Es war bereits die Epode 13 als ein ‹alkaiisches› Lied betrachtet worden (S. 82–84), in dem die tröstende Verbindung von Wein und Gesang, also von Wein und Kunst, begegnete. Auch diese Ode ist ein Preis der Kunst. Daß Liebe Horaz' drittes bedeutendes Thema ist, wird noch deutlich werden. Es fällt auf, daß in 1,32 Alkaios' Kampflieder unerwähnt bleiben. Offenbar betrachtete sie Horaz nicht als Vorbild. Er hat sie aber an anderer Stelle hervorgehoben. 2,13 fingiert die Situation, daß der Dichter, einem stürzenden Baum mit Not entkommen, beinahe die Unterwelt und in ihr Sappho und Alkaios gesehen hätte (21–32):

> Bald sah ich es, das Reich der schwarzen Proserpina,
> den Richter Aiakos,
> der Frommen abgeschiedne Wohnungen
> und die Sappho, die auf aiolischen Saiten
>
> die lesbischen Mädchen verklagt,
> und dich, Alkaios, singend zur goldnen
> Laute, in vollern Tönen, der Schiffahrt,
> der Flucht, des Krieges Ungemach.
>
> Beider Gesang, heiliger Stille wert,
> bewundern die Schatten; aber gieriger trinkt noch
> das Ohr zusammengedrängter Scharen
> die Schlachten und verjagten Tyrannen.

Es wird im nächsten Kapitel zu zeigen sein, daß Horaz wie Alkaios auch politische Themen in die Oden-Dichtung einführte: die Sorge um den Staat im Bild eines gefährdeten Schiffs (1,14) und den Triumph über Kleopatra, die nach der Herrschaft über Rom gegriffen hatte (1,37). Damit folgte er Alkaios auch in dieser Hinsicht nach. Daß er in 2,13 nur die Kampfthematik herausstellte, hatte den einfachen Grund, daß er den ‹männlichen› Alkaios von der ‹klagenden› Sappho abheben wollte; schon die folgende Ode 2,14 hat den Duktus eines alkaiischen Trinklieds (S. 208–209).

Es könnte aber Absicht sein, daß Horaz in 1,32 den politischen Stoff übergangen hat: Alkaios kämpfte auf diesem Gebiet ‹gegen› etwas, Horaz jedoch hätte seit dem Jahr 30 höchstens Anlaß gehabt, ‹für› etwas zu kämpfen. Das aber wäre ganz ‹unalkaiisch› gewesen. Überhaupt scheint Horaz selbst die vergleichsweise geringe politische Thematik der Oden-Dichtung nicht als charakteristisch empfunden zu haben, denn er hat diese öfter als sympotisch-erotisch definiert. Ganz abgesehen davon, daß der Politiker in der Programm-Ode 1,1 denkbar schlecht und der Wein und Otium liebende Dichter denkbar gut wegkommt (S. 226–229): Das erste ‹apologetische› Carmen der Sammlung, 1,6, spricht in der letzten Strophe den Stoff der Oden eindeutig als sympotisch-erotisch an. Es gehört zu dem in der augusteischen Zeit beliebten Typus der Recusatio, in der die Autoren politische Auftragsdichtung ‹zurückweisen›. Der Feldherr Agrippa hatte einen entsprechenden Wunsch an Horaz herangetragen oder herantragen lassen, und dieser empfiehlt für die epische Verherrlichung den berühmten Varius Rufus, der sich durch maionische (= homerische) Dichtung und die panegyrische Tragödie *Thyestes* (in der Pelops' Haus eine Rolle spielt) einschlägig ausgewiesen habe:

Mag Varius, der Sänger maionischer Lieder,
in dir den Helden, in dir den Sieger erheben
und singen jede Tat, welche, von dir geführt, der mutige Krieger
auf dem Schiff und auf dem Rosse vollbrachte;

ich, mein Agrippa, kann das nicht singen,
nicht des unbiegsamen Peliden wütenden Zorn,
nicht des verschlagnen Ulysses Fahrt durchs Meer
noch Pelops' bluttrunkenes Geschlecht.

Das wag' ich nicht, für diese Höhe zu klein!
Meine verschämte Muse, nur mächtig der friedsamen Leier,
verbeut mirs, des einzigen Caesars
Glorie und dein Lob durch matte Lieder zu schwächen.

Wer mag den Mars im diamantenen Harnisch
würdig besingen? Wer den Merion,
schwarz vom troischen Staube, oder den Tydides,
durch Pallas' Beistand den Unsterblichen gleich?

Ich singe die Mahle der Freude, ich die Kämpfe der Jünglinge
und Mädchen, die mit stumpfen Nägeln sich wehren.
Mag ich ohne Liebe sein, mag mich die Lieb' entflammen:
Immer bin ich der scherzende Sänger.

Diese Ode, die das Genos als sympotisch-erotisch bestimmt, ist selbst nicht sympotisch-erotischer Art, aber sie behandelt das dritte der in 1,32,9 genannten alkaiischen Themen: die Kunst. Auf jeden Fall wird der Preis politischer Leistungen zurückgewiesen, und zwar im Hinblick nicht nur auf Agrippa, sondern auch gleich auf Oktavian: Horaz will von vornherein klarstellen, daß sich in seiner Sicht Panegyrik und Oden-Dichtung ausschließen. Diesem Grundsatz ist er in den ersten drei Büchern treu geblieben.

Wägt man die sympotische gegen die erotische Thematik ab, wird man beiden dasselbe Gewicht zuerkennen. 3,26 ist ein Gedicht, in dem Horaz bekennt, bis vor kurzem bei den Frauen Erfolg gehabt zu haben; nun aber wolle er seine ausgediente Leier und die Waffen, mit denen er sich bei den Geliebten gewaltsam Einlaß verschaffte, im Venus-Tempel niederlegen. Dann folgt eine überraschende Wendung: Die Göttin möge mit einem Schlag ihrer Geißel Chloes Trotz brechen und sie einem anderen in die Arme treiben, der ihre Liebe nicht erwidert (Jones 82). Heinze hat bemerkt, die Stellung des Gedichts gegen Schluß der Sammlung besage, daß wir es als Abschied von der erotischen Dichtung fassen sollen – was nur heißen kann: von der Oden-Dichtung. Hier ist das (selbstverständliche) sympotische Element nicht erwähnt.

Horaz betrachtete im Jahr 23 seine lyrische Dichtung als abgeschlossen. Danach wandte er sich den Episteln zu. In der ersten berichtet er, Maecenas habe ihn zum Dichten von Oden zurückzuführen versucht

(S. 237). Doch passe dazu sein Alter und sein Denken nicht mehr, *non eadem est aetas, non mens* (4). Deshalb lege er Poesie und die übrigen Tändeleien beiseite, *nunc itaque et versus et cetera ludicra pono* (10). Deutlicher konnte Horaz nicht sagen, daß die Oden-Dichtung einer bestimmten Altersstufe zugehört – was selbstverständlich nur dann Sinn hat, wenn sie in der Hauptsache erotisch-sympotischen Charakter hat. Freilich hatte Maecenas vor allem politische Lyrik erhofft – die ja altersunabhängig ist –, aber solche in panegyrischem Sinn hatte Horaz bisher nicht geschrieben. Somit dürfte das Selbstverständnis des Dichters hinsichtlich seiner Oden-Dichtung klar sein: Er besang wie sein Vorbild Alkaios *Liberum et Musas Veneremque* (1,32,9), Wein und Liebe, und indem er so seine Haltung definierte, definierte er zugleich seine Kunst.

Es gibt eine interessante Parallele in der Neuzeit dafür, daß ein Dichter den Charakter seiner Oden-Dichtung nach der vorherrschenden Richtung als im allgemeinen erotisch empfunden hat, obgleich er auch andere Themen behandelte. So schrieb Klopstock am 25. Juli 1748 an Johann Adolf Schlegel (1721–1793): «Das muß ich Ihnen noch sagen, *librum primum Odarum* hab ich fertig, wenn mich mein Mädchen noch lieben sollte, mache ich gewiß noch *libros Odarum tres et unum Epodõn*.» Der Bezug auf Horaz liegt klar zutage.

Begreift Horaz sich in seinem Selbstverständnis als Alkaios' Nachfolger und seine Lyrik als vornehmlich erotisch-sympotischer Art, so ist nicht zu übersehen, daß er sich auch anderen griechischen Dichtern angeschlossen hat. Sappho wurde schon genannt. Pindar hat er hoch geschätzt, doch lagen ihm dessen preisende Themen zunächst fern, wenn man von Carm. 1,12 und 3,4 absieht. Auch war es formal problematisch, dessen Gliederung der Chorlyrik nach Triaden in die monostrophische Gestalt der Ode zu übertragen. Aber die persönliche Aussage eines Anakreon aus dem sechsten Jahrhundert und in besonderem Maß die reich blühende Epigrammatik der hellenistischen Zeit haben Horaz zur Übernahme zahlreicher Motive angeregt. Vor allem geht die ausgefeilte Technik seiner Oden auf die alexandrinische Kunstgesinnung zurück, die seit den Neoterikern eine Generation zuvor in Rom Fuß gefaßt hatte. So wie er die Satiren im Vergleich zu Lucilius seinem strengen Formsinn unterwarf, gilt das für die Oden-Dichtung. Ihr ist in größtem Umfang die ‹Arbeit der Feile›, der *limae labor*, zugute gekommen, den Horaz so nachdrücklich den römischen Dichtern zur Auflage gemacht hat (Ars 291). Von hier aus wird Mörikes Urteil über die Oden und Epoden verständlich, das er seiner Horaz-Übersetzung voranstellte: Sie empfehlen sich «durch ihren oft feierlichen Ernst, überraschende Kühnheit des Ausdrucks und sinnschwere Kürze sowie durch einen höchst kunstreichen Organismus des Verses [...]. Sie sind wie prächtige, aus starrem Erz getriebene Gebilde

mit sorgfältiger Ornamentierung.» R. A. Schröder charakterisierte die Oden noch eindrücklicher: «Das teils unsäglich kunstvolle Versbild scheint aus Quaderblöcken nebeneinander, übereinander, ineinander geschichtet und freilich derart befestigt, daß aus ihrer Verschmelzung ein nach allen Seiten hin funkelnder Kristall hervorgegangen dünkt.»
War Horaz auf der einen Seite Motiven seiner griechischen Vorbilder verpflichtet und hat er auf der anderen sein Augenmerk auf die formale Durchgestaltung im einzelnen gerichtet, ist es zu verstehen, daß immer wieder die Einheit der Oden bestritten worden ist. Man wünschte, daß ein Motiv nach allen Richtungen hin konsequent ausgestaltet, möglichst eine Handlung dargestellt würde, die des Dichters Denken erkennen ließe. Dafür hatte man oft genug nur Einzelteile in der Hand. Worin liegt die Einheit der horazischen Ode? Statt einer Darstellung der Diskussion durch Heinze, Reitzenstein, Heinimann, Waszink, Haffter oder Staiger möge das ein Beispiel verdeutlichen, die Ode 1,9, die von einem Blick auf den Gipfel des winterlichen Soracte ausgeht, eines etwa 45 km nördlich von Rom gelegenen Bergs, der weithin sichtbar ist und im Lauf der Zeit von manchem Freund dieses Gedichts bestiegen wurde:

Siehe, wie dort im tiefen Schnee blendend
Soracte steht, wie der seufzende Wald
seiner Bürde erliegt,
siehe die Flüsse vom Froste starr!

Häufe Holz auf dem Herde,
verjage den Frost, Thaliarch.
Reichlicher ström' aus sabinischem Fasse
dein vierjähriger Wein.

Das Übrige vertraue den Göttern!
Haben sie auf wildem Meere der Stürme
Kampf gehemmt: Dann bebt keine Zypresse,
keine bejahrte Esche bebt dann!

Was morgen geschehn wird, kümmre dich nicht.
Jeder Tag sei dir Gewinn, den das Verhängnis dir schenkt.
Verschmähe die Freuden der Liebe,
verschmäh, o Jüngling, den Reihentanz nicht,

da noch das mürrische Alter dein Jugendhaar nicht bleicht.
Auf dann, besuche das Marsfeld und die weiten Plätze
und zur versprochenen Stunde der Nacht
das flüsternde Liebeskosen.

Dort wird dir willkommnes Lachen
dein verborgenes Mädchen im innersten Winkel verraten;
dem Arme raubst du dann ein Pfand,
ein Pfand dem falsch sich sträubenden Finger.

Der Anfang erinnert an ein Alkaios-Gedicht (338), dessen erhaltene Verse M. Treu so übersetzt hat:

> Der Himmel regnet, Sturm schickt uns Zeus herab,
> zu Eis erstarrt vor Frost ist der Flüsse Lauf,
> ....
> ....
> Vertreib die Kälte, schüre das Feuer nach,
> und geiz nicht, wenn du heute den Trunk mir mischst
> von süßem Wein, und in den Nacken
> lege mir, Knabe, ein weiches Kissen.

«Hübsche Verse, aber noch kein Gedicht», sagte Wilamowitz (311). Das Ende läßt an ein Frühlingsbild denken, in dem die jungen Leute, wie in hellenistischen Epigrammen beschrieben, scherzen. Wie paßt das zusammen? Unbeeindruckt von der älteren Diskussion bestritt Fraenkel die Einheit der Ode. Der Schluß setze eine völlig andere Jahreszeit voraus als den strengen Winter des Anfangs; diese Inkongruenz könne kein apologisierendes Interpretations-Kunststück beseitigen. Der ‹hellenistische› Schluß und der ‹alkaiische› Anfang seien nicht zu einer Einheit zusammengewachsen (177). Ähnlich hatte schon Pasquali geurteilt. Dagegen hat Pöschl eingewendet, der Schluß behalte das Winterbild bei; auf den Plätzen solle Sport getrieben werden. Fußball könne man auch im Winter spielen, und auch im Winter könne man sich der Liebe hingeben, wenngleich nicht auf öffentlichen Plätzen (43). In der Tat steht das ‹dort›, mit dem die letzte Strophe in Herzliebs Übersetzung beginnt, nicht bei Horaz. Aber es ist wenig wahrscheinlich, daß das Marsfeld hier nicht ein «Ort geselliger Unterhaltung» und die Plätze hier nicht, «wie heute die *piazza* italienischer Städte, die Sammelpunkte der Müßiggänger, wo man Bekannte trifft und Bekanntschaften anknüpft», sind (K./H.). Hat Pöschl die Jahreszeit durchgehend als dieselbe erweisen wollen, haben Nisbet und Hubbard umgekehrt gemeint, Horaz bekunde nicht «to describe something that really happened, or represent his emotions on any particular occasion. Rather he is weaving together varied strands from reading and experience; and though he does not describe life directly, he gives hints of sensitive and convincing attitudes.» So blutleer pflegt Horaz' Oden-Dichtung nicht zu sein. Vielmehr wird wie so oft eine reale Symposions-Szene anzunehmen sein. Es ist Winter, und vor dem Anbruch der Dunkelheit ist noch der Berg Soracte zu sehen. Horaz fordert den ‹Vorsitzenden›, dem er im Zusammenhang mit dem Alkaios-Bild einen sprechenden griechischen Namen (‹der Festfreude Führer›) gibt, auf, – als Wirt (K./H.) – für Wärme und Wein zu sorgen. Alles andere möge er den Göttern überlassen, deren Allmacht sich darin zeige, daß sie Sturm zu Stille wandeln können (K./H.). Nach der Zukunft solle er

nicht fragen und, solange er jung sei, die Liebesfreuden, die das Leben biete, genießen. Es sind die beiden Hauptthemen der Oden: Symposion und Liebe. Beides kann zusammengehen, braucht es aber nicht. Horaz gibt dem jungen ‹Vorsitzenden›, der wohl der Gastgeber ist, angesichts des sich neigenden unwirtlichen Wintertags den Rat, mit seinen Freunden gehörig zu feiern. Man wisse nicht, was die Zukunft bringe. Die Situation ist vollkommen identisch mit der der Epode 13, wo man sich ebenfalls mit Wein über die Unsicherheit der Zukunft hinwegtröstet (S. 82–84). Horaz sagt in den letzten beiden Strophen zweimal, ‹jetzt› (*nunc*) solle der Liebe – im Freien – genossen werden. Aber das heißt nicht, daß ‹jetzt› auf einmal Frühling sei, sondern: ‹Jetzt›, wo der Angesprochene und seine Freunde noch jung seien, sollten sie sich nicht um die Zukunft sorgen, sondern sich der Liebe freuen – und deren bevorzugte Jahreszeit ist der Frühling. *nunc* bezeichnet nicht den Tag, an dem das Gedicht ‹spielt›, sondern das Lebensalter. Da besteht kein Widerspruch. Epode 13 und Ode 1,9 lehren, daß Horaz sowohl das Symposion als auch die Liebe nur einer bestimmten Altersstufe für angemessen hielt. Es wird so verständlich, daß er nach 23, als er 42 Jahre alt war, nicht mehr zu der – sympotisch-erotischen – Oden-Dichtung zurückkehren wollte.
Das Beispiel der Soracte-Ode hat deutlich gemacht, daß es sich bei Horaz um Gedanken-Lyrik handelt, um bewußt gestaltete Reflexionen über das menschliche Dasein. Es ist nicht verwunderlich, daß sie einen Romantiker wie Lord Byron (1788–1824) nicht ansprach und er in *Childe Harold's Pilgrimage* seinem Helden nach dessen Besuch des Soracte wohl eigene Gedanken in den Mund legte (Waszink 195). Stanza 77 des 1818 entstandenen vierten Canto lautet:

> Then farewell, Horace: whom I hated so,
> not for thy faults, but mine; it is a curse
> to *understand*, not *feel* thy lyric flow,
> to *comprehend*, but never *love* thy verse,
> although no deeper Moralist rehearse
> our little life, nor Bard prescribe his art,
> nor livelier Satirist the conscience pierce,
> awakening without wounding the touch'd heart,
> yet fare thee well – upon Soracte's ridge we part.

Verständig ist Herders Charakterisierung der horazischen Ode in dem nachgelassenen Entwurf *Von der Ode*, der 1764/65 entstand. Von seinem ‹Lieblinge› Horaz heißt es da, bei ihm sei die Ode noch «sehr voll Handlung; man sieht ihm oft die Kunst an, sie dramatisch zu machen; jede bleibt ein regelmäßiges Ganze; aber kurz, Horaz entzückt uns selten an seinem Gegenstand, sondern gemeiniglich lockt er uns davon; wir vergessen jenen und sehen den Dichter. [...] Horaz schwingt sich gemeiniglich auf und verschwindet oben in Sittenlehren [...]; er ward ein Odendichter *seiner Zeit*. In ihr nahm nach der natürlichen Folge der Seelenkräfte die Natur ab und wurde Kunst». Die Bedeutung und der Zusammenhang von Sittenlehre und Kunst sind wohl richtig gesehen.

1923 hat Heinze zu Recht den ‹Ansprachecharakter› der horazischen Oden herausgestellt; die angeredeten Personen seien durchweg Menschen aus des Dichters Umgebung oder sollten doch als solche aufgefaßt werden. Von wenigen Ausnahmen abgesehen, werde der Leser darauf geführt, überall eine ‹wirkliche Anwesenheit› des Angeredeten anzunehmen; es werde nicht die Empfindung geweckt, als ob der einsam sinnende Dichter eines Abwesenden so innig gedächte, daß er ihn nur wie gegenwärtig sehe. Zweck der Ansprache sei niemals bloße Mitteilung; entweder solle des anderen Wille bestimmt oder aber eine von dem anderen gestellte Forderung abgewehrt werden. Ganz selten äußere der Dichter seinen Willen positiv. Der voluntaristische Zug der horazischen Ode sei ein Erbe des Ansprachecharakters des griechischen Einzellieds, besonders des der frühen Zeit. Diese Herleitung ist einleuchtend. Insofern ist Horaz in den Oden ein echter Nachfahre von Alkaios, wie er es in den Epoden von Archilochos war. Heinzes treffliche Beobachtungen konnten ein Jahr später durch Reitzenstein nur in einigen Punkten relativiert, nicht aber erschüttert werden. In einer Hinsicht ist es jedoch möglich, über Heinze hinauszugehen. Er hielt es für Fiktion, daß in der horazischen Ode der Dichter dem Angeredeten gegenüberstehe und auf ihn wirken wolle; dieser habe den Zeitgenossen zugemutet, sich in die so fremd anmutenden Bräuche der Symposien eines Alkaios und Anakreon zurückzuversetzen. Es war schon bei der Untersuchung der Satiren deutlich geworden, daß manche nur dann die volle Wirkung erzielten, wenn Horaz sie im Kreis der Freunde oder bei Maecenas bekannt machte, wo man über die Hintergründe, die uns zuweilen nicht faßbar sind, Bescheid wußte. So gewinnen auch viele Oden erst Leben, ja werden erst dann voll verständlich, wenn man sich klarmacht, daß sie vor einem bestimmten Publikum vorgetragen wurden. Horaz wollte in vielen Fällen mit der Rezitation vor dem Adressaten und dessen Umgebung etwas erreichen. So wird man annehmen dürfen, daß er die schon betrachtete Recusatio 1,6 Agrippa nicht nur privat zuschickte oder gar erst mit der ganzen Sammlung im Jahr 23 veröffentlichte, sondern sie ihm vor einem größeren Kreis persönlich vortrug, damit in der ‹Öffentlichkeit› von vornherein klargestellt wurde, daß der Übergang zur Oden-Dichtung nicht einen Übergang zu panegyrischen Formen bedeute. Da er in diesem Gedicht scheinbar nebenbei auch die Verherrlichung von Oktavians Taten zurückwies, sprach er zugleich einen viel wichtigeren Adressaten an. Er wirkte damit nicht nur auf diese beiden ein, sondern legte auch sich selbst vor einem aufmerksamen Publikum hinsichtlich seiner künstlerischen Pläne fest. So sind viele Oden aus einer bestimmten Situation heraus in eine bestimmte Situation hinein gesprochen. Ihre Verbannung zwischen zwei Buchdeckel in der modernen Zeit nimmt ihnen manches von ihrer unmittelbaren Wirkung.

9 Am Beginn des Prinzipats

Die Wende

Wenn Horaz auch nicht daran dachte, ein politischer Dichter zu werden, konnte und wollte er doch nicht an dem seit Jahrzehnten wichtigsten innenpolitischen Ereignis vorbeigehen. 31 war das Jahr der Wende: Oktavian besiegte in der Seeschlacht bei Aktium vor der westgriechischen Küste den Rivalen Antonius, der von Ägypten aus nach der Herrschaft in Rom gegriffen hatte. Es ist nicht unwahrscheinlich, daß Horaz selbst an dem Feldzug teilgenommen hat (S. 67). Wenn das der Fall war, wird er bald darauf nach Rom zurückgekehrt sein. Oktavian blieb dagegen noch bis Mitte 29 im Osten, um diesen neu zu ordnen. Vom 13.–15. August feierte er einen dreifachen Triumph in Rom. Anläßlich dieser Feier hatte er einen der herausragenden Dichter Roms, Lucius Varius Rufus, beauftragt, ein Festspiel zu schreiben: Die – verlorene – Tragödie *Thyestes*, die einen großen Erfolg hatte, verherrlichte die Beilegung des Bruderkampfs des römischen Volks oder auch nur der verfeindeten ‹Brüder› Oktavian und Antonius. Vergil las dem zuvor im kampanischen Atella zur Kur weilenden Herrscher – gemeinsam mit Maecenas – an vier aufeinander folgenden Tagen die *Georgica* vor, in denen seiner in würdiger Weise Erwähnung getan wurde. Es war klar, daß man auch von Horaz einen entsprechenden Beitrag erwartete. Zu sehr hatte er sich bei den unpolitischen Satiren aufgehalten, in 2,1 gar einen – wenn auch eleganten – Rückzieher gemacht (S. 114). Es ist in der Forschung umstritten, ob Horaz schon während der dreißiger Jahre Oden schrieb. Die Epoden hatten gezeigt, daß er, zumal im Anschluß an sein wichtigstes Vorbild, Alkaios, auf dem Weg zu ihnen war (S. 83–84). So hat man vielfach die allegorische Ode 1,14, in der der Staat mit einem Schiff verglichen wird, zwischen 35 und 33 (K./H.; Fraenkel) oder 33 und 30 (Wili 117) datiert. Wenn das Gedicht erst 29 entstanden sein sollte (vgl. N./H.), zeigte sich, daß Horaz die Bedrohungen als nicht überwunden ansah.

O Schiff, sollen schon wieder die Fluten zum Meer hin
dich tragen? Ach, was beginnst du! Behaupte dich standhaft
im Hafen! Siehest du nicht
von Rudern beide Seiten entblößt,

nicht verwundet den Mast durch des Africus Wut?
Hörest nicht deine Stangen erseufzen? Mag, seiner Seile beraubt,
der Kiel des Meeres
Übermut bestehn?

Deine Segel zerrissen!
Ohne Götter, deren Schutz du dir bei neuen Gefahren erflehtest!
Wohl bist du die Tanne des Pontus,
Tochter des stolzen Waldes;

aber du trotzest auf Stamm und Namen umsonst!
Nie traute dem bunten Spiegel der scheue Seemann!
Drum hüte dich,
ein Spiel der Stürme zu werden,

o du, vormals mein inniger Kummer,
jetzt meine Lieb' und meine zärtlichste Sorge,
meide die schimmernden
meerumfloßnen Kykladen.

Horaz bekam die Anregung zu dem Bild durch Alkaios, von dem zwei Gedichte vergleichbaren Inhalts fragmentarisch überliefert sind (6 und 326), darunter das Wort ‹Monarchie›, das nahelegt, daß mindestens eines allegorisch gemeint war. Schon in der Antike deutete man Alkaios und Horaz in diesem Sinn. Für den letzten weisen V. 17–18 auf die übertragene Bedeutung hin, da es kaum verständlich wäre, wollte Horaz zu einem realen Schiff sagen, es habe ihm kürzlich Verdruß bereitet, nun aber sei es wieder Gegenstand seines Wünschens und seiner (Für)Sorge. In der Neuzeit hat man daran Anstoß genommen, daß Horaz nirgends die Allegorie auflöse, und diese daher bestritten: Horaz oder Oktavian befänden sich selbst auf dem sturmgefährdeten Schiff. Aber das ist wenig wahrscheinlich; noch weniger wahrscheinlich ist es, die Allegorie zwar anzuerkennen, sie aber auf eine Hetäre zu beziehen (Anderson). Ob das Gedicht gelungen sei (worüber sich selbst Horaz' Verehrer nicht einig sind), soll in diesem Zusammenhang nicht untersucht, sondern nur festgestellt werden, daß Horaz weder vor Aktium noch unmittelbar danach die politische Lage ohne Sorgen betrachtet hat. Schließlich hatte Maecenas noch 30 eine offenbar weitverzweigte Verschwörung durch M. Aemilius Lepidus, den Sohn des kaltgestellten Triumvirn von 43, aufgedeckt (Kienast 66). Politisch wird das Gedicht zu deuten sein, auch wenn es eine «Warnung der betroffenen Leser und betroffene Sorge um sie in neuer Gefahr» ausdrückt (E. A. Schmidt).
Mit Sicherheit gibt es unter den horazischen Oden eine unmittelbare Reaktion auf Aktium, die Kleopatra-Ode 1,37, die den Selbstmord der Königin im August 30 voraussetzt. Nicht lange danach wird sie entstanden sein.

Nun laßt uns trinken, ihr Brüder, laßt uns mit freiem Fuße
schlagen die Erde! Nun ist es Zeit,
mit Saliarischen Mahlen
die Tafel der Götter zu schmücken.
Ehedessen wars Frevel, den Caecuber
aus dem Gewölbe der Urväter hervorzuholen,
denn da bereitete die Wut der Königin
dem Kapitol Ruin, dem Reiche Untergang.
Mit einem Heere schändlich Verstümmelter
hoffte die Rasende alles,
berauscht vom schmeichelnden Glück.
Aber daß kaum ein Schiff den Flammen entronnen,
beschränkte ihren sinnlosen Stolz;
die Bilder des Schreckens, vom Mareotischen Weine erzeuget,
wandelte Caesar bald in wahren Schrecken um.
Von Italien aus verfolgte er schnell rudernd
die Fliehende (so verfolgt der Habicht
die zitternde Taube, so der Jäger den Hasen
in Hämoniens beschneiten Tälern),
daß er in Ketten schmiedete
das furchtbare Ungeheuer! Aber die Königin
suchte rühmlichern Tod und erbebte nicht weibisch
dem Schwerte, suchte nicht auf schneller Flotte
Schutz am entlegenen Gestade.
Sie wagte es, mit heiterem Angesicht
die gesunkene Königsstadt wiederzusehen. Mutig ergriff sie
die wilden Schlangen, sich zu füllen
mit ihrem tötenden Gifte.
Größer noch, weil sie den Tod erwählte,
gönnte sie nicht liburnischen Schiffen die Ehre,
grausam von ihnen, nicht Königin mehr,
zum glänzenden Triumphe getragen zu werden: kein niederes Weib.

R. A. Schröder nannte die Ode das «schönste Zeitgedicht, das die Welt kennt; zugleich ein klassisches Beispiel für die Kunst, mit der Horaz im engsten Raum einen reichen, gleichsam nach allen Seiten hin plastisch durchgearbeiteten Weltgehalt unterzubringen weiß» (WzH 49). Man wird dieses Urteil gern aufnehmen und skeptisch gegenüber Versuchen sein, von einem «politischen Auftragsgedicht» zu sprechen, «in das propagandistische Elemente reichlich, für unser Gefühl zu reichlich, eingeflossen» seien (Pöschl 111). Gewiß, Caesar Oktavian steht als Sieger genau in der Mitte der Ode, im sechzehnten von 32 Versen, und die Wendung, daß er mit seinen Rudern Kleopatra ‹bedränge›, verschleiert die Tatsache, daß er ihr nicht persönlich folgte: Aber daß Horaz wie die meisten Römer glücklich über diesen Sieg war, der das Ende der Bürgerkriege bedeutete, steht außer Frage. Er war in diesem Zeitgedicht ganz aufrichtig. Man sollte jedoch das Paradox würdigen, daß die Ode mindestens so sehr wie Oktavians Kleopatras Größe preist. Sie wird nicht als kalte Verbrecherin, sondern als verblendet und trunken vom Glück gezeichnet. Daß auf sie der Begriff Furor (Rasen) angewendet wird, rückt Horaz' Konzeption in die Nähe derjenigen Vergils, der Aeneas' Erzfeind Turnus in der *Aeneis* ebenfalls nicht als Verbrecher, sondern als einen vom Furor Verblendeten dargestellt hat. Kleopatra erhebt sich am Schluß der Ode zu einsamer Größe, die mit Haltung den Untergang hinnimmt und, es ablehnend, im römischen Triumphzug mitgeführt zu werden, gefaßt in den Tod geht. Obwohl sie damit Oktavians Pläne durchkreuzte und seinen Unwillen hervorrief, wie Plutarch Ant. 86 berichtet, bewunderte er doch ihren hohen Sinn. «The magnanimity with which the defeated queen is extolled [...] springs from that deep respect for dignity in man's behaviour which the Greeks, though they did not, of course, always practise it, at any rate held up to themselves as an ideal» (Fraenkel 160). Hier ist Horaz' Menschlichkeit von römischer Propaganda weit entfernt. Trotzdem wird Oktavian – zu Recht – erfreut gewesen sein, wenn der Dichter diese Ode vor Freunden vortrug. Daß dieses in Maecenas' Haus vor sich ging, mag man daraus schließen, daß Horaz in der zweiten Aktium-Epode (9) Maecenas ‹fragte›, wann es endlich erlaubt sein werde, den – kostbaren – Caecuber-Wein hervorzuholen und den Sieg zu feiern (S. 68), und diese Situation nun eingetreten ist, worauf die zweite Strophe wörtlich anspielt. Beide Gedichte verhalten sich wie Frage und Antwort zueinander. Noch ein zweites sollte dieser ‹offizielle› Anlaß deutlich machen: Der Anfang der Ode ist nach einem berühmten Gedicht von Alkaios gestaltet, in dem Myrsilos', des Tyrannen von Mytilene, Tod – offenbar derb – gefeiert wurde (332). So stellte sich Horaz in dem Kreis, in dem vielleicht auch Oktavian anwesend war, sozusagen offiziell als römischer Alkaios vor.

Römer-Oden

Wenn man die nicht chronologisch angeordneten Gedichte der Bücher 1–3 danach mustert, welche von ihnen Horaz in der Zeit nach der Wende geschrieben haben könnte, wird man sich am ehesten auf die sogenannten Römer-Oden 3,1 – 3,6 verwiesen sehen. Dieser Name hat sich seit dem vergangenen Jahrhundert eingebürgert, da die zwischen 29 und 27 entstandenen Gedichte offensichtlich einen Zyklus bilden. Auch sie stehen in der Alkaiischen Strophe. 3,6 gilt als das älteste Gedicht, das die einen (unter ihnen Heinze) auf 29, die anderen (unter ihnen Fraenkel) auf 28 datieren; 3,3 und 3,5 können nicht vor 27 entstanden sein, da in ihnen der Oktavian im Januar dieses Jahrs verliehene Ehrentitel Augustus begegnet. Die Datierung der anderen Gedichte ist unsicher.

In 3,6 sagt Horaz, der Römer werde unschuldig die Verfehlungen der Vorfahren büßen, solange er nicht die verfallenen Tempel wiederherstelle. Da Augustus in seinem Tatenbericht bezeugt, er habe 28 *duo et octoginta templa*, 82 Tempel, restauriert, muß die Ode davor entstanden sein. Aber sie handelt nicht vom Tempelverfall; dieser ist nur ein Symptom für den Verfall der Religion, und dieser wiederum wird Hand in Hand mit einem Verfall der Sitten gesehen, wie die Strophen 5–7 ausmalen:

> An Lastern fruchtbar hat erst diese Zeit
> das Ehebett befleckt, Stamm und Geschlecht:
> Aus dieser Quell' ergoß Verderben sich
> auf Vaterland und Volk.
>
> Begierig lernt und früh die Tänze Joniens
> das Mädchen, wird geübt in jeder Buhlerkunst
> und sinnt auf Freuden unerlaubter Lust,
> wenn weich noch sind des Kindes Nägel.
>
> Bald sucht sie bei des Gatten Weingelage
> sich jüngre Buhlen aus; da wählt sie nicht,
> wem sie verstohlen bei den ausgelöschten Kerzen
> verbotne Freuden schenke.

Wer meint, Horaz wolle nur Oktavians Tempel-Restauration und Familien-Reform den Weg bereiten, verkennt den denkbar pessimistischen Ton des Gedichts. Es schließt, wie es schwärzer nicht vorzustellen ist: ‹Was verschlechtert nicht die schadenbringende Zeit? Die Generation der Väter, die verworfener als die der Großväter ist, hat uns als noch entartetere gezeugt, die wir bald eine noch mehr verderbte Nachkommenschaft hervorbringen werden› (45–48):

> damnosa quid non inminuit dies?
> aetas parentum peior avis tulit
>   nos nequiores, mox daturos
>   progeniem vitiosiorem.

Hier lastet der Fluch nicht auf der Vergangenheit, der eine strahlende Zukunft entgegengestellt wird, sondern auf vier Generationen in der Vergangenheit, Gegenwart und Zukunft. Die schleppenden, ja unpoetischen Komparative der letzten beiden Verse sprechen ihre eigene Sprache. «In einer letzten Entrücktheit überfällt den Dichter, der eben noch heillosen Frevel gerügt und auf das einzige Heilmittel hingewiesen hat, das Vorgefühl, daß doch alles schon vergeblich, alles schon unheilbar, unrettbar verloren sei. Die Schatten schließen sich dichter; und der einsame Seufzer des gepreßten und geängstigten Herzens verhallt, als wäre es in auswegloser Nacht.» So empfand es R. A. Schröder, und nicht anders wird es Oktavian empfunden haben, wenn ihm Horaz 29 oder Anfang 28 diese ‹Römer-Ode› vortrug.

Als Horaz den Zyklus der sechs Oden zusammenstellte, setzte er mit 3,1 ein Gedicht an die Spitze, das ebensowenig wie das letzte ‹staatstragenden› Charakter hatte. Vielzitiert ist die erste Strophe, in der er darlegt, er möge nicht das (in sein Denken) uneingeweihte Volk und halte es von sich fern; vorher nicht gehörte Lieder singe er als Priester der Musen Mädchen und jungen Männern:

Odi profanum volgus et arceo.
favete linguis: carmina non prius
audita Musarum sacerdos
virginibus puerisque canto.

In religiöser Metaphorik gibt Horaz zu erkennen, daß er nur zu Gleichgesinnten spreche und ihnen in seiner Dichtung eine Moral zu verkünden habe. Man erinnert sich des hohen moralischen Anspruchs der frühen 16. Epode (S. 64–66). Hier wendet sich Horaz an die Jugend Roms, nicht an die «Alten und Kalten», sondern an die «frischen Gemüter der noch bestimmbaren jungen Welt» (Mommsen). Die Schluß-Strophe der sechsten Römer-Ode hatte deutlich den Fluch ausgesprochen, der wegen der Bürgerkriege auf den Generationen lag. Während dort die zukünftige Generation eingeschlossen war, ist sie hier Hoffnungsträger. Für Mommsen sprach Horaz als «Prophet der Monarchie» (170): Was hatte er zu prophezeien? Den Glanz des neuen Reichs? Statt dessen führte er zwei abschreckende Typen der römischen Gesellschaft vor: den Vertreter des (politischen) Ehrgeizes (Ambitio) und den der Habgier (Avaritia). Jedem ist eine Hälfte des Gedichts gewidmet (wobei die erste und letzte Strophe für sich stehen). Über den Ehrgeizigen heißt es (5–24):

Könige herrschen gefürchtet über dienstbare Völker,
über die Könige selber herrscht Jupiter,
der große Gigantenbezwinger,
durch einen Wink das Weltall erschütternd.

Mag dieser vor andern weitre Gefilde umzäunen,
dieser, edleren Stammes, Würden zu haschen,
steigen zum Marsfeld hinab,
wenn jener ihm durch Herzensadel und Ruf

den Vorrang entwindet; diesen mag ein größerer Troß Klienten
umschwärmen: Dennoch fällt vom Verhängnis
dem Hohen, dem Niedern ein gleiches Los,
es wird in allumfassender Urne jedes Name geschüttelt.

Wem über schuldbeladenem Scheitel der blinkende
Dolch hängt, dem erkünstelt kein siculisches Mahl
die Freuden des Geschmackes,
kein Vogelsang, kein Lied der Zither

führt ihm den Schlummer zu, den süßen Schlummer,
der nicht des Landmanns niedre Hütte
verschmäht, nicht den beschatteten Bach,
nicht Tempe, von Zephyrn durchsäuselt.

Es ist ein eigenartiges Bild, das Horaz vom Politiker entwirft. Sehr schwierig sind die ersten drei zitierten Strophen zu deuten. Horaz will wohl vorsichtig sagen: Man komme nie an die Spitze, immer sei noch einer davor, ganz oben regiere schließlich (der mit Jupiter verglichene) Augustus: Ambitio bringt keine Erfüllung. Weiterhin sterbe der Mächtige ebenso wie der Niedere: Ambitio bringt keinen Vorteil. Im Anschluß daran heißt es – generalisierend! –, der Politiker habe ein frevlerisches Haupt (eigentlich ‹Nacken›, *impia cervix*), er könne weder ein köstliches Mahl genießen noch schlafen wie der Niedere. Selbst das berühmte Tempe-Tal in Thessalien bleibt auf ihn ohne Eindruck. Der Politiker hat keine innere Ruhe, die Horaz in der Ode 2,16 mit Otium gleichsetzt (S. 203–207). Freilich ist dieser Typus sehr häufig: Aber ist er die Regel?
Im zweiten Teil nennt Horaz zuerst denjenigen, der nur das wünscht, was ‹genug› ist, *desiderantem quod satis est* (25), und setzt ihm in eindrucksvollen Bildern den Vertreter der Avaritia entgegen. Auch ihm geht es schlecht (37–40):

Aber Furcht und Schrecken
erheben sich mit dem Besitzer zum stolzen Palaste,
und die schwarze Sorge verläßt das eherne Schiff nicht,
sie setzt sich hinter dem Reiter.

timor, *minae* und *cura* verlassen den Habgierigen nicht. Reichtum führt nicht zu innerer Ruhe, er bringt keine Erfüllung. So teilt er das Los des Politikers. Am Schluß zieht Horaz eine nicht erwartete Folgerung (41–48):

Wenn denn nicht Phrygiens Marmor,
nicht Purpurgewand, blendender als das Sternenlicht,
noch die Falerner Traube
noch achaimenische Salben die Schmerzen lindern:

Was führ' ich Paläste auf, mit neiderweckendem Portale
und nie gesehenem Pomp?
Was vertausch' ich mit meinen sabinischen Triften
des Reichtums Bürden?

Überraschend bringt sich Horaz wie in der ersten so auch in der letzten Strophe der Ode ins Gespräch (weshalb Herzliebs Übersetzung ‹meine Schmerzen mir lindern› in der vorletzten Strophe geändert wurde): Wenn der Habgierige – wie der Politiker – nicht genießen könne, was solle der Dichter nach Reichtum streben, statt sich mit dem Sabinum zu bescheiden? «Diese Lebensauffassung, gemischt aus dem Behagen an dem eigenen Kleinleben und dem Verzagen an der großen Gesamttätigkeit der Nation, geht durch den ganzen Poeten, man kann sagen durch die ganze damalige Welt», stellte Mommsen nüchtern fest (171) – mit mehr Recht als mancher moderne Interpret, der versöhnliche, gar optimistische Aussagen in das Gedicht liest. Statt eines munteren Aufrufs ist es eher ein resigniertes Abraten: «Aspirations – also political aspiration – are futile, distinctions illusory because Death changes inequalities to equality.» Konnte das die Botschaft sein, die sich Augustus von Horaz erhoffte? «He seems to be urging the young Romans to strive for their individual happiness – in the same way in which he himself has found his – rather than helping them to become devoted citizens of the new Rome which Augustus is anxious to build up» (Solmsen 338). Mochte Augustus im Innern auch selbst zuweilen Zweifel an dem Sinn seiner Restaurationspolitik gehabt haben, wäre es ihm gewiß lieber gewesen, wenn Horaz sich nicht in solcher Weise öffentlich geäußert hätte. Denn daß dieser in irgendeiner Form mit den Römer-Oden hervorgetreten ist, steht wohl außer Frage.

Dulce et decorum est pro patria mori

Spricht aus der sechsten Römer-Ode starker Pessimismus und redet die erste einem ganz unrömischen Individualismus das Wort, soll nicht übersehen werden, daß der Zyklus das am meisten inkriminierte Wort des gesamten Horaz enthält: Es sei süß und ehrenvoll, für das Vaterland zu sterben, *dulce et decorum est pro patria mori* (3,2,13). Diese Sentenz hat seit je die Gemüter erhitzt. So dichtete schon der englische Epigrammatiker John Owen, ein Zeitgenosse Shakespeares, eine Parodie. Möge es auch süß und ehrenvoll sein, für das Vaterland zu sterben, er glaube, es sei süßer, für das Vaterland zu leben:

> Pro patria sit dulce mori licet atque decorum;
> vivere pro patria dulcius esse puto.

Auch Wieland ließ seinen sinnierenden Phanias in *Musarion* von 1768 nicht ganz ohne Seitenhieb Horaz zitieren (83–90):

> Schön, sich der trägen Ruh entziehn,
> Gefahren suchen; keine fliehn,
> auf edle Abenteuer ziehn
> und die gerochne Welt mit Riesenblute färben:
> Schön, süß sogar – zum mindsten singet so
> ein Dichter, der zwar selbst beim ersten Anlaß floh –,
> süß ist's und ehrenvoll, fürs Vaterland zu sterben,
> doch auch die Weisheit kann Unsterblichkeit erwerben!

Zu dem zitierten Epigramm von Owen teilt C. W. Müller zwei Nachdichtungen, die um 1800 entstanden sind, mit ([2]339), von Kretschmann und Hensler d. J.:

Der Lebemann an den Helden

‹Süß ist für's Vaterland der Tod nach Heldenbrauch,
im kugelvollen Pulverrauch
und in der Schlacht Gewitter!›
Ich glaube das, Herr Ritter.
Allein, für's Vaterland zu leben, ist doch auch –
nicht bitter!

Vaterlandsliebe

So schön es ist, sein Gut und Blut
für's Vaterland zu geben:
So halt' ich es doch wohl so gut,
für's Vaterland zu leben.
So schön es ist, in Tod zu gehn,
wenn Pflicht und Ehre winken:
So halt' ich es doch wohl so schön,
wenn volle Flaschen vor uns stehn,
für's Vaterland zu trinken.

Auf den Schulaufsatz des jungen Bertolt Brecht über das Horaz-Wort wurde schon hingewiesen (S. 29): «Der Ausspruch, daß es süß und ehrenvoll sei, für das Vaterland zu sterben, kann nur als Zweckpropaganda gewertet werden. Der Abschied vom Leben fällt immer schwer, im Bett wie auf dem Schlachtfeld, am meisten gewiß jungen Menschen in der Blüte ihrer Jahre. Nur Hohlköpfe können die Eitelkeit so weit treiben, von einem leichten Sprung durch das dunkle Tor zu reden, und auch dies nur, solange sie sich weit ab von der letzten Stunde glauben. Tritt der Knochenmann aber an sie selbst heran, dann nehmen sie den Schild auf den Rücken und entwetzen wie des Imperators feister Hofnarr bei Philippi, der diesen Spruch ersann» (Witzmann 36–37). Marcel Reich-Ranicki nannte Horaz kurz einen ‹Schreibtischtäter› (C. W. Müller[2] 317). Ernsthafte Rezeptionen sind Legion, sie brauchen hier nicht aufgeführt zu werden. Als der Verfasser dieses Buchs 1956 an der Universität München studierte, sah er den Vers an dem Denkmal für die im ersten Weltkrieg gefallenen Studenten – 1958 wurde er auf Verlangen der Studentenschaft eliminiert.
Was meinte Horaz wirklich?
Die zweite Römer-Ode ist ein Gedicht über die Virtus. Sie steht genau in der Mitte: als erstes Wort von V. 17 des 32 Verse langen Gedichts. Ehe sie definiert wird, gehen ihr vier Strophen voraus, die vom Kriegsdienst handeln (am Schluß hat Herzlieb statt der originalen Kniekehlen das im Deutschen geläufigere Bild der Ferse verwendet):

Der Jüngling lerne, durch strenge Kriegeszucht
gehärtet, freudig dulden den Druck beschränkter Dürftigkeit
und sei dann, als Ritter, furchtbar im Lanzenwurf,
der Schrecken des wilden Parthers.

Oft leb' er unter dem freien Himmel, umstürmet
von Gefahren. Sieht dann von der feindlichen Burg
ihn des kämpfenden Königes Weib
und die aufgeblühete Tochter, dann müsse

tief auf sie seufzen: ‹Ach! Daß der fürstliche Bräutigam,
noch des Streites nicht kundig, diesen grimmigen Löwen
nicht reize, welchen zermalmender Zorn
tief in das Blutfeld fortreißt!›

Süß ist's und ehrenvoll, sterben fürs Vaterland.
Auch den Flüchtling ereilet der Tod,
verschont nicht die Ferse und den feigen
Rücken weibischer Jünglinge.

Ist das ein gnadenloser Aufruf zum Kriegsdienst? Wohl kaum. So ist es nicht verwunderlich, daß man vor kurzem versucht hat, die horazische Aussage grammatisch wegzuinterpretieren. Es handele sich nicht um eine «Paränese zur Wehrertüchtigung», sondern um den «pubertären Traum eines Jungen»; nicht sei zu verstehen, daß der Jüngling etwas lerne; vielmehr distanziere sich Horaz: Mag ein Knabe Armut lernen, mag er die Parther plagen, mag er sein Leben in Wind und Wetter führen... Dann nämlich kann V. 13 endlich ironisch gedeutet werden: «Ja, *so süß* und ehrenvoll ist der Tod fürs Vaterland – wie es sich ein unreifer puer in seinen heroischen Phantastereien ausmalt» (Lohmann 356). Diese Auslegung trifft nicht zu; sie verkennt, daß Horaz mit dem Anfang der Ode *angustam amice pauperiem pati / robustus acri militia puer / condiscat* klarstellt, daß es ihm nicht auf die *militia*, sondern auf die *pauperies* ankommt. Syndikus hat gezeigt, daß hier das übliche ‹Ursache-Folge-Verhältnis› umgekehrt ist. Für Horaz sei die bescheidene Lebensführung nicht Mittel zum Zweck, sondern Selbstzweck; der junge Römer solle in einem gefährlichen Krieg «seine schlichte, alte Römerart wiedererringen und liebgewinnen.» Somit wird in den ersten vier Strophen propagiert, daß der junge Römer die *pauperies*, eine bescheidene Lebensweise, zu akzeptieren lerne und daß schwerer Kriegsdienst die beste Schule dafür sei. *Pauperiem pati* ist eine urhorazische Forderung. Wer die ersten vier Strophen ironisiert, ironisiert urhorazisches Denken. Die Junktur *pauperiem pati* begegnet auch in der Programm-Ode 1,1 (18), woraus das Gewicht dieser Anschauung erhellt: Es handelt sich um die epikureische Autarkie, Genügsamkeit (S. 206), die gerade auch am Anfang der zweiten Strophe hervorgehoben wird.

Stellt somit die Ode 3,2 keinen Aufruf zum Kriegsdienst dar, ist dieser vielmehr Mittel zum Zweck der Erlernung einer bescheidenen Lebensführung, ist auf der anderen Seite festzustellen, daß Kriegsdienst für Horaz eine bare Selbstverständlichkeit war, die nirgends in seinem Werk in Frage gestellt wird. Diesem Thema ist die ganze fünfte Römer-Ode gewidmet, in der die schmerzliche Niederlage, die die Römer im Jahr 53 unter Crassus gegen die Parther erlitten hatten, damit erklärt wird, daß damals sowohl die politische Führung in Rom als auch die Soldaten vor Ort versagt hätten. Dagegen habe M. Atilius Regulus, der Konsul der Jahre 267 und 256, in der Vergangenheit ein leuchtendes Beispiel gegeben; nur wenn solche Disziplin wiederkehre, werde es – so ist wohl die Aussage der Ode zu verstehen – Augustus gelingen, in den gegen die Britannier und Parther geplanten Kämpfen Erfolg zu haben. Horaz konnte den erzieherischen Wert des Kriegsdiensts mit um so größerem Recht betonen, als er ihn selbst – wohl mehrfach – auf sich genommen hatte.

Es ist nun noch die zweite Hälfte der Ode 3,2 zu betrachten (17–32):

> Der Heldensinn, der keine beschimpfende Fehlschlagung kennet,
> glänzet in unentweiheter Glorie,
> nimmt die Fasces nicht und legt sie nicht nieder
> nach der Laune des Pöbels.
>
> Er schließt dem, der der Unsterblichkeit wert ist,
> den Himmel auf und wagt die Reise auf unbetretenen Bahnen,
> entflieht dem verachteten Pöbel, dem Staube
> der Erde mit schnellem Gefieder.
>
> Auch wartet sicherer Lohn der treuen Verschwiegenheit.
> Wer das heilige Dunkel der Ceres
> enthüllet, der darf nicht mit mir unter derselben Decke
> atmen, nicht mit mir lösen den gebrechlichen
>
> Nachen. Oft hat der beleidigte Jupiter
> schon dem Frevler Schuldlose zugesellet,
> und immer hinket die Strafe
> dem Verbrechen nach.

Nachdem Horaz den Weg zur Pauperies gezeigt hat, charakterisiert er die Virtus. Sie ist wohl kaum mit ‹Heldensinn› zu übersetzen (Herzlieb), auch nicht mit ‹Mannheit› (Heinze, Klingner), eher altmodisch mit ‹Tugend› (Syndikus), da der Begriff offenbar philosophisch zu verstehen ist. Fälschlich pflegt Horaz so gedeutet zu werden, als sei wahre Virtus von der launischen Volksgunst innerlich unabhängig und empfinde Niederlagen nicht als solche. Das steht nicht da. Was dasteht, ist die Aussage, daß wahre Virtus mit Politik nichts zu schaffen hat; denn diese ist stets an die Laune des Volks gebunden, wie es auch in 1,1,7–8 heißt (S. 226). Zudem wurde gerade in der vorhergehenden Ode der Politikerstand an den Pranger gestellt. Virtus verachtet die Ansammlungen des Volks, *coetus volgaris* (23), so wie Horaz sich in 1,1,30–32 programmatisch vom Volk lossagt (S. 227) und das überdies als ‹Motto› über die Römer-Oden gesetzt hat: *odi profanum volgus et arceo* (3,1,1). Wahre Virtus führt in den Himmel, aber nicht den Politiker, wie im ‹Somnium Scipionis› der zwischen 54 und 51 entstandenen Schrift Ciceros *De re publica*. Cicero hatte noch ein konservativ-römisches Weltbild – Horaz hatte es 25 Jahre später nicht mehr. Für ihn ist es der Dichter, der unsterblich werden kann, wie er es in den ‹Eck-Oden› 1,1; 2,20 und 3,30 dargelegt hat. An die Stelle der alten Gemeinschaft ist bei ihm das Individuum getreten. Daß für ihn Pauperies und Virtus zusammengehören, hat er in einem unnachahmlichen Bild in 3,29 ausgedrückt: Wenn ihn Fortuna mit ihren äußeren Glücksgütern verlasse, hülle er sich in seine Virtus (wie in einen Mantel) und halte um die ehrbare Pauperies ohne Mitgift an (55–56): *virtute me involvo probamque / pauperiem sine dote quaero* (S. 213–214). Schließlich hat Horaz in den letzten beiden Strophen die Gemeinschaft, die er erstrebt, religiös definiert und sich strikt von dem Frevler (*incestus*) und Verbrecher (*scelestus*) losgesagt. Damit knüpft er an die Eingangs-Strophe von 3,1 an, in der er in religiöser Metaphorik den Kreis umgrenzt, dem er seine Moral verkündet (S. 155). Wie dort spricht er hier in eigenem Namen (*vetabo*, 26). Die moralische Botschaft hat Horaz poetisch umgesetzt. Das Kriegsbild am Anfang ist Homer verpflichtet, der *dulce et decorum*-Satz zitiert den altgriechischen Lyriker Tyrtaios, die religiöse Strophe den Chorlyriker Simonides, der Schluß griechisches Spruchgut. Deutlicher konnte Horaz nicht sagen, daß es ihm nicht um aktuelle Tagespolitik, sondern um Erneuerung alten Denkens und Empfindens ging. Freilich setzte er nicht wie Augustus bei der Allgemeinheit, sondern bei dem Individuum an. Der große Unterschied resultierte nicht aus ihren verschiedenen Berufen. Er lag tiefer begründet. Das mußten im Grund beide Männer bedauern.

Nie wieder die Vergangenheit

Die dritte Römer-Ode hat 72 Verse, ihre Argumentation holt weit aus. Sie beginnt mit einem Preis auf den gerechten und an seinem Vorsatz (Gerechtigkeit zu üben) festhaltenden Mann, *iustum et tenacem propositi virum*. Durch diese Tugend hätten sich Pollux, Herkules und Bacchus den Himmel verdient, und Augustus werde später unter ihnen sein. Auch Romulus, der Stadtgründer, sei unsterblich geworden, weil Juno ihren alten Groll gegen sein Volk, dessen Vorfahren die Stadt Troja bewohnt hatten, aufgegeben habe. Die fünf Erwählten sind allesamt Kulturbringer; sie hatten die Welt mit ihren Taten (Herkules auf dem Land, die Dioskuren auf dem Meer) oder Gaben (Bacchus) kultiviert; Romulus ist als Stadtgründer, Augustus als Wiederbegründer Roms für Ordnung eingetreten. Bacchus, die Dioskuren und Romulus werden auch am Anfang der Epistel 2,1 an Augustus in ihrer kulturbringenden Funktion mit diesem verglichen. Dennoch stellt die Ode nicht einfach einen Preis des Prinzeps dar. Seine Verherrlichung ist an eine Bedingung geknüpft, die der Dichter indirekt, aber unmißverständlich im Gleichnis ausspricht. Juno wird eine 55 Verse lange Rede in den Mund gelegt, in der sie Romulus' Aufnahme unter die Heroen nur unter der Bedingung zustimmt, daß sich Rom von der frevlerischen Vergangenheit der trojanischen Vorfahren trenne. Diese Bedingung steht an kompositionell herausgehobener Stelle: Sie leitet in V. 37 die zweite Gedichthälfte ein. Vorher wird Troja als Beispiel der Ungerechtigkeit charakterisiert: Der Priamus-Sohn Paris war ein frevelhafter = bestochener Richter (*incestus iudex*), weil er Venus zu Unrecht vor Juno und Minerva den Schönheitspreis zuerkannte (19); und der Gründer Trojas betrog die Götter Neptunus und Apollo, die die Mauern erbaut hatten, um ihren Lohn, *destituit deos* (21). So ist Priamus' Haus meineidig (*Priami domus / periura*, 26–27) – ein Gegenbild zu dem *vir iustus* von V. 1. Hinter Paris, der Helena aus Griechenland entführte, steht für den zeitgenössischen Hörer Antonius, der sich ebenfalls mit einer ‹fremden Frau› (*mulier peregrina*, 20), nämlich Kleopatra, verband und seiner Vaterstadt Unheil brachte (21). Es kam hinzu, daß man in Rom befürchtete, Antonius wolle Alexandria zur Hauptstadt des Reichs machen; auch darauf mag angespielt sein. Vor allem aber legte Horaz auf den Bruch mit der Vergangenheit unter dem Gesichtspunkt des Unrechts Wert. So läßt er Juno am Beginn der zweiten Gedichthälfte sprechen, auf die aus Troja fliehenden Aeneaden anspielend (37–48):

Wenn zwischen Ilion nur und Rom
das weite Meer wütet, dann mögen beglücket
die Flüchtlinge jeder Zone gebieten.
Nur müsse auf Priams und Paris' Grabe

die höhnende Herde hüpfen und ungestraft das Wild dort seine Jungen
verbergen: Dann stehe immer das stolze Kapitol,
und immer gebe das furchtbare Rom
besiegten Medern Gesetze,

verbreite weit umher bis zum letzten
Winkel der Erde seinen schreckenden Namen, bis hin, wo die Fluten
von Europen Afrika scheiden,
wo der geschwollene Nilstrom die Fluren bewässert.

Wenn sich Rom von dem eigenen Unrecht der Vergangenheit lossage, sei es qualifiziert, anderen Völkern, von den Medern (Parthern) bis zum Nil, Gesetze zu geben, *iura dare*. So werde es furchtgebietend, *ferox*, sein.

Das ist der Hauptgedanke der Ode: Kultur bzw. Zivilisation beruht auf Gerechtigkeit. In demselben Jahrzehnt ließ Vergil Anchises in der Unterwelt die bekannten Worte *Aeneis* 6, 851–853 sprechen (Übersetzung R. A. Schröder):

> tu regere imperio populos, Romane, memento
> – hae tibi erunt artes – pacique imponere morem,
> parcere subiectis et debellare superbos.
>
> Sei du, Römer, gedenk des Reichs und übe die Herrschaft:
> Das sind Künste, die dir anstehn. Bring Friede den Völkern,
> sei den Besiegten gelind, sei siegreich über den Stolzen!

pacique imponere morem meint wie bei Horaz Sitte, Kultur bringen; dieser betont die gesetzgebende Funktion, die deutlichster Ausdruck dessen ist, den fremden Völkern Sitte zu bringen.

Obwohl Augustus zu Beginn genannt ist, richtet sich das Gedicht in erster Linie an Rom und seine Bewohner. Insofern ist es gerechtfertigt, auch in diesem Fall von einer ‹Römer-Ode› zu sprechen. Wiederum hat Horaz wie in den Parallelgedichten die Allgemeinheit oder doch ihre entscheidenden Repräsentanten angesprochen und die Ankündigung des Vorspruchs, seine Dichtung habe mit Moral zu tun, erfüllt. Auch hier ist er von einem zukunftsfreudigen Optimismus weit entfernt; er ist vielmehr ein Warner, dessen Denken am Ende des ganzen Zyklus dem Pessimismus zuneigt.

Horaz hat hoch gegriffen, wie er selbst fühlt, weit über das Genos seiner Oden-Dichtung hinaus. Deshalb ruft er in der letzten Strophe seine Muse zur Ordnung (69–72):

> Doch stimmt dieser Gesang zum scherzenden Spiel meiner Leier?
> Wo wagst du, Muse, dich hin? Hör' auf, zu vermessen,
> nachzusingen die Sprüche der Götter
> und ihre Hoheit durch matten Gesang zu entweihen!

Deutlicher konnte er nicht sagen, daß die Oden-Dichtung im Grund nicht politischer Natur war. Wenn er aber zu politischen Fragen Stellung bezog, dann trat er – jedenfalls in den Römer-Oden – als Kritiker, nicht als Panegyriker auf. Angemessen war seiner Muse vielleicht nur ein Gedicht des Zyklus, das ‹Musen-Gedicht› 3,4, das in anderem Zusammenhang behandelt wird (S. 167–168, 220–221). So ist es kein Wunder, daß Horaz auf die sechs Römer-Oden sechs Gedichte folgen läßt (3,7 – 3,12), in denen er sich nach Pöschl als ‹Ratgeber für liebende Frauen› erweist (341). Das ist gewiß übertrieben, zumal bei 3,8, aber es handelt sich um denkbar private Bereiche. War das für Augustus eine Enttäuschung? War es nicht nach der letzten Strophe von 3,6 eher eine Erleichterung?

10 Augustus

Das vorhergehende Kapitel hat gezeigt, daß Horaz im Blick auf die römische Gesellschaft nach Aktium zu keinen optimistischen Aussagen bereit war, daß seine Haltung nicht aufmunternder, anspornender, sondern eher warnender Art gewesen ist. Wieweit das Augustus angenehm war, ist schwer zu sagen. Wenn er auch selbst für eine moralische Erneuerung eintrat und insofern in Horaz' Oden eine Unterstützung sehen konnte, wäre ihm der energische Preis einer neuen Zeit zweifellos lieber gewesen. Zu sehr überwog in des Dichters Gedanken die Skepsis.

Des Dichters Unabhängigkeit

Was ist aus dieser Skepsis gegenüber der Allgemeinheit auf Horaz' Einstellung zu der Person des Prinzeps zu schließen? Betraf sie auch diesen selbst? Zunächst ist festzustellen, daß der Dichter unabhängig geblieben ist. So wie er panegyrische Dichtung ablehnte, hat er auch die äußere Freiheit bewahrt. Die Sueton-Vita berichtet, Augustus habe ihm angeboten, seine Privatkorrespondenz zu führen. Dieses Amt wäre keineswegs nur ‹privater› Natur gewesen, da bei den Briefen des Prinzeps nicht deutlich zwischen wichtigen und unwichtigen geschieden werden konnte. Außerdem wäre Horaz gezwungen gewesen, nahezu täglich in Augustus' Nähe zu sein, was ihm – wie bei Maecenas – eine Last geworden wäre. Hinsichtlich seiner Freiheit wäre er vom Regen in die Traufe gekommen. Offenbar hat Horaz diplomatisch unter Hinweis auf seine Gesundheit abgelehnt, wie aus einem Brief des Prinzeps an ihn hervorgeht, den Sueton mitteilt, um zu beweisen, daß Augustus die Absage nicht nachgetragen habe: ‹Nimm dir bei mir ruhig einiges heraus, als ob du Convictor bei mir wärest; du hast wohl recht entschieden, da ich deine Gesellschaft nur wollte, wenn es deine Gesundheit erlaubt hätte.› Convictores sind abhängig (S. 48); das hatte Horaz schon früh bei Maecenas zu spüren bekommen. Sueton berichtet weiter, ein anderer Brief habe den Passus enthalten: ‹Wenn du meine Freundschaft stolz verschmähst, wollen wir unsererseits doch nicht Stolz gegen Stolz setzen.› Überdies habe Augustus Horaz öfter in seiner Freizügigkeit beschenkt.

Auf der anderen Seite ist aber mit allem Nachdruck festzustellen, daß es keinerlei Beweis für die immer wieder aufgestellte Behauptung gibt, Horaz' anerkennende Äußerungen über Augustus seien nicht aufrichtig gewesen. Wer so offen die politischen und gesellschaftlichen Umstände Roms charakterisierte wie Horaz, hatte keinen Anlaß, dem Prinzeps, der unbeschadet seiner guten Absichten in sie verwoben war, mit Unehrlichkeit zu begegnen. Vielmehr muß er die guten Absichten von den allgemeinen Verhältnissen getrennt und mögliche Nebenabsichten nicht gesehen oder aber übersehen haben. Zunächst wird er wie viele Angehörige der führenden Schicht daran geglaubt haben, daß Augustus die alte Republik wiederherstellen wollte. Als er bemerken mußte, daß die Entwicklung in die Richtung einer Monarchie ging, wird er wie jene mit Melancholie an die alte Zeit gedacht, aber zugleich auch gespürt haben, daß deren Staatsform nicht mehr restituierbar war. Tacitus hat das am Beginn des zweiten Jahrhunderts n. Chr. im Proömium zu den *Historiae* scharf gesehen, Horaz als Augustus' Zeitgenosse wohl eher gefühlt.

Musen und Ordnung

Es ist eine entscheidende Folge des Siegs bei Aktium, die Horaz im tiefsten Innern vor allem anderen, auch vor manchen Nachteilen, als Segen empfunden hat: der Friede nach einem zwei Generationen währenden Bürgerkrieg. Es ist müßig zu fragen, ob auch Antonius' Sieg oder eine wiederhergestellte republikanische Verfassung Frieden gebracht hätten: Die Pax Augusta mußte für Horaz eine Leistung des Prinzeps sein.

Es sind zwei relativ frühe Oden aus dem Jahr 27, die beweisen, daß Horaz Augustus persönlich hoch geschätzt und diese Schätzung im Zusammenhang mit der Friedensstiftung gesehen hat: 1,2 und 3,4. 1,2 ist das erste Augustus-Gedicht der Sammlung, an bedeutender Stelle hinter der Ode stehend, die die notwendige Widmung des Ganzen an Maecenas formulierte. Der Ton ist weder strahlend noch optimistisch, nicht so sehr in die Zukunft als vielmehr in die Vergangenheit gerichtet. Wer konnte das erwarten? Das Gedicht ist wohl nach der Tiber-Überschwemmung am 16./17. Januar 27 zu datieren, also auch nach der Senatssitzung vom 13. Januar, in der Oktavian der Titel ‹Der Erhabene›, Augustus, verliehen wurde (N./H.). Dieses Ereignis ist wahrhaft einer panegyrischen Betrachtung wert gewesen. Sie folgt nur ganz verhalten. Die Überschwemmung wird als Sintflut gedeutet, die in Gestalt der Bürgerkriege Rom heimgesucht habe. Noch die nächste Generation werde mit der Schuld der Väter konfrontiert werden (21–24):

> Daß Bürger gegen Bürger Schwerter schärften,
> weit ehrenvoller zum Verderben gefürchteter Perser gezückt,
> und Schlachten wird einst hören die durch Schuld der Väter
> verminderte Nachwelt.

Es ist auffällig, daß in Horaz' Sicht die Flut «the end of the old order and not the beginning of the new» (N./H.) verkörpert. Es ist sozusagen ein Vakuum entstanden, und der Dichter fragt, welche Gottheit Rom helfen werde: Vesta, die alte Göttin des Staatskults, Apollo, der Schutzgott

Oktavians, Venus, die Stammutter der Aeneaden, Mars, der Vater des Stadtgründers Romulus, oder schließlich Merkur (41–52)?

> Oder wallest du in Jünglingsgestalt
> auf der Erde, geflügelter
> Sohn der allgütigen Maja? Dürfen wir dich
> Caesars Rächer nennen?
>
> O dann kehre spät erst zum Olympus zurück!
> Sei noch lange die Wonne des Romulischen Volkes,
> schwinge dich, unserer Laster müde,
> nicht zu früh von uns weg durch die Lüfte!
>
> Laß dir gütig hier die Triumphe gefallen,
> den Vater- und Fürsten-Namen gefallen.
> Es schwärme forthin ungestraft auf seinem Roß der Meder nicht,
> weil du herrschest, o Caesar!

Hier wird Oktavian-Augustus als Caesars Rächer mit Merkur gleichgesetzt. Das ist an sich nicht auffallend, feierte man doch Caesar als Jupiter, Antonius als Dionysos, Julia als Venus Genetrix oder Tiberius als Ares (Syndikus). Auch Augustus, der Erbe des vergöttlichten Caesar, der Divi filius, hatte Anspruch auf eine solche Inkarnation. Es gibt einige archäologische und numismatische Zeugnisse, die darauf schließen lassen, daß man Augustus mit Merkur gleichsetzte, doch scheinen es nur vereinzelte Versuche gewesen zu sein, die nicht zu einer einheitlichen Konzeption im Imperium oder auch nur in Rom geführt haben. Viel näher hätte es für Horaz gelegen, Augustus, der Apollo als seinen persönlichen Schutzgott bezeichnete, mit diesem zu identifizieren. Wenn er statt dessen Merkur erwog, muß er einen besonderen Grund gehabt haben. Für Herder war in den *Horazischen Rettungen* Merkur hier der Bote der Götter, der Caesars Tod gerächt habe. Von Augustus aus gesehen bedeute das, daß er die Kriege nach Caesars Tod, also die Bürgerkriege, «im Namen der Rachegötter geführt» habe; nun solle er Roms auswärtige Feinde besiegen. Herders Erklärung hätte man nicht vergessen sollen. Wenn die erwähnten Zeugnisse Gewicht hatten, werden sie bei der Gleichsetzung Merkur/Augustus auch auf den Gott des friedlichen Handels, der Fülle und des Gedeihens Bezug genommen haben, wie hier von dem Sohn der segenspendenden Maia, *almae Maiae*, die Rede ist. Das war ganz in Horaz' Sinn. Trotzdem: Er selbst sah Merkur als seinen persönlichen Schutzgott an, der ihn bei Philippi gerettet hatte (S. 43–44). 2,17,29–30 bezeichnete er sich als *vir Mercurialis*. Da Merkur als Erfinder der Leier galt, fühlte Horaz sich ihm besonders verbunden. Zudem hat er die Menschen die Sprache gelehrt (1,10,1–3). Es genügt also nicht, wie Miller bei der Gleichsetzung Merkur/Augustus nur an den ‹god of trade› und den ‹patron of eloquence› zu denken, die zusammenflössen in dem Bild eines «beneficent ruler who will bring peace and prosperity to Rome after decades of turmoil» (386). Es muß auch ein persönlicher Bezug vorliegen. Ob man freilich so weit wie Commager gehen darf, ist fraglich, der von «a covenant between poetry and political harmony» sprach; «a belief in the possible union of the two must have been a tacit prerequisite for the very conception of such national Odes» ('78). Das Verbindende zwischen dem Dichter und Augustus dürfte nur in einer Parallele zu sehen sein. Einer der Grundgedanken der horazischen Dichtung ist der des Maßes und der Ordnung; er wird schon in den Satiren formuliert (S. 93) und in den Oden immer wieder ausgeführt (S. 209–212). Das geflügelte Wort von der goldenen Mitte, *aurea mediocritas* (Carm. 2,10,5), ist für Horaz' Denken bezeichnend. Ebenso hat er von Anfang an den Anspruch erhoben, mit seiner Dichtung Moral zu verkünden (S. 66). Wenn er jetzt in Augustus den Mann sah, der nach dem Chaos der Bürgerkriege für Maß und Ordnung eintrat – und sie tatsächlich verwirklichte –, mußte er sich ihm innerlich nahe fühlen. Daß er ihn mit dem eigenen Schutzgott Merkur in Verbindung brachte, war, wenn man so sagen darf, die höchste Auszeichnung, die er an den Prinzeps zu vergeben hatte.

In dasselbe Jahr 27 gehört die in ihrem Kern verwandte vierte Römer-Ode (3,4). In ihrem ersten Teil spricht Horaz von dem besonderen Schutz der Musen, unter dem er, der Dichter, stehe. In dem zweiten Teil ist von Augustus die Rede, der – wie Jupiter die Titanen und Giganten – die Verursacher des Bürgerkriegs besiegt habe. In den beiden Mittel-Strophen, die die Musen ansprechen, heißt es (37–42):

> vos Caesarem altum, militia simul
> fessas cohortes abdidit oppidis,
>   finire quaerentem labores
>   Pierio recreatis antro;
>
> vos lene consilium et datis et dato
> gaudetis, almae.
>
> Ihr erquickt den erhabenen Caesar
> in pierischer Grotte, wenn er die müden Kohorten
> in die Städte verlegt und Ruhe
> nach der Arbeit des Krieges sucht.
>
> Mildern Rat gebt ihr, friedselige Wesen,
> und liebt milderen Rat.

Horaz spielt darauf an, daß Oktavian nach Aktium das gewaltige Bürgerkriegsheer entließ und die Veteranen in Kolonien und Munizipien ansiedelte. Damit beendete er Mühsal und schaffte Ordnung. Entgegen dem harten Ringen des Bürgerkriegs verfolgte er einen milde(re)n Plan, *lene consilium*. Diesen gaben ihm die Musen ein, die «champions of order and peace against the forces of violence and destruction» (Fraenkel 281).

Horaz hatte in diesem Gedicht einerseits Hesiods Konzeption vor Augen, daß die Musen den Königen milde Rede und gerechtes Urteil verleihen (Theog. 81–93), andererseits Pindars erste Pythische Ode, in der die Macht der Leier Apollons und der Musen gepriesen wird, die selbst die Götter besänftigt und vor der die Ungeheuer erschrecken. Da Pindar die Ode auf Hieron von Syrakus als Gründer der Stadt Aitnai dichtete, waren ihre Gedanken besonders gut auf Augustus, den Wiedergründer Roms, zu übertragen. Nach der Schilderung der Kämpfe Jupiters gegen die Titanen und Giganten, die für die negativen Kräfte des Bürgerkriegs stehen, kommt Horaz noch einmal auf das *lene consilium* zu sprechen (65–68):

vis consili expers mole ruit sua,
vim temperatam di quoque provehunt
in maius, idem odere viris
omne nefas animo moventis.

Macht ohne Weisheit sinkt unter der eignen Last,
Macht, durch Weisheit regieret, heben die Götter selbst
höher noch empor; aber sie strafen den Gewaltigen,
der Frevel im Herzen nährt.

Die *vis temperata* entspricht dem Gedanken des Maßes, der zentral für Horaz' Denken ist. In ihm treffen sich Dichter und – in des Dichters Konzeption – Herrscher. «Rat, Weisheit, die sich lieber mit den Dingen verbündet, anstatt sie mit blinder, starrer Gewalt zu zerbrechen: diese fügende, ordnende, milde Gewalt verehrt der Dichter wie in den Fügungen seines eigenen Lebens, so in den Taten des Herrschers und ihrem Gelingen» (Klingner[2] 387). Diese Gedankengänge sind so subtil, fern aller gängigen Panegyrik, und berühren in einem solchen Maß horazisches Denken, daß man sich hüten muß, Unaufrichtigkeit auf seiten des Dichters zu unterstellen. «Die zwei Welten, die private des Horaz und die politische des Augustus, zwischen denen sonst bei Horaz immer wieder die Spannungen auftreten, die stets aufs neue überwunden werden müssen – hier sind sie eins geworden wie sonst nirgends im Werk des Dichters» (Doblhofer[1] 157–158).
Bei der ersten Konzeption der Überschrift der Ode *Gesang des Deutschen* erwog Hölderlin die zuletzt zitierte Strophe als Motto, was in der Tat einem wesentlichen Zug des in dem Gedicht entwickelten Deutschlandbilds entspricht (J. Schmidt[2] 633).

Musen und Frieden

Horaz hat Augustus offenbar hoch geschätzt. Das ist von der Frage unberührt, wieweit es zwischen ihren Welten ‹Spannungen› gegeben habe: Es kann nicht ganz ohne Folgen gewesen sein, daß Horaz bei Augustus kein Amt annehmen mochte, daß er nicht panegyrische Dichtung pflegte und daß er die Gesellschaft in allen ihren Schichten, mit der es der Prinzeps täglich auf Schritt und Tritt zu tun hatte, äußerst kritisch beurteilte. Aus der Wertschätzung der durch Augustus gebrachten Ordnung folgt, daß Horaz ihm unbeschadet seines anderen Denkens, auch in gewichtigen Punkten, zeitlebens dankbar blieb. Denn Friede – wer wollte das bestreiten? – ist eine entscheidende Voraussetzung für die Ausübung der Kunst. Vergil hatte in der neunten Ekloge den in den Wirren der Bürgerkriege in Bedrängnis geratenen Moeris zu einem anderen Hirten sagen lassen (11–13, Übersetzung R. A. Schröder):

carmina tantum
nostra valent, Lycida, tela inter Martia, quantum
Chaonias dicunt aquila veniente columbas.

Es gelten die Lieder,
Lycidas, gegen die Waffen des Mars heut also geringe,
wie vor den Adlersklauen ein Schwarm weissagender Täublein.

Das Bild war den römischen Lesern um so verständlicher, als *aquila*, der Adler, ein bekanntes Feldzeichen gewesen ist. Da auch nach Aktium außenpolitische Gefahren abzuwehren waren, begrüßte Horaz den Frieden stets von neuem. Die kleine Ode 1,26 auf den Freund Lucius Aelius Lamia, den die Muse ehren möge, gibt davon Zeugnis:

Der Musen Liebling überlaß' ich Sorg' und Furcht
den flüchtigen Stürmen, sie hin ins kretische
Meer zu tragen. Welchem Könige
sein kaltes Land im Norden bebt,

was den Tiridates schreckt,
das sei mein Kummer nicht! O du, den Silberquellen hold,
süße Pipleis, winde von aufgeschlossenen Blumen
einen Strauß meinem Lamia, einen Kranz!

Ohne dich wirket mein bestes
Loblied nichts; und ihm auf nie gerührten Saiten
mit lesbischer Laute zu huldigen,
ist deiner würdig und deiner Schwestern.

Die Ode ist auf 25 zu datieren, als infolge des Streits der Parther-Könige Phraates IV. und Tiridates der letzte Augustus in Spanien aufsuchte. An den Verhandlungen wird Lamia, den Augustus als Statthalter in Spanien

zurückließ, teilgenommen haben. Die Schlichtung zwischen Tiridates und Phraates' Gesandten bedeutete die Abwehr einer Unruhe bei den Parthern, die auch Rom gefährlich werden konnte – jedenfalls suggeriert das Horaz. Er kann sich nach diesem Erfolg beruhigt der Kunst widmen. Die beiden vielzitierten Eingangsworte *Musis amicus* bedeuten also nicht, wie gewöhnlich verstanden wird, ‹von den Musen geliebt›, sondern ‹die Musen liebend› (Lefèvre[3] 34). Kunst und Frieden gehen zusammen.
Eine schöne Nachdichtung hat Gleim im Stil der deutschen Anakreontiker gegeben:

An Apoll und die Musen
Traurigkeit, ihr lieben Musen,
duld' ich nicht in meinem Busen,
allen Winden geb' ich sie!
Frommen Heuchlern, stolzen Feinden
weich' ich aus, und falschen Freunden
lohn' ich ihre Falschheit nie!

Aber lieblicher zu singen,
höher mich hinauf zu schwingen
auf den steilen Helikon;
Musen, Eurer Gunst empfohlen,
einen Kranz von Euch zu holen
oder von Anakreon:

Dieses sorg' ich. Lange Nächte
wach' ich, stütze meine Rechte
Dem Gedankenzeuger an!
Traurig, wenn die Kräfte schwinden
und ich Lieder nicht erfinden
oder auch nicht finden kann!

Wenig nur von deinem Feuer,
bitt' ich, geuß in meine Leier,
liederlehrender Apoll!
Sicher, daß sie deinen Söhnen
und den Helden und den Schönen
keine Torheit singen soll!

Steht in 1,26 Lamia im Mittelpunkt, geht es in 3,14 um Augustus selbst, den Horaz anläßlich seiner Heimkehr aus Spanien nach fast dreijähriger Abwesenheit mit diesem Gedicht im Jahr 24 begrüßt: Die Anlässe sind also vergleichbar. Für Klingner war es «vielleicht das seltsamste unter den Augustusgedichten» ([2]395).

Der dem Herkules gleich (so sagte der Ruf jüngst), o Rom,
sein Leben zu zahlen bereit, den Lorbeer erkaufte,
Caesar kehrt nun von Iberiens Küsten
siegprangend zu seinen Penaten zurück.

Auf! Gattin, frohlockend ob des besten Gemahls,
geh hin, gerechte Opfer darzubringen,
und du, des ruhmvollen Helden Schwester,
und ihr, im Schmuck der Opferbinden,

Mütter der Jungfraun und jüngst geretteter Söhne,
ihr Jünglinge und Mädchen,
schon bekannt mit Hymens Freuden, enthaltet euch jegliches
Worts und nennet kein schlechtes.

Dieser mir festliche Tag wird die schwarzen
Sorgen verjagen; ich fürchte forthin nicht
Aufruhr, gewaltsamen Tod nicht, da Caesar
den Erdkreis beherrschet.

Geh, Knabe, und hole mir Salben und Kränze,
hol' einen Weinkrug mir, der noch der Marserfehde gedenket,
wenn wo den Streifereien des Spartakus
ein Tontopf entging.

Sag' der melodischen Neaera, daß sie eilig
ihr braunes Haar im Knoten schürze!
Wehrt dirs der verhaßte Pförtner,
nun, so kehre zurück!

Das bleichende Haar besänftigt den Zorn
und ungestüme Hadersucht.
Wär' ich der feurige Jüngling noch, wie unter Plancus' Konsulat,
ich duldete das nicht.

Daß das Gedicht zwei, wie es scheint, ganz verschiedene Teile, einen offiziellen und einen privaten, hat, mochte man nicht hinnehmen. In dem ersten spricht der Dichter wie ein Herold zum Volk (*o plebs* in V. 1, was Herzlieb mit ‹o Rom› wiedergibt) in öffentlicher, in dem zweiten zu einem Sklaven in persönlicher Angelegenheit. Dem hochpolitischen, gleichsam ‹alkaiischen› Anfang folgt ein hellenistischer Schluß. Fraenkel sprach von einem ‹clash› zwischen den beiden Rollen, die Horaz spiele (291), und auch La Penna fand den Übergang nicht überzeugend (131). Was man verkannte, war der Umstand, daß Horaz neben die offizielle Welt immer auch die seine stellte: War die offizielle Welt in Ordnung, war auch die seine in Ordnung. Hierbei ging es nicht nur um außenpolitische Bedrohung – Spanien lag in sicherer Entfernung –, sondern auch um innenpolitische Spannungen, von denen Augustus gerade in dieser Zeit betroffen war und die seine Rückkehr wünschenswert erscheinen ließen (Kienast 85). Insofern bildet das Gedicht aus Horaz' Sicht eine Einheit (Doblhofer[2] 1971): Man braucht nur seine Wertungen richtig einzuschätzen. Daß man aus den unterschiedlichen Teilen sogar auf eine Opposition des Dichters gegen den Prinzeps geschlossen hat, ist abwegig. Beide Teile werden durch die vierte Strophe verbunden:

hic dies vere mihi festus atras
exiget curas: ego nec tumultum
nec mori per vim metuam tenente
    Caesare terras.

«Diese Strophe ist aber über das Formale hinaus auch darum die geistige Mitte der Ode, weil hier Horaz das eigene Schicksal und sein persönliches Wohlergehen mit der Person des Augustus und mit der durch ihn geleiteten Ordnung der Dinge verknüpft» (Burck 169). Horaz preist nicht so sehr Augustus' Wirken für die Allgemeinheit – das ist immer wieder festzustellen – als vielmehr dessen Auswirkungen auf sich selbst.

11 Maecenas

Als Augustus Horaz zu seinem Privatsekretär machen wollte, hatte er, wie Sueton berichtet, Maecenas einen Brief mit der Bitte geschrieben, ihm den Dichter entführen (*abducere*) zu dürfen. Horaz gehörte noch immer zum Maecenas-Kreis. Dankbarer Ausdruck dessen ist die Widmung der ersten Oden-Sammlung an den Gönner. Das Proömium-Gedicht spricht aus, daß Horaz' Ruhm aus Maecenas' Förderung resultiere (1,1,35–36):

quodsi me lyricis vatibus inseres,
sublimi feriam sidera vertice.

Nimmst aber unter die lyrischen Sänger du mich auf,
dann berühr' ich mit stolzem Scheitel die Sterne!

Äußerer Rückzug

Die Ursachen für die Spannungen, die sich schon in den dreißiger Jahren zeigten, dürften sich während der Entstehung der Oden nicht geändert haben. Sueton überliefert, Horaz habe die meiste Zeit in der Zurückgezogenheit des Sabinum (S. 58) oder aber in seinem Haus in Tibur (Tivoli) gelebt. Einen Lobpreis Tiburs bringt Horaz in der Ode 1,7 (1–14):

Andere mögen das glänzende Rhodos, Mytilene andre
oder Ephesus oder die Mauern Korinths, von zwei Meeren bespület,
oder Theben, dem Bacchus, oder Delphi, dem Apollo
geweihet, oder Thessaliens Tempe besingen;

sei es anderer einziges Werk, im Reihengesange
die Stadt der jungfräulichen Pallas zu preisen
und überall Ölzweige zu brechen zum Kranz der Dichterstirn.
Wer Junos Glorie begeistert singt,

der preise das rossenährende Argos, das reiche Mykene;
aber mich hat das duldsame Sparta,

Larissas fette Fluren haben so nicht mich berauscht
als der Albunea rieselnde Grotte,

Anios Wogensturz, und Tiburnus' Hain, Tiburnus' Gärten,
von zitternden Bächen gewässert.

Albunea war eine weissagende Quellnymphe, Tiburnus einer der Stadtgründer. Die Kaskaden des Anio (Aniene) sind stets berühmt geblieben. Hier dürfte Horaz gern gelebt haben, in «a town rather than a country house» (N./H.). Man zeigte nicht nur zu Suetons, sondern auch in neueren Zeiten die Stelle, wo Horaz wohnte. So richtete Wilhelm Heinse (1746–1803) ‹vor dem Peterstage› 1782 einen Brief an Gleim: «Niemand hat das Tibur mehr besungen als Horaz; und seine Gedichte zeugen, wie sehr er das Erquickende und den Reiz davon gefühlt hat. Auch sind die Gegenden darum her noch der lebendigste Kommentar davon; und man liest ihn hier, wie man die Sprache von einem Freund versteht, mit dem man sein Vergnügen teilt. Die Stelle zu seinem kleinen Gut daselbst scheint so recht ausgesucht zu einem Observatorium aller Szenen, die da in der Natur vorgehen. Ein Felsen mit fruchtbarem Erdreich von hinten, und an den Seiten tritt das lange Tal hinein; gegenüber auf einem Büchsenschuß war gerad der alte Sturz des Anio (jetzt Teverone), die Stadt mit dem prächtigen Tempel des Herkules und ringsum das kleine äußere Amphitheater von Gebürgen; linker Hand in deren Schoß der Hain des Tiburnus, und rechter Hand breitete sich zwischen den frohen Hügeln voll schöner Landhäuser das Tal aus [...], und fern lag das stolze Rom und glänzten die lichten Tiefen der See.»
Wenig später schrieb Herder am 28. Oktober 1788 an seinen vierzehnjährigen Sohn Gottfried aus Rom: «Am schönsten Ort der Aussicht, wo jetzt das Kloster des Antonio ist, hatte Horaz sein Haus, wenn er in Tivoli war; seine kleine Villa lag 3 deutsche Meilen in den Sabinerbergen, deren mons Lucretilis [Carm. 1,17] voll Ziegenherden ich auch einmal besuchen will; der Weg von ihr nach seinem Tibur am Anio hin soll sehr schön sein. Hier war denn der Winkel der Erde, der ihm am schönsten gefiel und wo er sein ruhiges Alter hinbringen wollte [Carm. 2,7]; es ist auch ein gar lieblicher Erdenwinkel, der die Phantasie so ausfüllt in einem engen Raum, daß ihr nichts übrig bleibt. Hier waren denn das

domus Albuneae resonantis
et praeceps Anio ac Tiburni lucus et uda
mobilibus pomaria rivis

vor seinem Blick, wo er allen seinen Freunden Fröhlichkeit zusang als den einzigen Genuß des Lebens. Ich bitte Dich, lies mit Hrn. Schäfer [dem Hauslehrer] die siebte Ode des 1. B. und die 6. des zweiten und habe den Horaz lieb, den, wie du weißt, ich immer lieb gehabt und jetzt siebenfach

lieber habe, nachdem mir die Wahrheit und Schönheit seiner Empfindungen der Natur und des Lebens in seinem heiligen Tibur recht lebhaft gemacht worden.»
«... und fern lag das stolze Rom»: Horaz wählte den Rückzug auf das Sabinum oder nach Tibur wohl nicht zuletzt deshalb, weil er den dauernden Verpflichtungen in Rom entgehen wollte. Wie bei der Zurückweisung, das Amt eines Privatsekretärs bei Augustus zu übernehmen (S. 164), konnte er auch Maecenas gegenüber mit gesundheitlichen Gründen argumentieren.

Innere Überlegenheit

Horaz war im Umgang mit wirklichen Freunden offenbar unkompliziert. Ob Maecenas das ebenso war, ist nicht leicht zu sagen. Abgesehen von der hohen Stellung erschwerte sein unausgeglichener Charakter ein natürliches Miteinander. War Maecenas Hypochonder? Jedenfalls hat man das auch aufgrund der frühen, vielleicht 29 entstandenen Ode 2,17 (Heinze) geschlossen, die Horaz schrieb, nachdem Maecenas von schwerer Krankheit genesen und er selbst dem stürzenden Baum (S. 143) entkommen war:

Was tötest du durch deine Klagen mich?
Die Götter wollen's nicht noch ich, daß du,
Mäcen, vor mir erblassest,
du höchster Stolz, du Stütze meines Lebens.

Ach! Risse dich, du Hälfte meiner Seele,
ein frührer Tod gewaltsam fort, was weilte ich andre Hälfte dann?
Nicht mehr so wert und nur ein abgerißner
Überrest. Nein! Jener Tag

sei beider Untergang! Ich breche,
was ich geschworen, nicht. Ich folg', ich folge,
wo du vorangehst, dir, bereit,
an deiner Seite selbst den Todesgang zu gehn.

Von dir soll nimmer mich Chimaeras Flammenhauch
und, ständ' er wieder auf, selbst Gyges nicht mit seinen hundert Händen
reißen. So will es, mit den Parzen,
die mächtige Gerechtigkeit.

Ob einst die Waage, ob einst der schreckliche Skorpion
zur Stunde der Geburt mich schlimmer
anblickte, ob der Steinbock,
der mächt'ge Herrscher des hesperischen Meers:

So stimmt, zwar wunderbar, doch immer unser beider
Gestirn zusammen. Dich entriß der Schutz
des Jupiter, der dem frevelnden Saturn entgegen leuchtete,
dem Tod und lähmte des Schicksals

rasche Schwingen, als das gedrängte Volk
dreimal frohlockend auf dem Theater dir entgegen jauchzete;
mich hätte des Baumes stürzender Ast
getötet, hielt Faunus nicht den Schlag

mit seiner Rechten auf, der Schutzgott
aller Lieblinge Merkurs. So spende denn die Opfer
und den gelobten Tempel;
ich schlachte ein geringes Lamm.

Das Gedicht braucht nicht direkte Klagen von Maecenas zu spiegeln, aber es wird auf seine klagende Haltung nach der Krankheit anspielen. Schon nach der Lektüre des ersten Verses wird verständlich, daß Heinze, Fraenkel, Nisbet und Hubbard von Maecenas' Hypochondrie gesprochen haben. Horaz begegnet ihr mit einem sonderbaren Pathos bei der Schilderung seiner Freundschaft, obwohl «he was too sensible to die of a broken heart» (N./H.); Meineke hielt sogar das Pathos der vierten Strophe für lächerlich (Fraenkel 217). Wenn auch Maecenas ‹Hypochonder› war: Mußte Horaz darauf eingehen? Wenn auch Maecenas an Astrologie glaubte: Mußte Horaz zu erkennen geben, daß er das nicht tat? Wenn auch Maecenas ‹über› dem Dichter stand: Mußte Horaz ihm Jupiter, sich aber den vergleichsweise unbedeutenden Faunus zuordnen? Wenn auch Maecenas die Pracht liebte: Mußte Horaz seinem Tempel das niedere Lamm gegenüberstellen? Genug, er tat's, und Maecenas wird die ‹semi-serious irony› des Freunds nicht mißverstanden haben (N./H.). Daß ein wahrer Affekt auch ohne Ironie ausgedrückt werden kann, zeigt Gleims Brief vom 13. März 1749 an Ramler anläßlich dessen schwerer Erkrankung: «Es ist mir unerträglich, Sie immer auf dem Krankenbette vor mir zu sehen, sooft ich an Sie denke, und ich denke beständig an Sie. Nein, liebster Freund, Sie müssen nicht sterben, oder ich will gleichfalls sterben. *at! te meae si partem animae rapit / maturior vis, quid moror altera?* Was für kurze Tage für unsere Freundschaft, wenn sie sich mit unsern Lebenstagen ändern sollten! Es muß also zu deren Fortsetzung eine andere Zeit sein, es müssen uns andre Fluren erwarten, auf welchen wir näher beisammen sein werden; ich kann nur nicht zugeben, daß Sie sie eher betreten sollen als ich, *ibimus, ibimus / utcunque praecedes, supremum / carpere iter comites parati.* Wenn der Tod zu Ihnen kommt, Sie zu holen, so weisen Sie ihn doch nur zu mir; ich will alsdann mit ihm wandern».

Es ist offensichtlich, daß sich die Rollen von Horaz und Maecenas im ersten Jahrzehnt ihres Umgangs vertauscht hatten: «Although then Horace can refer to Maecenas as *praesidium et dulce decus meum* (1.1.2.), their positions have become reversed. The client now supplies the spiritual patronage. Horace offers advice for the psychological problems of Maecenas, his need for extravagant luxury and his preoccupation with death [...]. The first line of a humorous consolation to Maecenas for his sickness and fears (2. 17. 1), *cur me querelis exanimas tuis?* indicates, in spite of his joking hyperbole, the constant demands for moral support which Maecenas now imposed upon him» (Reckford 204).

Aufforderung zur Eudaimonie

Daß sich die Ode 2,17 nicht nur auf eine bestimmte Situation bezieht, mag auch daraus hervorgehen, daß Horaz Maecenas zwei Gedichte gewidmet hat, in denen er ihn freundschaftlich aufforderte, seine Lebensweise zu überdenken und die Eudaimonie, die Vita beata, zu verwirklichen. Beide haben die Form einer Einladung zu einer kleinen Feier im bescheidenen Ambiente des Dichters und hängen schon aus diesem Grund zusammen: 3,8 und 3,29. 3,8 wird von Nisbet und Hubbard auf 25 (II,201), 3,29 von Heinze nicht lange vor Abschluß der ersten Oden-Sammlung datiert; sie gehören wohl in zeitliche Nähe.
In 3,8 lädt Horaz Maecenas zu sich ein und rät ihm, seine politischen Sorgen zu vergessen (17–28):

> Die Sorgen für die Stadt – was kümmern die dich jetzt?
> Gefallen ist die Heerschar Cotisos, des Dakiers;
> der Meder, furchtbar sonst, hat nun
> die blutgen Dolche wider sich gezückt.
>
> Der Cantaber, der alte Feind am Rande Spaniens,
> dient auch, zu spät in Fesseln eingeschmiedet,
> der Skythe hat abgespannt den Bogen und sinnt
> auf Flucht vom Schlachtgefild.
>
> So frage denn nicht mehr, ob wo Gefahr dem Volke noch drohe.
> Lebe dir nun selbst und sorge nicht.
> Genieß mit frohem Mut, was dieser Augenblick dir schenket,
> und verscheuche jetzt der Geschäfte Ernst.

Die zuletzt zitierte Strophe macht deutlich, daß Horaz einen grundsätzlichen Rat gibt:

> neglegens, ne qua populus laboret,
> parce privatus nimium cavere et
> dona praesentis cape laetus horae:
> linque severa.

Während zuvor von außenpolitischer Bekümmernis die Rede ist, spielt Horaz nach Kießling und Heinze hier auf Maecenas' innenpolitische Tätigkeit an. Augustus habe die Kräfte seiner Freunde etwa für Tempel- und Wegebau in Anspruch genommen; überhaupt werde Maecenas ihm

bei der gewaltigen Reorganisationsarbeit zur Hand gegangen sein. Aber ganz solchen Geschäften zu leben komme dem Magistrat, nicht dem Privatmann zu, bei dem auch die frohe Gegenwart ihr Recht fordern dürfe. Horaz setzt also den lang dauernden Sorgen die Bedeutung der jetzigen Stunde, oder epikureisch gesprochen: dem Sinnen auf die Zukunft das Ergreifen der Gegenwart entgegen. Insofern die letzten beiden Verse echt horazisches Denken formulieren (S. 207–209), ist die Aufforderung an Maecenas auf dessen ganze Lebensweise bezogen.
Noch eindrucksvoller wendet sich Horaz in 3,29, einer seiner schönsten Oden, an den Gönner und Freund. Sie sei hier so weit betrachtet, wie sie Maecenas betrifft, und die horazische Gegenposition (S. 212–214) nur angedeutet (1–16, 25–33; 32 mit der Verbesserung von E. A. Schmidt):

> Enkel tyrrhenischer Fürsten, Maecenas,
> lange schon harret deiner bei mir ein unberührtes Faß voll milden Weines
> und blühende Rosen und
> Salben für dein Haupt gepreßt.
>
> Entreiß dich den Fesseln
> und hefte nicht immer den Blick auf das wasserreiche Tibur, auf Aefulas abhängige Fluren,
> auf des Vatermörders Telegonus Hügel.
>
> Verlaß den ekelerzeugenden Überfluß
> und den wolkenanstrebenden Palast.
> Bewundre nicht immer
> den Rauch und die Schätze und das Geräusch des üppigen Roms.
>
> Auch den Reichen ist oftmals der Wechsel süß,
> und ein reinliches Mahl in der niedrigen Hütte des Armen
> ohne Teppich und Purpur
> entfaltete oft schon die sorgenvolle Stirn.
>
> Du sorgst indes für des Reiches Wohl;
> für den Staat bekümmert, fürchtest du
> des Serers, des unruhigen Tanais
> und des Baktriers Rüsten, der ehmals vom Kyros beherrscht ward.
>
> Weise hüllte die Gottheit der Zukunft Entwicklung
> in ein nächtliches Dunkel
> und lacht des Sterblichen,
> der über das ihm von Gott Zubestimmte hinaus zittert. Brauche, was da ist, mit ruhiger Seele.

Wiederum wird Maecenas als mit innen- und außenpolitischen Sorgen belastet charakterisiert (25–28). Hinzu kommt eine Schilderung seiner Erstarrung in den Fesseln Roms. Von seinem hochgelegenen Palast auf dem Esquilin blickt Maecenas nach Tibur und Tusculum hinüber, statt dorthin zu reisen; ebenso schaut er auf den Rauch, den Glanz und den

Lärm Roms, das *beata* genannt wird, was zwar ‹üppig› heißt, hier aber ironisch einen Ort bezeichnet, der die Vita beata gerade nicht vermittelt. Das Schauen im letzten Fall wird durch *mirari* ausgedrückt (‹bewundern›). Nichts zu bewundern ist aber, wie Horaz an Numicius schreibt, die einzige Haltung, die den Menschen glücklich macht und auch erhält (Epist. 1,6,1–2):

> nil admirari prope res est una, Numici,
> solaque, quae possit facere et servare beatum.

So hörte man denn schon in den ersten Strophen, daß Maecenas von der Vita beata weit entfernt war, und konnte schließen, daß Horaz' Aufforderung, die Pracht zu vergessen und bei dem Freund ein bescheidenes Mahl einzunehmen, grundsätzlich zu verstehen war. Lieberg hatte den ‹Symbolismus› des Vorgangs richtig betont: Es zeige sich, daß Horaz darauf ziele, Maecenas von der Befangenheit in äußeren Gütern fort zu der Bindung an die wahren Güter der Seele zu führen; die Einladung zum Fest sei dichterisches Symbol der Adhortatio ad bona animi (415).

Die Ode zeigt eindrucksvoll, daß das innere Verhalten der Freunde anders war als die äußeren Verhältnisse: Horaz ist der Reiche, Maecenas der Arme, Horaz ist heiter (*laetus*, 42), Maecenas unruhig (*sollicitus*, 16; 26); Horaz ist seiner sicher (*potens sui*, 41), Maecenas von Sorgen geplagt (*curas*, *times*, 26); Horaz lebt in angenehmer (13–16), Maecenas in öder Umgebung (9–12); Horaz ist in Wahrheit frei, Maecenas unfrei. «Horace is exaggerating of course for the sake of humor, but the essential contrast remains: either Horace is happy and Maecenas is not, or else both will be happy together – provided that Maecenas enters into the Horatian spirit» (Reckford 204). Horaz hatte der Macht schon immer mißtraut. Jetzt bestätigte der eigene Freund diese Erkenntnis.

12 Unter den Mächtigen des Reichs

Wer von Augustus und Maecenas umworben wurde, dem öffneten sich alle Türen. Es war nicht nur für Horaz eine Auszeichnung, von den Mächtigen Roms empfangen zu werden, sondern auch diese rechneten es sich zur Ehre an, den berühmten Dichter in ihrem Haus zu sehen. Aber es war nicht Horaz' Sache, zum Preis der Großen in die Saiten seiner Leier zu greifen – das tat er nur selten und mit großer Zurückhaltung; eher hielt er es für angemessen, ihnen hinsichtlich ihrer Lebensweise Empfehlungen auszusprechen, so wie das in seinem Verhältnis zu Maecenas im vorhergehenden Kapitel einsichtig geworden ist. Das bedeutete nicht eine Kritik, über die man verstimmt war; dafür war der Dichter aus der Perspektive der hochgestellten Politiker viel zu sehr ein Außenseiter. Man freute sich, von ihm gewürdigt zu werden, ohne daß man deshalb sein Leben geändert hätte.

Lob mit Maß

Ein Preis, der mit solcher Zurückhaltung formuliert wurde, daß man ihn verkannt hat, ist die schon betrachtete Ode 1,26 auf Aelius Lamia (S. 169–170). In ihr spricht Horaz mehr von sich als von dem prominenten Freund, dem Statthalter von Spanien. Man wird das nicht bedauern: Es ist für Horaz' Oden wie für seine anderen Gedichte charakteristisch, daß er in ihnen stets ein Stück seines eigenen Denkens wiedergibt.

Einen echten Preis stellt die Ode 2,2 an C. Sallustius Crispus, den Großneffen und Adoptivsohn des Historikers, dar, der, wie Tacitus berichtet, ohne offizielles Staatsamt Augustus nach Maecenas am nächsten stand. Er war ein steinreicher Mäzen, ein Förderer der Dichtkunst. Man darf vermuten, daß er auch Horaz gegenüber freigebig war und daß diese Ode den Dank darstellt (K./H.). Doch ist der Preis wiederum so zurückhaltend, daß man sich nicht darüber einig war, ob Sallustius nicht sogar getadelt würde. In der zweiten Strophe wird zudem C. Proculejus, Maecenas' Schwager, herausgehoben, der ebenfalls ein großzügiger Mäzen war.

Silber hat keinen Glanz, in karger
Erde verschlossen, mein Crispus Sallustius, Feind des Metalls,
wenn nicht weiser Gebrauch
demselben Schimmer erteilet.

Bis zu fernen Jahrhunderten wird Proculejus noch leben,
voll Vaterliebe gegen die Brüder.
Ihn hebt auf nicht ermattenden Schwingen
der Nachruhm empor.

Zähmst du den gierigen Geist, dann bist du ein größerer Herrscher,
als wenn du Libyen mit Cadix' fernen Küsten
verbändest und beide Karthagos
dir allein nur gehorchten.

Schreckliche Wassersucht wächst bei jeder Befriedigung;
ihr Durst wird nimmer gestillet, wenn nicht der Krankheit Ursach
den Adern, dem bleichen Körper
das zehrende Wasser entweicht.

Die Weisheit, im ewigen Kampfe mit dem Wahne des Pöbels,
nimmt den Phraates aus den Reihen der Glücklichen,
wiewohl ihm wurde der Thron des Kyros wiedergegeben!
Sie entwöhnet das Volk von der Worte verkehrtem Gebrauche,

gibt die Herrschaft, das sichre Diadem
und den ewigen Lorbeer nur dem,
welcher mit ungeblendeten Blicken
auf Goldhaufen hinsieht.

Sallustius' Preis besteht darin, daß er das Geld nicht horte, sondern in seiner Freigebigkeit nutze. Auf ihn wird in der dritten Strophe das stoische Paradoxon angewendet, daß nur der Weise reich und König sei, das heißt: Der (durch seinen Besitz) reiche Sallustius ist aufgrund der Selbstbeherrschung (durch sein Denken) noch reicher. Das Volk nennt den König Phraates (S. 169) einen *beatus,* für die Virtus aber, die anders als das Volk urteilt, ist derjenige König, der sich nach Schätzen nicht umblickt. Diese Ode ist in den ersten drei Büchern eines der seltenen Beispiele eines Preislieds; es wurde ausgewählt, weil es zeigt, daß sich auch in ihm Horaz' persönliches Denken ausspricht, das anders als das des Volks ist.

Die Eingangs-Ode des zweiten Buchs ist an C. Asinius Pollio gerichtet, einen der glänzendsten Köpfe Roms, Konsul 40, zeitweise auf Antonius' Seite, später loyal gegenüber Oktavian, gern seine Unabhängigkeit betonend. Er trat als Redner und Schriftsteller hervor und war Stifter der ersten öffentlichen Bibliothek Roms, Initiator der Rezitation eigener Werke vor geladenem Publikum und Förderer Vergils; auch Horaz warb um seine Anerkennung (S. 51). Feiert dieses Gedicht Pollio in ‹panegyrischen Tönen›, wie sie Horaz sonst in der ersten Oden-Sammlung nicht angeschlagen hat (Heinze)? Der Anfang nimmt auf sein im Entstehen begriffenes Geschichtswerk Bezug, das die Bürgerkriege seit Metellus' Konsulat 60 v. Chr. darstellt und Ursache dafür ist, daß Pollio für einige Zeit das Schreiben von Tragödien nach kekropischen (= attischen) Vorbildern (womit Sophokles gemeint ist) vernachlässigt (1–12):

Den Bürgerzwist, der sich entspann, als Metellus Konsul war,
des Krieges Quellen, Fehler, Wechsel,
Fortunens Spiel, den unglücksvollen
Feldherrnbund und Waffen,

noch immer von ungesühntem Blut befleckt,
beschreibst du jetzt, mein Pollio, ein Werk, reich an Gefahr!
Und wandelst über Feuer dahin,
das unter trügender Asche lodert.

So möge denn des Trauerspieles ernste Muse
sich von dem Schauplatz noch entfernen; aber hast du nach weisem Plan
deine Geschichte vollendet, dann kehre bald auf kekropischem Kothurn
zur erhabenen Bühne zurück.

Im folgenden gibt Horaz vor, er höre schon den Schlachtenlärm und die Reden der Feldherren. Das waren in der Tat Vorschußlorbeeren, mit denen Pollio zufrieden sein konnte. Darf man aber annehmen, daß Horaz dem kommenden Werk den Boden beim Publikum bereiten wollte und als ‹Dichter dem Dichterkollegen› ans Herz legte, nicht zu lange auf die tragische Muse zu verzichten (Heinze)? Überstieg das nicht seine Kompetenz? Wie es scheint, verfolgte er neben dem Preis ein ganz anderes Ziel, wie die letzten drei Strophen nahelegen (29–40):

Zeuget nicht jede Flur, voll Grabhügel,
mit Römerblute gedüngt, von frevelhaften Schlachten,
vom Umsturz Hesperiens, den selbst
des Meders Ohr vernahm?

Welche Wasser und welche Ströme
kennen nicht den jammervollen Krieg? Welchen Ozean röteten
Dauniens Schlachten nicht?
An welchen Küsten floß nicht unser Blut?

Doch, verwegne Muse, vergiß nicht deiner Scherze,
hebe nicht wieder an die keïschen Klagegesänge;
komm zu Dionens Grotte,
da, da scherze mit mir auf sanfteren Saiten!

Diese Verse gehen weit über eine bloße Vergegenwärtigung des Inhalts der zukünftigen Geschichtsdarstellung hinaus. Die Schilderung der Greuel der Bürgerkriege wird geradezu Selbstzweck: Wie kann Horaz Pollio unterstellen, daß er diese wiederaufleben lasse? Und was haben sie mit des Dichters Muse zu tun? Die Annahme liegt nahe, daß Horaz seine persönliche – verheerende – Sicht der Bürgerkriege gibt und andeutet, daß er sie einem eigenen Gedicht zugrundelegte, wenn man ihn nötigte, die Überwindung derselben durch Oktavian zu besingen. Das würden Threnoi (Totenklagen), wie sie Simonides von Keos um 500 schrieb, nicht aber Lieder, die wie sonst mit Scherz und Dione (Venus) zu tun hätten. So wird die Ode, die als Preislied begann, unter der Hand ein apologetisches Gedicht, in dem der Dichter bei einer Rezitation – vielleicht in Pollios Haus, in dem auch Freunde Oktavians und Maecenas' anwesend waren – unmißverständlich zu verstehen gab, daß er eine Dichtung böte, die nicht im Sinn der Auftraggeber läge. Wieder hat Horaz in ein Preislied das eigene Denken verflochten. Daß der Anfang des zweiten Buchs «bitter ernst, ja trauernd» ist (R. A. Schröder), hatte seinen tieferen Sinn.

Aufforderung zur Eudaimonie

In der Mehrzahl der Oden, die an die Mächtigen Roms gerichtet sind, kann von einem Preis keine Rede sein. Horaz' Absage an den großen Feldherrn Agrippa 1,6, daß er seine Taten nicht verherrlichen könne, ist schon besprochen (S. 144). Ein anderes Beispiel ist die sich anschließende

Ode 1,7 an L. Munatius Plancus, den Konsul von 42, der aus Tibur stammte und dem Horaz deshalb das Lob dieser Stadt widmete. Sie ist bis V. 14 schon besprochen (S. 172–173). Die Verse 15–21, auf die noch ein mythisches Beispiel folgt, lauten:

Wie der erheiternde Süd vom düstern Himmel
oft die Wolken verjagt, nicht immer Ungewitter gebiert,
also ertränke auch du, mein Plancus, deinen Harm
und die Mühe des Lebens weise
in mildem Wein, magst du im Lager sein, von Adlern umschimmert,
oder im dichten Schatten
deines Tiburs dich kühlen.

Es ist gewiß auffallend, daß Horaz «diesem Würdenträger nur den Rat zu geben weiß, die Sorgen beim Wein zu vergessen» (Heinze). Aber daraus ist zu schließen, daß Plancus Sorgen, schwere Sorgen hatte. Er war Antonius' Anhänger und erst 32 zu Oktavian übergegangen. Ob er wieder ein militärisches Kommando bekam, ist unbekannt; aber Horaz konnte bei dem Mann, der schon unter Caesar Kriege geführt hatte, damit rechnen (19–20). Die Ode ist früh entstanden und weist auf die Epoden durch Metrum (Epode 12) und Inhalt (Epode 13) zurück. Sie wird in die für Plancus kritische Zeit nach Aktium, aber vor 27 gehören, als er wieder so angesehen war, daß er im Senat den Titel ‹Augustus› für Oktavian beantragen konnte. Um das Jahr 30 war er wohl ‹heimatlos› (wie Teucer in dem mythischen Exempel am Schluß). Vielleicht dachte er sogar an ein freiwilliges Exil (Mitscherlich). Horaz fühlte, daß Plancus sich unter den Männern, gegen die er bis ‹einen Tag zuvor› gekämpft hatte, fremd vorkommen mußte (Pasquali 723). Noch der Historiker Vellejus Paterculus unter Tiberius qualifizierte ihn als Verräter par excellence (2,83). So konnte Horaz ihn nach seinem bewegten Leben auf stillen Genuß zurückverweisen und auf das bescheidene Tibur, seine Heimat, wo auch der Dichter eine Heimat gefunden hatte und die Eudaimonie zu verwirklichen suchte.

Ähnlich wie Plancus hatte sich Quintus Dellius, der Empfänger einer der bekanntesten Oden, 2,3, im Bürgerkrieg verhalten. Nach Philippi war er zu Antonius, kurz vor Aktium zu Oktavian übergegangen. So wie Vellejus Plancus einen krankhaften Verräter nannte (*morbo proditor*), nannte Messalla Dellius einen (im Lauf die Pferde wechselnden) Kunstreiter der Bürgerkriege (*desultor bellorum civilium*), wie der ältere Seneca berichtet (Suas. 1,7). Der Anfang der Ode wurde zum geflügelten Wort:

Aequam memento rebus in arduis
servare mentem, non secus in bonis
ab insolenti temperatam
laetitia, moriture Delli,

seu maestus omni tempore vixeris,
seu te in remoto gramine per dies
festos reclinatum bearis
interiore nota Falerni.

quo pinus ingens albaque populus
umbram hospitalem consociare amant
ramis? quid obliquo laborat
lympha fugax trepidare rivo?

huc vina et unguenta et nimium brevis
flores amoenae ferre iube rosae,
dum res et aetas et sororum
fila trium patiuntur atra.

cedes coemptis saltibus et domo
villaque flavos quam Tiberis lavit,
cedes et exstructis in altum
divitiis potietur heres.

divesne prisco natus ab Inacho
nil interest an pauper et infima
de gente sub divo moreris,
victima nil miserantis Orci:

omnes eodem cogimur, omnium
versatur urna serius ocius
sors exitura et nos in aeternum
exilium inpositura cumbae.

Erhalt' im Unglück dir ein Herz voll Gleichmut,
im Glücke unberauscht vom Lärm
der wilden Fröhlichkeit,
mein Dellius, des Todes Beute,

magst du voll Grams die Lebenszeit durchseufzen
oder an festlichen Tagen, auf ländlichem Rasen
gelagert, im besten Falerner
Seligkeit trinken!

Wozu reichen die Silberpappel und die erhabene Fichte
sich traulich die Zweige zum wirtbaren Schattengewölbe?
Was müht sich zu Tale
flüchtig des Baches Welle in geschäftiger Unrast?

Dorthin laß Wein dir bringen und Salben
und die süße Blüte zu bald verwelkender Rosen,
dieweil es noch Schicksal und Alter und der drei Schwestern
schwarze Faden gestatten.

Verlassen wirst du alle zusammengekauften Bergweiden,
wirst Haus und Villa verlassen, von den gelblichen Fluten
des Tibers bespület; dein Erbe
erfreut sich dann der aufgetürmten Schätze.

Sei reich, sei des alten Inachos Enkel;
oder leb' arm und vom Pöbel entsprossen
unter des Himmels Gezelt:
Dennoch bist du ein Opfer des unerbittlichen Orkus!

Wir alle werden dorthin zusammengetrieben,
und unser aller Los fällt früher, fällt später,
aus der Urne gezogen, und übergibt uns
zu ewiger Verbannung dem Nachen.

Horaz rät Dellius zur Ausgeglichenheit im Unglück und Glück. Bedarf er dieses Rats? «Dellius is not being taught a lesson he does not know or urged to a virtue he does not possess» (N./H.). Warum? Horaz ruft Dellius zur Ausgeglichenheit auf, weil er sie vermutlich nicht hat. Horaz ruft Dellius zum Genießen auf, weil er es vermutlich nicht kennt. Horaz ruft Dellius auf, sich nicht zu sehr um den Besitz zu kümmern, weil er das vermutlich im Übermaß tut. Horaz ruft Dellius auf, an den Tod zu denken, weil er vermutlich die Kürze des Lebens vergißt. Ein Kunstreiter wie Dellius wird man leicht, wenn man gern über die Stränge schlägt. Es wurden allerlei Skandalgeschichten erzählt: Er habe Kleopatra laszive Briefe geschrieben, oder Antonius sei sein Liebhaber gewesen. Nach Aktium war er politisch kaltgestellt und warf offenbar seine ganze Energie auf die Vermehrung des Besitzes – Grund genug für Horaz, ihn auf den Weg zur Vita beata hinzuweisen. Es mag sein, daß er ihm die Ode in seinem herrlichen Park zuerst vortrug. Sie wird bei den Zuhörern – wie bei der Nachwelt – ihren Eindruck nicht verfehlt, bei dem Angesprochenen aber kaum eine Umkehr bewirkt haben.

Wie der Anfang wurde auch der erste Vers der letzten Strophe ein geflügeltes Wort. Ein schönes Beispiel neben den hochpoetischen Nachformungen in der Weltliteratur ist der Schluß von Johann Peter Hebels Erzählung *Kannitverstan*, die er zuerst in Latein verfaßte. Die horazischen Gedanken und das wörtliche Zitat zeigen die Verwandtschaft zwischen beiden Dichtern (Übersetzung von Staffhorst 78): Auch hier antwortete ihm auf die Frage, wer es denn sei, den sie zu Grabe trügen, irgendwer: ‹Kannitverstan.› ‹O armer Kannitverstan!›, rief er aus, ‹was helfen dir nun die aufgehäuften Schätze, was der schimmernde Marmor deines Hauses und die goldglänzenden Dächer! Und was helfen mir meine Klagen! Zufrieden will ich leben. Denn *omnes eodem cogimur*›.

Die Oden 1–12 des zweiten Buchs entsprechen einander schalenförmig (1/12; 2/11 usw.); daher stehen 2,3 und 2,10 in Beziehung. Auch die letzte ist einem mächtigen Mann Roms gewidmet, in dem hier nach Hanslik und Nisbet/Hubbard Licinius Murena gesehen wird, der Bruder von Maecenas' Frau Terentia und des in 2,2 genannten Proculejus (S. 179). Reckford rechnete ihn mit Plancus und Dellius zu Horaz' ‹neurotic friends› (204). (Mitscherlich charakterisierte die Adressaten konventioneller; Plancus: ‹vir summae inconstantiae›, Dellius: ‹homo varius›, Licinius: ‹homo turbulentus atque ambitiosus›.) Jedenfalls scheint er in eminentem Maß der rechten Lebensweisung bedurft zu haben. V. 5 wurde zum geflügelten Wort (1–8):

> rectius vives, Licini, neque altum
> semper urgendo neque, dum procellas
> cautus horrescis, nimium premendo
> litus iniquum.
>
> auream quisquis mediocritatem
> diligit, tutus caret obsoleti
> sordibus tecti, caret invidenda
> sobrius aula.

Das ganze Gedicht lautet:

> Glücklicher lebst du, Licin, wenn du nicht
> immer das hohe Meer befährest, nicht immer,
> dem Sturm erbebend, ans treulose Ufer
> scheu dich hindrängst.
>
> Wer den goldenen Mittelstand
> liebgewann, der lebt sicher, fern vom Schmutz
> der verfallenen Hütte, fern vom beneideten
> Palaste.
>
> Gewaltiger wird vom Sturme die hohe
> Tanne geschüttelt, hohe Türme stürzen zum schrecklichern Ruin
> herab, und Blitze zerspalten der höchsten
> Berge Gipfel.
>
> Ein gefaßtes Herz hoffet im Unglück, fürchtet im Glücke
> den Wechsel des Schicksals;
> Jupiter führet
> die schwarzen Gewitter herauf. Er verjagt
>
> sie auch wieder. Gehts dir heute nicht wohl, es wird nicht immer
> so bleiben. Apollo fordert auch oft durch die Laute zum Gesang die schlummernde
> Muse auf und spannt
> nicht immer den Bogen.
>
> Im Drang der Leiden erscheine mutig
> und standhaft; aber
> bei allzu günstigem Winde ziehe klüglich
> die schwellenden Segel ein.

Das Gedicht beschreibt die Vita beata – *recte vivere* weist auf die Eudaimonie (K./H.) – und ruft dazu auf, sie zu verwirklichen. Während die ersten beiden Strophen durch polare Bilder den Mittelweg, der einzuhalten ist, verdeutlichen, verschiebt sich das Gleichgewicht im folgenden eindeutig zugunsten einer Warnung, nicht nach zu Hohem zu streben. Hohes stürzt öfter und schwerer, heißt es in der dritten, aus einer schlimmen Lage geht es auch wieder aufwärts, in der vierten und fünften Strophe. Das bedeutet wohl, daß Licinius in einer schlimmen Lage ist, aber auf Besserung hoffen kann. In der letzten Strophe wird ihm Mut empfohlen, aber zugleich nahegelegt, bei einer glücklichen Wendung der Dinge Maß zu halten. Was bedeutet das? Licinius war, wie es scheint, im Jahr 23 Konsul, aber von Augustus aufgrund schwer zu rekonstruierender Ereignisse aus dem Amt entfernt worden. Damit war er gefallen, konnte aber Hoffnung auf eine Besserung der Lage haben. In diese Zeit dürfte die Ode fallen, die dem Gestürzten Mut zusprach, ihn aber zugleich davor warnte, sich künftig wieder zu überheben. Licinius beherzigte den Rat nicht: Ein Jahr später schmähte er Augustus in einem Prozeß und wurde bald darauf der Teilnahme an der Verschwörung Fannius Caepios – zu Recht oder zu Unrecht – beschuldigt. Er erschien zu dem Prozeß, der den Verschwörern gemacht wurde, nicht und kam auf der Flucht ins Exil – vielleicht durch Mord – ums Leben (Vogt-Spira[2]). Die Ode ist ganz aus der historischen Situation heraus zu verstehen. «Sie mahnt den überheblichen, gefallenen Mann in Hinkunft zur aurea mediocritas. Vor und nach diesem Satz sind die extremen Verhaltungsweisen skizziert [...]. Aber in der 3. Strophe sagt Horaz ihm doch: wer hoch steigt, wird tief fallen [...]; so ist es Murena ergangen. Doch der Dichter tröstet ihn V. 17f.: non si male nunc, et olim sic erit. Und die letzte Strophe mahnt für die Zukunft: jetzt zeige dich tapfer im Unglück, in Zukunft aber wirst du, wenn du klug bist, deine Segel nicht mehr zu sehr schwellen lassen. Diesen Rat hat Murena freilich nicht befolgt» (Hanslik[2] 287). Besondere Aktualität gewann das Gedicht, wenn man annimmt, daß Horaz es in einem Kreis vortrug, in dem nicht nur Licinius und sein Schwager Maecenas, sondern auch Augustus oder ein Vertrauter (*Iuppiter* in V. 16 ist nach N./H. eine Anspielung auf den Prinzeps) anwesend waren: Dann war es zugleich ein Appell an Augustus, den Gefallenen zu begnadigen.

Es ist nicht notwendig, den historischen Hintergrund der Ode zu kennen; der Satz von der *aurea mediocritas* machte auch ohne dieses Wissen seinen Weg durch die Weltliteratur. Aber mit diesem Wissen wird uns das Individuum Horaz um vieles deutlicher.

13 Freundschaft und Liebe

Freundschaft und Liebe spielen in Horaz' Werk eine große Rolle. Daß er in der Freundschaft Erfüllung gefunden hatte, ist anerkannt; wieweit das auch auf die Liebe zutraf, ist dagegen umstritten.

Dauer in der Freundschaft

Es war immer wieder darauf hinzuweisen, welches Gewicht der Kreis der Freunde für Horaz hatte. Wie treu er der Freundschaft ergeben gewesen sei, zeigen nach Herders Urteil in den *Briefen über das Lesen des Horaz* mehrere Oden, «die Weihgeschenke auf den Altar der Freundschaft genannt zu werden» verdienten. «Ein Teil derer, an die er seine Oden richtet, sind berühmte Namen; der Weltkenntnis und dem Charakter Horaz' dürfen wirs zutrauen, daß der Inhalt jedes Stücks, das er ihnen weihte, ihnen angemessen war; so durchwandern wir in ihm eine schöne Galerie von Helden- und Freunde-Namen» (vierter Brief). Schon bei der Betrachtung der Satiren wurde deutlich, daß der Dichter den Freunden sowohl in persönlicher als auch in künstlerischer Hinsicht tief verbunden war. Sie sind es gewesen, denen er seine Gedichte am liebsten vortrug und mit denen er Fragen seiner Kunst am besten diskutieren konnte. Der am Ende der Satire 1,10 genannte Kreis von befreundeten Dichtern und Kritikern (S. 51) muß eine heute schwer vorstellbare Funktion für das literarische Leben der Zeit gehabt haben. Daß Horaz das Thema der Freundschaft in der ersten Oden-Sammlung bedeutend weiterzuführen gedachte, hat er dadurch sinnfällig gemacht, daß er am Anfang nach Maecenas (1,1) und Augustus (1,2) dem Freund Vergil die dritte Ode widmete, die R. A. Schröder «das schönste Denkmal der Freundschaft zweier großer Dichter» nannte. Vergil wird nicht selbst angesprochen; vielmehr wendet sich Horaz an das Schiff, das ihn auf einer Seereise nach Griechenland bringen wird. Es ist ein ‹Geleit-Gedicht›, Propemptikon, wie es schon Sappho kannte. Venus, die Herrin der Meere, die Dioskuren Kastor und Pollux, die Schützer auf dem Meer, Aeolus, der Herrscher der Winde, und Japyx, der Nordwestwind, mögen Vergil von Brundisium (Brindisi) aus nach Griechenland geleiten (1–8):

So leite dich denn, o Schiff, Zypriens mächtige Göttin,
so dich das leuchtende Gestirn, Helenens Brüder,
und der Vater der Winde,
er verschließe sie alle, nur den Japyx nicht.

Bringe meinen Virgil –
dir ward er anvertraut –
ungefährdet an Attikas Ufer!
Erhalte, ach! Erhalte die Hälfte meiner Seele!

Im folgenden wird die Schiffahrt als Frevel verdammt. Man hat zu Recht gefragt, was das mit der Reise eines Freunds zu tun habe, ob eine solche Reflexion ihn nicht sogar verletzen müßte. Aber es wird ja nicht der Freund, sondern das Schiff angeredet. Herder sagte an der eben zitierten Stelle, wenn Horaz gegen den Erfinder der Schiffahrt so hart spreche, enthülle er «eben damit seine für das Leben des Freundes fürchtende, zart erregte Seele.» Harder hat vermutet, Horaz beziehe sich auf Vergils Prophezeiung in der vierten Ekloge, in der Schiffahrt ebenfalls Frevel bedeutet, die aber aufhöre, wenn das goldene Zeitalter wiederkehre (435). Ist das richtig, müßte man nicht so sehr einen Bezug auf Vergils Reise als vielmehr auf seine Prophezeiung annehmen und verstehen, daß die goldene Zeit mit dem Beginn des Prinzipats noch keineswegs eingetreten sei – was durchaus zu der Tendenz der vorhergehenden Ode 1,2 paßt (S. 165–167). Eine solche ‹Korrektur› könnte aber nur von leisem Humor getragen sein, so wie er bei Bezugnahmen auf Vergil in den Satiren (S. 125) und Epoden (S. 75) zu beobachten ist. Es ist daher wichtig, daß Schindel darauf hingewiesen hat, das Gedicht sei nicht Ausdruck eines tiefen Kulturpessimismus, sondern ein gespielt vorwurfsvolles Lebewohl an den Dichterfreund, eine literarische Abschiedsreverenz, deren Schweben zwischen geistreicher Heiterkeit und diskreter Sympathie dem prominenten Platz im ersten Buch angemessen sei (332).

Den nicht leicht zu verbindenen Teilen der Ode hat Gleim in seiner Nachdichtung eine christliche Klammer gegeben (es folgen die jeweils ersten und letzten beiden Strophen):

An das Schiff,
welches Klopstock nach Kopenhagen überbrachte

O Schiff, du führest einen Mann,
der einen Heiland singt und einen Gott der Götter,
bei hellem Frühlingswetter
vollende deinen Lauf, und glücklich komm er an!

Begleiten müssen Engel dich
von denen, welche sahn die Welt geboren werden!
Die Sonnen und die Erden
hielt Gott in seiner Hand, die Engel freuten sich.

Wer hätte wohl mit schwachem Holz
ohn einen Gott gewagt, Weltmeere zu beschiffen?
Die Angst hätt' ihn ergriffen,
die Tollheit niederschlägt, und Wut und Heldenstolz.

Auf ihn, auf ihn vertrauen wir,
er wird den großen Mann und unsern Freund beschirmen;
er schützet ihn in Stürmen
und kehrt mit ihm zurück und bringet ihn zu mir!

Daß die Freundschaft im Mittelpunkt seines Daseins stand, hat Horaz, wie es scheint, auch durch die Komposition der ersten drei Oden-Bücher angedeutet. Es sind 88 Oden; die vierundvierzigste am Ende der ersten (2,6) und die fünfundvierzigste am Beginn der zweiten Hälfte (2,7) sind zwei herausragende, wenn nicht Horaz' herausragendste Freundschafts-Gedichte (Ludwig[2] 344–345). In 2,6 legt der Dichter dem jüngeren Freund Septimius (der ihn vielleicht aufgefordert hatte, einen Feldzug gegen die zwischen 29 und 24 immer wieder unruhigen Kantabrer in Spanien mitzumachen) dar, er sehne sich eher nach Tibur und Tarent, um dort in Ruhe sein Leben zu beschließen und von dem Freund das letzte Geleit zu erhalten:

> Septimius, der du bis zu dem fernen Cadix gefolgt mir wärest,
> bis hin zum Cantaber, der ungelehrig unser Joch nicht tragen will,
> hin zu den barbarischen Syrten, wo rastlos die maurische
> Flut strömt:
>
> Ach! Möchte Tibur doch, vom argivischen Fremdling gegründet,
> die Ruhstätt meines Alters,
> das Ziel sein mir Müden von all den Gefahren des Meers, der Reisen,
> der Kriege.
>
> Versagte mir diesen Wunsch ein zürnendes Geschick:
> Dann flöh ich zur süßen Tränke der Mantelschafe, dem Galaesusfluß,
> hin zu den Fluren, die einst Lakoniens
> Phalanthos beherrschte.
>
> Vor allen lächelt der Erdenwinkel
> mich an, wo Honig, gleich dem hymettischen,
> rinnet, wo die Olive um den Vorrang mit der vom grünen
> Venafrum buhlt;
>
> wo Jupiter uns lange Frühlinge zu milden
> Wintern bescheret, wo Aulon,
> vom segnenden Bacchus begünstigt, nicht die Falerner-
> traube beneiden darf.
>
> Dieser Ort und diese glückseligen Burgen
> laden dich ein und mich. Da magst du
> deines geliebten Dichters glimmende Asche
> mit schuldigen Zähren benetzen!

Statt Gefahren sucht Horaz Ruhe, statt Krieg Frieden, statt Barbarei Philosophie. Das soll in der Verbindung von griechischem Geist (Tibur und Tarent sind von Griechen gegründet) und römischer Landschaft verwirklicht werden. So wird besonders Tarent zu einem «Stück Wunschwelt des musischen Menschen» (Klingner[2] 411). Die glückseligen Burgen, *beatae arces*, der letzten Strophe bedeuten einen Zufluchtsort für die Verwirklichung der Vita beata, in dem beide Freunde gemeinsam bis zum Tod weilen mögen. In einem Brief vom 2. Oktober 1745 an Gleim zitierte Ramler halb ernsthaft, halb scherzhaft die letzte Strophe: «Freilich muß ich nach Berlin, und Sie müssen gleichfalls wieder hin. *ille te mecum locus et beatae / postulant arces: ibi tu calentem / debita sparges lacrima favillam / vatis amici.* Stoßen Sie sich nicht an dem *vates*; denn ich will nicht ehe sterben, bis ich auch einer werde.»

Die ersten vier Strophen von 2,7 sind schon S. 43–45 besprochen, da sie das gemeinsame Verstricktsein der Freunde Horaz und Pompejus Varus in die Wogen des Bürgerkriegs schildern. Die Freude des Wiedersehens nach mehr als einem Jahrzehnt der Trennung aufgrund der Amnestie Oktavians für die Kämpfer auf Antonius' Seite findet auch in den letzten drei Strophen, die zur Feier aufrufen, beredten Ausdruck. Burck hat darauf hingewiesen, daß Horaz immer wieder die großen historischen Ereignisse der Zeit in seine Lieder einbrechen und das persönliche Wohlergehen des einzelnen mit dem allgemeinen Wohl verstrickt sein lasse (161).

Die beiden Oden 2,6 und 2,7 bilden nicht nur die Mitte der 88 Gedichte der ersten Sammlung, sondern sind auch miteinander verbunden. Die letzte Strophe von 2,6 und die erste von 2,7 lauten:

ille te mecum locus et beatae
postulant arces: ibi tu calentem
debita sparges lacrima favillam
vatis amici.

o saepe mecum tempus in ultimum
deducte Bruto militiae duce,
quis te redonavit Quiritem
dis patriis Italoque caelo.

In beiden Strophen begegnet die Betonung *te / mecum*, beide werden von der Vorstellung des Tods beherrscht. Ferner: So wie *amici* das letzte Wort von 2,6 ist, lautet das letzte von 2,7 *amico*. Während 1,1 mit der Widmung an Maecenas und 3,30 mit dem Nachruhm des Dichters offiziellen Charakter haben, hat Horaz die persönlichen Gefühle in der Mitte der Sammlung ‹versteckt›.

Natürlich hat Horaz seine Freunde auch mit scherzhaften Gedichten beschenkt – ohne freilich seinen Standpunkt preiszugeben. Als Beispiel diene 1,29 an Iccius, an den auch die Epistel 1,12 gerichtet ist. Er hatte beschlossen, seine Studien aufzugeben und sich lieber der Expedition des Statthalters von Ägypten Aelius Gallus im Jahr 25 gegen das ‹reiche› Arabien anzuschließen:

Iccius, Arabiens Schätze wecken jetzt deinen Neid,
verderbliche Fehde bereitest du
Sabaeas nie bezwungnen
Königen, schmiedest Ketten

dem furchtbaren Meder! Welche Jungfrau des Auslands wird dann,
ihres Bräutigams beraubt, dir dienen?

Welcher Fürstensohn mit gesalbetem Haar,
unterrichtet, serische Pfeile

mit väterlichem Bogen zu schießen, wird dann beim Weingelage
den Becher dir reichen? Wer mag nun leugnen,
daß jähe Ströme die steilen Berge aufwärts steigen,
der Tiber zurückfließen könne,

da du des großen Panaitios Werke,
aus allen Gegenden zusammengekauft, und Sokrates' Weisheit
mit iberischem Panzer vertauschen kannst,
wiewohl du einst höhere Hoffnungen gabst?

Daß Horaz statt eines epikureischen Philosophen den bedeutenden Stoiker Panaitios aus dem zweiten Jahrhundert nennt, der eine Zeitlang auch in Rom lebte, ist angesichts der moralischen Unanfechtbarkeit der Stoiker eine hübsche Pointe. «Horace has transferred to poetry the ironic banter of a civilized and serene governing class. Though unpretentious, the ode is perfect of its kind» (N./H.). Der Ton setzt sich in Epistel 1,12 fort.

Wechsel in der Liebe

Können wir uns Horaz' Kreis der Freunde vorstellen, fällt das hinsichtlich seiner Geliebten nicht ebenso leicht. Schon Herder sagte in den *Briefen über das Lesen des Horaz* zu seinen «Situationen der Liebe»: «Höchst lächerlich wäre es, wenn man, sie zusammennähend, einen Roman aus ihnen, *les amours d'Horace* dichtete, wie man es mit Catull, Petrarch und wahrscheinlich auch mit ihm wirklich getan hat. Bei einem lyrischen Sänger (*fidicen Romanae lyrae*): Was kümmern uns seine Privat-Liebeshändel? Oder wer diese Lydia, jene Pyrrha, Leuconoë, Neobule u. f. gewesen? Namen sind sie, die in sein Silbenmaß, Charaktere, die in seine jetzt gewählte Situation paßten; vielleicht Griechinnen, die er nie gesehen hatte, geistig aber sah und darstellt» (zweiter Brief). Das erste ist sicher richtig, das letzte möchte man aber doch nicht glauben. Es gibt kein Gebiet des horazischen Werks, dem man so wenig Realitätsgehalt zuzubilligen pflegt wie der Liebes-Lyrik. Man denkt, daß die Gedichte an Augustus, Maecenas, die Mächtigen des Reichs, die Freunde, an die Allgemeinheit oder die Jugend Roms tatsächliche Einstellungen des Dichters gegenüber wirklichen Personen wiedergeben. Nur bei den Geliebten ist man von Fiktionen überzeugt: Gerade der persönlichste Bereich sei am unpersönlichsten dargestellt – und das bei einem Dichter, dessen Lebens- und Liebeslust Suetons Vita so eindrücklich hervorhebt. Gewiß, Augustus, Maecenas, Plancus, Dellius oder Licinius sind noch heute faßbar: Wer aber sind Pyrrha, Lyde, Lalage, Myrtale oder Barine?

Darf man aus den griechischen Namen auf Fiktion schließen? Man übersieht gern, daß sie sich in vierfacher Weise erklären. 1. Es werden, wie Herder vermutete, Griechinnen unter den Frauen gewesen sein. 2. Viele Hetären nahmen griechische ‹Künstlernamen› an. 3. Horaz nannte auch Freunde mit griechischen Pseudonymen wie wahrscheinlich Thaliarchus in 1,9 oder Xanthias in 2,4. Ferner tragen die Jünglinge in den Liebes-Gedichten in der Regel griechische Namen. Horaz und sein Publikum werden gewußt haben, warum. So ist auch mit weiblichen ‹Decknamen› zu rechnen, was Wili für Tyndaris, Lalage, Licymnis, Lydia, Lyde und Cinara annahm (181–184). 4. Vor allem aber folgte Horaz einer Tradition der römischen Liebes-Dichtung. Catull nannte seine Geliebte Lesbia, womit er sagen wollte, sie inspiriere ihn wie die aus Lesbos stammende ‹zehnte Muse› Sappho. Die Elegiker gaben ihren Geliebten ebenfalls sprechende griechische Namen wie Properz (Cynthia) und Tibull (Delia), womit sie, auf den Berg Kynthos der Apollo-Insel Delos bzw. auf diese selbst anspielend, sagen wollten, ihre Geliebten inspirierten sie wie Apollo. Auch die Namen der horazischen Frauen sind sprechend: Rothaar (Pyrrha), Süße (Glycera), Jugendfrische (Chloë), Plappernde (Lalage) usw.
So wird man aus den verschiedensten Gründen hinter den griechischen Namen leibhaftige Frauen vermuten dürfen. Gewiß ist Zieliński zu weit gegangen, der aus den Gedichten einen ‹amour urbain› und einen ‹amour rustique› rekonstruiert hat (157–184). Wie er setzte Wili Lydia und Lyde gleich und nahm an, daß sich in den ihnen gewidmeten Oden «verschiedenes Erlebnis» berge (184). Besonders hinsichtlich Cinaras habe Horaz «eine wirkliche Liebe selbstbiographisch» dargestellt (190). Wilkinson meinte, einige Frauen, vor allem Cinara, hätten «the shadow of reality» (51).
In der frühen Satire 1,2 warnt der Dichter vor unerlaubter Liebe zu verheirateten Frauen, aber auch vor dem Umgang mit Dirnen und ‹empfiehlt› statt ihrer die Freigelassenen (S. 93–94). In der Tat erlangten die Libertinen in Rom beachtlichen Einfluß; auch Cynthia und Delia dürften ihnen zugehört haben. Von Phryne wird in den Epoden (14,15), von Myrtale in den Oden (1,33,15) gesagt, daß sie Libertinen sind. Man braucht aber aus der seltenen Standesbezeichnung nicht darauf zu schließen, daß die anderen Frauen anderen Stands waren. Bei Myrtale wird *libertina* nur hinzugesetzt, um ein scharfes Paradox zu formulieren: Sie, selbst frei, hielt den Dichter wie einen Sklaven in Fesseln (*me detinuit compede Myrtale libertina*).
Herder bedachte an dem genannten Ort weiter: «Stellt man die Oden dieser Art in ihren mancherlei Situationen nebeneinander, so wird man einerseits eine römische Lebensweise, die wir uns gewiß nicht zurückwünschen, anderseits eine ernstmoralische Grazie des Dichters gewahr, sich bemühend, auch diesen Szenen wenigstens ehrbaren Anstand zu

geben.» So wie Horaz' Vater den Sohn durch das Verweisen auf die Beispiele anderer erzog, so «stellet Horaz seine Gemälde in allerlei Formen der Leidenschaft hin und überläßt jedem, sich selbst zu sagen: ‹Merke! Dahin gehets! Hüte dich bei Zeiten!›» In dem ersten mögen wir Herder vielleicht zustimmen, bei dem zweiten müssen wir dem feinsinnigen Horaz-Ausleger die Gefolgschaft versagen: An seinen eigenen Schilderungen hatte Horaz selbst die größte Freude. Noch, wenn er sich von einer Frau trennte, tat er das mit Entzücken. Das lehrt gleich das erste Liebeslied der Sammlung an Pyrrha, die der Dichter zwischen den Widmungen an den Konsul des Jahrs 23 (in dem die Oden veröffentlicht wurden) L. Sestius Quirinus (1,4) und an Agrippa (1,6) einer ‹Absage› würdigt. Scaliger nannte das Gedicht ‹reinen Nektar› (‹merum nectar›):

Welcher süße Jüngling, von Salben umduftet,
umarmt dich, Pyrrha, auf Rosen gelagert
in der lieblichen Grotte?
Wem bindest du dein blondes Haar zurück,

kunstlos geschmückt? Ach! Wie oft wird er deine Untreue beweinen
und die veränderten Götter!
Wie wird der Neuling die Wogen,
von düsteren Stürmen empöret, anstaunen!

Er, der leichtgläubig dich jetzt, sein goldnes Glück, genießt,
dich immer fremder Liebe leer, dich immer liebenswürdig
hofft und deine trügrische Laune nicht kennt.
Die Armen, denen du,

noch ungeprüfet, glänzest! Aber ich habe
(dieses gelobte Bild an dieser heiligen Wand verkündigt es),
ich habe die triefenden Kleider
aufgehängt dem meeregebietenden Gotte.

Das Gedicht hat inhaltliche Ähnlichkeit mit der hellenistischen Epigrammatik (Vergleich der Liebe mit der Seefahrt, Abschied von der Liebe), und es ist zu fragen, ob es deshalb rein literarischen Charakter habe. Handelt es sich nur um eine pointierte Verarbeitung bekannter Motive? Horaz hat ‹Schiffbruch› erlitten und weiht seine Kleider dem Gott des Meers, Neptun. Und doch: Der zierliche Stil und die verbindliche Haltung nehmen nach Heinze der Anklage jede Schärfe und gestalten sie «fast zu einer erneuten Huldigung an den verführerischen Reiz der wetterwendischen Schönen». Wenn Horaz das Gedicht zum erstenmal im Kreis der Freunde vortrug, werden diese schon gemerkt haben, wen er mit der rotblonden Schönen meinte, obwohl sie wußten, daß weder die Grotte noch andere Einzelheiten zu identifizieren seien. Catull und die Elegiker hatten ihre Geliebten in der Gesellschaft der Freunde dargestellt: Auch ‹Pyrrha› mochte anwesend sein – wenn nicht gar der ‹erfolgreiche›

Jüngling, dessen Parfum die Runde wahrnahm. Rache ist nicht weniger süß als Liebe. Auch kam Horaz' Selbstironie nicht zu kurz: Der Nebenbuhler war schlank (*gracilis*), er selbst korpulent. Man stelle sich nicht zu viel Papier und zu wenig Leben in den Kreisen vor, in denen Flaccus verkehrte!

Wichtiger als der individuelle Anlaß ist die Haltung, die in dieser Ode zum Ausdruck kommt. Man hat zu Recht immer wieder darauf hingewiesen, daß Horaz sich – anders als Catull und die Elegiker – nicht als schmachtenden Liebhaber gezeichnet, angesichts der Stellung des Gedichts muß man sagen: eingeführt habe. Horaz meistert heiter-lächelnd den Verlust, das Verlorene noch immer spürend. Aber auch er war getroffen. Goethe schrieb Anfang 1770 an seinen pietistischen Freund Ernst Theodor Langer (1743–1820), ihm die *Neuen Lieder* der Leipziger Zeit mit der letzten Strophe der Pyrrha-Ode als Widmung übersendend (der Bezug auf den französischen Ästhetiker Charles Batteux, 1713–1780, spricht für sich): «Hier sind denn meine Lieder. [...] Die Geschichte meines Herzens in kleinen Gemälden! Wenn je Gedichte nicht unter Batteux' Grundsatz gegangen sind, so sind's diese, nicht ein Strich Nachahmung, alles Natur. Und drum werden sie mir und meinen Freunden ewige Denkmale meiner Jugend sein. Lesen Sie doch die ganze Ode des Horaz, woraus das Motto genommen ist. Die fünfte im ersten Buch, das ist der Geist meiner Lieder.» Offenbar hatte Goethe den Eindruck, daß in der Pyrrha-Ode nicht Nachahmung, sondern Natur herrsche; deshalb sprach er von der Geschichte seines Herzens. Gewiß, Goethe war in Leipzig nicht so erschüttert wie später in Marienbad, aber das Dichterwort sollte uns zur Vorsicht mahnen, bei Horaz zu viel Nachahmung und zu wenig Natur anzunehmen.

Horaz stellt die Liebe anders dar als die Elegiker. Daß das mit einer unterschiedlichen Auffassung derselben zusammenhängt, läßt das kleine Gedicht 1,33 an den Freund Albius Tibullus erkennen, dessen Elegien zu derselben Zeit wie die ersten Oden-Bücher entstanden.

> Nein, Albius, nein, traure nicht zu sehr bei dem Gedanken
> an deine unholde Glycere, singe nicht immer
> in Klagetönen, weil sie einen jüngern
> Liebling treulos dir vorzieht.
>
> So lodert die Liebe zum Cyrus im Busen einer Lycoris, des Mädchens
> mit der herrlich kleinen Stirn; und Kyrus geht der unerbittlichen
> Pholoë nach. Aber eher werden mit Apuliens
> Wölfen Rehe sich gatten,
>
> eh Pholoë dem schändlichen Bundbrüchigen sich ergibt.
> So will es Venus! Bitter lachend
> legt sie ungleichen Gestalten und Herzen
> ein ehernes Joch auf.

Auch mir ward eine bessere Liebe geboten,
doch hält in Rosenbanden mich Myrtale fest,
die Freigelassene, wilder als Adrias Wogen,
die zu Kalabriens Busen sich krümmen.

Der Elegiker begibt sich in seiner Dichtung in langdauernde Abhängigkeit von der Geliebten, auch wenn sie untreu ist. Dem entspricht hier Tibulls Haltung. Horaz dagegen ist von dem natürlichen Wechsel in der Liebe überzeugt, wie schon die Pyrrha-Ode zeigte. Dem entspricht hier seine Haltung, daß es notwendig sei, Venus' Vorliebe anzuerkennen, *inparis / formas atque animos sub iuga aenea / saevo mittere cum ioco* (10–12). Darin steckt mehr Lebenserfahrung und Lebenswirklichkeit als in dem romantischen Gehabe der Elegiker. Die Tiefe ihrer Empfindung ist nicht zu bestreiten, jedoch zu sehen, daß in deren Darstellung bis zu einem gewissen Grad auch eine Protesthaltung gegen die offizielle Wertordnung, mit der sich eine durch die Schrecken der Bürgerkriege und die Auflösung der Republik gezeichnete Jugend nicht mehr identifizieren konnte, zum Ausdruck kam. Wenn die Elegiker ihr Verhältnis zu der Geliebten mit den Termini der Ehe benannten, wollten sie zweifellos provozieren. Insofern diese Verlorenheit an die Liebe das Gefühl einer überhaupt ‹verlorenen› Generation widerspiegelt oder widerspiegeln soll, wird man vorsichtig sein müssen, den Elegikern Erfüllung in der Liebe zuzugestehen, Horaz aber abzusprechen. In den Elegien ist wenig von «Genuß und Befriedigung» die Rede. «Sie leben nicht vom Gewinn, sondern vom Verlust von Gegenwart, Glück und Sicherheit. Sie leben von der Unruhe, von der wesenhaft unerfüllbaren Liebe» (Klingner[2] 425). Horaz war von der politischen Entwicklung nicht weniger betroffen, er war nicht weniger resigniert; aber er verlor sich nicht. Sein Naturell war stärker als das der Elegiker, doch nicht weniger empfindsam. Es ist ja bezeichnend, daß er in der Epistel 1,4 die ganze Existenz Tibulls in den Blick nahm und zu ‹bessern› versuchte (S. 256–257): Für den dort geschilderten Charakter war die Elegie die adäquate poetische Ausdrucksform. Im Blick auf die Darstellung der Liebe bei den Elegikern und bei Horaz empfiehlt es sich, von einem Unterschied der Temperamente, nicht der Empfindung zu sprechen.

Daß eine ‹Liebeskette› wie in 1,33 nicht in jedem Fall auf Oberflächlichkeit schließen läßt, mag ein bekanntes Gedicht Heinrich Heines aus dem *Lyrischen Intermezzo* im *Buch der Lieder* zeigen:

Ein Jüngling liebt ein Mädchen,
die hat einen andern erwählt;
der andre liebt eine andre
und hat sich mit dieser vermählt.

Das Mädchen heiratet aus Ärger
den ersten besten Mann,
der ihr in den Weg gelaufen;
der Jüngling ist übel dran.

Es ist eine alte Geschichte,
doch bleibt sie immer neu;
und wem sie just passieret,
dem bricht das Herz entzwei.

Wie Horaz' Ode hat dieses Gedicht scherzhafte Züge. Aber der Schluß zeigt, daß es ernst gemeint ist. K. Briegleb vermerkt in seinem Kommentar von 1968: «In die Formeln der alten Geschichte ist autobiographischer Stoff präzise übertragen; die geliebte Cousine Amalie heiratete John Friedländer, nachdem sich ihr eine andere Liebe nicht erfüllt hatte (der von ihr geliebte Mann heiratete eine andere).» Robert Schumann hat das Lied in der *Dichterliebe* vertont und die Singstimme in den letzten beiden Versen aus dem bis dahin eingehaltenen Volkslied-Ton dramatisch ausbrechen lassen.
Eindringlich ist die Ode 1,19, in der Venus, Bacchus und Licentia, die Ausgelassenheit, den Dichter in eine neue Liebesglut stürzen:

Der Liebesgötter grausame Mutter
und der thebanischen Semele Sohn
und die lose Licentia
fordern mein Herz für die kaum verbannete Liebe zurück.

Entflammt hat mich die blendende Glycera,
die den parischen Marmor überglänzt,
entflammt hat mich ihr reizendes Ungestüm
und ihr Blick voll Gefahren.

Venus hat Kyprien verlassen, hat sich ganz
in mich hineingestürzt und verbeut mirs, die Skythen
und den Parther, der auf umgelenktem Rosse noch mutig kämpft,
und alles zu singen, was Liebe nicht atmet.

Auf dann, Knaben, bringt grüne Rasen
und Opferkraut und Weihrauch her
und eine Schale zweijährigen Weines voll;
ist das Opfertier gewürgt, dann wird sie mir günstiger.

Auch in dieser Ode klingen Motive der griechischen Liebesdichtung an. Man hat daraus unterschiedliche Schlüsse gezogen. «Needless to say the ode has no bearing on real life; we need weave no fantasies about Horace's romance with Glycera. The poem is in fact much too detached to be a love poem; it is not about a girl, but about literature and Horace» (N./H.). Unbeschadet des «mythologischen und römisch-geschichtlichen Beiwerks waltet in dem Lied doch eine innigere Leidenschaft als in irgendeinem alexandrinischen Gedicht; sie läßt sich nicht vom Epigrammatischen beengen und ist gleichsam von den alexandrinischen kalten ‹Kopfweisen› zum Herzen zurückgeführt» (Wili 175). Hat das sorgfältig komponierte Gedicht (Burck 178–179) einen Sitz im ‹Leben›, oder ist es ‹Papier›? Heinze meinte, bei ausgelassenem Gelage habe Glyceras verführerische Schönheit den Dichter entflammt. Das mag zutreffen; vielleicht sollte man lieber sagen, daß Horaz bei ausgelassenem Gelage auf ‹Glyceras› verführerische Schönheit anspielte, ihr in froher Runde ein großartiges Ständchen brachte, ihr, die er vorher kennenlernte und für die er die Ode vorbereitete. Diese hat noch eine zweite Funktion. Horaz sagt, die Leidenschaft gestatte ihm nicht, die Parther zu besingen. Aber die wollte er nie besingen. Also sollte er sie besingen! Auch dieses Liebeslied ist ein apologetisches Gedicht; und das erfüllte erst dann seine volle Funktion, wenn es auf einem Symposion vorgetragen wurde, bei dem auch diejenigen anwesend waren, die panegyrische Thematik wünschten. Der übermütige Dichter lag Glycera gegenüber – oder gar neben ihr: Wie konnte er seine Verteidigung wirksamer führen? Den hinreißenden Versen mußte selbst Maecenas applaudieren! So sprach aus der Ode «Macht und Stärke der Leidenschaft» (Burck 180), und sie hatte in doppelter Hinsicht «bearing on real life». Als Horaz später das erste Buch zusammenstellte, gab er ihr den letzten Platz der ersten Buch-Hälfte. An dieser wichtigen Stelle definierte er die Oden-Dichtung noch einmal als sympotisch-erotisch, nicht politisch.

Liebe und Kunst

Wenn ‹Pyrrha› und ‹Glycera›, wie hier vorausgesetzt, die ihnen gewidmeten Oden anhörten, mußten sie Verständnis für die Kunst des Dichters haben. In der Tat sind die gehobenen Hetären vielfach literarisch und musikalisch gebildet gewesen. Sie waren häufig griechischer Herkunft. Auch Catulls Lesbia, Gallus' Lycoris und Properz' Cynthia sind ohne Kunstverstand nicht denkbar. Es ist nicht einzusehen, daß der seiner Kunst bewußte Horaz in dieser Hinsicht anspruchsloser gewesen sein sollte als seine Kollegen. 1978 wurde ein Fragment des ersten römischen Elegikers Cornelius Gallus bekannt, in dem er sagt, seine Verse möchten seiner Herrin würdig sein; sie ist damit als Kritikerin angesprochen. Properz bekennt, er wolle der kunstsinnigen Geliebten, der *docta puella* (1,7,11), gefallen, in deren Schoß er ihr seine Gedichte vorträgt (2,13,11) und deren Urteil ihm wichtig ist (2,13,14). Horaz schätzt ebenfalls gebildete Frauen. In 1,17 ist es Tyndaris, die auf dem Sabinum zur Leier ein Lied nach Anakreons Weise singen soll, in 2,11 Lyde, die mit der elfenbeinernen Lyra zu einem Symposion kommen möge, in 2,12 Licymnia (die natürlich nicht Terentia ist), von deren Gesängen Horaz fasziniert ist, oder in 3,14 Neaera, die eine helle Singstimme hat. Schon in der satirischen Epode 8 unterstellte er der verbuhlten ‹Alten›, sie wolle auf ihn mit stoischen Traktaten Eindruck machen (S. 77–78). Ein so brillantes Feuerwerk wie 2,8, das trotz den Pfeilen ein hinreißendes Kompliment bedeutete, hatte nur dann Sinn, wenn die Angesprochene genug Geist hatte, die geistvolle Ode zu würdigen. Berücksichtigt man, daß Barine am Ende «in die volle Öffentlichkeit gerückt als strahlender Mittelpunkt der sie umgebenden Welt» erscheint (Burck 188), wird man an einen musikalischen Vortrag bei einem Convivium denken. Am schönsten kommt das Kunstverständnis der Angebeteten in einer der berühmtesten horazischen Oden, 3,9, zum Ausdruck, von der (wie auch von 4,3) Scaliger sagte, Ambrosia und Nektar seien nicht süßer als sie, und er möchte lieber ihnen ähnliche Gedichte geschrieben haben als König von ganz Aragonien sein («quibus ne ambrosiam quidem aut nectar dulciora putem [...]. quarum similes malim composuisse quam esse totius Tarraconensis rex»). Und Mitscherlich meinte, wer weder von dieser so lieblichen Behandlung des unbeschwerten Inhalts noch von der natürlichen Schlichtheit der Sprache noch von der so angemessenen Leichtigkeit des Rhythmus bewegt und bezaubert würde, könne sich zu Recht darüber beklagen, daß bei seiner Geburt die Musen und Grazien voll Zorns gewesen seien («Qui neque hac levioris argumenti tractatione venustissima, neque nativa orationis simplicitate, neque numerorum aptissima facilitate commoveatur atque deliniatur, is Musis Gratiisque iratis se natum jure habet, quod conqueratur»). Es handelt sich um einen Dialog, in dem jeweils der Dichter eine Strophe singt und Lydia mit einer Strophe antwortet:

Donec gratus eram tibi
    nec quisquam potior bracchia candidae
cervici iuvenis dabat,
    Persarum vigui rege beatior.

‹donec non alia magis
    arsisti neque erat Lydia post Chloën,
multi Lydia nominis
    Romana vigui clarior Ilia.›

me nunc Thressa Chloë regit,
    dulcis docta modos et citharae sciens,
pro qua non metuam mori,
    si parcent animae fata superstiti.

‹me torret face mutua
    Thurini Calaïs filius Ornyti,
pro quo bis patiar mori,
    si parcent puero fata superstiti.›

quid si prisca redit Venus
    diductosque iugo cogit aeneo,

si flava excutitur Chloë
reiectaeque patet ianua Lydiae?
‹quamquam sidere pulcrior
ille est, tu levior cortice et inprobo
iracundior Hadria,
tecum vivere amem, tecum obeam lubens.›

Horaz
Als ich dir lieb noch war,
als noch um deinen Marmornacken
kein andrer Jüngling statt meiner seine Arme wand,
kein Perserkönig war da glücklicher als ich.

Lydia
Als du noch für kein andres Mädchen branntest,
noch Lydia dir mehr als Chloë war,
da, da war Lydia berühmt,
war größer als Roms Ilia!

Horaz
Nun herrscht in meinem Herzen Chloë, die Thrakierin,
des süßesten Gesanges und der Laute Meisterin,
für sie scheu ich den Tod selbst nicht,
schont sie, mein Leben, das Schicksal nur!

Lydia
Ich glühe jetzt für Calaïs,
des thurischen Ornytus Sohn; er glüht für mich.
Zweimal stürb' ich mit Lust für ihn:
Schonte den Jüngling das Schicksal nur!

Horaz
Wie? Wenn die alte Liebe wiederkehrte
und die Getrennten wieder in ehrne Bande zwänge?
Wenn ich die blonde Chloë verstieße
und der verschmähten Lydia die Tür sich öffnete?

Lydia
Zwar ist er schöner als der Morgenstern,
du leichter als Kork und wilder
als die böse Adria.
Doch lebt' ich gern mit dir, doch stürb' ich mit dir gern!

Das Lied durchmißt drei Zeitstufen: von der gemeinsamen Liebe in der Vergangenheit über die trennende Liebe mit anderen in der Gegenwart zu der wiederauflebenden gemeinsamen Liebe in der Zukunft – seit je nicht als ein Stück artistischen Experiments, sondern wirklicher Empfindung bewundert. Es ist vielleicht kein Zufall, daß Horaz Lydia gegenüber in 1,13 das einzige Mal – wie die Elegiker – von einer Liebe bis zum Tod sprach. Charmant hat der Dichter die (ehemalige) Geliebte als ihm völlig gewachsen, ja seine Argumentation übertrumpfend gezeichnet. Lydia ist kunstsinnig; sie freut sich darüber, daß sie von Horaz besungen worden ist und durch seine Lieder berühmter wurde als die Aeneas-Tochter Ilia durch Ennius; «man ermesse daran, wie hoch Lydia ihren Dichter stellt» (K./H.). Dieser ist jetzt mit Chloë liiert, die süß zu singen weiß und die Kithara beherrscht: Der Kunstverständigen wird eine Künstlerin gegenübergestellt. Aber auch ‹Lydia› vermag zu singen; denn das Lied gibt nur Sinn, wenn es mit verteilten Rollen dargeboten wurde. Wieder wird man eine Convivium-Szene anzunehmen haben, in der Horaz und ‹Lydia› aufstanden und den Dialog – wie auch immer – vortrugen. Mindestens sangen beide. Es ist dieselbe Situation wie in 3,28, wo Horaz Lyde auffordert, sie möchten anläßlich des Neptun-Fests im Wechselgesang den Gott preisen, sie überdies Latona, Diana und Venus besingen (9–16):

Wir wollen im Wechselgesange
den Neptunus singen und der Nereiden meergrüne Locken.
Du singst zur gewölbten Leier
Latonen und die Pfeile der schnellen Kynthierin

und im krönenden Lied die Göttin, welche Knidos
und die schimmernden Kykladen beherrscht und Paphos
mit ihrem Schwanengespann besucht.
Auch empfange die Nacht ihre verdiente Klage!

Daß Horaz mit seinen Geliebten zusammen sang, lehrt schließlich 4,11, wo er Phyllis, die Liebeskummer hat, Lieder lehren will, die sie nachsingen soll (34–36):

condisce modos, amanda
voce quos reddas: minuentur atrae
carmine curae.

Lerne die Lieder, sie nachzusingen mit deiner
liebreizenden Stimme! Durch Lieder
werden die schwarzen Sorgen gemindert.

Horaz «selbst wird sie die tröstenden Weisen lehren» (K./H.). Es handelt sich um ein «Vorsingen des Komponisten» (Wille 130). Denkt man an 3,9 zurück, ist die Funktion des Zwiegesangs ähnlich: So wie Horaz in 4,11 um Phyllis wirbt, finden Lydia und er in 3,9 durch die Kunst (wieder) zueinander. Das alles sind wunderbare Zeugnisse dafür, daß Horaz seinen Geliebten auch auf eine höchst sublime Weise – auf der Ebene der Kunst – verbunden war. Oft sind Kunst und Liebe der Convivium-Situation zugehörig, sei es zu zweit wie in 3,28, sei es in größerer Runde wie vielleicht in 3,9, wo Lydias und des Dichters Kunstdarbietung den Höhepunkt des Abends bedeutete. Sowenig man die Kunst aus Horaz' Lebenswirklichkeit verbannen wird, sowenig sollte man die Liebe aus ihr fortdisputieren.

Liebe und Kunst vereinte auch Molière in seiner galanten Adaptation der Ode 3,9 an das bukolische Milieu, wenn in *Les Amants Magnifiques* «un berger et une bergère [...] font en musique une petite scène d'un dépit amoureux»:

Philinte
Quand je plaisais à tes yeux,
j' étais content de ma vie,
et ne voyais roi ni dieux
dont le sort me fît envie.

Climène
Lorsqu'à toute autre personne
me préférait ton ardeur,
j' aurais quitté la couronne
pour régner dessus ton coeur.

Philinte
Une autre a guéri mon âme
des feux que j' avais pour toi.

Climène
Un autre a vengé ma flamme
des faiblesses de ta foi.

Philinte
Cloris, qu'on vante si fort,
m'aime d'une ardeur fidèle;
si ses yeux voulaient ma mort,
je mourrais content pour elle.

Climène
Myrtil, si digne d' envie,
me chérit plus que le jour;
et moi, je perdrais la vie
pour lui montrer mon amour.

Philinte
Mais si d'une douce ardeur
quelque renaissante trace
chassait Cloris de mon coeur,
pour te remettre en sa place?

Climène
Bien qu'avec pleine tendresse
Myrtil me puisse chérir,
avec toi, je le confesse,
je voudrais vivre et mourir.

Der Charme des horazischen Liebeslieds ist über Jahrhunderte hin lebendig geblieben. Es ist die einzige Ode dieses Dichters, die Alfred de Musset übersetzt und sogar nachgedichtet hat.

14 Philosophie des Individuums

Epicuri de grege porcus

Gern wird Horaz' Ausspruch, er sei keinem Meister verpflichtet, auf seine Worte zu schwören, *nullius addictus iurare in verba magistri* (Epist. 1,1,14), zitiert, um zu beweisen, daß er nicht einer philosophischen Schule angehangen habe. Man wird die Stelle im weiteren Sinn so aufzufassen haben, daß sich Horaz nicht sklavisch einer Richtung unterworfen habe; aber im engeren Sinn ist sie aus dem Zusammenhang heraus zu verstehen: Horaz sagt sich von der Welt des Spiels und der Oden los und damit auch von Maecenas' Treiben. So könnte dieser fragen, wem er sich nun unterstelle (*quo me duce, quo lare tuter*, 13), und da antwortet Horaz, er sei sein eigener Herr. Jedenfalls hat Fraenkel zu Recht von Horaz' «full adherence to the Epicurean creed» gesprochen (255). Scherzhaft hat dieser – auf sein Äußeres anspielend – das ja selbst Tibull gegenüber betont, der, wenn er lachen wolle, ihn einmal besuchen könne, welcher, fett und glänzend mit wohlgenährter Haut, ein Schwein aus Epikurs Herde sei, *me pinguem et nitidum bene curata cute vises, / cum ridere voles, Epicuri de grege porcum* (Epist. 1,4, 15–16). Das war freilich in typischer Selbstironie ein Bekenntnis zum Vulgär-Epikureismus. «Horaz ist (wir können es nicht leugnen) bei aller seiner ernsthaften Moral zuweilen etwas leichtsinnig: Das Haus des scherzreichen Maecenas und Kaiser Augustus selbst, der diesen Ton liebte, hatten ihn, was das betrifft, nicht besser gemacht; und freilich, wer gern tanzt, dem ist gut geigen», fühlte sich Wieland genötigt anzumerken.

Der Epikureismus kam als eine radikale Philosophie des Individuums Horaz in jeder Weise entgegen. Epikur (341–270) hatte den Menschen ganz auf sich selbst gestellt, indem er lehrte, daß dieser über die Möglichkeit zur Eudaimonia (Vita beata, Glückseligkeit) in sich verfüge. Darin war Epikur ebenso konsequent wie Zenon, der Begründer der Stoa, der mit seiner Philosophie ebenfalls auf den Zusammenbruch der griechischen Polis und die Auflösung der alten Ordnung, der Religion und der Werte reagiert hatte. Von solchem Denken mußte sich auch Horaz angesprochen fühlen. Aber Epikur ging noch weiter als die Stoa. Während diese dem Menschen den Dienst für den Staat und die Gemeinschaft zur Pflicht machte, verwies ihn Epikur auf sich selbst und einen Kreis von gleichgesinnten Freunden zurück. Hierin konnte der durch die Bürgerkriege entwurzelte Horaz in den dreißiger Jahren einen Halt finden. Es war aber auch deutlich geworden, daß er die Wende nach Aktium nicht als so entscheidend und den Wandel der Gesellschaft nicht als so überzeugend empfunden hatte, daß er sich öffentlich engagierte. So blieb er auch in den Oden seiner

epikureischen Überzeugung treu. Es war noch ein zweiter Grund, der Horaz zum Epikureismus hinzog. Während die Stoiker die Eudaimonia und den Weg zu ihr in einer unduldsamen Weise definierten, ging Epikur von einer realistischeren Einschätzung der Möglichkeiten des Menschen aus. Da Horaz jeglicher Rigorismus zuwider war, hatte er für die Stoiker – die Satiren zeigen es zur Genüge – nur Spott übrig.
Für den Epikureer besteht die Eudaimonia in dem Erreichen der völligen Seelenruhe (Ataraxia, Tranquillitas animi), wofür das Bild der Meeresstille (Galene) beliebt war. Sie bedeutet Lust (Hedone, Voluptas) bzw. Freisein von Unlust. Lust und Unlust sind die einzigen absoluten Werte (woraus leicht die Mißverständnisse über die wahren Ziele der epikureischen Lehre entstehen konnten), zwischen denen ein Abwägen stattzufinden hat. Um die Lust zu erreichen, sind Tugend (Arete) und Selbstgenügsamkeit (Autarkeia) Voraussetzungen. Der Epikureer lehnt Luxus und Aufwand nicht ab, aber er wird nicht von ihnen abhängig, wenn sie ihm nicht mehr zur Verfügung stehen. Da die Zukunft dem Einfluß des Menschen weitgehend entzogen ist, konzentriert er sich auf den Genuß der Gegenwart. Furcht vor dem Tod kennt er nicht, da es für ihn ein Weiterleben nach ihm nicht gibt. Um von den äußeren Umständen unabhängig zu sein, gehorcht er dem Satz ‹Lebe im Verborgenen!›; sein Verlangen nach sozialen Bindungen befriedigt der Freundes-Kreis.

Otium

Diese Gedankenwelt klingt in den Oden immer wieder an. Ein besonders eindrückliches Beispiel ist die Ode 2,16 an den sizilischen Großgrundbesitzer Pompejus Grosphus (V. 39 mit der Korrektur von E. A. Schmidt):

Otium divos rogat in patenti
prensus Aegaeo, simul atra nubes
condidit lunam neque certa fulgent
    sidera nautis,

otium bello furiosa Thrace,
otium Medi pharetra decori,
Grosphe, non gemmis neque purpura ve-
    nale nec auro.

non enim gazae neque consularis
submovet lictor miseros tumultus
mentis et curas laqueata circum
    tecta volantis.

vivitur parvo bene, cui paternum
splendet in mensa tenui salinum
nec levis somnos timor aut cupido
    sordidus aufert.

quid brevi fortes iaculamur aevo
multa? quid terras alio calentis
sole mutamus? patriae quis exsul
 se quoque fugit?
scandit aeratas vitiosa navis
Cura nec turmas equitum relinquit,
ocior cervis et agente nimbos
 ocior Euro.
laetus in praesens animus quod ultra est
oderit curare et amara lento
temperet risu: nihil est ab omni
 parte beatum.
abstulit clarum cita mors Achillem,
longa Tithonum minuit senectus:
et mihi forsan, tibi quod negarit,
 porriget hora.
te greges centum Siculaeque circum-
mugiunt vaccae, tibi tollit hinnitum
apta quadrigis equa, te bis Afro
 murice tinctae
vestiunt lanae: mihi parva rura et
spiritum Graiae tenuem Camenae
Parca non mendax dedit et malignum
 spernere volgus.

Um Ruhe flehet, wen der Sturm auf weitem
Ägäischen Meer ergriff, die Götter an, wenn schwarzes Gewölk
den Mond verhüllt und kein sicherer Stern
dem Schiffer mehr leuchtet.
Um Ruhe fleht der Thrakier, wütend im Kriege,
um Ruhe der Meder im Köcherschmuck,
um Ruhe, mein Grosphus, die uns nicht Gemme, nicht Purpur,
nicht Gold uns erkaufet.
Denn Schätze nicht und nicht der konsularische
Liktor scheuchen den traurigen Aufruhr
der Seele hinweg und die Sorgen, die auch im Prunk-
saale schwärmen.
Mit Wenigem lebt der beglückt, dem auf dem dürftigen
Tische das väterliche Salzfaß blinkt,
wenn ihm nicht Furcht, nicht niedrige Habsucht den leichten
Schlummer entführet.
Was ringen wir bei diesem so kurzen Leben
nach weitem Ziel? Was wechseln wir Gegenden, von andern
Sonnen erwärmet? Mag, wer dem Vaterland entfloh,
sich selber entfliehen?

Sie steigt mit ihm aufs eherne Schiff, die kranke
Sorge, verläßt das Reitergeschwader nicht
und fliegt dem Rehe vor und dem wetter-
verjagenden Eurus.

Ein Herz, zufrieden mit dem Gegenwärtigen,
haßt alle Sorgen für das, was künftig ist,
und lächelt des Lebens Bitterkeiten hinweg! Nichts ist
vollkommen beglücket.

Den großen Achilles riß ein schneller Tod hinweg,
langwieriges Alter verzehrt den Tithonos,
und mir gibt die Zeit vielleicht,
was sie dir versagte.

Hundert Herden umblöken dich und sizilische
Rinder. Dir wiehert das Mutterpferd zu,
dem Wagen des Wettstreits gebändigt, dich kleidet Wolle,
zweimal mit Afrikas

Purpur getränket. Mir gab die nicht lügende Parze ein kleines Feld,
den feinen Atem der grajischen Camene
und Stolz genug, der Schmähsucht
des Pöbels zu lachen.

Seit den ersten Satiren hat Horaz immer wieder zwei Typen des menschlichen Verhaltens abgelehnt, den, der zu sehr der Habgier (Avaritia), und den, der zu sehr dem Ehrgeiz (Ambitio) frönt. Jetzt wird deutlich, daß beide aus epikureischer Sicht zu verdammen sind: Der erste widerspricht dem Prinzip der Autarkie, der zweite dem des ‹Lebe im Verborgenen!›. Eben diese beiden Typen sind auch in der Ode als Negativfolie zu dem epikureisch Gebildeten eingeführt. In der ersten Strophe ist der Kauffahrer angesprochen, der aus Avaritia beim geringsten Anzeichen eines Sturms um seine Waren fürchtet; er ist wie in 1,1,15–18 der Avarus schlechthin. In der zweiten Strophe ist nicht der ‹kleine› Soldat, sondern der Anführer, der Feldherr, gemeint; man hat auf Lukrez 5,1229–1231 als Parallele hingewiesen, wo vom *induperator* (= *imperator*) die Rede ist. Dieser ist der Ambitiosus schlechthin. Beide Typen werden von ihren eigenen Wünschen, der Avaritia und der Ambitio, verzehrt, so daß sie um innere Ruhe, Ausgeglichenheit, Seelenfrieden flehen, was Horaz hier mit *otium* bezeichnet. Es handelt sich um die epikureische Ataraxie, Tranquillitas animi (K./H.). Nach Horaz ermangeln also der Avarus und der Ambitiosus des inneren Friedens. Dieser ist nicht, wie er sagt, mit Perlen (Avarus) oder Purpur (Ambitiosus) zu erkaufen. Denn *purpura* bezieht sich auf die purpurbesetzte Toga des Konsuls. Die dritte Strophe führt den Gedanken weiter aus. Die Schätze charakterisieren den Avarus, der dem Konsul zustehende Liktor den Ambitiosus. Beide haben kein *otium*,

sondern *miseri tumultus mentis* und *curae* – Aufruhr der Seele, nicht Seelenruhe (Ataraxie). Man erinnert sich der ersten Römer-Ode, in der ebenfalls die beiden Typen – als Politiker und als Bauherr – geschildert und als ohne innere Erfüllung, voller Angst und Unruhe gezeichnet wurden (S. 155–156). Wie dort die Cura Schiff und Reiter verfolgt (3,1,39–40), ist das hier in der sechsten Strophe der Fall, wo sie das Handelsschiff (N./H.) des Avarus und die Reitergeschwader des Ambitiosus ebenfalls nicht aus den Augen läßt. Sorge ist der Feind der Ataraxie. Wieder liegt lukrezischer Einfluß vor (Lebek 2062–2064).
Den ‹negativen› Typen wird in der vierten Strophe der Vertreter der epikureischen Autarkie entgegengesetzt: Der Devise *vivitur parvo bene* entsprechen in der letzten Strophe die *parva rura*, wodurch deutlich ist, daß sich Horaz selbst zum Epikureismus bekennt. Ihn flieht im Gegensatz zum Avarus und Ambitiosus der Schlaf nicht, da er über innere Ruhe verfügt; dagegen ermangelt in 3,1,20–24 der Ambitiosus des Schlafs. Hier hat das von Horaz so oft geäußerte Bekenntnis zur Bescheidenheit, Pauperies, seine Wurzel. Es steht programmatisch in 1,1,18 (formal negativ) und leitet nachdrücklich die zweite Römer-Ode ein (S. 159): *pauperiem pati*. Der Begriff der Pauperies – auf den in 2,16 das *parvum* weist – wird oft mißverstanden. Horaz predigt nicht ein Leben in Armut, zumal er selbst zum Gutsbesitzer aufgestiegen war. Er fordert vielmehr im Einklang mit der epikureischen Lehre, daß der Mensch grundsätzlich fähig sei, bescheidene Verhältnisse zu akzeptieren, wenn ihm Fortuna Reichtum verweigert oder plötzlich entzieht. Mit dieser Einstellung lebt der Epikureer ganz in der Gegenwart und bekümmert sich nicht um die Zukunft. Die siebte Strophe gibt das schön wieder. Wer diese Haltung hat, ist ‹heiter› (*laetus*), da er es ablehnt, sich – überflüssige – Sorgen zu machen (*curare*). Er weiß: Vollkommene Vita beata gibt es nicht (*nihil est ab omni / parte beatum*). Aus dieser Einsicht spricht der Pragmatiker Horaz, der jedem Dogmatismus abhold ist.
Es könnte scheinen, daß die Ode 2,16 versifizierte Philosophie ist – nichts wäre unhorazischer. Auch sie ist aus dem Leben gegriffen. Zunächst: Die Grosphi hatten wohl mit Krieg und Reiterei (22; 35), der angesprochene Pompejus Grosphus mit risikoreichem Osthandel zu tun (N./H.). So lag es nahe, daß Horaz dem angesehenen Mann bei einem Besuch in Rom die Ode vortrug. Jedenfalls ist er von der Argumentation direkt betroffen gewesen. Daß bei dieser Gelegenheit einflußreiche Leute versammelt waren, legt der zweite Grund für die Aktualität des Gedichts nahe. Denn indirekt war auch M. Licinius Crassus, Konsul 30, angesprochen. Er feierte 27 einen Triumph *ex Thraecia et Geteis*, nachdem er 29/28 dort beträchtliche militärische Erfolge errungen hatte. Diese sowie der Triumph waren Augustus sehr unangenehm, der es zu verhindern wußte, daß Crassus wie einst Romulus Jupiter Feretrius die Spolia opima weihte.

Der Konkurrent war danach politisch kaltgestellt (Kienast 84). (Vielleicht handelt es sich bei den Medi in V. 6 um eine Verwechslung mit den Maedi, gegen die Crassus in Thrakien gekämpft hatte.) Auf jeden Fall mußte der Hörer die zweite Strophe auf den glänzenden Abkömmling des alten Geschlechts und Konkurrenten des Prinzeps beziehen. Sei es, daß Horaz Augustus' Maßnahmen rechtfertigen oder auch nur Crassus warnen wollte: Die Ode war aus einer historisch faßbaren Situation heraus gesprochen. Horazische Philosophie ist gelebte Philosophie.

Carpe diem

In welchem Maß der Epikureer die Zukunft als gleichgültig wertet, zeigt nicht nur Horaz' Aufforderung an Maecenas 3,8,27 *dona praesentis cape laetus horae* (S. 176), sondern vor allem sein Gedicht 1,11 an Leuconoë, das das geflügelte Wort Carpe diem (‹pflücke›, genieße den Tag!) enthält. Leuconoë, deren Name so etwas wie ‹Schlauköpfchen› bedeuten mag, bemüht sich, bei den Astrologen, deren Wissenschaft babylonischer Herkunft war, die Zukunft zu erforschen. Horaz rät ihr, sie möge lieber den gegenwärtigen Tag ergreifen, möglichst wenig dem nächsten trauend, *carpe diem quam minimum credula postero* (8).

> Frag nicht, Leuconoë, was du nicht wissen darfst, welch Ziel
> die Götter mir bestimmten, welches dir. Versuch babylonische
> Rechnungen nicht. Weit besser ist es, dulden, was uns trifft;
> mag mehr der Winter noch uns Jupiter verleihn, sei dies der letzte,
> welcher jetzt die Wut tyrrhenscher Wogen an den Klippen bricht.
> Sei weise und kläre den Wein, und schränke auf dies kurze Leben
> deine weitstrebenden Hoffnungen ein. Indem wir sprechen, fliehn die neidischen Jahre.
> Ergreif den Tag, und traue nicht leichtgläubig dem kommenden.

«the lady is obviously fictitious» (N./H.): Wirklich? Sie tut nichts anderes als viele leibhaftige astrologieversessene Männer; und die Eigenart, sich allzusehr um die Zukunft zu kümmern, teilt sie mit manchen von des Dichters Freunden. Auf Maecenas trifft nach Horaz' Meinung sogar beides zu: Er ist (zu sehr) sowohl an der Astrologie als auch an der Zukunft (S. 174–177) interessiert. Was dem großen Etrusker vorgetragen werden konnte, konnte wohl auch ‹Schlauköpfchen› rezitiert oder gar zugesungen werden. Denn das Lied ist eine charmante Werbung; Leuconoë war dem Dichter gegenüber offenbar spröde. Es mochten auch Freunde – in ihrer Villa am Tyrrhenischen Meer, wie Mitscherlich vermutete? – anwesend sein. Jedenfalls gehörte die ‹Philosophie› des Lieds mitten ins Leben.

Nicht anders rief Horaz den Freunden ‹Thaliarch› 1,9,13–15 (S. 146–148) oder Tibull zu (Epist. 1,4,13–14):

omnem crede diem tibi diluxisse supremum:
grata superveniet quae non sperabitur hora.

Nimm du den Tag, der anbricht, für den letzten;
so wird dir jede unverhoffte Stunde,
die noch hinzu kommt, desto werter kommen.

Leuconoë und Thaliarch werden ebenso von Fleisch und Blut gewesen sein wie Maecenas und Tibull.

Der Gedanke an den Tod dient bei Horaz nicht der Vergegenwärtigung der Zukunft. Solange wir sind, sagte Epikur, ist der Tod nicht da; wenn er aber da ist, sind wir nicht mehr. Der Hinweis auf den Tod dient bei Horaz vielmehr der Vergegenwärtigung der Gegenwart. Diesem Denken hat er in der Ode 2,14 an Postumus besonders beredt Ausdruck gegeben. Für Mitscherlich sprach aus ihr ‹mollius quoddam *pathos*›, eine weichere Stimmung als aus den Oden desselben Inhalts, ja Woodman meinte, dieses horazische Dokument sei vielleicht das einzige ‹ruthlessly disconsolate› (399). Das ist übertrieben, denn der Ton ist durchweg pointiert, originell, packend, aber die üblichen Proportionen bei der ‹Einladung zum Genießen› (Pasquali 643) sind merkwürdig verschoben:

Ach, Postumus, Postumus! Sie fließen dahin,
die flüchtigen Jahre! Kein Frommsein verzögert
die Runzeln, das kommende Alter,
den unbezwinglichen Tod.

Wolltest du auch, mein Freund, an jedem flüchtigen Tage mit drei Hekatomben
den Pluto, den keine Zähre rühret, versöhnen,
ihn, der den dreileibigen
Geryon und den Tityos umschränkt

mit jenen traurigen Fluten, worüber wir alle,
der Erde Genossen,
schiffen müssen, mögen wir Könige sein
oder dürftige Landesbewohner.

Umsonst vermeiden wir den blutigen Mars,
umsonst die Brandung der brüllenden Adria,
wir fürchten umsonst im Herbst
den krankheitbringenden Auster.

Wir müssen doch alle zum schwarzen Kokytos, der mit trägen Fluten
dahinirrt, und zum verruchten Geschlecht des Danaos,
zum Aioliden Sisyphos, welcher zur ewigen
Arbeit verdammt ist.

Verlassen mußt du Land und Haus und deine
zärtliche Gattin. Von allen Bäumen deiner Pflege
bleibt dir, nach kurzem Besitze,
nur die verhaßte Zypresse.

Ein würdigerer Erbe verzehrt den Caecuber dann,
den hundert Schlösser verwahrten,
und färbt den Estrich
mit stolzem Weine, den kein Pontifex köstlicher trinkt.

Mehr als für den adhortativen Charakter des Gedichts notwendig ist der Gedanke an den Tod ausgeführt, so daß man den Eindruck hat, Horaz sei von dem *eheu fugaces, Postume, Postume, / labuntur anni* mitbetroffen. Aber die Eindringlichkeit mag auch in der Uneinsichtigkeit des Angesprochenen begründet sein. Er dürfte steinreich, doch so geizig gewesen sein, daß er, um die Zukunft besorgt, vom Genuß der Gegenwart abgehalten wurde (Mitscherlich). Deshalb ist die letzte Strophe hart und übersteigert formuliert: Der Erbe verschleudert den kostbarsten Wein auf dem Fußboden, genießt ihn also nicht; trotzdem ist er dessen würdiger als Postumus, der ihn mit 100 Riegeln verschließt – den Wein, der stolz ist und feiner als der der Pontifices, die das Feinste haben! Das ist nicht eine Ermahnung wie sonst, sondern ein Aufrütteln.
Horaz' Gedankenwelt hat die Dichter immer von neuem zur Nachgestaltung angeregt – bis zu Dialekt-Gedichten hin. Ein schönes Beispiel ist die vierte Strophe des Lieds *Freude in Ehren* aus Johann Peter Hebels *Alemannischen Gedichten*, das das horazische Carpe diem umsetzt (Staffhorst 68):

Ne freudig Stündli,
ischs nit e Fündli?
Jez hemmers und iez simmer do;
es chunnt e Zit, würds anderst goh.
's währt alles churzi Zit,
der Chilchhof isch nit wit.
Wer weiß, wer bal dört lit?

Aurea mediocritas

Bereits in der Satire 1,1 begegnete das horazische Maßdenken (S. 93), das für das ganze Werk charakteristisch bleiben sollte (106–107):

est modus in rebus, sunt certi denique fines,
quos ultra citraque nequit consistere rectum.

Diese Verse sind so etwas wie die Lebensmaxime der Hauptfigur in Grillparzers Erzählung *Der arme Spielmann*.
Wie dargelegt, steht die Vita beata damit in engem Zusammenhang. Die bekannteste Formulierung gebrauchte Horaz in der Ode 2,10, in deren zweiter Strophe er von dem goldenen Mittelweg, der *aurea mediocritas*, sprach (S. 185). Wer nach ihr verfahre, sei maßvoll, besonnen (*sobrius*). Mitscherlichs Paraphrase von *sobrius* = *sophron* weist einen guten Weg:

Horaz' *mediocritas* steht der Sophrosyne = Besonnenheit der epikureischen Lehre nahe. Nach ihr genügt es nicht, das Richtige zu erkennen; was die Einsicht lehrt, muß auch in Handlungen umgesetzt werden, und das bewirkt die Besonnenheit. Cicero legt in seiner Schrift *De finibus bonorum et malorum* dar, die Temperantia – wie er diesen Begriff übersetzt – gebe den Herzen Frieden und beruhige und besänftige sie gleichsam durch eine Art Eintracht (1,47). Damit ist ausgesagt, daß die Besonnenheit mit der von den Epikureern erstrebten Tranquillitas animi, der Seelenruhe, zusammenhängt.

Wie der Ode 2,10 liegt auch 2,3 der Gedanke des Mittelwegs zugrunde. Da das Gedicht wie jenes an einen mächtigen Politiker gerichtet ist, wurde es ebenfalls schon in dem betreffenden Kapitel behandelt (S. 182–184). Es geht in ihm um die *aequa mens*, die es zwischen dem Trübsinn im Unglück und dem Überschwang im Glück zu wahren gelte. Die ‹Definitionen›, die jeweils eine Mitte zwischen zwei Extremen bezeichnen, erinnern an die Philosophie des Peripatos. Aristoteles hatte bei der Bestimmung ethischer Werte die Tugend (Arete) als ein Mittleres (Meson) von einem Zuviel (Hyperbole) und einem Zuwenig (Elleipsis) – also etwa die Tapferkeit von der Tollkühnheit und der Feigheit – abgegrenzt. Diese Lehre war längst Allgemeingut geworden, und so dürfte Horaz auch auf sie angespielt haben. Die Satire 1,2 beginnt mit einer Reihe von Typen, die falsches Verhalten vermeiden wollen und dabei in das andere Extrem fallen: ‹Während die Toren Fehlern ausweichen, geraten sie in die entgegengesetzten›, *dum vitant stulti vitia, in contraria currunt* (24). Darum gilt: ‹Es gibt (bei ihnen) keine rechte Mitte›, *nil medium est* (28). Ebenso wird in Epistel 1,18 das angemessene Betragen eines Freunds als Mitte zwischen Plumpheit und Schmeichelei definiert und gesagt, Tugend sei die Mitte zwischen zwei Fehlern und halte sich von diesen zurück, *virtus est medium vitiorum et utrimque reductum* (9). Trotz dieser offensichtlichen Bezugnahme wäre es falsch zu sagen, Horaz schwanke zwischen Peripatos und Epikur. Nicht er koppelt in diesem Punkt die Lehre der beiden Schulen, sondern diese berühren sich hierin selbst. Wenn der Epikureer eine Abwägung zwischen Unlust und Lust vornimmt, verhält er sich kaum anders als der Peripatetiker, der die Tugend von den Fehlern abgrenzt. Übrigens hat Horaz auch das epikureische Abwägen in einen Vers gefaßt: ‹Verachte die Lüste, es schadet eine Lust, die mit Schmerz erkauft wird›, *sperne voluptates: nocet empta dolore voluptas* (Epist. 1,2,55).

Zwei kleine Oden mögen zeigen, daß Horaz den Maßgedanken auch bei Alltäglichkeiten betont, zunächst die Einladung an Maecenas 1,20, die auf den Beifall des Volks anläßlich seiner Genesung von schwerer Krankheit anspielt und in der ersten Strophe eine, in der dritten vier Weinsorten nennt:

Aus schlichten Kelchen sollst du den nur geringen Sabiner trinken.
Aber ich hab' ihn selbst im griechischen Fasse
damals aufbewahrt, als im Theater dir
des Beifalls Zuruf ertönte,

hochberühmter Ritter Mäcen, als die Gestade
des vaterländischen Flusses und des Vatikanischen
Hügels scherzender Nachhall
deine Glorie zurückgab.

Du magst Caecuber trinken und die Traube,
die Cales' Kelter zwang. Meine Becher
füllt nicht die Frucht der Falernerrebe
und der Formianischen Hügel.

Horaz bietet Maecenas den einfachen leichten Wein aus der Umgebung seines Guts an, den er selbst abgefüllt hat. Er wird *vile*, gering, genannt. Die Becher sind *modici*, bescheiden. So bezeichnet der Gedicht-Anfang – schon das erste Wort ist ein Signal – die Atmosphäre des Maßvollen: *vile potabis modicis Sabinum / cantharis*, wobei das mittlere Wort den Begriff Maß, *modus*, terminologisch repräsentiert. Dem schlichten horazischen Winkel in der ersten steht in der zweiten Strophe Maecenas' große Welt gegenüber. Daß sich das auch in der Sprache spiegelt, zeigt die letzte Strophe:

Caecubum et prelo domitam Caleno
tu bibes uvam: mea nec Falernae
temperant vites neque Formiani
    pocula colles.

Die vier festlichen Weine nehmen in dem ersten Vers die wichtigen Außenpositionen und in den beiden folgenden die ebenso wichtigen Schlußpositionen ein, wobei die entsprechenden Namen jeweils durch Alliteration verbunden sind. Für die Römer hatten geographische Bezeichnungen vom Klang her oft den Charakter des Gewählten. So setzt Horaz in dieser Aufforderung Maecenas' Großartigkeit sein Maß entgegen – wohl nicht nur aus Bescheidenheit. Denn in 3,29 möchte er den Freund grundsätzlich in seine Welt einladen (S. 177–178).

Vielgerühmt ist das Schluß-Gedicht des ersten Buchs (V. 2 mit der Korrektur E. A. Schmidts):

Ich haß', o Knabe, persischen Aufwand,
mit Lindenbast gebundene Kränze gefallen mir nicht!
Spähe nicht aus, wo ein Röschen
spät noch verweile,

künstle nicht am Schmuck der einfachen Myrte:
Mir liegt nichts dran; denn dich, den Diener,
entehrt nicht die Myrte und mich nicht, wenn ich trinke
in dichter Rebenlaube.

Das zweite (S. 165–167) und das vorletzte Gedicht (S. 152–153) des ersten Buchs haben die große politische Welt zum Gegenstand; das erste greift weit aus, rückt aber den Dichter in den Mittelpunkt. So liegt die Vermutung nahe, Horaz habe sich auch in dem letzten als Dichter dargestellt. Da der Myrtenkranz zu Venus gehört, konnte Pasquali sagen, Liebe und Gastmahl prägten Horaz' ganze Dichtung (324). Es ist, als wolle Horaz in der Sphragis noch einmal unterstreichen, daß das Thema seiner Oden-Dichtung sympotisch-erotischer Art sei (S. 144). Von der Sphäre der Mächtigen ist auch die persönliche des Dichters abgegrenzt: Es ist «die Lebensweise des stillen Genießers in der Einsamkeit des λάθε βιώσας, der als rechter Schüler Epikurs sich glücklich bescheidet»; es ist der «Preis der ἡσυχία des den Stürmen Entzogenen in der Ruhe seines Gartens» (Dahlmann² 47–48). Die Hesychia ist die Seelenruhe des Epikureers, der seinen privaten Garten dem Raum der Öffentlichkeit entgegensetzt. Auch die epikureische Sophrosyne kommt wunderbar zum Ausdruck: Das Angemessene liegt in dem «Meiden des Übermaßes nach der einen wie der anderen Seite: kein Pomp, aber auch keine dürftige Schmucklosigkeit»; es ist die «goldene Mitte zwischen Armseligkeit und Aufwand» (Dahlmann² 48). Schließlich entspricht dem Inhalt die Schlichtheit und Kürze dieser wahrhaft epikureischen Ode.

Vixi

Gibt das Schluß-Gedicht des ersten Buchs über Horaz als Mensch und Dichter Auskunft, hat er diese beiden Funktionen am Ende der Sammlung auf die letzten beiden Oden aufgeteilt: 3,29 handelt von dem Menschen, 3,30 von dem Dichter Horaz. Der erste Teil von 3,29, der auf Maecenas' Welt Bezug nimmt, ist schon besprochen worden (S. 177–178). Auf die dort gegebene Übersetzung der Verse 29–33 sei verwiesen:

prudens futuri temporis exitum
caliginosa nocte premit deus
ridetque, si mortalis ultra
fas trepidat. quod adest memento

conponere aequos.

Damit ist der Leser in Horaz' Welt eingetreten, die 41–56 weiter ausgeführt wird:

ille potens sui
laetusque deget, cui licet in diem
dixisse ‹vixi›. cras vel atra
nube polum pater occupato

vel sole puro; non tamen inritum
quodcumque retro est efficiet neque
diffinget infectumque reddet
quod fugiens semel hora vexit.

Fortuna saevo laeta negotio et
ludum insolentem ludere pertinax
transmutat incertos honores,
nunc mihi nunc alii benigna.

laudo manentem: si celeris quatit
pinnas, resigno quae dedit et mea
virtute me involvo probamque
pauperiem sine dote quaero.

Der lebt seiner selbst mächtig
und froh, der an jeglichem Tage
sich sagen darf: Ich habe gelebt! Morgen mag
Jupiter mit Nacht den Himmel schwärzen

oder mit Sonnenglanz erheitern; was hinter uns ist,
wird er doch nicht ungeschehn machen,
was einmal die fliehende Stunde mit sich fortgeführt hat,
wird er nicht umzuwandeln, nicht zu vereiteln vermögen.

Fortuna, ihres grausamen Geschäftes froh
und beharrlich in ihrem übermütigen Spiele,
wechselt die unsichern Würden,
bald mir günstig, bald andern.

Bleibt sie mir treu: Ich werde sie preisen! Doch hebt sie die flüchtigen
Schwingen, so entsag' ich ihren Geschenken
und hülle mich in meine Tugend und suche
redliche Armut ohne ihre Mitgift.

Die Verse 29–33 werden nunmehr in ihrer epikureischen Färbung deutlich: Die Zukunft ist dem Menschen verborgen, er hat sich auf die Gegenwart zu konzentrieren, auf das, *quod adest*, was da ist, und zwar *aequos*; Herzlieb übersetzte gut «mit ruhiger Seele». Denn es ist die epikureische Ataraxie, Tranquillitas animi, die Seelenruhe gemeint. Der Kernsatz dieser Philosophie *quod adest memento / conponere aequos* bildet die exakte Mitte der Ode (Vogt-Spira[1] 48). Das Entscheidende ist, daß diese Lebensweise in Horaz' Sicht innere Erfüllung bringt. Wer über sie verfügt, hat sich in der Gewalt, ist *potens sui*, und führt heiter sein Leben, *laetus* (*laetus in praesens* hieß es in 2,16,25); so darf er sagen, er habe gelebt, *vixi*. Das sind epikureische Gedanken. Epikurs Schüler Metrodor von Lampsakos verkündete, er werde, wenn er aus dem Leben scheide, ausrufen, daß er gut gelebt habe. Auch Lukrez hatte das Motiv in der Rede der Natur im dritten Buch gestaltet (S. 91). Horaz hat den Gedanken auf jeden einzelnen Tag übertragen. Seine Formulierung ist oft aufgegriffen worden. Seneca, der so gern epikureische Zitate in die ersten seiner *Epistulae morales* übernahm, sagte, wir sollten vor dem Schlafengehen heiter und froh ausrufen ‹Ich habe gelebt und den Lauf, den das Schicksal gab, vollendet› (so spricht Vergils Dido in ihrer letzten Rede Aen. 4,653); den morgigen Tag, wenn Gott ihn gewähren werde, sollten wir heiter annehmen. Der habe die Vita beata am ehesten erreicht und habe sich in seiner Gewalt, der das Morgen ohne Besorgnis erwarte; wer am Abend sage ‹Ich habe gelebt›, stehe täglich zu Gewinn auf, *in somnum ituri laeti hilaresque dicamus ‹vixi et quem dederat cursum Fortuna peregi›. crastinum si adiecerit deus, laeti recipiamus. ille beatissimus est et securus sui possessor qui crastinum sine sollicitudine expectat; quisquis dixit ‹vixi›, cotidie ad lucrum surgit* (12,9). Seneca hat das *vixi* im Hinblick auf das ganze Leben im Vergil-Zitat mit dem *vixi* im Hinblick auf den einzelnen Tag im Horaz-Zitat kombiniert. Hölderlin gebrauchte in der Ode *Rousseau* die Wendung «Du hast gelebt!» Daß sie auf Horaz zurückgeht, macht J. Schmidt unter Verweis auf Hölderlins Brief vom 8. November 1790 an Neuffer, der auf dessen Arbeit an der Vergil-Übersetzung anspielt, wahrscheinlich ([2]655): «Zu Deinem Maro allen Segen Apolls! Du kannst am Abend ein artiges ‹Vixi› sprechen, wenn Du Deine Tage so verlebst, wie Du mir schriebst». An die Schwester im Herbst 1800: «Dann gehe ich, wohin es soll, und werde gewiß am Ende sagen: ich habe gelebt!»

Es sind nun noch die letzten beiden der zitierten Strophen zu betrachten: Horaz ist als Epikureer unabhängig von Fortunas Launen. Aber er verzichtet nicht auf ihre Glücksgüter, solange sie da sind. Er ist lediglich von ihnen innerlich unabhängig und kann sie jederzeit entbehren, sie ‹zurücküberweisen›, *resignare*, wie es mit einem Bankausdruck heißt, der nur hier und Epist. 1,7,34 begegnet – beidemal in demselben Zusammenhang. Wenn Fortuna ihn verläßt, hüllt sich Horaz – mit einem platonischen Bild – in seine Virtus als Mantel und freit das arme Mädchen Pauperies ohne Mitgift statt der mächtigen Dirne Fortuna. Hier liegt wie in 3,2 die Verbindung von Virtus und Pauperies vor (S. 161): Dem Epikureer sind Arete und Autarkie gleichermaßen Voraussetzung für die Erreichung der Hedone, die Verwirklichung der Vita beata. So legt in eindrücklicher Bildlichkeit die Ode 3,29 «Horazens aus lebensphilosophischer Erwägung gewonnene Haltung» dar (Vogt-Spira[1] 59). Sie wurde von vielen geliebt. Als Johann Christoph Gottsched am 15. Oktober 1757 in Leipzig gegenüber Friedrich dem Großen behauptete, die französische Sprache könne antike Dichter nicht adäquat wiedergeben, las ihm der König seine Übersetzung dieser Ode, die er dem Grafen Brühl widmete, vor (Stemplinger[1] 363–365). Sie trug den Untertitel ‹Il ne faut pas s'inquiéter de l'avenir›. Aus ihr sei der Passus zitiert, der den zuletzt betrachteten beiden Strophen entspricht. Mit ihm schloß Friedrich:

Connaissez la Fortune inconstante et légère:
La perfide se plaît aux plus cruels revers,
on la voit abuser le sage, le vulgaire,
jouer insolemment tout ce faible univers;
aujourd'hui c'est sur ma tête
qu'elle répand ses faveurs,
dès demain elle s'apprête
à les emporter ailleurs.

Fixe-t-elle sur moi sa bizarre inconstance,
mon coeur lui saura gré du bien qu'elle me fait;
veut-elle en d'autres lieux marquer sa bienveillance,
je lui remets ses dons sans chagrin, sans regret.
Pleine d' une vertu plus forte,
j'épouse la Pauvreté,
si pour dot elle m'apporte
l'honneur et la probité.

Man darf annehmen, daß der König im Siebenjährigen Krieg seine eigene Situation in diesen Versen gespiegelt sah.

15 Der Dichter und die Kunst

Die Götter des Dichters

Horaz hatte Merkur als seinen persönlichen Schutzgott erwählt (Neumeister). Diesem schrieb er die Rettung bei Philippi zu (2,7,13–16) – gewiß in der Eigenschaft des Meisterdiebs, der den Dichter der Gefahr der Schlacht entriß (S. 43–45). Doch war das nicht der Grund, warum er sich als *vir Mercurialis* bezeichnete (2,17,29–30). Die Verbundenheit rührte wohl daher, daß Merkur als Schöpfer der Sprache und der Leier galt – wie es Horaz in dem kleinen Hymnus 1,10 darstellte:

Beredter Enkel des Atlas, Merkur,
der du weise der neugebornen Sterblichen wilde Sitte
durch Sprache bildetest und durch die Satzung
der ehrenvollen Palästra.

Dich will ich singen; dich, des großen Jupiter, dich der Götter
Boten, der gewölbten Leier Erfinder,
dich, der du, was dir beliebt, mit schalkhafter List
zu entwenden verstehst.

Einst drohte, da du ein Knabe noch warst,
dir mit schreckender Stimme Apollo, du solltest
wieder ihm geben die listig entführten Stiere;
aber er mußte lachen, von dir auch des Köchers beraubt.

Ja! Die stolzen Atriden selbst täuschte, von dir geführt,
der schätzebeladene Priam, als er Troja verließ,
entging dem Feuer thessalischer Wachen
und der Griechen feindseligem Lager.

Du bringst die frommen Seelen zum Sitze der Seligen,
mit goldenem Stabe treibst du
das Schattenvolk zusammen, du, den Göttern des Olympos willkommen,
willkommen den Göttern des Orkus.

Porphyrio berichtet, Horaz habe sich an ein Alkaios-Gedicht angelehnt. Von dessen Hymnos auf Hermes, der an zweiter Stelle im ersten Buch stand, war bisher nur die erste Strophe bekannt (308), die nichts mit der Horaz-Ode zu tun hat; doch konnte man aus Testimonien darauf schließen, daß Horaz auf die verlorenen Strophen angespielt hat. Ein 1968 publizierter Papyrus aus Oxyrhynchos (2734, Fr. 1), der eine Inhaltsangabe des Hymnos verstümmelt wiedergibt, bestätigt die Berührungen. Es ist jedoch interessant, daß es für die erste horazische Strophe bei Alkaios offenbar keine Entsprechung gab (Cairns 34), so daß Horaz zumindest Merkur als Schöpfer der menschlichen Sprache dem berühmten Vorbild hinzugefügt hat. Ob die Erfindung der Leier von Alkaios erwähnt wurde, kann nur vermutet, nicht bewiesen werden. Aber darauf kommt es nicht an, da Horaz ohnehin den objektiven Hymnos des frühgriechischen Dichters in ein subjektives, persönliches Gedicht gewendet hat, so daß Heinze nicht zu Unrecht gesagt hat, wir sollten aus der feierlichen Schluß-Strophe die Hoffnung des Dichters heraushören, «der Gott werde auch seine *pia anima* dereinst zu den *sedes laetae* geleiten.» Horaz setzte die Ode an einen besonderen Platz: Sie nimmt die Mitte der ersten Buchhälfte ein. Diese wird zudem von zwei Gedichten, 1 und 19 (S. 196–197), gerahmt, die über Horaz als Dichter Auskunft geben.

Den persönlichen Ton hat auch Ronsard in seiner Ode *A Mercure* beibehalten, deren erster Vers den horazischen Anfang zitiert (*Mercuri, facunde nepos Atlantis*), die aber darum bittet, der Dichter möge ein zweiter Pindar (der aus Theben stammte) werden!

Facond neveu d'Atlas, Mercure,
qui le soin as pris et la cure
des bons esprits sur tous les Dieux,
accorde les nerfs de ma lyre,
et fay qu'un chant j'y puisse dire
qui ne te soit point odieux.

Honore mon nom par tes odes:
L'art qu'on leur doit, leurs douces modes
à ton disciple ramentoy:
Comme à celuy que Thebes vante

monstre moy, afin que je chante
un vers qui soit digne de toy.

Die späteren Strophen nehmen dann wieder Horaz auf.

Im allgemeinen waren Apollo und Bacchus die Gottheiten der Dichter. Horaz lag die apollinische Klarheit, nicht die dionysische Begeisterung. So sind seine beiden Bacchus-Oden ambivalenten Charakters. In 3,25 gibt er sich als von bacchischem Rausch ergriffen, versetzt in eine wilde Landschaft, die er mit der Absicht verbindet, Augustus' ewigen Ruhm zu besingen. Schon der Umstand, daß die Szenerie anders ist als in Horaz' gewöhnlich idyllischer Dichterlandschaft, zeigt, daß ihm Panegyrik fremd war. Er spricht deshalb auch nur von Inspiration, ohne sie ins Werk umzusetzen. Das folgende Lied 3,26, das den Abschied von der Oden-Dichtung symbolisiert (S. 144), handelt von der dem Dichter gemäßen Thematik. Die zweite Bacchus-Ode, 2,19, hat leicht ironische Züge:

Ich sah den Bacchus (glaub' es mir, Nachwelt!),
sah's, wie er auf fernen Felsen Lieder sang,
wie die Nymphen ihm horchten und mit gespitzten
Ohren bockfüßige Satyrn.

Euhoe! Noch bebt mir die ganze Seele vom Schauder!
Noch fühl' ich in gotterfüllter Brust
taumelnde Freude! – Euhoe! Schone, Liber,
schone, du schrecklicher Thyrsosschwinger.

Daraus leitet Horaz das Recht (*fas*) ab, die Feiern der Bakchantinnen, Bacchus' Gattin Ariadne und dessen Teilnahme am Gigantenkampf zu besingen. Die vorletzte Strophe zieht daraus die Folgerungen, die letzte schildert, wie Bacchus seine Mutter Semele aus der Unterwelt holte (25–32):

Zwar nannte man dich zu Reihentänzen, zu Scherzen allein
und zu Spielen geschaffen, wähnte zum Kampfe
dich ungeschickt; dennoch warst du
im Streite groß wie im Frieden.

Cerberus sah dich im Schmucke deines goldenen
Hornes, war ruhig und regte sanft
den Schweif und leckte mit drei Zungen
den Fuß, da du heimgingst, dir und die Schenkel.

Nannte Fraenkel 3,25 ein ‹very puzzling poem› (257), hob er bei 2,19 – ebenso richtig – die ‹strangeness› hervor (200). Auf Wilamowitz-Moellendorffs provozierende Frage, ob Horaz von uns ernsthaft den Glauben verlange, er habe die Epiphanie des Gotts erlebt, antwortete Fraenkel, Horaz habe so viel über Bacchus gelesen, daß er nur die Augen zu schließen brauchte, um ihn vor sich zu sehen! Schon der Ton der ersten

Strophe ist leicht ironisch (mit den bocksfüßigen Satyrn als eifrigen Hörern), der der zweiten pathetisch überzogen (weshalb Juvenal die *euhoe*-Rufe 7,62 parodierte). Das alles ist so ‹unglaubwürdig›, daß Horaz die Nachwelt bitten muß, ihm zu glauben. Spielerisch und vielbewundert ist auch der Schluß mit dem unterwürfigen Cerberus, der mit den drei Zungen der drei Häupter dem Gott die Füße leckt. Was soll das Ganze? Hat die Ode eine tiefere Absicht «than a display of stylistic virtuosity?», fragten Nisbet und Hubbard. «The craftsman who moulded the Ode to Bacchus was an Apollonian not a Dionysiac, a Gray not a Schiller; his controlled ecstasy implied no commitment but was contrived with calculating deliberation; unlike the fasting Bacchae, when he shouted ‹Euhoe› he was well fed (Juv. 7.62) and in his right mind»! Zwar möchte man nicht den Interpreten zustimmen, die die Ode zu pathetisch auffassen, aber ein bloßer stilistischer Scherz ist sie wohl auch nicht. Bacchus tritt am Anfang als Lehrer auf – auch als der des Dichters Horaz (*vidi docentem*); dieser ist also sein Schüler. Der Schluß zeigt den Lehrer als Überwinder des Hades, der seine Mutter dem Tod entreißt und ihm selbst entkommt. Genau das ist der Punkt, in dem sich der Schüler den Lehrer zum Vorbild nimmt: Die sich anschließende Ode 2,20 legt dar, wie Horaz – als zweiter Bacchus! – den Tod überwindet und die *Stygia unda* meidet (8) – und zwar als Dichter, zu dem er in 2,19 ‹geweiht› wird. Sein Vorbild Alkaios ‹lebt› durch die Kunst wenigstens in der Unterwelt weiter, wie die Ode 2,13 darlegt (S. 143), auch er besänftigt Cerberus (33–35). In diesem Sinn ist der Bacchus-Hymnus letztlich ein persönliches Gedicht.

Horaz mußte den Anspruch, den 2,19 formuliert, hinter leicht humorvollen Bildern, besonders hinter dem des Höllenhunds, verbergen. Dieses sollte später bei Hölderlin am Ende der Elegie *Brot und Wein* eine ernsthafte Auferstehung erleben (J. Schmidt[2] 744–745):

> Sanfter träumet und schläft in Armen der Erde der Titan,
> selbst der neidische, selbst Cerberus trinket und schläft.

Dem anderen Gott der Dichter, Apollo, hat Horaz – anläßlich der Weihung des neuen Apollo-Tempels auf dem Palatin am 9. Oktober 28 – eines seiner schönsten Gedichte gewidmet: 1,31. Da der Tempel von Oktavian während des Kriegs gegen Sextus Pompejus im Jahr 36 gelobt und nach Aktium vollendet wurde, hätte ein panegyrisches Gedicht auf Oktavian nahegelegen. Horaz wählte jedoch als Zeitpunkt den 11. Oktober, die Meditrinalia, das Fest, an dem das Ende der Weinlese gefeiert und Wein geopfert wurde. So konnte er ein persönliches Gebet dichten. Es überrascht nicht, daß er großen Besitz verschmäht und mit frugalem Mahl zufrieden ist (1–16):

Was fleht im neuen Heiligtum der Dichter vom Apoll?
Was fordert er, gießend aus der Schale
den jungen Rebensaft? Nicht des fruchtbaren
Sardiniens reiche Saaten

noch fette Herden des heißen Kalabriens,
nicht Gold, nicht Indiens Elfenbein,
nicht jene Fluren, die der stille Liris
mit sanfter Welle benagt.

Wem das Glück einen Calenischen Weinberg gab, der warte sein
mit der Hippe, damit der reiche Kaufmann dann
den Wein, für Syriens Güter eingekauft,
aus goldenen Pokalen trinke,

selbst von den Göttern begünstigt: Denn dreimal und öfter
besucht er ungestraft im Jahr das Atlantische Meer.
Mein Mahl ist die Olive,
Endivium und leichte Malven.

Wunderbar ist die letzte Strophe. Horaz bittet: ‹Schenke mir, Sohn Latonas, das, was zur Verfügung steht, zu genießen sowie in Gesundheit und – ich bitte dich – bei klarem Denken ein Alter zu haben, das nicht häßlich ist und nicht auf die Kunst (Kithara) verzichten muß› (17–20):

frui paratis et valido mihi,
Latoe, dones et precor integra
  cum mente nec turpem senectam
    degere nec cithara carentem.

frui paratis bedeutet das epikureische *quod adest componere* (3,29,32–33), das schon begegnete (S. 212–213). Daß Horaz den Gott um körperliche und geistige Gesundheit bittet, ist dadurch motiviert, daß er die Weihung des Apollo-Tempels mit den Meditrinalia kombiniert. Apollo Medicus wurde auch als Heilgott verehrt. Daß Horaz ferner darum bittet, auch im Alter seine Kithara gebrauchen, d. h. seine Kunst ausüben zu können, ist deshalb sinnvoll, weil vor dem Tempel eine Statue Apollo als Kitharöden darstellte. Wies auch schon Euripides im zweiten Stasimon des *Herakles* das häßliche Alter zurück und bat er darum, nie ohne die Musenkunst zu leben, so hat Horaz doch ein vollkommen eigenes Gebet an den Musengott gerichtet, das von der äußeren Situation ausgeht und die ganze Existenz des Dichters miteinbezieht – ein vollendetes Gedicht.
Es ist nicht verwunderlich, daß sich Ronsard von Horaz zu einer Nachgestaltung in einer Ode an Gaspard d'Auvergne inspirieren ließ. Hier seien Strophe 1 und 10–13 zitiert; Strophe 2–9 schildern – wie bei Horaz – die Dinge, die sich der Dichter nicht wünscht.

Gaspar, qui du mont Pegase
as les filles de Parnase

conduites en ta maison,
ne sçais-tu que, moy Poëte,
de mon Phoebus je souhéte
quand je fais une oraison?

Tous ces biens je ne quiers point,
et mon courage n'est point
de telle gloire excessive.
Manger ô mon compaignon
ou la figue d'Avignon,
ou la Provençale olive,

l'artichot, e la salade,
l'asperge, et la pastenade,
et les pepons Tourangeaux
me sont herbes plus friandes
que les royales viandes
qui se servent à monceaux.

Puis qu'il faut si tost mourir,
que me vaudroit d'acquerir
un bien qui ne dure guiere?
Qu'un heritier qui viendroit
apres mon trespas, vendroit
et en feroit bonne chere?

Tant seulement je desire
une santé qui n'empire:
Je desire un beau sejour,
une raison saine et bonne,
et une lyre qui sonne
tousjours le Vin et l'Amour.

Ganz in Horaz' Sinn faßte Ronsard seine Dichtung als sympotisch-erotisch auf.

Der Schutz der Musen

Das ‹Musen-Gedicht› 3,4 stellt dar, wie der Dichter Horaz seit seiner Kindheit unter dem besonderen Schutz der Musen steht (9–36):

Mich deckten, da ich ein Knabe noch war,
von Schlaf und Spielen ermüdet, befabelte Tauben
mit grünenden Sprößlingen zu,
unfern von meiner Amme Pullia Schwellen auf Apuliens Vultur,

ein Wunder allen,
die Aceruntias Felsennest,
Bantins Forsten, des niedern
Forentums fruchtreiche Triften bewohnen,

daß ich unter schwarzen Vipern und Bären
unverletzt schlummerte, bedeckt mit heiligen
Lorbeer- und Myrtensträuchen –
ein Knabe, nicht ohne Götter so kühn.

Euer Günstling, o Musen, steig ich Sabins
steile Höhen hinauf und, wenn mir die Lust kömmt,
zu dem kühlen Praeneste, zu Tiburs Hügeln hinauf,
wandle nach Bajäs klaren Küsten.

Mich, den Freund eurer Quellen, eurer Chöre,
vernichtete nicht die Flucht bei Philippi,
nicht der fluchbeladene Baum
noch Palinurus in Siziliens Fluten.

An euerer Seite segl' ich sonder Grauen
durch den rasenden Bosporos,
irre, als Pilger, durch Assyriens
alles versengenden Sand;

besuche die unwirtbaren Briten
und den Konkaner, der am Blut der Rosse sich lechzt,
besuche die köchergeschmückten Gelonen
und ungefährdet den skythischen Strom.

Das Kind wurde von Tauben vor Gefahren behütet. Später haben die Musen den Schutz übernommen. Sie sind Göttinnen; aber auch die Tauben stehen für eine Gottheit, Venus, der sie heilig sind. Vielleicht ist sie als Patronin der Liebes-Lyrik genannt. So wären in beiden Lebensabschnitten Göttinnen der Dichtung gemeint. Bei Philippi rettete nach 2,7,13–14 Merkur, der Erfinder der Leier, den Dichter; vor dem fallenden Baum schützte ihn nach 2,17,27–30 Faunus, Merkurs Sohn – hier sind es die Musen. Sie werden ihm auch bei Reisen in alle vier Himmelsrichtungen beistehen. Wie kann Horaz das behaupten? Die Erklärung bringen die beiden folgenden Strophen (37–44) sowie die Verse 65–68, die schon besprochen wurden (S. 167–168): Die Musen repräsentieren eine Welt von Maß und Ordnung. Und eben diese ist Horaz' Welt, wie er immer wieder betont hat. Mit der gemäßigten Kraft (*vis temperata*), die den Frevel (*nefas*) nicht kennt (66–68), wird die Argumentation eindeutig auf die moralische Ebene verlagert: Musen und Moral gehören zusammen. Nicht nur, daß Horaz' Dichtung von Anfang an eine stark moralische Komponente hatte: In Epode 16 hat er deutlich gesagt, daß er sich als *vates* an die *pii* wendet (66), an die, die über *virtus* (39) verfügen (S. 66). Wie in diesem sehr frühen Zeugnis definiert Horaz auch in einem der letzten Werke, der Augustus-Epistel 2,1, die moralische Aufgabe des Dichters (119–138):

Ein Dichter – überhaupt ein Versemann –
hat selten eine andre Leidenschaft
als seine Lust an Versen. Die allein

beherrscht ihn ganz, darauf geht all sein Dichten
und Trachten. Schlimme Zeiten, Geldverlust,
Vermögensabfall, all dies kränkt ihn wenig.
Laß seine Sklaven ihm auf einen Tag
entlaufen, laß sein Haus ihm niederbrennen,
er lacht dazu. In seinem Leben kommt
ihm kein Gedanke, seinem Mündel oder
Mit-Erben heimlich einen Streich zu spielen.
Er lebt von Erbsenbrei und schwarzem Brot,
taugt freilich nicht ins Feld, doch ist er drum
nicht gänzlich ohne Nutzen für den Staat.
Denn (zugegeben, daß auch kleine Dinge
zu großen helfen können) ist es nicht
der Dichter, der des Kindes frühes Lallen
zur Sprache bildet? Der von pöbelhaften Reden
sein zartes Ohr entwöhnt, dann allgemach
durch Lehren, die der Reiz der Harmonie
und Dichtung freundlich macht, sein Herz der Tugend
gewinnt, von Eigensinn und Neid und Zorn
den Knaben heilt, mit edeln Taten ihn
vertraulich macht, der gegenwärt'gen Zeit
verworrnes Rätsel durch der ältern Welt
Beispiele ihm entwickelt und in Not
und kranken Tagen Trost und Lindrung schafft?
Von wem sonst sollte, mit dem keuschen Knaben,
das unberührte Mädchen beten lernen,
wofern die Muse nicht den Dichter gab?
Er macht das Volk im Chor zum Himmel flehn,
er ists, der sie den gegenwärt'gen Gott
mit Schaudern fühlen macht, der die Gesänge
sie lehrt, wodurch auf dürres Land der Segen
aus Wolken strömt, die Krieg und böse Seuchen
verjagen, steten Fried' und reiche Ernten
uns bringen! Denn durch Lieder werden uns
die Himmelsgeister hold, durch Lieder wird
der unterird'schen Mächte Zorn gestillt.

In dem wichtigen Abschnitt wird eine Verbindung von Dichtung und Moral postuliert. Das gilt im allgemeinen, ist jedoch nicht auf jedes einzelne Gedicht anwendbar. Nicht daß Horaz ‹unmoralische› Gedichte geschrieben hätte, aber hinreichend viele Satiren, Epoden oder Oden sind moralisch indifferent. Weiterhin wird in den zitierten Versen der Dichter selbst als moralisch integer gesehen. Das Bild entspricht dem, das er am Ende der Satire 1,4 von sich gezeichnet hat (S. 39–40). Somit ist festzustellen, daß Horaz für seine Person und sein Werk einen weitgehenden moralischen Anspruch erhob. Nur auf diesem Hintergrund wird die

Aussage der Ode 3,4 über den besonderen göttlichen Schutz der Musen, unter dem der Dichter schon als Kind stand und weiter stehen werde, verständlich.

In den Zusammenhang von Moral, Kunst und göttlichen Schutz gehört die gedankliche Konzeption der Ode 1,17, in der der Künstler Horaz die Künstlerin Tyndaris in die friedliche, von den Göttern behütete Welt seines Sabinum einlädt:

> Der schnellfüßige Faun vertauschet oft
> mit dem Lykaios den lieblichen Lucretil
> und schützet vor des Sommers Glut meine Ziegen
> und vor den Regen bringenden Winden.
>
> Sie irren ungefährdet im sichern Walde
> dem Thymus und verborgenen Sträuchen nach,
> des stinkenden Gemahles Eheweiber,
> auch fürchten ihre Jungen grünliche Nattern
>
> und Wölfe nicht, dem Mars geweiht,
> wenn vom süßen Flötenspiel, Tyndaris, die Täler erklingen,
> am Abhang des Ustica die Täler
> und die glatten Felsen erschallen.
>
> Die Götter schützen mich, die Götter sind meiner Redlichkeit
> und meiner Muse hold. Hier gießt aus seinem Füllhorn
> der Überfluß die schönsten Früchte
> der Fluren dir reichlich aus.
>
> Hier sichert dich das einsame Tal
> vor aller Glut des Hundstags, und hier kannst du zur Tejischen Leier
> Penelopen singen, singen die meerglänzende Circe,
> beide von Einem gefesselt.
>
> Hier sollst du im Schatten Pokale leeren
> unschädlichen Lesbiers voll, hier, wo Semelens Sohn Thyoneus
> keinen Zwist anhebt mit Mars,
> wo du den zügellosen Cyrus,
>
> dem du verdächtig bist, nicht fürchten darfst,
> daß er um dich Wehrlose die unverschämten Arme schlinge,
> dir den Kranz, der dein Haar schmückt, zerreiße
> und dein unschuldiges Gewand.

Faunus, schon früh mit Pan identifiziert, schützt die Ziegen des Dichters. Er tut dies, weil er der Sohn Merkurs, des Erfinders der Leier, ist und selbst die Flöte bläst. So wirkt der urwüchsige Gott als Künstler, der dem Künstler Horaz besonders verbunden ist. Schließlich hat er ihn ja auch vor dem fallenden Baum gerettet (2,17,28–30). Ob man mit der Communis opinio annimmt, daß Faunus auch hier die Flöte bläst (10), oder mit E. A. Schmidt, daß das Horaz tue, der ein Liebeslied auf Tyndaris blase ([1]98): Es handelt sich auf jeden Fall um eine ‹musische› Landschaft, in der sogar die Tiere unter göttlichem Schutz stehen. Besonders gilt dieser dem Dichter Horaz (13–16):

di me tuentur, dis pietas mea
et musa cordi est. hic tibi copia
manabit ad plenum benigno
ruris honorum opulenta cornu.

Die mittlere von sieben Strophen spricht aus, daß die Götter die Kunst und damit den Dichter schützen. *musa* bezeichnet sein Werk, *pietas* seine Haltung. *pietas* meint nicht ‹Frömmigkeit› im Sinn der kultischen Verehrung der Götter, sondern eine ‹von jeder Hybris freie Gesinnung› (Syndikus), ‹Redlichkeit› (Herzlieb), aufgrund deren der Dichter den göttlichen Schutz genießt. In diese friedliche musische Welt lädt Horaz Tyndaris ein, damit sie Lieder im Stil Anakreons von Teos zur Leier singe. Sind es Horaz' eigene Lieder? Oder sind es ihre, ist sie eine ‹poetria› (Mitscherlich)? Sie singt wohl auch für Cyrus in der Stadt, der aber nicht für die besänftigende Wirkung der Kunst empfänglich ist, sondern sich eher brutal aufführt – darin schlimmer als der Höllenhund Cerberus, der durch Alkaios' Lieder beschwichtigt wird (2,13,33–35)!
Verwandt ist der Tyndaris-Ode eines der bekanntesten horazischen Lieder, 1,22, *Integer vitae*, nach der Melodie F.F. Flemings früher an deutschen Schulen und Universitäten viel gesungen, wobei der Stolz auf die Moral wichtiger war als das Vergnügen an Lalage:

Wer reines Herzens ist und lasterfrei,
der braucht des Mauren Wurfspieß nicht, braucht keinen Bogen,
keinen Köcher, Fuscus, schwanger
von giftigen Pfeilen,

durchreis' er auch die stürmischen Syrten,
den unwirtbaren Kaukasus
oder Gestade, vom berufnen
Hydaspes bespült.

Denn jüngst, als ich im Sabinischen Walde
meine Lalage sang und sorgenlos
über die Grenze hinirrte, da floh
ein Wolf mich Unbewaffneten.

Solch Ungeheuer nährte nie
in weiten Eichenwäldern das kriegerische Daunien,
noch zeugte es Jubas Land, der Löwen
dürre Pflegerin.

Versetze mich dahin, wo auf der trägen Flur
kein Baum geletzt von Sommerlüftchen lebt,
in Erdenzonen hin, vom Nebel und düstern
Wolken gedrückt;

versetze unter den Wagen der allzu nahen
Sonne mich hin in unbewohnbare Lande:
Überall werd' ich meine Lalage lieben, die lieblich lächelt,
lieblich spricht.

Die so beliebte Ode hat den Interpreten erhebliche Schwierigkeiten bereitet. Wenn sie, wie es vielfach der Fall ist, als Liebeslied aufgefaßt wird, ist schwer zu erklären, warum der Anfang so sehr die Reinheit des Herzens betont. Wenn aber am Schluß Horaz nicht als Liebhaber, sondern als Dichter gemeint ist, ergibt sich die Kombination der bisher betrachteten Kriterien: Für Horaz ist der Dichter *integer vitae* – jedenfalls gilt das für seine Person –, und insofern kann er die alten Topoi, daß sowohl der Reine als auch der Dichter in Gefahren geschützt seien, zu dem Bild des als *integer* Singenden = Dichtenden, der vor einem drohenden ‹Ungeheuer› gerettet wurde, vereinen. Er mag von dem Proömium zu Lukrez' fünftem Buch angeregt worden sein. Was in 1,17 mit schlichtem Anspruch dargelegt wurde, ist in 1,22 ins Humorvolle gewendet. Der Anfang ist fast feierlich formuliert, aber die Gefahr, die in Gestalt der gräßlichen Bestie drohte, und der Gegenstand der Dichtung, die süß lächelnde und süß redende ‹Plauderin› Lalage, sind mit der Horaz eigenen leichten Selbstironie bedacht. So gehört auch dieses Gedicht in den Themenkreis ‹Schutz der Musen›.
Den besonderen Schutz des Dichters vor äußeren Gefahren hat Hölderlin zweimal direkt nach 1,22 gestaltet – natürlich ohne den seiner Muse sich fügenden Wolf. Die letzte Strophe der Ode *Dichterberuf* lautet:

Furchtlos bleibt aber, so er es muß, der Mann
einsam vor Gott, es schützet die Einfalt ihn,
und keiner Waffen brauchts und keiner
Listen, so lange, bis Gottes Fehl hilft.

Die Einfalt entspricht der horazischen Integritas vitae, die sich furchtlos der Gefahr anvertraut (J. Schmidt² 783). Die Ode *Dichtermut* beginnt (J. Schmidt² 771):

Sind denn dir nicht verwandt alle Lebendigen,
nährt die Parze denn nicht selber im Dienste dich?
Drum, so wandle nur wehrlos
fort durchs Leben und fürchte nichts!

Die Verbindung von Reinheit des Herzens, Kunst und Schutz in Gefahren liegt, worauf Klingner aufmerksam gemacht hat (²415), auch Goethes *Novelle* zugrunde. In ihr besänftigt das reine Kinderherz eines Knaben einen ausgebrochenen Löwen, indem er singt und auf der Flöte bläst. Das «beschwichtigende Lied» spielt auf Daniel in der Löwengrube an:

Aus den Gruben, hier im Graben
hör ich des Propheten Sang;
Engel schweben, ihn zu laben,
wäre da dem Guten bang?
Löw und Löwin, hin und wider,
schmiegen sich um ihn heran;
ja, die sanften, frommen Lieder
habens ihnen angetan!

Bei Goethes Löwen darf man durchaus an den horazischen Wolf denken – auch hinsichtlich der heiteren Schilderung:

> Ist es möglich zu denken, daß man in den Zügen eines so grimmigen Geschöpfes, des Tyrannen der Wälder, des Despoten des Tierreiches, einen Ausdruck von Freundlichkeit, von dankbarer Zufriedenheit habe spüren können, so geschah es hier, und wirklich sah das Kind in seiner Verklärung aus wie ein mächtiger, siegreicher Überwinder [...]. Das Kind flötete und sang so weiter, nach seiner Art die Zeilen verschränkend und neue hinzufügend:

Und so geht mit guten Kindern
selger Engel gern zu Rat,
böses Wollen zu verhindern,
zu befördern schöne Tat.
So beschwören, fest zu bannen
liebem Sohn ans zarte Knie
ihn, des Waldes Hochtyrannen,
frommer Sinn und Melodie.

Klingner wies bei dem letzten Vers auf Horaz' *di me tuentur, dis pietas mea / et musa cordi est* (S. 224). Der Wolf erinnert an 1,22, der reine Sinn des Knaben an 3,4. Unbeschadet der christlichen Züge der *Novelle* ist Goethe hier Horaz nahe.

Der Anspruch des Dichters

Horaz hat den Anspruch des Dichtertums voll vertreten. Selbstbewußt setzte er seinen Beruf von allen anderen in der Proömium-Ode 1,1 ab:

Maecenas, königlicher Ahnen Sohn,
o du mein Schutz, mein süßer Stolz!
Jenem ist's Wonne, wenn er den Staub olympischer Rennbahn
aufregt, ihn hebt das Ziel, von glühenden Rädern
gemieden, ihn die ehrende Palme
zu den Göttern empor, den Herrschern des Weltalls.
Dem ist es Wonne, vom wankelmütigen Volke
bis zu den höchsten Würden wetteifernd erhoben zu werden,
diesem, wenn er in eigener Scheuer

die Ernten libyscher Fluren bewahrt.
Wer genügsam den ererbten Acker pflügt,
nimmer lockt Attalos' Reichtum den,
sich im kyprischen Kiel – ein furchtsamer Schiffer –
auf myrtoische Wellen zu wagen.
Solange mit Icarus' Fluten der Africus kämpft,
preiset der zitternde Kaufmann
die stillen Fluren seiner Vaterstadt: Bald aber bessert er
sein leckes Schiff, der Armut ungewohnt.
Mancher verschmäht nicht Pokale alten Massikers voll,
nicht, dem Tage Stunden zu rauben,
hingegossen im Schatten des grünen Hagdorns
oder am rieselnden Quell des heiligen Baches.
Viele entzückt das Lager, entzückt der Tuba Hall,
mit Hörnern gemischt, und Kriege
von Müttern verflucht. Unter kaltem
Himmel verweilet der Jäger, des zärtlichen Weibes vergessend,
wenn seine treuen Hunde ein Reh erblickten
oder ein marsischer Eber das schwache Garn zerriß.
Mich aber gesellt der Efeukranz, der Schmuck der Dichterstirn,
zu den Unsterblichen, mich trennen kühle Haine,
mich die scherzenden Reigen der Nymphen und Satyrn
vom Pöbel, wenn mir ihre Flöte
Euterpe nicht versagt, Polyhymnia
mir hold die lesbische Laute besaitet.
Nimmst aber unter die lyrischen Sänger du mich auf,
dann berühr' ich mit stolzem Scheitel die Sterne!

Daß die ersten und letzten beiden Verse den an Maecenas gerichteten Rahmen bilden, sieht man sofort. Die dazwischen liegenden 32 Verse schildern verschiedene ‹Berufe›, und zwar in dieser Reihenfolge: Sportler, Politiker, Latifundienbesitzer, Bauer, Kaufherr, Genießer, Krieger, Jäger, Dichter. Man glaubte, Horaz habe die vier Haupttypen der griechischen Popularphilosophie nachgebildet: Liebhaber der Ehre (Sportler, Politiker), des Gelds (Latifundienbesitzer, Bauer, Kaufherr), der ‹Lust› (Genießer, Krieger, Jäger), der Weisheit (Dichter). Aber einer solchen Anregung bedurfte Horaz nicht, wenn man sieht, daß die Sportler und Politiker den Ambitiosi und der Latifundienbesitzer, Bauer und Kaufherr den Avari zugehören, also den von ihm so oft ins Visier genommenen Typen. Die restlichen Vertreter sind allesamt Otiosi, die ihre Tätigkeit aus Freude und um ihrer selbst willen ausüben. Zwar ist es möglich, aufgrund der gelehrten Stirn des Dichters (*doctarum frontium*, 29) ihn den Philosophen zuzuordnen, aber niemand wird verkennen, daß der zu Beginn des Passus über die Otiosi V. 19–22 geschilderte Genießer bereits Horaz gleicht, der von sich sagte, daß er schon mitten am Tag Falernerwein getrunken habe und gern im Grünen am Bach ruhe (Epist. 1,14,34–36) – gilt doch nach seinen Worten für die Dichter allgemein, daß sie die Stadt fliehen, den Hain aufsuchen und Jünger des Dichtergotts Bacchus sind, der Freude an Schlaf und Schatten hat (Epist. 2,2,77–78). Der Epikureer Horaz will Freude (Hedone) an seinem Tun haben. So sind es drei Gruppen, die deutlich geschieden sind. Das letzte Wort des Passus über die Ambitiosi ist die Ehre (*honoribus*, 8), desjenigen über die Avari die Unfähigkeit, bescheidene Verhältnisse zu erdulden (*indocilis pauperiem pati*, 18), desjenigen über die Otiosi das Schlagen der Leier (*tendere barbiton*, 34). Daß der Terminus Otiosi berechtigt ist, geht aus der Antithese hervor, daß der Kaufherr als Avarus Otium nicht ertragen kann (*metuens otium*, 16). Die Abschnitte über die Ambitiosi/Avari und über die Otiosi umfassen jeweils 16 Verse. Alles ist sehr überlegt. Überraschend sind jedoch die Wertungen, die Horaz vornimmt. Die Politiker bilden eine Gruppe mit den hyperbolisch charakterisierten Sportlern; wie jene ‹kämpfen› sie um Ehre und sind doch abhängig von der launischen Masse (von der sich Horaz am Ende mehr als deutlich distanziert)! Umgekehrt wird der Soldat nicht als Verteidiger des Vaterlands gesehen, sondern als jemand, der seine Tätigkeit aus purer Lust ausübt wie der Jäger, der so töricht ist, in der Kälte unter freiem Himmel übernachtend, dem Eber aufzulauern und seine Gattin zu vergessen. Und der Bauer, den Vergil in den *Georgica* so verherrlicht hatte, rangiert unter den Habsüchtigen. Was war das für ein augusteisches Gedichtbuch, das so begann? Und dann der Dichter, der sich vom Volk schied, mit göttlichen Wesen verkehrte und davon sprach, mit dem Scheitel die Sterne zu berühren! Mit Recht durfte man schließen, daß keine Sammlung patriotischer und panegyrischer Gedichte folgen werde.

An Selbstbewußtsein mangelte es Horaz also nicht. Doch wurde seine Aussage durchgängig von einer heiteren Ironie gemildert. Schon Herder stimmte in den *Horazischen Rettungen* William Baxter zu, der gesagt hatte, Horaz bekenne, so toll wie die übrigen Menschen zu sein («Horatius fatetur se cum caeteris mortalibus insanire»). Herder zeichnete den Gang der Ode nach, die bei jeder menschlichen Bestrebung eine ‹kleine Dosis von Torheit› herausstelle, und fuhr fort: «Leser von horazischem Gefühle werden im Ganzen dieser Ode den von mir angegebenen Ton nicht verkennen: Sie werden finden, daß sich eine kleine Schattierung in die Farbe des Lächerlichen über die Charakteristik menschlicher Neigungen in dieser Ode ausbreite: daß es eigentlich der Zweck Horaz sei, jede derselben, eigentlich bei einer feinen Schwachheit, zu fassen, nur so gelinde zu fassen, als es überhaupt Horazens Art ist, nur weise, nur mit ehrbarer Miene zu lächeln, zu spotten, als ob er die Wahrheit sage. So redet er von andern, so auch von sich.» R. A. Schröder fühlte sich an die erste Satire erinnert: Hier wie dort werde «Maecen zum Zuschauer des

Wetteifers menschlicher Wünsche und Eitelkeiten» gemacht. Und wenn dem Stil der höheren Gattung gemäß die Ironie leiser bemerkbar sei, so gehe sie doch durch das ganze Gedicht. Wie überall bei Horaz vertrage sich der ‹ironische Unterton› mit ‹tiefem Ernst›. Für La Penna wollte Horaz zeigen, jeder habe seine Schrulle; aber die Ironie sei nicht destruktiv, sondern nehme das Leben in seiner Vielfalt (218).

Auf diesem Hintergrund wird auch die schon besprochene Einleitung zu den Römer-Oden verständlich: *odi profanum volgus et arceo* (S. 155). Mit ihr will Horaz ausdrücken, daß er sich mit der Moral seiner Dichtung und ihrer anspruchsvollen Ästhetik nur an Gleichgesinnte wendet. Ähnlich hat Goethe seinem Gedicht *Selige Sehnsucht*, das Ernst Beutler als die ‹Krone des ganzen Divans› bezeichnet hat, einen distanzierenden Beginn gegeben:

Sagt es niemand, nur den Weisen,
weil die Menge gleich verhöhnet:
Das Lebend'ge will ich preisen,
das nach Flammentod sich sehnet.

Die Kommentare pflegen dazu den Horaz-Vers zu zitieren. Hier war Goethe nicht weniger esoterisch als Horaz.

In diesem Zusammenhang ist auch auf die letzte Strophe der Ode 2,16 (S. 204–205) zu verweisen. In ihr wird deutlich, daß sich Horaz in Verbindung mit seiner dichterischen Tätigkeit von der Menge distanziert. Damit steht er in der Tradition des bedeutendsten alexandrinischen Dichters, Kallimachos, der im 28. Epigramm alles Öffentliche, das Volk Betreffende ablehnte. Andererseits war das im Sinn Epikurs gedacht, der sagte, er habe nie danach gestrebt, der Menge zu gefallen (Fr. 187).

Wer das Einleitungs-Gedicht der ersten Oden-Sammlung gelesen hat, wird sich über das Schluß-Gedicht, die Sphragis 3,30, nicht wundern. Wie jenes hat nur dieses das seltene Versmaß des ersten Asklepiadeus. In ihm ist der Dichter zuversichtlich, Libitina, der Göttin des Leichenbegängnisses, zu entgehen. Selbstbewußt nennt er den Hauptfluß und einen mythischen König seiner Heimat Apulien.

Exegi monumentum aere perennius
regalique situ pyramidum altius,
quod non imber edax, non aquilo impotens
possit diruere aut innumerabilis
annorum series et fuga temporum.
non omnis moriar multaque pars mei
vitabit Libitinam: usque ego postera
crescam laude recens, dum Capitolium
scandet cum tacita virgine pontifex:
dicar, qua violens obstrepit Aufidus

et qua pauper aquae Daunus agrestium
regnavit populorum, ex humili potens
princeps Aeolium carmen ad Italos
deduxisse modos. sume superbiam
quaesitam meritis et mihi Delphica
lauro cinge volens, Melpomene, comam.

Errichtet hab' ich mir ein Denkmal, ewiger als Erz,
erhabner als der königlichen Pyramiden Bau,
unzerstörbar dem nagenden Schnee, dem wütenden Aquilo,
der Reihe zahlloser Jahre,
dem Strome der Zeit!
Ich werde nicht ganz sterben! Ein großer Teil von mir
entrinnet Libitinen. Solange
der Pontifex noch und mit ihm die feierlich schweigende Jungfrau
das Kapitol besteigt, so lange wächst mein Lob, ewig neu im Munde der Nachwelt.

Man wird mich nennen, wo gewaltsam Aufidus strömet,
wo Daunus wasserarm sein ländliches
Volk beherrschte, sagen wird man von mir: ‹Er, aus dem Staub erhoben,
vertraute zuerst ein aiolisches Lied der römischen Leier.›
So nimm denn, Melpomene, den stolzen delphischen Lorbeer,
den mein Verdienst mir errungen,
und umkränze mit ihm mir gütig die Stirne.

«Kein Dichter der Welt hat von sich selber und seinem Werk in Tönen geredet, wie Horaz es hier tut. Keinem hat eine nun schon zwei Jahrtausende zählende Nachwelt die stolzeste aller Prophezeiungen so über ihre eigenen Grenzen hinaus bestätigt» (R. A. Schröder). Horaz hat ein Monument errichtet, womit das Werk gemeint ist. Wie auf einem Grab-Denkmal eine Inschrift gibt das Gedicht Auskunft über den Schöpfer: Seine Leistung bestehe nicht in militärischen Taten oder dem Erreichen von Staatsämtern, sondern darin, daß er als erster in lateinischer Sprache Gedichte nach Art der aus Lesbos stammenden Dichter Alkaios und Sappho geschaffen habe. Aber der aufmerksame Leser sollte auch bemerken, daß der Anfang, der Bilder aus Pindar und Simonides aufnahm und steigerte, einen Verweis auf griechische Vorbilder bedeutete. Daß Horaz seine geringe Herkunft als einziges soziales Merkmal betont, zeigt, als wie schwierig er den Aufstieg zu höchstem Ruhm empfunden haben muß. Wenn er die Muse bittet, ihn mit dem Lorbeer zu schmücken, stellt er sich den römischen Triumphatoren gleich, die mit ihm bekränzt zu werden pflegten. Mit der Vergänglichkeit ihrer Monumente rechnete Horaz, nicht aber mit der des eigenen: Er sollte recht behalten. Sein Bild des mit dem (apollinischen) Lorbeer bekränzten Dichters ist später immer wieder – man denkt an Statius, Petrarca oder Tasso – in die Wirklichkeit umgesetzt worden.

Der Schlußstein der ersten Oden-Sammlung mußte herausfordernd auf spätere Dichtergenerationen wirken. Schon kurz darauf trat der Elegiker Properz mit Horaz in die Schranken, indem er in den ersten Gedichten des dritten Buchs mehrfach auf dessen Epilog anspielte. Es gehörte zweifellos Mut dazu, sich wie Horaz zu äußern. So setzte Martin Opitz an das Ende des ersten Buchs des zweiten Teils der *Weltlichen Poemata* (den er 1637 zusammenstellte, der aber erst 1644 postum erschien) nur eine Übersetzung der Horaz-Ode. Diese hatte aber besonderes Gewicht, weil er als erster *Exegi monumentum* in deutsche Verse übertrug:

Ich hab' ein Werck vollbracht dem Ertz nicht zu vergleichen /
Dem die Pyramides an Höhe müssen weichen /
Das keines Regens Macht / kein starcker Nordwind nicht /
Noch folge vieler Jahr' vnd Flucht der Zeit zerbricht.
Ich kan nicht gar vergehn. man wird mich rühmen hören
So lange man zu Rom den Jupiter wird ehren.
Mein Lob soll Aufidus der starck mit rauschen fleußt /
Vnd Daunus wissen auch der selten sich ergeußt.
Dann ich bin der durch den der Griechen schönes Wesen /
Was Tichterkunst betrifft / jetzt Römisch wird gelesen.
Setz' O Melpomene / mir auff als meinen Ruhm
Den grünen Lorbeerkrantz / mein rechtes Eygenthumb.

Zwei Druckfehler wurden verbessert, die alte Schreibweise beibehalten; Opitz hielt Daunus für einen Fluß: Es war ein langer Weg zum ‹deutschen Horaz›.

Wesentlich selbstbewußter war ein Jahrhundert zuvor Pierre de Ronsard, der Dichterfürst der ‹Pléiade›, gewesen, der an das Ende des fünften Buchs seiner *Odes* von 1552 eine anspruchsvolle Nachdichtung stellte (*A sa Muse*):

Plus dur que fer j'ay finy mon ouvrage,
que l'an dispos à demener les pas,
que l'eau rongearde, ou des freres la rage
qui rompent tout, ne ru'ront point à bas.
Le mesme jour que le dernier trespas
m'assoupira d'un somme dur, à l'heure
sous le tombeau tout Ronsard n'ira pas,
restant de luy la part qui est meilleure.

Tousjours tousjours, sans que jamais je meure,
je voleray tout vif par l'Univers,
eternisant les champs où je demeure
de mes Lauriers honorez et convers:
Pour avoir joint les deux Harpeurs divers
au doux babil de ma lire d'yvoire,
qui se dont faits Vandomois par mes vers.

Sus donque Muse, emporte au ciel la gloire
que j'ay gaignée, annonçant la victoire
dont à bon droit je me voy jouyssant:
Et de Ronsard consacre la memoire,
ornant son front d'un Laurier verdissant.

Wie Horaz sich auf Alkaios und Sappho berief, bezog sich Ronsard auf Pindar und Horaz, die er seiner Leier angepaßt habe. Wie ‹horazisch› er argumentierte, zeigt sich auch darin, daß er zu Beginn der zweiten Strophe aus der Schluß-Ode des zweiten Buchs das Bild des nach dem Tod (als Schwan) durch den Äther fliegenden Dichters aufnahm.

16 Rückblick

Obwohl Horaz manches Motiv der hellenistischen Epigrammatik aufgenommen hat, war er nicht stolz darauf, dieser noch zu seiner Zeit blühenden Gattung verpflichtet gewesen zu sein. Stolz war er darauf, mit seinen Oden an die altgriechischen Dichter Alkaios, Sappho, Anakreon, Simonides und Pindar angeknüpft zu haben. Damit war er weit über die eine Generation vor ihm schaffenden Neoteriker hinausgegangen, die die hellenistische Dichtung als Vorbild auf ihr Panier geschrieben hatten. Noch Vergil dichtete die *Bucolica* in der Nachfolge Theokrits und die *Georgica* in derjenigen Arats und Nikanders. Aber in dem letzten Werk hatte er bereits über die hellenistische Dichtung hinaus bis auf den archaischen Hesiod zurückgegriffen, indem er dessen *Werke und Tage* aus weltanschaulichen und inhaltlichen Gründen aufnahm. Er verschmolz den alten Stoff mit ausgefeilter alexandrinischer Dichtungstechnik: Darin zeigte sich der Einfluß der Neoteriker. Mit Beginn der zwanziger Jahre begannen Vergil die *Aeneis* und Horaz die Oden-Dichtung. Das große Vorbild waren für Vergil Homers Epen; aber wichtigen Einfluß übte auch der hellenistische Dichter Apollonios von Rhodos mit den *Argonautika* aus – vergleichbar mit dem der alexandrinischen Epigrammatik auf Horaz. Die beiden klassischen Dichter der augusteischen Zeit hatten von den Neoterikern die Bedeutung der technisch vollendeten Dichtung gelernt. Dementsprechend produzierten Vergil und Horaz – wie schon Catull – wenig. Horaz dichtete in etwa sieben Jahren 88 Oden, ließ sich also im Schnitt für ein publikationswürdiges Gedicht einen Monat Zeit. In der Ars Poetica gab er einem jungen Dichter den Rat, ein Werk neun Jahre zurückzuhalten, damit er es immer wieder verbessern könne (386–390). Mit den frühesten Epoden – nach Ansicht mancher Forscher auch mit einigen Oden – war er ebenso verfahren. Zwar hielt Georg Christoph Lichtenberg diesen Rat in den *Sudelbüchern* (E 251) für einen ‹desperaten Einfall›, da ein Buch nicht ein

‹Faßwein› sei und nach neun Jahren dem dann herrschenden literarischen Geschmack hinterherhinken könne, aber Horaz hat mit seinem Werk recht behalten.

Der ‹abgezirkelte Dichter›, wie Ramler Horaz nannte (S. 10), achtete nicht nur auf einen sorgfältigen Stil – dessen Eigenart bei der Betrachtung der Literatur-Episteln des zweiten Buchs noch deutlicher werden wird –, sondern gab seinen Gedichten auch einen überlegten Aufbau. So handelt die erste Strophe der Ode 1,31 an Tibull (S. 194–195) vom Adressaten, die vierte vom Dichter, während die beiden mittleren Strophen Beispiele geben. In 1,22 (S. 224–225) wird in den ersten beiden Strophen eine Behauptung aufgestellt, die nächsten beiden geben die Begründung (durch *nam* eingeleitet), die letzten beiden ziehen die Folgerung. In 2,13 (S. 143) ist die erste Hälfte des Gedichts dem Ereignis des gestürzten Baums, die zweite der Hades-Vision gewidmet. In 3,1 (S. 155–157) steht in der ersten Hälfte der Ambitiosus, in der zweiten der Avarus im Mittelpunkt, während in der ersten und der letzten Strophe der Dichter von sich selbst spricht. Entscheidende Begriffe oder Gedanken stellt Horaz gern genau in die Mitte der Oden. Das gilt etwa für Caesar in 1,37 (S. 152), für die Virtus in 3,2 (S. 158–159), für die Bedingung, unter der Rom gesunden könne, in 3,3 (S. 161–163), für das *lene consilium* in 3,4 (S. 167) oder die Tranquillitas animi in 3,29 (S. 213). Auch kann eine Mittel-Strophe zwei ungleiche Teile einer Ode verbinden wie in 3,14 (S. 172). Schließlich hat Horaz die Bücher im einzelnen und im ganzen kunstvoll komponiert. Von den 88 Gedichten sprechen das erste und das letzte vom Dichter; sie stehen in einem nur in ihnen begegnenden Versmaß (S. 229). Die beiden mittleren Oden, 2,6 und 2,7, sind herausragende Freundschafts-Gedichte, behandeln die Mitte horazischen Empfindens (S. 189–190). Sie sind überdies die Mitte des Zyklus 2,1–2,12, der seinerseits die Mitte der drei Bücher bildet (Ludwig[2] 344). Seine Gedichte sind schalenförmig aufeinander bezogen. Das erste Liebes-Gedicht, 1,5 an Pyrrha, steht spiegelbildlich zum Abschied von der Liebes-Dichtung 3,26. Auch innerhalb der Bücher gibt es besondere Plätze. Das erste Gedicht des ersten Buchs ist ebenso wie das erste der zweiten Buchhälfte (1,20) und das vorletzte der Sammlung (3,29) Maecenas gewidmet. Das zweite (1,2) und vorletzte Gedicht (1,37) des ersten Buchs feiern Oktavian/Augustus. Die drei Schlüsse, Sphragides, sind dem Dichter vorbehalten: 1,38; 2,20; 3,30. Sie handeln von seiner Dichtung. 1,38 ist zurückhaltend, da der Anspruch schon in 1,1 formuliert wurde; 2,20 und 3,30 sind äußerst selbstbewußt und beschließen Bücher, deren Spitze durch andere wichtige Thematik besetzt ist.

Diese Beispiele genügen, um zu zeigen, daß man bei Horaz von einer klassischen Komposition sowohl der Gedichte als auch der Bücher sprechen kann. Die strukturelle Ausgewogenheit dürfte mit seinem zu Maß und Mitte tendierenden Denken zusammenhängen. Jede archaische

Buntheit, wie sie von Plautus bis zu Lucilius anzutreffen ist, jedes manierierte Raffen und Zerdehnen, das Ovid so liebt, jedes gewaltsame Sprengen der Formen, das in der Tragödie und Epik der Kaiserzeit zu beobachten ist, mußten ihm fernliegen. Auf Maß hatten die frühen Dichter – auch Catull – noch nicht gezielt, die späteren hatten es schon wieder verloren. Daß aus Horaz' epikureischer Gesinnung die ‹diskret-überlegene Kunst› resultiere, hat Staiger schön betont, die Art, «selbst im Verhältnis zu seiner eigenen Schöpfung frei zu bleiben und sich sein Werk in jeder Zeile behutsam gegenüber zu halten, frei, Bezüge anzuspinnen, aber auch wieder fallen zu lassen, mit Zusammenhängen, die ihn fesseln würden, nur zu spielen, sich also auch nicht der Kunst auszuliefern» (114–115). Daß immer wieder die Einheit horazischer Oden bestritten wird, beruht auf der Verkennung ihrer klaren Komposition. Freilich ist diese oft erst dann wahrzunehmen, wenn man ihre Argumentation versteht. Herder hatte seinem jungen Freund ganz zu Recht den Rat gegeben, in jeder Ode die ‹geistige Situation› aufzusuchen (S. 26).

Wie die Oden aufgenommen wurden, läßt sich nur vermuten. Da die meisten schon durch Vortrag in literarischen Kreisen bekannt waren, bedeutete das Jahr der Publikation, 23, keinen grundsätzlichen Einschnitt. Ihre esoterische Ästhetik war wenig geeignet, das breite Publikum anzusprechen. Nicht umsonst hatte sich Horaz vom Populus (1,1) und der Plebs (3,1) distanziert. Augustus und Maecenas verstanden und schätzten die hohe Kunst. Sie werden gespürt haben, daß die römische Lyrik einen Gipfel erreicht hatte, der so leicht nicht zu übertreffen sein würde. Aber sie werden über den Mangel an Panegyrik und die Reserve gegenüber der Gesellschaft im tiefsten enttäuscht gewesen sein und sich von Vergils im Entstehen begriffener *Aeneis* Entschädigung erhofft haben. Ihre Welt und des Dichters Welt waren zu verschieden. Nur eine Gruppe begegnete Horaz mit merkbarer Ablehnung: die Dichterkollegen. Schon zur Zeit der Satiren in den dreißiger Jahren hatte er mit Neid zu kämpfen; freilich mochte da noch das Unbehagen über seinen rapiden sozialen Aufstieg mitgespielt haben. Das war nun vorbei, aber der Neid über den Aufstieg in die Höhen der Kunst war geblieben. So prophezeite Horaz, daß die ihm entgegenschlagende Invidia erst nach seinem Tod enden werde (2,20). Es war, wie der allzu oft mißverstandene Brief 1,19 lehrt (S. 247–251), die Invidia der Dichterzunft, von der sich Horaz fernhielt und die ihn mit Verleumdungen und Unterstellungen nicht verschonte. So mochte der Anspruch von *Exegi monumentum* (3,30) auch ein gerüttelt Maß an Trotz als Ursache haben. Aber Horaz war des ewigen Kämpfens satt. Das erste Epistel-Buch zeigt, daß er müde wurde.

Vierter Teil (23–20 v. Chr.)

17 Sinn des Lebens: Das erste Brief-Buch

Herkunft und Eigenart

Im Jahr 23 veröffentlichte Horaz die ersten drei Bücher der Oden. Er hatte nun das Gefühl, daß sein Alter über die Zeit hinausgeschritten war, für die sich – auf wahrer Empfindung beruhende – sympotisch-erotische Dichtung zieme (S. 145). Mit 42 Jahren bereitete er sich auf einen ‹ernsthaften› Lebensabschnitt vor. So sagte er im ersten Brief (10–12):

> [...] hab' ich nun
> der Verse und des andern Spielwerks mich
> entschlagen, und was wahr und recht ist, kümmert
> mich ganz allein; ich leb' und webe d'rin,
> bemüht, mir einen Vorrat einzusammeln,
> wovon ich bald im Winter zehren könne.

Es sind Fragen der Philosophie und der Lebensführung, denen er sich zuwendete. Damit war die Eigenart der neuen Sammlung deutlich bestimmt. Horaz hatte diese Themen auch schon in den Satiren und Oden behandelt; doch liegt ein wichtiger Unterschied darin, daß die Gedichte jener Gattungen großenteils zum Vortrag bei Symposien oder im Kreis der Freunde bestimmt waren, die neuen dagegen fast durchweg echte Briefe darstellten. Beide Arten waren natürlich für die spätere Publikation vorgesehen, aber der Charakter eines wirklichen Briefs weicht doch von dem eines den Freunden dargebotenen und überreichten Gedichts ab. Man hat vielfach angenommen, Horaz habe die Briefform nur fingiert, wie es später Seneca und der jüngere Plinius taten; doch ist das nicht vergleichbar. Diese Autoren suchten nach einer äußeren Gestalt, in der sie ihre Gedanken literarisch verarbeiten und der Nachwelt überliefern konnten. Das letzte gilt auch für Horaz. Aber die Freunde, mit denen er in Verbindung treten wollte, waren ihm nicht mehr nahe. Es war schon deutlich geworden, daß sich Horaz in zunehmendem Maß von Maecenas und den Verpflichtungen in Rom zu lösen versuchte (S. 172–174). Dieses Streben war in der Zeit der Briefe noch drängender geworden, wie die eindeutigste an Maecenas gerichtete Absage (1,7) zeigt. Er dürfte nunmehr große Teile des Jahrs außerhalb der Hauptstadt verbracht haben. Den zweiten Brief schrieb er wohl aus Praeneste an

Maximus Lollius in Rom, den dritten an Julius Florus, der Tiberius auf einem Zug durch Thrakien nach Kleinasien begleitete, den vierten an Albius Tibullus, der auf seinem Gut in Pedum (Latium) weilte, den siebten an Maecenas aus der ‹Sommerfrische›. Dieser Brief hat geradezu die örtliche Trennung vom Adressaten zum Inhalt, so daß es komisch gewirkt hätte, wenn Horaz ihn persönlich vorgetragen oder überreicht hätte. Den zehnten Brief diktierte er in der Nähe des Heiligtums der Göttin Vacuna bei seinem Landgut an den in Rom weilenden Aristius Fuscus. Die Spannung zwischen Stadt- und Landleben ist das Thema dieses und des vierzehnten Briefs – sie betraf nicht nur die Adressaten, sondern auch Horaz selbst. Er verband in einmaliger Weise die Klärung der eigenen Lage mit der der Angespochenen.

So ist das Entstehen der ersten Brief-Sammlung ganz aus der Situation und dem Wesen des Dichters heraus zu erklären, so daß es kaum sinnvoll ist, die Briefe auf literarische Vorbilder zurückzuführen. Vielleicht kann schon Lucilius die Briefform zugesprochen werden; auch hatte Catull einigen Gedichten den Charakter eines Briefs gegeben und den Rahmen des Carmen 68 sogar als *epistolium* bezeichnet. Vor allem führte Horaz' philosophisches Leitbild, Epikur, eine ausgedehnte Korrespondenz mit seinen Anhängern. Aber mehr als Anregungen konnte Horaz von ‹Vorgängern› nicht erhalten. Sein eigentliches Vorbild war, wenn man so sagen darf, er selbst. Die Briefe sind eine Weiterbildung der Satiren. Das Versmaß des Hexameters und die Technik der lockeren Komposition und gleitenden Übergänge blieben die nämliche. Der Ton ist jedoch gemäßigter und abgeklärter – Horaz war älter und selbstbewußter geworden –, und in jedem Fall gab es nun einen individuellen Adressaten, während sich die Satiren vor allem an Maecenas' oder den eigenen Freundes-Kreis wendeten. Auch brauchte der Dichter nicht in demselben Maß wie früher zu kämpfen. Scaliger hat den nur geringen Unterschied schön charakterisiert: Wie die Medizin Krankheiten vorbeuge oder sie heile, so stellten die Briefe die Mittel bereit, mit denen wir uns vor dem Laster schützen könnten, während die Satiren mit den Mitteln kämpften, durch die die Laster ausgemerzt würden.

Wider den alten Zwang

Schon zur Zeit der Oden-Dichtung hatte sich Horaz aus den Verpflichtungen des Maecenas-Kreises zu lösen versucht. Daß der alte Gönner damit auch nach dem Jahr 23 nicht einverstanden war, zeigt der erste Brief programmatisch. Scaliger nannte ihn süßer als jeden Honig; seine Gedanken seien gut anwendbar, sein Stil rein, ‹rund› und lieblich («quovis melle dulcior est. Sententiae appositae, dictio casta, rotunda, suavis»), weshalb er glaube, er sei als letzter gedichtet, aber wegen seiner in die

Augen fallenden Einzigartigkeit an die erste Stelle gesetzt. Am Anfang vergleicht sich der Dichter mit einem ausgedienten Gladiator (1–10):

> Du, dem mein erstes Lied gewidmet war
> und nun auch meiner Muse letzte Frucht
> gebührt, warum, Mäcen, mich, den man schon
> genug gesehn und fernern Diensts entlassen,
> von neuem zu dem alten Spiel zurück
> zu nötigen? Ich bin an Jahren und
> an Sinnesart nicht mehr der vorige.
> Vejan, um seine Freiheit länger nicht dem Volke
> am Rand des Fechtplans abzubetteln, hing sein Schwert
> in Herkuls Tempel auf und steckt verborgen
> in seinem Meierhof. Auch mir, Mäcen,
> raunt oft ich weiß nicht welche Stimm' ins Ohr:
> ‹Sei klug und spann den alten Renner noch
> in Zeiten aus, bevor er auf der Bahn,
> wo einst der Sieg ihn krönte, lahm und keuchend
> die Lenden schleppt und zum Gelächter wird.›
> Gehorsam dieser Warnung hab' ich nun
> der Verse und des andern Spielwerks mich
> entschlagen.

Diese Verse sind unbeschadet der herausragenden Nennung des ‹Patrons› Maecenas eine deutlich formulierte Absage an dessen Aufforderung, die Oden-Dichtung weiterzuführen. Es ist anzunehmen, daß Maecenas vor allem die Behandlung politischer Themen wünschte. Daß Horaz antwortet, sein Denken und sein Alter paßten nicht mehr dazu (*non eadem est aetas, non mens*, 4), also auf den sympotisch-erotischen Charakter seiner Oden hinweist, wird man als eine ausweichende apologetische Antwort auffassen dürfen. Doch ist damit, wie der siebte Brief zeigt, noch eine zweite Dimension angesprochen; Horaz war in der Tat der Meinung, daß er dieser Art von Lyrik entwachsen sei. Die Stelle lehrt eindringlich die Verbindung von Leben und Dichtung, die für Horaz wie schon für die Neoteriker galt. Von literarischen Stilübungen, die man ihm so gern zuschreibt, war er denkbar weit entfernt. Das aber heißt: Er fühlte, daß auch die Zeit der Symposien vorbei war. Gegenüber Maecenas bedeutete diese Feststellung, daß er nicht mehr geneigt war, die ständigen Einladungen zu den Abendvergnügungen und Gelagen anzunehmen. Noch unmißverständlicher hat Horaz das im siebten Brief ausgedrückt, in dem er auf Maecenas' Klage über seine lange Abwesenheit antwortet (25–28):

> Doch, sollt' ich niemals mich entfernen dürfen,
> so müßtest du die Jugendstärke auch
> mir wiedergeben können und den Busch

von schwarzen Locken um die schmale Stirne,
den leichten Witz, die frohe Laune wieder
mir geben können, der das Lachen ansteht,
und machen, daß mirs noch, wie ehmals, ziemte,
beim Trinkgelag die Flucht des Schelmenmädchens,
das heimlich sich davon schlich, zu bejammern.

Wieland hat in der Übersetzung den Namen des Mädchens, Cinara, ausgelassen, merkte aber an: «Das schelmische Mädchen, wovon hier die Rede ist, hieß Cinara und war von der Klasse derjenigen, welche nach damaliger römischer Sitte zu den Gastmählern der Reichen eingeladen wurden, wenn man einen Abend den Göttern der Freude opfern wollte.» An einem Kollektiv-Opfer für die Götter der Freude war Horaz immer weniger interessiert, zumal er mehrfach betont hat, daß er an Cinara besonders gehangen habe. So kommt schon in den Eingangsversen der Epistel Horaz' innere und äußere Lösung – auch Vejanius zieht sich aus Rom auf das Land zurück – von Maecenas zum Ausdruck.

Nachdem Horaz sein Streben nach rechter Lebensgestaltung dargelegt und sich von der Philosophie der Masse distanziert hat, wobei er 80–93 ihre Unbeständigkeit in Urteil und Haltung hervorhebt, wendet er sich wieder an Maecenas und hält ihm – zwar ironisch, aber doch erstaunlich offen – vor, sich nur um des Freunds Äußeres, nicht aber um die inneren Probleme, besonders seine Unausgeglichenheit, zu kümmern. Der «elegant bis zur Stutzerhaftigkeit» gekleidete Maecenas (K./H.) hält Frisur und Kleidung für das Wichtigste (94–103):

Begegn' ich etwa dir einmal mit übel
verschnittnen Haaren auf dem Markt, so lachst du;
sitzt mir die Toga ungleich auf den Schultern,
guckt unter meinem wollenreichen Rock
ein abgeschabnes Wams hervor, so lachst du;
hingegen mein Gemüt mag mit sich selbst
auch noch so uneins sein, mag lieben, was es kaum
gehaßt, verschmähen, was es kaum noch liebte,
nach keiner Regel, keinem Endzweck leben,
jetzt etwas bau'n, dann wieder niederreißen
und plötzlich runden, was viereckigt war,
da lachst du nicht! Es ist nun seine Grille,
denkst du, nicht, daß ich eines Arztes
bedürfe oder daß der Praetor mich
bevogten sollte.

Maecenas, selbst von seelischer Labilität (S. 174–175), ist nicht fähig, sie bei anderen zu verstehen. «Mécène, sur ce point, n'est pas beaucoup plus raisonnable que le peuple» (Courbaud 75).

Auf dem Hintergrund des ersten Briefs gewinnt der merkwürdige achtzehnte Kontur. In ihm erteilt Horaz dem jungen Lollius Maximus, der im Begriff ist, sich einem Großen anzuschließen, Lehren über das Verhalten in der heiklen neuen Umgebung. Man fragt sich ernstlich, was Horaz bewogen haben kann, einem jungen Mann – zumal wenn er der Sohn des Konsuls des Jahrs 21, M. Lollius, war – großenteils selbstverständliche Ratschläge zu geben. Fraenkel sagte ganz zu Recht, Horaz scheine etwas verlegen, daß er Regeln des allgemeinen Anstands einem Mann wie Lollius geben solle (318–319). Entweder war der Adressat, wofür aber nichts spricht, ein Rüpel, oder der Schreiber verfolgte eine heute nicht mehr erkennbare Absicht im Blick auf den nicht genannten Großen – oder aber er hatte das eigene Schicksal im Visier. Lollius dichtet nämlich. Und Horaz rät ihm, vom Dichten abzulassen, wenn der Gönner jagen wolle; schließlich sei Jagen auch eine schöne Beschäftigung. Gewiß, Maecenas hatte Horaz zum Dichten ermuntert; aber er hatte ihn auch mit Verpflichtungen eingedeckt, die das Dichten oft genug behinderten. Es ist immerhin auffällig, daß Horaz das Gleichnis der mythischen Brüder Amphion, des Musischen, und Zethus, des Unmusischen, bringt, in dem es über dem Lyraspiel des ersten zum Bruch zwischen den Brüdern kommt (41–44): War das nötig? Horaz hielt es jedenfalls für angebracht, darauf aufmerksam zu machen.

Zum Schluß kommt Horaz auf sich selbst zu sprechen. Bei der Frage, was die Tranquillitas animi bewirke, Ehre (man denkt an die Ambitiosi), Gewinn (man denkt an die Avari) oder Zurückgezogenheit (man denkt an das epikureische ‹Lebe im Verborgenen!›), verweist er auf die eigene Person. Da er den an seinem Sabinum fließenden Bach Digentia (Licenza) und das nahegelegene Dorf Mandela (Cantalupo di Bardella) nennt, ist klar, daß er den Brief von dort schreibt. 104–112 lauten:

Sooft der kalte Bach Digentia mich
erfrischet, den das kleine frost'ge Dorf
Mandela trinkt, was meinst du, daß ich denke?
Was glaubst du, Freund, daß ich die Götter bitte?
‹Laßt mir nur, was ich hab', und wärs auch minder,
und was ihr etwa noch von Lebenszeit
mir zugedacht, laßt mich mir selber leben!
Laßt mirs an Büchern nicht, auch nicht an Vorrat,
was auf ein Jahr vonnöten ist, gebrechen,
damit die ungewisse Zukunft im Genuß
des Gegenwärt'gen mich nicht stören müsse!›
Es ist genug, um Dinge, die er gibt
und wieder nimmt, den Jupiter zu bitten:
Er gebe Leben nur und Notdurft mir,
ein ruhig Herz will ich schon selbst mir schaffen!

Welch ein Rat an den in die große Welt eintretenden jungen Mann, wenn Horaz mit dem Preis der Abgeschiedenheit, also der Trennung von der großen Welt, schließt! Er hatte genug von ihr.
Besonders nachhaltig kam das in dem berühmten siebten Brief zum Ausdruck. Er war für Scaliger so elegant und urban, daß ihm diese Vorzüge nicht überbietbar schienen. Nicht weniger angetan war Wieland: «So schön und kostbar Horazens kleinster Brief in meinen Augen ist: So gestehe ich doch, daß ich diesem in seiner Art nichts zu vergleichen weiß. Die edelste Freimütigkeit erscheint darin, von der gefälligsten Laune, wie von der leichten Hand einer Grazie, in die feinste Höflichkeit gekleidet; aber gekleidet wie die Schönheit, die nur das Vorurteil zu schonen, nicht sich selbst zu verbergen Ursache hat – gerade nur so viel, um durch Nacktheit nicht anstößig zu werden.» R. A. Schröder nannte den Brief «ein mit besonderer Feinheit und Kraft durchgeführtes Kunstwerk.» Ein vollendetes Gedicht also, dessen herausragender Rang nicht zu verhindern vermochte, daß man entgegengesetzte Aussagen in es hineingelesen hat (Lefèvre[1] 2020–2021).
Horaz hatte Maecenas versprochen, nur fünf Tage von Rom fortzubleiben; nun ist er schon den ganzen Sextilis (der August erhielt diesen Namen erst 8 v. Chr.) abwesend, da er in dem ungesunden Klima das Geschäft des Dissignators fürchtet, des Ordners großer Leichenbegängnisse. Wird er nun auf Maecenas' Bitte hin endlich zurückkehren? 1–13 lauten:

Fünf Tage nur, Mäcen, versprach ich dir
auf meinem Gütchen frische Luft zu schöpfen,
nun läßt den ganzen Erntemonat durch
der lügenhafte Mensch vergebens sich erwarten!
Und gleichwohl, wenn du gerne mich gesund
und guten Mutes sehn willst, wirst du schon
die Nachsicht, die du mit dem Kranken trügest,
dem krank zu werden Fürchtenden so lange
zustatten kommen lassen, als die Hitze
die erste Feige reifet und der Dissignator
mit seinem Zug von schwarzen Amtstrabanten
zu Rom die große Rolle spielt – die Zeit,
wo jeder Vater, jedes Mütterchen
für seine Kinder zittert und die eifrige
Geflissenheit, Patronen und Klienten
genug zu tun, von bösen Gallenfiebern
begleitet wird und Testamente öffnet.
Und kaum ist diese böse Zeit vorüber,
so, weißt du, geht für deinen armen Dichter
schon eine andre an. Denn, wie der erste Reif
die Felder Albas weißt, so muß er nach
der wärmern Küste ziehn und taugt nun sonst

zu nichts, als sich zu schonen und, zusammen-
geschrumpft, die langen Nächte sich mit Lesen
zu kürzen. Aber mit dem ersten milden Lüftchen,
der ersten Schwalbe kommt er, süßer Freund,
wenn du's erlaubst, dich wieder zu besuchen.

Wenn man nachrechnet, ist Horaz spätestens Anfang August verreist; obwohl er bereits in diesem Monat zurückerwartet wird, will er Rom erst im Frühling des darauffolgenden Jahrs wieder aufsuchen. Ob Maecenas, wie Wieland und Heinze meinten, einen Brief geschrieben hat, ist nicht zu beweisen, wenn auch wahrscheinlich; daß aber Horaz das Gedicht als echten Brief schickte, um seinen Anspruch auf Freiheit darzulegen, ist ziemlich sicher. Vielleicht ließ er ihn durch einen Freund überbringen und gar in einem größeren Kreis vortragen. Wie auch immer: Trotz der humorvollen Übertreibung im einzelnen, auf die Fraenkel nachdrücklich aufmerksam gemacht hat, wird Maecenas nicht wenig betreten gewesen sein. Es geht ja nicht um Horaz' Gesundheit, deren Beeinträchtigung nicht wahrscheinlich ist (Fraenkel 327) und die er schon Augustus gegenüber bei der Ablehnung des Amts eines Privatsekretärs vorgeschoben hatte (S. 164); denn er könnte durchaus im Spätherbst nach Rom zurückkehren. Es geht vielmehr um die *officiosa sedulitas* und die *opella forensis* (8), die Kießling und Heinze gut erklärt haben: die angelegentliche Erfüllung gesellschaftlicher Verpflichtungen, die Beteiligung an Rezitationen, die Begleitung des Gönners und den Besuch der Audienzen sowie die Tätigkeit, als Bürge oder Zeuge auf dem Forum zu erscheinen. Statt sich so zu zersplittern, möchte Horaz lieber auf sich selbst zurückgezogen sein (*contractus*, was Wieland, auch wenn er es ironisch meinte, nicht gut mit ‹zusammengeschrumpft› wiedergab).

In vier unterschiedlich langen gleichnishaften Erzählungen führt Horaz das Verhältnis zu seinem Gönner grundsätzlich aus: Maecenas sei nicht wie jener kalabrische Wirt, der den Gast mit dem überhäufe, was er nicht gebrauchen könne, sondern schenke angemessen. Doch könne Horaz, wie schon dargelegt (S. 145), aus Gründen des Alters nicht mehr an den Symposien teilnehmen (25–28). Zweitens: Es sei einmal ein Füchslein gewesen, das durch eine Spalte in eine Kornkiste geschlüpft und, vollgefressen, nicht mehr hinausgekommen sei; da habe ihm ein Wiesel den Rat gegeben, erst wieder abzumagern. (Weil der Fuchs nicht Korn frißt, haben einige Editoren ihn durch eine Haselmaus oder eine Krähe ersetzt.) Horaz macht die Anwendung auf sich (34–39):

Gilt diese Fabel mir, so geb' ich alles wieder.
Denn wenn ich mir den guten derben Schlaf
der Armen lobe, so geschieht's nicht, weil ich satt
von Gänselebern und Pularden bin,

noch würd' ich meine unumschränkte Muße
um alles Gold Arabiens vertauschen.
Oft hast du meine leicht genügsame
Bescheidenheit gerühmt; auch bist du es
an mir gewohnt, mein König und mein Vater
zu heißen, und ich bin nicht sparsamer
mit solchen Namen, wenn du ferne bist.
Versuch es, ob ich, was du mir geschenkt,
mit frohem Mut zurück dir geben könne!

Das war ein offenes Wort. Horaz bot Maecenas an, daß er alles ‹zurücküberweise›, *cuncta resigno* (34). Dieser Bankausdruck war schon Carm. 3,29,54 begegnet (S. 214). «The uncompromising *cuncta resigno* may have made Maecenas wince, but it could hardly surprise him» (Fraenkel 334). Was Horaz wünscht, ist Unabhängigkeit in Freiheit (*liberrima otia*, 36), nicht Abhängigkeit in Unfreiheit, womit einerseits die *officiosa sedulitas* und *opella forensis* (8) gemeint sind, andererseits die Verpflichtungen Maecenas gegenüber. Zwar ist in diesem Zusammenhang von Reichtum (*divitiae*, 36) und Geschenken (*donata*, 39) die Rede, auf die der Dichter verzichten könne; aber damit ist natürlich nicht das Sabinum gemeint. Dessen Rückgabe wäre eine Beleidigung für Maecenas. Das folgende Beispiel erläutert, woran Horaz denkt (40–45). Er spielt auf die Erzählung aus dem vierten Buch der *Odyssee* an, nach der Menelaos dem Odysseus-Sohn Telemach drei Rosse als Gastgeschenk geben wollte, dieser sie aber mit der Begründung zurückwies, seine Heimatinsel Ithaka sei für sie zu klein. Horaz folgert, einem Kleinen gezieme Kleines; ihm gefalle nicht das königliche Rom, sondern das einsame Tibur oder das friedliche Tarent (44–45):

parvum parva decent: mihi iam non regia Roma,
sed vacuum Tibur placet aut inbelle Tarentum.

Was Horaz ablehnt, ist das prächtige Leben der Großen in Rom, das er als Angehöriger des Maecenas-Kreises zu führen gezwungen war; er zieht die Abgeschiedenheit von Tibur und Tarent vor, die aufzusuchen ihm auch Maecenas ermöglicht. Denn bei Homer schenkte Menelaos Telemach statt der Rosse einen wertvollen Becher. Das sollte mitgehört werden.

Trödler, Schuster, Seifensieder und Horaz

Den zweiten Teil der Epistel 1,7 bildet eine der am meisten bewunderten und am meisten fehlgedeuteten horazischen Erzählungen, die von dem großen Lucius Marcius Philippus, Konsul 91, und dem kleinen Voltejus Mena handelt (46–98, leichte Änderungen an Wielands Text kursiv):

Der edle Marcius Philippus war
bekanntlich einer der beredtesten
und rechtsgelehrt'sten Männer seiner Zeit.
Einst da er um die achte Stunde von Geschäften
nach Hause ging und als ein ziemlich schon
bejahrter Mann den weiten Weg vom Markte
nach seiner Wohnung auf Carinae sehr
beschwerlich fand, erblickt' er, sagt man, einen
bereits Geschornen, der in eines leeren
Barbiergeschäftes Schatten sehr gelassen sich
mit einem Messerchen die Nägel putzte.
‹Geh›, spricht Philipp zum Sklaven, der ihm folgte
und in die Launen seines Herrn nicht übel sich
zu schicken wußte, ‹geh, Demetrius, frag
und bringe mir die Antwort, wer er sei?
Was für ein Landsmann? Welchen Standes? Wie
sein Vater heiße oder sein Patron?›
Der Diener geht und bringt die Nachricht, Mena
Voltejus nenn' er sich, sei seines Zeichens ein
Ausrufer, *habe* wenig, übrigens
ein wohlbekannter unbescholtner Mann,
betriebsam, wo was zu verdienen sei,
um sich dafür in müß'gen Stunden wieder
mit frohen Brüdern seines Sinns und Standes
am eignen Herde was zulieb zu tun;
versäume nebenher nicht leicht ein Schauspiel
und stelle immer, nach geendigten
Geschäften, richtig sich im Marsfeld ein.
‹Das alles muß ich von ihm selber hören.
Sag ihm, er soll zum Essen zu mir kommen!›
Mein Mena stutzt, wie er den Antrag hört;
das kann nicht Ernst sein, denkt er, da muß was
dahinter stecken! Kurz, der Mann bedankt sich
und schleicht davon. ‹Er will nicht kommen, sagst du?›
‹Nicht anders; aus zu wenig oder aus
zu viel Respekt beharrt der Schuft darauf,
er komme nicht.› Den nächsten Morgen trifft
Philippus seinen Mann in einem Kreise
von Linnenkitteln an, der ihnen Trödel
verkauft, geht auf ihn zu und grüßt ihn. Jener
entschuldigt sich mit unversäumlichen
Geschäften, daß er heute früh nicht aufgewartet,
und bittet um Verzeihung, ihn nicht gleich
gesehn zu haben. ‹Soll ich dir verzeihn,
so ists auf die Bedingung, daß du heut
mein Gast zu sein versprechest.› ‹Auf Befehl!›
‹So komm nach zwei! Indessen treibe dein

Geschäft, und Glück zu einem guten Zug!›
Mein Mena stellt sich ein, schwatzt, was sich schickt
und nicht schickt, läßt sichs trefflich wohl belieben
und wird, sein Räuschgen auszuschlafen, endlich
nach Haus geschickt. Von nun an schwamm der Fisch
von selbst dem unsichtbaren *Haken* zu.
Voltej, der alle Morgen als Klient
im Vorgemach und richtig jeden Abend sich
bei Tafel einfand, kriegt zuletzt aus Anlaß
der Ferien Befehle, den Patron
auf seine nächsten Güter zu begleiten.
Entzückt von seinem Glücke rollt in offnem Wagen
der Mann an seines hohen Freundes Seite
daher und kann nicht sattsam Worte finden,
die große Schönheit des sabin'schen Himmels
und Landes anzupreisen. Marcius,
der ihm ins Herz sieht und bei Laune ist,
sich Spaß zu machen, auch *Entspannung sucht*,
indem er ihm dreihundert Taler schenkt
und noch dreihundert anzuleihn verspricht,
beredet ihn, ein Gütchen hier zu kaufen.
Der Kauf wird richtig. Kurz, um dich nicht gar
zu lange aufzuziehn, der schmucke Städter
wird nun zum Bauer, schwatzt von nichts als Äckern
und Rebeland, setzt Ulmen, sät und pflanzt,
berechnet stündlich Einnahm' und Gewinn
und wird, vor Hunger, immer mehr zu haben,
in kurzer Frist blaß, hager, alt und grau.
Allein, wie erst die Unglücksfälle kommen,
auf die er nicht gerechnet, seine Schafe
gestohlen werden, seine Ziegen sterben,
die Ernte fehlt, sein Stier am Pfluge fällt,
schwingt mitten in der Nacht mein Mena sich
in voller Wut auf seinen dürren Klepper
und sporenstreichs dem Konsular vors Haus.
‹Ei, ei›, spricht dieser, da er ihn so schmutzig
und ungeschoren sieht, ‹du tust der Sache
zu viel, Voltej, bist gar zu häuslich und
dir selbst zu hart!› ‹Bei Gott, Patron›, ruft jener,
‹wenn ihr mir meinen rechten Namen geben wollt,
so nennt mich einen armen Schächer, denn
der bin ich! Und bei euerm Genius,
bei dieser Hand und euers hohen Hauses
Schutzgöttern, bitt' ich und beschwör' ich euch,
setzt mich zurück in meinen alten Stand!›

Wer einmal eingesehn, wie viel, was er
zurückließ, besser ist, als was er sucht,
der kehr' in Zeiten um! Das Wahre ist:
Ein jeder messe sich mit seinem Fuße!

Die Geschichte, die an die Fabel von der Land- und der Stadtmaus in Satire 2,6 erinnert (S. 126–128), wird vielfach mißverstanden, indem man darauf hinweist, daß Horaz anders als Mena das dem Gönner verdankte Gut zu nutzen und zu genießen wisse und diesem daher seinen Dank ausdrücken wolle; er distanziere sich von Mena. Das Gegenteil ist der Fall. Der Vergleichspunkt zwischen Mena und Horaz ist nicht das Gut, sondern die Abhängigkeit von ihrem Patron. Beide sind Convictores (S. 48) und geraten damit in eine ihnen nicht gemäße Lebensweise. So wenig wie Mena ist Horaz von der «Rolle eines abhängigen *convictor* befriedigt [...] und heischt größere Freiheit der Bewegung, selbst auf die Gefahr eines Bruches mit dem Manne, den er aufs höchste verehrt» (Heinze). Mena ist Horaz' Spiegelbild. Wie sein Vater ist jener Freigelassener und Auktionator; wie Horaz es liebt, lebt jener bescheiden und vermag zu genießen, sozusagen *frui paratis* (Carm. 1,31,17). Mena geht gern mit den *parvi* um (58), Horaz ist selbst ein *parvus* (44). Beider Patrone sind – das ist der entscheidende Vergleichspunkt – nur offen für die äußere Lage der Geförderten, für ihre seelischen Nöte aber blind. Wenn Mena Philipp mit schäbigem Aufzug und ungeschorenem Haar gegenübertritt, bemerkt dieser nur, er vernachlässige wegen vieler Arbeit zu sehr sein Äußeres; daß er in Wahrheit ‹elend› (*miser*) ist, sieht der Herr nicht (90–93). Ebenso ergeht es Horaz (S. 238): Wenn seine Kleidung zu wünschen übrig läßt und sein Haar nicht richtig geschoren ist, mokiert sich Maecenas; wenn aber sein Inneres in Unordnung ist, bleibt er ungerührt (1,1,94–103): 1,7 ist wie 1,1 ein Gedicht über die Frage der richtigen Lebensführung. Äußere Unabhängigkeit ist dafür die wichtigste Voraussetzung – auch und gerade Maecenas gegenüber. Da Philippus der Vater von Augustus' Stiefvater war, durfte dieser sich mitangesprochen fühlen.

Die Erzählung von Philipp und Mena hat spätere Dichter zu Nachgestaltungen angeregt. So schrieb La Fontaine die Fabel 8,2 *Le Savetier et le Financier* in Kenntnis der horazischen Geschichte, obwohl er den singenden Schuster einer Novelle Bonaventure Des Périers' entnahm:

Un Savetier chantait du matin jusqu'au soir:
  C'était merveilles de le voir,
merveilles de l'ouïr; il faisait des passages,
  plus content qu'aucun des sept sages.
Son voisin au contraire, étant tout cousu d'or,
  chantait peu, dormait moins encor.
  C'était un homme de finance.

Si sur le point du jour parfois il sommeillait,
le Savetier alors en chantant l'éveillait,
et le Financier se plaignait,
que les soins de la Providence
n'eussent pas au marché fait vendre le dormir,
comme le manger et le boire.

Der Financier schenkt dem Savetier 100 Écus, worauf dieser sich ganz auf die Bewachung des Reichtums konzentriert und das Singen verlernt. Schließlich zieht er die Konsequenzen:

A la fin le pauvre homme
s'en courut chez celui qu'il ne réveillait plus!
Rendez-moi, lui dit-il, mes chansons et mon somme,
et reprenez vos cent écus.

La Fontaine sagt nicht, weshalb der Reiche dem Armen das Geschenk macht, ob er ihm einfach eine Freude bereiten will oder aber die psychologischen Folgen des Besitzes mit einkalkuliert. Bei Hagedorn, der die Fabel nachgestaltete und aus dem Financier einen Garkoch, aus dem Savetier einen Seifensieder werden ließ, ist das Motiv genannt: Der Seifensieder soll das Singen unterlassen. Aus *Johann der Seifensieder* folgen hier die erste und die letzten beiden Strophen.

Johann, der muntre Seifensieder,
erlernte viele schöne Lieder
und sang, mit unbesorgtem Sinn,
vom Morgen bis zum Abend hin.
Sein Tagwerk konnt ihm Nahrung bringen,
und wann er aß, so mußt er singen,
und wann er sang, so wars mit Lust,
aus vollem Hals und freier Brust.
Beim Morgenbrot, beim Abendessen
blieb Ton und Triller unvergessen;
der schallte recht, und seine Kraft
durchdrang die halbe Nachbarschaft.
Man horcht, man fragt: Wer singt schon wieder?
Wer ists? Der muntre Seifensieder.

Er lernt zuletzt, je mehr er spart,
wie oft sich Sorg und Reichtum paart
und manches Zärtlings dunkle Freuden
ihn ewig von der Freiheit scheiden,
die nur in reine Seelen strahlt
und deren Glück kein Gold bezahlt.

Dem Nachbar, den er stets gewecket,
bis der das Geld ihm zugestecket,
dem stellt er bald aus Lust zur Ruh

den vollen Beutel wieder zu
und spricht: Herr, lehrt mich beßre Sachen
als, statt des Singens, Geld bewachen.
Nehmt immer Euren Beutel hin
und laßt mir meinen frohen Sinn.
Fahrt fort, mich heimlich zu beneiden,
ich tausche nicht mit Euren Freuden.
Der Himmel hat mich recht geliebt,
der mir die Stimme wiedergibt.
Was ich gewesen, werd ich wieder:
Johann, der muntre Seifensieder.

Im Blick auf Johann war das horazisch gedacht, nicht aber im Blick auf den Reichen. Zwar war auch Maecenas von Schlafmangel geplagt, aber er bedrängte Horaz nur, um sich innerlich zu bereichern, nicht um ihn zu schädigen.

Wider den alten Neid

Horaz klagte sowohl in den dreißiger Jahren, als er die Satiren schrieb, wie auch in den frühen zwanziger Jahren, als er die Oden dichtete, über Neid, der ihm entgegenschlage. Dieser hatte seine Ursache einerseits in dem raschen sozialen Aufstieg des Sohns eines Freigelassenen zum Legionsführer bei Philippi sowie in Maecenas' Kreis (Satire 1,6), andererseits in seinen literarischen Erfolgen (Carmen 2,20). Die Mißgunst folgte ihm, wie es scheint, auch in der Zeit der Epistel-Dichtung am Ende der zwanziger Jahre. Nach Heinze rechnete Horaz mit den Neidern seiner Förderung durch Maecenas in dem siebzehnten Brief ab. Über den literarischen Neid gibt der neunzehnte Brief nachhaltig Auskunft, wenngleich in so satirischer Argumentation, daß auch er immer wieder mißverstanden worden ist.
In dem ersten Teil schildert Horaz in übermütiger Weise, wie es eine Menge Poeten unternehme, seine Dichtung nachzuahmen. Selbstbewußt bemerkt er, wenn einer streng blicke, barfuß und in knapper Toga gehe, könne er noch lange nicht Tugend und Sitten des rigorosen Stoikers Cato von Utica erreichen (12–14). Diese Dichterlinge verfügen also nur über die äußere Form der horazischen Lyrik, nicht ihre poetische Kraft. Doch dann kommt eine überraschende Schlußfolgerung: ‹O ihr Nachahmer, Sklavenvieh, wie oft hat euer Lärmen mir die Galle, oft auch Lachen erregt!› (19–20):

o imitatores, servom pecus, ut mihi saepe
bilem, saepe iocum vestri movere tumultus!

Das Lachen verstehen wir. Warum aber der Ärger? Horaz könnte sich doch freuen, daß man vergeblich versucht, seine Kunst zu imitieren, da so ihre Einzigartigkeit offenbar wird. Die Sache hat einen Haken. Aber welchen?

Der folgende Passus, dessen erster Teil schon S. 61–62 besprochen wurde, ist auf den ersten Blick rätselhaft (21–29,32–33):

> Ich habe meinen Weg
> durch einen Strich des Helikons, wo kein
> Lateiner mir voranging, selbst gebahnt,
> nicht meinen Fuß in andrer Tritt gesetzt.
> Wer sichs nur zutraut, führt den ganzen Schwarm.
> Ich bin der erste, der die Jamben des
> Archilochos nach Latium gebracht;
> ich habe seine Versart, seinen Geist,
> nicht Wort' und Sachen, eigen mir gemacht;
> auch wirst du meines Efeukranzes mich darum
> nicht minder würdig halten, weil ich mich gescheut,
> an seinem Rhythmus etwas abzuändern.
> Denn auch die feuervolle Sappho, auch
> Alkaios borget ihm sein Klangmaß ab,
> wiewohl vermischt mit andern und an Inhalt
> verschieden [...].
> Der ist es, den ich (was in unsrer Sprache
> von keinem noch versucht war) als der erste
> latein'sche Liederdichter unserm Volke
> bekannt gemacht.

Horaz sagt, auch er habe nachgeahmt, in den Epoden Archilochos und in den Oden Alkaios. Aber er habe nur den Rhythmus (*numeri*) und den Geist (*animi*), nicht aber den Inhalt (*res*) übernommen. Und wie er Archilochos, hätten diesen Sappho und Alkaios zum Vorbild gehabt; weil das bei dessen invektivischer Dichtung für eine Frau ungewöhnlich ist, wird Sappho ‹mannhaften Geists› (*mascula*) genannt. Horaz stellt sich also in der Archilochos-Nachfolge auf dieselbe Stufe wie Sappho und Alkaios; diese seien genauso ‹Nachahmer› wie er. Vergleicht man den ersten mit dem zweiten Teil des Gedichts, ergibt sich: Horaz' Nachtreter ahmen ihn offenbar total nach, auch im Inhalt, was er selbst gegenüber Archilochos vermieden hatte. Während er aber dessen Geist (*animi*) erreichte, ist das bei jenen ihm gegenüber nicht der Fall, wie aus dem Cato-Gleichnis zu schließen ist – sie sind einfach Sklavenvieh, *servom pecus*. Warum aber der Ärger? Wieland dürfte auch in diesem Fall in seiner Anmerkung 6 das Richtige getroffen haben: «Die Mühe, welche Horaz sich in dieser ganzen Stelle gibt, sich gegen den Vorwurf der Nachahmung zu verteidigen und seine Originalität unter den lateinischen

Dichtern zu behaupten, ist einiger Erläuterung wert. Horaz hatte, wie es scheint (und wie es nicht anders zu erwarten war), eine Menge Nachahmer oder Nachäffer von der Art, die er *serva pecora* nennt, die sich nicht begnügten, auch lyrische Gedichte zu machen, nachdem er ihnen gewiesen hatte, wie sie es ohngefähr angreifen müßten, sondern die ihm sogar den Inhalt seiner Oden, seine Wendungen und seine Ausdrücke stahlen, kurz, wie die Krähe in der Fabel, sich mit seinen Federn schmückten und dann in den Chor der Vögel mischten und auch als Sänger mitflogen. Diese Leute, scheint es, glaubten sich damit zu rechtfertigen, wenn sie sagten: Horaz sei ja selbst nur ein Nachahmer – der Griechen nämlich; denn daß er der erste lyrische Dichter der Römer war (wenigstens der erste, der eine Vergleichung mit den griechischen aushalten konnte), war unleugbar. Um nun dem römischen Publiko, das sich so gut durch Worte täuschen ließ als jedes andre, im Vorbeigehen den Unterschied zwischen Nachahmung und Nachahmung zu zeigen, beruft er sich darauf, daß er nicht *mehr* Nachahmer des Archilochos sei als Alkaios und Sappho auch, daß er die Versarten des Griechen (*numeros*) und seinen Geist, sein Feuer (*animosque*) sich eigen gemacht, aber nicht ihm die Sachen und Worte (*non res et verba*) abgestohlen und für sein gegeben habe.» Warum Horaz die Galle überlief, wird so verständlich.

Nachdem Horaz im zweiten Teil des Briefs (21–34) – etwas verschlüsselt – den Inhalt der Kritik durch die Dichterkollegen dargelegt hat, erklärt er im dritten Teil (35–49) – offen – den Grund derselben (35–41):

> Fragst du mich aber, wie es komme, daß
> der undankbare Leser meine Kleinigkeiten
> zu Hause liest und liebt, hingegen auswärts
> die Achseln kritisch zuckt und höchstens – schweigt?
> Nichts ist begreiflicher. Ich gebe mir
> nicht die geringste Müh, die hohlen Stimmen
> des Pöbels unsrer leichten Dichterlinge
> und windichten Entscheider zu erjagen,
> wiewohl sie mir ein Abendessen oder
> ein abgetragner Rock erkaufen könnte.
> Liest einer unsrer angesehenen
> Schriftsteller irgendwo mit großem Pomp
> ein neues Werk – so weiß ich nichts davon
> und bin nicht da, um mitzuklatschen oder mich
> zu seinem Herold und Verfechter gegen
> den Zoïlos dienstfreundlich aufzuwerfen;
> bin weder Haupt noch Glied von keinem Club
> und würdige unsrer hochgelahrten Meister
> der freien Künste keinen, mich zu seinem Stuhl
> zu drängen oder seinen Beifall zu brigieren.
> Dies ist der Schlüssel zum Geheimnis!

Mancher Philologe sieht es nicht gern, daß Wieland den Horaz-Text so breit und mit eigenen Zusätzen wiedergab wie in diesem Fall. Doch ehe man daran Kritik übt, sollte man sich eingestehen, daß er ihn besser verstanden hat als viele Philologen (daß ‹brigieren› ‹um etwas buhlen› bedeutet, wußte man in Wielands Zeit ohne weiteres). Der zweite Teil hatte mit dem Bekenntnis geschlossen, daß Horaz sich freue, wenn er von den *ingenui* gelesen werde (33–34), von den ‹Freien› im Gegensatz zu dem Sklavenvieh, den ‹Edlen›, ‹Anständigen›. Von da aus kommt er auf den undankbaren Leser zu sprechen, der im stillen Horaz anerkennt, in der Öffentlichkeit aber mißgünstig tadelt. Hieraus kann nicht mit Fraenkel und anderen auf eine «general reaction to the publication of his *opuscula*» geschlossen werden (348), sondern nur auf die Reaktion der ‹unfreien› Leser, eben des nachahmenden Sklavenviehs. Nur diese erkennen ihn zu Hause an (sonst würden sie ihn ja nicht nachbeten) und kritisieren ihn, wie dargelegt, in der Öffentlichkeit. Der normale Leser hätte zu der unterschiedlichen Aufnahme keinen Anlaß.

Diese Stelle ist für die Kenntnis des Literaturbetriebs der augusteischen Zeit von höchstem Interesse. Horaz distanziert sich in drei Punkten von den Gepflogenheiten der Kollegen. 1. Er wirbt nicht um die Stimmen des Volks, indem er es durch aufwendige Gastmähler oder persönliche Geschenke ködert. Hier sind wohl einfache Literaturkonsumenten angesprochen und nicht, wie Wieland ergänzte, Dichterlinge und Entscheider (obwohl auch jene dichten und entscheiden können). 2. Horaz geht nicht zu den öffentlichen Rezitationen der Kollegen, um sie nicht nur zu hören, sondern auch in der Diskussion gegen Kritik (Wieland hat den bekannten Homerkritiker Zoïlos zugefügt) zu verteidigen. Horaz will nicht *ultor* (= Rächer) der Kollegen sein: Auch über diese Wendung hat man fruchtlose Debatten geführt (die bei Fraenkel, der selbst den ganzen Absatz mißverstanden hat, nachzulesen sind). Wielands Übersetzung ‹Verfechter› trifft ebenso das Richtige wie seine Auffassung der *nobiles scriptores* als ‹unsre angesehenen Schriftsteller›, was, wie auch Kießling und Heinze betonten, ‹sarkastisch› zu verstehen ist. 3. Horaz huldigt nicht den *grammatici* (Kritikern); er bemüht sich nicht um ihre Gunst, wie das also die Kollegen tun. Mit ihnen stand er nie besonders gut. Schon in den Satiren 1,10 (S. 108–110) und 2,1 (S. 112–113) setzte er sich mit ihnen auseinander. Im übrigen ist die Grenze zwischen Dichtern und Kritikern oft fließend, da Dichter auch kritisieren und Kritiker auch dichten können. Schließlich folgt ein vierter Punkt, in dem sich Horaz von den Kollegen distanziert (41–49):

Sag' ich dann
zu einem dieses Schlags: Ich schäme mich,
vor einem großen Auditorium
mit meinen Kleinigkeiten zu erscheinen,

als dächt' ich mehr Gewicht, als solche Dinge
in meinen Augen haben, drauf zu legen,
so zieht der Mann das Maul und spricht: ‹Der Herr
beliebt zu scherzen, wie ich merk', und spart
für Jovis Ohren seine Sachen auf;
er denkt, der Musen Honig fließe nur
von seinem Mund, und ist sich selber schön
genug, um unsers Beifalls zu entbehren.›
Was ist zu tun? Ihm eine spitz'ge Antwort
zu geben, wag' ich nicht und winde mich,
um seine Nägel nicht noch mehr zu fühlen,
mit der Entschuldigung von ihm los, der Ort
mißfalle mir – und bitt' um Galgenfrist.
In einen Kampf auf Witz mit diesen Leuten
sich einzulassen, ist nicht ratsam. Erst
ists bloßes Spiel; allmählich wird man warm,
die Galle steigt, der Scherz wird immer bittrer,
zuletzt erbost man sich und hört mit Schlachten auf.

Daß Horaz nicht gern öffentlich rezitiere, hat er schon in der frühen Satire 1,4 bekannt (S. 51). Es lag nahe, daß man ihm das als Arroganz auslegte; und da er sich wiederholt vom Volk distanzierte, war es das auch. Ihm mochte es genügen, Augustus, auf den der Gegner anspielt, und vielen Großen zu gefallen; insofern ist auch dieser Vorwurf treffend. Doch war das ein kitzliger Punkt, und deshalb brach das Gedicht hier ab (K./H.).
Natürlich kann man annehmen, daß Horaz mit dem Beifall weniger wichtiger Männer und Freunde zufrieden war. Es ist aber doch die Frage erlaubt, ob er nicht darunter litt, daß ihm nicht wie Vergil eine breite Verehrung entgegengebracht wurde und er wie dieser unbehelligt über dem literarischen Tageskampf stehen konnte. Fraenkel nannte den Brief 1,19 «the only thoroughly bitter document that we have from Horace's pen» (350). Sein Rückzug auf das Land war vielleicht nicht nur eine gesellschaftliche, sondern auch eine literarische Flucht.

Der Philosoph

Horaz hatte in der Einleitungs-Epistel Maecenas mitgeteilt, er wolle das Spiel der Oden-Dichtung (*ludicra*) ablegen und sich der Philosophie, dem, was wahr und geziemend ist (*verum atque decens*), zuwenden (10–11). Nun war er schon immer ein Anhänger Epikurs gewesen und hatte das in seinen Oden nicht verleugnet. Insofern wird man diese Stelle so aufzufassen haben, daß er jetzt in verstärktem Maß philosophische Gedanken dichterisch gestalten wolle, wie es seiner Altersstufe angemessen sei. Aber mußte das nicht überraschend sein? «Horace philosophe! le seul rapprochement des deux mots était piquant pour qui se rappelait le joyeux compagnon de naguère. Aussi l'accès de mauvaise humeur passé, Mécène s'amuse et plaisante de ces ardeurs de néophyte. Vraiment? La résolution serait sérieuse? Et depuis quand? Et quelle secte a produit ce miracle de changer ainsi un bon vivant en un sage austère?» (Courbaud 65). So werden auch andere empfunden haben. Horaz hatte also den Anspruch herunterzustimmen und falschen Vermutungen vorzubeugen. Auf die Maecenas unterstellte Frage, welchem Führer und welchem Haus er sich nun anschließe, antwortet er (14–19):

> Frei und ohne auf die Worte
> von einem Meister, wer er sei, zu schwören,
> bin ich wie einer, der zu Wasser reiset,
> bald hie bald da, wohin der Wind mich wirft.
> Bald lauter Tatkraft, treib' ich in den Wogen
> des tätigen weltbürgerlichen Lebens,
> und strenge Tugend, die kein Haarbreit weicht
> von Recht und Pflicht, ist meine große Göttin:
> Bald sink' ich unvermerkt in Aristipps
> System zurück, und statt mich selbst den Dingen
> zu unterwerfen, seh' ich , wie ichs mache,
> sie unter mich zu kriegen.

Es wurde schon darauf hingewiesen, daß Horaz mit dem Anfang dieses Passus einerseits Maecenas bedeutet, an dessen Stelle trete hinfort kein anderer Patron, und er andererseits betont, er folge in seinem Denken keiner philosophischen Schule sklavisch (S. 202). Um ein Lossagen vom Epikureismus kann es sich in der Proömium-Epistel des Buchs, das das Wort vom Schwein in der Herde Epikurs bringt (1,4,16), nicht handeln. Aber an diesem Ort, an dem Horaz sich programmatisch zu philosophisch durchdachter Lebensführung bekennt, mußte er besonders darauf bedacht sein klarzustellen, daß es nicht um ein Mehr an Theorie, sondern nur um ein Mehr an Praxis gehe: Das Epistel-Buch offenbarte denn auch, daß sich die Weltanschauung des Dichters nicht geändert hatte. So ist das Paradox zu erklären, daß der erste Brief eine verstärkte Hinwendung zur Philosophie verkündet, in der Theorie aber gegenüber früher besonders lässig argumentiert. Deshalb werden zwei Gegensätze an den Anfang gesetzt: Bald, sagt Horaz, verhalte er sich wie ein Stoiker, indem er in den Aufgaben des staatlichen Lebens aufgehe und ein rigoroser Hüter der Tugend sei, bald gleite er heimlich in die Lehre Aristipps zurück, indem er die Dinge sich und nicht sich den Dingen unterzuordnen versuche. Jedem Kenner seiner Werke war klar, daß das erste nicht stimmte, da Horaz sich, so gut er konnte, vom öffentlichen Leben ferngehalten und die Stoiker stets verspottet hatte. Er argumentiert hier «in ausgesprochenem Gegensatz zu Epikur» (K./H.), also ironisch. Auch wenn nur an bürgerliche

Pflichten zu denken sein sollte, ist es «sehr fraglich, ob wir es ernst nehmen sollen, wenn er solche wohl stets nur ihm aufgenötigte Geschäftigkeit hier als freiwillige Betätigung philosophischer Grundsätze hinstellt» (K./H.). Andererseits wird mit Aristipp eine Größe ins Spiel gebracht, zu der man sich nur ‹heimlich› (*furtim*) bekennen durfte. Der Sokrates-Schüler Aristippos von Kyrene, auf den sich die Schule der Kyrenaiker zurückführte, erklärte schon vor Epikur die Lust zum obersten Wert, freilich in radikalerer Argumentation als jener. Damit hatte er zahlreiche Mißverständnisse herausgefordert. Es lag daher näher, daß Horaz sich auf Epikur berufen hätte. Aber er wollte nach der anderen Seite übertreiben. Denn daß er Aristipps bekanntes Wort ‹Ich habe/halte, aber ich werde nicht gehabt/gehalten› zitiert, war wiederum ironisch gemeint, da jedermann wußte, daß es jener über sein Verhältnis zu der Hetäre Laïs gesagt hatte. Der Horaz-Kenner durfte vermuten, daß hinsichtlich der Philosophie alles beim alten geblieben war.
Horaz fährt fort (20–27):

> Wie die Nacht
> dem mächtig lang wird, dem ein schelmisch Mädchen
> gelogen hat, und lang der Tag dem Fröner
> und träg das Jahr dem Minderjähr'gen, den
> die Vormundschaft der strengen Mutter drückt:
> So schleichen langsam und verhaßt die Zeiten mir
> dahin, die meinen Plan und meine Hoffnung hemmen,
> mit Ernst zu treiben, was dem Armen gleich
> als wie dem Reichen nützt und was, versäumt,
> dem Jungen wie dem Alten Schaden bringt.
> Indes behelf ich bis auf beßre Zeiten
> mich mit dem ABC der Weisheit, ungefähr
> wie folgt, und spreche:

Was Wieland am Schluß umständlich, aber richtig in zweieinhalb Versen wiedergegeben hat, heißt bei Horaz: *restat ut his ego me ipse regam solerque elementis* (27). Kießling und Heinze haben den Vers gut erklärt: Horaz wolle sagen, daß er nicht dazu gekommen sei, sich ein bestimmtes philosophisches System in Fleisch und Blut übergehen zu lassen; und so tröste er sich mit den elementaren Grundlagen, die ihm zu Gebote stünden. Offenbar gibt Horaz – noch immer ironisch argumentierend – nur zu verstehen, die äußeren Verpflichtungen hätten ihn davon abgehalten, ein ‹richtiger› Philosoph zu werden; daher müsse er sich mit den folgenden elementaren Weisheiten zufriedengeben; Wieland hat besser als die Philologen gesehen, daß *his elementis* die ab V. 28 genannten Binsenwahrheiten bezeichnet (28–42; Lynkeus hatte ein scharfes Auge wie ein Luchs, Glykon war ein bekannter Ringer, Chiragra ist die Gicht):

Weil du freilich nie
ein Lynkeus werden dürftest, wolltest du,
wenn du an deinen Augen leidest, dich darum
der Salbe weigern? Oder weil die Muskeln
des nie besiegten Glykons dir versagt sind,
dich vor dem knotenreichen Chiragra
nicht wenigstens nach Möglichkeit verwahren?
Man geht, soweit man kann, wenn weiter
zu geh'n nicht möglich ist. Brennt dich die Habsucht,
macht dich Begierde schlaflos? Nur getrost!
Wir haben Zauberlieder, die, wofern sie auch
das Übel nicht von Grund aus heilen, dir
zum wenigsten die Schmerzen lindern werden.
Schwillst du von Ruhmsucht? Gut, wir können dir
ein Büchlein reichen, das, mit reingewaschnen Augen
zum drittenmal gelesen, viel Erleichtrung dir
verschaffen wird. Ein Mann sei noch so neidisch,
zornmütig, faul, verbuhlt, dem Trunk ergeben,
so wild ist niemand, daß er durch Kultur
nicht milder werden könnte, wenn er nur
die Hand nicht von sich stößt, die seiner pflegt.
Die Laster meiden ist schon Tugend, frei
von Torheit sein der Weisheit erste Stufe.

Das also ist die horazische Elementar-Philosophie: Gegen das seit frühester Zeit angeprangerte Erzlaster der Avaritia gebe es Zauberformeln, gegen das der Ambitio Sühnegebete! Man gehe halt, so weit man kann... Die alten Heilmittel sind ‹witzig› angeführt (K./H.), ein Ratschlag der Amme an die liebeskranke Phaidra aus Euripides' *Hippolytos* geistreich zitiert (34). Horaz gibt zu verstehen, daß seine Lebensphilosophie vor allem im Gebrauch des gesunden Menschenverstands bestehe. Ja, er scheut sich nicht, Virtus und Sapientia nicht wie früher formal positiv, sondern negativ zu definieren: Virtus ist, das Laster zu fliehen (*vitium fugere*), Sapientia ist, der Torheit zu entbehren (*stultitia carere*). Die Unsystematik hat Methode. In ihr gipfelt die ironische Darstellung der eigenen Philosophie. Vielleicht darf man von Altersweisheit sprechen.

Der Ratgeber

Obwohl sich Horaz mehr und mehr aus Rom zurückzog, war er keineswegs isoliert. Die mächtigen und einflußreichen Männer waren ihm nach wie vor gewogen. Die Briefe 1; 7 und 19 sind an Maecenas, 9 an den Stiefsohn des Prinzeps, Tiberius, und 5 an den mächtigen Anwalt Torquatus gerichtet. Nach Ausweis der Adressaten war es vor allem die Jugend, die Horaz' Rat suchte und der er ihn gern erteilte. Unter ihnen waren vielfach Dichter, wie die Briefe 2 und 18 an Lollius, 3 an Julius Florus, 4 an Tibull und 8 an Albinovanus Celsus zeigen. Auch in 17 betont Horaz, daß der Empfänger Scaeva jung ist. Die meisten Gedichte waren für Freunde bestimmt. Von wenigen Ausnahmen abgesehen, haben die Briefe ein Gemeinsames: Sie präsentieren den Dichter als Ratgeber in gesellschaftlichen, ethischen und literarischen Fragen – jedoch nie aufdringlich und fern allen rigorosen Standpunkten. So geht der Brief 1,2 an Lollius von einer moralischen Interpretation der homerischen Epen aus und leitet Maximen für den Adressaten her. Aber der Aufruf zur Sapientia ist allgemein gehalten (40–42):

> dimidium facti, qui coepit, habet: sapere aude,
> incipe. vivendi qui recte prorogat horam,
> rusticus exspectat, dum defluat amnis.
>
> Frisch angefangen ist schon halb getan.
> Was säumst du? Wag' es auf der Stelle, weise
> zu sein! Wer recht zu leben eine Stunde nur
> versäumt, gleicht jenem Bäu'rlein, das am Flusse
> geduldig stehen blieb, zu warten, bis
> das Wasser abgeflossen wäre!

Das Wagnis der Philosophie – ein vielzitiertes Wort. Kant übersetzte es mit «Habe Mut, dich deines eigenen Verstandes zu bedienen» und bezeichnete es als Wahlspruch der Aufklärung. Schiller berief sich in den Briefen *Über die ästhetische Erziehung des Menschen* auf den ‹vielbedeutenden Ausdruck›: «Erkühne dich, weise zu sein. Energie des Muts gehört dazu, die Hindernisse zu bekämpfen, welche sowohl die Trägheit der Natur als die Feigheit des Herzens der Belehrung entgegensetzen» (achter Brief).

Horaz hat nicht von oben herab gesprochen. Denn er schließt mit dem Eingeständnis, er selbst sei noch auf dem Weg (70–71):

> Nun, wie du willst! Geh fürder oder bleibe
> zurück: Ich werde meines Weges gehen
> und weder auf dich warten, wenn du säumst,
> noch, wenn du mir zuvoreilst, schneller laufen.

Der Brief 1,3 ist an Julius Florus gerichtet, der zu den Dichtern gehört, die Tiberius in den Jahren 21–19 in seinem Gefolge auf dem Heereszug über Makedonien und Thrakien nach Kleinasien und Armenien mitgenommen hatte. In dieser ‹Studien-Kohorte› (*studiosa cohors*, 6) waren noch drei namentlich genannte Dichter: Titius, Munatius und Albinovanus Celsus, dem Horaz mit 1,8 einen eigenen Brief widmete. In 1,9 empfahl Horaz Tiberius den Freund Septimius – ob mit Erfolg, ist unbekannt. Auf die unterschiedlichen literarischen Neigungen der jungen

Dichter spielt Horaz in 1,3 an: Der eine greift zu hoch, der andere plagiiert zu sehr, dem dritten fehlt die Reife. Es ist ein Aufruf zur ‹himmlischen Weisheit›, *caelestis sapientia*, aber Horaz macht deutlich, daß auch er noch nach ihr strebe (27–29).

Berühmt ist der Brief 1,4 an den Elegiker Albius Tibullus wegen seines schon zitierten Schlusses (S. 202). In ihm spricht Horaz dem Freund ermunternden Rat zu, sich nicht in seelische Bedrückungen zu verlieren, sondern aufgrund der ihm verliehenen Möglichkeiten und Gaben das ‹Heute› zu ergreifen. Es war schon darauf hinzuweisen (S. 194–195), daß Tibull der ‹verlorenen› Generation der Elegiker angehörte, der der auf praktische Lebensgestaltung ausgerichtete Horaz gegenübertritt. Wieland verkannte, daß es sich um ein Trostschreiben handelt (deshalb wurde in seinem zweiten Vers ‹genießest› durch ‹gestaltest› und in seinem 23. Vers ‹anderen› durch ‹aber› ersetzt).

Du milder Richter meiner unbedeutenden
Sermonen, wie gestaltest du, Tibull,
dein Leben auf dem Lande? Dichtest du vielleicht,
was selbst den anmutsvollen Kleinigkeiten
des Cassius von Parma länger nicht
den Vorzug lasse? Oder schleichest still
und einsam im gesunden Wald umher
und suchst in deinem eignen Herzen, was
des Weisen und des Guten würdig ist?
Du warst nicht bloß ein schönes Bild, dem nichts
im Busen schlägt. Die Götter gaben dir
zur Schönheit Reichtum, gaben dir zu beidem
die seltne Kunst, des Lebens zu genießen.
Was kann die Amme ihrem lieben Zögling
noch Größers wünschen, wenn er, unverdorben
an Kopf und Herz, die Gabe, was er denkt,
zu sagen, mit der Gabe zu gefallen
zu gatten weiß und Gunst und Ruhms genug,
auch einen Überfluß an frischem Blut,
ein reinlich Haus und immer noch für jeden
bescheidnen Wunsch so viel im Beutel hat,
als nötig ist? [...]
Indes das Leben aber zwischen Hoffen
und Wünschen, zwischen Furcht und Zorn entschlüpft,
nimm du den Tag, der anbricht, für den letzten;
so wird dir jede unverhoffte Stunde,
die noch hinzukommt, desto werter kommen.
Mich wirst du wohlbeleibt, mit glattem Fell
und runden Backen finden, wenn dir einfällt, über
ein wohlgenährtes Schwein aus Epikurs
verschrienem Stalle lustig dich zu machen.

Die beiden herausragenden Eigenschaften der Briefe, daß Horaz nicht besserwisserisch belehrt und sich selbst nicht als vollkommen darstellt, werden auch in diesem Schreiben deutlich. Heinze hat darauf hingewiesen, daß der Anlaß – Courbaud sprach von ‹mélancolie› (86), Fraenkel von ‹serious depressions› (326) – nur zwischen den Zeilen zu lesen sei und ein einziger Spruch als Ermahnung genüge. «Horace's epistle to Tibullus leaves us convinced that the *humanitas* of the man is a match for the *urbanitas* of the letter-writer» (Fraenkel 327). Tibull war nur 10–15 Jahre jünger als Horaz; deshalb ist der Ton dieses Briefs zurückhaltender als der des vorhergehenden an den noch jüngeren Julius Florus.

Wieder ein anderer Fall ist die folgende Epistel 1,5 an den angesehenen Anwalt Torquatus, zu dem Horaz von gleich zu gleich spricht. Sie stellt eine Einladung zu einem unbeschwerten Abend im Haus des Dichters dar, an dem der Vielbeschäftigte sein Denken an die Zukunft und sein Sorgen um den Reichtum vergessen soll (8). Das erinnert an die Einladungs-Oden 3,8 und 3,29, die an Maecenas gerichtet sind. Wenn Horaz erwägt, wozu er Fortunas Gaben habe, wenn er sie nicht brauchen könne, und daß Sparen für den Erben Unsinn sei (12–14), wird ebenfalls die Welt der Oden beschworen, etwa die Mahnung an Postumus 2,14 (S. 208–209). Dann folgt ein Lob des Weins (16–20; Wieland hat im letzten Vers den homerischen Bettler Irus für den bei Horaz genannten Armen eingesetzt):

> Denn es geht doch, traun,
> die Menschheit zu veredeln, in der Welt
> nichts über Trunkenheit! Sie schließt das Herz
> weit auf, bestätigt alles, was wir hoffen,
> nimmt allen Kummer dem Betrübten ab
> und stürzt den Feigen in die Feinde.
> Wo ist die Tugend, wo die Kunst, wozu
> der Wein uns nicht das Selbstvertrauen gibt?
> Wen machen volle Becher nicht beredt?
> Und welcher Arme dünkt sich arm bei ihnen?

Der Mittelteil des Gedichts ist äußerst geistreich und satirisch gestaltet. Das Ganze ist in seiner überlegenen Heiterkeit ein Beispiel dafür, daß die horazischen Briefe vielfach den Stil der Satire mit den Gedanken der Oden verbinden.

Auch den scherzenden Ton der Oden hat Horaz in den Briefen fortgeführt, wie der den Freund Iccius neckende Brief 1,12 zeigt, an den schon die Ode 1,29 gerichtet war (S. 190–191). So wie dieser dort keine Erfüllung in philosophischen Studien fand, sondern sich lieber auf einem Feldzug nach Arabien bereichern wollte, ist das auch hier der Fall. Er ist jetzt Verwalter der sizilischen Güter Agrippas, hat also eine einträgliche Stelle, ist aber trotz der Bemühung um die Naturphilosophie unzufrieden. So kann ihm Horaz – den Ton der Ode aufnehmend – nur mit feiner Ironie Ratgeber sein.

Wider den eigenen Rat

Aber Horaz ist nicht nur ein zurückhaltender Ratgeber, er selbst bedarf, wie er sagt, des Rats. Wenn er Scaeva in 1,17 zuruft, er solle von ihm lernen (*disce*), bekennt er doch zugleich, daß er selbst jemand sei, der noch belehrt werden müsse (*docendus adhuc*, 3). Es ist das Sympathische an Horaz, daß er noch weiter gegangen ist und sich, den Ratgeber, auch als Ratlosen gezeichnet hat, wie es etwa der kleine Brief 1,8 an Albinovanus Celsus zeigt. Der Empfänger, der in 1,3 als Mitglied der ‹Studien-Kohorte› begegnete, die Tiberius auf seinem Zug in den Osten begleitete (S. 255), wird hier als dessen Kabinettssekretär zur Erledigung der Privatkorrespondenz angesprochen. Der Brief ist wohl eine Antwort auf die entsprechende Mitteilung der Ernennung. Mit Nero am Anfang und dem Jüngling gegen Ende ist jeweils Tiberius gemeint.

Geh, Muse, wenn ich bitten darf, und bring
dem Celsus, Neros Freund und Schreiber, meinen Gruß
und meine besten Wünsche. Fragt er dich,
wie mirs ergeh, so sag ihm, daß ich bei den schönsten
Entschließungen doch weder für die Weisheit
noch fürs Vergnügen lebe – nicht, weil etwa
der Hagel meinen Wein zerschlagen oder
die Hitze meinen Ölbaum ausgedorrt
und unter meinen Herden, die den Klee
entlegner Fluren mäh'n, die Seuche wütet –
bloß weil ich, schwach am ganzen Leib' und leider
noch schwächer am Gemüt, nichts hören will,
was etwa meine Krankheit lindern könnte,
mich von der Ärzte gutem Rat gar sehr
beleidigt find' und meinen Freunden zürne,
die mir den schlimmen Dienst erweisen und
aus meiner Schlafsucht mich zu rütteln suchen,
kurz, alles haben will, was mir schon oft
geschadet hat, und alles fliehe, was
mir, wie ich glaube, heilsam ist, zu Rom
mich stets nach Tibur sehne und zu Tibur
nach Rom. Dann, Muse, frag ihn, wie er sich
befinde, wie er seine Sachen treibe
und wie er mit dem edeln Jüngling, wie
mit seinen Kameraden stehe? Spricht er: ‹Wohl!›,

so sag ihm, daß michs freue; doch, vergiß
mir ja nicht, diese kleine Lehre ihm
ins Ohr zu flüstern: So, wie du das Glück,
so werden wir, Freund Celsus, dich ertragen!

Über dieses offene Wort des sonst so überlegenen Dichters waren manche Philologen erschrocken und suchten es zu relativieren oder ganz zu entwerten. So zitierte der Brügger Gelehrte Cruque im 16. Jahrhundert einen antiken Kommentar (an dessen Echtheit allerdings große Zweifel bestehen), nach dem Horaz die Untugenden, die er an Celsus aussetze – Grämlichkeit (‹morositas›) und Unbeständigkeit (‹inconstantia›) –, auf sich selbst übertragen habe, um den Tadel freier aussprechen zu können. Gegen diese Auffassung verwahrte sich Wieland in der Nachfolge Baxters, der Horaz Melancholie zuschrieb, und sprach selbst von Hypochondrie. Ähnlich hatten Orelli und Baiter geurteilt, aber zugleich eingeschränkt, Horaz übertreibe, wie es Melancholiker oder Hypochonder zu tun pflegten. Courbaud ordnete den Brief in eine «période de malaise moral et de mécontentement de soi-même» des Dichters ein und hob seine ‹inconstance› hervor (102–103). Daß Horaz Melancholiker oder Hypochonder war, soll nicht behauptet werden. Daß er aber in der Einleitungs-Epistel seine Inconstantia selbst herausgestellt und als Problem bezeichnet hatte (S. 238), darf nicht übersehen werden. Natürlich übertreibt Horaz ironisch, aber dem Kern der Aussage zu mißtrauen besteht kein Anlaß. Eine andere Frage ist, warum Horaz einem jüngeren Adressaten einen Blick in sein Inneres gestattete. Das Ende des Briefs könnte der Schlüssel sein. Horaz mahnt Celsus, der Karriere gemacht hat, sich in seinem Glück den Freunden gegenüber bescheiden zu geben. Also hatte er sich vielleicht unbescheiden aufgeführt. Wenn man mit Wieland und Heinze den Brief 1,3 für älter hält, in dem Horaz dem Dichter Celsus zu große Ziele vorgehalten hatte, wenn man weiterhin mit Heinze annimmt, 1,8 antworte auf einen Celsus-Brief, könnte man mit Wieland vermuten, daß «der junge Herr vielleicht» mit «unzeitiger Empfindlichkeit» reagiert und Horaz Selbstsicherheit und Arroganz vorgeworfen habe. Dann bedeutete die Antwort an Celsus, Horaz sei weder selbstsicher noch arrogant – was offenbar Celsus selbst ist. So wäre der Brief wiederum ein Rat – nicht nur, wie man zu sein, sondern auch, wie man sich Freunden gegenüber zu verhalten habe.

Vom aktuellen Anlaß abgesehen, gibt Horaz in der Epistel 1,8 ein Stück seines Inneren preis: Er, der anderen zuruft ‹lerne!› (*disce*, 1,17,3), will nicht lernen (*discere*, 1,8,8), er, der Ratgeber, gleicht eher einem Ratlosen. Die Selbstironie, die darin liegt, erinnert an die der Satiren 2,3 (S. 131–136) und 2,7 (S. 137–139), in denen sich Horaz ebenfalls selbstironisch darstellte, indem er zu erkennen gab, daß er selbst die Fehler habe, die er

anderen vorwerfe. Daß er auf dem Land Rom und in Rom das Land lobe, begegnet Sat. 2,7,28–29 (S. 137–138). Wie dort ist die Selbstironie nicht gespielt, sondern echt, die persönliche Aussage nicht Konvention (Wili 300), sondern individuell.
Selbstironie spricht auch aus dem Brief 1,15 an Numonius Vala, in dem sich Horaz nach dem Klima und den Leuten der süditalischen Orte Velia (Castellamare di Velia) und Salernum (Salerno) erkundigt. Der berühmte Arzt Antonius Musa, der auch Augustus zu seinen Patienten zählte, hatte ihm dort kalte Bäder statt der heißen in dem Modebad Baiae verordnet. Das ist für Horaz jetzt wichtig (14–25):

> Um also, Freund, zurück zu meinen Fragen
> zu kommen, melde mir (denn deine Antwort
> wird meine Wahl entscheiden), wo von beiden
> besagten Orten sichs wohlfeiler lebt?
> Auch, ob sie Regenwasser trinken oder
> lebend'ges Brunnenwasser? Nach dem Wein
> in *dieser* Gegend ist nicht Not zu fragen.
> Auf meinem Gute kann ich mich mit jedem
> behelfen: Komm' ich aber an die Küste,
> da muß ich edle, milde Weine haben,
> Wein, der den Spleen verjagt, mich, wie er durch
> die Adern rinnt, mit Mut und Hoffnung schwellt
> und schwatzhaft mich und beim Lukanschen Mädchen
> zum Jüngling macht. Auch möcht' ich wissen, welche
> von beiden Gegenden mehr Hasen, welche
> mehr schwarzes Wildpret nährt und wo die See
> an Fischen und an Austern reicher ist?
> Denn meine Absicht ist, hübsch glatt und als ein echter
> Phaiakier von dort zurückzukommen.

Offenbar war dem Dichter keine Diät-Kur angeraten worden, da er sich so ungeniert für die kulinarischen Köstlichkeiten der Regionen interessiert. Statt wie sonst bescheiden hinzunehmen, was gerade da ist, also *frui paratis* (S. 219), zieht er es hier vor, feist wie ein Vertreter der Phaiaken, des aus der *Odyssee* für sein Wohlleben bekannten Volks, zu werden. Dann folgt unvermittelt das Porträt eines Schmarotzers aus Lucilius' Satiren, Maenius, der auf seinen leiblichen Vorteil aus war, wo er nur konnte. Seine Maxime ist die folgende (39–41, wo Wieland die Gebärmutter durch Schwartenmagen ersetzt hat):

> ‹Beim großen Herkules!
> Mich nimmts nicht Wunder›, sprach er, ‹wenn ich Leute
> all ihr Vermögen essen seh; es geht
> doch in der Welt nichts über eine fette Drossel,
> nichts über einen guten Schwartenmagen!›

Für diejenigen, die sich über die plötzliche Epiphanie dieser zweifelhaften Existenz wunderten, wurde Horaz ganz deutlich (42–46):

> So einer, lieber Vala, bin auch ich.
> Gewöhnlich ist mein Wahlspruch: klein und sicher!
> Und weil ich muß, so kann ich wie ein andrer
> bei Hausmannskost den Philosophen machen.
> Doch stößt mir etwas Bessers auf, sogleich
> wird umgestimmt, und nun behaupt' ich laut,
> daß niemand weise sei und wohl zu leben
> verstehe als ihr andern, deren wohl
> begründete fruchtbare Kapitale
> aus fetten Gütern uns entgegen glänzen.

Gewiß lehren sowohl die Epikureer (S. 206) als auch die Stoiker, daß ihre Anhänger die Annehmlichkeiten der Welt genießen können, solange sie zur Verfügung stehen, und nur nicht von ihnen abhängig werden dürfen. Aber ein solch offenes ‹Bekenntnis› wie dieses des Epikureers Horaz, der sich nicht mit dem, ‹was da ist›, *quod adest* (S. 212–213), begnügt, sondern sich aktiv um ein Mehr bemüht, muß doch überraschen. Darf man es sich leicht machen und sagen, ein scheinbar echter und persönlicher Brief sei «voll des Gegenteils» (Wili 279)? Da ist es schon besser, von ‹lustiger Selbstpersiflage› zu sprechen und zu sehen, daß sich Horaz ‹gelegentlich› gute Tage mache (Heinze). Noch treffender ist es festzustellen, daß sich der Dichter witzig der Unbeständigkeit (‹inconstantia›) zeihe (Orelli/Baiter). Diese hatte er sich ja auch in 1,1 und 1,8 vorgehalten (S. 238, 259), vor allem schon in der Satire 2,7, wo er sie am Beispiel des inneren Widerstreits hinsichtlich der Hausmannskost und eines guten Gelages demonstrierte (S. 137–138)! Sowenig es sich dort nur um ‹Satire› handelte, wollte Horaz auch hier nicht verleugnen, daß er trotz allem Bemühen um Philosophie und Weisheit ein ‹Mensch› geblieben war.

Rückblick

Horaz schrieb das erste Buch der Briefe in den Jahren 23–20 nach Abschluß der Bücher 1–3 der Oden. Man darf annehmen, daß er es als seine letzte Dichtung betrachtete. Die Anrede an Maecenas in der Widmungs-Epistel – ‹Der du von meiner ersten Muse genannt wurdest und auch von der letzten genannt werden sollst› (*prima dicte mihi, summa dicende Camena*) – bedeutet nicht, daß in dem zweiten Glied von einer zukünftigen, sondern nur, daß von der vorliegenden Dichtung die Rede ist, diese also als die letzte bezeichnet wird. Auch der Brief 1,20 mag darauf hindeuten, der nach hellenistischem Brauch eine Sphragis darstellt, in der der Dichter über sich Auskunft gibt. Horaz spricht hierin sein

Buch wie einen Haussklaven an, der in die große Welt hinausgehe, zunächst in Rom Beachtung finden und dann in die Fremde wandern werde, um schließlich irgendwo als Schulbuch zu dienen. Wenn es Hörer haben werde, möge es von seinem Dichter erzählen (19–28; Wieland schrieb im dritten Vers irrtümlich ‹Enkel›):

Indessen, wenn ein lauer Sonnentag
mehr Ohren um dich her versammeln wird,
sag' ihnen, daß ich, eines Freigelaßnen Sohn,
mit magerm Erbteil, meine Federn über
mein kleines Nest herausgestreckt; und, kurz,
was mir an Ahnen abgeht, gib mir immer
an eignem Wert und setze noch hinzu,
ich sei den ersten Männern Roms im Krieg
und Frieden lieb gewesen; übrigens
von Körper klein und vor den Jahren grau,
ein großer Freund der Sonne, schnell zum Zorn,
doch leicht und bald auch wieder gut zu machen.
Fragt etwa jemand dich nach meinem Alter,
so sprich, ich hätte viermal elf Dezember
im Jahr zurückgelegt, da Lollius
das Konsulat mit Lepidus verwaltet.

Am 8. Dezember des Jahrs 21, als M. Lollius und Q. Aemilius Lepidus Konsuln waren, wurde Horaz 44 Jahre alt. Zwar hatte er in Satire 1,10 von sich und den Freunden, in den Schluß-Gedichten der Oden-Bücher von seiner Dichtung, in 1,38 auch von seiner Haltung und in 3,30 von der Herkunft gesprochen; aber die Sphragis dieses Briefs ist die ausführlichste des ganzen Werks. Sie klingt, als wolle der Dichter sich mit ihr aus der Welt der Dichtung verabschieden und zugleich der Nachwelt empfehlen – keineswegs mit besonderem Selbstbewußtsein ihr gegenüber, aber mit bemerkenswertem Stolz auf seinen Aufstieg aus niederen Verhältnissen in die höchsten Schichten Roms. Es gibt kein Anzeichen dafür, daß er in den Jahren nach 20 dichtete. Erst durch den Auftrag zum Verfassen des Carmen Saeculare im Jahr 17 kehrte er zu dem alten Handwerk zurück.

Im Vergleich mit dem hohen Ton der Ode 3,30 hat die Epistel 1,20 eher alltäglichen Charakter. Sie fügt sich zu dem ‹niederen› Stil dieser Gattung, die die Satiren fortsetzt. Horaz war nach den – persönliche Färbung aufweisenden – Oden zu der ganz privaten Dichtung zurückgekehrt. Auch darin schloß sich ein Kreis. Wie die Satiren sind die Briefe Sermones (Gespräche), scheinbar locker geführt, aber doch bewußt komponiert. Wieder beruht die Kunst der Kunstlosigkeit auf genauer Planung. Im Inhalt ist freilich die Drastik einer abgeklärten Heiterkeit gewichen.

Die Anordnung der Briefe ist wie in den früheren Büchern sorgfältig.

Offenbar liegt eine schalenförmige Gliederung vor. 1 und 20 sind Proömium und Epilog, 2 und 19 handeln von Literatur. 3–5 und 16–18 zeigen den Dichter als Ratgeber in ethischen und gesellschaftlichen Fragen. 6 und 15 sind brillante Karikaturen, 6 der gegnerischen Standpunkte, 15 des eigenen Ichs. 7 und 14 bilden zwei wichtige Pfeiler des Buchs, da beide das vorrangige Thema dieser Periode, den Gegensatz von Stadt und Land behandeln, 7 in ernster, 14 in heiterer Weise. 8/9 und 12/13 sind eher Billette. Die mittleren Briefe 10/11 nehmen das Thema von 7 und 14 auf: In 10 wendet sich Horaz an Fuscus, den Freund der Großstadt, in 11 an Bullatius, den Freund ferner Länder. Ihnen setzt er die Besinnung auf sich selbst entgegen; die Briefe haben jeweils als letztes Wort einen Schlüsselbegriff des horazischen Denkens, 10,50: *laetus*, heiter (S. 206), 11,30: *aequus*, ausgeglichen (S. 212–213). Hier spricht der Anhänger der epikureischen Philosophie, der die Vita beata so weit gefunden hat, wie es möglich ist. Freilich ist er ‹Mensch› geblieben, wie 8 und 15 (S. 258–261) zeigen. Die Briefe spiegeln Horaz' persönlichste Seite. Courbaud nannte sie «le plus accomply ouvrage de sa poësie» (1).

Fünfter Teil (20–13 v. Chr.)

18 Preis des Reichs: Das Carmen Saeculare

Der Anlaß

Horaz hatte mit der Sphragis 3,30, dem Siegel des dritten Oden-Buchs, im Jahr 23 diese Gattung in seinem Sinn endgültig abgeschlossen und in dem Proömium des ersten Epistel-Buchs drei Jahre später bekräftigt, daß er nicht mehr Oden dichten wolle. Um so mehr mußte es überraschen, daß er den ersten drei Büchern nach zehn Jahren ein weiteres folgen ließ, das 15 Oden enthielt. Diese Gedichte sowie das an ihren Schluß gestellte ‹Jahrhundertlied›, Carmen Saeculare, gehören in die Jahre 17–13. Horaz dürfte zwischen 20 und 17 nicht gedichtet, jedenfalls nicht publiziert haben. Das ist ungewöhnlich. Kontinuierlich waren zwischen 40 und 30 die Satiren und Epoden, zwischen 30 und 23 die Oden und zwischen 23 und 20 die Episteln entstanden. Der Hinweis auf sein Alter (Epist. 1,1,4 und 1,7, 25–28) war bei dem 45jährigen ernst gemeint, kein bloßes Kokettieren, wie man es dem Spötter wohl zutrauen mochte (S. 145). Die Annahme eines plötzlichen Sinneswandels fügt sich schwerlich in dieses Bild. Wie ist das Aufleben der lyrischen Dichtung im Jahr 17 zu erklären? Eine kostbare Notiz in der Lebensbeschreibung Suetons lehrt uns, Augustus habe Horaz' Werke so geschätzt und sei von ihrem dauernden Wert so überzeugt gewesen, daß er ihm nicht nur das Carmen Saeculare, sondern auch die Gedichte zur Feier der Siege seiner Stiefsöhne Drusus (4,4) und Tiberius (4,14) im Jahr 15 auferlegt (*iniunxerit*) und ihn damit gezwungen habe (*cogerit*), den drei Büchern der Oden nach einem langen Zeitraum ein viertes hinzuzufügen. Horaz sah sich also der direkten Aufforderung des Prinzeps gegenüber, und es ist nicht richtig, Suetons Nachricht aus dem Standpunkt einer späteren an höfische Formen gewöhnten Zeit zu erklären (Fraenkel 364) und damit zu entwerten. Ebenso war es Augustus, der Horaz nach dem vierten Oden-Buch mit sanftem Druck nötigte, die Epistel-Dichtung wiederaufzunehmen (S. 309).

Das Carmen Saeculare stellt einen entscheidenden Wendepunkt in der späten horazischen Lyrik dar. Was war der historische Hintergrund? Nachdem Augustus' Herrschaft in den zwanziger Jahren Bedrohungen ausgesetzt war und außenpolitisch bedeutende Aufgaben bewältigt werden mußten, konnte er nach seiner Rückkehr aus dem Osten im Jahr 19 die Lage als so gefestigt betrachten wie nie zuvor. 20 hatten die Parther die Feldzeichen zurückgegeben, die die Römer 53 bei Carrhae unter Crassus gegen sie verloren hatten; die empfindliche Niederlage spiegelte die fünfte Römer-Ode deutlich wider. 19 hatte Agrippa die Kantabrer in Spanien besiegt, mit denen die Römer während des vergangenen Jahrzehnts immer wieder in Auseinandersetzungen verwickelt waren; seinen Freund Septimius mochte Horaz, wie er in der Ode 2,6 zu verstehen gab, auf einem Feldzug gegen sie nicht begleiten (S. 189). Auch innenpolitisch konnte Augustus zufrieden sein. 17 wurden die Enkel Gaius und Lucius, die Söhne Agrippas und der Tochter Julia, adoptiert. So war die Thronfolge geregelt. Eine wichtige Maßnahme stellten die 18 erlassenen Ehegesetze dar, die sowohl Verstöße gegen die Ehe unter Strafe stellten als auch die Ehelosigkeit zu verhindern suchten; auf sie spielt Horaz im Carmen Saeculare an. So mochte Augustus das Gefühl haben, daß ein neues Saeculum (Zeitalter) beginne. 249 war mitten im ersten Punischen Krieg auf Geheiß eines Sibyllinischen Orakels ein Sühnefest begangen worden, bei dem auf dem Tarentum, einem Teil des Marsfelds am Tiber, den unterirdischen Gottheiten Dis und Proserpina nächtliche Opfer und Spiele dargebracht wurden. Diese Ludi Tarentini sollten alle 100 Jahre wiederholt werden, was aber nur 146 geschah. Hieran knüpfte Augustus an, unterstützt durch eine – sicher erfundene – Weisung der Sibyllinischen Bücher, die den neuen Termin gebot; sie ist erhalten. Die Spiele sollten nunmehr alle 110 Jahre gefeiert werden. 1890 wurde auf dem Tarentum die heute im Thermenmuseum in Rom aufbewahrte Inschrift gefunden, die am Ort der Spiele Kunde von dem großen Ereignis gab. Aus ihr geht hervor, daß am dritten der drei zentralen Festtage, 1.–3. Juni 17, je 27 junge Mädchen und junge Männer ein Carmen auf dem Palatin sangen und es auf dem Kapitol wiederholten; dieses habe Horaz gedichtet: *carmen composuit Q. Horatius Flaccus*. Damit war der nach Vergils Tod erste Dichter Roms in ungewöhnlicher Weise als künstlerischer Repräsentant des Imperium Romanum herausgehoben. Es versteht sich, daß er den ehrenvollen Auftrag weder ablehnen konnte noch ablehnen wollte.

Das Lied

Seit der Veröffentlichung der Inschrift ist es umstritten, ob Horaz durch die Vorschriften der Feier in seiner Inspiration eingeschränkt wurde oder ob er unabhängig von jenen «a typical Horatian ode» (Fraenkel 382) dichtete. (Die 17. und 18. Strophe wird nach Klingners Text im Indikativ gegeben.)

1 Du, Phoebus, und du, Beherrscherin der Wälder, Diana,
glänzender Schmuck des Himmels, o ihr allzeit anbetungswürdigen
und allzeit angebeteten Gottheiten, gewähret, was wir bitten
in der heiligen Zeit,

2 in welcher die Sibyllinischen Bücher
auserkorne Jungfrauen und unbefleckte Knaben
den Göttern, die sich die sieben Hügel gefallen lassen,
ein Loblied singen heißen!

3 Wohltätiger Gott des Lichtes, der du auf strahlendem Wagen den Tag
heraufbringst und hinwegführest, immer neu geboren wirst und immer
derselbe bist, möchtest du doch nichts Größeres
erblicken können als Rom!

4 Du, die zu rechter Zeit die reifen Geburten
huldreich ans Licht bringt, beschütze die Mütter, Ilithyia,
oder willst du lieber Lucina genannt werden
oder Erzeugerin!

5 Göttin, laß es nicht an nachwachsender Jugend fehlen und gib Gedeihen
zu den Schlüssen des Senates über Beförderung der Heiraten
und über jenes Ehegesetz, die reiche Quelle
neuer Nachkommen,

6 damit der bestimmte Kreislauf von zehnmal elf Jahren
die Gesänge und die Spiele wiederbringe,
die in dreien glänzenden Tagen und ebenso vielen holden
Nächten die Freude des zudrängenden Volkes sind.

7 Und ihr, in euren Aussprüchen nie trügende Parzen,
lasset, denn ihr habt es einmal verkündigt, und der Ausgang der Dinge
müsse unveränderlich es halten, lasset das Glück der schon verlebten Zeiten
ununterbrochen auf die Zukunft fortdauern.

8 An Früchten und Herden fruchtbar, beschenke Tellus
mit einer Krone von Ähren die Ceres,
und was die Erde gebiert, ernähre erquickender Regen
und gesunde Luft vom Jupiter!

9 Huldreich und gütig, nicht schrecklich durch verderbliche Pfeile,
erhöre die flehenden Jünglinge, Apollo!
Zweihörnige Königin der Sterne,
Luna, erhöre die Jungfrauen!

10 Ist Rom euer Werk und haben ilische
Scharen auf euer Geheiß ihre Wohnungen und ihre Stadt verlassen
und durch eine von Euch begünstigte Fahrt
das etruskische Ufer erreicht,

11 sie, denen durch das brennende Troja
der unsträfliche Aeneas, sein Vaterland überlebend,
einen sichern Weg gebahnt hat, um ihnen mehr zu geben,
als sie verlassen:

12 Götter, so gebt gute Sitten gelehriger Jugend,
Ruhe, ihr Götter, dem die Stille liebenden Alter,
gebt dem Volke des Romulus Reichtum und Kinder
und alle Arten der Ehre!

13 Und was erbittet, der euch mit Opfern von weißen Rindern verehrt,
der ruhmvolle Abkömmling des Anchises und der Venus,
erlange er, siegend über den streitbaren,
gelind gegen den überwundenen Feind.

14 Schon fürchtet der Meder unsere zu Land und Wasser
mächtigen Heere und die albanischen Fasces,
schon holen die Skythen und die vor kurzem noch stolzen
Indier von Rom Befehle.

15 Schon wagt es die Treue und der Friede und die Ehre
und die alte Ehrbarkeit und die verschmähte Tugend zurückzukommen,
und der reiche Überfluß zeiget sich
mit seinem vollen Horne.

16 Der weissagende Phoebus, den der glänzende Bogen schmückt,
er, die Lust der neun Camenen,
der durch die heilende Kunst den geschwächten
Körper stärket,

17 erhält, wenn er mit Huld auf die palatinischen Altäre herabsieht,
den römischen Staat und das beglückte Latium
auf ein abermaliges Lustrum und auf immer bessere
Zeiten hinaus.

18 Und Diana, die den aventinischen Berg und den Algidus bewohnt,
merkt auf das Bitten der Fünfzehnmänner
und neigt ein gnädiges Ohr
zu dem Flehen der Jünglinge!

19 Ja, Jupiter und alle Götter lassen sich unser Gebet gefallen,
und diese gute, diese gewisse Hoffnung nehmen wir mit nach Hause,
wir jugendlicher Chor, der unterwiesen worden, dem Phoebus und der Diana
ein Loblied zu singen.

Welche Elemente Horaz auch vorgegeben waren: Die Gliederung des Gedichts ist überschaubar wie immer. Ihr liegt jeweils eine Dreizahl von Strophen als einfache oder vielfache Einheit zugrunde. Das mag mit der Dreizahl des Fests (drei Tage Dauer der Hauptfeier, je dreimal neun Mädchen und Jungen als Sänger) zusammenhängen, vielleicht auch eine Nachahmung der Strophenform Pindars sein. Das Gedicht besteht, wie man längst gesehen hat, aus zwei Teilen zu je neun Strophen und einer Schluß-Strophe, in der der Chor auf sich selbst Bezug nimmt. Die Strophen 1–3 sind Phoebus Apollo und seiner Schwester Diana gewidmet, den leuchtenden Gestirnen des Himmels (*lucidum caeli decus*). Am Beginn der dritten Strophe erscheint Apollo in seiner Eigenschaft als Sonnengott (Pasquali 736, Gagé 26), am Ende der neunten Diana in ihrer Eigenschaft als Mondgöttin. Sie walten am Himmel als Hüter des Reichs. Das Carmen wurde zuerst vor dem Apollo-Tempel auf dem Palatin gesungen. Auf dessen höchstem Punkt, dem Giebel, war Apollo als

Sonnengott in einem leuchtenden Wagen dargestellt. In der Cella stand die Statue des Gotts zwischen denen der Mutter Latona und der Schwester Diana. Es war also sinnvoll, die beiden Gottheiten an diesem Ort anzurufen. Die Strophen 4–6 sind Ilithyia, der Göttin der Geburt, und 7–9 den Parzen, der Göttin der Erde Tellus und wiederum Apollo und Diana zugeteilt.

Die Akten der Feier berichten, daß in der ersten Nacht die Moiren (Parzen), in der zweiten Ilithyia, in der dritten Terra Mater verehrt wurden. Horaz bringt die unterirdischen Gottheiten in derselben Reihenfolge. Die zweite Nacht gehörte den Ilithyiae, den verschiedenen Erscheinungsformen der Geburtsgöttin; Augustus nannte diese aber in seinem Gebet – wie Horaz – nur im Singular. Sie beherrscht die ganze zweite Triade der Strophen. Das entsprach ihrer Funktion bei der wichtigsten innenpolitischen Reform, den Ehegesetzen. Ilithyia steht nicht unverbunden mit Apollo und Diana, denn diese wurde selbst als Geburtsgöttin angerufen, wie es der Dichter in der Ode 3,22 getan hatte. Wenngleich auch Juno diese Eigenschaft hatte, ist hier nur in zweiter Linie an sie, in erster an Diana zu denken (Gagé 26). Indem Horaz die Geburtsgöttin in Zusammenhang mit ihr nennt, hat er die unterirdische Gottheit gewissermaßen ans Licht gehoben, wie er überhaupt im ersten Teil des Carmen (Strophe 1–9) die unterirdischen Götter Ilithyia, Parzen, Tellus von den oberirdischen Apollo und Diana umfaßt sein läßt. Es wird jetzt deutlich, warum Apollo am Anfang als Sol und Diana am Ende als Luna erscheinen.

Der zweite Teil (Strophe 10–18) wendet sich in der ersten Triade (Strophe 10–12) Aeneas, in der zweiten (Strophe 13–15) Augustus, in der dritten (Strophe 16–18) wiederum Apollo und Diana zu. Auch diese Gliederung ist klar durchgeführt: So wahr die Götter Aeneas nach Italien gelangen und Rom gegründet sein ließen, mögen sie Romulus' Volk Heil und Segen schenken. Was der aus Venus' und Anchises' Bund stammende Augustus erflehe, möge er erreichen, er, der im Krieg den anderen Völkern überlegen, den Besiegten gegenüber milde ist. Schon erkennen die Parther und Inder die römische Macht und Rechtsprechung an. Mit dem Gründer von Alba Longa (Castel Gandolfo), Aeneas' Sohn Julus, auf den sich die Julier zurückführten, wird wieder auf Augustus, der von Gaius Julius Caesar adoptiert worden war, angespielt. Jedermann kannte in Rom die entsprechenden Vorstellungen aus dem sechsten Buch der kurz zuvor veröffentlichen *Aeneis* Vergils. Es braucht nicht angenommen zu werden, daß Horaz direkt deren Anchises-Rede zitiert, in der sowohl die Überlegenheit der Römer über den Feind als auch ihre Milde wie schließlich der kulturbringende und rechtsprechende Charakter ihrer Herrschaft gerühmt werden (6, 851–853). Denn er hatte eben dieselben Eigenschaften der Römer bereits in der dritten Römer-Ode herausgestellt

(S. 163). Schon kehren Fides, Pax, Honos, Pudor, Virtus und Copia zurück (15. Strophe). Diese Allegorien lagen nahe und erscheinen zum Teil in der zeitgenössischen Münzprägung. Vielleicht darf man hinter Virtus Virgo hören, weil die horazische Formulierung (*iam* [...] *neglecta redire Virtus / audet*) an Vergils vierte Ekloge erinnert: *iam redit et Virgo, redeunt Saturnia regna* (6), wo mit Virgo die Göttin des Rechts (die man bei Horaz vermißt) gemeint ist. Vergil hatte bereits im Jahr 40 für Oktavians Herrschaft die Wiederkehr des Goldenen Zeitalters Saturns prophezeit: Jetzt wäre es verwirklicht.

Die letzte Triade (16–18) wendet sich zu Apollo und Diana zurück. Der erste erscheint in seinen vier Haupteigenschaften als Seher, Bogenschütze, Gott der neun Musen und der Heilkunst. Das Lied nimmt auch darin den Anfang auf, daß Apollo als Beherrscher des Palatins angerufen wird und Diana als Beherrscherin des benachbarten Aventin, auf dem ihr bedeutendster Tempel in Rom lag, sowie des Algidus, eines ihr heiligen Bergs in Latium. So bilden Apollo und Diana mit je drei Strophen den beherrschenden Rahmen des Carmen Saeculare.

Stark auffallend ist angesichts der Nachricht, daß das Lied auch auf dem Kapitol gesungen wurde, das völlige Zurücktreten der kapitolinischen Götter Jupiter und Juno. Die Würdigung Apollos und Dianas stimmt damit überein, daß ihnen der dritte Tag des Fests geweiht war. Daß der erste Tag Jupiter und der zweite Juno gehörten, wird dagegen von Horaz nahezu gänzlich übergangen. Man hat darauf hingewiesen, daß das in der 13. Strophe genannte Opfer der Rinder gemäß den Akten am ersten Tag Jupiter und am zweiten Juno dargebracht wurde; auch kann, wie gesagt, in der vierten Strophe neben Diana an Juno gedacht werden. Aber diese Andeutungen, die eher verhüllen als klären, entsprechen in keiner Weise dem Rang der beiden Gottheiten. So klingt es schließlich wie eine Pflichtübung des Dichters, wenn er in der letzten Strophe den Chor leicht scherzhaft (Fraenkel 377) singen läßt, er hoffe sehr, daß die Bitten auch Jupiter und alle Götter hörten, die Bitten, die, wie ausdrücklich gesagt wird, Apollo und Diana gelten.

Während bei der Feier das Kapitol mit Jupiter und Juno zwei Tage im Mittelpunkt stand und nur einen Tag der Palatin mit Apollo und Diana, hat Horaz die Akzente eindeutig auf den Palatin verlagert. Nicht also brachte er wie Augustus in der Realität das Gewicht der Götter des Imperium Romanum gegenüber den persönlichen des Prinzeps – der Apollo-Tempel auf dem Palatin war Teil seiner Wohnanlage – im Verhältnis von zwei zu eins zum Ausdruck, sondern ließ alles Licht auf die kaiserlichen Götter fallen. Wo Augustus auf Traditionen und Empfindlichkeiten Rücksicht nehmen mußte, schaltete der Dichter frei. Sein Lied war ‹augusteischer› als der religiöse Staatsakt. Daß das Carmen Saeculare zuerst auf dem Palatin gesungen wurde, entsprach dieser Konzeption.

Daß es auf dem Kapitol wiederholt wurde, konnte möglicher Kritik den Wind aus den Segeln nehmen.

Damit ist klar, daß die alte These von Mommsen, es habe sich um ein Prozessionslied gehandelt, das teils auf dem Palatin, teils auf dem Kapitol gesungen worden sei, nicht zu halten ist. Die Situation im Jahr 207, als Livius Andronicus ein Prozessionslied für ein Sühnefest anläßlich einer Unheil verheißenden Zwittergeburt dichtete, war eine völlig andere (Fraenkel 380). Horaz' Carmen Saeculare ist statisch. Es stellt sozusagen einen Kommentar zu der Jahrhundertfeier dar.

Der Zwang

Es mag die Frage erlaubt sein, auf wen dieser Kommentar letztlich zurückging. Der Chor, die einzelnen Götter, die oberirdischen wie die unterirdischen, die zu preisende Ehegesetzgebung – alles war vorgegeben. Zwar ließ sich feststellen, daß Horaz hinsichtlich der Gewichtung der kapitolinischen und der palatinischen Götter von dem offiziellen Rahmen abwich, und auch die Verbindung von Augustus mit Aeneas wird in ihm nicht angesprochen gewesen sein: Soll man daraus auf Horaz' selbständige Erfindung schließen? Man hat zu bedenken, daß die Abweichungen nur ein Ziel hatten: Augustus noch mehr herauszustellen, als es das Fest tat – und das in einem Gedicht, von dem wohl nicht nur der Dichter überzeugt war, daß es länger dauern werde als ‹Erz› (S. 229–230) und somit als der Marmor, auf dem die Inschrift über den Verlauf der Feier eingegraben war. Jede Einzelheit derselben wurde in dem hochrangigen Gremium der ‹15 Männer für die Vorbereitung von heiligen Handlungen› (Quindecimviri sacris faciundis), dem Augustus selbst als leitender Magister angehörte, beraten: Ist es nicht wahrscheinlich, daß die größere Herausstellung seiner Person in dem Lied mehr auf ihn selbst als auf den Dichter zurückging – zumal wenn sich die für das Fest verantwortlichen Sibyllinischen Bücher schon in dieser Zeit im Apollo-Tempel, der ‹Hauskapelle› des Herrschers (Mommsen 357), befanden (Gagé 18)? Soll man Suetons Nachricht, Augustus habe Horaz das Carmen Saeculare ‹auferlegt› (*iniunxerit*), ganz außer acht lassen? Gewiß, die vielzitierte dritte Strophe kam ihm aus dem Herzen:

> alme Sol, curru nitido diem qui
> promis et celas aliusque et idem
> nasceris, possis nihil urbe Roma
> visere maius.

Aber auch das übrige? Pasquali empfand, daß Horaz sich hier und da in Fesseln winde; einige Strophen wie etwa die vierte und die sechzehnte ließen ihn kalt (736). Auch die fünfte Strophe mit der Umschreibung der

Ehegesetzgebung fand nicht immer Anklang. Wenngleich sie übertrieben ist, soll doch die von Fraenkel abgelehnte Kritik Fowlers nicht übergangen werden, der über das Carmen Saeculare urteilte: «the impression it always gives me is that Augustus wrote out in prose what he wanted put into it, and that his laureate did this with consummate skill and *concinnitas*; but the result, for me at least, is that it is as flat as such compositions usually have been. Nay, it is occasionally prosy, as e.g. in the 5th and 6th stanzas» (148). Es gehört zur Standard-Interpretation des Carmen Saeculare, auch über Mommsens Urteil erhaben zu sein: «Die beiden Götterreihen, nach welchen diese Feier geordnet ist, die der überirdischen Gottheiten Jupiter, Juno und Apollon nebst der Schwester, die unterirdische der Mören, der Ilithyien und der Mutter Erde müßten für denjenigen Dichter, welcher es versteht, ‹der Gelegenheit ein Gedicht zu schaffen›, die rechten Schwingen sein, um Sinn und Folge sei es aus ihnen zu entwickeln, sei es in sie hineinzulegen, und den auf dem Boden der Erde zwischen dem Himmelsgewölbe und dem Schoße der Tiefe wandelnden Menschen die Herrlichkeit wie die Bedingtheit ihres Loses in zwiefacher Bildermacht vorzuführen. Das hat Horaz nicht getan. Die Gottheiten werden wohl alle genannt und gefeiert, aber in aufgelöster Folge, was der rechte Dichter sicher nicht getan hätte, und ohne die so nahe liegende ideale Verknüpfung» (357). Daß Horaz den vorgegebenen Gottheiten eine klare und überzeugende Anordnung verliehen hat, wurde gezeigt. Mehr konnte er nicht tun: Nicht von der Herrlichkeit des Menschenloses sollte die Rede sein, sondern von der des Prinzeps. Aber auch die Beschränktheit – eines seiner Lieblingsthemen – durfte Horaz bei diesem festlichen Anlaß nicht darstellen. Und was die ideale Verknüpfung betrifft – in den Oden eine seiner Stärken –, hätte sie bei der in diesem Fall zweifellos geforderten Simplizität und Monumentalität ihr Ziel verfehlt. So war es nicht Unvermögen, sondern Zwang, was zu dem Ergebnis, wie es vorliegt, führte – ein Ergebnis, das aber doch ansprechend ist und das wohl keiner der damals lebenden Dichter erreicht hätte.

Der Ruhm

Wenn also eher der Zwang als die Inspiration die Form des Carmen Saeculare entstehen ließ, darf nicht übersehen werden, daß Horaz das Angebot, bei der Jahrhundertfeier eine bedeutende Rolle zu spielen, gern annahm. Er, der so oft den Wünschen der Großen eine Absage erteilt hatte, stimmte dieses Mal zu. Auf der einen Seite mußte es ihm verlokkend erscheinen, als Dichter in aller Öffentlichkeit sozusagen an die Spitze des Reichs gestellt zu werden. Den Ruhm, den er sich dadurch unmittelbar erwarb, bezeugt die Ode 4,3 (S. 301–302). Auf der anderen Seite mußte es ihn reizen, endlich dem großen Pindar in adäquater Weise nachfolgen zu können. Er hatte ihn sich schon öfter wie in den Oden 1,12 oder 3,4 zum Vorbild genommen (S. 168). Aber ein grundlegender Unterschied blieb bestehen: Pindar hatte für einen Chor gedichtet, der die Oden und Hymnen öffentlich aufführte, während Horaz immer nur Individuallyrik verfaßt hatte, die einem kleinen Kreis dargeboten wurde. So bedeutete die neue Aufgabe trotz allen Kompromissen, die notwendig waren (Fraenkel 381), einen Vorteil für beide Seiten: Augustus erreichte, daß er und seine Herrschaft in einer Weise verherrlicht wurden wie nie zuvor in einer horazischen Ode, der Dichter, daß er in einer Weise auf Pindars Spuren wandelte wie nie zuvor in einer Ode.

Das ‹echte› Säkularlied

Horaz hat für die Freunde zu verstehen gegeben, wie er sich das Carmen Saeculare, wenn er denn wieder dichten sollte, nach seinem Geschmack vorstellte. Doch verpflichtete ihn die Höflichkeit gegenüber dem Prinzeps, dieses ‹echte› Carmen Saeculare an anderem Ort zu veröffentlichen. So bewahrte er die im Zusammenhang mit dem offiziellen Lied entstandene Ode auf und reihte sie später als sechste in das vierte Buch der Carmina ein. Nur von ihr wird man sagen können, daß sie «a typical Horatian ode» sei. Sie stellt Apollo zunächst als strafenden Gott vor (Niobe hatte sich gegenüber Latona, der Mutter Apollos und Dianas, ihrer 12 (oder 14) Kinder gerühmt, die Apollo zur Strafe tötete; Tityos hatte Latona nachgestellt; Achilles drohte Troja zu erobern, dessen Mauern Apollo erbaut hatte):

> Du Göttlicher, der du, des Übermutes Rächer,
> die Brut Niobens züchtigtest und Tityos, der Unschuld Räuber,
> und den Achilles aus Phthia, der, halb schon
> des hohen Troja Erobrer,
>
> ein Streiter war, größer als alle, nur dir nicht gewachsen,
> wiewohl er, ein Sohn der Meerbeherrscherin Thetis,
> Dardaniens stolze Mauern, mit seiner furchtbaren Lanze
> kämpfend, erschütterte.
>
> Aber er fiel weit ausgestreckt, wie die Fichte
> von den Schlägen der Axt fällt und die Zypresse,
> vom Sturme gestürzt; troischer Staub
> bedeckte sein Haupt.
>
> Nimmer hätte er, im Rosse verschlossen, welches der Pallas
> heilig zu sein log, die töricht feiernden
> Troer und Priams Fürstenhof
> voll froher Reihentänze getäuscht;
>
> mit offenbarer Gewalt hätte er, der Gefangenen Schrecken,
> wehe! wehe! die lallenden Knaben in griechischen Flammen

verbrannt, selbst Ungeborne im Schoße
der Mutter verbrannt,

hätte nicht, durch dein Flehn und durch das Flehen der holden Venus
bezwungen, der Göttervater dem Schicksal Aeneas'
zugewinkt neue Mauern, unter bessern
Vorbedeutungen erbaut.

Phoebus, Meister der Laute, Lehrer der beredten Thalia,
der du in Xanthus' Wellen dein Haar wäschest,
schütze, Jüngling Agyieus, schütze den Ruhm der
Daunischen Camena!

Phoebus gab mir den Geist, Phoebus gab mir die Kunst
des Gesanges, gab den Dichterruhm mir.
Edelste Mädchen, Jünglinge von berühmten
Vätern entsprossen,

ihr, von der delischen Gottheit geschützt, welche die flüchtigen Luchse,
welche die Hirsche mit ihrem Bogen bezwingt,
folget dem lesbischen Rhythmus, folget
meinem Lautenschlage.

Singet würdig Latonens Sohn, singet
würdig mit ihrer Fackel die wachsende nachterleuchtende Göttin,
welche die Fluren segnet und die eilenden Monate
schnell vor sich her wälzt.

Als Gattin wirst du einst sagen: ‹Ich sang den Göttern
ein willkommnes Lied, als das Jahrhundert
die festlichen Tage zurückbrachte, in den Weisen
des Sängers Horaz unterrichtet!›

Den zweiten Teil des Lieds hätte der Chor – es ist derselbe, der das Säkularlied aufführte – nur im eigenen Namen zu singen brauchen, und es wäre ein in Horaz' Sinn ideales Carmen Saeculare gewesen – wenn es das nicht in der Tat war. Die drittletzte Strophe schließt mit der Aufforderung an den Chor, daß er Horaz' Schlag des Daumens, *pollicis ictum*, folgen möge. Dieses schöne Zeugnis, das sich die merkwürdigsten Interpretationen gefallen lassen mußte, dürfte nichts weiter besagen, als daß der Dichter mit der vom Daumen geschlagenen Leier das Lied begleitet, so wie er eigene und der Geliebten Lieder untermalte. Möglicherweise traf das auch auf die Aufführung des Carmen Saeculare selbst zu.
Die Ode besteht aus einem offiziellen und einem persönlichen Teil, die man nicht recht zu verbinden gewußt und sogar als zwei selbständige Gedichte betrachtet hat. Fraenkels Erklärungsversuch spiegelt die Verlegenheit wider, nach dem Horaz nicht sogleich mit dem beginnen konnte, was ihm eigentlich am Herzen lag, da er seine Oden nach einem der anerkannten Vorbilder schaffen mußte (400–401). Aber oft genug war er keinem Vorbild gefolgt, und ebenso oft hatte er sofort mit dem, was ihm

am Herzen lag, begonnen. Daß der erste Teil der Ode den sechsten Paian Pindars aufnimmt, legte der Anlaß – wie beim Carmen Saeculare – nahe: Horaz bezog sich zum erstenmal auf ein öffentliches Fest, wie es der alte Chorlyriker so oft getan hatte. Da Apollo im Mittelpunkt steht, ist auch hier an seinen Tempel auf dem Palatin zu denken; und da es bei der Jahrhundertfeier um die Größe Roms ging, wird – wie beim Carmen Saeculare – die Frühzeit miteinbezogen. Horaz hat Pindar in sehr feiner Weise variiert: Während dieser als Grieche Apollon Achilleus töten ließ, um den Fall Trojas hinauszuschieben, argumentiert Horaz als Römer, indem er in Achilles' Tod die Möglichkeit des Überlebens für Aeneas sieht, der in Italien ein neues Reich begründet (Pasquali 753). Von Augustus ist im übrigen – anders als im Carmen Saeculare – nicht die Rede.

Das Gedicht hat einen ganz klaren Aufbau: Je fünf Strophen haben Apollo als Rächer des Übermuts im Mythos und als Förderer des Künstlers Horaz in Rom zum Inhalt, während die Mittel-Strophe beide Zeiten historisch und sachlich verbindet. Denn wie Aeneas und die Römer in der Vergangenheit unter Apollos Schutz standen, trifft das auf Horaz in der Gegenwart zu. Damit bildet die Ode eine enge Parallele zu 3,14, wo auch ein offizieller und ein persönlicher Teil durch eine mittlere Strophe verbunden sind und Horaz ebenfalls in überaus kühner Weise seinen eigenen Bereich neben den der Öffentlichkeit stellt (S. 170–172). Diese Gewichtung entsprach seinem Denken. In der siebten Strophe hat er ein weiteres Mal Mythos und Gegenwart verwoben. Apollo hatte im kleinasiatischen Patara ein Lieblingsheiligtum am Xanthos, und Daunien steht für des Dichters apulische Heimat. Wohl wegen Troja hat Horaz einen lykischen Kultort gewählt, der natürlich den griechischen Bereich repräsentiert, wie die Entsprechung der griechischen Muse Thalia und der römischen Muse Camena zeigt. Indem Horaz andeutet, daß sich von Troja auch ein Faden zu ihm selbst spinnt, bekundet er zugleich – wie etwa in 3,30 (S. 229–230) – seinen Anspruch, ‹griechische› Dichtung in Rom zu pflegen. Sein Stolz ist nicht gering (29–30):

> spiritum Phoebus mihi, Phoebus artem
> carminis nomenque dedit poetae.

Auch der Schluß ist selbstbewußt: Horaz nennt mit dem letzten Wort das einzige Mal in den Oden seinen Namen. Er tut damit das, was ihm im Carmen Saeculare nicht erlaubt war (Pasquali 751). Und wenn man das als Sphragis ‹seines Säkularliedes› bezeichnet (K./H.), sollte man ‹seines› gesperrt drucken: 4,6 ist Horaz' persönliches Säkularlied.

19 Zwischen Auftrag und Neigung: Das vierte Oden-Buch

Horaz war Augustus bei der Konzeption des Carmen Saeculare entgegengekommen. Dem Prinzeps war es gelungen, den Dichter so weit zu bringen wie nie zuvor. Es war naheliegend, daß er versuchte, auf dem erfolgreichen Weg fortzuschreiten. In der Tat berichtet Sueton, daß er Horaz auch die Preis-Oden 4,4 und 4,14 auf seine Stiefsöhne Drusus und Tiberius ‹auferlegt› habe (S. 265). Das war zwei Jahre nach dem Carmen Saeculare. Aber auch in der Zwischenzeit wurde Horaz unliebsamem Druck ausgesetzt, so daß er es für notwendig erachtete, sich zur Wehr zu setzen, oder besser: angesichts seines neu gewonnenen Ruhms auszuweichen.

Ausweichen

In diese Zeit gehören die beiden Oden 4,2 und 4,9. Vielleicht ist es kein Zufall, daß die erste eine der berühmten des Dichters ist, weil er nicht auf einen Auftrag einging, und die zweite eine der weniger befriedigenden, weil er wohl einen solchen halbherzig erfüllte.

Die Ode 4,9 besteht aus zwei Teilen: Die ersten siebeneinhalb Strophen preisen die Unsterblichkeit der Dichtung und demzufolge die Unsterblichkeit der von den Dichtern verherrlichten Menschen; die letzten fünfeinhalb Strophen preisen Marcus Lollius, den Konsul des Jahrs 21, und verheißen ihm Unsterblichkeit durch das vorliegende Gedicht. Mit dieser Prophezeiung hat Horaz in der Tat recht behalten. Aber es bleibt ein ungutes Gefühl nach der Lektüre der Ode zurück. Wenn Horaz allgemein von der Unvergänglichkeit seiner Dichtung spricht – wie in 2,20 oder 3,30 –, kann man sich über das berechtigte Selbstvertrauen freuen; schließlich durften traditionell nur ein Feldherr oder Politiker auf ewige Gloria hoffen. Wenn er aber dem zu Rühmenden die Unsterblichkeit der eigenen Dichtung anpreist, tut er des Guten zuviel. Es handelt sich um eine der wenigen horazischen Oden, bei der man sich wünschte, sie schlösse früher (mit V. 30), als es der Dichter für richtig befand. Es kommt hinzu, daß ihr Anlaß zweifelhaft ist. Lollius verwaltete 17/16 Gallien und erlitt dort eine schwere Niederlage gegen die Sygambrer. Tacitus verglich später diese *clades Lolliana* mit Varus' Katastrophe im Teutoburger Wald (Ann. 1,10). Auch wenn das übertrieben ist, gab es im Jahr 16 wenig Rühmenswertes über Lollius zu berichten. Deshalb sieht die Ode nach einer Trostdichtung aus, wenn Horaz nicht gar, wie Heinze vermutet hat, Maecenas' Empfehlung folgte, Lollius vor der Öffentlichkeit zu rehabilitieren. Daß er auf die Niederlage Bezug nimmt, dürfte daraus hervorgehen, daß er Lollius im letzten Vers bescheinigt, er gehöre zu denen, die bereit seien, für das Vaterland zu sterben, womit an *dulce et decorum est pro patria mori* (S. 157) erinnert wird. Ansonsten war Horaz gezwungen, Lollius nur im allgemeinen als Politiker und Privatmann zu preisen. Wenn auch Vellejus Paterculus und der ältere Plinius von dessen späterem Verhalten höchst Negatives zu überliefern wußten, sollte nicht daran gezweifelt werden, daß Horaz zu dieser Zeit sein Lob aufrichtig meinte. Er hätte sonst weder Bilder aufgenommen, die er in 2,2 zu Sallustius Crispus' Ruhm verwendet hatte, noch Lollius in V. 49 seine eigene Haltung des *pauperiem pati* (S. 206) zugeschrieben. Daß er sich auf frühere Wendungen bezog, wertete Pasquali als Zeichen des ‹alten Dichters› (763). Fraenkel hat das Zwiespältige der Ode zutreffend bezeichnet, wenn er sagt, Horaz habe sich der heiklen Aufgabe mit bewundernswertem Takt entledigt (425). Nicht umsonst hatte er sich über 20 Jahre gewehrt, Elogien – auf wen auch immer – zu verfassen. Nach dem Carmen Saeculare erwartete man von ihm, ein römischer Pindar zu werden. Vom dichterischen Anspruch her wäre er das gern geworden, aber er sah die doppelte Konsequenz: Einerseits lag ihm der Preis der Großen nicht, andererseits konnte er das naive Herrscherlob Pindars nicht in die augusteische Zeit übertragen, ohne seine Dichtung im künstlerischen Bereich zu gefährden. Dem galt es vor der Öffentlichkeit vorzubeugen.

Das tat Horaz in der Ode 4,2, die er nicht lange nach 4,9 dichtete. Auf Lollius' Niederlage hin begab sich Augustus noch im Jahr 16 selbst nach Gallien. Zwar kam er erst 13 zurück, da er nach Spanien weiterzog, aber man hatte die Heimkehr noch für 16 erwartet. Jullus Antonius, ein Sohn Mark Antons, dessen Stiefmutter Augustus' Schwester Octavia war (deren Tochter er 21 heiratete), hatte Horaz aufgefordert, ein Preislied auf die Rückkunft des Herrschers zu dichten. Ein Jahr nach dem Carmen Saeculare glaubte man den Dichter erneut in der Nachfolge Pindars in ein offizielles Programm einbinden zu können. Dieser lehnte das in einer seiner bedeutendsten Oden ab – auch auf die Gefahr hin, Augustus selbst zu enttäuschen (Fraenkel 434).

Wer Pindar nachzueifern strebt,
Jullus, den tragen Daedalus' wächserne Schwingen,
der wird dem kristallnen Meere
Namen geben.

Wie vom Gebirge der Strom stürzt,
den Regengüsse über sein Bett anschwellten,
so brauset, so stürmet des unerreichbaren Pindars
vollströmender Gesang.

Er verdient den Lorbeer Apollos,
wenn er neue Worte durch kühne Dithyramben
fortwälzt und in regellosen
Rhythmen dahinrauscht;

oder Götter singt und Heroen,
der Götter Blut, durch deren Hand die Kentauren
verdienten Tod fanden und die scheußliche
flammenhauchende Chimaera fiel;

oder wenn er Streitroß und Kämpfer preiset, welche der elische
Palmzweig vergöttert nach ihrer Heimat zurückführt
und sie mit dem Geschenke beehret, das köstlicher ist
als hundert Ehrensäulen;

oder den Jüngling beweint, welcher der jammernden Braut
entrissen ward, seine Stärke und Mut und goldenen Sitten
zu den Sternen erhebt und dem schwarzen
Orkus neidet.

Mächtig hebt die Luft den Dirkäischen Schwan,
sooft er die hohen Wolken-
Regionen hinanfleucht. Ich aber, Antonius,
gleich der Matinischen Biene,

welche mit sauerer Arbeit dem lieblichen
Thymian Honig entsaugt, dichte ich, klein wie sie,
im Hain und am Ufer des quellenreichen Tiburs
mühsame Lieder.

Du wirst zum höheren Saitenspiel
Caesar singen, wenn er, mit verdientem Lorbeer geschmückt,
die wilden Sygambrer einst über
den heiligen Hügel führt.

Nichts so Großes und Gutes schenkte das Schicksal,
schenkten die gütigen Götter jemals der Welt, als er ist,
und könnten nichts Besseres schenken, wenn auch die Zeiten
würden, was einst die goldene Vorwelt war.

Singen wirst du die frohen Tage,
die Feierspiele der Stadt ob des tapfren
Augustus' erhaltener Rückkehr und singen
den fehdelosen Gerichtsplatz.

Dann tönt (falls mein Ruf gehört wird)
auch meiner Stimme lauter Jubel in deinen!
Und ‹Schönster, preiswürdigster Tag!› werd' ich dann singen,
durch Caesars Rückkehr beglückt.

Und auch dich, Triumph, während du voranziehst,
rufen wir mehr als einmal an: ‹Io Triumph!›
ruft das ganze Volk. Und den wohltätigen Göttern
opfern wir Weihrauch.

Dich entbinden zehn Stiere, zehn Kühe
deiner Gelübde, mich ein zartes Kalb,
das, seiner Mutter entzogen, im wuchernden Grase für meine
Gelübde heranwächst.

Auf der Stirn schimmert es gleich dem sichelförmigen Lichte
des Mondes, wenn er das dritte Mal aufgeht;
wo es ein Mal hat, ist es schneeweiß anzuschaun,
sonst ist es bräunlich.

Horaz möchte nicht mit Pindar in Wettstreit treten: Wer das täte, stürzte ab wie Ikarus, dessen von seinem Vater Daedalus mit Wachs gefügte Flügel sich lösten, als er der Sonne zu nahe kam; nur noch das Ikarische Meer bei der Insel Samos erinnert an ihn. Auf das Bild des gewaltig rauschenden Stroms und die Charakterisierung von Pindars Dichten wurde schon kurz eingegangen (S. 22). Horaz deutet die verschiedenen Gattungen an: Dithyramben (Chorlieder aus dem Dionysoskult), Hymnen, Paiane (Chorlieder aus dem Apollon-Kult), Epinikien (Siegeslieder) und Threnoi (Klagelieder). Der elische Palmzweig weist auf Olympia, das in Elis liegt. Alle diese großartigen Gattungen – auch das hier geforderte Epinikion – kommen für Horaz, wie er sagt, nicht in Frage. Auf der anderen Seite wandelte er im Carmen Saeculare sowie in 4,6 und 4,9 auf Pindars Spuren. Wie verträgt sich damit diese Absage an Pindar des zweifellos pindarisierenden Horaz? Wie kann er nach den drei vorangegangenen Gedichten behaupten, er könne nicht *Pindarum aemulari*, Pindar nachfolgen? Es kommt hinzu, daß sich Horaz auch im ersten Teil der Ode, in dem er von Pindar spricht, an dessen Stil anlehnt. Pasquali hat auf die Häufigkeit der Bilder und die 20 Verse lange Periode der zweiten bis sechsten Strophe (die Herzlieb freilich auflöste) hingewiesen (781). Zunächst ist festzustellen, daß Horaz keine politischen Gründe hatte, sich dem Lob des Prinzeps zu versagen. Die über ihn gesprochene zehnte Strophe war aufrichtig gemeint:

quo nihil maius meliusve terris
fata donavere bonique divi
nec dabunt, quamvis redeant in aurum
tempora priscum.

Wie schon am Beginn der zwanziger Jahre ist Horaz noch immer dankbar, daß Augustus nach den Jahrzehnten des Bürgerkriegs eine Zeit des blühenden Friedens bewirkt hat (S. 169). Auch er wird über seine Rückkehr glücklich sein: *recepto / Caesare felix*, wie es zwei Strophen später heißt. Wenn somit die abgelehnte Pindar-Nachfolge nicht politisch motiviert ist, müssen vor allem künstlerische Gründe ausschlaggebend gewesen sein. Nach Pasquali hat Horaz ausdrücken wollen, es sei unmöglich, Pindars Rhythmus in der Form seiner Ode nachzubilden (782).

Aber das ist unwahrscheinlich. Jullus wäre mit einem ‹pindarisierenden› Gedicht vollauf zufrieden gewesen. Es ist vielmehr die Situation zu betrachten: 17 hatte Horaz sich zu dem Carmen Saeculare bewegen lassen, 16 wollte man wiederum ein öffentlich aufgeführtes Werk. Horaz verstand unter Pindar-Nachfolge die Aufnahme einzelner Motive und ihr Einweben in die römische Vorstellungswelt; seine Auftraggeber verstanden unter ihr öffentliche Demonstration – also wiederum Gesang eines hochrangigen Chors. Nur darum ging es, daß man den Sänger des individuellen Einzellieds, der stets die Öffentlichkeit gemieden hatte (S. 50–51), zu einem offiziellen Chorlyriker bestellen wollte. Horaz wäre damit zum Hofdichter geworden, der er nie hatte sein wollen. Fraenkel hat gemeint, was Horaz für Augustus empfand, habe nicht dazu gepaßt, in den Purpur einer großartigen künstlerischen Konvention gekleidet zu werden (439). Augustus aber hätte sich nichts sehnlicher gewünscht. Es ist daher zu fragen, ob es Horaz nicht eher um die Intimität seiner Muse als um die seines Gefühls dem Prinzeps gegenüber ging. Denn daß es sich um beträchtliche Stildifferenzen handelte, zeigen die siebte und achte Strophe:

multa Dircaeum levat aura cycnum,
tendit, Antoni, quotiens in altos
nubium tractus: ego apis Matinae
more modoque,

grata carpentis thyma per laborem
plurimum, circa nemus uvidique
Tiburis ripas operosa parvos
carmina fingo.

Horaz vergleicht den kühnen Schwung Pindars (die Dirke ist ein Fluß bei dessen Heimatstadt Theben) mit dem Flug eines Schwans, das eigene mühsame Dichten (der Matinus ist ein Berg in seiner süditalischen Heimat) mit dem Arbeiten einer Biene. Er sieht also einen erheblichen Unterschied zwischen Pindars und seinem Stil. Es ist schwer zu entscheiden, ob er in der dritten Strophe die Metrik von Pindars Dithyramben verkannte oder nur sagen wollte, diese hätten gleichsam kein Versmaß. Vielleicht übertrieb er auch um der Evidenz der Argumentation willen. Aber trotz allem handwerklichen Können Pindars waren dessen sich gewaltig ergießende – noch halbarchaische – Gedichte nicht mit den sorgfältig ausgefeilten – schon spätklassischen – Oden des ‹abgezirkelten› Horaz (S. 10) zu vergleichen. Es ist der Unterschied zwischen der auf das Allgemeine und Prächtige zielenden, öffentlich gesungenen Chorlyrik und der auf das Individuelle und Intime angelegten, in einem kleinen Kreis vorgetragenen Individuallyrik, wie sie Horaz pflegte. In diesem Sinn war das Carmen Saeculare allgemein und prächtig, nicht aber individuell und

intim und somit ‹unhorazisch›; deshalb schrieb der Dichter mit der Ode 4,6 gewissermaßen sein eigenes Carmen Saeculare, das den bekannten horazischen Duktus der Oden aufweist (S. 273–275). Auch das – wohl geforderte – Lob auf Lollius 4,9 enthält urhorazische Gedanken. Aber ein zweites Schaulied kam für den Dichter nicht in Frage. Mit Bedacht gab er das einsame Tibur, nicht Rom als seinen Ort an.
Für ein Preislied empfahl er Jullus selbst. Nicht, daß er ihm mit Ironie begegnete, wie man gemeint hat. Jener war durch ein Epos *Diomedias* in 12 Büchern, wie die pseudo-acronischen Scholien überliefern, hervorgetreten, kam also für ‹große›, öffentliche Dichtung ohne weiteres in Betracht. Natürlich empfahl ihm Horaz nicht ein pindarisierendes Lied, was sich mit dem Anfang der Ode nicht vertragen hätte. Aber die öffentliche Rezitation eines epischen Gesangs wäre denkbar gewesen. Pindar war von Jullus nur wegen des Carmen Saeculare ins Spiel gebracht worden.
Der Schluß der Ode setzt noch einmal, vielleicht sogar zweimal die horazische von der geforderten Dichtung ab. Während Jullus für das offizielle Festlied zuständig sein möge, trage Horaz' Stimme nur einen Teil bei, indem er in der Menge einen Jubelruf ausstoße: Er will nicht hervor-, sondern zurücktreten, nicht öffentlicher, sondern privater Dichter sein. Bei dem sich anschließenden Dankopfer werde der Neffe des Prinzeps 20 Rinder – wohl Jupiter und Juno auf dem Kapitol –, Horaz nur ein Kalb darbringen. Wieder ist der Gegensatz öffentlich/privat angesprochen. Wenn man bei der Beschreibung des Mals auf der Stirn des Kalbs an die Schilderung von Zeus' Stierhaupt in Moschos' *Europa* (84–88) denken kann (K./H.), dürfte Horaz für den Kundigen noch einmal angedeutet haben, daß seine persönliche Lyrik durch die strenge Schule der Alexandriner gegangen, die Zeit der prächtigen Chorlyrik aber vorbei sei.
Die Bilder, die Horaz in dieser Ode auf Pindar und sich anwendet, sind von den Dichtern der Neuzeit immer wieder adaptiert und variiert worden. Auf die Rezeption der Pindar-Charakteristik in der Geniezeit wurde schon verwiesen (S. 22–23). Je nach Geschmack bezeichnete man sich als Schwan oder als Biene. Oder man versuchte, beides zu vereinen. Als Schüler der Pléiade rezipierte Paul Schede (S. 19) wie Ronsard sowohl Pindar als auch Horaz. So zierte er mit dem Schwan sein Wappen und legte sich den Namen Melissus (Biene) zu. Er bekundete sein Vorgehen in einem Gedicht, das hier mit der Übersetzung und dem Kommentar von Schäfer folgt:

Pindarum studiosus aemulari,
ceratis ope et arte Daedalea
pennis nititur, altius volando,

ponto nomina vitreo daturus.
nos haud immemores Horatiani
praescripti, tamen improbo labore
audacis nova verba Dithyrambi
volvimus, numerisque lege nusquam
solutis ferimur, sua recentem
regula pedem ubique metientes.

Wer mit Pindar zu wetteifern strebt,
stützt sich auf Schwingen, die Beistand und Kunst
des Daedalus zusammenfügten; fliegt er zu hoch,
wird er dem gleißenden Meer seinen Namen geben.
Wir haben die Vorschrift des Horaz
nicht vergessen, doch wir wälzen
mit unsäglicher Mühe die neuen Worte des verwegenen
Dithyrambus und werden in nicht gesetzentbundenen Rhythmen
dahingetragen, den neuen Vers
stets mit seinem Maße messend.

«Melissus hebt in dieser Nachahmung der Horazischen Pindarode die dort gesetzte Antithese auf, indem er den pindarischen Höhenflug mit horazischem Kunstbewußtsein anzutreten gedenkt» (180).

Auftrag

Horaz befand sich in einer Situation permanenten Drucks, dem er nur schwer entkommen konnte. 17 schrieb er das Carmen Saeculare, 16 die Ode 4,9 auf Lollius. Noch in demselben Jahr verschaffte er sich mit der Pindar-Ode 4,2 gegenüber dem Auftraggeber und der Öffentlichkeit etwas Luft. Doch sollte das nicht lange währen. Ein Jahr später führten die Stiefsöhne des Prinzeps, die Söhne seiner Frau Livia, Drusus und Tiberius, Krieg gegen aufrührerische Alpenvölker. Drusus schlug die Vindeliker und Rätier. Wie schon dargelegt, trug Augustus nach Sueton Horaz die Verherrlichung der beiden Siege auf. Die Frage der Pindar-Nachfolge hinsichtlich einer Chor-Dichtung war wohl vom Tisch, nicht aber hinsichtlich einer Verherrlichung im Stil des Lollius-Gedichts 4,9. So entstanden die Elogien 4,4 auf Drusus und 4,14 auf Tiberius. In ihnen trat Horaz in ungewöhnlichem Maß in Pindars Spuren. Nur wenn es in 4,2 um die Frage der Chorlyrik und entsprechender öffentlicher Aufführung ging, konnte er diese Ode mit den pindarischen Preisliedern 4,4 und 4,14 in einem Buch veröffentlichen, ohne unglaubwürdig zu sein.

4,4 ist in Komposition, Duktus und Gedanken Pindar verpflichtet wie kein anderes Gedicht. Es ist der künstliche Versuch, dessen Epinikion in die Form der Ode zu übertragen. Der Aufbau ist derselbe wie im Carmen Saeculare: zweimal neun Strophen und eine allgemeine, zusammenfassende Schluß-Strophe. Im ersten Teil wird Drusus' großer Kampf dargestellt, in dem sich seine Erbanlage und seine Erziehung zeigten; der zweite schildert die Bedeutung der Schlacht am Metaurus im zweiten Punischen Krieg, in der Hasdrubal, Hannibals Bruder, fiel und der Konsul Claudius Nero, ein Vorfahre der Neronen Drusus und Tiberius, entscheidenden Anteil am Sieg der Römer hatte. Das Jahr 207 sei die Wende des Kriegs gewesen, wie Hannibal selbst in einer langen Rede, mit der der zweite Teil schließt, zugibt. Die beiden letzten Strophen lauten:

> Ach! Nun werd' ich nicht stolze Botschaft mehr
> nach Karthago senden! Gefallen, gefallen
> ist all unsre Hoffnung, der Glanz unsres Namens;
> denn Hasdrubal ist erschlagen!
>
> Alles vermag der Claudier Arm,
> die Jupiter huldreich schützt
> und eigner Scharfsinn aus des Krieges
> Gefahren rettet.

Es ist ein eindrucksvoller Gedanke, daß Hannibal, der große Gegner, in einer 23 Verse langen Rede die Verdienste der Römer anerkennt. Aber es wäre merkwürdig, wenn er am Schluß, der in die Zukunft gesprochen ist, eine Prophezeiung über die Claudier (Neronen) machte. Auch wenn es in der Antike keine Anführungszeichen gab, konnte der aufmerksame Leser sofort bemerken, daß die letzte Strophe nicht in Hannibals Mund paßte, sondern dem Dichter gehört (Shackleton Bailey), der darin «sein Urteil über die Taten der Claudier, der lebenden wie ihrer Vorfahren, zusammenfaßt und es dem Hörer überläßt, aus dem, was für alle Zeit feststeht (daher die Präsentia), den Schluß auch für die Zukunft zu ziehen» (K./H.). (Noch eindeutiger ist der Bezug auf die Zukunft, wenn man mit Klingner das überlieferte Futur *perficient* hält, wozu auch Fraenkel neigt.)
Von Pindar inspiriert sind die einleitende Periode über 28 Verse, die Sentenzen der folgenden achten und neunten Strophe, mit denen der erste Teil schließt, der Rückblick auf die Geschichte im zweiten Teil, der den Rückblick auf den Mythos bei Pindar nachbildet, und die sich in einer langen Rede äußernde Prophezeiung Hannibals über das römische Volk, das sich aus tiefster Not immer wieder glorreich erheben werde – von vielen Einzelheiten abgesehen (Pasquali 764–775, der zu Recht sagte, dieses Epinikion sei ‹ganz pindarisch›). Die Verse 18–22 stellen eine Digression dar, wie sie Pindar liebte. Ob man sie wie Pasquali lächerlich findet oder glaubt, Horaz parodiere das Amazonen-Epos seines Zeitgenossen Domitius Marsus (Gesner, Haupt) oder mache sich über die Praktiken modischer Lobgedichte lustig (Fraenkel): In jedem Fall ist dieser Pindarismus nicht unbedingt ein Gewinn.
Interessant ist die Auseinandersetzung mit Pindar in der siebten bis

neunten Strophe am Ende des ersten Teils, wo zunächst die Feinde Subjekt sind:

> Sie fühlten es, was Geist und Herz vermag,
> in beglückten Wohnungen gehörig genährt,
> was über die jungen Neronen Augustus'
> Vatergesinnung vermag.
>
> Helden werden von edelmütigen Helden erzeugt,
> im Stier und im Rosse wohnt der Väter Kraft,
> und streitbare Adler zeugen
> keine friedliche Taube.
>
> Doch weckt Unterricht die angestammte Kraft,
> und weise Bildung stählt die Heldenbrust.
> Sobald Erziehung ermangelt,
> so entstellen Laster das beste Naturgeschenk.

Jeder, der Pindar kannte, merkte, daß Horaz an dieser Stelle auf dessen Theorie einging, nach der die Arete (Virtus) angeboren und vererbbar, nicht lehrbar und lernbar sei. Pindar hat seine These, wie Horaz auch, in einem Tier-Gleichnis am Ende der 11. Olympischen Ode vertreten (Pasquali 765). Horaz betont im Gegensatz zu Pindar daneben die Bedeutung der Erziehung, die die Veranlagung fördert: Will er den großen Vorgänger nur korrigieren? Es ist auffallend, daß diese Stelle die einzige der Ode ist, an der Augustus erwähnt wird. Hätte alles Licht auf ihn fallen sollen, wäre es natürlich gewesen, entweder – wie in 4,14 – den Sieg ihm zuzuschreiben oder nur mit seiner Erziehung (*paternus animus*) der Stiefsöhne zu argumentieren. Doch tat Horaz weder das eine noch das andere. Wie er gewichtet, klingt es nicht nur für den Pindar-Kenner so, als sei die Veranlagung eines Geschlechts das Wichtigste. Dementsprechend spielt er zu Beginn der achten Strophe auf die Etymologie an, daß ‹nero› im Sabinischen ‹stark› bedeutet. Nimmt man hinzu, daß in der Schluß-Strophe Rom in Vergangenheit, Gegenwart und – mit Kießling und Heinze – Zukunft unter neronischer Führung gesehen wird, erkennt man, daß die Ode, wie es Wili formulierte (364), «die Verewigung des neronischen Geschlechts» ist «und dadurch unmittelbares Preislied auf die Augustus-Gemahlin Livia, die zweite, die weit größere Ehrung der hohen Frau seit c. III, 14» (S. 171). Verfolgt man diese Spur weiter, ergibt sich, daß die beiden Brüder für die Zukunft als die idealen Nachfolger des Prinzeps erscheinen. Bedenkt man, daß Augustus abwesend war, ferner, daß Livia später mit allem Nachdruck Tiberius' Thronfolge betrieb, schließlich, daß Augustus im Jahr 17 nicht die Stiefsöhne, sondern die Enkel adoptiert hatte, möchte es scheinen, daß nicht so sehr der Prinzeps als vielmehr Livia an dem Neronen-Preis interessiert sein mußte. Ob Augustus, wie Sueton berichtet, das Elogium von selbst in Auftrag gab oder Livia es bei ihm anregte: In beiden Fällen mochte sie Horaz zu beeinflussen versuchen. Augustus war in Provinzen fern von Rom; ihm konnte jederzeit etwas zustoßen. Da galt es, gewappnet zu sein. Es ist ja merkwürdig: Zur Zeit der Abfassung des Gedichts waren neben dem Prinzeps auch die Gefeierten abwesend. Der Adressaten-Kreis war einzig und allein die Hofgesellschaft. Wer wollte annehmen, Horaz hätte die Ode nur im Kreis der Freunde vorgetragen? Blickt man noch einmal zurück, erscheint die Nennung des *Augusti paternus animus* in der siebten und die Betonung der *doctrina* (Erziehung) in der neunten Strophe wie die Aussage, daß Augustus die geborenen Herrscher ja selbst gefördert und herangebildet habe.

Diese Vermutungen gehen weit. Aber sie werden durch die Anlage der Ode 4,14 gestützt. Offenbar wußte Horaz, als er 4,4 schrieb, noch nicht, daß er bald darauf den Auftrag erhielt, auch die Siege zu verherrlichen, die Tiberius im Verlauf desselben Feldzugs errungen hatte (Fraenkel 432). Dieses Mal ließ er im Gegensatz zu der Drusus-Ode alles Licht auf Augustus fallen, ja er richtete das Gedicht an ihn selbst. Er ist der eigentliche Sieger. So heißt es über Tiberius' Erfolge (33–34):

> Denn du liehst ihm dein Heer, deinen Rat, deiner
> Gottheit Schutz.

Und über Drusus im Rückblick (9–13):

> Denn mit deinem Kriegesheer warf der Held Drusus
> die Genauner in den Staub, ein wildes Volk,
> und die schnellen Breunen und die Schlösser,
> auf furchtbaren Alpen getürmt,
>
> in mehrfacher Vergeltung.

Das klingt wie eine Korrektur nicht nur im Blick auf Drusus, sondern auf die ganze Ode 4,4, in der die beiden Brüder als uneingeschränkte und selbständige Sieger erschienen, die nicht von Rom abhängig waren (vielmehr Rom von ihnen). Mit der Unterwerfung der Alpenvölker schließt sich aus Horaz' Sicht ein Kreis. Vor drei Lustren, also 15 Jahren, öffnete sich für Augustus Alexandrien, Kleopatras Residenz; seitdem hat er an allen Grenzen des Reichs für Frieden gesorgt (34–52):

> An dem Tag,
> als Alexandria dir unterwürfig seine Hafen
> öffnete und das verlassene Königsschloß,
>
> gab nach drei Lustren dir die holde Fortuna
> auch dieses Krieges glücklichen Ausgang
> und verherrlichte deine errungenen Siege
> mit Ruhm und gewünschter Glorie.

Dich, den Schutzgott
Italiens und des allesbeherrschenden Roms,
bewundert der Cantaber, vordem noch nie gebändigt,
der Meder und Inder und der flüchtige Skythe.
Dir gehorchet der Nil, der seines Stromes Urquell verbirgt,
und der Ister und reißende Tigris gehorcht dir
und der Ozean, der, von Ungeheuern bewohnet,
Britanniens ferne Gestade beschäumt;
und Gallien, das keinem Tode erzittert,
und das rauhe Iberien;
die Sygambrer, voll Mordlust,
beten dich an, mit niedergelegten Waffen.

Kein Wort mehr von den Neronen: Augustus ist der allesbeherrschende Sieger über die bewohnte Welt. Es ist, als wolle Horaz das individuelle Lob von 4,4 widerrufen und die rechten Proportionen wiederherstellen. Es ist, als habe er bemerkt, auf welches brisante Spiel er sich mit der Konzeption von 4,4 eingelassen oder, wenn er ahnungslos war, wie sehr man sein Neronen-Elogium mißbraucht hatte. Es wäre sinnvoll, wenn Augustus, wie Sueton überliefert, Horaz selbst beauftragt hätte.
Auch die Ode 4,14 steht in der Pindar-Nachfolge; sie vereinigt in sich die Formen eines Epinikions und eines Hymnos und weist in manchen Einzelheiten auf den großen Griechen. Fraenkel sah in 4,4 einige Anzeichen des Erzwungenen (426), Pasquali sprach bei 4,14 von einer enormen Anstrengung (778). Wilkinson hielt beide Gedichte für mißglückt: 4,4 trage sein pindarisches Gewand unbehaglich, 4,14 verfalle an einigen Stellen in den Fehler prosaischer Katalogisierung (86). Vor allem stieß man sich also an dem Pindarisieren. Pasquali hielt die Ode 4,14 für glücklicher, weil sie weniger pindarisch sei (776). Vielleicht zeigen diese Urteile am besten, wie gefährlich es für den Künstler Horaz war, sich auf das Gebiet des politischen Elogium in der Nachfolge Pindars drängen zu lassen, sosehr ihn das auch reizen mochte.

Neigung

Die Neuordnung Galliens und Spaniens durch den Prinzeps dauerte von 16–13. Die nächsten Gedichte, die nach den bisher betrachteten datiert werden können, sind die beiden Augustus-Oden 4,5 und 4,15. Die erste ist an den noch abwesenden, 4,15 wohl an den gerade zurückgekehrten Herrscher gerichtet. Ihr Stil ist fundamental verschieden von dem ‹erzwungenen› und ‹gewaltsamen› der Oden 4,4 und 4,14: Er ist ruhig, reihend, fließend – kurz: natürlich, nie geziert oder manieriert. Wenn man zuweilen den Eindruck hat, daß die schwierigen Wortverschränkungen der horazischen Oden durch die Metrik und die Strophenform bedingt sind, wird man in Gedichten wie diesen eines Besseren belehrt. Horaz argumentiert nicht, sondern stellt dar. Seine Aussage ist nicht auf die Zukunft, sondern auf die Gegenwart gerichtet. Wenn es einmal erlaubt ist, den Stil mit der Gestimmtheit des Dichters in Beziehung zu setzen, könnte man vermuten, das Pompöse von 4,4 und 4,14 spiegele das Aufgetragene, das Schlichte von 4,5 und 4,15 das Eigene wider, das Denken der ersten Oden komme von außen, das der letzten von innen. Auch ihre Stellung im Buch verstärkt diesen Eindruck: Es ist, als wolle Horaz den Unterschied zwischen Auftrag und Neigung unmittelbar evident machen.

4,5 wird im Jahr 14 entstanden sein (Radke 73). R. A. Schröder meinte, es werde kaum jemanden geben, «den die Einfalt und der Herzenston dieses Gedichtes nicht erschüttern.» Fraenkel betrachtete es als seine ‹favourite ode› (443 A. 1), Perret als ‹le sommet du lyrisme horatien› (175), Radke stimmte dem letzten bei (57).

Divis orte bonis, optume Romulae
custos gentis, abes iam nimium diu:
maturum reditum pollicitus patrum
    sancto concilio, redi.

lucem redde tuae, dux bone, patriae.
instar veris enim voltus ubi tuus
adfulsit populo, gratior it dies
    et soles melius nitent.

ut mater iuvenem, quem Notus invido
flatu Carpathii trans maris aequora
cunctantem spatio longius annuo
    dulci distinet a domo,

votis ominibusque et precibus vocat
curvo nec faciem litore dimovet,
sic desideriis icta fidelibus
    quaerit patria Caesarem.

tutus bos etenim rura perambulat,
nutrit rura Ceres almaque Faustitas,
pacatum volitant per mare navitae,
    culpari metuit fides,

nullis polluitur casta domus stupris,
mos et lex maculosum edomuit nefas,
laudantur simili prole puerperae,
    culpam poena premit comes.

quis Parthum paveat, quis gelidum Scythen,
quis Germania quos horrida parturit
fetus incolumi Caesare? quis ferae
    bellum curet Hiberiae?

condit quisque diem collibus in suis
et vitem viduas ducit ad arbores;
hinc ad vina redit laetus et alteris
te mensis adhibet deum.

te multa prece, te prosequitur mero
defuso pateris, et Laribus tuum
miscet numen, uti Graecia Castoris
et magni memor Herculis.

‹longas o utinam, dux bone, ferias
praestes Hesperiae› dicimus integro
sicci mane die, dicimus uvidi,
cum sol Oceano subest.

Du, von den allgütigen Göttern gesandt, der Romuliden
wohltätiger Schirmer, zu lange schon von uns entfernt.
Frühere Rückkehr gelobtest du ja der Väter geweihten Versammlung.
Kehre wieder!

Ja, Bester der Fürsten, gib deinem Volke sein Licht wieder!
Denn, lächelt dein Antlitz uns hold wie der Lenz,
heitrer entschwindet uns dann jeglicher Tag,
schöner leuchtet die Sonne uns dann!

Wie die Mutter den Sohn, welchen der neidische Notus
jenseits des Karpathischen Meers,
wo er schon über ein Jahr hinaus verweilte,
von der geliebten Heimat trennet,

mit Gelübden, mit Wünschen und mit Gebeten zurückfleht,
nie vom krummen Ufer den Blick verwendet:
So schmachtet, durchdrungen vom treusten Verlangen,
um seinen Caesar das Vaterland.

Sicher durchwandelt der Stier die Fluren,
Ceres und der segensreiche Friede nähren die Felder,
Schiffe fliegen durch das beruhigte Meer,
und gewissenhafte Treue besteht.

Keine Schandtat befleckt das keusche Haus,
das unreine Laster wird durch Sittengesetze gebändigt,
Mütter werden ob gleichgearteter Kinder gepriesen,
Strafe folgt der Schuld auf dem Fuß nach.

Caesar lebt! Wen schreckt noch der Parther?
Wen der beeisete Skythe? Wen die wilde Brut
des rauhen Germaniens? Wen kümmert
der Krieg mit dem wilden Iberien?

Jeder rundet den Tag auf seinen Hügeln,
er führt Reben hinauf an den einsamen Ulmbaum,
dann eilt er fröhlich zum Wein und opfert
beim Schlusse des Mahles dir, seinem Schutzgott.

Zu dir fleht er empor, dir gießt er voll Ehrfurcht
aus dem Becher den Most, und unter seinen Laren
nimmt er auch dich auf, wie einst das dankbare Griechenland
den großen Alkiden und Kastor.

Gönne, Bester der Fürsten, gönne noch lange
diese Feste deinem Hesperien! So sagen wir nüchtern
beim Anfang des Tages, so sagen wir trunken,
wenn sich die Sonne in den Ozean taucht.

Das Gedicht ist aus sich heraus verständlich. Auch der moderne Leser bedarf kaum einer Hilfe: Notus ist der Südwind, das Karpathische Meer liegt bei Rhodos, Ceres ist die Göttin des Getreides, Faustitas (von Horaz gebildet) die der Fruchtbarkeit, die Laren sind die Götter des Herds. Auf den ausführlich geschilderten und durch ein Gleichnis verdeutlichten Wunsch nach Rückkehr des Prinzeps folgt mit der fünften und sechsten Strophe, die die Mitte der Ode bilden, nicht die Schilderung der Not, in der das Land ohne den Herrscher wäre, sondern der glücklichen Zustände, die er durch seine Rückkehr aufrechterhalten möge. Für Heinze waren diese Strophen der «eigentliche Kern und Höhepunkt des Ganzen». Schon hier klingt der im weiteren noch einmal aufgenommene Preis des Friedens, der Pax Augusta, auf, der die Ode 4,15 beherrschen wird. Auch die vier vorhergehenden und die vier folgenden Strophen lassen sich jeweils in Zweier-Einheiten gliedern. Die Anrede an den ‹guten Führer› (*dux bone*) im fünften Vers wird am Ende im viertletzten an derselben Versstelle wiederholt. Ihn feiert diese aufrichtige Ode, die am Schluß dem Prinzeps göttliche Ehren zuteilwerden läßt. Weder braucht man an eine gesetzlich geregelte Form des Kults zu denken (Fraenkel 447) noch (wie Radke 73) zu erwägen, die Aufnahme des kaiserlichen Genius unter die Laren gehe auf Horaz' Anregung zurück. Der Dichter gab nur dem Ausdruck, was man spontan empfand. Die Wärme des Gefühls spricht sich auch in den vielen Assonanzen und Alliterationen aus. Mögen sich Drusus oder Tiberius als Stiefsöhne des Prinzeps oder Livia als ihre Mutter (4,4) Gedanken über dessen Nachfolge gemacht haben: Horaz könnte mit dieser Ode, die er sicher bei bedeutendem Anlaß in Rom vortrug, allen Spekulationen entgegengetreten sein, indem er den *Romulae custos gentis* als unersetzbar pries.

Im Sommer 13 kehrte Augustus endlich zurück. Er lehnte einen offiziellen Empfang ab. Der Senat beschloß die Errichtung eines Friedensaltars, der Ara Pacis, deren guter Erhaltungszustand sie zu einem der hervorragendsten Zeugnisse der augusteischen Kunst hat werden lassen. Sie wurde im Jahr 9 eingeweiht. Der Pax Augusta ist auch die Ode 4,15, die letzte datierbare des Dichters, gewidmet. Sie dürfte bald nach der Rückkehr des Prinzeps entstanden sein. «Die zugleich feierliche und schlichte

Huldigung beschließt würdig das letzte Buch der Oden. Die Restitution altrömischer Sitte dünkt dem Dichter nunmehr [...] ebenso gesichert wie die äußere Festigung und Befriedung des Reiches, und so schließt ein Bild uralten Familienbrauchs, bei dem der Vater zugleich den Hauspriester macht, das Gedicht. Lob und Dank sind sein letztes Wort» (R. A. Schröder).

Schlachten wollt' ich singen
und eroberte Städte; da warnte mich Phoebus mit seiner Leier,
daß ich mein schwaches Segel nicht tyrrhenischen Wogen
vertraute. Dein Zeitalter, Augustus,

hat reiche Saaten den Äckern wiedergeschenkt
und die Adler, der Parther stolzen
Pfosten entrissen, unserm Jupiter
wiedergegeben und den fehdelosen

Janus des Quirin verschlossen und der Recht und Ordnung
spottenden Frechheit die Zügel
angelegt, die Laster verbannet
und der Vorwelt Tugenden zurückgerufen,

durch welche Roms Name wuchs und Italiens
Macht, durch welche der Ruf
und die Majestät der römischen Herrschaft sich von Hesperien,
dem Ruhbett der Sonne, bis zum Aufgang verbreitete.

Nun Caesar über den Erdkreis wacht,
verscheucht keine Bürgerwut, keine Feindesgewalt uns die Ruhe,
kein Zorn, der Schwerter schmiedet
und unglückliche Städte entzweiet.

Nicht die Völker, welche die tiefe Donau trinken,
zerreißen die Bande Julischer Gesetze mehr, die Geten nicht
noch die Serer noch die treulosen Perser
noch die, welche am Tanaïs geboren wurden.

Wir aber wollen an ungeweihten wie an geweihten Tagen
bei den Bechern des fröhlichen Liber
mit unsern Gattinnen und Kindern
zuerst die Götter gebührend anflehen

und dann der Vorzeit Helden, die Väterart groß gemacht,
besingen, vom Klange lydischer Flöten begleitet,
und Troja und den Anchises
und den Abkömmling der allgütigen Venus.

Auch diese Ode bietet keine sachlichen Schwierigkeiten. Die Feldzeichen (Adler), die die Römer im Jahr 53 an die Parther verloren hatten (S. 160), wurden auf Augustus' Vermittlung 20 zurückgegeben. Die Auseinandersetzungen mit dem Erzfeind waren vorläufig zur Ruhe gekommen. In Friedenszeiten wurde der Janus-Bogen an der Nordostecke des Forum geschlossen, nach Aktium das erste Mal seit dem Ende des ersten Punischen Kriegs. Daran erinnert wohl Horaz: Der Gedanke des Friedens beherrscht die ganze Ode. Der Anfang ist wie schon öfter der alten Form der Recusatio, der Ablehnung eines preisenden epischen Gedichts, verpflichtet. Hier erscheint sie in der Weise, wie sie der alexandrinische Dichter Kallimachos geschaffen und Vergil mit leichter Variation in der sechsten Ekloge weitervermittelt hatte. Es spielt keine Rolle, ob man wiederum mit einem Auftrag an Horaz herangetreten oder er nur einer – nach den Oden 4,4 und 4,14 nicht unberechtigten – Erwartung des Prinzeps zuvorgekommen war. Auf jeden Fall brauchte er nicht zu der beliebten Ausrede Zuflucht zu nehmen, er sei zu ‹großer› Dichtung unfähig, sondern konnte zugleich literarisch und diplomatisch argumentieren, indem er den kallimacheischen Gott, der eben auch der persönliche Schutzgott des Prinzeps war, selbst ins Feld führte. Sein Haupttrumpf aber war, daß nicht mehr das Thema des Kriegs, sondern das des Friedens aktuell war (Dahlmann[1] 348). Mit ihm hat Augustus zugleich die alte Blüte Roms zurückgebracht. Er war angetreten, die Republik zu erneuern, *rem publicam restituere*. Übersetzt man *res publica* mit ‹Staat›, nicht ‹Republik›, hat sich die Absicht jetzt erfüllt. Horaz wollte wohl mit *referre*, *restituere* und *revocare* in der zweiten und dritten Strophe darauf anspielen (Fraenkel 450–451). Daß der Dichter aber nicht nur offiziellem, sondern vor allem seinem persönlichen Denken Ausdruck gab, zeigt sich darin, daß er seit der Beendigung der Bürgerkriege – von allem Anfang an – die Pax Augusta für Augustus' größte Leistung hielt, die ihn auch selbst betraf (S. 169). Die fünfte Strophe enthüllt am Ende der Oden-Dichtung noch einmal, weshalb Horaz Augustus so schätzte:

custode rerum Caesare non furor
civilis aut vis exiget otium,
  non ira, quae procudit ensis
    et miseras inimicat urbis.

Es ist ein würdiges Schluß-Gedicht. «In monumentaler Einfachheit ist es in zwei Teile zu je vier Strophen gegliedert und jeder dieser Komplexe wird durch eine Periode gebildet, so daß das ganze Gedicht in majestätischer Größe der äußeren Form abrollt in zwei Sätzen» (Dahlmann[1] 346). Und doch hat es einen horazischen Ausklang. «Aus der Weite der Oikumene zieht das Gedicht in die umschlossene persönliche Existenz des Dichters ein. Aus der Grenzenlosigkeit des Reiches, der Welt, in die engen Bezirke von Haus und Familie» (Dahlmann[1] 352).

Freundschaft und Liebe

Es sind bisher aus dem vierten Oden-Buch Lieder politischen Inhalts behandelt worden (2; 4; 5; 6; 9; 14; 15). Sie sind überwiegend panegyrischer, preisender Natur. Dieser Charakter mußte den Kenner der ersten drei Oden-Bücher überraschen, hatte doch Horaz selbst deren Thematik als sympotisch-erotisch bezeichnet (S. 143–145). Hätte er sich, wie es Augustus' Aufträgen gemäß nahelag, auf ein ganzes Buch politischer Gedichte beschränkt, das das Carmen Saeculare einschließen konnte, hätte das vierte Oden-Buch schlecht zu den vorangehenden gepaßt. So mußte es für Horaz von vornherein feststehen, daß es besser wäre, eine Reihe von Gedichten mit traditionellen Themen in das neue Buch einzureihen. Aus diesem Grund schuf er die Oden 7 und 10–13, die man als sympotisch-erotisch in dem früheren Sinn ansehen kann. Auch die Bücher 1–3 hatten anderen Themen wie Politik oder Kunst Raum gegeben. Aber der Leser, der die neue Rolle horazischer Oden öffnete, mußte auf das Übergewicht panegyrischer Gedichte vorbereitet werden, so daß es der Dichter für notwendig erachtete, in der Proömium-Ode nicht nur das sympotisch-erotische, sondern auch das panegyrische Element anzudeuten (V. 16 mit der Korrektur von E. A. Schmidt):

> Venus, weckest du wieder die lange schon
> schlummernden Kämpfe? Schone, ich bitte, schone!
> Ich bin nicht mehr, der ich war, als die gefäll'ge
> Cinara mich beherrschte. Laß ab, du der süßen
>
> Liebesgötter grausame Mutter,
> in dein sanftes Joch den zu zwingen, welchen zehn Lustra
> unlenksam machten. Eile dorthin,
> wo der Jünglinge schmeichelndes Flehen dich zurückruft.
>
> Willkommner schwebst du,
> von Silberschwänen gezogen, zum nächtlichen Schmause
> in Paullus Maximus' Wohnung herab,
> wenn du ein empfängliches Herz zu entzünden suchst.
>
> Denn edler Abkunft ist er und schön,
> ist für den leidenden Verklagten nicht stumm,
> ein Jüngling, ausgerüstet mit hundert Künsten,
> wird er Sieger im Liebeskrieg sein.

Es folgen drei Strophen mit der Schilderung des der Liebe aufgeschlossenen Paullus. Horaz fährt fort (Strophe 8–10):

> Mich reizt nun kein Mädchen, kein Jüngling mehr,
> nicht die leichtgläubige Hoffnung wechselseitiger Liebe,
> nicht mehr der Wettstreit beim Becher,
> kein frischer Blumenkranz mehr um die Schläfe gewunden.

Doch – warum, Ligurin, ach warum
schleicht noch jetzt diese Träne mir die Wange verstohlen herab?
Warum stockt in der Rede
die sonst beredte Zunge und verstummet unrühmlich?

Ach, dich umschling' ich in nächtlichen Träumen,
bald stürz' ich dir, Flüchtling, nach
durch die Auen des Marsfelds,
bald, Unerbittlicher, dir durch die schnell strudelnden Wellen.

Es ist ein äußerst geistreiches Spiel, das Horaz mit der alten Form der Recusatio treibt. Hier ist nicht ein Politiker, sondern die Liebesgöttin der ‹Auftraggeber›, hier wird nicht Panegyrik zurückgewiesen, sondern Symposion und Liebe. In der frühen Agrippa-Ode 1,6 war es umgekehrt (S. 143–144): Die Proportionen sind auf den Kopf gestellt. Der ‹Ersatzmann›, der in einer Recusatio oft empfohlen wird – in 1,6 war es Lucius Varius Rufus –, ist in diesem Gedicht zugleich der Gefeierte, Paullus Fabius Maximus, Konsul des Jahrs 11, etwa 44 geboren, zur Zeit der Abfassung der Ode also in einem für Venus angemesseneren Alter als Horaz. Was das Liebes-Thema betrifft, wird es nicht mehr mit Anspruch und Selbstverständlichkeit wie früher vertreten, sondern nur noch als ‹Traum›: Der alternde Dichter träumt nachts von Ligurinus. Ob dieser ein Phantasiegeschöpf oder der Name ein Pseudonym ist (Heinze neigte wohl mit Recht zum letzten), spielt keine Rolle: Die Liebe ist für Horaz nur noch ein Schatten.

Grob gesehen, leitet 4,1 die panegyrischen und sympotisch-erotischen Themen des vierten Buchs ein. Blickt man genauer hin, erkennt man, daß die Panegyrik, der weitgehend neue Stoff, frisch und ungebrochen, die Liebe eher matt und gebrochen in Erscheinung tritt. Dem entspricht es, daß Horaz bei dem zweiten Punkt mit alten Formen und Aussagen spielt. Auf die Recusatio-Variation wurde schon hingewiesen. Die Liebe zu Cinara, das «Symbol seiner Jugend» (K./H.), weist auf Epistel 1,7 (S. 237–238) und 1,14, die Apostrophe an Venus *mater saeva Cupidinum* (5) auf 1,19,1 zurück (S. 196–197). Vielleicht war Cinara mit der dort (im Pseudonym genannten) Glycera identisch (K./H.). Der alternde Dichter lebte in der Liebe eher von Erinnerungen – während er sich auf geistigem Gebiet mit der Pindar-Nachfolge nolens volens (sicher auch das letzte) auf einen neuen Kampfplatz begab.

Über das vielschichtige Einleitungs-Gedicht zum vierten Buch urteilte R. A. Schröder verständig: «Abschied und doch nicht Abschied, das ist die Signatur dieses ersten Gedichtes, in dem der Dichter alle Künste der Sprache und der kompositorischen Verschränkungen spielen läßt. Der Reichtum der Beziehungen und Verknüpfungen ist so groß, daß man in Verlegenheit ist, wenn man dem Gedicht seinen Ort innerhalb der

Gattungen des erotischen Liedes zuweisen möchte. [...] So hat das in jedem Einzelzug meisterhafte, aber seinen eigentlichen Anlaß und seine eigentliche Absicht nirgend preisgebende Gedicht im Grunde drei Adressaten: die Göttin, den Paullus Maximus und den ligurischen Knaben [...]. Wie die Verstockung des alternden Gefühls sich in den Bildern des wehenden Rasenfeldes, des beflügelten Läufers und der rollenden Tiberwoge erweicht und auflöst, das ist vollends unnachahmlich.»
Ligurinus begegnet noch einmal in 4,10. Horaz widmet dem spröden Knaben acht Verse:

> O du, durch Venus' Geschenke so mächtig und doch so grausam noch,
> wenn, ehe du Eitler es fürchtest, ein Bart dir entkeimt,
> wenn die Locken sich mindern, die jetzt deine Schultern umflattern,
> und die Farbe, die jetzt den Purpur der blühenden Rose beschämt,
> weicht, Ligurin, und dein Antlitz entstellet:
> Dann wirst du, sooft du im Spiegel dich verwandelt erblickest,
> sagen: ‹Ach! Was fühl' ich jetzt? Warum fühlt' ich als Jüngling das nicht?
> Oder warum kehrt diesen Gefühlen der Wangen Schönheit nicht wieder?›

Das Gedicht ist in einem seltenen Versmaß geschrieben, dem großen Asklepiadeus. Nur 1,11 und 1,18 weisen ihn auf; 1,11 hat überdies wie dieses Gedicht acht Verse. Es ist an Leuconoë gerichtet (S. 207), die immer an die Zukunft denkt und darüber die Gegenwart versäumt. Ligurin denkt nicht an die Zukunft und – suggeriert der Dichter – versäumt doch die Gegenwart. Die alte horazische Maxime, nicht zu sehr wegen der Zukunft besorgt zu sein und die Gegenwart zu genießen, ist auf den Kopf gestellt. Man kann das zweite Gedicht als geistreiche Variation des ersten betrachten. Nur hellenistische Epigramme zu vergleichen, wie es üblich ist, genügt nicht. Es ist der horazische Hintergrund zu sehen. Aber es handelt sich nicht nur um ‹Literatur›, sondern wohl auch um ‹Leben›, um «regret for the bygone days of youth» (Fraenkel 414). Goethe ließ den Major der Novelle *Der Mann von fünfzig Jahren* in *Wilhelm Meisters Wanderjahren* sich auf die letzten beiden Verse der Ligurinus-Ode beziehen; wenn er ältere Gedichte sichtet, heißt es:

> Bei seiner Vorliebe für Horaz und die römischen Dichter war das meiste daher, und es fiel ihm auf, daß die Stellen größtenteils Bedauern vergangner Zeit, vorübergeschwundner Zustände und Empfindungen andeuteten. Statt vieler rücken wir die einzige Stelle hier ein:
>
> Heu!
> Quae mens est hodie, cur eadem non puero fuit?
> vel cur his animis incolumes non redeunt genae!
>
> Wie ist heut mir doch zumute?
> So vergnüglich und so klar!
> Da bei frischem Knabenblute

mir so wild, so düster war.
Doch wenn mich die Jahre zwacken,
wie auch wohlgemut ich sei,
denk' ich jene roten Backen,
und ich wünsche sie herbei.

Wenn Goethe das Empfinden des Dichters getroffen hat, wird man die Ode auch darin für ein Alterswerk halten, daß in ihr der Liebende – im Sinn von Platons *Phaidros* – wertvoller, jedenfalls wichtiger als der Geliebte ist. Wie in 4,1 bleibt Ligurinus auch in 4,10 nur ein Schatten. Man mag sich die Ode nicht dem Angeredeten vorgetragen, sondern eher vom Dichter sich selbst vorgesagt denken. Hierfür spräche der Eindruck, daß die Anfangsworte den Beginn der verzichtenden Klage Corydons um Alexis in Vergils zweiter Ekloge zitieren (Syndikus).
Zwischen die beiden lauten Liebeslieder 4,10 und 4,13 hat Horaz ein leises gestellt, 4,11 an Phyllis, seine ‹letzte Liebe›. Das Haus ist prächtig geschmückt, und Phyllis wird eingeladen, mit dem Dichter Maecenas' Geburtstag zu feiern. Das ist sicher eine merkwürdige Zusammenstellung, zumal es dessen einzige Erwähnung im vierten Buch ist; aber man erinnert sich, daß Horaz in 3,14 beschlossen hatte, den Tag der festlichen Rückkehr des Prinzeps aus Spanien mit der Sängerin Neaera zu verbringen (S. 170–172). Auch Phyllis ist Sängerin. Ähnlich ist die Ode 1,17, in der Horaz die Sängerin Tyndaris auf sein Sabinum eingeladen hatte (S. 223–224). So wie diese bei Horaz vor ihrem gewalttätigen Liebhaber Cyrus sicher sein sollte, möge Phyllis im Haus des Dichters den Kummer über ihren ungetreuen Liebhaber Telephus vergessen. Beide sollen singen, Phyllis mit Horaz zusammen (S. 200). In 4,11 wird ausdrücklich gesagt, daß Lieder die Sorgen lindern (32–36):

Wohlan, du meine letzte Liebe
(denn forthin werd' ich für kein anderes Mädchen entbrennen),
lerne die Lieder, sie nachzusingen mit deiner
liebreizenden Stimme! Durch Lieder
werden die schwarzen Sorgen gemindert.

Horaz nimmt Abschied von der Liebe. Er hatte nie spontan gedichtet, aber so reflektiert wie hier hat er sich selten ausgesprochen. So mag auch der Todesgedanke in das Lied mithineinklingen (Oppermann 109). Früher war Horaz selbst durch die ‹angenehme Fessel›, *grata compede*, einer Liebe gebunden (S. 192), heute ist es Phyllis (23–24). Die Zeiten haben sich verändert. Neben der Resignation kommt der – leise – Humor nicht zu kurz. Wenn Horaz Phyllis unter Hinweis auf die mythischen Gestalten Phaethon und Bellerophon, die zu hoch hinaufwollten, vor dem vornehmen Telephus warnt, führt er sein altes Maßdenken an, es sei Unrecht, über das hinaus, was erlaubt ist, zu hoffen, *ultra / quam licet sperare nefas*

(29–30). Er war selbst nicht ein so zaghafter Liebhaber gewesen, um nicht genau zu wissen, daß Maßpredigen in der Liebe verlorene Mühe ist. Auch er setzt sich das Maß nur, weil er es muß. «Das Geburtsfest des Maecenas, Abschied von der Liebe, eigene Todesahnung, zwiefache Neckerei (Phyllis und Telephus), Huldigung, Scherz, Rührung und tiefen Ernst, alles weiß der Dichter im Raum weniger Strophen mit der Kunst zu vereinigen, die sein eigenstes Geheimnis geblieben ist» (R. A. Schröder).
Aber dann wird es in 4,13 noch einmal derb: Der alternden Hetäre Lyce, die von der Liebe nicht lassen kann, wird in der Art der invektivischen Epoden der Marsch geblasen, daß ihr Hören und Sehen vergeht:

> Erhört, o Lyce, haben die Götter meine Wünsche,
> die Götter, Lyce, haben sie erhört! Du wirst ein altes Weib
> und willst doch noch schön sein
> und scherzest und zechest noch schamlos
>
> und neckest trunken mit bebender Stimme
> den zögernden Cupido. Der lauert
> nun auf den schönen Wangen der blühenden
> Lautenschlägerin Chia.
>
> Denn der Stolze flattert verdorrten
> Eichen vorüber und flieht dich, weil gelbe
> Zähne, weil Runzeln
> und ein beschneites Haupt dich entstellen.
>
> Nicht koischer Purpur, nicht kostbare Steine
> bringen die Jahre dir wieder,
> die die beflügelte Zeit nun einmal
> den Jahrbüchern einverleibt hat.
>
> Wohin ist Venus geflohn? Ach, wohin deine Farbe?
> Wohin dein edler Anstand? Was hast du noch übrig von jener, ach, jener Gestalt,
> die nach Cinarens die glücklichste war,
> so berühmt, so voller Liebreiz war
>
> und lauter Liebe atmete und mich mir selbst entriß?
> Aber das Schicksal gab Cinaren
> nur wenige Jahre,
> und Lycen gab es ein Alter,
>
> gleich dem Alter der bejahrten Krähe,
> daß die feurigen Jünglinge
> nicht ohne lautes Gelächter die Fackel sähen
> in Asche verwandelt.

Handelt es sich um ein ‹reines Scheltgedicht› (Heinze), um einen im Vergleich zu den noch drastischeren Epoden 8 und 12 (S. 77–78) dezenten ‹Altersiambus› (Wili 356)? Oder dürfen wir auch hier tiefer blicken? Horaz erinnert an die ‹gute› Cinara (S. 292), rührt also an eine alte Wunde;

wenn er sagt, Lyce sei bei ihm gleich nach jener gekommen, ist das nicht Spott, sondern Huldigung. Wohin sind jene Zeiten vergangen? Fraenkel meinte, die vierte Strophe sei auf unser aller gemeinsames Los zu beziehen, und bemerkte zur fünften, es scheine sich nur mehr um eine Klage über das verlorene Land der Jugend zu handeln. Horaz, der sich zunächst darüber zu freuen schien, Lyce zu verletzen, leide nun selbst an einer alten Wunde (416). Man bedenke: Nicht nur Lyce, auch Horaz ist älter geworden. Was sie getroffen hat, ist ihm ebenso widerfahren. Was sie beherzigen soll, gilt für beide. In der Epode 17 karikierte Horaz in einem jambischen Zerrspiegel die ehemalige Geliebte Canidia und sich selbst als Liebhaber (S. 78–80). Was damals übermütige Invektive war, ist Wirklichkeit geworden. Wie es am Ende des Jamben-Buchs ein satirischer Ausklang war, ist es am Ende der sympotisch-erotischen Lyrik – es folgen nur noch zwei ‹offizielle› Gedichte – ein saturnalischer Abgesang. Die alte selbstironische Ader des Dichters der Epoden und Satiren verschafft sich noch einmal, die eigene Resignation verhüllend, Gehör.

Die beiden noch nicht betrachteten Oden 4,7 und 4,12 sind an Freunde gerichtet, 4,7 an Torquatus, der vielleicht auch der Empfänger des Briefs 1,5 war (S. 257), und den Kaufmann Vergilius, der mit dem berühmten Dichter nicht identisch ist. 4,12 ist eine Einladung, die von den Vorgängerinnen darin abweicht, daß dem Angesprochenen nur dann Wein in Aussicht gestellt wird, wenn er bereit ist, eine Büchse Nardenöl mitzubringen. Während man sonst hierin einen – nach Catull 13 gebildeten – Scherz sah, ist es doch wohl eine Feinheit, daß Horaz die Mentalität des Kaufmanns berücksichtigt und sich «in die fast kleinliche Pose eines so sehr auf Entgelt und Ausgleich der Aufwendung bedachten, rechnenden Krämers begibt» (Zintzen 141). Wenn das Gedicht auch im einzelnen sorgfältig gestaltet ist und sich von den ihm zugrundeliegenden griechischen Epigrammen abhebt (Zintzen 143), kann man dennoch verstehen, daß manche Interpreten einen ‹Jugendhauch› (R. A. Schröder) zu verspüren und eine ältere Ode in die späte Sammlung aufgenommen glaubten.

Ein Meisterwerk ist 4,7; der Dichter und Philologe A. E. Housman hielt es für «the most beautiful poem in ancient literature»:

> Entflohn ist der Schnee! Den Fluren entkeimet junges Grün,
> den Bäumen neues Laub;
> Tellus wandelt ihre Gestalt, die niedersinkenden Flüsse
> gehn in ihren Ufern fort.
>
> Schon wagt mit den Nymphen und ihren Zwillingsschwestern
> die nackte Grazie den Reihentanz.
> ‹Hoffe nichts Ewiges!›, ruft das Jahr, ruft die Stunde, die den holden
> Tag mit sich fortführt, dir zu.

Zephyre zerschmelzen den Frost, den Lenz vertreibt der Sommer,
auch dieser schwindet dahin, sobald der
früchtebeladne Autumnus sein Füllhorn ausgeschüttet hat. Und bald
kehrt der tote Winter zurück.

Doch bald ersetzen, was sie am Himmel verloren, die wiederkehrenden
Monde.

Wir nur, sanken wir einmal hinab,
wo der fromme Aeneas, der reiche Tullus und Ancus ruhn,
wir sind Staub dann und Schatten.

Wer weiß, ob an die Reihe der schon entflohenen Tage
die himmlischen Götter den morgenden knüpfen?
Was du frohem Genusse weihtest, das nur entrinnet
den gierigen Händen des Erben.

Bist du einmal tot, hat Minos sein feierliches
Urteil dir gesprochen,
dann gibt, mein Torquat, kein Adel und keine Beredsamkeit und keine
Frömmigkeit dich dieser Erde zurück.

Nicht Diana rettete den keuschen Hippolytos
aus den Finsternissen des Orkus,
nicht Theseus vermochte seines geliebten Peirithoos lethäische
Bande zu zerbrechen.

Das Gedicht nimmt inhaltlich und metrisch die frühe Ode 1,4 auf. Wie jene ist es in einem epodischen Versmaß geschrieben (S. 62), was nur noch auf zwei andere Oden zutrifft. Auch 1,4 geht von dem wiederkehrenden Frühling aus und mahnt zum Lebensgenuß, so daß Heinze vermuten konnte, Torquatus habe Horaz um ein ähnliches Gedicht gebeten, wie man einen Maler um die Wiederholung eines in anderem Besitz befindlichen Lieblingsbilds angehe. So wäre es eine Variation (Wili 359). Aber auch daran hat man gedacht, daß es sich um ein frühes Gedicht oder doch um eine frühe Skizze handele, die für das neue Buch überarbeitet worden sei (R. A. Schröder). Während in 1,4 aus der Betrachtung, daß der Frühling den Winter ablöst, die Aufforderung abgeleitet wird, zu leben und zu feiern, nicht auf die Zukunft zu hoffen, sondern den alle Menschen treffenden Tod zu beherzigen, werden diese Gedanken in 4,7, wie es bei Variationen geschieht, weiter ausgeführt: Alle vier Jahreszeiten sind in den Blick genommen, die sich unablässig abwechseln. Doch diese kehren wie die abnehmenden und zunehmenden Monde wieder – nicht aber die Menschen, wenn sie erst da sind, wo der Nationalheros Aeneas und die Könige aus der Frühzeit Roms weilen und der Totenrichter Minos sein Urteil gesprochen hat. Wunderbar klingt das fünfte Gedicht Catulls an, in dem ebenfalls aus der Unmöglichkeit der Rückkehr nach dem Tod der Schluß gezogen wird, das Leben zu genießen (Mitscherlich). Wili hat angemerkt, der Unerbittlichkeit dieses Geschehens entspreche es, daß sich der Dichter in dem halboffenen Schluß nicht mehr wie in 1,4 die Kraft zum Leben in Schönheit hole, «sondern seinen Altersblick verdämmern läßt in jenen vergeblichen Versuchen der Todbefreiung, wie sie im Mythos Diana für Hippolytos, Theseus für Peirithoos unternahmen» (359–360). Der Duktus des früheren Gedichts war nach Mitscherlich froher (‹laetior›) und heiterer (‹hilarior›); in 4,7 habe der Dichter Schwere (‹gravitas›) beigemischt.

Kunst

Ein bevorzugtes Thema des vierten Buchs ist der Charakter und die Bedeutung der Kunst des Dichters. Der Erfolg des Carmen Saeculare hatte ihm ein solches Selbstvertrauen gegeben, daß er eindringlich wie nie zuvor den Wert der Dichtung im allgemeinen und der eigenen Lyrik im besonderen formulierte. Die Bestimmung seines Stils im Vergleich mit Pindar in 4,2 verrät in der Betonung des Ausgefeilten und Durchdachten (*operosa carmina*) trotz aller zur Schau gestellten Bescheidenheit auch ein Gefühl der Überlegenheit. Er wußte, daß die Welt nicht nur nach Theben, sondern auch nach Tibur schauen werde. Während er früher schon den fortdauernden Ruhm der Oden in Anspruch genommen hatte (2,20; 3,30), tritt nunmehr der – pindarische – Gedanke hinzu, daß erst durch die Dichtung der Ruhm der Taten einzelner Männer und Frauen ermöglicht werde: Ohne Homer spräche niemand von Hektor oder Helena (4,9). Horaz ging damit weit über Sallust hinaus, der sich eine Generation zuvor im Proömium zum *Catilina* vorsichtig über die Gleichberechtigung von ‹Taten vollbringen› (*facta facere*) und ‹Taten anderer beschreiben› (*facta aliorum scribere*) geäußert hatte. Ein würdiger Nachbar von 4,9 ist die Censorinus-Ode 4,8, die in der Mitte des Buchs steht und durch das seltene Versmaß des ersten Asklepiadeus mit den Eckpfeilern 1,1 und 3,30 verbunden ist; er begegnet nur in diesen drei Gedichten. Während Horaz in 1,1 und 3,30 selbstbewußt von dem Ausüben und dem Ruhm seines Dichtens spricht, stellt er in 4,8 die Abhängigkeit der Großen von den Musen heraus. In der Tat wüßte man von Marcius Censorinus, wohl dem Konsul des Jahrs 8, sonst nicht viel. So hat Horaz recht behalten. Leider hat das schöne Gedicht aufgrund der allgemeinen Formulierungen spätere Geister gereizt, einige Verse einzufügen. Über ihren Umfang besteht in der Forschung keine Einigkeit. Hier wird die Fassung zitiert, die die modernen Ausgaben von Klingner und Shackleton Bailey nach Lachmann bieten. Parrhasios aus Ephesos war ein Maler des fünften, Skopas von Paros ein Bildhauer des vierten Jahrhunderts; Ennius aus Rudiae in Kalabrien schrieb zu Beginn des zweiten Jahrhunderts das Epos *Annales* über die römische Geschichte. Ganz ungewöhnlich kühn ist die Vorstellung, daß Romulus, der Totenrichter

Aiakos, Herkules, die Tyndareos-Söhne Kastor und Pollux als Helfer in Seenot sowie Liber (Bacchus) nur durch die Dichter ‹leben›.

> Gern schenkt' ich meinen Freunden Pokale
> und manch schönes Gefäß von Erz, Censorin!
> Gern Tripoden, den Preis tapferer Griechen,
> und dir gäb' ich vor allen das Schlechteste nicht.
> Wär' ich nur an Kunstwerken reich,
> die Parrhasios schuf und Skopas,
> dieser geschickt, in Stein, jener, mit Farben
> bald Menschen darzustellen, bald Götter.
> Doch das vermag ich nicht, auch bedarf dein Haus,
> auch verlangt dein Herz solches Prunkes nicht.
> Lieder sind dir willkommen, Lieder kann ich dir schenken
> und kann für den Wert solcher Geschenke stehn.
> Öffentliche Denkmäler nicht, aus Marmor gehauen,
> wodurch biedern Feldherrn noch nach dem Tode
> Geist und Leben wiederkehrt, kündigen Ruhm so laut an
> als die Kalabrischen Pieriden!
> Preiset kein Lied dein Verdienst,
> dann bleibst du unbelohnt. Was wäre der Ilia
> und Mavors' Sohn, hätte neidisches Schweigen
> uns Romulus' Taten vertilgt?
> Aus den stygischen Fluten rettet den Aiakos
> die Kraft und Gunst und Zunge gewaltiger Sänger
> und weiht ihn den glückseligen Inseln.
> Zum Himmel erhebt ihn die Muse. Held Herkules
> sitzet durch sie an Zeus' gewünschter Tafel.
> Der Tyndariden helles Gestirn reißet durch sie
> aus dem Abgrund des Meeres das lecke Schiff,
> und Liber erfüllt der Sterblichen Wünsche.

Auch dieses Gedicht wandelt wie andere des vierten Buchs auf Pindars Spuren (Pasquali 755–762). Der Anfang ist vielleicht ein direktes Zitat aus der ersten Isthmischen Ode, wo es heißt, daß die mythischen Helden Kastor und Iolaos Dreifüße, Kessel und Schalen (diese, nicht Pokale, meint auch Horaz) in Wettkämpfen gewonnen hätten. Damit wäre der Hinweis auf Pindar klar gegeben. Denn auch der Gedanke, daß der Dichter Ruhm verleiht, ist von jenem oft vertreten worden. Horaz argumentiert feinsinnig – Pindar für den Kenner weiterführend: So, wie Kastor (den er später selbst nennt) und Iolaos den eigentlichen Ruhm nicht durch die Ehrengeschenke, sondern den Dichter Pindar erlangten, schaffe auch er solchen Ruhm. Als einen Gewährsmann im römischen Bereich nennt er den anerkannten Epiker Ennius; ihm tritt er ebenbürtig als Lyriker an die Seite. Leicht ironisch sagt Horaz, er könne ‹nur› Gedichte schenken, aber ihres wahren Werts war er sich bewußt.

Vom Dichterruhm handelt auch 4,3, ein Gedicht, auf das schon zweimal Bezug zu nehmen war: zum einen bei Klopstocks Nachbildung in der Ode *Der Lehrling der Griechen* (S. 21), zum anderen bei Scaligers Urteil, Ambrosia und Nektar seien nicht süßer als 3,9 und 4,3 (S. 198).

Quem tu, Melpomene, semel
nascentem placido lumine videris,
illum non labor Isthmius
clarabit pugilem, non equos inpiger

curru ducet Achaico
victorem, neque res bellica Deliis
ornatum foliis ducem,
quod regum tumidas contuderit minas,

ostendet Capitolio:
sed quae Tibur aquae fertile praefluunt
et spissae nemorum comae
fingent Aeolio carmine nobilem.

Romae, principis urbium,
dignatur suboles inter amabilis
vatum ponere me choros,
et iam dente minus mordeor invido.

o testudinis aureae
dulcem quae strepitum, Pieri, temperas,
o mutis quoque piscibus
donatura cycni, si libeat, sonum,

totum muneris hoc tui est,
quod monstror digito praetereuntium
Romanae fidicen lyrae;
quod spiro et placeo, si placeo, tuum est.

Auf wen du einst, Melpomene, als er geboren ward,
mit freundlichem Blicke herabsahst,
den verherrlicht der mühvolle Isthmische Kampf nicht,
den führt kein rasches Roß
auf achaischem Wagen als Sieger einher;
keine Kriegestat zeigt ihn
als Feldherrn mit delischem Laube geschmückt
dem Kapitol, weil er

den Stolz drohender Könige brach.
Aber ihr rieselnden Bäche in Tiburs fruchtbaren Auen,
ihr dunklen Haine, bildet
ihn zum Dichter groß in aiolischen Liedern.

Die Söhne Roms, der Städte-Königin,
nehmen in die reizenden Chöre
ihrer Sänger willig mich auf,
und kaum noch fühl' ich des Neides giftigen Zahn.

O du, die du der goldnen
Leier süße Töne stimmest, Pieridin,
die du stummen Fischen sogar,
wenn du es wolltest, Schwanengesang zu geben vermagst,

dein Geschenk ist dies alles!
Daß der Finger des, der vorübergeht,
auf mich als den Meister der römischen Leier zeigt,
daß ich schon lebend gefalle (wofern ich gefalle), ist dein Werk!

Diese Ode zeigt wie keine andere, welche Bedeutung die Abfassung des Carmen Saeculare für Horaz hatte: Er wird von den Vorübergehenden erkannt und als der bedeutendste römische Lyriker gefeiert. Ein Dichterleben lang hatte er über den Neid geklagt, der ihm entgegenschlug. Daß dieser nicht vom Volk, sondern vor allem von den Konkurrenten auf dem Feld der Poesie ausging, ist klar (S. 247–251). Jetzt müssen sich diese, nachdem Horaz in aller Öffentlichkeit anerkannt wird, geschlagen und mit der zweiten Rolle zufriedengeben. Der Anspruch, den er in 3,30 für die Zukunft erhoben hatte (S. 229–230), hat sich nunmehr für die Gegenwart erfüllt. Während es dort hieß, die Zukunft werde bezeugen, daß er als erster das aiolische Lied nach dem Vorbild Alkaios' und Sapphos in Rom bekannt gemacht habe, ist Horaz hier schon jetzt ein *nobilis*, ein Ausgezeichneter, aufgrund eben dieser Lieder. Die geraden Verse des Gedichts nehmen das seltene Versmaß aus jenem auf; wieder wird Melpomene, für Horaz die Muse der Lyrik, angerufen, dort in einer Aufforderung im letzten, hier in erfüllter Dankbarkeit im ersten Vers: 4,3 antwortet auf 3,30.

Auch auf 1,1 antwortet das Gedicht. Während dort Maecenas als Förderer erwünscht war, hat es Horaz hier mit der Muse selbst zu tun. In 1,1 wurde eine ganze Reihe anderer Berufe von dem eigenen abgesetzt, in 4,3 sind es nur noch die Sieger in sportlichen Wettkämpfen und der Politiker. Das fällt auf. Statt des Politikers allgemein wird der Triumphator genannt (der Triumphzug endete am Kapitol), derjenige, der nach römischer Anschauung die höchste Stufe des Ruhms erklommen hat: Horaz' Selbstbewußtsein ist gewachsen. Aber warum werden die in der Realität Roms vergleichsweise unbedeutenden Sportsieger herausgehoben? Wenn man in 1,1 an Pindar denken kann, wird man das auch in 4,3 dürfen. Während es sich dort aber nur um ein Signal handelt, ist die Argumentation in 4,3 offenbar diffiziler. Horaz zitiert in der ersten Strophe Kallimachos' Prolog zu den *Aitia*, in dem dieser sagte, wen die Musen schon als Kind freundlich betrachteten, den verließen sie nicht. Wenngleich Kallimachos eine Stelle aus Hesiods *Theogonie* aufnahm, auf die auch Horaz anspielt, ist für diesen der hellenistische Dichter wichtiger: Er zitiert ihn wie am Ende der vorhergehenden Ode Moschos (S. 281), um wohl erneut zu

zeigen, daß er mit seiner alexandrinischen Schulung Pindar übertroffen habe. Aber das ist ganz versteckt gesagt, denn in der fünften Strophe, in der die Muse allgemein angerufen wird, stellt sich Horaz wieder zu Pindar: Die Muse, die die goldene Leier stimme (was den Anfang von Pindars erster Pythischer Ode zitiert), könne in ihrer Gnade selbst stummen Fischen den Gesang des Schwans verleihen, womit das Bild für Pindar aus der vorhergehenden Ode (S. 280) aufleuchtet.
Die Ode 4,3 hat auf die Dichter des Abendlands besondere Faszination ausgeübt: Sie konnten sich auf Horaz berufen und in ihren Nachbildungen dokumentieren, daß sie zum Dichter geboren seien. Am Ende der Ode 1,22 *A sa lyre*, die mit einem Bezug auf Pindars – auch von Horaz zitierte – goldene Leier beginnt, läßt Ronsard die letzte horazische Strophe anklingen:

Par toy je plais, et par toy je suis leu:
C'est toy qui fais que Ronsard soit esleu
Harpeur François, et quand on le rencontre,
qu'avec le doigt par la ruë on le monstre.
Si je plais donc, si je sçay contenter,
si mon renom la France veut chanter,
si de mon front les estoilles je passe,
certes mon Luth, cela vient de ta grace.

Paul Schede (Melissus) aus Mellrichstadt identifizierte sich mit seinem Vorbild Horaz, indem er 1585 in Paris am Ende des Widmungsgedichts für die Elegien 4,3 umdichtete (Schäfer[1] 101–102):

Enthea Melpomene, mea si nascentis in ortu
  contuita es placidis lumina luminibus;
non me clarabit pugilem labor Isthmius acrem,
  caestu nec titulum laudis apiscar ovans,
victorem quadrupes curru nec ducet Achaeo,
  nec celebrem reddet gloria pancratio;
nec, quasi magnanimos per bella ferocia reges
  contuderim, regum contuderimque minas,
Martia fama ducem Capitolia ad alta sequetur,
  ornatum meritas Delide frunde comas:
Pura sed Alphipolim quae Straeonis alluit unda,
  undaque de patriis prosiliens scatebris;
tum nemora et saltus, herbisque fragrantibus horti
  non uno fingent carmine conspicuum.
Roma potens orbis dignatur, ut arbitra, vatum
  inter Apollineos me numerare choros;
ipsaque dat plausum mihi docta Lutetia talem,
  ut jam dente minus mordear Invidiae.
O varium aureolae strepitum testudinis aeque
  temperie dulcis quae moderare Dea;

o, si collibeat, mutis quoque piscibus ultro
  donatura cycni Dauliadisve sonum:
Muneris hocce tui totum est. Quod inaudio passim
  Romanae fidicen Teutonicaeque lyrae,
quod digito monstror per vicos urbis euntum,
  quod spiro et placeo, si placeo; omne tuum est.

Muse, die mich erfüllt, hast du bei meiner Geburt
mit mildem Blick mir ins Auge geschaut,
macht mich kein Einsatz im Isthmus als starken Faustkämpfer berühmt,
noch werde ich mit dem Schlagriemen einen Ehrentitel im Triumph erwerben,
nicht wird mich ein Roß vor griechischem Wagen als Sieger fahren,
nicht mir der Ruhm im Zweikampf Ansehen schenken;
nicht, als hätte ich in wilden Schlachten kühne Könige
zermalmt, zermalmt der Könige Drohen,
wird Kriegsruhm mich, den Feldherrn, zum hohen Kapitol geleiten,
das Haar geschmückt nach Verdienst mit delphischem Grün,
sondern die reine Welle der Streu, die Mellrichstadt benetzt,
und die Welle, die aus heimatlichem Sprudeln hervordringt;
dann werden Haine und Wälder, die Gärten mit duftenden Gewächsen
mich allen sichtbar machen, nicht durch nur ein Gedicht.
Rom, die Herrin der Welt, geruht als Richterin, mich
unter Apollos Dichterchöre einzureihen,
und selbst das kluge Paris erweist mir solchen Beifall,
daß der Mißgunst Zahn weniger schon an mir nagt.
O süße Göttin, die du den wechselnden Klang
der goldenen Leier mit rechtem Maße stimmst,
o die du, wenn du willst, auch stummen Fischen
des Schwanes Stimme gäbest oder der Nachtigall:
Dies ist alles dein Werk. Daß man mich überall
Meister der römischen und der deutschen Leier nennt,
daß man auf mich zeigt, wenn man durch die Straßen der Stadt geht,
daß ich lebe und gefalle, falls ich gefalle, alles ist dein.

Auch Balde ließ sich dieses «Lieblingsgedicht der Humanisten» nicht entgehen, «bei dessen Nachdichtung oder Parodia sie meistens auf die heiligsten Überzeugungen ihres christlichen oder dichterischen Selbstverständnisses zu sprechen kommen». In dem Schluß-Gedicht des ersten Buchs der *Lyrica* spielte er Maria gegen Melpomene, die christliche gegen die horazische Thematik aus. Es folgen die ersten 13 Verse (Schäfer[1] 219–220):

Ad divam virginem

Quem, Regina, tuo semel
  afflaris Zephyro, non aliis velit
ventis ille vehi, super
  undas Pegasei fontis, ubi sacram

venae laetitiam bibat,
　　et facunda redux carmina temperet.
Nec, cum Pieriam chelyn
　　arguto fidicen pollice moverit;
formosam Lalagen canet,
　　vultumque, ac niveae colla Licymniae,
aut nigras Glycerae comas:
　　Sed doteis potius, Virgo, tuas lyra,
emirabitur aurea.

An die göttliche Jungfrau

Wen du, Königin, je mit deinem
Zephyr anwehst, der will auf keinen anderen
Lüften schweben, über
den Wassern des Pegasusquells, um aus seiner Ader
heilige Freude zu trinken
und, zurückgekehrt, beredte Lieder anzustimmen.
Nicht wird er, als Lyriker das Saitenspiel
der Musen mit helltönendem Daumen rührend,
die schöne Lalage besingen,
Antlitz und Nacken der schneeweißen Licymnia
oder Glyceras schwarzes Haar,
sondern lieber, Jungfrau, deine Vorzüge
auf goldener Leier bewundern.

Zum Abschluß möge noch einmal einer der Anakreontiker zu Wort kommen, Gleim, der auch Sänger preußischer Grenadierlieder war und deshalb in der Ode *An Calliope* (die er trotz Bezug auf 4,3 im Untertitel an die Stelle Melpomenes treten ließ) – wie Horaz sonst auf Augustus – auf Friedrich den Großen wies, an der Spree statt an Tiburs Bächen zu Hause:

Wem, als er in der Wiege lag,
die Muse lächelte, der wird im Ringen,
im Reiten und im Springen
kein Meister sein! Kein schwarzer Tag
wird ihn, als einen Kriegesheld
in Pulverdampf verhüllt, auf Leichen gehen,
kein Auge wird ihn sehen
als Überwinder einer Welt

im Kreis der Fürsten, die er schlug,
ein Halbgott, fürchterlich im Siegeskranze,
verblendet von dem Glanze
der Ehre, selber sich genug!

Hingegen wird er an der Spree
beblümtem Ufer schlummern, ihn verehren
wird man in allen Musenchören
als deinen Sohn, Calliope!

Wenn deine goldne Tuba tönt,
dann wird er lauschen, glühen und sich üben!
Du wirst den Knaben lieben,
der sich an ihren Klang gewöhnt;

du selbsten wirst ihn auferziehn,
dem Enkel einen Friederich zu melden!
Die Götter und die Helden
bewundern und belohnen ihn.

Rückblick

Horaz' lyrische Dichtung kam nach einer sechsjährigen Pause durch den Auftrag zur Schaffung des Carmen Saeculare im Jahr 17 wieder in Gang, nachdem er diese Gattung als abgeschlossen betrachtet hatte. Das Festlied wurde separat publiziert; der Dichter hielt es nicht zurück, bis er über eine neue Sammlung von Oden verfügte. Aber er wollte wohl auch das Unpersönliche der Auftragsdichtung dokumentieren, da er daneben ein Säkularlied aus eigener Sicht schrieb (6). Der Erfolg bedeutete neuen, in seinem Ausmaß vielleicht unerwarteten Ruhm, wie es 3 bezeugt. Darauf war Horaz zu Recht stolz. Die Komposition des Carmen Saeculare hatte für den Dichter eine doppelte Folge: Einerseits wurde er zu weiteren politischen Gedichten gedrängt, die er ausführte (4; 9; 14) oder abwies (2); andererseits erhielt er die Chance, sich über die Pindar-Nachfolge, die er bisher halbherzig betrieben hatte (1,12; 3,4), in Theorie (2; 3) und Praxis (4; 14) Klarheit zu verschaffen. Den Mittelpunkt des Buchs stellen die Gedichte 7–9 dar: In 7 werden die Vergänglichkeit des menschlichen Daseins, in 8 und 9 die Besiegung des Tods durch das Weiterleben in der Dichtung herausgestellt. Die ‹vorbereitende› Funktion von 7 haben Wili (360) und Fraenkel (421) gesehen. Eine solche Antwort auf die uralte Frage der Menschheit nach der Überwindung des Tods war erst durch den Erfolg des Carmen Saeculare möglich geworden. Ergab sich so eine Mitte, konnte Horaz das schon bei den Epoden angewandte Prinzip wiederholen, themengleiche Gedichte auf zwei Buchhälften zu verteilen (S. 85): 1/10 (Ligurinus), 4/14 (Neronen), 5/15 (Augustus), 7/12 (Frühling). 1 ist ein Proömium-Gedicht, das die beiden Gruppen politisch-panegyrischer und sympotisch-erotischer Thematik ankündigt. Mit dem Augustus-Preis 15 sollte das Buch schließen. Da offenbar die freiwilligen Augustus-Oden 5 und 15 die erzwungenen 4 und 14 relativieren sollten, war auch die vorletzte Position besetzt. In den freien Raum zwischen 9 und 14 legte Horaz die sympotisch-erotischen Oden 10–13, wobei 13 nach epodischer Art einen satirischen Abgesang auf die Thematik darstellt. So bleibt die Sequenz 2–6 zu verstehen. Sie ist von der wichtigsten künstlerischen Thematik des neuen Buchs geprägt: In ihr unternahm es

Horaz, die Art seiner Pindar-Nachfolge, die er erst jetzt richtig antrat, zu bestimmen. In 2 mußte er klarstellen, daß öffentliche Chorlyrik, wie sie Pindar gepflegt hatte, für ihn nicht in Frage kam, das Carmen Saeculare also ein einmaliger Fall war. Wie er sich Entsprechendes vorstellte, sollte 6 zeigen. Das war der Rahmen, versinnbildlicht dadurch, daß ‹Pindar› das erste Wort von 2 und ‹Horaz› das letzte von 6 ist. Der Schluß von 2 und der Anfang von 3 deuten offenbar an, daß die horazische gegenüber der pindarischen Lyrik durch die technische Schule der Alexandriner gegangen war. 4 stellte die trotz dem nichtchorischen Charakter erzwungene, 5 die freiwillige Nachfolge von Pindars politischem Dichten dar.

Man hat öfter angenommen, Horaz habe ältere Gedichte in die neue Sammlung aufgenommen, etwa 7 und 12 (R. A. Schröder, der in 12 einen ‹Jugendhauch› zu vernehmen glaubte) oder 10 und 12 (Wili 354, der eine Umarbeitung erwog). Man hielt auch den Kreis der Themen für ‹enttäuschend alt› (Wili 354). Das ist nicht von der Hand zu weisen: Nicht umsonst hatte Horaz mit dem dritten Buch die Oden-Dichtung als abgeschlossen angesehen. Aber vier Gesichtspunkte geben dem neuen Buch eine eigene Prägung. 1. Erst jetzt durfte sich Horaz mit Recht als römischen Pindar betrachten. 2. Er konnte zum erstenmal das Verblassen des Neids, der ihn stets heimgesucht hatte, und das Wachsen des Ruhms zu Lebzeiten feststellen. Das waren direkte Auswirkungen der Säkular-Dichtung. 3. Er fühlte sich gedrängt, über das Alter zu sinnieren – er nahm es nicht gern an. 4. Er hatte Anlaß, Augustus in einem Maß zu preisen wie nie zuvor. Der letzte Punkt stellt ein besonderes Paradox dar. Durch Augustus' Wunsch nach panegyrischer Dichtung kehrte Horaz zur Lyrik zurück, indem er mit Kompromissen reagierte. Er war nie gern Aufträgen gefolgt. Aber ungebeten äußerte er sich in den beiden herausragenden Augustus-Oden 5 und 15 – vielleicht um das Unbefriedigende der erbetenen Elogien zu korrigieren – so echt und herzlich über die Leistung des Prinzeps, wie dieser es durch direkte und indirekte Aufträge bisher nicht erreicht hatte. Das lag an dem objektiven Umstand, daß nunmehr das, was Horaz am innigsten an den Herrscher band, die Herbeiführung der Pax Augusta, so verwirklicht war, daß im Blick auf die außen- und innenpolitischen Verhältnisse eine auf dem Gipfel angelangte Steigerung verwirklicht schien. Wili galt der Zeitraum, in dem das vierte Buch entstand, als der «glücklichste des Augustus, vielleicht der römischen Geschichte überhaupt» (370). In der befriedeten Gesellschaft des römischen Reichs konnte der Dichter am Ende von 15 bescheiden in die Reihen der anderen, die sich der geschichtlichen Entwicklung freuten, zurücktreten und gemeinsam mit ihnen den Preis der Pax Augusta anstimmen. Horaz meinte zwar die Römer allgemein, aber er dachte bei dem Aeneas-Mythos an Vergil, der jene ebenfalls besungen hatte, und wohl auch an sich; denn es ist schwerlich Zufall, daß ‹Singen› (*canemus*) das letzte Wort der Oden-Dichtung ist. Es war ja die Pax Augusta, die Horaz die Ausübung seiner Kunst ermöglichte (S. 169). Und er ‹sang› nicht nur das, was er zur Veröffentlichung bestimmt hatte (S. 200). Wie bei Beethoven oder Bruckner kennten wir gern auch das, was ihm bei der Improvisation zufiel.

Sechster Teil (13 – 8 v. Chr.)

20 Abschied und Vermächtnis: Das zweite Brief-Buch

Zur Oden-Dichtung ist Horaz in den letzten Lebensjahren nicht mehr zurückgekehrt. Wohl aber schrieb er drei Briefe, die mit 270, 216 und 476 Versen die Länge der bisherigen bei weitem übertrafen. Daß er noch einmal der Öffentlichkeit Gedichte vorlegte, geht wie bei den Oden auf Augustus' Initiative zurück. Sueton berichtet an der schon mehrfach zitierten Stelle in der Lebensbeschreibung des Dichters, der Prinzeps habe nach der Lektüre einiger Briefe beklagt, daß er in ihnen nicht erwähnt worden sei: Horaz möge wissen, daß er ihm zürne, weil er in den meisten Schriften dieser Art gerade mit ihm nicht ‹spreche›; ob er fürchte, bei der Nachwelt in Verruf zu geraten, daß er mit ihm in freundschaftlicher Verbindung gestanden zu haben scheine? Es besteht kein Anlaß, an der Authentizität des Augustus-Schreibens zu zweifeln: [...] *post sermones vero quosdam lectos nullam sui mentionem habitam ita sit questus: ‹irasci me tibi scito, quod non in plerisque eiusmodi scriptis mecum potissimum loquaris. an vereris ne apud posteros infame tibi sit quod videaris familiaris nobis esse?›* Sueton fuhr fort, so habe Augustus die an ihn gerichtete Epistel ‹erpreßt› (*expressit*). Auch gegenüber dieser Folgerung ist Mißtrauen nicht angebracht. Es ist klar, daß Augustus sich auf die Briefe des ersten Buchs bezogen hatte, da, wie noch zu zeigen sein wird, die Florus-Epistel und die Ars Poetica, der dritte Brief, erst später entstanden sind. Auch wäre es nicht möglich, Augustus' Ausdruck ‹in den meisten Schriften dieser Art› mit nur zwei vorliegenden Briefen zu vereinbaren. So kam auch Horaz' letzte Werk-Gruppe durch das Ansinnen des Prinzeps in Gang.

Der Augustus-Brief

Es ist zu fragen, welchen Inhalt Augustus in einer öffentlichen Epistel erwartete. Hätte er die Briefe 1,1 und 1,7 an seinen Freund Maecenas genau studiert, hätte er mit Offenheit und Reserviertheit des Dichters rechnen müssen. Vielleicht hatte er aber aus den Oden 4,5 und 4,15 auf ein generelles Einlenken, ja einen tiefgehenden Wandel der horazischen Einstellung zur Panegyrik geschlossen. So wäre in seiner Sicht wohl ein geeignetes Thema der Dank des Dichters für das Bemühen des Herrschers gewesen, den Künsten im allgemeinen einen angemessenen Nährboden im Frieden und Horaz im besonderen ein fruchtbares Betätigungsfeld durch Aufträge zu schaffen. Aber nichts dergleichen geschah. Wichtig ist für uns die «Art, mit der Horaz auf die freilich unüberhörbare Anzapfung reagiert hat. Wir müssen sagen mit einem selbst für den, der schon früher sich geweigert, seine Person an die des Princeps zu binden, erstaunlichen Freimut. Bei aller vollendeten Höflichkeit und Ehrerbietung, bei scheinbar wörtlichem Eingehen auf den ausgesprochenen Wunsch des Herrschers ist unser Brief als Ganzes eine glatte Absage», urteilte R. A. Schröder, der sogar angenommen hatte, daß Augustus ohne Frage den Wunsch gehabt habe, «von Horaz nun doch noch etwas zu erlangen, was ihm ein Vergil und ein Varius mit selbstverständlicher Freiwilligkeit gespendet hatten. Das, grade das schlägt ihm der Dichter ab»; die Ablehnung sei entsprungen «der ehrlichen Meinung des Mannes, dem nun einmal, um es kurz zu fassen, Kunst vor Gunst ging. Horaz hätte den Versuch eines in breiterem Ausmaß angelegten Panegyricus für eine Überschreitung der ihm von Natur gesetzten Grenzen gehalten.» In der Tat ist der letzte Teil der Epistel von der Aufnahme des alten Topos der Recusatio bestimmt, in der Horaz zwar indirekt, aber doch deutlich die Abfassung sowohl einer (panegyrischen) Tragödie als auch eines (panegyrischen) Epos ‹abweist›. Was ist der Inhalt des Briefs positiv? Heinze hielt ihn für einen Bericht, den Horaz dem Prinzeps «über die gegenwärtige Lage der römischen Poesie als ihr berufener Fürsprecher erstattet. Nicht ihre Leistungen führt er vor, sondern die Schwierigkeiten, mit denen sie zu kämpfen hat und die sie nur überwinden kann, wenn einsichtige Beurteiler ihrer sich annehmen – insonderheit Augustus selbst.» Aber die angeführten Schwierigkeiten überwiegen in einem Maß, daß man den Brief am ehesten als eine ‹Beschwerde› bezeichnen möchte, von der Augustus selbst nicht ausgenommen ist.

Horaz beginnt (1–4):

> Da du so viel und großen Dingen ganz allein
> die Schultern unterstellst, Italien
> mit Waffen schützest und mit Sitten schmückst
> und heilsamer Gesetze weisen Ernst
> dem Strom der Üppigkeit entgegendämmest,
> o Caesar, glaubt' ich am gemeinen Wohl
> mich zu verschulden, wenn ich deine Zeit
> mit langen Reden dir entwenden wollte.

Das politische Lob ist wie im vierten Buch ganz ernsthaft und aufrichtig gemeint. Aber ist die Bescheidenheit echt? Augustus erwartete doch eine Epistel! Rechnete er im Drang der Geschäfte mit einer kurzen? Unterstellte Horaz nicht eher das Gegenteil und bereitete den Empfänger darauf vor, daß er es kurz und bündig mache? Ohne Zweifel hätte

Augustus für einen langen Panegyricus oder gar einen epischen Gesang Zeit genug gehabt.

Das Proömium fährt fort: Romulus, Bacchus, Kastor, Pollux und Herkules, die Kulturgründer (S. 161–162), hätten erst nach dem Tod Anerkennung gefunden, dem Kulturgründer Augustus werde sie aber schon bei Lebzeiten zuteil. Im Zusammenhang damit wird die Aufnahme des Genius Augusti in den Larenkult erwähnt, was die Datierung des Briefs auf das Jahr 12 wahrscheinlich macht (Brink III, 554). Indem Horaz dem hinsichtlich des Prinzeps gerechten Urteil des Volks sein hinsichtlich der Literatur falsches Urteil entgegenstellt, ist er bei der Thematik des Briefs angelangt (18–22):

> Gerecht und weis' ist deines Volkes Urteil,
> indem es vor der Griechen Helden dir
> und vor den unsrigen den Vorzug gibt,
> in diesem einz'gen Punkt gerecht, in andern nicht.
> Da schätzen sie den Wert der Sachen ganz
> nach einer andern Regel, ekeln alles an,
> was unsre Zeit in unserm eignen Boden
> hervorgebracht.

Zu *uno* (‹in diesem einz'gen Punkt›) haben Kießling und Heinze angemerkt: «als ob die ganze vorhergegangene Ausführung von der Ehrenbezeugung für Augustus lediglich zur Vorbereitung der folgenden Klage über mangelnde Anerkennung seiner eignen literarischen Bestrebungen dienen solle.» Das ist in der Tat der Fall. Das Augustus-Lob ist nicht absolut wie in den Oden 4,5 und 4,15, sondern in einer Richtung gebraucht, die dem Angesprochenen nicht unbedingt willkommen sein mochte. Denn wenn ihn ein Volk verehrt, das zwar darin gerecht und weise, in dem Urteil über Literatur aber töricht ist, wird die ganze Aussage zwiespältig. Hier ist vom Volk, *populus*, die Rede; doch am Ende der ganzen Argumentationsreihe stellt sich heraus, daß die ehrwürdigen Väter, *patres*, nicht anders urteilen (79–89)! Bei den schwierigen literarischen Fragen ist ohnehin nur die gebildete Schicht angesprochen. Nimmt man den zitierten Passus über den *populus* und den zuletzt genannten über die *patres* zusammen, ergibt sich die überraschende gemeinsame Reaktion: Das Volk empfindet Hochmut und Abscheu vor zeitgenössischer Literatur (*fastidit et odit*, 22) ebenso wie die ‹Väter›, über deren einzelnen Vertreter es heißt, daß er sie mißgünstig verabscheue (*lividus odit*, 89). *odisse*, eigentlich ‹nicht riechen können›, steht beidemal pointiert am Versende – ein Wort, das Horaz einst selbst für seine Haltung gegenüber denen, die seine Dichtung nicht akzeptierten, gebrauchte, dort auf die Jugend hoffend (S. 155).

Schon im Augustus-Lob hieß es, einer der Heroen (es sind natürlich alle gemeint) habe erfahren müssen, daß ihm zu Lebzeiten nur Neid, *invidia* (12), entgegenschlage und dieser erst durch den Tod gezähmt werde. Das ähnelt der alten horazischen Klage, wie sie am ehesten aus der Ode 2,20 bekannt ist (S. 54). Interessant ist die Begründung: Mit seinem Glanz verbrenne, wer unter ihm stehende Geister bedrücke, *urit enim fulgore suo qui praegravat artis / infra se positas* (13–14). Indirekt bedeutet das wohl, daß Horaz wiederum der alte Neid treffe. Zwar spricht er fast durchweg bescheiden in der ersten Person Plural, also im Namen der gegenwärtigen Dichter, aber es ist klar, daß er vor allem sich selbst meint. Wie es scheint, war das Hochgefühl nach dem Carmen Saeculare, das die Invidia ausdrücklich als überstanden ansah (S. 302), allzu schnell geschwunden. Es wird sich noch zeigen, daß auch die beiden folgenden Briefe in diesem Punkt eher pessimistisch sind.

Horaz versucht zunächst in launiger Argumentation – die Briefe sind mit den Satiren verwandt –, die Ansicht zu widerlegen, die Dichtung vergangener Zeiten sei allein schon wegen ihres Alters wertvoller als die der Gegenwart. Darauf weist er die Methode der Kunstrichter (*grammatici*) zurück, die Vorzüglichkeit der alten Autoren dadurch zu behaupten, daß jeder hinsichtlich eines bestimmten Aspekts als herausragend bezeichnet wird (50–59). Mit den rückwärts gewandten Grammatikern werden Varros Anhänger gemeint sein, mit denen Horaz sich schon zur Zeit seiner Satiren-Dichtung angelegt hatte (S. 130–136). Sie dürften ihm noch immer ungünstig gesonnen gewesen sein. Ihnen stellt er – welche Ironie! – das Urteil des Volks gegenüber (60–68). Wenn dieses neben den alten keine neuen Autoren gelten lasse, irre es wie sie; wenn es aber einiges als zu antiquiert, zu hart und zu wenig treffend empfinde, beweise es Geschmack und Urteil (*sapit*) – ganz wie Horaz selbst (*mecum facit*). Hier wird das einfache Volk gegen die gelehrten Philologen ausgespielt. Horaz tritt klar für ein differenzierendes Werten ein (69–78, auf den ersten Dichter in Rom, Livius Andronicus, und den eigenen Lehrer Orbilius anspielend):

> Ich sage nicht,
> daß man die Dichterei des alten Livius
> (die aus der Schule des Orbils mir noch
> durch manche Ohrfeig' unvergeßlich ist)
> vertilgen solle. Nur, daß solche Verse
> von vielen schön, korrekt sogar und fast
> den ausgefeilt'sten gleich gefunden werden,
> das wundert mich. Denn, wenn auch hier und da
> ein glänzend Wort hervorsticht, der und jener Vers
> ein wenig runder ist und besser klingt:
> Ists billig, daß darum ein ganzes Werk
> verkäuflich werd' und lauten Beifall finde?

Was mir die Galle reizt, ist, wenn ein Werk
getadelt wird, nicht, weil es schlecht gemacht
und abgeschmackt ist, sondern weil es neu ist,
und daß man für das alte Zeug nicht Nachsicht
(wie billig), sondern Ruhm und Vorzug fodert.

Augustus schätzte wie die Varronianer die alte Literatur ohne Einschränkung – ihm wird bei der Lektüre dieser Verse kaum wohl gewesen sein. Er knüpfte mit seiner Ideologie in vielen Punkten an die Vergangenheit an: Ihm mußte ein Ennius wertvoller als ein moderner Lyriker sein. Nicht zufällig kommt am Schluß des ersten Hauptteils die moralische anstelle der ästhetischen Wertung zur Sprache (79–89; Titus Quinctius Atta war ein Hauptdichter der Togata, der Komödie in römischem Milieu, Aesopus ein Tragödien-, Roscius ein Komödien-Schauspieler; das uralte Carmen Saliare der Priesterschaft der Salier, das Varros Lehrer Aelius Stilo herausgegeben hatte, war schon zu Horaz' Zeit unverständlich, ja Quintilian meinte, die Priester verstünden es selbst nicht):

Denn wenn ich nur zu zweifeln Miene machte,
ob auch ein Stück von Atta heutigs Tags
mit Ehren unsern Schauplatz noch besteige,
wie würden nicht die alten Herren schreien,
daß keine Scham mehr in der Welt sei, wenn
so einer sich erfrechen dürfe, Stücke
zu tadeln, die so große Künstler wie
Äsop und Roscius zu ihren Zeiten spielten:
Es sei nun, daß die guten alten Herren
nichts, als was ihnen in der Jugend schön war, sich
gefallen lassen können oder sichs
für Schande halten, uns, als ihren jüngern,
gestehn zu müssen, was sie einst als Knaben
gelernet, tauge nun zu nichts, als es
bei grauem Barte wieder zu vergessen.
Wer König Numas Saliarisch Lied
so herrlich findet und, was er so wenig
versteht als ich, zu wissen scheinen will,
ist keineswegs darum den längst begrabnen
Genien holder oder findet sie
im Ernst so unvergleichlich – glaubt es nicht!
Uns haßt er, *uns*, und *unserm* Werke gilt
der scheele Seitenblick, der stumme Tadel.

Das ist deutliche Satire, ja unverhohlener Hohn über Rechthaberei und Altersstarrsinn (man bedenke, daß Varro fast 90 Jahre alt wurde). Wie tief mußte Horaz noch immer getroffen sein, wie wenig machten selbst vor ihm die Ewig-Gestrigen halt! Wandte er sich früher gegen ihre Angriffe

auf seine Satiren, kann jetzt nur deren Kritik an der Oden-Dichtung gemeint sein. Es ist, als riefe Horaz den Prinzeps zu Hilfe oder mache ihn auf literarische Mißstände in seinem Reich aufmerksam. Von einem Elogium ist der Brief an den Liebhaber der alten Literatur an dieser Stelle weit entfernt.
Der Spott hält auch im folgenden an – die Ironie ist so stark, daß man sie nicht verstehen wollte. Was eine Satire auf römische Vorgestrigkeit im Vergleich zu griechischer Unbefangenheit ist, wird vielfach für eine Wesensschau beider Kulturen gehalten (90–117). In Wahrheit geht es weiterhin um den Gegensatz der unterschiedlichen Wertschätzung von alter und neuer Literatur.

Wenn nun den Griechen einst die Neuheit auch
so sehr verhaßt gewesen wäre, sagt,
was wär' itzt alt? Was hätten nun die Leute
zu lesen und, aus Hand in Hand beschmutzt
und abgegriffen, sich herumzubieten?

Als Griechenland, in einer glücklichen
langwier'gen Ruh von seinen alten Kriegen,
zu schwärmen anfing und, von stetem Glücke
verzärtelt, wie ein rascher feur'ger Jüngling
sich jeder Laune fröhlich überließ,
da fiel's mit aller seiner Leidenschaft
auf dies und das. Erst waren's Fechterspiele,
Rennpferde dann, drauf schöne Götterbilder
von Elfenbein, von Marmor und von Erz;
bald hing's mit Liebesblicken wie verzückt
an einer Schilderei, bald war ein Flötenspieler
sein Abgott, bald ein Tänzer, ein Tragöde,
ein Rhapsodist – in allen diesen Launen
dem kleinen Mädchen gleich, das, von der Amme
verwöhnt, bald dies bald das mit Hitze will,
doch, unvermerkt zu andern Spielen reifend,
gleich rasch von Puppen und von Liebe wechselt.
Was wird so sehr geliebt, so sehr gehaßt,
das nicht verhaßt, nicht lieblich werden könnte,
wenn Zeit und Ort und Licht und Schatten ändern?
So wirkte langer Fried' und günstigs Glück
in Gräzien.

In unserm alten Rom
war früh am Tag erwachen, den Klienten
zum Recht verhelfen, gegen gute sichre
Verschreibungen sein Geld an Zinse legen
und gute Lehren, wie ein wackrer Bürger
durch kluge Wirtschaft seines Hauses Glück
erhöhn und dessen Fall verhüten könne,

von Ältern anzuhören oder Jüngern
zu geben – dies war lange Zeit die Sitte
und Lebensart, worin der Römer seinen Ruhm
und sein Vergnügen setzte.
Wie das alles
sich mit der Zeit geändert hat!
Jetzt ist die Wut zu schreiben und zu verseln
die allgemeine Krankheit unsers Volkes.
Wer ist nicht Autor? Knaben, Männer, Greise
umschlingen jetzt beim Abendbrot die Schläfe
mit Efeukränzen und – diktieren Verse.
Ich selber, der so oft das Versemachen
verschworen, werde lügenhafter als ein Parther
erfunden, und mein erster Ruf, sobald
der Morgen dämmert, ist nach Feder und Papier
und Schreibepult. Ein Schiff zu führen, einem Kranken
nur Stabwurz einzugeben, traut sich niemand zu,
als wer's versteht; Arzneikunst treibt der Arzt
und Schmiedekunst der Schmied – nur Verse, Verse
macht jedermann, gelehrt und ungelehrt.

Was Horaz positiv wertet, sind die kindliche Unbefangenheit und Offenheit der Griechen für alles Neue bei Spielen und in der Kunst. Sie brachten in Zeiten des Friedens die mannigfaltigsten Künste hervor. Von der Literatur hebt Horaz die Tragödie heraus, weshalb es wahrscheinlich ist, daß er besonders an die Zeit nach Beendigung der Perserkriege denkt, das fünfte Jahrhundert, in das die Blüte der attischen Tragödie fiel. Am Ende des Abschnitts über Griechenland wird wiederholt, daß gute Friedenszeiten und günstige Winde das bewirkten, *hoc paces habuere bonae ventique secundi* (102). Da Horaz in dem Brief auf die Gegenwart zielt, mag er sie auch an dieser Stelle im Auge haben und Augustus andeuten, für die Pax Augusta wünsche er sich die ‹griechische› Unbefangenheit und Offenheit für das Neue. Was aber passiert in Rom? Zunächst hatte man lange Zeit überhaupt kein Interesse für Kunst, sondern dachte ausschließlich an Recht, Geld und Unterdrückung der Sinnenlust. Dichten, so müssen wir ergänzen, war in Rom immer nur eine Sache von Außenseitern. Aber dann hat sich plötzlich alles geändert: In der Gegenwart ist Dichten zu einer Leidenschaft Junger und Alter, Begabter und Unbegabter geworden. Von einer echten Entwicklung ist nicht die Rede, nur von Mode und Attitüde. Es kann keine Frage sein, wie Horaz die griechischen und römischen Verhältnisse beurteilt. Ein Mißverständnis ist es, wenn man meint, er behandele die griechischen Kunstwerke wie «playthings of little children» und «looks down on the Greeks' infatuation about agonistic games, the decorative arts, music, and poetry»; die Griechen erschienen hier «immature and unreliable» (Fraenkel 389–390).

Ihre kindliche Freude ist für Horaz vorbildlich, der steife Ernst der alten Römer abschreckend – der Umschlag in der Gegenwart nicht minder: In ihr sind die Römer mit dem Dichten nicht plötzlich kindlich, sondern kindisch geworden. Sie bilden bei jeder Gelegenheit Verse. Vielleicht soll man bei der karikierenden Beschreibung auch an die Imitatoren denken, über die sich Horaz schon in der Epistel 1,19 geärgert hat (S. 247–251). Er ist hier ganz offen: Der Dilettantismus, den sich ein Steuermann, ein Arzt oder Handwerker nicht leisten könne, sei im Dichten an der Tagesordnung. *indocti* und *docti* schrieben gleicherweise; wer Horaz kannte, folgerte: Auf einen *doctus* kommen 1000 *indocti*.

Was verstand Augustus? Oder was sollte er verstehen? Horaz ironisiert das Dichten beim Gastmahl – man denkt an Trimalchios Extemporieren bei Petron –, also meint er die Lyrik; höflicherweise bezieht er sich mit ein, er sei selbst wortbrüchig geworden, also hat er die Auftragsdichtung des Carmen Saeculare und des vierten Oden-Buchs im Auge. Er spricht von Anfang an nur von seiner eigenen Dichtung – von keiner anderen. Es wird sich zeigen, daß das bis zum Ende des Briefs anhält. Klingner hat Horaz' Aussage an dieser Stelle schön charakterisiert: «Hier ist er also selbst mit seiner Kunst im Spiele, mehr als sonst irgendwo in dieser Epistel. Unerträglich aufdringlich wäre es da, geradezu zu sprechen. Er weicht in das Scherzen aus, mehr als sonst in diesem Gedicht. Wer ihn versteht – und er setzt offenbar voraus, daß ihn Augustus versteht –, merkt es doch, daß es sich immerhin um Dinge wie das ‹Carmen saeculare› und Horazens späte Lyrik handelt, wenn man von zeitgenössischer Dichtkunst spricht. Hier, unter dem Schutz der Ironie, die sich gegen den Dichter selbst wendet, wird es also gerade recht ernst, womöglich ernster noch als sonst in diesem Gedicht» ([1]420–421). Horaz führt, wenn man so sagen darf, Beschwerde vor dem Prinzeps. Die Lyrik – um sie allein geht es – kommt einerseits durch Dilettanten und andererseits durch die berufsmäßige Kritik der Grammatiker in Verruf. Die ersten vermitteln in der Tat ein falsches Bild echter Dichtung, die letzten verdammen alles Neue ohne Unterschied in Grund und Boden. Es war schon bei der Betrachtung der Satiren deutlich geworden, daß die Anhänger Varros nicht bemerkten oder nicht bemerken wollten, daß sich die horazischen Satiren gegenüber denen eines Lucilius durch eine ausgefeilte griechische Technik auszeichneten. Um dasselbe Problem handelt es sich hier: Dadurch, daß man die horazischen Oden mit der extemporierten Modelyrik in einen Topf warf, erkannte man nicht oder wollte man nicht erkennen, daß er eine ausgefeilte nach griechischer Art gedichtete Lyrik schrieb, der nichts so fremd war wie der Charakter des Hingeworfenen; in der Ars Poetica wird Horaz noch den Reifungsprozeß echter Dichtung darlegen. Blickt man auf den Preis der alten Werke durch deren Verehrer im ersten Teil des Briefs zurück, wird auch hier die Parallele offenbar. So

wie die Varronianer bei der Satire auf Lucilius und mythologische Inhalte zurückgriffen, forderten sie in der Lyrik eine Aufnahme alter Formen und Formeln. Ihnen wäre das Carmen Saeculare im Stil des Carmen Saliare schon eher erträglich gewesen – oder auch nicht! Denn noch ein Gedanke ist aus dem ersten Teil in Erinnerung: der Neid. Zu den Versen über das Carmen Saliare sei noch einmal Klingner zitiert: «Das lächerliche Getue zeigt nur: es geht gar nicht um die Liebe zu den Alten – denn sie verstehen unmöglich etwas davon –, sondern um Mißgunst und Haß gegen das Neue, das Unsere. Das ist der Kern der Sache. Die Sprachgestalt zeigt einen bei Horaz ungewöhnlichen Nachdruck an» ('417–418).
Im Grund ist die Situation des späten Horaz erschütternd. Er war nach dem kurzen Höhenflug der öffentlichen Anerkennung des Carmen Saeculare wieder auf dem Punkt angekommen, auf dem er in der Jugend stand: Ihm begegneten wieder Neid, Anfeindung, geistlose Nachahmung seiner Gedichte, beabsichtigte oder unbeabsichtigte Verkennung seiner Kunstprinzipien. Man betont gern die Urbanität dieses Briefs an den Herrscher und beruhigt sich bei deren Bewunderung; in Wahrheit ist seine Aussage bitter – auch gegenüber Augustus. Wo blieben die ‹günstigen Winde› (*venti secundi*) Athens in Rom? Sie wehten nur bei den Aufträgen zum Carmen Saeculare und zum Preis der Neronen-Siege. Denn daß Augustus noch immer ein panegyrisches Epos wünschte, zeigt der Schluß unverhüllt. So kommt die Aussage des wenig später verfaßten Florus-Briefs nicht überraschend, daß Horaz schon deshalb nicht mehr dichte, weil er es niemals jemandem recht gemacht habe (S. 324).
Der folgende Passus über die ‹Unschuld› des (lyrischen) Dichters und die Moral seiner Dichtung (118–138) wurde schon besprochen (S. 221–222). Insofern ihn Horaz in einer Beschreibung des Carmen Saeculare gipfeln läßt (132–138), die die Mitte des 270 Verse umfassenden Briefs bildet, macht er wiederum deutlich, daß es ihm nur um die eigene Dichtung und ihre Schutzbedürftigkeit geht. Der letzte Aspekt verbindet diesen Kern mit der vorhergehenden Argumentation: Horaz' Lyrik ist mit der der Dilettanten nicht vergleichbar, sie ist in ihrem späten Stadium ‹staatstragend› und daher des Schutzes des Prinzeps würdig.
Von hier wendet sich Horaz wieder der von den Gegnern gepriesenen alten Dichtung zu (139–176), zunächst einer Theorie der Entstehung der römischen Komödie (139–155). Man hatte in Analogie zu Aristoteles' *Poetik* wohl behauptet, eine Vorstufe der Komödie seien die Feszenninen gewesen, dialogische Spottgesänge der Bauern, die anläßlich der Erntefeiern entstanden seien (tatsächlich wurde ihre Technik von den Dichtern nur mit griechischen Komödien verschmolzen). Dieser ‹Theorie› folgt der horazische ‹Kommentar›, der in schärfster Satire darlegt, in den Feszenninen seien die Angriffe so ausgeartet, daß man durch ein Gesetz die namentliche Verspottung verbieten mußte (hier ist auf das Zwölftafel-

gesetz von 451 angespielt); so verdanke frühe römische Dichtung ihre Kultur dem Knüppel! Die Verse 145–155 lauten:

> Mit bäurischroher Ungebundenheit
> erschallte dann, in lust'gen Wechselzeilen,
> der Feszenninen muntrer freier Scherz.
> Der gute Tag kam alle Jahre doch
> nur einmal! Sollte nicht dies einz'gemal
> die Freude alle Fesseln von sich werfen?
> Man tanzte, sang und brachte gute Schwänke
> hervor, und lautes Lachen wieherte
> dem gröbsten Spaß, dem tollsten Schwank entgegen.
> Erst war's nur Fröhlichkeit; allmählich ward
> der Scherz zu grob, begann, anstatt zu kitzeln,
> zu beißen, und die ungestrafte Frechheit
> verschonte selbst der besten Häuser nicht.
> Nun schrieen die Gebißnen laut, und wer
> auch frei geblieben war, nahm teil an dem,
> was jeden treffen konnte. Das Gesetz
> trat nun ins Mittel und verbot bei Strafe,
> ein böses Lied dem andern zuzusingen.
> Dies gab dem Spiel bald einen andern Schwung.
> Die Furcht des Knittels lehrte nun, bedachtsam
> im Ausdruck werden und manierlich scherzen.

Welch ein Hohn über die frühe römische ‹Literatur›! Horaz befand sich noch immer im Zustand der Verteidigung. Denn sein Lebenswerk bestand darin, griechische und römische Literatur miteinander zu verschmelzen. So fuhr er in berühmten Versen fort, den späteren griechischen Einfluß zwar hervorzuheben, aber zugleich zu betonen, daß bis auf seine Zeit der alte bäuerische Charakter nicht geschwunden sei, obwohl wenigstens der griechische Hexameter den alten römischen Saturnier abgelöst habe (156–160):

> Graecia capta ferum victorem cepit et artis
> intulit agresti Latio. sic horridus ille
> defluxit numerus Saturnius et grave virus
> munditiae pepulere; sed in longum tamen aevum
> manserunt hodieque manent vestigia ruris.

> So bliebs, bis das besiegte Griechenland
> durch seiner Künste Reiz den rohen Sieger
> bezauberte und seine feinern Künste
> ins bäur'sche Latium verpflanzte. Nun verschwand
> auf einmal jener ungehobelte
> Saturnsche Vers, und Sprach und Witz, gesäubert
> vom alten Schmutz, gewann nun allgemach
> ein reinlich Ansehn. Gleichwohl blieb noch immer

ein Dorfgeruch zurück, der sich so bald
nicht ganz verlieren wird.

Hier hat Horaz sein Streben genau beschrieben. Bis in die Gegenwart (*hodie*) sind die bäuerischen Spuren geblieben; er aber rühmte sich hinsichtlich seiner Lyrik, griechisches Lied römischen Weisen angepaßt zu haben, *Aeolium carmen ad Italos /deduxisse modos* (S. 230). Wollte man die frühe römische Literatur zum alleinigen Maßstab erheben, verlöre das horazische Werk seinen Rang. Es galt, wachsam zu sein.
Zum Abschluß des Rückblicks auf die alte Dichtung führt Horaz zwei unter dem Einfluß der griechischen Literatur stehende Genera vor, die Tragödie (161–167) und die Komödie (168–176). Im Blick auf die erste heißt es, daß der römische Dichter sich zwar an griechischen Vorbildern orientiere und einen ‹tragischen Atem› habe, jedoch aus Unverstand das Feilen für unter seiner Würde halte und es scheue, *sed turpem putat inscite metuitque lituram* (167). Er war also nach Horaz von dem Geist griechischer Dichtung unberührt. Für die Komödie wird Plautus genannt, der in der Charakterzeichnung nicht konsequent gewesen sei und nur auf den äußeren Erfolg geachtet habe. Ein Einzelzug wird hervorgehoben: Bei der Gestaltung des Parasiten, einer typisch griechischen Bühnenfigur, sei er ein Dossennus gewesen, d. h. er habe die überfeinerte griechische Person mit den Zügen einer gefräßigen Figur aus der römischen Atellane, einer Stegreifposse, wiedergegeben. Auch Plautus war nach Horaz von dem Geist griechischer Dichtung weit entfernt. Wieder urteilte er anders als Augustus, der, wie Sueton berichtet, großen Gefallen an der römischen Komödie hatte und sie häufig aufführen ließ. Es ging nicht nur um den unterschiedlichen ästhetischen Geschmack; Horaz fühlte sich durch die übermäßige Schätzung der alten Literatur essentiell getroffen.
Erst nach 176 Versen – das Proömium mitgerechnet – verläßt Horaz den Gegensatz von alter und neuer Literatur, um in dem letzten Teil auf seinen eigentlichen Anlaß einzugehen, auf das (erneute) Verlangen des Prinzeps nach panegyrischer Dichtung. Es werden drei Genera behandelt, Drama, besonders Tragödie (177–213), Lyrik (214–228) und Epos (229–270). Formal gesehen bleibt aber der einheitliche Duktus des Briefs erhalten; Horaz betrachtet die Gattungen wie bisher unter dem Gesichtspunkt der Rezeption. Beim Drama ist der Zuschauer genannt, bei der Lyrik (214, 216, 217, 220, 227, 228) und beim Epos (245, 247, 256) ist Augustus selbst angesprochen. Doch in dem Maß, in dem er schon bei der Komödie implizit miteinbezogen war, ist das auch bei dem Abschnitt über das Drama der Fall; denn Sueton berichtet in den Kapiteln 43–45 seiner Augustus-Biographie, daß er größtes Interesse für Schauspiele und Schaustellungen aller Art, bis hinunter zu derber Unterhaltung, gehabt habe. Auf diesem Hintergrund sind die drastischen Ausführungen über

den extrem veräußerlichten, ja banausischen Geschmack der römischen Zuschauer – ob Ritter oder Volk – und das Ausgeliefertsein des armen Dichters an ihn geradezu pikant. «Es darf einem doch ein wenig unbehaglich zumute werden» (Klingner[1] 431 A.1) – in der Tat! Kaum hat Horaz den Prinzeps auffordern wollen, die Situation des römischen Theaters zu verbessern; die Funktion des Abschnitts ist dieselbe wie die der Ausführungen über das Epos: Es ist eine Recusatio. Die römische Tragödie diente seit ihren Anfängen vielfach panegyrischen Zwecken. Ein berühmtes Beispiel war Varius' *Thyestes* bei der Siegesfeier für Aktium (S. 143). Eine solche Tragödie wünschte sich Augustus gewiß von Horaz, wozu er sich nach dem Carmen Saeculare und den Neronen-Oden berechtigt glaubte. Und eben das ist es, was Horaz zurückweist (*quae facere ipse recusem*, 208). Es empfiehlt sich also, nicht nur hinsichtlich des Epos von einer Recusatio zu sprechen (Klingner, Fraenkel), sondern auch hinsichtlich der Tragödie.

In die Mitte der beiden abgelehnten Genera hat Horaz bescheiden, aber unüberhörbar die Bitte an Augustus gestellt, auch die Lyrik zu fördern. Der Helikon ist der – griechische! – Musenberg; dem von Augustus gestifteten Apollo-Tempel auf dem Palatin war je eine Bibliothek für griechische bzw. römische Werke benachbart (214–218):

> Indes, o Caesar, wenn du unsre Dichter,
> den Helikon mit größrer Munterkeit
> hinanzuklimmen, spornen und dein eigenes
> dem Musengott geheiligtes Gestift,
> den Palatinschen Schatz, mit Römerwerken
> erfüllen willst, so gönn' auch dem, der lieber
> dem Urteil kalter Leser als den Launen
> des ekligen Zuschauers sich vertraut,
> Aufmunterung!

Deutlicher konnte Horaz kaum aussprechen (auch wenn er im folgenden die lyrischen Dichter allgemein anführt), daß er seine Kunst nicht in dem Maß vom Prinzeps gewürdigt fühlte, wie er es sich wünschte, jedenfalls ein Ungenügen darüber empfand, daß jener ihn immer zu anderen Formen drängte.

Nach dem Carmen Saeculare und dem vierten Oden-Buch hätte Horaz es sich nicht träumen lassen, daß er noch einmal das Verlangen nach einem Epos ‹zurückweisen› müsse, noch dazu mit dem alten Topos, daß das seine Kräfte übersteige. Während er es bei der Tragödie vorzog, das ganze Genos abzuwerten, war das bei dem Epos angesichts der *Aeneis* Vergils nicht möglich, und so wird dieser zusammen mit Varius (der zugleich für seinen *Thyestes* zu entschädigen war) rühmlich hervorgehoben (245–247). Horaz schloß die Oden gern mit einer leisen Arabeske, die Satiren mit einem drastischen Effekt. So klingt auch die Augustus-Epistel mit einer geistreichen Groteske aus, indem Horaz Augustus darlegt, er jedenfalls ließe sich nicht gern von einem unfähigen Künstler oder einem schlechten Dichter verherrlichen, da er in dem letzten Fall Gefahr liefe, als Makulatur zugleich mit dem Schreiber zu Einwickelpapier für Weihrauch und Gewürze herabgewürdigt zu werden. Die Tatsache, daß er ein bekanntes Spottgedicht Catulls (95) zitiert, in dem den *Annales* eines Volusius dasselbe Schicksal prophezeit wird, spricht für sich (260–270):

Die schlimmste Art von Dienstgeflissenheit
ist, wenn ein Sudler uns zu ehren meint,
indem er uns, mit sich, dem Spötter preisgibt,
dem etwas Schlechtes meist willkommner ist,
als was er mit geheimem Widerwillen
für gut erkennen und bewundern muß.
Mir ist nichts läst'ger als ein schlimmer Dienst
aus guter Meinung; und ich würde mir
ein Fratzenbild aus Wachs, das durch die Straßen
für meines feilgetragen würde, und
mein Lob in schlechten Versen gleich verbitten
und fände wahrlich wenig Spaß daran,
in einer großen unbedeckten Kiste
mich, einer Leiche gleich, mit meinem Dichter
bei hellem Tage in die Krämergasse
geschleppt zu sehn, um Pfeffer, Spezereien
und was man sonst in nichts bedeutendes Papier
zu wickeln pflegt, zum Überrock zu dienen.

Gewiß hatte Augustus Sinn für Ironie; aber dieses satirische Furioso – Ribbeck bezeichnete die Verse 260–263 als einen «wässrigen Schwall gestammelter Worte» und erklärte sie für unecht (187) – ging doch sehr weit: Es fegte Augustus' Wünsche nach panegyrischer Dichtung ein für allemal beiseite. Jedenfalls brauchte sich Horaz hinfort nicht mehr öffentlich zu verteidigen: Der Brief wurde, wie nicht zu bezweifeln ist, an prominentem Ort rezitiert, wobei neben dem Prinzeps auch die literarische Kritik angesprochen war. Er stellte eine Abrechnung nach mehreren Seiten dar und ist «das Wort eines Letzten, Übriggebliebenen», gesprochen «inmitten einer weithin kunstfremden Umwelt» (Klingner[1] 432). «Das Erstaunlichste an der Sache ist» aber, urteilte R. A. Schröder, «daß dem, bei dem schon seit längerem die Stimmung Prosperos herrschen mochte, dem Müden, dem Alten, dem Untauglichen, und wie er sich sonst charakterisieren mochte, unter so prekären Bedingungen das Meisterwerk dieses Briefs gelang, ein Bau aus alten, schon öfters traktierten Materien, wie so manche seines Spätwerks, aber doch voll neuer und glänzender Formeln und Farben.»

Brecht nahm sich im Exil die Augustus-Epistel vor und kommentierte in dem Gedicht *Briefe über Gelesenes*, dem er als Motto den Hinweis auf Horaz voransetzte, zwei Passagen aus ihr:

I

Hütet euch, ihr
Die ihr den Hitler besingt!
[...]
In dem kleinen Garten von Santa Monika
Lese ich unter dem Pfefferbaum
Lese ich beim Horaz von einem gewissen Varius
Der den Augustus besang, das heißt, was das Glück, seine Feldherrn
Und die Verderbtheit der Römer für ihn getan. Nur kleine Fragmente
Abgeschrieben im Werk eines andern, bezeugen
Große Verskunst. Sie lohnte nicht
Die Mühe längeren Abschreibens.

II

Mit Vergnügen lese ich
Wie Horaz die Entstehung der Saturnischen Verskunst
Zurückführt auf die bäurischen Schwänke
Welche die größten Häuser nicht schonten, bis
Die Polizei boshafte Lieder verbot, wodurch
Die Schmähenden gezwungen wurden
Edlere Kunst zu entwickeln und mit
Feineren Versen zu schmähen. So wenigstens
Verstehe ich diese Stelle.

Der Florus-Brief

Wohl ein Jahr später schrieb Horaz die Epistel 2,2 an Julius Florus, einen Vertrauten des jungen Tiberius, dem er früher die Epistel 1,3 gewidmet hatte (S. 258–259). Die schönen Passagen über die Jugend des Dichters wurden schon vorgestellt (S. 39–45). Der Brief wird von der neueren Forschung auf die Jahre 20–18 datiert. Auch wenn Wili bemerkte, das sei für Leute ohne Sensorium nicht beweisbar (309 A.2), wird hier der älteren Forschung des 17.–19. Jahrhunderts (Dacier, Rodelle, Kirchner) gefolgt, nach der er im Jahr 11 entstanden ist, wenn nicht gar Ribbeck recht hatte, ihn in die Jahre 10–8 zu setzen (Lefèvre[4] 356–357). Dieses Gedicht dürfte wiederum die Antwort auf einen ungeliebten Auftrag sein. Horaz hatte Florus schon vor dem Aufbruch zu einem neuen Feldzug unter Tiberius mitgeteilt, daß er ihm keinen – öffentlichen – Brief schreiben werde (22). Nun hat er sich überdies zu verteidigen, daß er wortbrüchig (*mendax*) keine ‹erwarteten› Gedichte sende (25). Also erwartete Florus solche, wobei nicht mehr zu klären ist, ob er Horaz absichtlich oder unabsichtlich mißverstand. Da der Dichter schon die Ode 4,14 auf den Feldherrn Tiberius verfaßt hatte, konnte Florus durchaus ein erneutes Elogium auf den Prinzen erwarten. Er hatte sich gründlich in Horaz getäuscht. Dieser legte in umfassender Argumentation dar, weshalb er überhaupt nicht mehr dichten wolle, und ging damit weit über das im Augustus-Brief Gesagte hinaus. «Die Art, wie er diese Ursachen vorträgt, erhält durch eine gewisse, halb wirkliche, halb angenommene üble Laune ein Salz, das sich besser empfinden als beschreiben läßt» (Wieland).

Der erste Grund (26–54) wurde schon betrachtet: Die kühn machende Armut, *audax paupertas*, das seelische Nichts, vor dem Horaz nach Philippi stand, führte ihn zu kühner Dichtung (S. 45), in den Epoden (politisch) wie in den Satiren (moralisch). Doch hatte sich die politische und gesellschaftliche Situation so gewandelt, daß Horaz in derlei Themen keinen Sinn mehr sah. Da ferner die Oden vorwiegend sympotisch-erotischer Art waren, fühlte er sich veranlaßt, erneut sein Alter zu beklagen (55–57):

Jedes Jahr
des Lebens, wie es abgeht, nimmt auch was von uns
als Beute mit: Sie haben Scherz und Spiel,
sie haben Wein und Kuß mir schon entrissen
und ringen mir nun auch die Leier aus der Hand.
Wie willst du, daß ich helfe?

Horaz weiß sich nicht zu helfen. Das nächste Argument ist wohl das wichtigste. Während er sich in dem vorhergehenden Brief nur mit Augustus und der literarischen Kritik auseinandergesetzt hatte, gibt er nunmehr unmißverständlich zu erkennen, daß er es weder mit den Oden noch mit den Epoden noch mit den Satiren, deren Salz sich an Bion von Borysthenes angelehnt hatte (S. 89), jemandem recht gemacht habe. Es sind die Rezipienten und Auftraggeber (die Wieland hier als Dilettanten bezeichnet) gemeint (58–64):

Überdies
sind auch die werten Dilettanten sich
so ungleich an Geschmack! Du liebest Lieder,
ein andrer Jamben, einem dritten will
nichts schmecken, was nicht stark mit Bions scharfem Witz
gepfeffert ist. Ich bringe nicht drei Gäste
zusammen, deren leckerhafte Gaumen
sich mit dem nämlichen vergnügen ließen.
Was soll ich geben, Freund? Was jener will,
das ekelt dir, und was du gerne hättest,
schmeckt zweien andern widerlich und sauer.

Das ist nicht das Bild eines heiteren Symposions, wie es Horaz früher so geliebt hatte, sondern eines Mahls, bei welchem dem Gastgeber selbst der Appetit gründlich vergangen ist. *quid faciam vis?* Was soll ich tun? So lautete die Frage, mit der der vorhergehende Passus schloß; sie leitet zu diesem über. Florus sollte sie sich selbst beantworten: Nichts! Es gab für Horaz nichts, womit er kritiklose Anerkennung fand. So hörte er auf zu dichten.

Der nächste Grund ist wiederum nur scheinbar lustig; es sei ihm unmöglich, in Rom sein Handwerk auszuüben (65–80):

> Doch dies beiseit gesetzt, wie wolltest du,
> daß ich zu Rom, in diesem ew'gen Wirbel
> von Plackereien und Zerstreuungen,
> Gedichte schreiben könnte? Dieser ruft mich
> zum Bürgen; jenem soll ich alles stehn
> und liegen lassen, einer Rezitierung
> von seinem neuesten Werke beizuwohnen.
> Der wohnt zu äußerst auf dem Aventin,
> der auf dem Quirinal, und beide müssen
> besucht sein – wie du siehst, ein hübscher Zwischenraum!
> Noch möcht' es gehn, wenn nur die Straßen freier
> und nicht für Denker so gefährlich wären.
> Hier eilt mit einem Heer von Eseln und von Trägern
> ein hast'ger Bauverwalter auf dich zu;
> dort dreht an einer ungeheuern Winde
> ein Balken oder Quader sich empor;
> da zieht ein Trauerwagen, schwer und knarrend,
> durch deinen Weg; dort läuft ein toller Hund,
> hier rennt ein wohlbesudelt Schwein dich an.
> Geh nun und sinne unter solchem Drange
> singbare Verse bei dir selber aus!
> Das Dichtervolk war je und allezeit
> den stillen Hainen hold und floh die Städte
> als Bacchus' echte Schutzverwandte, der
> den Mittagsschlaf in grünen Schatten liebt.
> Und du verlangst, ich soll in diesem Lärm,
> der Tag und Nacht um meine Ohren braust,
> die Leier rühren und den schmalen Pfad
> der Sänger, die mir vorgegangen, treten?

In Wielands drittem Vers ist ‹Zerstreuungen› mißverständlich; gemeint sind ablenkende Aufgaben. Es folgt noch eine anekdotische Schilderung, daß selbst im stillen Athen eine ernsthafte Vertiefung nicht möglich sei (81–86). Sollen Florus und der Leser nur lächeln? Gewiß, Rom war schon in der Antike eine laute Stadt, aber es war doch dem jungen Horaz geglückt, in ihr Meisterwerke zu verfassen! Zudem war er nunmehr

Besitzer eines Guts in den Sabinerbergen und wohl einer Wohnung in dem ruhigen Tibur (Tivoli), das er in der Epistel 1,7 ‹leer› (*vacuum*, 45) nannte. Der Passus gibt nur Sinn, wenn man zwischen den Zeilen liest. Dann wird offenbar, daß es sich wie in der Satire 2,6 (S. 57–58) um lästige Verpflichtungen in Rom handelt, denen der älter werdende Horaz offenbar noch jetzt ausgesetzt war und über die er beredte Klage führt. Man stellte immer wieder Ansprüche an ihn, die zu erfüllen er nicht gewillt war – wohl vergebens. Zudem werden die geforderten Gefälligkeiten den Dichterkollegen gegenüber erwähnt, die im nächsten Abschnitt noch drastischer zur Sprache kommen (87–105). In ihm begegnet erneut eine unvergleichliche Schilderung des Literaturbetriebs im augusteischen Rom. Nach einer Anekdote über zwei Brüder, die einander unaufhörlich Lob spenden, heißt es (90–105):

> Ein gleicher Wahnsinn plagt uns Dichterlinge.
> Ich drechsle Lieder, dieser Elegien –
> man muß gestehen, zum Erstaunen, so
> daß alle neun Camönen nichts Vollkommners
> und Feiners auszumeißeln fähig wären!
> Sieh nur, mit welchem Stolze, welchem Prunke
> wir in dem Musensaale, der so leer
> an röm'schen Dichtern ist, uns umsehn! Schleich' uns dann,
> wofern du Zeit hast, nach und horch ein wenig
> von weitem zu, wie wir uns heben und
> warum wir wechselweis uns Kränze flechten.
> Sieh, wie den Spiegelfechtern ähnlich, die
> beim Gastmahl uns mit ihrem Spiel ergötzen,
> wir keinen Stoß empfangen, den wir nicht
> dem andern auf der Stelle wiedergeben!
> Schlägt er mich zum Alkaios, kann ich ihn
> zu was geringerm schlagen als zum zweiten
> Kallimachos? Und scheint er mehr zu fodern,
> so wird er gar Mimnermos und noch mehr;
> er hat nur zu befehlen! Alles das
> muß nun ein Autor, der noch selbst beim Volk
> um Beifall bettelt, sich gefallen lassen,
> um nicht das wespenartige Geschlecht
> der Versemänner gegen sich zu reizen.
> Hingegen hab' ich selbst das Handwerk aufgegeben
> und bin nun wieder meiner Sinne mächtig und
> mein eigner Herr: Wer wehrt mir, daß ich mir
> die Finger in die Ohren stecke, wenn mich einer
> mit seinem Werkchen in der Hand verfolgt?

Daß Horaz sich zunächst in das gegenseitige Hochjubeln der Dichter miteinbezieht, ist einerseits wie in der Augustus-Epistel ein Ausdruck der

Urbanität; denn es ist klar, daß er dieses Spiel nie mitgespielt hat. Auf der anderen Seite ist es ihm ernst, insofern es die eigentliche – betrübliche – Aussage ist, daß er bei den anderen Dichtern nicht durch Leistung, sondern nur durch Kumpanei Anerkennung finden kann. Schon in der Epistel 1,19 hatte er sich von diesen Machenschaften eindeutig distanziert (S. 247–251). Die Konsequenz ist wiederum klar: Er hat sein Handwerk aufgegeben, er steht auch aus diesem Grund am Ende seiner schriftstellerischen Laufbahn (*finitis studiis*, 104). Heiter ist die Feststellung trotz der lustigen Oberfläche kaum.

Der letzte Punkt wird ausführlich entwickelt (106–140), doch ist er so verklausuliert, daß er immer wieder verkannt worden ist. Es geht um die Schwierigkeit, ein kunstgerechtes Gedicht, *legitimum poema* (109), zu verfassen, was an der rechten Wortwahl verdeutlicht wird. Kraftlose Ausdrücke seien zu vermeiden, alte aus dem Verkehr geschwundene hervorzuziehen, neue vorsichtig zu bilden; Rauhes im sprachlichen Gewand sei zu glätten, alles erscheine wie ein Spiel. Das aber sei so schwierig, daß er es vorziehe, als ein eingebildeter kunstloser Dichter zu gelten, der sich über die eigenen schlechten Werke freut; das sei besser, als die richtige Einsicht zu haben und sich zu ärgern (126–128):

> praetulerim scriptor delirus inersque videri,
> dum mea delectent mala me vel denique fallant,
> quam sapere et ringi.

Man hat die Ironie verkannt und aus diesen Darlegungen den Schluß gezogen, daß es Horaz im Alter zu schwer werde, ein *legitimum poema* zu verfassen, und er nunmehr resigniere; aber *ringi*, das Zähnefletschen der Hunde, meint nicht den Ärger über sich, sondern über andere. Horaz selbst hat die klare ästhetische Einsicht (*sapere*), empfindet jedoch immer wieder Ärger über diejenigen, die ihn bekämpfen. Wieland hat richtig gesehen, daß er gegen die ‹Kenner› polemisiert, sich also wie schon in der Augustus-Epistel gegen die Grammatiker wendet. Er ließ in einer Anmerkung seinen Dichter räsonieren: «Ei, wer wollte sich solche Mühe geben, sich das Leben so sauer machen, um eine Vollkommenheit zu erreichen, für die ihm niemand keinen Dank weiß? Mögen doch die Kenner von uns halten, was sie wollen!» Horaz geht es wie in der längst vergangenen Zeit der Satiren und Epoden, als er sich gegen literarische Angriffe verteidigen mußte. Das Bild des ‹wiederbeißenden› Hunds hatte er übrigens von sich schon in der sechsten Epode verwendet (S. 71–72).

Während Horaz in der Epistel 1,1 bekannte, daß er sich von der Oden-Dichtung abwende und stattdessen philosophischer Lebensgestaltung zuwende (S. 235), ist seine Absage in der Florus-Epistel umfassender, da sie sich auf alle von ihm bisher gepflegten Dichtungsformen bezieht. Die Antithese ist dieselbe geblieben (141–144):

nimirum sapere est abiectis utile nugis
et tempestivum pueris concedere ludum
ac non verba sequi fidibus modulanda Latinis,
sed verae numerosque modosque ediscere vitae.

Horaz hat die Folgerung ohne Übergang an die letzte Erörterung, daß er den verblendeten Poeten ‹beneide›, angeschlossen. Da Wieland das zu abrupt war, fügte er fast zwei Verse als Verbindung ein:

Wenn nun, wie ich besorge, dies der Fall
von allen Versemännern ist, so wärs
doch einmal, dächt' ich, hohe Zeit, verständig
zu werden und das Kinderspiel den Knaben,
für die sichs besser schickt, zu überlassen
und, statt um Worte, die zur röm'schen Leier
sich modulieren lassen, um den Rhythmus
und die Mensur der wahren Lebenskunst
sich zu bewerben.

Der folgende philosophische Teil des Briefs ist mit dem vorangegangenen durch den Begriff des *sapere* = ‹Geschmack haben›/‹weise sein› verbunden. In 128 wird er in ästhetischem, in 141 in philosophischem Sinn verwendet. Während er an der ersten Stelle mit dem aus ihm folgenden unerwünschten Ärger (*ringi*) zusammenhing, ist er auch hier nicht Ausdruck einer glücklichen, geläuterten Haltung. Es handelt sich um ein ‹bitteres Vernünftigwerden› (Klingner[1] 324). Das einleitende *nimirum* ist ironisch: ‹natürlich›, ‹es bleibt nichts anderes übrig›. Die Einsicht ist nützlich (*utile*), nicht mehr. Horaz zieht besonders ungern die Konsequenz, aus Altersgründen der sympotisch-erotischen Dichtung zu entsagen. Nun muß er, wie es in einer feinen Übertragung des Bilds heißt, statt Rhythmus und Harmonie des Lieds Rhythmus und Harmonie des wahren Lebens lernen. Wie er das zu tun gedenkt, führt ein bis zum Ende des Briefs reichender innerer Monolog vor (146–216). Weise sein (*sapere*, 141) bedeutet richtig leben (*recte vivere*, 213), d.h. die Vita beata erreichen. Der Weg dorthin führt über das Vermeiden der Avaritia, des Erzübels (146–204), und der übrigen Fehler (205–212). In geistreicher, teilweise satirischer Argumentation und wunderbaren Bildern werden diese Gedanken, die schon die erste Satire beherrschten, durchgespielt. Auch das Ideal der goldenen Mitte wird noch einmal formuliert (190–204):

Mir gnüge, was ich habe, zu genießen
und von dem mäß'gen Haufen, was ich brauche,
zu nehmen, unbekümmert, was dereinst
mein Erbe sagen werde, wenn er nicht noch mehr,
als ihm vermacht ist, findet. Gleichwohl liegt mir dran,

den wackern Mann, der seines Lebens froh wird,
nicht mit dem Schlemmer zu verwechseln noch
den guten Hauswirt mit dem kargen Filz.
Der Unterschied ist groß, ob du dein Gut
verschleuderst oder es zu brauchen weder
dich dauern lässest noch es zu vermehren
dich abhärmst, sondern (wie du's an den Ferien
als Knabe machtest) keinen Augenblick verlierst,
die kurze Zeit der Lust im Flug zu haschen.
Ist nur der Schmutz der Armut fern von mir,
in einem großen oder kleinen Schiffe
zu fahren gilt mir gleich, genug ich fahre;
und flieg' ich nicht mit aufgeblähten Segeln
und vollem Winde, nun so muß ich auch
nicht stets mit widerwärt'gen Winden kämpfen,
an Kräften, Witz, Gestalt, Verdienst, Vermögen
und Stand der letzte von den ersten zwar,
doch so, daß hinter mir noch viele sind.

Dann wird das Fazit gezogen: ‹Wenn du nicht richtig zu leben weißt, weiche denen, die es verstehen. Du hast genug gespielt, genug gegessen und getrunken: Zeit ist es fortzugehen, daß nicht die Jugend, der es besser ansteht, ausgelassen zu sein, dich, der mehr als vertretbar zecht, verlacht und stößt› (213–216):

vivere si recte nescis, decede peritis.
lusisti satis, edisti satis atque bibisti:
tempus abire tibi est, ne potum largius aequo
rideat et pulset lasciva decentius aetas.

Daß man den Erfahrenen weichen solle, heißt, wie Wieland richtig anmerkte, implizit auch, daß man von ihnen lernen möge. Mit dem Spielen ist wie in dem Fazit des ersten Teils das Dichten gemeint (142), das wiederum in einem sympotischen Zusammenhang erscheint. Das Bild des Zechers greift auf das Einleitungs-Gedicht des ersten von Horaz veröffentlichten Buchs, Satire 1,1, zurück, das seinerseits Lukrez zitierte (S. 90–91). Horaz möchte nicht wie jener Zecher unerfüllt aus dem Leben scheiden, sondern in der ihm verbleibenden Zeit nach Erfüllung streben. Die Verwirklichung der Vita beata ist von Anfang an sein Ziel geblieben.

So hat sich die von Wieland hervorgehobene ‹üble Laune›, die den ersten Teil prägte, zu ruhiger Einsicht verflüchtigt. Der Brief ist ein endgültiger Abgesang auf das eigene Dichten, das Horaz gern vorbehaltlos aufgenommen und erwünscht gesehen hätte, dem aber selbst die Gönner und Freunde immer wieder eine andere Richtung zu geben versuchten. Es begegnet in der Weltliteratur nicht oft ein Zeugnis, in dem ein Dichter so nüchtern Bilanz gezogen und sich so ergreifend aus der Welt der Dichtung verabschiedet hat. Eine nicht verkennbare Altersmüdigkeit förderte die Resignation. «So wie in diesen Versen», empfand R.A. Schröder, «äußert sich nur jemand, der wirklich meint, es sei nun vorbei mit dem eigentlichen Geschäft und Inhalt früheren Daseins, und der die Schatten des Endes, wo nicht über seinem Haupt, so doch nahe fühlt.»

Die Ars Poetica

Nach dem Florus-Brief entschloß sich Horaz nur noch einmal, mit einem Gedicht an die Öffentlichkeit zu treten, mit der Ars Poetica. Dieser Brief ist an einen Vater und zwei Söhne mit dem Namen Piso gerichtet. Der Vater ist nach Porphyrio Lucius Calpurnius Piso, der von 48 v. Chr. bis 32 n. Chr. gelebt hat und 15 v. Chr. Konsul war. Als Horaz starb, war er 40 Jahre alt und könnte durchaus zwei Söhne von etwa 20 und 18 Jahren gehabt haben. Dann wäre der Brief in Horaz' letztem Lebensjahr 9/8 nach der Florus-Epistel entstanden. Diese Datierung dürfte die wahrscheinlichste sein, auch wenn vielfach an Porphyrios Nachricht gezweifelt und das Werk in die Jahre 19–16 gesetzt worden ist. In diesem Fall wäre Gnaeus Calpurnius Piso, Konsul 23, angesprochen, mit dem zusammen Horaz bei Philippi gekämpft hatte. Doch ist die erste Datierung eindeutig vorzuziehen. Sie hat überdies den Vorteil, daß auf diese Weise die drei Briefe des zweiten Buchs tatsächlich Horaz' letzte Werke und nacheinander entstanden sind – nicht als Teile eines Buch-Ganzen, sondern so, wie die Anlässe sie forderten. Der Pisonen-Brief wird spätestens seit Quintilian am Ende des ersten nachchristlichen Jahrhunderts als Ars Poetica zitiert, obwohl seine literarischen Lehren keineswegs systematisch geordnet oder in den Grundlinien umfassend sind. Hier wird dieser Titel nur aus Gründen der Tradition und der Bequemlichkeit gebraucht. Doch sei nicht verkannt, daß er viel unnütze Verwirrung geschaffen hat, wie Wieland, der den richtigen Titel verwendete, treffend dargelegt hat: «Ich weiß nicht, ob die ganze Geschichte der Literatur ein Beispiel von einem so seltsamen Schicksal aufweisen kann, als diese Horazische Epistel betroffen hat. Hätte sie – anstatt der gewöhnlichen Überschrift *de Arte Poetica Liber* – von jeher diejenige geführt, die wir ihr hier gegeben haben und die ihr nach der einstimmigen Meinung der besten Kommentatoren zukommt, so würde die einzige Ursache weggefallen sein, warum sie von den meisten in einem ganz falschen Lichte gesehen worden ist. Die Ausleger [...] würden in einem Briefe – der nach Horazens Absicht so wenig ein Lehrbuch der Dichtkunst sein sollte, als seine erste Epistel an Mäcen eine Ethik oder die an August eine Geschichte der römischen Literatur ist – weder eine vollständige Poetik wie die ältern Ausleger noch wie Batteux eine Theorie der dramatischen Kunst gesucht noch wie

Hurd eine Beurteilung des römischen Dramas zum Hauptzweck desselben gemacht haben. Eine Menge selbstgedrehter Knoten und ebenso viele sinnreiche, aber den Horaz nichts angehende Auflösungen derselben würden weggefallen sein; kurz, ohne die vorgefaßte Meinung, die dieser unglückliche Titel den Gelehrten in die Köpfe setzte, würde man sich weder die Mühe gegeben haben, so viel in diesen poetischen Diskurs hineinzulegen, woran Horaz nicht gedacht hat, noch vermutlich den einzigen wahren Gesichtspunkt, woraus er betrachtet werden muß, so lange verfehlt haben.» Diese Darlegungen wären nicht so ausführlich wiedergegeben worden, wenn nicht zweihundert Jahre später noch immer Theorien in den Brief hineingelegt und seine Absicht verkannt würden. In der Tat ist es ungewöhnlich schwierig, die letzte zu erkennen, da Horaz nach gewohnter Art sein Ziel eher verhüllt als offenlegt. So ist Goethes Urteil von 1806 in den *Tages- und Jahresheften* nur zu verständlich: «Wielands Übersetzung der Horazischen Epistel an die Pisonen leitete mich wirklich auf eine Zeit lang von andern Beschäftigungen ab. Dieses problematische Werk wird dem einen anders vorkommen als dem andern, und jedem alle zehn Jahre auch wieder anders.» Was das ‹Hineinlegen› unhorazischer Systematik betrifft, wurde man darin durch Porphyrios Nachricht bestärkt, daß Horaz von Neoptolemos aus Parion, einem Dichter und Grammatiker des dritten Jahrhunderts, zwar nicht alle, aber doch die wichtigsten Vorschriften über die Dichtkunst (*praecepta* [...] *de arte poetica non quidem omnia sed eminentissima*) übernommen habe. Neoptolemos' entsprechendes Werk ist verloren; doch lassen sich aus der Schrift *Über die Gedichte* des epikureischen Philosophen Philodemos von Gadara, der gegen Neoptolemos polemisiert hat, einige Lehren rekonstruieren. Es scheint festzustehen, daß dieser drei Punkte unterschied: *poiema* (Gedicht), *poiesis* (Dichten) und *poietes* (Dichter). Es fällt sofort auf, daß Horaz in der zweiten Hälfte seines Werks (295–476) den Dichter behandelt (Norden 339), hier also Neoptolemos folgen könnte. Wenn man weiter bedenkt, daß *poiema* als *lexis* (Stil) definiert wird und Horaz in 45–118 die *facundia*, die sprachliche Form (Heinze) – Norden überschrieb den Passus ‹De elocutione› (338) –, darstellt, ergibt sich auch in dem ersten Punkt eine Übereinstimmung. Berücksichtigt man ferner, daß Neoptolemos unter *poiesis* die *hypothesis* (Grundlage/Stoff) hinsichtlich der Fabel, der Handlung, der Charaktere sowie der Absicht verstand und Horaz in 119–152 den *ordo*, das einheitliche Anordnen, folgen läßt, ist auch der zweite Punkt bei beiden Autoren vergleichbar. Freilich ist zu beachten, daß Horaz entgegen Neoptolemos Charaktere und Absicht schon unter Punkt 1 besprochen hat. Betrachtet man endlich 1–44 als selbständige Einleitung, hat nur der Passus 153–294 über das Drama keine Entsprechung bei Neoptolemos. Ob dieser es auch behandelt hatte, ist nicht mehr erkennbar. Auf jeden

Fall verfolgt Horaz, wie sich zeigen wird, mit ihm ein besonderes Ziel, so daß es nicht auszuschließen ist, daß er den ganzen Abschnitt eingefügt hat.

Der Vergleich zwischen beiden Werken läßt in dem Feuerwerk der horazischen Gedanken einen einigermaßen festen Stand gewinnen, oder besser gesagt: erkennen, was Horaz gemacht und was er nicht gemacht hat. Im Gegensatz zu Neoptolemos ging er jedenfalls nicht systematisch vor; er schrieb einen Brief, und die Briefe sind aus den Satiren erwachsen. Scaliger hatte die Ars Poetica für kunstlos und einer Satire ähnlich gehalten; er zog es vor, eine eigene Poetik zu verfassen. Gottsched urteilte nicht anders, doch zog er nicht Scaligers Konsequenz. In dem Vorbericht der *Critischen Dichtkunst* warnte er vor der Annahme, «daß hier der Poet ein vollständiges systematisches Werk habe machen wollen. Die größten Bewunderer desselben gestehen, daß es ohne alle Ordnung geschrieben sei, ja daß es bei weitem nicht alle Regeln in sich fasse, die zur Poesie gehören. Der Verfasser hat sich an keinen Zwang einer philosophischen Einrichtung binden wollen, sondern als ein Poet nach Veranlassung seiner Einfälle bald diese, bald jene poetische Regel in einer edlen Schreibart versweise ausgedrückt und mit Exempeln guter und schlechter Poeten erläutert. Aber alles, was er sagt, ist höchst vernünftig; und man kann sich von seinen Vorschriften kein Haar breit entfernen, ohne zugleich von der Wahrheit, Natur und gesunden Vernunft abzuweichen. Die unordentliche Vermischung seiner Regeln dienet nur dazu, daß durch diese Mannigfaltigkeit und unvermutete Abwechslung der Sachen der Leser desto mehr belustiget und eingenommen wird.» Horaz hat, wie schon in den Satiren, die Anordnung ‹verborgen›, aber doch nach Neoptolemos drei ganz verschiedene Teile: *facundia* (45–118), *ordo* (119–152), *poeta* (295–476), wozu noch das Drama tritt (153–294). Man beherzigt am besten R. A. Schröders Feststellung, daß die Bemerkungen dieses Briefs «weniger von innen nach außen als von außen nach innen zielen.»

Berühmt ist der bunte Eingang geworden, in dem Horaz klarstellt, daß er sich nicht auf die Ebene der Theoretiker und Systematiker zu begeben gedenke (1–13; Wieland hat im ersten Vers den ‹Menschenkopf› zu einem ‹Venuskopf› gesteigert):

> Wofern ein Maler einen Venuskopf
> auf einen Pferdhals setzte, schmückte drauf
> den Leib mit Gliedern von verschiednen Tieren
> und bunten Federn aus und ließe (um
> aus allen Elementen etwas anzubringen)
> das schöne Weib von oben sich zuletzt
> in einen grausenhaften Fisch verlieren,
> sich schmeichelnd, nun ein wundervolles Werk
> euch aufgestellt zu haben: Freunde, würdet ihr

bei diesem Anblick wohl das Lachen halten?
Und gleichwohl werden Werke dieser Art
in einem andern Fach uns oft genug
zur Schau gebracht. Denn glaubet mir, Pisonen,
ein Dichterwerk, von schlecht verbundenen
Ideen, die wie Fieberträume durch-
einander schwärmen, so daß weder Kopf noch Fuß
zusammenpaßt, und eine Malerei
von jenem Schlag sind trefflich einerlei.
‹Wie? Ist den Malern und Poeten nicht
von jeher freigestanden, alles, was sie wollen,
zu wagen?› Freilich! Auch wir machen Anspruch
an diese Freiheit und verlangen, keinem
sie abzustreiten – nur nicht, daß man paare,
was unverträglich ist, nicht Schlang' und Vogel,
nicht Lamm und Tiger ineinandermenge!

Wer Horaz kannte, brauchte nicht die Einleitung (1–44) zu Ende zu lesen, um zu bemerken, daß er erstens – formal negativ – von der Einheit des literarischen Kunstwerks sprach, zweitens nach Art der Satiren und Briefe eine lockere Argumentation ankündigte und drittens die Pisonen nicht nur aus Gründen der Höflichkeit, sondern auch aus einem besonderen Anlaß ansprach. Die buntgereihten Gedanken liefen zunächst so weiter, bis V. 23 die horazische Forderung positiv formuliert wurde:

denique sit quodvis, simplex dumtaxat et unum.

Kurz, mache was du willst,
nur, was du machst, sei mindstens Eins und Ganz!

Daß die Tragödie ‹eins und ganz› sei, war ein vielzitierter Grundsatz aus der aristotelischen *Poetik*, der bedeutendsten des Altertums. Horaz wird sie nicht selbst studiert (Heinze), sondern Zitate gekannt und einiges indirekt über Neoptolemos, der wie Aristoteles Peripatetiker war, erfahren haben.

Aus dem Bisherigen zieht Horaz am Ende der Einleitung (38–44) eine wichtige Folgerung und gibt ferner die Stichworte für die beiden sich anschließenden Sektionen über sprachliche Form (*facundia*, 45–118) und einheitliche Anordnung (*ordo*, 119–152):

sumite materiam vestris, qui scribitis, aequam
viribus et versate diu, quid ferre recusent,
quid valeant umeri. cui lecta potenter erit res,
nec *facundia* deseret hunc nec lucidus *ordo*.
ordinis haec virtus erit et venus, aut ego fallor,
ut iam nunc dicat iam nunc debentia dici,
pleraque differat et praesens in tempus omittat.

Ihr, die ihr schreiben wollt, vor allen Dingen
wählt einen Stoff, dem ihr gewachsen seid,
und wäget wohl vorher, was eure Schultern
vermögen oder nicht, eh' ihr die Last
zu tragen übernehmt. Wer seinen Stoff
so wählte, dem wirds an Gedanken
und Klarheit nie, auch nie an Ordnung fehlen;
und unter manchem Vorteil, der durch Ordnung
gewonnen wird, ist sicher keiner von
den kleinsten, daß man immer wisse, was
zu sagen ist, doch vieles, was sich auch
noch sagen ließe, jetzt zurückbehalte
und für den Platz, wo man's bedarf, verspare.

Auch das Postulat der Wahl der richtigen Gattung hat wesentlich mit der Absicht des Briefs zu tun. Zwar sagt Horaz allgemein ‹ihr, die ihr schreibt›, aber er meint zugleich die Pisonen: Offenbar griffen sie – oder einer von ihnen – zu hoch. Darauf wird zurückzukommen sein. Vielleicht klingt, zumal nach den Briefen an Augustus und Florus, ein wenig Bitterkeit durch; denn man hatte Horaz oft genug zu Gattungen gedrängt, für die nach seinem Bekunden die eigenen Kräfte nicht ausreichten. Er konnte besten Gewissens diesen Rat geben.
Der Abschnitt über *facundia* (45–118) behandelt die Wortwahl (45–72), den Charakter der einzelnen Gattungen (73–92) und die unterschiedliche Stilhöhe innerhalb derselben (93–118). Der oberflächliche Leser mag das für trockene Theorie halten; doch die gibt es bei Horaz nicht. Im Blick auf die Neubildung von Wörtern sagt er, sie sei Ennius und Cato erlaubt gewesen, nicht aber ihm; er werde in diesem Punkt von der – bekannten – Invidia, der Scheelsucht, heimgesucht (*invideor*, 56). Da Horaz schon im Florus-Brief darüber klagte, wird abermals deutlich, daß er in eigener Sache sprach. Er war tief getroffen; er blieb den rückwärtsgewandten Varronianern noch immer zu ‹modern›. Daß auch die Ausführungen über den unterschiedlichen Charakter der Gattungen (73–92) Horaz selbst betrafen, der früher – ohne den gewünschten Erfolg – unermüdlich die ‹Farbe› (*color*) seiner Oden-Dichtung dargelegt hatte, versteht sich von selbst. Die Verse 83–88 betonen die Alternative von Chorgesang (wie ihn Pindar pflegte) und Individuallyrik (wie sie Horaz pflegte) und gehen ironisch auf Unwissenheit und falsche Bescheidenheit in dieser Hinsicht ein:

Musa dedit fidibus divos puerosque deorum
et pugilem victorem et equum certamine primum
et iuvenum curas et libera vina referre:
descriptas servare vices operumque colores
cur ego si nequeo ignoroque poeta salutor?
cur nescire pudens prave quam discere malo?

Zur saitenreichen Leier hieß die Muse
die Götter und der Göttersöhne Taten,
die Sieger in den Kämpfen und das Roß,
im Wettlauf siegend, und die Schwärmereien
der feur'gen Jugend, Wein und Liebe singen.
Ein jedes Werk in jedem Dichterfache
hat seinen eignen Farbenton und Stil.
Versteh' ich nichts von dieser Farbengebung,
mit welcher Stirne kann ich einen Dichter
mich nennen hören? Oder warum lieber
aus falscher Scham unwissend sein als lernen?

War Horaz nicht verleitet worden, bei dem Carmen Saeculare und vor allem dem vierten Oden-Buch die Gattungen nicht mehr zu trennen und sich als Dichter – wie bisher nie – öffentlich grüßen zu lassen? Hatte er nicht aus falscher Scham unterlassen, die Aufträge abzulehnen, und sich unwissend gegeben, statt seine Grenzen einzugestehen? Auch die sich anschließenden Betrachtungen über die unterschiedliche Stilhöhe innerhalb der Gattungen (93–118) betrafen ihn selbst. Aus ihrer Beachtung resultiere die Echtheit, die Wahrheit des Stils. Es genüge nicht, daß Werke in ästhetischem Sinn schön seien, sie müßten den Hörer auch innerlich ansprechen (99–100):

non satis est pulchra esse poemata: dulcia sunto
et quocumque volent animum auditoris agunto.

Ein Dichterwerk sei schön, sei fehlerfrei,
dies ist sehr viel, allein noch nicht genug;
um zu gefallen, sei es lieblich auch
und stehle sich ins Herz des Hörers ein,
um, was der Dichter will, aus ihm zu machen.

Zu seiner paraphrasierenden Übersetzung merkte Wieland an: «Unter *pulchra* versteht Horaz hier ohne Zweifel fehlerlos, regelmäßig, gut zusammengesetzt, kurz alles, wodurch ein Gedicht dem Verstande gefällt; unter *dulcia* alles, wodurch es den Sinnen schmeichelt und das Herz rührt.» Gegen diese Forderung hatte Horaz selbst im Carmen Saeculare und einigen späten Oden verstoßen. Wer ihn kannte, verstand ihn.

Der zweite große Abschnitt behandelt den *ordo* (119–152), der in der bunten Einleitung schon in satirischer Betrachtung zu Wort gekommen war (1–37). Deshalb kann sich Horaz hier kurz fassen. Anfang und Ende geben das Thema klar an. 119: Der Dichter soll sich beim Stoff entweder an die (griechische) Tradition halten oder aber in sich Stimmiges erfinden (*aut famam sequere aut sibi convenientia finge*); 152: Er ordne den Stoff so, daß nicht die Mitte dem Anfang, der Mitte der Schluß widerspreche (*primo ne medium, medio ne discrepet imum*). Damit ist die Forderung nach dem ‹Einen und Ganzen› erneut formuliert.

Blickt man auf die Behandlung von Neoptolemos' ersten beiden Teilen durch Horaz zurück, ergibt sich überraschenderweise doch ein einheitliches Bild. Gliederte jener in *poiema* und *poiesis*, hat dieser eine Dreiteilung: *ordo* (1–44) – *facundia* (45–118) – *ordo* (119–152). Den Teil über die Stoffanordnung hat Horaz auseinandergeklappt, indem er ihn zunächst im Stil der Satiren in bunter Argumentation vorstellt und dann in ernsthafter Behandlung aufnimmt. Dabei ging es ihm wohl weniger um eine kunstvolle Ringkomposition als eher um den Effekt des satirischen Eingangs. Doch hat Witte beobachtet, daß die Rahmenpartien (*ordo*) 78 und die Mittelpartie (*facundia*) 74 Verse umfassen (248–251). Beachtet man überdies, daß die Verse 38–41 gar nicht den *ordo* zum Thema haben, ergeben sich zweimal 74 Verse. Wenn das nicht Zufall ist, könnte es bedeuten, daß Horaz auch in dem Werk, das systematisch unsystematisch zu sein vorgibt, strengste Anordnung befolgt.

Der mittlere Hauptteil des Gedichts ist dem Drama, besonders der Tragödie, gewidmet (153–294). Ob Neoptolemos auch dazu Anregungen gegeben hat, muß, wie gesagt, offen bleiben. 153–219 behandeln die Tragödie, 220–250 das Satyrspiel, 251–274 den bekanntesten Sprechvers des Dramas, den Jambus, 275–294 Schöpfer und Schöpfungen des griechischen und römischen Dramas. Das größte Gewicht liegt also auf der Tragödie (153–219). Während die folgenden Partien deskriptiv und zum Teil auch analytisch gehalten sind, stellen die Ausführungen über die Tragödie eher eine Anleitung zum Dichten derselben dar. Durchweg steht der praktische Gesichtspunkt im Vordergrund. Gleich zu Beginn ist der Verfasser von Tragödien dreimal in der zweiten Person angesprochen (153, 154, 156). Man hat den Eindruck, daß sich Horaz nunmehr in besonderem Maß einem der Pisonen zuwendet. Da er in V. 366 den älteren der beiden Söhne direkt anredet, liegt die Vermutung nahe, daß dieser auch hier gemeint ist. Es ist daher angebracht, schon jetzt die Frage nach der Absicht des Briefs zu stellen – und sie mit Wieland zu beantworten. Dieser war zu Recht von der Annahme ausgegangen, daß die horazischen Briefe «allemal aus irgendeiner besonderen Veranlassung für eine gewisse Person, auf welche oder deren Verhältnis mit dem Dichter der ganze Inhalt des Briefes seine besondere Beziehung gehabt, geschrieben worden sei.» Dementsprechend hielt Wieland den Brief für ein «Sendschreiben an einen hochgebornen jungen Autor», eben den älteren Sohn Pisos, den Horaz «vor einer unglücklichen Liebhaberei warnen wollte». Jener habe vermutlich Anstalten gemacht oder wenigstens große Lust gezeigt, auf dem «Kampfplatze» der dramatischen Dichtkunst «Siegeskränze zu erobern», und so sei Horaz «allmählich» auf dieses Thema zu sprechen gekommen. Das Problem sei, daß man von «einem unsäglichen Jücken für die Musenkunst geplagt werden» könne, «ohne mit einem wirklichen Talent geboren zu sein.» Nach Wieland hatte Piso Horaz gebeten, dem Sohn die Schwierigkeiten des Dichtens eindringlich vor Augen zu stellen, um ihn, der es zu seiner «Profession» habe machen wollen, davon abzubringen. Das ist freilich eine Hypothese, die nicht beweisbar ist. Doch wird mindestens ein Einverständnis zwischen Piso und Horaz vorgelegen haben. Daß der Brief besonders den älteren Sohn als Adressaten hatte, legen die Verse 366–373 nahe (in denen Horaz auf zwei bekannte Juristen anspielt):

> Du, ältester der edlen Jünglinge,
> wiewohl die Vaterstimme und dein eignes
> Gefühl dich schon zum Wahren bilden, präge doch,
> was ich jetzt sage, fest in deinen Sinn.
> Es gibt der Dinge viel, worin
> die Mittelmäßigkeit mit gutem Fug
> gestattet wird. Ein Rechtsgelehrter oder
> ein Redner vor Gericht kann minder wissen
> als ein Cascellius, an Beredsamkeit
> weit unter dem Messalla stehn und hat
> doch seinen Wert: Den mittelmäß'gen Dichter
> schützen weder Götter, Menschen noch
> Verleger vor dem Untergang!

Wo Horaz allgemeine Regeln aussprach, konnte er sich an die drei Pisonen wenden, denn auch der Vater war nach Porphyrio *poeta*. Wo er aber darlegte, daß der Beruf des Dichters schwieriger sei als der des Juristen, durfte er nur den eigentlichen Adressaten anreden. Es sei erwähnt, daß A. W. v. Schlegel in der 15. *Vorlesung über dramatische Kunst und Literatur* ebenfalls eine direkte Absicht der Epistel vermutete: Horaz habe sie geschrieben, um die jungen Männer, also beide Brüder, «die, vielleicht ohne wahren Beruf, von der allgemeinen Leidenschaft angesteckt waren, von einer so mißlichen Laufbahn abzuschrecken.» Wielands präzisere Hypothese ist wahrscheinlicher und erklärt vor allem, warum Horaz dem Bühnenspiel einen so breiten Raum eingeräumt hat.

In dem Passus 153–219 über die Tragödie werden behandelt: Charaktere (156–178), Handlung (179–188), Umfang, Deus ex machina, Dialoge mit höchstens drei Personen (189–192), Chor (193–219). Durchweg sind die einzelnen Anweisungen assoziativ aneinandergefügt, wobei der satirische Blickwinkel öfter durchbricht. Wie immer vermeidet Horaz das Überwiegen des Theoretischen; die Schilderung der einzelnen Charaktere ist voller Leben. Auch in diesem Teil ist die wichtigste Forderung die nach Einheit und Harmonie. Am Ende trägt der Leser «das Bild der Tragödie als eines durchaus von Zucht und Ordnung, von Angemessenheit und Bezogenheit, vom Sittlichen durchwalteten Kunstwerks im Sinn, aus dem alles Unschickliche, Ungeordnete, nicht auf das Ganze Bezogene verbannt ist» (Klingner[1] 377). Schon hieraus wird deutlich, wie wenig Horaz einem unerfahrenen jungen Mann das Dichten von Tragödien zutraute. Ohne daß sie verletzten, mußten seine Ausführungen doch als deutliche Warnung verstanden werden.

An die Besprechung der Tragödie schließt sich in sinnvoller Weise eine Charakteristik des Satyrspiels an (220–250). Im klassischen Griechenland war es üblich gewesen, auf jeweils drei Tragödien als heiteren Ausklang ein Satyrspiel desselben Dichters folgen zu lassen, in dem sich die leichtbekleideten Fruchtbarkeitsdämonen, die Silene und Satyrn, auf burleske Weise in die Handlung der Götter und Heroen mischten. Horaz mag für diese Betrachtung mehrere Gründe gehabt haben. Sie setzt voraus, daß es auch in Rom ein Satyrspiel (K./H.) oder ein ihm vergleichbares Genos gegeben hat. Weiterhin wäre es möglich, daß sich der ältere Piso-Sohn in ihm versucht hatte. Zwar ist von einem eigentlichen römischen Satyrspiel nichts bekannt, aber Porphyrio berichtet zur Stelle, daß man Stücke wie die *Atalante*, den *Sisyphos* oder die *Ariadne* von Pomponius – einem Atellanen-Dichter des ersten vorchristlichen Jahrhunderts – *satyrica* nannte. Es kam hinzu, daß wohl Atellanen als Ausklang nach Tragödien aufgeführt wurden. Horaz' Publikum wußte jedenfalls, wovon er sprach. Wie es scheint, hatte er aber einen ganz anderen Grund, an dieser Stelle das Satyrspiel zu behandeln. Man verband gern die Satire, die Satura, etymologisch mit den Satyroi (Petersmann 13–15) – so daß sich Horaz unter dem Deckmantel des Satyrspiels auf das eigene Genos der Satire beziehen konnte. Die wichtigste Forderung, die er hinsichtlich des Satyrspiels erhebt, ist die, daß seine Sprache die Mitte zwischen der hohen der Tragödie und der niederen der Komödie einzuhalten habe (225–233). Sodann folgt ein Passus, den Horaz in ganz ungewöhnlicher Weise in eigener Person spricht, als ob er selbst Satyrspiele dichtete. Er erschließt wohl nur dann seinen vollen Sinn, wenn wir an Horaz' Dichtung denken (234–243):

Ich, wenn ich Satyrn schreiben wollte, würde mich
nicht bloß an Wörter des gemeinen Lebens halten;
und ohne drum dem Ton des Heldenspiels
zu nah zu kommen, würd' ich Mittel-Tinten
zu finden wissen, daß der Abstand
von einem Davos, einer frechen Pythias,
die ihren alten Herrn um tausend Taler schneuzt,
zum Pflegevater eines Gottes auch
in seiner Art zu reden merklich würde.
Aus lauter jedermann bekannten Wörtern
wollt' ich mir eine neue Sprache bilden – so,
daß jeder dächt', er könnt' es auch und doch,

wenn ers versucht' und viel geschwitzt und lange
sich dran zermartert hätte, doch zuletzt
es bleiben lassen müßte! Lieben Freunde,
so viel kommt auf die Kunst des Mischens an!
So viel kann dem Gemeinsten bloß die Stellung
und die Verbindung Glanz und Würde geben!

Horaz führt noch einmal aus, daß die ‹Satyrn› nur einfache Wörter (die keine Metaphern sind) erfordern, aber der Sprache weder der Tragödie noch der durch die frechen Figuren des Davos und der Pythias repräsentierten Komödie nahekommen dürfen, sondern zu der Rede passen müssen, wie sie Papposilen, Dionysos' Erzieher und Diener, gebrauche. Eben das galt für die horazischen Satiren, die zwar eine ‹zu Fuß gehende Muse› (*Musa pedestris*) bedeuteten (Sat. 2,6,17), sich aber klar von der Alltagssprache abhoben. Horaz litt ja darunter, daß man den durchgefeilten Stil seiner Satiren verkannte oder verkennen wollte (S. 109). Diese wiesen die ‹mittlere› Stilhöhe auf, von der hier die Rede ist. Daß ganz normale Wörter durch die Art ihrer Verwendung, durch Reihung (*series*) und Verbindung (*iunctura*), eine neue Würde (*honor*) erlangen können, hat Horaz schon vorher gesagt, so daß klar ist, daß er auch in diesem Fall von sich spricht: V. 47–48 hieß es, der Stil werde glänzend sein, wenn eine kluge Verbindung (*callida iunctura*) ein Wort ‹neu› mache. Endlich ist das Selbstbewußtsein gegenüber denjenigen, die glaubten, diesen einfachen Forderungen zu genügen, ebenfalls gut horazisch: Epistel 1,19 hatte dem Ärger über die Nachahmer deutlich Ausdruck gegeben (S. 247–251). Horaz ist besonders engagiert. Wieland hatte richtig gespürt, daß sein Dichter über diesen Ausführungen «wärmer wird, als wir ihn bisher gesehen haben». Klingner war der Meinung, Horaz habe das Satyrspiel «gewiß nicht von ungefähr mit solcher Liebe behandelt» ([1]378).

Auch der Schluß der Partie über das Satyrspiel (244–250) dürfte ‹nicht von ungefähr› formuliert sein. In ihm werden die Faune genannt, die vielfach als mit den Satyrn identisch galten; im Hinblick auf sie wird abermals die Forderung nach dem angemessenen Stil erhoben: Sie sollen weder zu fein noch zu grob reden; die angesehene Klasse der römischen Ritter (der in der Regel nur angehören konnte, wer einen freigeborenen Vater und ein bestimmtes Vermögen hatte) finde sonst, anders als das Volk, keinen Gefallen an ihnen:

Auch dafür wollt' ich, im Vorbeigehn, noch
die Faunen, die man uns aus ihren Wäldern
so häufig auf die Bühne bringt, wohlmeinend
gewarnet haben, weder in so niedlichen
und schmucken Versen ihre Artigkeit
zu zeigen, daß man junge, mitten
in Rom erzogne Herr'n zu hören glaubt,

noch zu Vermeidung dieses Übelstandes
mit Schmutz und groben Zoten um sich her
zu werfen. Denn die Leute, die ein Pferd
und einen Vater und was Eignes haben,
erbauen sich an dieser Art von Witz
nicht sonderlich; und wenn den Käufern dürrer Erbsen
und Nüsse etwas wohlbehagt, so folgt
nicht, daß auch jene dran Belieben finden und
den Kranz dem Dichter zuerkennen werden.

Sollte sich Horaz wiederum nur wegen des Satyrspiels so ereifern? Wieland, der das mit den Philologen in der gleich zu zitierenden Erklärung glaubte, fügte in seinem dritten Vers «auf die Bühne» ein, obwohl Horaz nur von Faunen spricht, die aus den Wäldern herbeigezogen werden (*silvis deducti Fauni*). Aber das sagt Horaz gerade nicht! Man denkt eher an eine berühmte Polemik aus der Frühzeit der römischen Literatur. Als Ennius im ersten Drittel des zweiten Jahrhunderts sein Epos *Annales* schrieb und am Beginn des siebten Buchs zu der Darstellung des ersten Punischen Kriegs (264–241) kam, setzte er sich selbstbewußt und ironisch von dem *Bellum Poenicum* des Vorgängers Naevius ab, der in seinem Epos denselben Stoff in der Sprache behandelt habe, die einst Faune und Seher gebraucht hätten! Er selbst hatte den bäuerischen Saturnier durch den eleganteren Hexameter ersetzt. Wenn es bei Horaz heißt, in diesem Punkt seien gerade die Ritter kritisch, mag man sich erinnern, daß wahrscheinlich auch Horaz diesem Stand angehörte (S. 43). Ist der Gedanke an Ennius berechtigt, ergäbe sich erneut, daß Horaz an dieser Stelle gegen die archaisierende Richtung Varros und der Varronianer kämpfte, die ihn seit seiner Jugend verfolgten. Wieland hat das Engagement der literarischen Auseinandersetzung schön gefühlt: Es gehe nun «fast ununterbrochen mit einer sehr unterhaltenden Lebhaftigkeit über die schlechten Dichter her. Die freundschaftliche Warnung, die er ihnen [V. 244–250] in Betreff des Tons ihrer Satyrenspiele gibt, ist einer der schärfsten Hiebe, den die Satyrische Geißel je geführt hat; ich zweifle, ob es möglich wäre, den armen Teufeln in einem bittrer lachenden und verächtlichern Ton ihren Jammer vorzurücken, als in den [...] Versen dieser Stelle geschieht.»

Nach der Tragödie (153–219) und dem Satyrspiel (220–250) wird die Metrik in Gestalt des Hauptverses beider Genera, des jambischen Trimeters, behandelt (251–274). Zwar ist die Stelle wegen dieses doppelten Bezugs sinnvoll gewählt, aber es fällt doch auf, daß die Metrik nach der Betrachtung gewichtigerer Themen einen so bedeutenden Platz gegen Ende der Darstellung des Dramas erhält. Es kommt hinzu, daß Horaz mit «einer sozusagen herausfordernden Banalität beginnt [...], indem er erklärt, was ein Jambus ist» (Klingner[1] 378). Diese Banalität hat natürlich

Methode! Wohl spricht Horaz noch zunächst von den Versen, für die Ennius ein übles Beispiel bietet, doch bei Plautus bezieht er den inhaltlich-stilistischen Aspekt mit ein. Dazwischen wiederholt er mit eindringlichen Worten, daß nur das Studium der vorbildlichen Literatur vor den elementaren Fehlern jener Autoren bewahre (259–274; Wieland las in V. 265 *ut*):

Allein die zentnerschweren Verse,
die Vater Ennius auf unsre Bühne schleudert,
beschuld'gen ihn entweder, sichs zu leicht gemacht
und sehr geeilt zu haben, oder einer
nicht rühmlichen Unwissenheit der Kunst.
Zwar freilich hat nicht jeder Richter Ohren
für übel modulierte Verse, und man hat
den römischen Dichtern über diesen Punkt
mehr nachgesehen, als uns Ehre macht.
Und soll ich nun so milder Ohren wegen
mich aller Regel quitt und ledig glauben?
Doch wenn ich auch, als ob die ganze Welt,
sobald ich fehle, mich beschreien würde,
vor Fehlern mich gehütet habe, gut,
so hab' ich immer nur gerechten Tadel
vermieden, lange noch kein Lob verdient.
Dies zu begreifen, Freunde, leset, leset
bei Tag und Nacht der Griechen Meisterstücke!
Indessen haben eure Ahnen doch
die schönen Verse und die feinen Scherze
des Plautus hoch erhoben – gar zu duldsam
in beidem, um nicht etwas Härters noch
zu sagen, wenn wir anders, ihr und ich,
ein frostiges Bonmot von einem guten
zu unterscheiden und, wie Verse klingen müssen,
durchs Ohr zu prüfen oder wenigstens
doch an den Fingern abzuzählen wissen.

Wieland hatte wiederum seinen Dichter zwischen den Zeilen verstanden. In der Laune des bitter lachenden und verächtlichen Tons der Verse 244–250 komme er «unversehens auf die Versifikation zurück, wo er die Bosheit so weit treibt, den Herren *Confratribus* zu erklären, was ein Jambus sei (denn den jungen Pisonen hatte es doch wohl ihr Präzeptor gesagt), und mit einem gewissen Unwillen über die Parteilichkeit der Römer gegen ihre ältern Dichter ihnen überhaupt den Mangel eines für schöne Verse empfindlichen Ohres vorwirft». Nicht die Pisonen sind angesprochen, sondern die ‹Mitbrüder› (Confratres), eben die Dichter, die den Maximen Varros folgen und die alte Literatur als Ideal betrachten. Auf diesem Hintergrund sind die Verse böser Spott, wenn Horaz sagt, daß nicht einmal jeder Kritiker – wieder sind die Varronianer gemeint – ein Gedicht richtig beurteilen könne. Hier bestreitet er seinen Gegnern den Kunstverstand in Theorie und in Praxis: Sie höben Ennius und Plautus in den Himmel und wüßten nicht einmal, was ein richtiger Vers sei – den Horaz und sogar die jungen Pisonen in den Fingern haben! Man denkt an das Wort von Varros Lehrer Aelius Stilo, die Musen hätten Plautus' Stil gewählt, wenn sie Latein sprechen wollten.

Im Kampf gegen die Ewig-Gestrigen hatte sich bei Horaz seit nahezu dreißig Jahren nichts geändert. Selbst die scheinbar so trockene Partie über Metrik ist brisant und erschließt sich nur auf dem Hintergrund seiner eigenen Probleme. So ist auch noch die späte Ars Poetica ein ganz persönliches Zeugnis.

Der Abschnitt über das Drama schließt mit einer kurzen Skizze seiner Entwicklung bei den Griechen und Römern (275–294). Die ersten hätten die Tragödie und die Komödie erfunden, die letzten jeweils eine Sonderform im römischen Milieu, die Prätexta und die Togata, geschaffen und sich dadurch nicht wenig Ruhm erworben. Sie seien schöpferisch wie die Griechen, doch stieße sie die Arbeit der Feile, der *limae labor,* ab (289–291):

Auch würde Latium gewiß durch seine Sprache
nicht weniger als durch die Kunst zu siegen
und zu regieren über Griechenland
den Rang behaupten, wenn nicht unsre Dichter
der Feile Arbeit haßten und die Zeit,
die drüber hingeht, für verloren hielten.

Schon in der Augustus-Epistel hieß es (S. 319), daß die Römer in der Tragödie Naturtalente und wagemutig seien, aber das Verbessern und Feilen (*litura*) scheuten (2,1,165–167). Dieser Begriff begegnet auch hier V. 293. Horaz spricht seinen Landsleuten die Begabung nicht ab, wohl aber das rechte Kunstwollen, für das die Griechen Vorbild seien, deren Muster man mit fleißiger Hand Tag und Nacht studieren solle, wie es 268–269 hieß.

vos exemplaria Graeca
nocturna versate manu, versate diurna.

Wie bekannt, hörte Goethe in der fünften der *Römischen Elegien* nur halb auf Horaz:

Hier befolg' ich den Rat, durchblättre die Werke der Alten
mit geschäftiger Hand, täglich mit neuem Genuß.
Aber die Nächte hindurch hält Amor mich anders beschäftigt.

Der letzte große Teil der Ars Poetica ist dem *poeta* gewidmet (295–476), womit sich Horaz an den dritten Abschnitt der Poetik seines Vorbilds Neoptolemos anschließt. Die Verse 295–308 haben eine überleitende Funktion (Norden 339). Der Passus über das Drama hatte mit der notwendigen Verbindung von Begabung und Kunstverstand geschlossen, und V. 295 nimmt die beiden Stichworte *ingenium* und *ars* auf, die den Brief im engeren Sinn bis 418, im weiteren bis zum Ende beherrschen: Es genüge nicht, sich als Genie zu gerieren, man müsse auch über den rechten Kunstverstand verfügen. Horaz selbst sei ein Tor, daß er sich um diesen bemühe; ohne ihn machte keiner ‹bessere› Gedichte als er – doch sei es das nicht wert (301–304). Wieder ist es bittere Ironie; denn besser wären die Gedichte nur nach anderer, nicht nach seiner eigenen Meinung. Er könnte es sich leicht machen, aber das liegt ihm fern. Wie in der Florus-Epistel deutet Horaz an, daß er es mit seinen Prinzipien keinem recht mache und deshalb mit dem Dichten aufhöre. Die Konsequenz ist dieser Brief (304–308):

Wofern ich selber auch
nichts schreibe, kann ich doch, dem Schleifstein gleich,
der selber zwar nicht schneidet, aber doch
das Eisen schneidend macht, die andern lehren,
was einen Dichter bilde, was ihn nähre,
was ihm gezieme oder nicht.

In der Tat folgt mit 309–365 ein lehrhaftes Kernstück des Briefs, in dem Horaz seine Ansicht über Form und Inhalt des literarischen Kunstwerks darlegt. Freilich ist auch dieser Passus dem Sermonen-Stil entsprechend nicht schulmeisterlich, sondern wie ein Gespräch locker formuliert. Der sonst so langmütige Wieland war mit seinem Dichter besonders unzufrieden: Alles sei «so unordentlich durcheinander geworfen, daß die Freiheit und angenehme Nachlässigkeit des Briefstils nicht mehr zureichen will, den Dichter zu entschuldigen, und daß man beinahe auf den Gedanken kommen muß, er habe diese Unordnung mit Fleiß affektiert, um den jungen Piso durch die Menge und das Unzusammenhängende seiner Vorschriften zu verwirren und das Gefühl der Schwierigkeit der poetischen Kunst selbst durch die Art seines Vortrags zu verdoppeln.» Wenig später sprach er gar von einer «in einem eigentlichen didaktischen Gedichte unausstehlichen Unordnung» – ein starkes Wort des Horazfreunds. Aber didaktisch war, wie Wieland selbst oft genug betont hat, Horaz im Grund nie. Stets war er bestrebt, seine eigene Situation zur Darstellung zu bringen – in den Satiren und Episteln in der Form eines Spaziergangs, um ein anderes treffendes Wort Wielands zu gebrauchen. Die Lehre ist einfach: Der Dichter müsse nur Einsicht haben (*sapere*); wenn er über den richtigen Stoff (*rem*) verfüge, folgten die Worte (*verba*) von selbst. Indem Horaz mit diesem Anfang eine Devise des alten Cato zitiert, formuliert er seine ‹Theorie› provozierend anspruchslos (309–322):

> Um gut zu schreiben, muß ein Autor erst
> Verstand und Sinn, um gut zu denken, haben.
> An Stoff wirds die Sokrat'sche Schule euch
> nicht fehlen lassen, und dem wohldurchdachten Stoffe
> schmiegt sich von selbst der gute Ausdruck an.
> Wer recht gelernt hat, was er seinen Freunden,
> was seinem Vaterlande schuldig sei,
> mit welcher Lieb' ein Vater, Bruder, Gastfreund
> zu lieben, was des Staatsmanns, Richters, was
> des Feldherrn Amt und Pflicht erfodre – der
> wird, was in jedem Falle jeder Rolle
> geziemt, unfehlbar stets zu treffen wissen.
> Doch nie vergesse der gelehrte Zögling
> der dichterischen Bildnerkunst, auch auf
> die Sittenschule der lebendigen
> Modelle um ihn her die Augen stets
> zu heften und daraus die wahre Sprache
> des Lebens und des Umgangs herzuholen.
> Nicht selten sieht man, daß ein wohlgezeichnetes
> Charakterstück, wiewohl sonst ohne Reiz
> und Stil und Kunst, beim Volke mehr gewinnt
> und besser unterhält als schöne Verse,
> an Schall und Wohlklang reich, an Sachen leer.

Horaz nimmt hier den schon in V. 40–41 geäußerten Gedanken auf, daß man einen Stoff, dem man gewachsen sei, zu wählen habe; ihm folgten der Stil und die Anordnung von selbst (S. 333). Während es dort darum ging, die eigenen Kräfte richtig einzuschätzen, liegt an dieser Stelle das Gewicht auf der Menschenkenntnis und Reife des Dichters. Er soll freilich das Leben nicht einfach abbilden, sondern es deuten und verstehen. Sokratische Schriften bezeichnen das Studium der Ethik. Sei er darin erfahren, finde er lebendige Worte (*vivas voces*; Wieland las *veras voces*, wahre Worte). Es ist der Zusammenhang von *res* und *verba*. Im Zweifelsfall sei allerdings der Gehalt vorzuziehen, da es sich sonst um tönende Nichtigkeiten (*nugae canores*) handele. Man kann sich des Eindrucks nicht erwehren, daß Horaz damit auf den eine Generation jüngeren Ovid anspielt, der in dieser Zeit bereits die literarische Szene der jeunesse dorée beherrschte. Wie anders sollte der alternde Horaz über diesen Springinsfeld geurteilt haben?

Bei den Griechen ist der Zusammenklang von Inhalt und Form etwas Natürliches; ihnen gab die Muse, wie Horaz in einer berühmten Wendung sagt, Inspiration und einen ‹gerundeten› Mund: *Grais ingenium,*

Grais dedit ore rotundo / Musa loqui (323–324). Hier ist wieder das Korrelat von *ingenium* und *ars* aus 295 aufgegriffen. Ihm entspricht der nicht minder bekannte Satz, die Dichter wollten entweder nützen oder erfreuen oder aber zugleich für das Leben Erfreuliches und Nützliches sagen: *aut prodesse volunt aut delectare poetae / aut simul et iucunda et idonea dicere vitae* (333–334). Das letzte ist Horaz' Meinung. Es ist möglich, daß sich Neoptolemos ähnlich geäußert und damit gegen den großen Gelehrten Eratosthenes aus dem dritten Jahrhundert Stellung genommen hatte, der den Dichtern nur das Erfreuen konzedierte.

Nachdem Horaz das Handwerk des Dichters unter den Gesichtspunkten von *ingenium* (Inspiration) und *ars* (Kunstverstand) und ihren Aspekten *res* (Inhalt) und *verba* (Sprache) sowie *prodesse* (nützen) und *delectare* (erfreuen) betrachtet hat (295–365), zieht er die Konsequenz, daß Dichten kein Mittelmaß vertrage (366–407), sondern ernsthaftes Studium (408–418) und aufrichtige Kritik (419–452) erfordere. Eine Satire auf den eingebildeten Dichter schließt den Brief witzig ab (453–476). Fast durchweg ist der adlige und reiche Dilettant angesprochen, dem die Schwierigkeit des Dichtens vor Augen gerückt wird. Insofern bewahrt die Ars Poetica deutlich ihren Briefcharakter. Daß 366 der ältere Sohn Pisos angesprochen und ihm bedeutet wird, daß der Beruf des Juristen eher Mittelmäßigkeit dulde als der des Dichters, wurde schon dargelegt (S. 336). Ihm rät Horaz bis V. 390 größte Zurückhaltung an. Hier liegt die unmittelbare Absicht des Werks am klarsten zutage. Noch einmal äußert sich der Dichter über den heiligen Ursprung der Dichtung und ihren hohen moralischen Anspruch (391–407) – wie schon in der Augustus-Epistel (S. 221–222). Von den mythischen Sängern Orpheus und Amphion zieht er über die frühgriechischen Dichter Homer und Tyrtaios eine Linie bis zur Erfindung des Dramas, die deutlich machen soll, daß die Dichtung des Schweißes der Edlen wert ist. Gerade der reiche Dilettant ist nach Horaz in Gefahr, unehrlicher Kritik ausgesetzt zu sein (419–437); nur wahre Freunde kritisieren aufrichtig (438–452) – eine Rechtfertigung für diesen Brief. Es ist wohl zugleich die Klage darüber, daß Horaz unter der Verlogenheit des Literaturbetriebs in Rom zu leiden hatte.

Denkbar satirisch hatte der Brief begonnen, und er schließt mit einer satirischen Coda sondergleichen (453–476): Der letzte Hauptteil der Ars Poetica ab V. 295 stellt den *poeta* dar, den klare Einsicht (*sapere*) auszeichnet. Sein Zerrbild, der ‹wahnsinnige Dichter› (*vesanus poeta*), steht am Ende und fegt alle Theorie und allen Ernst fort. Horaz verabschiedet sich aus der Welt der Dichtung auf geistvollste Weise mit einer Karikatur des Ideals, dem er ein Leben lang nachstrebt hatte.

Nach dem Durchgang durch den Pisonen-Brief versteht man Goethes Urteil aus dem siebten Buch von *Dichtung und Wahrheit*: «Man wies uns zuletzt auf Horazens ‹Dichtkunst›; wir staunten einzelne Goldsprüche dieses unschätzbaren Werks mit Ehrfurcht an, wußten aber nicht im geringsten, was wir mit dem Ganzen machen, noch wie wir es nutzen sollten.» Und nach dem satirischen Schluß versteht man auch die *Paralipomena* zu dieser Stelle: «Horaz in der Arte poetica verlangt vollendete Ausführung würdiger charakteristischer und kongruenter Gegenstände. Weil er nun mit großem Sinne das Rechte verlangt, so wird man immer durch ihn gefördert, wenn man sich auch in seine humoristische Behandlungsart nicht finden kann.» Man muß R. A. Schröders Wort zustimmen, daß der Pisonen-Brief eines «der umstrittensten Dokumente unsres dichterischen Gesamtbesitzes» sei. Nimmt man ihn freilich als das, was er ist, nämlich als Schreiben an einen Dilettanten (und seinen ebenso dilettierenden Vater und Bruder), dem Horaz Ratschläge erteilt, wie er sie in den Episteln 1,2 und 1,18 Maximus Lollius gegeben hatte, und sieht man ferner, daß sich Horaz erst in zweiter Linie an alle Dilettanten wendet, löst sich die Verlegenheit mancher Interpreten von selbst: Es ist ein Brief ‹von Haus zu Haus› (R. A. Schröder), wie ihn Horaz so oft geschrieben hatte und wie er von den Empfängern und Freunden des Dichters auch nicht anders erwartet wurde. Daß sich aus seiner Kommentierung und teils wohlgemeinten, teils selbstgefälligen ‹Verbesserung› die Poetiken des Humanismus entwickelten (S. 19), ist ein fruchtbares Mißverständnis, das Horaz, der mit der Resonanz seiner Werke nie zufrieden war, auch noch hingenommen hätte.

Literaturverzeichnis

Vorbemerkung. Das Literaturverzeichnis hat eine doppelte Funktion: Einerseits wird wichtige Literatur zu Horaz genannt, was aber nur in Auswahl und unter dem Gesichtspunkt der relativ leichten Zugänglichkeit geschehen kann. Andererseits sind speziellere Titel angeführt, auf die in der Darstellung Bezug genommen wird. Diese sind nicht in dem Sinn repräsentativ, daß es nicht auch andere gute Literatur zu den behandelten Problemen gäbe. Im Text werden der Name des Verfassers und die Seitenzahl, gegebenenfalls auch die Bandzahl genannt. Nur der Name steht bei Zitaten aus den Kommentaren (K./H. = Kießling/Heinze; N./H. = Nisbet/Hubbard) sowie aus den Einleitungen und Anmerkungen Wielands und R. A. Schröders, soweit sie zu der jeweils besprochenen Stelle leicht auffindbar sind; ‹Heinze› bezieht sich auf die von ihm geschriebenen Einleitungen in den Kommentaren von K./H., ‹Scaliger› auf das sechste Buch der *Poetice*, ‹E. A. Schmidt› auf die von ihm und W. Killy besorgte Ausgabe der Übersetzungen von Herzlieb und Uz. Am Ende von Zitaten stehen Interpunktionen innerhalb der Anführungszeichen, wenn es die des Originals sind, sonst außerhalb. Direkte Zitate sind in doppelte, Übersetzungen aus antiken Autoren (soweit sie nicht eingerückt sind) in einfache Anführungszeichen gesetzt. Horaz wird lateinisch nach Klingner, deutsch nach Herzlieb, Uz und Wieland zitiert. Die Übersetzungen wurden von E. A. Schmidt, M. Fuhrmann und W. Killy redigiert, die der Oden und Epoden an Klingners Text angeglichen. Allen drei Herausgebern sei gedankt, daß sie die Erlaubnis gaben, ihre Fassung an manchen Stellen in Orthographie und Interpunktion behutsam zu modernisieren, damit Übersetzungen und Darstellung – besonders bei Eigennamen – nicht differieren. Inkonsequenzen ließen sich nicht immer vermeiden. Die schwierigen horazischen Versmaße werden nur in besonderen Zusammenhängen erwähnt, nicht erklärt; es sei auf die Ausgaben verwiesen. Der während des Drucks erschienene glänzende Forschungsbericht von E. Doblhofer konnte nicht mehr berücksichtigt werden. ANRW = Aufstieg und Niedergang der römischen Welt.

Forschungsberichte

Kißel, Walter: Horaz 1936–1975: Eine Gesamtbibliographie, ANRW II 31/3 (1981), 1403–1558.

Doblhofer, Ernst: Horaz in der Forschung nach 1957, Darmstadt 1992.

Ausgaben

Klingner, Fridericus: Q. Horati Flacci Opera, Leipzig [3]1959.

Shackleton Bailey, D. R.: Q. Horati Flacci Opera, Stuttgart 1985.

Übersetzungen

Färber, Hans/Schöne, Wilhelm: Horaz, Sämtliche Werke, Zürich/München [10]1985.

Schröder, Rudolf Alexander: Vergil/Horaz, deutsch, in: Gesammelte Werke, V, Frankfurt/M. 1952.

Herzlieb, Christian Friedrich Karl/Uz, Johann Peter: Q. Horatius Flaccus, Oden und Epoden, eingel. u. bearb. v. W. Killy u. E. A. Schmidt, Zürich/München 1981.

Wieland, Martin Christoph: Übersetzung des Horaz, hrsg. v. M. Fuhrmann, Frankfurt/M. 1986.

Kommentare

Mitscherlich, Christophorus Guilielmus: Q. Horatii Flacci Opera, 2 Bde., Reutlingen 1814/1816.

Orelli/Baiter: Orellius, Io. Gaspar/Baiterus, Io. Georgius, Q. Horatius Flaccus, 2 Bde., Zürich [3]1850/1852.

Müller, Lucian: Satiren und Episteln des Horaz, 2 Bde., Prag/Wien/Leipzig 1891/1893; Q. Horatius Flaccus, Oden und Epoden, St. Petersburg/Leipzig 1900.

Kießling, Adolf/Heinze, Richard: Q. Horatius Flaccus, Oden und Epoden, Berlin [7]1930; Satiren, Berlin [5]1921; Briefe, Berlin [4]1914.

Lejay, Paul: Oeuvres d'Horace, Satires, Paris 1911.

Plessis, Frédéric: Oeuvres d'Horace, Odes, Épodes et Chant Séculaire, Paris 1924.

Syndikus, Hans Peter: Die Lyrik des Horaz. Eine Interpretation der Oden, 2 Bde., Darmstadt 1972/1973.

Nisbet, R. G. M./Hubbard, Margaret: Horace: Odes, Book I, Oxford 1970; Book II, Oxford 1978.

Allgemeine Literatur

Albrecht, Michael von: Geschichte der römischen Literatur, 2 Bde., Bern/München 1992.

Becker, Carl: Das Spätwerk des Horaz, Göttingen 1963.

Büchner, Karl: Horaz, Studien zur römischen Literatur, III, Wiesbaden 1962.

Castorina, Emanuele: La poesia d'Orazio, Roma 1965.

Christes[1], Johannes: Lucilius, in: Die römische Satire, hrsg. v. J. Adamietz, Darmstadt 1986, 57–122.

Doblhofer[1], Ernst: Die Augustuspanegyrik des Horaz in formalhistorischer Sicht, Heidelberg 1966.

Doblhofer[2], Ernst: Horaz und Augustus, ANRW II, 31/3 (1981), 1922–1986.

Dornseiff, Franz: Verschmähtes zu Vergil, Horaz und Properz, Ber. Akad. Leipzig, phil.-hist. Kl. 97/6, Berlin 1951.

Fraenkel, Eduard: Horace, Oxford 1957.

Hommel, Hildebrecht: Horaz. Der Mensch und das Werk, Heidelberg 1950.

Kienast, Dietmar: Augustus. Prinzeps und Monarch, Darmstadt 1982.

Klingner[1], Friedrich: Studien zur griechischen und römischen Literatur, Zürich/Stuttgart 1964.

Klingner[2], Friedrich: Römische Geisteswelt, München [5]1965.

Krenkel, Werner: Lucilius, Satiren, 2 Bde., Berlin 1970.

Kytzler, Bernhard: Horaz. Eine Einführung, München/Zürich 1985.

La Penna, Antonio: Orazio e l'ideologia del principato, Torino 1963.
Lefèvre[1], Eckard: Horaz und Maecenas, ANRW II, 31/3 (1981), 1987–2029.
Lesky, Albin: Geschichte der griechischen Literatur, Bern/München [3]1971.
Lieberg, Godo: Die Bedeutung des Festes bei Horaz, in: Synusia, Festgabe W. Schadewaldt, Pfullingen 1965, 403–427.
Luck, Georg: Hexen und Zauberei in der römischen Dichtung, Zürich 1962.
Mette, Hans Joachim: ‹genus tenue› und ‹mensa tenuis› bei Horaz, Museum Helveticum 18, 1961, 136–139 (= Wege zu Horaz 220–224).
Müller[1], Carl Werner: Aristophanes und Horaz. Zu einem Verlaufsschema von Selbstbehauptung und Selbstgewißheit zweier Klassiker, Hermes 120, 1992, 129–141.
Neumeister, Christoff: Horaz und Merkur, Antike und Abendland 22, 1976, 185–194.
Pasquali, Giorgio: Orazio lirico, Firenze 1920.
Perret, Jacques: Horace, Paris 1959.
Putnam, Michael C. J.: Horace and Tibullus, Classical Philology 67, 1972, 81–88.
Reckford, Kenneth J.: Horace and Maecenas, Transactions and Proc. of the Amer. Philol. Ass. 90, 1959, 195–208.
Rostagni, Augusto: Orazio, Roma 1937.
Rudd[1], Niall: Horace's Poverty, Hermathena 84, 1954, 16–25.
Schmidt[1], Ernst A.: Das horazische Sabinum als Dichterlandschaft, Antike und Abendland 23, 1977, 97–112.
Schwinge, Ernst-Richard: Zur Kunsttheorie des Horaz, Philologus 107, 1963, 75–96.
Taylor, Lily Ross: Horace's Equestrian Career, American Journal of Philology 46, 1925, 161–170.
West[1], David: Reading Horace, Edinburgh 1967.
Wilamowitz-Moellendorff, Ulrich von: Sappho und Simonides. Untersuchungen über griechische Lyriker, Berlin 1913.
Wili, Walter: Horaz und die augusteische Kultur, Basel 1948.
Wille, Günther: Einführung in das römische Musikleben, Darmstadt 1977.
Witte, Kurt: Die Geschichte der römischen Dichtung im Zeitalter des Augustus, II: Horaz, Erlangen 1931.
Woytek, Erich: Varro, in: Die römische Satire, hrsg. v. J. Adamietz, Darmstadt 1986, 311–355.
WzH: Wege zu Horaz, hrsg. v. H. Oppermann, Darmstadt 1972.
Zieliński, Thadée: Horace et la société romaine du temps d'Auguste, Paris 1938.

Satiren

Boll, Franz: Die Anordnung im zweiten Buch von Horaz' Satiren, Hermes 48, 1913, 143–145.
Bond, R. P.: The Characterization of Ofellus in Horace *Satires* 2.2 and a Note on v. 123, Antichthon 14, 1980, 112–126.
Classen[1], C. Joachim: Eine unsatirische Satire des Horaz? Zu Hor. sat. I 5, Gymnasium 80, 1973, 235–250.
Classen[2], C. Joachim: Die Kritik des Horaz an Lucilius in den Satiren I 4 und I 5, Hermes 109, 1981, 339–360.

Classen[3], C. Joachim: Horace – A Cook?, Classical Quarterly 28, 1978, 333–348.
Coffey, Michael: Roman Satire, London/New York 1976.
Ehlers, Widu-Wolfgang: Das ‹Iter Brundisinum› des Horaz (Serm. 1,5), Hermes 113, 1985, 69–83.
Flintoff, Everard: Lines 116–136 of Horace *Satire* II,2, Latomus 32, 1973, 814–817.
Heldmann, Konrad: Die Wesensbestimmung der Horazischen Satire durch die Komödie, Antike und Abendland 33, 1987, 122–139.
Hering, Wolfgang: Die Dialektik von Inhalt und Form bei Horaz. Satiren Buch I und Epistula ad Pisones, Schriften zur Geschichte und Kultur der Antike 20, Akad. d. Wiss., Berlin 1979.
Herter[1], Hans: Zur ersten Satire des Horaz, Rheinisches Museum 94, 1951, 1–42.
Herter[2], Hans: Art. ‹Dirne›, in: Reallexikon für Antike und Christentum, III, Stuttgart 1957, 1154–1213.
Knoche[1], Ulrich: Betrachtungen über Horazens Kunst der satirischen Gesprächsführung, Philologus 90, 1935, 372–390, 469–482.
Knoche[2], Ulrich: Über Horazens satirische Dichtung: Witz und Weisheit, Gymnasium 67, 1960, 56–72 (= Wege zu Horaz 196–219).
Knoche[3], Ulrich: Die römische Satire (1949), Göttingen [4]1982.
Latacz, Joachim: Horazens sogenannte Schwätzersatire, Der altsprachliche Unterricht 23/1, 1980, 5–22.
Lefèvre[2], Eckard: Nil medium est. Die früheste Satire des Horaz (1,2), in: Monumentum Chiloniense. Studien zur augusteischen Zeit. Festschr. E. Burck, Amsterdam 1975, 311–346.
Ludwig[1], Walther: Die Komposition der beiden Satirenbücher des Horaz, Poetica 2, 1968, 304–325.
Petersmann, Hubert: Der Begriff ‹Satura› und die Entstehung der Gattung, in: Die römische Satire, hrsg. v. J. Adamietz, Darmstadt 1986, 7–24.
Rudd[2], Niall: The Satires of Horace. A Study, Cambridge 1966.
Sallmann, Klaus: Die seltsame Reise nach Brundisium. Aufbau und Deutung der Horazsatire 1,5, in: Musa iocosa, Festschr. A. Thierfelder, Hildesheim/New York 1974, 179–206.
Schmidt, Peter L.: Invektive – Gesellschaftskritik – Diatribe? Typologische und gattungsgeschichtliche Vorüberlegungen zum sozialen Engagement der römischen Satire, Lampas 12, 1979, 259–281.
Seeck[1], Gustav Adolf: Die römische Satire und der Begriff des Satirischen, Antike und Abendland 37, 1991, 1–21.
Seeck[2], Gustav Adolf: Über das Satirische in Horaz' Satiren oder: Horaz und seine Leser, z. B. Maecenas, Gymnasium 98, 1991, 534–547.
Weinreich, Otto: Zur römischen Satire, Hermes 51, 1916, 386–414.
West[2], David: Of Mice and Men. Horace, *Satires* 2.6.77–117, in: Quality and Pleasure in Latin Poetry, ed. T. Woodman/D. West, Cambridge 1974, 67–80.

Epoden

Ableitinger-Grünberger, Doris: Der junge Horaz und die Politik. Studien zur 7. und 16. Epode, Heidelberg 1971.

Carrubba, Robert W.: The Epodes of Horace. A Study in Poetic Arrangement, The Hague/Paris 1969.

Christes[2], Johannes: Die 14. Epode des Horaz – ein Vorbote seiner Liebeslyrik? Gymnasium 97, 1990, 341–356.

Graßmann, Victor: Die erotischen Epoden des Horaz. Literarischer Hintergrund und sprachliche Tradition, Zetemata 39, 1966.

Hanslik[1], Rudolf: Horaz und Aktium, Serta philol. Aenipontana 1962, 335–342.

Kraggerud, Egil: Horaz und Actium. Studien zu den politischen Epoden, Symbolae Osloenses Fasc. Suppl. 26, 1984.

Plüß, Theodor: Das Jambenbuch des Horaz, Leipzig 1904.

Schetter, Willy: Zum Aufbau des Mevius-Jambus des Horaz (Epode 10), Philologus 115, 1971, 249–255.

Schmidt[2], Ernst A.: Amica vis pastoribus. Der Jambiker Horaz in seinem Epodenbuch, Gymnasium 84, 1977, 401–423.

Wistrand, Erik: Horace's ninth Epode and its historical background, Göteborg 1958.

Wurzel, Fritz: Der Ausgang der Schlacht von Aktium und die 9. Epode des Horaz, Hermes 73, 1938, 361–379.

Oden

Anderson, William S.: Horace *Carm.* 1.14: What Kind of Ship?, Classical Philology 61, 1966, 84–98.

Burck, Erich: Drei Begrüßungsgedichte des Horaz (1951); Drei Liebesgedichte des Horaz (1960), in: Vom Menschenbild in der römischen Literatur, I, Heidelberg 1966, 153–188.

Cairns, Francis: Alcaeus' Hymn to Hermes, *P. Oxy.* 2734 Fr. 1 and Horace *Odes* 1,10, Quaderni Urbinati di Cultura Classica 42, 1983, 29–35.

Collinge, N. E.: The Structure of Horace's Odes, London 1961.

Commager[1], Steele: The Function of Wine in Horace's Odes, Transactions and Proc. of the Amer. Philol. Ass. 88, 1957, 68–80.

Commager[2], Steele: The Odes of Horace. A Critical Study, New Haven/London 1962.

Dahlmann[1], Hellfried: Hor. Carm. IV 15. Die letzte Ode des Horaz, Gymnasium 65, 1958, 340–355 (= Wege zu Horaz 328–348).

Dahlmann[2], Hellfried: Horatius, c. I 38, Gymnasium, Beih. 4, 1964, 47–55.

Erren, Manfred: Horaz an einem Winterabend (Zu c. I 2 und I 11), Listy Filologické 102, 1979, 161–173.

Fowler, W. Warde: The *Carmen Saeculare* of Horace and its Performance, Classical Quarterly 4, 1910, 145–155.

Gagé, Jean: Beobachtungen zum Carmen saeculare des Horaz (1931), in: Wege zu Horaz 14–36.

Haffter, Heinz: Zur Komposition horazischer Oden, Wiener Studien, N.F. 10, 1976, 199–209.

Hanslik[2], Rudolf: Horaz und Varro Murena, Rheinisches Museum 96, 1953, 282–287.

Harder, Richard: Horaz, Carmen 1,3, in: Kleine Schriften, München 1960, 431–437.
Heinimann, Felix: Die Einheit der horazischen Ode, Museum Helveticum 9, 1952, 193–203.
Heinze, Richard: Die horazische Ode (1923), in: Vom Geist des Römertums, Darmstadt [3]1960, 172–189.
Jones, C. P.: *Tange Chloen semel arrogantem*, Harvard Studies 75, 1971, 81–83.
Kerkhecker, Arnd: Zur Komposition des vierten Horazischen Odenbuches, Antike und Abendland 34, 1988, 124–143.
Lebek, Wolf Dieter: Horaz und die Philosophie: Die ‹Oden›, ANRW II, 31/3 (1981), 2031–2092.
Lefèvre[3], Eckard: ‹Musis amicus›. Über ‹Poesie› und ‹Realität› in der Horaz-Ode 1,26, Antike und Abendland 29, 1983, 26–35.
Lohmann, Dieter: 'Dulce et decorum est pro patria mori'. Zu Horaz, c. III 2, in: Schola Anatolica, Freundesgabe für H. Steinthal, Tübingen 1989, 336–372.
Ludwig[2], Walther: Zu Horaz, C. 2,1–12, Hermes 85, 1957, 336–345.
Ludwig[3], Walther: Die Anordnung des vierten Horazischen Odenbuches, Museum Helveticum 18, 1961, 1–10.
Miller, Paul Allen: Horace, Mercury, and Augustus, or The Poetic Ego of *Odes* 1–3, American Journal of Philology 112, 1991, 365–388.
Mommsen, Theodor: Die ersten sechs Gedichte des dritten Buches der Lieder des Horaz (1889); Die Akten zu dem Säkulargedicht des Horaz (1891), in: Reden und Aufsätze, Berlin 1905, 168–184; 351–359.
Müller[2], Carl Werner: Der schöne Tod des Polisbürgers oder ‹Ehrenvoll ist es, für das Vaterland zu sterben›, Gymnasium 96, 1989, 317–340.
Oppermann, Hans: Maecenas' Geburtstag (Horat. c. IV 11), Gymnasium 64, 1957, 102–111 (= Wege zu Horaz 183–195).
Pöschl, Victor: Horazische Lyrik. Interpretationen, Heidelberg [2]1991.
Radke, Gerhard: Dux bonus (Horat. c. 4,5), Gymnasium, Beih. 4, 1964, 57–76.
Reitzenstein, Richard: Eine neue Auffassung der horazischen Ode, Neue Jahrb. f. d. klass. Altertum 53, 1924, 232–241 (= Aufsätze zu Horaz, Darmstadt 1963, 73–82).
Schindel, Ulrich: Die ‹furchtbare Realität› des Geleitgedichts für Vergil. Überlegungen zu Horaz' Ode 1,3, Hermes 112, 1984, 316–333.
Solmsen, Friedrich: Horace's First Roman Ode, American Journal of Philology 68, 1947, 337–352 (deutsch in Wege zu Horaz 139–158).
Staiger, Emil: Horaz. Zum künstlerischen Problem der Oden, in: Gipfel der Zeit. Studien zur Weltliteratur, Zürich/München 1979, 61–115.
Vogt-Spira[1], Gregor: Einladung ins Rettungsboot. Der Zusammenhang von poetischer Struktur, philosophischer Konzeption und biographischer Bedeutung in carmen III 29 des Horaz, Der altsprachliche Unterricht 26/3, 1983, 36–60.
Vogt-Spira[2], Gregor: Murena Licinio, in: Enciclopedia Oraziana, Roma 1993.
Waszink, Jan Hendrik: Zur Odendichtung des Horaz, Gymnasium 66, 1959, 193–204.
Wilkinson, L. P.: Horace & his Lyric Poetry, Cambridge [2]1951.
Woodman, A. J.: ‹Eheu Fugaces›, Latomus 26, 1967, 377–400.
Zintzen, Clemens: Horaz' Einladung an einen Kaufmann (c. IV 12), Grazer Beiträge 12/13, 1985/1986, 131–145.

Briefe

Brink, Charles O.: Horace on Poetry, 3 Bde., Cambridge 1963, 1971, 1982.

Courbaud, Edmond: Horace. Sa vie et sa pensée à l'époque des Épîtres, Paris 1914.

Heinze, Richard: Horazens Buch der Briefe (1919), in: Vom Geist des Römertums, Darmstadt [3]1960, 295–307.

Hiltbrunner[1], Otto: Volteius Mena. Interpretationen zu Hor. epist. 1,7, Gymnasium 67, 1960, 289–300.

Hiltbrunner[2], Otto: Der Gutsverwalter des Horaz (epist. 1,14), Gymnasium 74, 1967, 297–314 (= Wege zu Horaz 302–327).

Lefèvre[4], Eckard: Die große Florus-Epistel des Horaz (2,2). Der Schwanengesang der augusteischen Dichtung, in: Saeculum Augustum, hrsg. v. G. Binder, II, Darmstadt 1988, 342–359.

Macleod, Colin W: The Poetry of Ethics. Horace, *Epistles* I, Journal of Roman Studies 69, 1979, 16–27.

McGann, Michael J.: Studies in Horace's First Book of Epistles, Collection Latomus 100, Bruxelles 1969.

Norden, Eduard: Die Komposition und die Literaturgattung der horazischen Epistula ad Pisones (1905), in: Kleine Schriften zum Klassischen Altertum, Berlin 1966, 314–357.

Ribbeck, Otto: Des Q. Horatius Flaccus Episteln und Buch von der Dichtkunst, Berlin 1869.

Stégen, G.: Les épîtres littéraires d'Horace, Namur 1958.

Rezeption

Mayer, Hans: Bertolt Brecht und die Tradition, München 1965.

Monecke, Wolfgang: Wieland und Horaz, Köln/Graz 1964.

Morgenstern, Christian: Horatius Travestitus. Ein Studentenscherz, München [3]1911.

Newald, Richard: Nachleben des antiken Geistes im Abendland bis zum Beginn des Humanismus. Eine Überschau, Tübingen 1960.

Quint, Maria-Barbara: Untersuchungen zur mittelalterlichen Horaz-Rezeption, Stud. z. klass. Philologie 39, 1988.

Scaliger, Julius Caesar: Poetices Libri Septem, Lyon 1561 (Nachdruck Stuttgart/Bad Cannstatt 1964).

Schäfer[1], Eckart: Deutscher Horaz. Conrad Celtis, Georg Fabricius, Paul Melissus, Jacob Balde. Die Nachwirkung des Horaz in der neulateinischen Dichtung Deutschlands, Wiesbaden 1976.

Schäfer[2], Eckart: Die Aura des Heiligenbergs. Eine späte petrarkistische Ode des Paulus Melissus (Schede), in: Gedichte und Interpretationen, I, hrsg. v. V. Meid, Renaissance und Barock, Stuttgart 1982, 113–123.

Schmidt[3], Ernst A.: Notwehrdichtung. Moderne Jambik von Chénier bis Borchardt (mit einer Skizze zur antiken Jambik), München 1990.

Schmidt[1], Jochen: Die Geschichte des Genie-Gedankens in der deutschen Literatur, Philosophie und Politik 1750–1945, 2 Bde., I: Von der Aufklärung bis zum Idealismus, Darmstadt [2]1988.

Schmidt[2], Jochen: Friedrich Hölderlin, Gedichte, Frankfurt/M. 1992.
Staffhorst, Gertrud: Johann Peter Hebel und die Antike, Karlsruhe 1990.
Stammler, Wolfgang: Von der Mystik zum Barock 1400–1600, Stuttgart ²1950.
Stemplinger[1], Eduard: Das Fortleben der Horazischen Lyrik seit der Renaissance, Leipzig 1906.
Stemplinger[2], Eduard: Horaz im Urteil der Jahrhunderte, Leipzig 1921.
Stemplinger[3], Eduard: Horaz in der Lederhos'n, München ⁵1965.
Wehrli, Max: Jacob Balde, Dichtungen, Köln/Olten 1963.
Witzmann, Peter: Antike Tradition im Werk Bertolt Brechts, Berlin 1964.

Nachbemerkung

Ich habe am Ende vielfachen Dank auszusprechen: dem Verlag für das starke Engagement und die gediegene Ausstattung; Ernst-Peter Wieckenberg für die kompetente und geduldige Betreuung; Manfred Fuhrmann, Walther Killy und Ernst A. Schmidt für die Erlaubnis, die von ihnen bearbeiteten Übersetzungen Herzliebs, Uz' und Wielands verwenden zu dürfen; Jochen Schmidt für viele Hinweise und die Überlassung seines Hölderlin-Kommentars noch vor dem Erscheinen; Carl Pietzcker für eine wertvolle Bibliographie zum Thema Horaz und Brecht; Ulrike Auhagen und Mark Michalski für das mühevolle Überprüfen der Zitate; Karin Grzebiela für die sorgfältig durchgeführten, umfangreichen Computer-Arbeiten; Lore Benz und Gregor Vogt-Spira für kritisches Lesen des Manuskripts sowie der Fahnen. Erich Burck, der mir Horaz vor über 30 Jahren liebevoll nahebrachte, begleitete mit Anteilnahme und großer Kennerschaft meine Arbeit. Gewidmet ist das Buch meiner Frau, ohne deren lebhaftes Interesse und steten Rat es nicht entstanden wäre.

Register

Im ersten Teil werden die Namen der antiken Personen in der gängigen Form aufgeführt (Cicero, nicht: Tullius), um die Identifizierung zu erleichtern. Im zweiten Teil wird auf Interpretationen ganzer Horaz-Gedichte bzw. wichtiger Teile oder Aspekte derselben verwiesen. Vollständigkeit ist nicht angestrebt.

1. Namen

2. Horaz-Gedichte